二見文庫

蠱惑の堕天使

J・R・ウォード／氷川由子＝訳

Covet
by
J. R. Ward

This edition published by arrangement with Berkley,
an imprint of Penguin Puslishing Group,
a division of Penguin Random House LLC,
through Tuttle-Mori Agency, Inc., Tokyo

わたしたちのセオへ

カラ・セイザー、クレア・ザイアン、カラ・ウェルシュ、レスリー・ゲルブマン、それにNALのみんなに感謝を。いつもありがとう。

わたしの理性の声、スティーヴン・アクセルロッドにも感謝を送ります。

チーム・ウォードへ愛をこめて。ディー、ルエラ、K、それにナス、あなたたちがいなければ実現できなかったわ。ジェンとルー、それにわたしたちのモッズとホールモニターのみんなにもお礼を申しあげます。

ドク・ジェス（別名ジェシカ・アンダスン）、スー・グラフトン、スズ・ブロックマン、クリスティン・フィーハンと彼女のすばらしいご家族、リサ・ガードナー、そしてリンダ・フランシス・リーに心からの感謝を捧げます。

それからわたしの夫、わたしの母、よき相棒「作家の犬」、そして家族全員へありったけの愛をこめて。

蠱惑の堕天使

登場人物紹介

ジム・ヘロン	大工。元特殊部隊隊員
マリー＝テレーズ・ブードロー	娼婦。本名グレッチェン・ムーア
ヴィンセント（ヴィン）・ディピエトロ	ジムの元上司。建設会社社長
ディヴァイナ・アヴェイル	ヴィンの恋人。モデル
ロビー	マリー＝テレーズの息子。本名ショーン
エディ・ブラックホーク	ジムの同僚
エイドリアン・ヴォーゲル	ジムの同僚
マーク・カプリチオ	マリー＝テレーズの元夫
トレズ・ラティマー	〈アイアン・マスク〉のオーナー
ソール・ウィーヴァー	タクシー運転手
ナイジェル	天使
コリン	天使
バイロン	天使
アルバート（バーティ）	天使

プロローグ

〝悪魔〟とは、なんとも不快な言葉ではないか。

しかも、古くさいにもほどがある。〝悪魔〟と聞いて人の頭にぱっと思い浮かぶのはヒエロニムス・ボスが描く珍妙なクリーチャーどもか、もっと悪ければ、ダンテの『神曲——地獄篇《へん》』に出てくるお決まりの光景だ。業火に、あの世で拷問を受けて泣き叫ぶ死者たち。まさしくばかのひとつ覚えだ。

まあ、たしかに地獄の気温はいささか高温ではあろう。それに地獄が宮廷画家を召し抱えるとしたら、ヒエロニムス・ボスがその筆頭に来る。

しかし、論点はそこではない。実のところ、悪魔は人間の自由意志を引きだすコーチ役を自認しているのである。悪魔はもっと優秀かつ現代的だ。いわば、世のため人のためと説くオプラ・ウィンフリーの対極にいるインフルエンサー。

すべては影響力を握れるかどうかだ。

魂の性質は人体の構成と似ていなくもない。人体には盲腸や親知らず、尾骨といった退化してその機能を失った器官がいくつもあり、それらはすべて、よくても不必要、悪くすれば体全体の機能に悪影響を及ぼす。

魂も同じだ。魂にも、正常な働きを邪魔する不要なお荷物が付随し、人より神聖なども抜かすうっとうしい存在が盲腸のようにぶらさがり、炎症を起こしてやろうと待ち構えている。信仰、希望、愛……慎《つつ》ましさ、節度、正義、根気……こんな糞《くそ》の役にも立たない御託を並べて道徳観念なんぞを心に詰めこむせいで、魂が持って生まれた悪への欲求が阻まれる。

悪魔の役割とは、人間がつまらぬ道徳観念などに煩わされることなく自身の内なる真実を直視し、表に出せるよう手を貸してやることだ。人間が自分に正直である限り、物事は正しい方向へ向かう。

とりわけ近頃は順調だった。地球上のあまたの戦争に犯罪、環境の軽視、ウォール街と呼ばれる金の汚水槽、さらには広がる一方の格差のおかげで、すべてはうまくいっていた。

しかし、これでもまだ不充分だ。そして時間は尽きかけている。

スポーツにたとえるならば、地球という競技場にスタジアムが建設されて以来、試合は継続中だ。悪魔《デーモンズ》はホームチーム。アウェー側はありもしない幸福なんぞを謳《うた》う天国へ、ポン引きよろしく客引きする天使《エンジェルズ》。

天国の宮廷画家には、夢あふれるファンタジックな画風のトーマス・キンケードがお似合いだろう。

すべての魂がフィールド上の司令塔《クォーターバック》であり、宇宙規模で繰り広げられる善対悪の戦いの参加者なのだ。スコアボードには、彼らが地上でなした行為の相対的な道徳価値が表示される。生まれ落ちた瞬間にキックオフ、息を引き取ったところでゲームオーバー――その時点のスコアが全体の集計に合算される。監督はサイドラインまでしか行けないとはいえ、フィールド上にさまざまな選手を補完して互いに影響を与えさせることができる――タイムアウトを求めて叱咤激励《しったげきれい》を飛ばすことだって。

これがいわゆる〝臨死体験〟というやつに当たる。

さて、ここで問題が発生した。ポストシーズンの試合会場で、冷たいシートに座ってホットドッグを食べすぎたあげく、熱狂的なファンが頭のすぐ後ろで声援を飛ばすのに耐えられず、そろそろ帰ろうかと考えている観客のように、創造主が出口へ目をやりだしたのだ。

パスミス、タイムアウト、延長戦に持ちこまれても決着がつかない試合の連続。スタート時には手に汗握る勝負だった戦いもおもしろみを失い、ついに両チームに通告が言い渡される。勝敗を決めろ、諸君《ボーイズ》。

そこで両チームはクォーターバックをひとりに決めることで同意した。クォーターバックがひとりと、選手が七人。

人間をいつまでもだらだらとフィールド上へ送りだすのはやめ、七つの魂に絞りこんで……人間が善か悪かを決定する七つの機会を設けるのだ。引き分けはなし。勝った側には、すべてが与えられる。デーモンズの勝利なら、地上にあるすべてのものと、これまでプレイした全選手とこれからプレイする全選手の両方が彼らのものだ。そして、エンジェルズは永遠に彼らの奴隷となる。

それに比べれば、地獄で罪人をいたぶることなど暇潰しにもならない。

エンジェルズが勝てば、この世はクリスマスの朝のような幸福感に包まれ、ぬくもりと優しさと分かち合いの精神が地上にあまねくもたらされる。このおぞましいシナリオにおいては、悪魔の存在は宇宙からだけでなく、全人類の心と頭から消え去る。

もっとも、この世が幸せ一色の喜びに満ちた世界と化すのを考えれば、それが最善の結末だろう。眼窩《がんか》に棒を繰り返し突き刺されるよりはましという程度であれ。

デーモンズは負けるわけにはいかなかった。敗北は選択肢にない。七つの機会は多くはなく、霊界でのコイントスではアウェー側が勝った——そうしていわゆる七つの〝ボール〟を動かすクォーターバックに接触するのはエンジェルズと決まった。

だが……誰にする？　最も重要なポジションに誰を就けるべきか決めるのに白熱した議論が重ねられたのは、驚くことでもないだろう。しかし、最終的にひとりが選ばれた。双方が納得し……双方の監督が自分たちの価値観と目標に従って試合を揺さぶってくれると見込んだひとりが。

当の本人は何も知らないうちに。

とはいえデーモンズは、これほど重大な責任を人間ひとりの双肩に背負わせ、傍観する気はさらさらなかった。結局のところ、自由意志はいくらでも手懐《てなず》けられる——それがこの試合自体の原則ではないか。

そこで、デーモンズは自分たちも選手をひとりフィールドへ送りだした。もちろんルール違反だが、彼らの性分には忠実な行為であり、敵チームにはできないことだ。

これがデーモンズの強みだった。エンジェルズの唯一のいいところは、いついかなるときでもルールを遵守することだ。

やつらはそうするようにできている。

ちょろい連中だ。

1

「彼女、おまえに気があるぞ」

ジム・ヘロンはバドワイザーから目をあげた。腰からチェーンをぶらさげた黒ずくめの女たちが行き交い、セックスと欲情に満ちた濃密な空気が充満する薄暗いクラブの奥に、件《くだん》の〝彼女〟の姿が見えた。

青いドレスの女はクラブ〈アイアン・マスク〉の数少ないシーリングライトの真下にたたずみ、ブルック・シールズを思わせるブラウンの髪と象牙色の肌、魅力的な体に黄金色の光を浴びていた。ネオ・ヴィクトリアン風の暗い店内でひとりだけ鮮やかな色をまとう彼女はモデルのように美しく、聖女のように輝いている。

たしかにジムを見ているが、彼に気があるかどうかは怪しいものだ。彼女は顔の彫りが深く、あの切なげなまなざしも、頭蓋骨の形状が作りだした陰影かもしれない。

彼女はただ、不思議に思っているだけじゃないのか。あの人はなんでこんなところまあどうでもいいことだ。彼らの事情に立ち入るつもりはない。自分には関係ない話なのだから。タフで頭の切れるこのふたりとは、正直、別の時代、別の世界でなら友人になっていたかもしれないが、今この場所では関わりを持つ気はなかった――クラブへつきあったのも、つきあうまで誘うのをやめないとエイドリアンに脅されたからにすぎない。

要するにジムは一匹狼《いっぴきおおかみ》で、まわりからちょっかいを出されるのはごめんだった。退役後は放浪し、今こうしてコールドウェルにいるのは、たまたま車を停《と》めたのがここだっただけだ――そしてこのふたりと同じ現場の仕事が終わった暁には、ふたたび旅に出る。

かつてのボスの目をくらますには移動し続けるのが得策だ。〝特別任務〟が発生し、ふたたび所在を突き止められるまで、あとどれくらいあるかは誰にもわからない。ジムはビールを飲み干しながら、持ち物は服にトラック、壊れたハーレーダビッドソンのみという身軽な暮らしのよさを考えた。たしかに、三十九歳にして財産らしきものは何もないが――。

いや、待てよ……今日は何日だ？

誕生日だ。今夜で四十になる。

「つきあってる女でもいるのか、ジム？」エイドリアンが身を乗りだして尋ねてきた。

「だから、あの青いドレスの女に手を出さないのか？　見てみろよ、あんなにセクシーな美女だぞ」

「見た目がすべてじゃない」

「それはそうだが、見た目はいいに越したことがないだろ」

通りがかったウエイトレスにほかのふたりが次の飲み物を注文するあいだ、ジムは話題の女にさっと目を向けた。

相手は目をそらさなかった。みじろぎもしない。彼と目が合うのを待ちわびていたかのように、赤い唇にゆっくり舌を這《は》わせる。

ジムはからになったバドワイザーに視線を戻し、ボックス席で座り直した。まるで下着の中に火のついた石炭が滑りこんだみたいだ。こんな欲求を覚えるのはずいぶん久しぶりになる。女日照りどころか、サハラ砂漠並みの記録的なかれっぷりだった。

自分で慰めるだけの日々に体が終わりを告げたがっているのも当然か。

「さっさと行ってこいよ」エイドリアンがなおもせっついてくる。「彼女に自己紹介してこい」

「おれはいい」

「そこまで拒まれると、おまえの頭にちゃんと中身が詰まってるかどうか、やっぱり疑いたくなるな」エイドリアンは指でテーブルをとんとんと叩《たた》いた。指にはめたシルバーのごつい指輪が光を反射する。「少なくとも、脳の性欲中枢は欠けてるんじゃないか」

「勝手に言ってろ」

エイドリアンは目だけで天井を仰いだ。青いドレスの女に関しては交渉の余地なしと伝わったらしい。「わかった、わかった。余計なお世話だったな」

ソファに寄りかかり、エディと同じように手脚を伸ばす。案の定、エイドリアンは長くは黙っていられなかったようだ。「射殺体が見つかった話は聞いたか?」

ジムは顔をしかめた。「またか?」

「ああ。川に浮いてたそうだ」

「たいてい川で見つかるな」

「この世はどうなってしまったんだか」エイドリアンが最後のビールをあおる。

「昔からこうさ」ジムは言った。

「そう思うか?」

ウエイトレスがビールのお代わりを男たちの前に置き、ジムはソファに背中を預けた。「いいや、そうだと知ってるんだ」

「父と子と聖霊の御名《みな》によって、ここにあなたの罪を赦《ゆる》します……」

マリー＝テレーズ・ブードローは告解室の格子窓を見あげた。窓の向こう側にある聖職者の横顔は陰に沈んでいるものの、それが誰なのか彼女は知っていた。そして聖職者も、彼女が誰かを知っている。

つまりその聖職者は、マリー＝テレーズがどんな仕事をして、なぜ最低でも週に一度は告解をしに来る必要があるのかを明確に知っていた。

「行きなさい、わが子よ。体に気をつけるのですよ」

ふたりのあいだのパネルが閉められると、パニックが彼女の胸に爪を立てた。自分の罪を並べたてる静寂のひとときに、マリー＝テレーズは自分が身を落としてしまった場所をさらけだし、おぞましい夜の営みを自分の言葉で明々と照らしだした。

その醜いイメージが薄れるまではいつも時間がかかった。けれども次に向かう場所を思うと、ますます喉が締めつけられた。

ロザリオをコートのポケットにしまい、床に置いていたバッグを持ちあげた。告解室のすぐ外で足音が聞こえ、出ようとしていた彼女は動きを止めた。

マリー＝テレーズには人目を避ける理由がいくつかあるが、そのうちの一部は〝仕事〟とは関係ないことだった。

重たいヒールの音が遠ざかると、彼女はベルベットのカーテンを引き開けて告解室から出た。

コールドウェルの聖パトリック大聖堂は、建物の規模ではマンハッタンにある聖堂の半分程度ながら、漠然とした信仰心しかない者にすら畏敬の念を起こさせるのに充分な大きさだ。天使の翼のごときゴシック様式のアーチ、そして天国にまで届かんばかりに高い天井を目にすると、大聖堂の屋根の下にいることに恐れ多さと同時に感謝の念を覚える。

それに大聖堂内はいい香りがした。蜜蠟《みつろう》、レモン、香。ほっとする香りだ。

側壁のモザイクの清掃作業用に組まれた足場をよけて、聖人たちの小聖堂の前を通り過ぎていく。奉納されたキャンドルの揺れる明かりと、じっとたたずむ彫刻を淡く照らす照明がいつものように彼女の心を落ち着かせ、人生が終着したその先には永遠の安らぎが待っていることを思い出させた。

ただし、天国の門をくぐることができたらの話だけれど。

大聖堂の通用口は通常、夕方六時には施錠されてしまうため、彼女はいつも正面扉から出ていた。なんだかもったいないことだ。彫刻の施された大扉は、毎週日曜のミサに訪れる数百人の人々や、大切な結婚式の招待客、それに……身も心も清らかな信者たちを迎え入れるためにあるのだ。マリー＝テレーズのような通用口からこっそり出入りすべき人間のためではない。少なくとも、今の彼女にはふさわしくない。

分厚い木製の扉を押し開けようと体重をすべてかけたそのとき、名前を呼ばれて彼女は首だけめぐらせた。

誰もいない。見える範囲に人影はなかった。会衆席で祈りを捧《ささ》げる人さえなく、大聖堂の中は無人だった。

「どなたか呼びました？」マリー＝テレーズの声が反響した。「神父様？」

返事はなく、寒気が彼女の背筋をなめあげる。

急いで左側の扉を押し開け、四月の冷たい夜の中へ飛びだした。ウールのコートの襟をかきあわせ、ヒールのない靴でぱたぱたと石段をおりて車へ急いだ。運転席に体を滑りこませると、ドアがすべてロックされているのを真っ先に確認した。

彼女は息を切らしながら、あたりを見回した。裸の木々の下で影が地面に渦を巻き、薄い雲が流れて月が姿を現した。大聖堂の向かいに立ち並ぶ家々の窓で人影があちこちへ動く。ステーションワゴンがゆっくりと通り過ぎていった。

あとをつけてくる者も、黒いスキーマスクの男も、物陰に潜む襲撃者もいない。不審なことは何もない。

パニックになりそうなのをこらえて、トヨタのエンジンをかけ、ハンドルをきつく握りしめた。

バックミラーを確認したあと、車を車道へ出し、ダウンタウンのさらに奥へ向かった。街灯と対向車のヘッドライトが彼女の顔を照らしてトヨタ・カムリの車内へ流れこみ、助手席の黒いダッフルバッグを浮かびあがらせる。中に入っている穢《けが》らわしい仕事着は、この悪夢から抜けだすことができたら即座に焼却するつもりだ。この一年、毎晩のように自分の体になすりつけられてきたものの記憶とともに。

〈アイアン・マスク〉はマリー＝テレーズの二軒目の〝職場〟だ。一軒目はおよそ四カ月前に吹き飛んだ。文字どおりの意味で。

今もこんな仕事を続けているのが信じられなかった。ダッフルバッグに荷物を入れるたび、悪い夢に引きずり戻される気がした。聖パトリック大聖堂で告解することで気持ちが楽になっているのか、つらくなっているのかもわからない。

葬ったままにしておけばいいことを、掘り返してばかりいるように感じるときもある。けれども赦しを求める気持ちはあまりに切実で、抗《あらが》うことはできなかった。トレード・ストリートへとハンドルを切り、クラブにバー、タトゥーショップがひしめく界隈《かいわい》、カルディー・ストリップに入った。〈アイアン・マスク〉はこの一帯の端にあり、ほかの店同様、毎夜にぎわい、店先には途切れることなく行列ができている。マリー＝テレーズは細い路地へと車を進め、ゴミ収集箱が置かれたでこぼこ道を通って駐車場に入った。

〝従業員専用〟と記されたれんが塀沿いの一角にカムリをおさめる。

クラブのオーナー、トレズ・ラティマーは、店の通用口に最も近い専用の場所に駐車するよう、女性従業員全員に口を酸っぱくして言っている。トレズは彼女の前の雇い主レヴァレンドに負けず劣らず面倒見がよく、従業員たちはみなそのことに感謝していた。コールドウェルには治安の悪い地区があるが、〈アイアン・マスク〉はそのど真ん中に立っている。

マリー＝テレーズはダッフルバッグを持って車からおり、夜空を見あげた。まぶしい街の明かりのせいで、ちぎれた雲のまわりでまたたくわずかな星々もぼやけ、天国はさらに遠のいて見えた。

目をつぶって深呼吸を繰り返し、コートの襟をきつく引き寄せた。いったんクラブに入ったら、別の誰かの体と心に入れ替わるのだ。将来思い出したくもない赤の他人に。彼女に嫌悪感をもよおさせる他人。彼女が軽蔑する他人。

最後にもう一度、息を吸いこんだ。

まぶたを開ける寸前、パニックがぶり返した。寒さにもかかわらず、服の下と額の上に汗が噴きだす。強盗から逃げているみたいに心臓が激しい鼓動を刻み、あと何夜こんなことに耐えられるのかと自問した。週を追うごとに不安は悪化していく気がした。スピードをあげて彼女をのみこみ、凍《い》てつく重みで押し潰そうとしてくる雪崩のようだ。

けれども、立ち止まることはできなかった。まだ返済すべき負債がある……金銭的な負債と、人生の負債とでも言うべきものが。スタート地点に戻るまでは、たとえいやでも踏みとどまらなければならない。

それに、不安に襲われるのは悪いことではないと自分に言い聞かせてきた。まだ環境にすっかり染まったわけではなく、本当の自分がわずかながらも生き残っていることを意味するのだから。

それだっていつまでもつことやら。ささやき声がそう指摘する。

クラブの通用口が勢いよく開き、独特のアクセントのある声が美しい響きで彼女の名を呼んだ。「大丈夫かい、マリー＝テレーズ？」

ぱちっと目を開けて仮面をかぶり、落ち着き払った足取りでボスのもとへ向かった。監視カメラに彼女の姿が映っていたのだろう。今は至るところで監視されている。

「大丈夫よ、トレズ、ありがとう」

彼はドアを開けたまま支えながら、脇を通って中へ入る彼女に黒い目をさっと走らせた。コーヒー色の肌、なめらかな骨格と完璧に均整の取れた唇。エチオピア人と思われるその容貌は美男子そのものながら、トレズ・ラティマーの最大の魅力は、マリー＝テレーズに言わせると彼の物腰だった。気遣いあふれる彼の立ち居振る舞いは芸術の域に達している。

けれど、彼は怒りを買いたくない相手でもある。

「毎晩の儀式か」トレズは言いながらドアを閉めて閂《かんぬき》を戻した。「車の横で毎晩、空を見あげているだろう」

「そう？」

「誰かきみを煩わせているやつでも？」

「いいえ。でも、いやな客がいたらあなたに報告するわ」

「何かきみを煩わせていることが？」

「いいえ。別に」

トレズは納得していない様子で女性用ロッカールームまで彼女を送った。「いいかい、何かあったらぼくに相談してくれ。いつだってかまわない」

「わかってるわ。ありがとう」

トレズは左胸を手で押さえて小さくお辞儀をした。「どういたしまして。自分を大切にするんだよ」

部屋の両側に背の高い金属製のロッカーが並び、中央の床にベンチが固定されている。奥の壁には化粧道具が散らばる長いカウンターと電球に囲まれた楽屋用の鏡があり、ウィッグや布面積の小さな服、スティレットヒールが所狭しと散乱していた。部屋は女性たちの汗とシャンプーの匂いがした。

いつものように、部屋にはマリー＝テレーズひとりだ。彼女は常に一番乗りで、帰るのも一番先。そして仕事モードに切り替えたあとは、ためらいや泣き言なしに準備に取りかかった。

コートはロッカーにしまい、外歩き用の靴は蹴り捨てる。シュシュを外してポニーテールをおろし、ダッフルバッグを開ける。

ジーンズに白のタートルネックと紺色のフリースから、ハロウィンにさえ着たくもない衣装へと着替えた。肌にぴったり張りつくマイクロミニのスカート、おへそ丸出しのホルタートップ、太股までしかないレースのストッキング、そして爪先を締めつける派手なパンプス。

そのどれもが黒ずくめだ。黒は〈アイアン・マスク〉のトレードカラーで、ここの前に勤めていた店でもそうだった。

仕事以外では絶対に黒を身につけないようになった。この悪夢の世界に足を踏み入れておよそひと月後、少しでも黒が入っている服はひとつ残らず処分した。葬儀に参列する際、着るものをわざわざ買いに行く必要があったぐらいだ。

電球に囲まれた鏡の前で、大きくふくらませたダークブラウンの髪にヘアスプレーを吹きつけ、アイシャドーとチークのパレットから、『ペントハウス』誌並みに〝隣の家のお姉さん〟のイメージからかけ離れたラメ入りの暗色を選ぶ。てきぱきと手を動かし、アイライナーでオジー・オズボーン風に黒々と目を縁取り、つけまつげを貼りつけた。

最後の仕上げにバッグの中から口紅を取りだした。ほかの女性従業員たちの口紅は決して使わないし、自分のものも貸さないようにしている。全員が毎月しっかり検査を受けているとはいえ、危ない橋を渡る気はなかった。安全に関しては細心の注意を払い、客を取るときも気をつけている。とはいえ、ほかの女性たちがどうするかまではコントロールできない。

赤いリップグロスはプラスチック製のイチゴみたいな味がした。だが、これには大切なメッセージがある。キスはお断り。絶対に。おおかたの男性は承知していることとはいえ、グロスをべったり塗ることで議論を省けた。〝男だけで〟飲みに行った店で何をしていたのか、誰しも妻や恋人には知られたくないだろう。

鏡に映る姿から目を背けてロッカールームをあとにし、喧噪《けんそう》と人混みが待つ仕事場へと向かっていく。店内の長く薄暗い通路を進むと、音楽の低音が次第にずんずんと響き、耳にどくどくと聞こえる鼓動も大きくなっていった。

まるでひとつの同じ音のようだ。

通路が終わり、眼前にクラブの光景が広がる。深紫色の壁と漆黒のフロア、深紅の天井。照明はまばらで、洞窟の中へ足を踏み入れるかのようだ。錬鉄製のケージの中で踊る女たち、カップルもしくは三人で揺れる体。店内のムードは倒錯したセックスそのもので、エロティックな音楽が濃密な空間を満たしている。

目が暗さに慣れると、身につけたくもなかった選別法を使って男たちを篩《ふるい》にかけていった。

何を着ているか、誰といるか、結婚指輪をつけているかは、客になりそうな相手の判断基準にはならない。こちらの体のどこを見ているのかさえ無関係だ。男はみんなマリー＝テレーズの胸からヒップへと目でたどるのだから。客になる相手の違うところは、彼女を凝視する目に欲望以上の何かがあることだ。彼女の体に視線を這わせながら、彼らはすでにまなざしで事に及んでいる。

だからといってマリー＝テレーズは気にしなかった。男に何をされようと、すでに起きてしまったこと以上にひどい目に遭わされることはない。

それに、確実にわかっていることがふたつある。いずれ必ず朝の三時が来る。そして仕事に終了時間があるように、彼女の人生のこのステージも永遠に続きはしない。

楽観的な気分で頭がまともに働くときには、このつらい時期は人生が流感にかかったようなものだと自分に言い聞かせている。たとえ未来を信じるのは難しくても、目を覚まして太陽を見あげたら病気が治っていて、健康を取り戻したことをしみじみ実感できる日がいつか来るのを疑ってはいけないのだと。

もっともそれは、これがただの流感だったらの話だ。もしこの状況が癌《がん》のようなものだとしたら……。マリー＝テレーズの一部はすでに病に蝕《むしば》まれ、永遠に取り返しがつかないのかもしれない。

マリー＝テレーズは思考をストップさせ、人の群れの中へ入っていった。人生は楽しいものの、楽なものだとは誰も言っていない。公平なものだとも。そしてときに人は、生きていくために安全と安心を求める脳の働きに背く行動もする。けれど、人生に抜け道はなく、人は自分が犯した間違いの代価を払わなければならない。

どんなときでも。

2

一八九三年創業の〈マーカス・ラインハート宝石店〉は、コールドウェルの中心街にあるれんが造りの優美な建物に、深い赤色の壁のモルタルが固まったときから店舗を構えている。世界恐慌時には持ち主が変わったものの、手頃な価格で提供される最高級の貴重な宝石と比類のない顧客サービスという店の精神は変わらず、インターネットの時代を迎えても遵守されている。

「アイスワインは冷やして個室にご用意してあります」

「すばらしい。ほぼ準備完了ですね」ミスター・ラインハートから宝石店を買い取った男のひ孫、ジェイムズ・リチャード・ジェイムソンは、背面がミラー張りの陳列ケースを見ながらネクタイをまっすぐにした。

自分の装いに満足すると、手ずから選んで閉店後まで残ってもらった三人のスタッフに向き直り、チェックする。全員黒のスーツに身を包み、ウィリアムとテレンスは店のロゴが入った黒地に金のネクタイを締め、ジャニスは一九五〇年代もののゴールドとオニキスのネックレスをつけている。完璧だ。三人ともショールーム内にあるすべてのものと同様に優美かつ控えめ。そして全員が英語とフランス語で会話をすることができる。

〈ラインハート宝石店〉が提供するもののために、客はマンハッタンやモントリオール、南からも北からも足を運び、遠出に見合ったものを必ず得る。華やかな輝きが目をくらませるショールームは、スポットライトの角度からガラス張りの陳列ケースの配置まで、贅沢品《ぜいたくひん》と必需品の境界線が薄れるようすべてが計算し尽くされていた。

ドア脇の振り子時計が十時を打つ少し前、ジェイムズは壁と一体化している引き戸をさっと開けて掃除機を取りだすと、アンティークのオリエンタル絨毯《じゅうたん》に滑らせて足跡を消した。ふわりと立たせた絨毯の毛並みを損なわないよう、あとずさりして引き戸まで戻る。

「いらしたようです」鉄格子の窓の横でウィリアムが言った。

「ええ……たしかにいらっしゃいました」同僚の脇から首を伸ばしてジャニスがささやく。

ジェイムズは掃除機を隠すと、ジャケットをさっと整えた。胸の中では鼓動が速まっていたものの、表向きは澄ました顔をし、爪先立ちで通りをのぞきに行った。

店は、一般客のために月曜から土曜の午前十時から午後六時まで開けている。だが、お得意様のためなら閉店後でも貸し切りで店を開ける。曜日も時間も、お得意様の都合次第で。

ＢＭＷのＭ６からおり立つ紳士は間違いなくお得意様候補だ。ヨーロッパ仕立てのスーツ、寒さにもかかわらずオーバーコートは着ておらず、アスリートのような足取りに、暗殺者《アサシン》のような顔つき。この男性は頭の切れる権力者で、おそらく犯罪とも無縁ではないだろう。しかし〈マーカス・ラインハート宝石店〉は、マフィアであれ麻薬で儲《もう》けた金であれ、分け隔てすることはない。ジェイムズの仕事は物を売ることであって、人を裁くことではなかった――なので彼に言わせれば、店の入り口へやってくる男はバリーのローファーを履いた美徳の鑑《かがみ》だ。

ジェイムズはチャイムが鳴る前に入り口を解錠してドアを開けた。「ようこそおいでくださいました、ミスター・ディピエトロ」

力強く短い握手、低く鋭い声、冷ややかなグレーの瞳。「頼んだものは用意してもらえたかな？」

「もちろんでございます」ジェイムズはためらった。「お相手の方もお見えになるご予定でしょうか？」

「いいや」

ジェイムズはドアを閉めると、ジャニスの目が顧客に吸い寄せられるのを努めて無視しつつ店の奥を示した。「お飲み物をご用意いたしましょう」

「結構だ。それよりダイヤモンドを見せてくれ」

「かしこまりました」

特別接客室は壁に油絵がかけられ、アンティークの大きなデスクとゴールドの椅子が四脚あった。顕微鏡に黒のベルベット張りの展示トレイ、冷えたアイスワインとクリスタルのグラス二脚がデスクの上に用意されている。ジェイムズがスタッフにうなずきかけると、テレンスが進みでてシルバーのワインクーラーを片づけ、少しだけあわてた様子のジャニスがグラス二脚を持ち去った。ウィリアムはいかなる要望にも応えるべく戸口で待機した。

ミスター・ディピエトロは椅子に腰をおろしてデスクに両手をのせた。ショパールのプラチナの腕時計が袖口できらりと光る。腕時計と同じ色をした彼の瞳は、ジェイムズを注視するというより、視線で頭蓋骨を貫こうとするかのようだ。

ジェイムズは咳払《せきばら》いしながら向きあって座った。「ご相談をいただきましたあと、当店のコレクションから選《よ》りすぐりの商品をご用意させていただいたのに加え、アントワープからも多数のダイヤモンドを直接、取り寄せいたしました」

ジェイムズは金色の鍵をデスクの最上段の引き出しに差し入れた。この店で商品を見るのも買うのも初めてという客を相手にする場合、まさに今がそうだが、最初から最高級品を見たがるタイプか、価格の低いものから高いものへと徐々にグレードアップしていくのを好むタイプなのか、見極めねばならない。

ミスター・ディピエトロがどちらに当てはまるのかは一目瞭然だった。

ジェイムズが取りだしたトレイには十個の指輪が並び、どれも見せる前に蒸気洗浄してあった。黒のベルベットからジェイムズがつまみあげた指輪は、わずかな差ではあるが、石の大きさは最大ではない。しかし、質では群を抜いていた。

「こちらは七・七カラットのエメラルドカット、カラーグレードは最高品質のDカラー、内部無欠点《インターナリー・フローレス》でございます。GIAとEGL両方の鑑定書をご用意しております」

ミスター・ディピエトロが指輪を手に取り、顔を近づけて調べるあいだ、ジェイムズは無言で待った。石の研磨状態《ポリッシュ》および対称性《シンメトリー》が特にすばらしいことや、プラチナの土台がこのダイヤモンドのために手作りされたこと、この種のものが市場に出るのは非常にまれなことを指摘する必要はない。反射する光と照り《ファイヤー》が自身を語り、内部から鮮やかに放射される輝きには、石そのものに魔力があるのではないかと思わずにいられない。

「いくらかな？」ミスター・ディピエトロが尋ねた。

ジェイムズは鑑定書をデスクに置いた。「二百三十万ドルでございます」

ミスター・ディピエトロのような男性には高価であればあるほどいいはずだ。もっとも、正直なところ、これは適正価格だ。〈ラインハート宝石店〉がビジネスを続けるには、売上げとマージンを天秤《てんびん》にかけねばならない。マージンを増やしすぎれば売上げがさがる。それに、ミスター・ディピエトロが刑務所や破産、もしくはその両方と無縁であり続けるとして、店のためにも彼とは末永い関係を築きたいものだった。

ミスター・ディピエトロは指輪を戻して鑑定書に目を通した。「ほかの指輪の説明も聞かせてもらおうか」

ジェイムズは驚きをのみこんだ。「もちろんです。ええ、喜んで」

トレイの右側から左側へとそれぞれの指輪の特性を説明しながら、客を見誤ったかと彼はずっと自問していた。さらに指輪を六つ、テレンスに持ってこさせた。どれも五カラット以上のものばかりだ。

一時間後、ミスター・ディピエトロは椅子の背に寄りかかった。それまでのびをすることも、注意をそらすこともなく、携帯電話を急いでチェックすることも、冗談で緊迫感を破ることもなかった。横を通る美しいジャニスにちらりと目を向けることさえしなかった。

完全に没頭していた。

指輪をはめることになる女性へ、ジェイムズはつい思いをめぐらせた。当然美人だろうが、極めて自立していてあまり感情的ではないのだろう。普通、どれほど冷静で成功した男性であっても、愛する女性にこの種の指輪を買うときは目を輝かせるものだ。すばらしい贈り物で彼女をびっくりさせる興奮なり、人口のわずか〇・一パーセントしか買うことのできないものを手に入れる誇らしさなり、たいていはなんらかの感情が顔に出る。

ミスター・ディピエトロの顔つきは、彼が眺めている石と同様に冷たく険しかった。

「ほかにも何かご覧になりたいものはおありでしょうか？」ジェイムズは気落ちしながら言った。「ルビーやサファイアなどはいかがですか」

相手は上着の内側に手を入れると、分厚い黒の札入れを取りだした。「初めに見せてもらったものを二百万ドルでいただこう」目をしばたたかせるジェイムズの前で、ミスター・ディピエトロはカードをテーブルに置いた。「こちらは金を払うのだから、融通をきかせてほしいものだな。ぼくのような客をリピーターにしたいなら値引きくらい当然だろう」

ジェイムズは相手に買う気があると理解するのに少し手間取った。「さ……さすがにお目が高い。ですが、こちらの価格は二百三十万ドルでございまして」

ミスター・ディピエトロはカードを指で叩いた。「デビットカードだ。二百万ドル。すぐに決済してくれ」

ジェイムズはすばやく暗算した。その価格でもまだ三十五万ドルの利益にはなる。

「承知いたしました」

ミスター・ディピエトロに驚いた様子はない。「賢明だ」

「指輪のサイズはいかがいたしましょう？　サイズをご存じでしたら――」

「七・七カラット、彼女が気にするのは宝石のサイズだけだ。ほかはあとでこちらでやる」

「かしこまりました」

いつもなら、奥にさがって顧客の購入商品を箱に入れ、保険をかけるときに必要な査定書をプリントアウトするあいだは、ほかのスタッフに接客させる。だが今夜は、ミスター・ディピエトロが携帯電話を取りだして電話をかけだしたので、ジェイムズはスタッフに向かって首を横に振った。

奥の部屋で手を動かすジェイムズの耳に、電話で話すミスター・ディピエトロの声が入ってきた。〝ダーリン、きみにプレゼントがあるんだ〟とか、思わせぶりな〝これから会えるかな〟とかいう甘い声音ではない。それどころか、ミスター・ディピエトロの電話の相手はこれから婚約者になる女性ではない。トムとかいう男性だ。そして土地のことについて何か話している。

ジェイムズはカードを読み取り機に通した。承認されるのを待つあいだにもう一度蒸気洗浄をし、読み取り機に緑色のデジタルメッセージが表示されないか、ちらちら目をやった。二十四時間つながる銀行の問い合わせ先に直接電話するよう表示が出たときは、驚きもしなかった。支払金額を考えれば当然の手続きだ。連絡するなり、ミスター・ディピエトロに代わるよう担当者から求められた。

接客室のデスクにある電話に転送してから、ジェイムズは部屋から首を突きだした。

「ミスター・ディピエトロ――」

「カードの名義人の確認だろう?」彼は右手を伸ばして腕時計をきらりと光らせながら、受話器を取った。ジェイムズが出ていって保留を解除するより先に、自分でやって話し始める。

「そう、本人だ。ああ、そうだ。母の旧姓はオブライアン。わかった。ありがとう」

ジェイムズを見あげ、電話をふたたび保留に戻して受話器を置く。「承認コードを知らせるそうだ」

ジェイムズは会釈して奥へ引き返した。ふたたび現れたときには、サテンの持ち手つきのしゃれた赤いギフトバッグと、領収書入りの封筒を手に持っていた。

「ご用の際には、またお役に立てますよう願っております」

ミスター・ディピエトロは今や彼の所有物となったものを手に取った。「婚約は一度のつもりだが、記念日は今後増えていくだろう」

スタッフはさっとしりぞいて道をあけ、ジェイムズはミスター・ディピエトロがたどり着く前にドアを開けに急いだ。客が颯爽《さっそう》と出ていったあとはドアをふたたび施錠し、窓の外へ目をやる。

客の車は走り去る姿も華々しく、エンジンがうなり、街灯のまぶしい光が漆黒の塗装が施された艶やかな車体に反射していた。

窓へ背を向けたジェイムズは、ジャニスが別の窓に釘付《くぎづ》けになっているのに気がついた。ジェイムズのように車に見惚《みほ》れているのではなく、その視線の先にあるのはドライバーのほうでまず間違いないだろう。

おかしなものではないか。手の届かないものほど、今手にしているものより価値があるように感じるのが世の常だとは。ひょっとすると、それこそミスター・ディピエトロの超然とした態度の理由かもしれない。眼前に並べられた宝石をすべて買い取ることもできた彼にとって、二百万ドルの買い物は、常人が新聞やコーラを買うのとさして変わらない。

本物の金持ちに手に入れられないものなどない。なんと幸運なことだろう。

「悪いが、おれはそろそろ帰る」

ジムはからのグラスを置くと、自分のレザージャケットをつかんだ。バドワイザーを二本あけ、もう一本飲んだら酒気帯び運転に引っかかるから潮時だ。

「ひとりで帰るなんて嘘《うそ》だろう」エイドリアンが間延びした口調で言い、青いドレスの女に目をやる。

彼女は今もシーリングライトの下に立っていた。今もジムを見つめ、今も息をのむほど魅力的だ。「そうだ。ひとりでだ」

「たいていの男は、おまえのような自制心に欠けている」エイドリアンがにやりとすると、下唇のリングピアスに光が反射した。「なかなかどうして、大したものだよ」

「ああ。おれは聖人なんだ」

「安全運転で帰宅して、頭の後光をぴかぴかに磨いてろ。明日、また現場でな」

順にてのひらをぴしゃりと打ちあわせたあと、ジムは人波に分け入った。彼が通ると、黒いチェーンにスパイクつきのチョーカー姿の客たちが振り返ったが、それはこのゴス・ファッションの連中がショッピングモールでじろじろ見られるのと同じ理由だろう。〝よくそんな格好でここに来られるな〟

革とレースをこよなく愛する彼らの感性に、リーバイスと清潔なフランネルシャツは目障りらしい。

青いドレスの女からは極力離れた場所を通って外へ出たところで、何がしかのテストに合格したかのように深々と息を吐いた。しかし冷たい空気はジムが求めるほどには安堵感《あんどかん》を与えてくれず、裏手の駐車場へと歩きながら、思わずシャツのポケットへと手をさまよわせた。

煙草《たばこ》はやめたのに、一年経《た》っても無意識に手がマルボロレッドを求めてしまう。いまいましいこの癖は、失った手脚の痛みを感じる幻肢痛のようなものだ。

角を曲がって駐車場に入り、建物に向かって垂直に並ぶ車の列の前を通り過ぎる。

どれも薄汚れ、側面には道路の凍結防止剤が跳ね返って数カ月分の雪汚れがこびりついている。三列目の端にある彼のトラックもまったく同じ有様だ。

ジムは歩きながら左右へ目を向けた。ここは街でも物騒な区域で、不意打ちされるのは願いさげだった。もっとも、喧嘩《けんか》のひとつふたつなら悪くはない。若い頃にはよく喧嘩をしたし、その後は軍隊で正式な訓練を受けた――おまけに昼間の肉体労働のおかげで体は引き締まり、岩のように硬い。それでも用心は常に怠らないに――。

足元で金色のものがきらりと光り、ジムは足を止めた。

かがんで拾いあげると、細い指輪だった――いや、これはフープイヤリングの片割れか。ジムは汚れを払い、まわりの車を見回した。落とし主が誰かはわかりようがないし、さほど高そうなものでもない。

「どうしてわたしを置いて帰ってしまうの？」

ジムは凍りついた。

くそっ。彼女は声までセクシーなのか。

背中を起こしてくるりと向き直り、車のトランクが並ぶ向こうへ目をやった。青いドレスの女は十メートルほど後ろで、セキュリティライトの下に立っている。いつも自分にスポットライトが当たるようにしているのか？

「外は寒い」ジムは言った。「中へ戻ったほうがいい」

「わたしは寒くないわ」

たしかにな。彼女は〝体がかっかするほど〟ホットだ。「おれは……もう帰るところだ」

「ひとりで？」彼女が近づいてくる。くぼみだらけのアスファルトをハイヒールがこつこつと踏んだ。

接近するほどに彼女は美しさを増していく。セックスのために創造されたかのような唇は深紅に塗られてわずかに開き、髪は……脳裏に浮かぶのは、むきだしになった彼の胸板と太股に落ち広がる光景ばかりだ。

ジムは両手をジーンズのポケットに押しこんだ。こっちのほうがはるかに上背があるのに、彼女が一歩歩くごとにみぞおちへ一撃を食らい、熱い思いと明確な意図に身動きができなくなる。きめ細かな白い肌を見つめていると、見た目どおりに柔らかいのか知りたくなる。ドレスの下に秘められたものをすべて知りたくてたまらない。服を脱ぎ捨てて組み敷いたら、どんな肌触りがするのだろう。

目の前で彼女が足を止めたとき、ジムは深呼吸をせずにいられなかった。

「あなたの車はどこ？」彼女が尋ねた。

「トラックだ」

「どこにあるの？」

そのとき一陣の冷たい風が路地から吹き抜け、彼女がかすかに体を震わせ、ほっそりした美しい腕を自分の体に巻きつけた。クラブの中では蠱惑的《こわくてき》に見えた黒い瞳が、ふいにすがるようなまなざしに変わり……目をそらすのはほぼ不可能になった。

どうする？　この女のぬくもりの中へ落ちていくつもりか？　この場限りでも？

またも突風が吹きつけ、彼女は寒そうに足を踏み換えた。

ジムはレザージャケットを脱ぐと、ふたりのあいだの距離を詰めた。視線を絡ませたまま、自分のジャケットで彼女の体を包みこむ。「おれのトラックはあそこだ」

彼女が手を伸ばしてこちらの手を取ったので、ジムはトラックへと導いた。

フォードF‐150はカーセックス向きではないにしろ、その気になれば充分なスペースがある。それに、そもそも彼にはこれしかない。ジムは助手席に乗りこむ彼女に手を貸したあと、ぐるりと回りこんで運転席におさまった。エンジンはすぐにかかり、彼はエンジンがあたたまるまで冷風が噴きださないようファンを止めた。

彼女はジムのほうへと体を滑らせた。彼女が体を突きだすと、タイトなドレスに胸が押しあげられる。「優しいのね」

彼自身は自分を優しいとは思えなかった。頭にあることを考えると、今はなおさら。

「レディに風邪をひかせるわけにはいかないからな」

ジムは彼女の全身に目を走らせた。くたびれたぶかぶかのレザージャケットを羽織ってうつむいているため、長い髪は肩に広がってくるりと巻いた毛先が胸の谷間に落ちかかっている。初めは男を誘惑する女のようなそぶりだったが、本当は普通の女性で、自暴自棄になっているだけかもしれない。

「話でもしようか」そう言ったのは、この女性は彼の欲望のはけ口にはふさわしくないからだ。

彼女が首を横に振る。「話なんてしたくない。わたしがしたいのは……」

オーケー、自分が優しさからほど遠いのは確定だ。彼は男で、手の届くところに美女がいる。彼女に心のもろさを感じようと、ジムがしたいのはセラピストのまねごとではなかった。

彼女がジムを見あげた。親を亡くした子どもみたいに悲しげな目で。「お願い……キスして」

ジムはためらった。相手の表情が彼の心と別の場所にもブレーキをかけた。「本気でおれとキスをしたいのか？」

彼女は肩にかかった髪をかきあげて耳にかけた。うなずく動きに合わせて、耳たぶからぶらさがっている十セント硬貨サイズのダイヤモンドがきらめく。「本気よ……キスして」

彼女はジムの視線をとらえたまま、目をそらさない。ジムは身を乗りだした。罠《わな》にはまっていくのを感じながら、微塵《みじん》も気にしなかった。「ゆっくりいこう」

ああ……なんて唇だ……。

彼女の唇は想像どおりに柔らかかった。女性を押し潰してしまうのを恐れ、自分の唇で彼女の唇を慎重になぞる。甘くて、あたたかい。彼女は慎重なジムのペースに身を委ね、彼の舌を迎え入れたあとは体をずらし、彼のてのひらが自分の顔から鎖骨へ……さらには豊満な胸へと滑り落ちるようにした。

そこでふたりのテンポが切り替わった。

彼女がふいに体を起こし、ジムのジャケットを肩から滑らせた。「ファスナーは背中よ」

労働で荒れた彼の手はすぐにそれを探り当て、青いドレスが汚れるのを気にかけつつ、ファスナーを引きおろした。彼女がドレスの胸元を自分で引きさげ、ジムのトラックと同じくらいの値段がしそうなサテン地にレースをあしらったブラジャーを露《あら》わにしたところで、彼の思考は停止した。

上質な生地を胸の頂が押しあげている。車の計器類が投げかける薄明かりの中で、飢えた目にはたまらないごちそうだ。

「この胸、本物なの」彼女がそっと言った。「彼はシリコンを入れさせたがったけど……わたしはいやだったから」

ジムは顔をしかめた。そのくそったれには目の手術を受けさせる必要があるな。それか、タイヤレバーで叩き潰すか。「豊胸なんてしなくていい。きみはきれいだ」

「ほんとに？」彼女の声が震えている。

「本当だ」

彼女のはにかんだ笑みがジムの胸を突き刺し、奥深くまで達する。人生の汚い面なら、彼は何もかも知っていた。たった一日がひと月にも思えるたぐいの経験をしてきた。この女性にはそんな人生とは無縁でいてほしいが、彼女もまたつらい目に遭ってきているようだった。

ジムは身を乗りだし、彼女が寒くないようヒーターを入れた。

体を引いてやると、彼女はブラジャーの片方をおろし、自分の手で胸のふくらみを持ちあげ、乳首を差しだした。

「きれいだ」ジムはささやいた。

頭をさげて乳房の先端を唇で挟み、そっと吸いあげる。彼女があっと声を漏らしてジムの髪に両手を差し入れ、柔らかな胸で彼の口をふさいだ。その瞬間、男を獣に変身させる生々しい欲望がジムを貫いた。

だが、自分を見つめる彼女のまなざしがよみがえり、この女性を抱くことはできないと思い直した。自分は彼女の面倒を見てやるだけだ。ヒーターから熱風が吹きだし、フロントガラスが曇るトラックの運転席で。彼女がどれほど美しく、その体がどれほど完璧かを、見た目も、感触も……味わいまでも申し分ないことを教えてやろう。ただし、彼女からは何ひとつ奪いはしない。

なんだ。自分はそこまで悪い人間でもないらしい。

本当にそうか？　内なる声が割りこんできた。本当にそう言いきれるのか？

いいや、言いきれはしない。それでもジムは彼女をシートに横たわらせ、レザージャケットを丸めて彼女の頭の下に敷いてやると、正しいことをしようと誓った。

ああ……なんて美女だ。彼女は鶏小屋《とりごや》に避難してきた極楽鳥だ。いったいどんな理由で彼女はジムを求めているんだ？

「キスして」彼女がささやいた。

両腕で自分の体を支えて彼女に覆いかぶさったとき、ダッシュボードのデジタル時計が視界に入った。十一時五十九分。四十年前、まさに彼がこの世に産み落とされた瞬間。

めでたい誕生日になったものだ。

3

ヴィン・ディピエトロはリビングルームでシルクのソファに腰をおろした。室内はゴールドにレッド、クリーミーホワイトを基調とし、黒大理石の床にはアンティークの絨毯が敷かれ、書棚には初版本が並び、クリスタルや黒檀《こくたん》、それからブロンズの彫像のコレクションが彼の周囲で輝いている。

しかし、この部屋の一番の目玉は右手に広がる街の眺めだ。

全面ガラス張りの壁のおかげで、コールドウェルのツインブリッジと超高層ビル群は、カーテンや絨毯、美術品と同様にこの部屋の彩りの一部となっている。建物は変わらずとも、明滅する夜景は常にその表情を変え続け、眼下に広がる展望は都会が見せる究極の美だった。

ヴィンは超高級高層ビル〈コモドール〉の二十八階と二十九階をすべて自分のメゾネットにしていた。総面積は一千平方メートル。寝室六室にメイド用の控え室、エクササイズルーム、シアタールームを完備している。バスルームは八室。地下には四台分の駐車スペース。そして内装も大理石板や花崗岩《かこうがん》板、壁紙、堅木、絨毯に至るまで、すべてヴィン自身の手で最高級品を選りすぐり、彼の好みどおりにしていた。

ここを出ていく準備は整った。

このまま順調にいけば、四カ月後には新たなオーナーに鍵を引き渡せるだろう。もしかしたら三カ月で。建築現場の作業員の働き次第だ。

ハドソン川の沿岸に建築中の邸宅と比べたら、このメゾネットは公営住宅も同然だ。川を臨む広大な土地を手に入れるには、昔からある狩猟小屋やキャンプ場をいくつも買い取らねばならなかったが、すべてはおさまるべきところにおさまった。狩猟小屋を撤去して土地を整地し、地下室を造るためにアメフトの試合ができるほど広大なスペースを掘削した。目下、現場の作業員は外壁と屋根に取りかかっている。そのあとは電気工が邸宅の中枢神経系を組み、配管工が動脈を埋めこむ。そして最後に、カウンターやタイル、照明、キッチンなどの設備と、内装などの細部を造っていく。

まるで魔法のように、すべてがひとつの形になっていくのだ。それは何も未来の住居だけではない。

目の前にあるガラストップのテーブルには、〈ラインハート宝石店〉から持ち帰ったベルベットの小箱が置かれていた。

玄関ホールの振り子時計が真夜中を告げ、ヴィンはソファにもたれて脚を組んだ。彼はロマンティストではないし、そうだったこともない。それはディヴァイナも同じで、ふたりが完璧なカップルである理由のひとつだ。彼女はヴィンに干渉せず、いつも自分でやることを見つけ、彼が必要とするときはいつでも飛行機に飛び乗る準備ができている。それに子どもをほしがっていないのも大きなプラスだった。

彼は父親になることはできない。父の罪が子に報いるなどという聖書の御託に関わる気はない。

ディヴァイナとのつき合いは長くはないものの、彼女こそ自分の伴侶だと確信していた。開発用の土地を買うのに似ている。土地を見晴らせば、〝ビルを建てるのはここだ〟とわかるものだ。

あまたのビルを見おろす高みから街を眺め、ヴィンは自分が生まれ育った家を思い返した。当時、窓から見えたのは二階建ての古びた小さな隣家で、彼は毎夜のようにその先を見ようとした。母と父が酔っ払って喧嘩をする声を聞きながら、ヴィンが求めたのは出ていくことだけだった。両親のもとから、みじめったらしい下位の中流階級地区から、ほかのみんなとは違う自分自身から。そして驚いたことに、すべて彼の願望どおりになった。

この暮らし、この景色のほうがどれだけいいことか。ここまで来るのに多くの犠牲を払いはしたものの、運は常にヴィンの味方をした――まるで魔法のように。

もっとも、仕事に専念するほど運気は上昇するものだ。そして彼はどんなことをしてでもこの地位にとどまるつもりでいた。

腕時計にふたたび目をやると、四十五分が経過していた。さらに三十分待つことにした。

身を乗りだしてベルベットの小箱にてのひらをのせたとき、かちりという音と玄関ドアが開く気配に気づき、ヴィンは首をめぐらせた。玄関ホールの大理石を打つスティレットヒールの音が近づいてくる。いや、通り過ぎていくと言うほうが正しいか。

アーチを描くリビングルームの入り口を通りかかったディヴァイナは、白いミンクを肩から滑らせ、ヴィンの金で彼女が買ったエルベレジェの青いドレスを露わにしていた。〝震いつきたくなるような美女〟とは彼女のためにある言葉だ。完璧な曲線を描く体はそれをぴったりと包みこむバンテージドレスのデザインを際立たせ、長い脚は彼女が履いている赤いソールのクリスチャン・ルブタンよりもラインが美しい。ブラウンの髪は頭上から彼女を照らすクリスタルのシャンデリアよりもまぶしく輝いていた。

美しい。いつものことだが。

「どこへ行ってた？」ヴィンは尋ねた。

ディヴァイナはその場で固まり、彼を振り向いた。「帰っていたのね」

「きみを待っていた」

「電話してくれればよかったのに」彼女ははっとするような瞳の持ち主だ。アーモンド形のダークブラウンの瞳は髪よりさらに色味が深い。「電話をもらったら帰ってきたわ」

「サプライズさ」

「あなたは……サプライズをするような人ではないでしょう」

ヴィンはてのひらに小箱を隠して立ちあがった。「今夜は楽しかったかい？」

「ええ」

「どこへ行ってた？」

ディヴァイナは毛皮を腕にかけた。「クラブへ行ってきただけ」

ヴィンは近づきながら、彼女のために購入したものを握りしめ、口を開きかけた。

ぼくの妻になってくれないか。

ディヴァイナが怪訝《けげん》そうな顔をした。「どうかしたの？」

ぼくの妻になってくれないか。ディヴァイナ、ぼくの妻になってほしい。

ヴィンは彼女の唇に目をやり、眉根を寄せた。いつもよりぽってりとしていて、赤い。しかも珍しく口紅をつけていない。

そこから導きだされる結論が、父母の鮮明な記憶を彼の脳裏によみがえらせた。ふたりはどちらも泥酔し、互いに怒鳴ってはものを投げつけていた。諍《いさか》いの種は毎度おなじみで、父の罵声が今でもはっきりと聞こえるようだ。〝誰と一緒にいた？　いったい何をしてたんだ？〟

たいてい次に聞こえるのは、母が投げつけた灰皿が壁にぶつかる音だ。日々の繰り返しのたまもので母の腕力はなかなかのものだったが、ウォッカがコントロールを狂わせ、父の頭に命中するのは十回に一回程度だった。

ヴィンは小箱をスーツのポケットに滑りこませた。「楽しんできたか？」

ディヴァイナは彼の気分を推しはかりかねているかのように目を細くした。

「ちょっと出かけただけよ」

ヴィンはうなずきながらも、乱れた感じの髪は、そういうヘアスタイルなのか、それとも男の手によるものかと思案した。「それはよかった。ぼくはこれから少しばかり仕事をする」

「わかったわ」

ヴィンは踵《きびす》を返すと、リビングルームを出て図書室を抜け、書斎へ向かった。そのあいだ、視線はガラス張りの壁と夜景に据えたままでいた。

女性に関して、父にはふたつの信条があった。女は信用ならない。女に主導権を握らせたら最後、男はいいようにあしらわれる。ろくでなしの父からは何ひとつ受け継ぎたくなかったが、父の記憶を頭から振り払うことができなかった。

妻は浮気をしていると父は確信しきっていた――信じがたいことだが。ヴィンの母親は、髪は年に二度脱色するだけで、目の下には雷雲と同色のくまが広がり、手持ちの服はバスローブのみ。それも洗濯の頻度は、髪を脱色する頻度といい勝負だった。外出することはなく、焚《た》き火《び》のように煙を吐き、息で車の塗装を溶かせそうなほどアルコールくさかった。

それなのにどういうわけか、父はそんな女に男たちがよだれを垂らすと思いこんでいた。もしくは煙草に火をつける以外には指一本ですら動かしもしない女が、灰皿と煙草の空箱程度の価値しかない女が、たびたび重い腰をあげて外出し、好みの男を見つけているのだと。

両親ともヴィンに手をあげた。少なくともヴィンが大きくなり、父母よりすばやく動けるようになるまでは。ヴィンが唯一両親に感謝しているのは、彼が十七歳のときにお互いの手にかかって死んでくれたことだろう——情けない最期ではあったが。

書斎に入ると、天板に大理石を用いたデスクの前の椅子に腰をおろし、執務室も兼ねた室内を見回した。コンピューターが二台、六回線ある電話が一台、ファックス、ブロンズのランプがふたつ。椅子は深紅の革張り。床にはバーズアイメープルの羽目板と同じ色の絨毯。カーテンは黒とクリーム色と赤だ。

ランプの片方と電話機のあいだに指輪の小箱を置き、椅子を回転させて仕事に背を向け、街の夜景へ目を戻した。

ぼくの妻になってくれないか、ディヴァイナ。

「楽な服に着替えてきたわ」

首をめぐらせ、シースルーのゆったりした黒いローブに着替えたディヴァイナに目を向ける。

ヴィンは椅子を回転させた。「なるほど、楽そうな服だ」

近づいてくる彼女の胸が生地の下で揺れるのが透けて見え、ヴィンは下半身が硬くなるのを感じた。彼女の胸にはいつも欲望を駆りたてられる。豊胸手術をしたいと彼女が言いだしたときは、言下に拒否した。彼女はこのままで申し分ない。

「わたしを求めて来てくれたときに、留守にしていてごめんなさい」ディヴァイナはシースルーのローブを揺らして彼の前にひざまずいた。「心からお詫《わ》びするわ」

ヴィンは片手をあげ、ふっくらした彼女の下唇を親指でなぞった。「口紅はどうした？」

「バスルームで顔を洗ったの」

「それならどうしてアイライナーはそのままなんだ？」

「塗り直したからよ」彼女の声はなめらかだ。「ずっと携帯電話を持っていたのに。遅くにミーティングがあるって言ってたでしょう」

「ああ」

ディヴァイナは彼の太股に両手をのせ、体を前に突きだした。盛りあがった胸がローブからこぼれ落ちそうだ。ああ、彼女はなんていい香りがするんだ。

「ごめんなさい」うめくようにささやいてから、彼女はヴィンの喉に唇を押し当て、彼の脚に爪を沈めた。「つぐなわせてちょうだい」

彼の肌に触れさせたまま唇を閉じてそっと吸う。

ヴィンは頭を後ろへそらし、半分閉じたまぶたの下から彼女を見おろした。ディヴァイナは男が夢見る女そのものだ。そして彼女は、ヴィンのものだ。

だったら、どうしてあの言葉を口に出せない？

「ヴィン……お願い、機嫌を直して」彼女がささやく。

「不機嫌になどなっていないさ」

「眉間にしわを寄せてるわ」

「これが普段の顔だ」笑ったことなどあっただろうか？「そうだな。じゃあ、ぼくの機嫌がよくなるよう、きみが何かしてみてはどうかな」

それこそ彼女が引きだそうとしていた誘いだったかのように、ディヴァイナは唇をぱっと離すと、彼のネクタイをほどいて襟を開き、シャツのボタンを外した。キスで彼の腹部までたどり、ベルトを緩めてシャツの裾を引きだし、素肌に爪と歯を立てた。

ヴィンがハードなプレイを好むのを彼女は知っている。そして、そのことになんの不満も持っていなかった。

ヴィンは高まったものをズボンから解き放つディヴァイナの顔から髪を持ちあげて背中へかけてやった。彼女がこれからしようとしていることを見物するのは、おそらく彼ひとりではないだろう。デスクの上のランプはどちらもついている。ここから見える高層ビルのオフィスにまだ残っている者にとって、双眼鏡さえあればショータイムの開始というわけだ。

ヴィンは彼女を止めることも、ライトを消すこともしなかった。

ディヴァイナは見られるのを好む。

彼女が唇を開いて口の奥まで彼をのみこむと、ヴィンは小さくうめいて歯を食いしばった。やがて彼女はヴィンを恍惚《こうこつ》とさせるリズムを見いだし、口で彼を攻めたてながらじっと見あげた。ヴィンがやや倒錯的な行為を好むことを知っていて、最後の瞬間、彼女は頭を起こし、自分の美しい胸の上に精を注がせた。

低い笑い声をあげて上目遣いに彼を見つめる顔はまだ満足していない悪女のものだ。これがディヴァイナだった。場面に応じて顔を変え、貞淑な女の顔をしていたかと思えば次の瞬間には淫婦に変身する。彼女の気分は自由自在につけたり外したりできる仮面なのだ。

「まだ飢えてるんでしょう、ヴィン」彼女は美しい手を薄いローブからTバックへと滑らせてそこで止め、背中をそらした。「わたしがほしい？」

明かりの中では、彼女の瞳はダークブラウンではなく真っ黒で、その目は何もかも見通しているように見えた。彼女の言うとおりだ。ディヴァイナがほしい。画廊のオープニングパーティーで初めて出会い、シャガールと彼女を持ち帰ったときからずっとそうだ。

ヴィンは椅子から滑りおりた。彼女の両脚のあいだの床に膝を突き、その太股を大きく押し広げる。ディヴァイナは彼を待ちわびて濡《ぬ》れていた。ヴィンはデスク横の絨毯の上でそのまま彼女を抱いた。性急で乱暴なセックスだが、ディヴァイナは狂おしく乱れ、その姿が彼に火をつける。

彼女の中で解き放ったとき、ディヴァイナはまさに求めていたものを与えられたかのようにヴィンの名前を口にした。

ヴィンは上質なシルクの絨毯にがくりと頭を垂らし、ぜいぜいと息を切らした。自分の感じているものが気に入らなかった。これは情熱が引いたあとの疲労感を超えている。これは消耗感だ。

彼女を満たせば満たすほど、自分がからっぽになった気がするときがある。

「もっとお願い、ヴィン」深くかすれた声でディヴァイナがせがんだ。

〈アイアン・マスク〉のロッカールームにあるシャワーで、マリー＝テレーズは降り注ぐ湯の下で口を開け、体の内と外から自分を洗い流そうとした。ステンレスの皿にのった黄色い石鹸《せっけん》に、目をやりもせずに手を伸ばす。ダイアル石鹸の刻印がほとんど消えかけているから、これもあと二、三夜でなくなってしまうだろう。

全身をくまなく洗ううちに、泡だらけの水に混ざって涙が体を流れ落ち、足元の排水溝へ吸いこまれていった。いろいろな意味で、熱い蒸気と安い石鹼にひとりきりで包まれるこのときが夜の一番つらい時間だった。告解のあとの憂鬱さより胸が苦しい。

今ではダイアル石鹼の匂いを嗅ぐだけで目がうるんでくる。パブロフが唱えた条件反射は人間にも当てはまるという生ける証拠だ。

洗い終わると、シャワーから出てごわごわした白いタオルをつかんだ。肌が縮みあがり、寒さに対して鎧《よろい》のように体を守る。進み続けようとする彼女の意志も同じように反応し、感情を引っこめて胸の奥にしっかりとしまいこんだ。

ロッカールームでジーンズとタートルネック、フリースに着替え、仕事用の衣装をダッフルバッグに詰めこんだ。寒い夜の中へ出ていく前に、十分かけてドライヤーで髪をしっかり乾かす。こんな夜には、早く夏になればいいのにと願わずにいられなかった。

「準備はできたかい?」

ロッカールームの閉じたドア越しにトレズが声をかけてきて、マリー＝テレーズは思わず頰を緩めた。毎晩同じ言葉。そして彼女がドライヤーを置くのと同時にいつも声をかけてくれる。

「あと二分だけ待って」マリー＝テレーズは返事をした。

「あわてなくていいよ」トレズは本心からそう言ってくれている。彼女が帰り支度にどれだけ時間がかかっても、必ず車まで送ってくれるのだ。

マリー＝テレーズはドライヤーを置くと、波打つ豊かな髪をうなじからすくいあげてシュシュでまとめ――。

彼女は鏡に顔を近づけた。いつの間にかイヤリングが片方なくなっている。どこで落としたのか、まるで心当たりがない。「もう」

ダッフルバッグを肩にかけてロッカールームを出ると、トレズは通路にたたずんで携帯電話でメールを打っていた。

彼はポケットに携帯電話をしまい、彼女にさっと目をやった。「大丈夫かい？」

いいえ。「ええ。今夜は楽な夜だったわ」

トレズはうなずき、彼女と一緒に通用口へ向かった。外へ出ながら、またお説教をされませんようにとマリー＝テレーズは祈った。売春に関するトレズの持論は、自分の体を売るかは女性が決めることで、それを買うかは男性が決めることだが、そこには職業意識が不可欠だというものだ。コンドームを使わなかったという理由で、彼はこれまでに何人も解雇している。売春に少しでも迷いがあるなら、考え直して足を洗うべきだというのも彼の信念だった。〈ゼロサム〉のオーナー、レヴァレンドも同じ信条の持ち主で、だからこそほとんどの女性が彼の店をやめたがらなかったのだから皮肉なものだ。

カムリまで来ると、トレズは彼女の腕に手を置いて立ち止まらせた。「ぼくが何を言おうとしてるかはわかっているね」

マリー＝テレーズは小さく微笑《ほほえ》んだ。「いつものお説教でしょう」

「ぼくのお説教はすべて本気だ。一言一句ね」

「知ってるわ」言いながら車のキーを取りだした。「あなたが親身になってくれていることも。でも、わたしは自分がいるべき場所にいるの」

一瞬、彼の黒い瞳がペリドットのごとき輝きを放った気がした。けれどおそらく建物の裏手を照らすセキュリティライトによる目の錯覚だ。

トレズは言葉を選んでいる様子でただマリー＝テレーズを見つめ、彼女は首を横に振った。「トレズ……やめてちょうだい」

トレズは眉間に深いしわを刻んで小さく罵ったあと、両腕を広げた。「おいで」

マリー＝テレーズは身を寄せて彼の力強さに包まれ、こんな男性が恋人だったらと思った。完璧ではなくても高潔で心根が正しく、みんなを気遣える人が。

「きみはこの仕事をいやいやしている」彼女の耳元でトレズがそっとささやく。「もうやめどきだよ」

「わたしなら大丈夫――」

「嘘だ」彼が背中を起こしてきっぱりと言うので、マリー＝テレーズは心を見透かされた気がした。「必要な金はぼくに出させてくれ。利息なしでいつか返してくれればいい。きみはこの仕事に向いていない。向いている女性もいるが、きみは違う。きみの魂はここにいると不幸になる」

トレズは正しい。まったくもって正しい。けれど、誰かに頼って生きるのはもうやめると決めていた。たとえトレズのように信頼できる人であっても。

「すぐにここから抜けだすわ」彼の広い胸板をぽんぽんと叩いた。「あともう少しだけ。必要な分を稼いだら、それでやめにする」

トレズの表情が引き締まり、顎がこわばる――彼女の決断に同意はしかねるものの尊重はしようという意思の表れだ。「金銭的なことについてはぼくの申し出を覚えておいてくれ。いいね？」

「ええ、約束する」マリー＝テレーズは爪先立ちして伸びあがり、彼の浅黒い頬にキスをした。

トレズに見守られて車に乗りこみ、バックで車を出して発進させ、バックミラーに目をやった。テールランプを浴びながら、分厚い胸の上で腕を組んで彼女を見送っていたトレズが……次の瞬間、ふっと消えたかのようにいなくなった。

マリー＝テレーズは急ブレーキを踏んで目をこすった。頭がどうかしてしまったのかしら……。だがそこで、後ろから来た車のヘッドライトがバックミラーに反射し、目がくらんだ。彼女は頭をぶるりと振ってアクセルを踏みこみ、急いで駐車場をあとにした。後続車は次の通りで道を曲がり、彼女はそれから十五分で家に到着した。

彼女が借りているケープ・コッド様式の小さな家はまずまずの状態で、コールドウェルへ引っ越してきたときにここを選んだ理由はふたつあった。ここはスクールゾーン内のため、近隣の住民が普段から不審者に目を光らせていること。そして、この家主が全部の窓に鉄格子をつけるのを許可してくれたことだ。

マリー＝テレーズは車をガレージに停め、シャッターががたがた音をたてて閉まるまで待ってから降車し、暗い裏口へ入った。キッチンを通ると、ボウルにいつも切らさないようにしている新鮮なリンゴの匂いが漂ってきた。明かりのついたリビングルームのほうへ足音を忍ばせて進む。途中でコート用クローゼットにダッフルバッグを押しこんだ。

中身を出して入れ直すのは、誰にも見られる恐れがないときにしよう。

明かりの中へ足を踏み入れ、そっとささやいた。「わたしよ」

4

彼女と寝た。

翌朝、頭に最初に浮かんだ事実にむかむかし、それから逃れるためにジムはベッドの上で寝返りを打ったが、余計に気分が悪くなっただけだった。すぐ横のカーテンから差しこむ早朝のまぶしい光が頭蓋骨の中まで直撃し、窓を石膏《せっこう》ボードでふさいでおけばよかったと後悔した。

くそっ、自分で自分が信じられない。あんな傷つきやすそうな美女を、まるで商売女か何かのようにトラックの中で抱くとは。そのあとここへ戻ってきて、正体がなくなるまでビールを飲んだことなら、まだ少しは信じられる。だが結局のところ、自分のしたことに後味の悪さが残るのは同じで、そのうえ二日酔いの頭を抱えてこれから一日、釘をかんかん打たなければならない。

めまいがするほどすばらしい計画性のなさだ。

毛布を引きはがして見おろすと、クラブへ着ていったジーンズとフランネルシャツのままだった。脱ぐ前に酔い潰れたのだろう。全部くしゃくしゃだが、リーバイスはこのまま仕事にはいていこう。シャツのほうは、十二時間に及ぶ建設作業から要救出だ。〝いい〟シャツはこれしかない――ペンキのしみも、破れも、取れたボタンもなく、袖口もすり切れていない。今のところは。

ジムは服を脱ぐと、ベッドの横にある傾きかけた洗濯物の山の上にシャツを放った。痛む頭を抱えてシャワー室へと向かいながら、家具は少ないに限るとしみじみ思った。清潔な服とそうでない服、これらふたつの山は別として、ワンルームの部屋には据え置きの籐《とう》のソファと、テーブルと椅子が二脚あるだけで、ありがたいことにどれもバスルームへの通り道からは外れている。

まずひげを剃《そ》り、手早くシャワーを浴びたら、ボクサーパンツにリーバイス、アスピリン四錠の出番だ。次はアンダーシャツで、靴下とブーツが続く。ドアへ向かう途中でツールベルトとワークジャケットをつかんだ。

ジムが借りている部屋は離れ家風のガレージの上にあり、彼は外に出たところで足を止め、盛大に顔をしかめた。くそったれめ……なんてまぶしさだ。太陽のやつが地球の引力に屈して近づいてきたのか？

きしみをあげる木製の階段をおり、釘を踏み抜いたみたいな顔のまま、停めてあるトラックへと砂利敷きの私道を突っ切った。

運転席のドアを開けると、彼女の残り香がふわりと流れだし、ジムは悪態をついた。狂おしいイメージが次々と脳裏によみがえり、そのひとつひとつが新たな頭痛を引き起こした。

顔をしかめて毒づきながらトラックを出し、白いファームハウスの脇を通り過ぎた。そこのオーナー、年配のミスター・パールマターがジムの家主だ。ジムが借家人になってからずっと、あのだだっ広い場所には住む者がいない。窓は内側から板が打ちつけられ、ポーチはいつもがらんとしている。

隣家が無人であること、そして退去届は三十日前に出せばいいという二点が、ジムがこの借家を選んだ理由だ。

仕事場への道すがら、ガソリンスタンドに寄ってラージサイズのコーヒーとターキー・サンドイッチ、それからコーラを買った。店内は履き古した靴と柔軟剤の匂いがするし、サンドイッチは先週トルコ《ターキー》で作られた可能性がなきにしもあらずだが、この一カ月同じものを食い続けてもまだぴんぴんしているのだから、毒ではないのはたしかだろう。

サングラスをかけてコーヒーを飲みながら一五一号線を北上し、十五分も走ると多少なりとも人心地がついた。建築現場はハドソン川の西岸にあり、そこへ続く道路におりたところで発泡スチロールのコーヒーカップに蓋をし、両手でハンドルをしっかりと握り直した。半島をくだる未舗装の道路は、重機が出入りするためでこぼこ状態で、ジムのトラックの緩衝装置は道路を通過するあいだ不平を鳴らし続けた。

この一帯にもいずれは芝生が広がるのだろうが、現状は十五歳のガキの面そっくりだ。冬枯れした茶色い草原に無数の切り株が散らばるさまは、伐木班がチェーンソーで作りだしたニキビ面と言える。しかも、この顔の一番醜いところはそれではない。キャビン四軒が丸ごと解体され、百年以上この地にあった建物も、今や床下の基礎部分が味気ない姿をさらしているだけだ。

そして、それらもこれからすべて撤去される。それが総合建設会社社長からの命令だからだ。

その社長こそ、この新築物件の施主でもある。

薄ら寒いながらも気持ちのいい朝の二日酔い並みにめでたい話だ。

次々に到着する作業員たちが停めたピックアップトラックの列にジムも車を並べた。サンドイッチとコーラはあたたまらないよう運転席の下に残し、タイヤの跡だらけの土の道路を突っ切って建築途中の住宅へ向かった。すでに骨組みは組まれ、今は家の骨格に皮膚となる木質ボードを釘打ちしている最中だ。

まったく、モンスター級の大邸宅だ。ここと比べたら、街中の高級住宅もドールハウスに見えることだろう。

「ジム」

「チャック」

現場監督のチャックは身長百八十センチ、いかつい肩にぼてっとした腹、口には短くなった煙草が常に突っこまれている。そしてチャックとの朝のやり取りは今ので終了だ。ジムは家のどこが自分の持ち場で、どの作業を担当するかを心得ており、チャックもそれを知っている。総勢二十人かそこらの現場は、作業員の技能とやる気としらふ具合にもばらつきがあり、チャックは各人についてすべてを把握していた。脳みそが半分でも詰まっていて、しっかりハンマーを振るえるなら、チャックは放っておく。問題がある連中の相手で手いっぱいだからだ。

ジムは気持ちを引き締め、道具を取りに向かった。釘ケースは、車が六台ほど入るガレージのコンクリート床版《スラブ》の上に置かれた、ロックつきキャビネットに保管されている。隣に並ぶガソリン発電機はすでにうなりをあげ、ジムはその騒音に顔をしかめて、テーブルソーやネイルガンから伸びる延長コードをまたいでツールベルトの左側につけたポーチを補充した。

邸宅の南側へ向かうと、やっとひと息つけた。間取り図によると、ここは実質的には隣の郡だ。仕事に取りかかり、六×四インチの木質ボードを持ちあげて壁にはめこむ。ネイルガンの代わりにハンマーを使うのは、昔ながらのものが好きだからだ。それに機械に頼らずとも、作業の速さではほかの作業員に引けを取らない。

私道を近づいてくるハーレー二台分のエンジン音に、ジムは顔をあげた。

エディとエイドリアンはバイクを並べて停めると、動きを合わせたかのように同時にバイクからおり、これまた一糸乱れぬ動作でレザージャケットを脱いで黒いサングラスを外した。ふたりがこちらへ直行してきたので、ジムはうめき声をあげた。ジムを見るピアスだらけのエイドリアンの顔には、〝あの美女とはどうなった?〟と書いてある。

ジムが店を出たのと前後して、青いドレスの女の姿が見えなくなったことに気づいたのだろう。

「くそっ」ジムはつぶやいた。

「どうした?」

隣にいた男になんでもないと首を振り、作業にふたたび集中した。壁にあてがったボードを腰で押さえ、ベルトからハンマーを引き抜いて、取りだした釘を打ちつける。こん、こん、こん——。

「ゆうべは楽しんだか？」エイドリアンが背後から声をかけてきた。

ジムは釘を打ち続けた。

「おいおい、無視か？　何も根掘り葉掘りきこうってわけじゃない、ただ、ちょっとぐらいは、なあ？」エイドリアンはルームメイトに目をやった。「おまえも知りたいだろ？」

エディは無言で近づいてきてジムに肩をぶつけた。エディ流の朝の挨拶だ。彼が頼まれずともジムに代わってボードを押さえてくれたおかげで、釘を打つ速さが二倍にアップした。エディとはいいチームだが、効率があがろうとエイドリアンのせいで帳消しになる。このサボり屋は手よりも口のほうが忙しく、よくもこの現場で四週間も解雇をまぬがれているものだ。

エイドリアンはむきだしの側柱に寄りかかり、天を仰いだ。「バースデープレゼントをもらえたのかどうか、教えるつもりはないのか」

「ないな」ジムは釘をボードに当ててその頭を叩いた。二度で釘の頭はボードと平らになり、これはエイドリアンの顔面だと想像しながら次の釘にハンマーを振りおろす。

「ちっ、くそったれめ」

たしかに、ゆうべのジムはくそったれだった。とはいえ、おしゃべりなメタルフェチに口出しされる筋合いはない。

作業はいつものペースになり、ほかの男たちもジムとエディをよけながら昨日終わりにしたところから作業を再開し、降りだした春の雨から守るため、あちこちにシートをかけた。邸宅の総面積は千四百平方メートルに及び、その壁と屋根をたった一週間で造れというのは無理難題だった。それでもジムとエディは黙々と働き、屋根職人もすでに垂木の半分まで屋根を張っていた。週の終わりには冷たい霧雨や凍てつく風に悩まされることもなくなるだろう。そればかりは神に感謝だ。昨日の雨は最悪で、いまだに床のあちこちに水が溜《た》まり、それが跳ねて彼のジーンズを濡らしていた。

ランチタイムがすぐに来るのはエディとペアを組む効用のひとつで、ほかの男たちが日光を浴びにぞろぞろと出ていく中、ジムはトラックへ戻り、運転席に座ってひとりで食べた。

サンドイッチはまだ冷たく、おかげで味もましだった。コーラはうまいとしか言いようがない。

咀嚼《そしやく》しながらからっぽの助手席へ目をやり……シートに広がるブラウンの髪と、計器類の明かりに浮かびあがる首の曲線、組み敷いた体の柔らかさを思い返した。

自分は最低の男だ、あんなふうに性欲に負けるとは。だが、行為のあとでジムを見あげた彼女の微笑みは、まさに求めていたものを得たかのようだった。しかしそんなはずはない。行きずりのセックスは孤独からの一時的な逃避にしかならない。彼女のような女性が、それで満足なわけがないだろう？　くそっ、名前さえ聞いていない。

乱れた呼吸が静まると、彼女はジムにキスして名残惜しそうに唇を離したあと、ドレスの胸元を引きあげて裾を引きおろし、彼の前から去っていった。

ジムは悪態とともに運転席のドアを勢いよく開き、ランチを持ってトラックの後ろへ回った。ここのほうが日が当たってあたたかく、何より香水ではなくパイン材のボードの新鮮な匂いがする。空を仰いで頭をからっぽにしようとするうちに、サンドイッチを食べる気は失せた。ラップを巻き直し、代わりにコーラで腹を満たす。

そこへ一匹の犬が現れ、伐採してこれから運びだすことになっている木の山の陰からこちらをのぞいた。大きさは小型のテリアほどで、毛はまだらになったスチールウールみたいだ。片耳が裏返っていて、鼻の横に傷跡らしきものが見える。

コーラをおろしたとき、犬と目が合った。

怯《おび》えて、自分よりずっと大きな丸太の陰に隠れているが、腹をすかせてもいるようだ。風に向かって小さな黒い鼻をひくひくさせているところを見ると、ターキーの匂いに釣られて来たのだろう。

犬がおそるおそる一歩前に出た。それからさらに一歩。もう一歩。

前脚を引きずっている。

ジムはゆっくり手を伸ばしてサンドイッチをつかんだ。上半分を開き、しなびたレタスと発泡スチロールみたいなトマトをどけ、ターキーをひと切れつまみあげる。

犬のほうに身をかがめ、肉を差しだした。「味はしないが、死にもしない。おれが毒味済みだ」

犬は不自由な前脚で回りこみながら少しずつ近づいてくる。春風が毛をめくりあげると、浮きでたあばら骨が見えた。首を伸ばせるだけ伸ばし、後ろ脚はいつでも跳びあがって逃げる準備をしているかのようにぶるぶる震えている。それでも飢えが行きたくない方向へと犬を押しやっていた。

犬がそろそろと進むあいだ、ジムはじっとしていた。

「こっちへ来い」ぶっきらぼうに言う。「腹が減ってるんだろう」

近くで見ると、犬はかなり弱っている様子だった。肉片をぱくりとくわえ、あわてて後ろへ逃げた。ジムはもうひと切れ引っ張りだしてやった。犬は、今度はもっと早く近づいてきて、それほど早くは逃げなかった。三切れ目は口でそっと受け取った。今はこんな姿でも、もともとは上品な犬なのかもしれない。

ジムはパンも全部食べさせてやった。「それで終わりだ」

犬はジムの前でお座りをし、ちょこんと頭を傾けた。賢い目をしている。賢く、年を取り、疲れた目だ。

「おれは愛犬家じゃないぞ」

英語は通じないらしい。犬は驚くほどの優雅さでジムの膝にぴょんと跳びのった。

「おいおい……」ジムは腕をどかしてやり、犬を見つめた。「おまえ、ほとんど重さがないじゃないか」

何日も食べていなかったのだろう。

背中にそっと手をやると、てのひらに骨が当たった。

ランチタイム終了を知らせる口笛が響き、ジムはもう一度犬を撫でてやってから地面におろした。「悪いが……さっきも言ったようにおれは愛犬家じゃない」

車内からツールベルトを取って腰につけ、歩み去る。うっかり首を後ろへめぐらせたのが間違いだった。

くそっ。トラックの下に潜って、後部タイヤの陰からあの老いた目でこっちを見ている。

「おれはペットは飼わないからな」そう怒鳴って、ジムは立ち去った。

近づいてくる車のエンジン音が建設現場に響き渡り、邸宅の端にたむろしていた男たちがそちらへ目をやったとたん、〝おいでなすった〟とばかりにいっせいに顔をこわばらせた。その反応から、誰が来たのかは確認するまでもなく察しがついた。総合建設会社社長兼施主である、七面倒くさいうるさがたがまたも建築現場におでましだ。

そのほうが抜き打ち検査の精度があがると考えているのか、こうるさい社長は毎度違う時間に現れる。何を探しに来ているのかは猿でもわかった。気の緩んだ作業員、手抜き工事、間違い、窃盗。そんなことはないのに、おまえらは雇い主の目をごまかす怠け者だと言われている気分だ。そのような侮辱に作業員の多くが目をつぶっているのは、毎週金曜日になれば滞りなく給金をもらえるからでしかない。

ＢＭＷのＭ６がすぐ横に停車し、ジムは足を速めた。車にもドライバーにも目を向けなかった。社長には近づかないようにしている。別に自分の働きぶりにやましいところがあるからではなく、こちらは単に一介の作業員にすぎないからだ。隊の査察に司令官が訪れたときは、くそったれの相手をするのは現場監督のチャックで、ジムではないと指揮系統により決められている。

ありがたい話だ。

ジムはフロアへと跳びあがり、持ち場に向かった。いつでも手を貸せるようエディがそれに続き、エイドリアンもやってくる。

「おい……見ろよ」

「ひゅう……」

「こいつはまた《マードレ・デ・ディオス》……」

男たちが口々につぶやくのを聞き、ジムはつられて振り返った。

くそっ、嘘だろう……こんな偶然があるのか。目が覚めるようなブルネットの美女が、そよ風になびく旗のごときしなやかさで車からおり立った。

ジムは目をきつく閉じた。トラックの運転席で彼の口へ美しい胸を突きだす彼女の姿がまぶたによみがえる。

「あれぞ絶世の美女だな」作業員のひとりが言った。

人生には逃げるが勝ちというときがある。卑怯者《ひきょうもの》だからではなく、面倒ごとに巻きこまれたくないからだ。

今がそのときだった。しかも、これは面倒ごとだけではすまないだろう。

「おい、ジム……」エイドリアンが豊かな髪に手を滑らせる。「あれって……ボードを持ってきてくれ」

ああ、言われなくても知っている。「おれには関係ない。エディ、ボードを持って
ジムが背を向けようとした瞬間、ブルネットが顔をあげ、ふたりの目が合った。彼に気づいて美しい顔がはっとする。そこへ彼女の連れが近づいてきて、腰に腕を回した。

ジムは足元を見ずに一歩あとずさった。

一瞬の出来事だった。マッチを擦るよりも速く、息をのむよりも短い瞬間。

ジムのブーツの踵《かかと》は延長コードの上に置いてあったボードの上に着地し、重力に引っ張られて彼はよろけた。倒れたはずみに、つながっていた延長コードが外れて通電しているプラグが跳ね、落ちた先には雨が降ってできた水溜まりがあった。

ジムは無様にひっくり返り、普通なら尻と肩に青あざができただけだっただろう。

しかし、彼の手は水溜まりに落下した。

電流が腕を駆けのぼり、心臓を直撃した。背骨が折れんばかりにそり返って歯ががちりと合わさり、両目がかっと見開かれる。聴覚はショートして世界が遠のき、感じ

られるのは激烈な体の痛みだけとなった。

最後に見たのは、ジムを助けようと飛びだしたエディの長い三つ編みが揺れるさまだった。

ヴィンは作業員が転倒するところは見ていなかった。だが、大きな体が倒れる音と、その後のあわただしい足音、四方から駆け寄る男たちが飛ばす悪態を耳にした。

「ここにいてくれ」ディヴァイナに告げ、彼は携帯電話を取りだした。

騒ぎのほうへ急ぎながら911を押したが、発信ボタンはまだ押していない。フロアへ跳びあがり、駆け寄って——。

彼は発信ボタンを押した。

倒れている作業員は頭上の鮮やかな青い空へ見えない目を据え、その四肢は死体のように硬直していた。プラグは水溜まりに浸《つ》かったままだが、痙攣《けいれん》が彼の体を動かし、感電源からはすでに離れている。

ヴィンの携帯電話がつながった。「こちらは911です。どのような緊急事態でしょうか？」

「現場の作業員が感電した」ヴィンは携帯電話を口元から離した。「早く発電機のスイッチを切れ！」ふたたび電話口に伝える。「建築現場の住所は一五一号線を北上したルーラル・ルート七十七番地。意識不明のようだ」

「心肺蘇生法《CPR》はやっていますか？」

「ただちにやる」ヴィンは携帯電話を現場監督のチャックに渡し、まわりの男たちをさがらせた。

床に膝をつき、倒れている男のジャケットの胸元を開いて、筋肉質な胸板に耳を押し当てた。心音が聞こえない。口の上に手をかざすと呼吸もなかった。

ヴィンは作業員の頭部を後ろへ倒して気道を確保し、相手の鼻をつまんで、肺の奥深くまで息を二回吹きこんだ。次に胸へと移り、両手の指を組んで男の心臓の上にてのひらを置き、十回圧迫する。さらに人工呼吸を二回。胸骨圧迫を三十回。人工呼吸二回。胸骨圧迫三十回。人工呼吸二回……。

男の顔色はすぐれず、どんどん悪化していた。

救急車の到着にはおよそ十五分かかったが、決して急がなかったわけではない。コールドウェルからは十五キロ以上離れており、アクセルを床まで踏みこもうと、どうにかなる距離ではなかった。到着するなり、救急救命士は屋内へ駆けこんできてヴィンから応急処置を引き継ぎ、作業員の呼吸と脈拍を確認後、ひとりはヴィンが始めたCPRを再開し、別の救命士は担架を取りに急いだ。

「彼は生きているんですか？」作業員の体を持ちあげた救命士たちにヴィンは尋ねた。

返事がなかったのは彼らがばたばたと移動しているからで、それはいい兆候なのかもしれない。

「搬送先の病院はどこです？」地面に飛びおり、救命士たちとともに駆けながらヴィンは問いかけた。

「聖フランシス病院です。患者の名前、年齢、病歴などわかりますか？」

「チャック！　こっちへ来てくれ。彼の情報が必要だ」

現場監督が走ってきた。「名前はジム・ヘロン。あと知ってるのは、パーシング・レーンでひとりで暮らしてるってことくらいです」

「緊急連絡先は？」

「ありません。結婚はしてないし、そういう相手もいないようです」

「では、連絡はぼくに」ヴィンは名刺を取りだして救命士に渡した。

「身内の方ですか？」

「彼の雇い主です。今のところ、ほかに連絡できる相手がいない」

「わかりました。のちほど病院から連絡があるでしょう」相手はヴィンの名刺をジャケットにしまい、作業員は救急車の中へと運ばれた。すぐに両開きのドアが閉ざされ、車両は回転灯をつけ、サイレンを鳴らして発進した。

「あの人、助かるかしら」

ヴィンはディヴァイナを振り返った。暗い色の瞳はこみあげる涙でうるみ、白いミンクに包まれていても寒さに凍えているかのように、両手は毛皮のコートの襟元に回されている。

「ぼくにはわからない」ヴィンは彼女に近づいて腕をそっと握った。「チャック、またすぐに戻る。先に彼女を家まで送ってくる」

「わかりました」チャックは安全帽を脱いでかぶりを振った。「なんてこった、こんな事故が起こるなんて。あいつは腕のいい作業員だったんです」

5

「ナイジェル、きみはいやなやつ《ソッド》だな」

ジムは闇の中で顔をしかめた。イギリスなまりの声は右側から聞こえた。目を開けて頭を持ちあげ、何が起きているのか見ようとするのがとっさの反応だ。

だが、訓練がそれを制止した。軍隊にいたおかげで、意識を取り戻したときに自分がどこにいるのかわからない場合は、なんらかの情報を得るまで身動きしないに限ると学んでいた。

わずかにてのひらを広げてあたりの感触を探った。下には何か柔らかくてふわふわしたものがある。毛足の長いラグ……それとも草か？

息を深く吸いこむと、手の感触から得た結論に嗅覚が同意した。どうして新鮮な草の上に寝てるんだ？

建設現場で起きた事故の記憶が脳裏にどっとよみがえる――だが、何がどうなっているのかはわからないままだ。自分の体に百二十ボルトの電流が流れたことは覚えている。それと現状を結びあわせると、自分はまだ生きていて、病院にいると考えるのが論理的だ。ただし、ジムの知る限りでは病院のベッドに草は生えていない。

それに、アメリカにはイギリスの貴族みたいな話し方をする看護師や医者はまずいない。相手を芝生《ソッド》呼ばわりする者もだ。

ジムは薄目を開けた。頭上には綿雲が漂う青空が広がり、太陽はどこにも見当たらないのに、空の輝きはまるで夏の日の日曜だ。まぶしく、嵐の気配がないだけでなく、穏やかだった。急ぎの用も、心配ごとも何ひとつないかのように。

声がしたほうに視線を動かし……自分は死んだのだと結論した。

石造りの巨大な城壁が作る陰の中で男が四人、クロッケーの木槌《マレット》を手にして門《フープ》と色のついたボールのまわりに立っている。四人とも服は白一色で、ひとりはパイプをくわえ、ひとりはレンズがローズカラーの丸眼鏡をかけている。三人目はアイリッシュ・ウルフハウンドの頭に手をのせ、四人目はつまらなそうな表情で腕を組んでいた。

ジムは起きあがった。「ここはどこだ?」

ボールを並べていた金髪の男がじろりとにらみ、パイプをくわえたまま言葉を発した。そのせいでさらにお高く気取った口ぶりになる。「少しだけお待ち願えるかな」

「いやいや、もっと話しかけてくれ」腕組みをした黒髪の男が、ジムを目覚めさせたのと同じ素っ気ない声で言った。「どのみち、彼はずるをしているのだから」

「きみが目覚める予感がしたよ」丸眼鏡がジムに向かってうれしげな声をあげる。

「うんうん！　ようこそ！」

「ああ、起きたんだね」ウルフハウンドの脇に立つ男もそれに加わった。「お目にかかれてうれしいよ」

なんだこれは。四人揃《そろ》って男前だ。そして四人とも、単に裕福であるだけでなく、富貴な家系から来る心配ごととは無縁のオーラを発している。

「おしゃべりはもういいかな？」パイプの男、おそらくナイジェルと思われる男が、一同を見回した。「静粛に願うよ」

「それなら指図するのをやめればいい」黒髪の男が言った。

「うるさいぞ、コリン」

そう言うと、パイプの男はフープの反対側へ移動した。こつんと音をたて、赤い縞《しま》のボールはフープをふたつ通過して青いボールに当たった。

金髪の男の笑みは王子さながらで、どうせ本物の王子様なのだろう。「それではお茶の時間にしよう」首をめぐらせてジムの視線をとらえる。「さあ、きみもどうぞ」

おれは死んだんだ。死んで地獄に落ちたのだろう。そうとしか考えられない。さもなければ、映画『フォー・ウェディング』をぶっ通しで放送しているテレビの前で寝落ちして、奇っ怪な夢を見ているのだ。

四人組とウルフハウンドは銀器と磁器が用意されたテーブルへ向かっていく。ジムは立ちあがると、大した選択肢もないので彼らに続いて〝お茶〟に呼ばれた。

「どうぞかけてくれたまえ」ナイジェルがあいている椅子を示した。

「どうも。おれは立ったままでいい。ここでおれは何をしてるんだ？」

「お茶だろう？」

「そうじゃなくて、あんたたちは何者な——」

「わたしはナイジェル。そこの辛辣な皮肉屋は——」金髪は黒髪のほうにうなずきかけた。「コリン。バイロンはわれらがお抱えの楽天家で、アルバートは愛犬家だ」

「友人からはバーティと呼ばれている」愛犬家はウルフハウンドの首を撫でながら言った。「だから、ぜひきみもそう呼んでくれ。この子はわたしの愛犬タークィンだ」

バイロンはローズカラーの丸眼鏡をまっすぐな鼻梁《びりょう》の上へと押しあげ、両手を叩いた。「すばらしいお茶になる予感がしたんだ」

ああ、ああ、そうだろうとも。うんうん。

ついにきたか、とジムは思った。ついに自分は正気を失ったらしい。

ナイジェルは銀のティーポットを持ちあげて、磁器のカップに注《つ》ぎだした。「わかるよ、ジム。ここにいることに少々驚いているんだろうね」

おわかりになるとは、おみそれした。「なぜおれの名を知ってる？　この場所はなんなんだ？」

「きみは大切な使命のために選ばれた」ナイジェルはティーポットをおろして角砂糖に手を伸ばした。

「使命？」

「そう」ナイジェルが小指を立ててカップを持ちあげる。縁越しにこちらへ向けられた目は、なんとも表現しがたい色だった。ブルーでも、グレーでも、グリーンでもない……だがブラウンともはしばみ色とも違う。

これまで見たことのない色だ。そして全員が同じ瞳の色をしている。

「ジム・ヘロン、きみにはこれから世界を救ってもらう」

長い間があった。そのあいだ、四人の男たちは真顔でジムを見ていた。

ひとりも笑いだそうとはしないので、ジムは彼らの分も大笑いし、腹筋をひくひく震わせて頭をのけぞらせ、しまいには涙まで出てきた。

「これは冗談ではないよ」ナイジェルがぴしゃりと言った。

ジムはひいひいと息を継いで言った。「これが冗談以外のなんなんだ。まったく、ろくでもない夢があったもんだ」

ナイジェルがカップをおろして立ちあがり、鮮やかな緑の芝生を歩いて近づいてきた。間近に来ると、彼はさわやかな大気を思わせる匂いがし、奇妙な目には明らかに催眠作用があった。

「これは、夢では、ない」言葉を区切って強調する。

彼はジムの腕にパンチをお見舞いした。なめらかな手を拳に丸めたかと思うと、勢いよく放ったのだ。

「おい！」ジムは腕をさすった。なんて力だ。パイプ野郎はひょろりとしているが、なかなかのパンチを持っている。

「もう一度言わせてもらうよ。きみは夢を見ているわけではないし、これは冗談でもない」

「次はわたしが殴ってもいいかな？」コリンがけだるげな笑みを浮かべて言った。

「いいや、だめだ。きみはノーコンで、どこかもろい場所に当てかねないからね」ナナイジェルは席に戻ると、アフタヌーンティー用のスタンドから小さなサンドイッチをつまんだ。「ジム・ヘロン、きみはこのゲームの同点決着者《タイブレーカー》だ。フィールドに出して勝敗を決めさせる男として、両サイドが合意に至った」

「両サイド？　タイブレーカー？　いったいなんの話だ？」

「きみには七つのチャンスが与えられる。きみが同胞に影響を与える七つの機会だよ。きみがわれわれの期待どおりの働きをすれば、件の者たちの魂は救済され、われわれは敵に勝利する。われわれに凱歌《がいか》があがる限り、人類は繁栄を続け、この世はすべて安寧だ」

ジムは口を開いて罵りの言葉を吐きかけたが、四人の表情がそれを思いとどまらせた。皮肉屋でさえ深刻な顔つきだ。

「これは夢に決まってる」

もう一度彼にパンチをしようと立ちあがる者はいなかった。しかし、深刻そのものの顔で見られているうちに、これは気絶しているあいだに潜在意識がおしゃべりしているわけではないような気がしてきた。

「これは現実だよ」ナイジェルが言った。「きみがこれから行くと考えていた場所とは違っていたようだが、きみは選ばれ、そしてこういうことになったんだ」

「あんたの頭がイカれてないと仮定して、おれがノーと言ったら？」

「きみはノーとは言わないよ」

「だが、もしも言ったら？」

ナイジェルは遠くへ視線をさまよわせた。「その場合、今ある世界のすべてが終焉《しゅうえん》する。善も悪も勝つことはなく、きみを含めて、われわれはみんな無に帰す。天国も地獄もなくなり、これまで存在したすべてが消滅する。創造の謎と奇跡は塵《ちり》と化して消える」

ジムは自分の人生を……過去の選択を、行動を思い返した。「おれにはいいプランに聞こえるぞ」

「そんなことはない」コリンがテーブルクロスを指でとんとんと叩いた。「考えてもみろ、ジム。すべてが存在しなくなれば、それまで起きたこともみんな意味を失う。そうなればきみの母親の存在も意味がなくなる。彼女はいてもいなくても同じだったと言えるのかい？　彼女がきみに、大事な息子に注いだ愛情は無価値だったと？」

ジムはまた一発食らったかのように息をのんだ。過去の痛みが跳弾のごとく胸の中で跳ね返る。母のことはもう何年も考えたことがなかった。何十年かもしれない。母はいつでも彼とともにいる、もちろんそうだ。彼の冷えきった胸の中でただひとつのあたたかな場所。だが、母を思うことを自分に許さなかった。決して。

それなのに、急にどこからともなく母の姿がよみがえってきた……懐かしくも鮮明な面影は胸が苦しくなるほど本物に見え、過去の断片が脳に移植されたかのようだ。母は古びたキッチンでおんぼろのレンジに向かい、卵を焼いている。鉄製のフライパンの持ち手を握る手は力強く、背筋はぴんと伸び、黒髪は短く切られている。初めは農場経営者の妻だったはずが、自分で農場を切り回す身となり、細い身体は頑丈で、柔らかな笑みは優しかった。

ジムは母が大好きだった。毎朝卵を焼いてくれたが、あの日の朝食を忘れることはできない。母が朝食を作ってくれたのはあれが最後だった。朝食だけでなく、母が料理をすることは二度となかった。

母はあの夜、殺された。

「なぜ……母のことを知ってる？」問いかけるジムの声が割れた。

「きみの人生のことならわれわれはなんでも知っている」コリンは片眉をひょいとあげた。「だが、それは別の話だ。どうだい、ジム？　きみの母親の人生は、彼女が生きた意義は、きみが無遠慮に言うところの、〝くそ〟だったと言えるのかな？」

いやな野郎だ。

「わかるよ」ナイジェルがつぶやいた。「われわれも同感だ」

「そんなことはない」バーティが声をあげた。「わたしはコリンを心から愛している。無愛想な態度に隠れているが、彼は本当はすばらしい——」

コリンの声が賛辞をさえぎった。「きみはとことん変わり者《フェアリー》だな」

「わたしは天使だよ、妖精《フェアリー》ではなくね。それはきみも同じだろう」バーティはジムへ目をやり、ふたたびタークィンの耳をいじりだした。「きみが正しいことをするのはわかっている。そうせずにいるには、きみは母君を愛しすぎているからね。朝、幼かったきみを起こしに来る彼女の姿を覚えているかい？」

ジムはきつく目を閉じた。「ああ」

子どもの頃に使っていた小さなベッドは母屋の二階の一室にあり、隙間風がひどかった。たいてい服を着たまま寝たのは、トウモロコシ畑での労働でへとへとだったせいもあるが、重ね着をしないと寒すぎたからだ。

学校がある日には、母は歌を口ずさみながら彼を起こしに来たものだ……。

〝あなたはわたしのサンシャイン、わたしのひとつきりのサンシャイン……空は曇りでもあなたがいると幸せ……わたしがどんなに愛しているかあなたは知らない……お願い、行かないで、わたしのサンシャイン〟

だが、去っていったのはジムのほうではなかった。母だって、去りたくて去ったわけではない。ジムとともにいるために母は山猫のごとく抗った。事切れる直前の母の目は決して忘れられるものではない。殴打された顔をジムに向け、ブルーの目と血の流れる唇で母は彼に語りかけた。声を出せるほど、彼女の肺に空気は残っていなかったから。

ずっと愛してる。母の口が動いてそう伝えた。**でも、逃げて。家から逃げて。走るのよ。あいつらが二階にいる。**

暴行され、出血し、半裸で床に転がる母をその場に残し、ジムは裏口から出てトラックめがけて走った。運転できる年齢ではなく、かろうじて足が届くペダルを踏んで発進した。

男たちはジムを追いかけてきた。あんなおんぼろトラックを土埃《つちぼこり》の舞う未舗装の道路に走らせて、よくも逃げきれたものだといまだに思う。

パーティが静かに告げた。「これを受け入れるんだ、現実として、運命として。母君のためだけでもいい」

ジムはぱっと目を開けてナイジェルを見た。「天国は存在するのか?」

「ここはその入り口だよ」ナイジェルはこくりと頭を動かし、かなたへ続く背後の城壁を示した。「恵みの館のはるか向こうで、花々と木々が生い茂る園に善人たちの魂が集っている。心配ごとや不安から解放され、苦しみを忘れ、彼らはうららかな日差しを浴びて過ごしている」

ジムは堀に架かった橋と、巨大な両開きの扉を見据えた。「母はそこにいるのか?」

「いるよ。きみが勝利をおさめなければ彼女は消え去る。最初から存在しなかったかのように」

「母に会わせろ」ジムは一歩前に踏みだした。「先に母と会ってからだ」

「入ることはできない。歓迎されるのは死者のみ、生者はお断りだ」

「そんなルールくそくらえだ、おまえらもくそくらえだ」ジムはずかずかと歩いて橋へ向かい、途中から走りだした。ブーツの靴音が草原に轟《とどろ》き、次に流れの速い川を越える木の橋に反響する。ドアに着くと鉄製の大きな取っ手をつかみ、背中の筋肉が悲鳴をあげる勢いで引っ張った。

拳をあげてオーク材の扉を叩き、再度引っ張る。

「通せ! 門を開けろ、くそったれめ!」

自分の目で確かめる必要があった。母はもう傷ついていないかどうか、苦しんでいないかどうか、満足しているかどうかを。確認せずにはいられず、門の向こうへ行こうと必死になるあまり、自分がばらばらに砕ける気がした。キッチンのリノリウムの床に横たわる愛する母の姿が、扉を叩く拳を駆りたてる。いくつもの刺し傷がある母の胸、首から床へ流れ落ちる血、両脚は広がり、口は大きく開かれ、恐怖におののく目が、あなたは助かってと懇願する。あなたは助かって、助かって……。

ジムの中の悪魔が外へ出た。

怒りにのまれてすべてが真っ白になる。自分が何か硬いものを叩いていること、体が暴れていることは頭のどこかで意識していた。誰かが自分の肩に手を置いたとき、相手を地面に引き倒して殴りかかったことも。

だが何も聞こえず、何も見えなかった。

いつでも過去は傷に巻いていた包帯を引きはがす。だからこそジムは、決して過去を振り返らないようにしているのだ。

二度目に意識を取り戻したとき、ジムは一度目と同じ姿勢で寝ていた。仰向けに横たわり、てのひらの下には草があり、目はつぶっている。

ただし今回は、何かが顔を濡らしていた。

まぶたを開けると、コリンの顔が真上にあり、ジムの頬に血が垂れ落ちてきた。ようやく〝雨〟の説明がついた。

「目が覚めたか。それはよかった」コリンは拳を引き、ジムの顔面に叩きこんだ。痛みが炸裂《さくれつ》する。バーティは悲鳴をあげ、タークィンはくぅんと鳴き、バイロンは駆け寄ってきた。

「これでおあいこだ」コリンはジムから離れてぶるっと手を振った。「人間の形態でいるのにもメリットがあるものだな。今のはなかなか胸がすっとした」

ナイジェルは首を横に振った。「なかなかうまくいかないな」

それにはジムも同意せざるをえなかった。体を起こし、バイロンが差しだしたハンカチを受け取る。鼻血を押さえ、門前での暴れぶりがわれながら信じられなかったが、あとになってあきれるのはいつものことだった。

ナイジェルが腰をかがめた。「自分が選ばれた理由を知りたいだろう。きみには知る権利があるとわたしは思っている」

ジムは口の中の血を吐き捨てた。「そいつはいい考えだ」

ナイジェルは手を伸ばし、血で汚れたハンカチを取った。その手が布に触れるなり赤いしみは消え、鼻血を止めるのに使われる前の真っ白な布に戻った。

ナイジェルは顔を拭くようハンカチをジムに返した。「きみはふたつのものが半々に合わさっているんだ、ジム。善と悪がちょうど半分ずつ。限りない優しさを持つ一方、どこまででも落ちていくことができる。きみであれば条件を満たすと双方が合意したのはこのためだ。われわれと……相手側は、きみに七つのチャンスを与えれば、自分たちの価値観に従ってこれから起きることにきみが影響を与えてくれると信じている。われわれはきみの影響力を善と考え、彼らは悪と考えている。そして、そこから生みだされる結末が人類の命運を決する」

　ジムは顔を拭く手を止めて、イギリス英語を話す男に目を凝らした。自身の性格に関する相手の言葉にはひと言も言い返せないが、頭の中は混乱したままだ。ひょっとするとコリンのせいで脳震盪《のうしんとう》を起こしたのかもしれない。

「さて、自分の運命を受け入れるかい？」ナイジェルが尋ねた。「それとも、何もかもここで終わりにするか？」

　ジムは咳払いした。懇願するのには慣れていない。「頼む……母に会わせてくれ。母が安心して過ごしているか確認するだけでいい」

「本当に残念だが、さっきも話したとおり、門の向こう側へ行くことができるのは死者だけなんだ」ナイジェルの手がジムの肩にのる。「きみの返事を聞かせてもらえるかい？」

バイロンがそばにやってきた。「きみならできるよ。きみは大工だよね。家を建てたり建て直したりするだろう。人の人生も家と同じで建てるものなんだ」

ジムは城へと目をやった。殴られた鼻が脈打つのを感じる。

今の話を額面どおりに受け取り、すべてが事実で、自分はなんらかの救世主に選ばれたのだとして……彼が使命を放棄すれば、母が知る唯一の平安も消滅する。存在も時間も消えてなくなる無には心を惹《ひ》かれるとはいえ、母が今いる場所と引き替えにするなんてできるわけがない。

「どんなルールだ?」ジムは質問した。「おれは何をすればいい?」

ナイジェルは笑みを浮かべた。「七つの大罪。それらの罪に揺れる七つの魂。分かれ道で選択を迫られた七人。きみは彼らの人生に関わり、彼らの選択に影響を与える。彼らが罪よりも善を選べば、われわれの勝ちだ」

「選ばなかった場合は……」

「相手側の勝利となる」

「相手側というのは何者だ?」

「われわれとは対極の存在だよ」

ジムは白いリネンとぴかぴかの銀器がのったテーブルへ目をやった。「つまり……

リクライニングチェアに座って、ぽりぽりケツをかきながらビールをぐびぐびやり、素人ポルノを観《み》てるような連中ってことか」

コリンが笑い声をあげた。「いやいや、まるで違う。しかし、イメージとしては悪くない」

ナイジェルは友をにらみつけてから、ジムへ視線を戻した。「相手側は悪だ。想像はきみにお任せするが、取っかかりが必要なら、きみの母親の身に起きたことを思い返すといい。彼女を傷つけたのはそれを楽しむような輩《やから》だ」

たちまちはらわたがねじれ、ジムは顔を横へ突きだして空えずきした。誰かが背中をさすってくれる。バーティだろうと感じたのは当たっていた。

吐き気がようやくおさまり、ジムは息をついた。「おれには無理だったらどうなる？」

コリンが口を開いた。「嘘は言わないよ、これから先の道のりは楽ではないだろう。相手側はどんな手でも使ってくる。しかし、きみにも援助がないわけではない」

ジムは眉根を寄せた。「待ってくれ。相手側は、おれが悪い影響を与えると考えているのか？　分かれ道に立つ七人に？」

ナイジェルはうなずいた。「彼らはわれわれ同様、きみに信頼を置いている。しかし、われわれのほうが有利だ。先にきみに接触する権利があったのでね」

「それはまたどうして？」

「コイントスで先攻になった」

ジムは目をしばたたいた。ああ。なるほど……スーパーボウル方式か。

彼は門を見つめ、今の母を想像しようとした。キッチンフロアに置き去りにしたときの姿ではなく、四人の天使が言うように、幸福で、重荷から解放され、元気に過ごしている母を。

「その七人とは誰なんだ？」

「ひとり目はすぐにわかるようヒントを出そう」ナイジェルはそう言って立ちあがった。「幸運を」

「ちょっと待ってくれ。何をすればいいかはどうしたらわかる？」

「頭を使うんだな」コリンが割りこんだ。

「いいや」バーティがウルフハウンドの顔を両手に包みながら言った。「使うのはきみの心だ」

「未来を信じて」バイロンはローズカラーの眼鏡を鼻の上に押しあげた。「希望こそが最善の――」

ナイジェルはうんざりした顔で天を仰いだ。「どうすればいいか、相手に話せばいい。それが最も手っ取り早い方法だ。自由になった時間をより価値ある目的に当てられる」

「クロッケーでずるをすることとかだろう」コリンがぼやいた。

「また会えるのか？」ジムは問いかけた。「助言をもらいに来ることはできるのか？」

返事は聞こえなかった。ふたたび強烈な衝撃に襲われ……いきなり自分の体が発射されて、長く白い通路を飛んでいくかのように感じた。光で目がくらみ、顔面に突風がぶち当たる。

今度はどこへたどり着くのやら。コールドウェルか、はたまたディズニーランドか。とにもかくにも、出たとこ勝負だ。

6

　夜になり夕食の支度を始めたマリー＝テレーズは、テフロン加工のフライパンの持ち手を握り、きれいな円形を描くパンケーキの縁のまわりにフライ返しを滑らせた。なめらかな表面に細かな気泡が立ち始め、ひっくり返す頃合いだ。

「いくわよ」

　調理台の奥の監督席で彼女の息子がにっこりする。「みっつかぞえるんだよね？」

「そうよ」

　スリー、ツー、とふたりの声が合わさり、ワンで手首を返すと、宙でくるりと裏返ったパンケーキがフライパンの中央に見事着地を決めた。

「やったあ！」じゅうと焼ける音とともにロビーが歓声をあげる。

　マリー＝テレーズは胸を刺す悲しさをこらえて微笑んだ。七歳の息子はこんなささやかな成功でも、奇跡が起きたかのように絶賛してくれる。

自分も息子の称賛に値する人間だったなら。

「シロップを出してくれる？」彼女は言った。

ロビーはスツールから滑りおり、スリッパをぺたぺた鳴らしながら冷蔵庫へ向かう。ジーンズの上はスパイダーマンのTシャツにスパイダーマンのパーカーだ。ベッドのシーツもスパイダーマン、布団カバーもスパイダーマン、スパイダーマンのコミックを読むときにつけるランプのシェードもスパイダーマン柄。その前はスポンジ・ボブに夢中だったが、去年の十月に七歳になると、小さい子向けのキャラクターはもう卒業したから、これからプレゼントは蜘蛛《くも》の糸を飛ばすヒーローのグッズにしてねと宣言された。

了解。心得たわ。

ロビーは冷蔵庫のドアを開けてシロップの容器を取りだした。「ぶんぽうのべんきょうは今日みたいにたくさんやられなきゃいけない《ゴッ・トゥ》の？」

「やらなきゃいけない《ハフ・トゥ》でしょう。ええ、明らかに必要ね」

「さんすうをもっとできない？」

「だめよ」

「いいや。夕ごはんにパンケーキをたべらるる《ゴッッ》んだもん」マリー＝テレーズにちらりと見られて、ロビーはにっこりとした。「パンケーキをたべ《ハ》られる《ヴ》」

「よろしい」

ロビーはスツールにぽんと跳びのり、トースターの隣にある小さなテレビのチャンネルを替えた。ソニーの小型テレビをつけていいのはホームスクーリングの休憩時間だけ、リビングルームにあるソニーの大型テレビは土曜と日曜の午後、それに夕食後からベッドに入るまでと決められている。

パンケーキを皿の上に滑らせたあと、彼女はフライパンを火の上に戻してレードルですくった生地を垂らした。狭いキッチンにテーブルを入れるスペースはなく、調理台をテーブル代わりにしてスツールを置き、食事はいつもそこでとっていた。

「次をひっくり返すわよ」

「うん！」

ふたりで一緒にカウントダウンし、パンケーキが次の宙返りを決めると、ロビーは自分の世界に太陽が戻ってきたかのように、天使の笑みで彼女を見あげた。

マリー＝テレーズはパンケーキを盛った息子の皿を運び、自分は先に作っておいたサラダの前に腰をおろした。食べながら、カウンターに山積みになっている郵便物に目を向ける。開封しなくても、請求書の合計はわかっていた。高額なのはふたつだ。

ロビーを捜索してもらった私立探偵と離婚訴訟のために依頼した法律事務所には両方とも分割払いにしてもらうしかなかった。十二万七千ドルという金額は、彼女にとって小切手で払える額ではない。当然、分割払いには利子がつき、クレジットカードと違って免責されるオプションはない。私立探偵や弁護士に居場所を探される危険は冒せないのだ。期日どおりに支払いさえしていれば、今いる場所を探される理由はなかった。

それに念には念を入れ、いつもわざわざマンハッタンから郵便為替で支払うようにしている。

十八カ月でまだ四分の三しかたどり着いていないけれど、ロビーが無事で自分と一緒なら、あとのことはどうだっていい。

「ママのほうがずっとうまいよね」

マリー＝テレーズはわれに返った。「えっ？」

「あのウエイトレス、トレイにのせてたおりょうりをぜんぶおとしたんだよ」ロビーは小さなテレビの画面を指さした。「ぼくのママならぜったいそんなことしない」

テレビのコマーシャルでは、軽食レストランで働くウエイトレスが大わらわだった。髪はくしゃくしゃで、制服にはケチャップが飛び散り、ネームタグは曲がっている。

「ママのほうがずっといいウエイトレスだよ。おりょうりだってできるもん」

画面が切り替わり、ばたばたしていたウエイトレスは今やピンクのバスローブ姿で白いソファに座り、さざ波の立つフットバスに疲れた足を浸している。うっとりとした表情は、この商品が足の痛みを癒やしてくれている印だろう。

「ありがとう、ベイビー」マリー＝テレーズは息子に言った。

コマーシャルは〝今すぐお電話を〟という注文画面になり、電話番号の下に四十九・九九ドルと価格が表示されたところで、アナウンサーが声を張りあげた。

「ちょっと待って！　今電話をすると、なんと二十九・九九ドルにプライスダウン！」価格の横で赤い矢印が点滅し、彼がさらに訴えかける。「このお値打ち価格、見逃す手はありませんよね」

そこへリラックスしてすっかり上機嫌になったウエイトレスが戻ってきて、ひと言言った。「ええ！」

「さあ、お風呂の時間よ」マリー＝テレーズはコマーシャルをさえぎった。

ロビーはスツールから滑りおり、自分の皿を食洗機へ持っていく。「もうてつだってもらわなくてもいいからね。ぼく、ひとりで入れるから」

「そうね」ああ、子どもはあっという間に大きくなっていく。「ちゃんと――」

「耳のうしろをあらうんでしょ。ママ、それいっつもいってる」

ロビーが階段をあがっていったので、マリー＝テレーズはテレビを消してフライパンとボウルを洗い始めた。さっきのコマーシャルが頭によみがえる。自分もただのウエイトレスだったらどんなによかったか……壁のコンセントに差しこむたらいみたいな器具ひとつで、きれいさっぱりストレスがなくなるのなら。

そんなのはまるで天国だ。

三度目の正直か。

今度こそ、ジムは病院のベッドの上で目を覚ました。白いシーツの上に寝かされて、薄手の白い毛布が顎まで引っ張りあげられ、ベッドの両側には低い柵が取りつけられている。室内もいかにも病室という感じだ。殺風景な壁、角にはバスルームがあり、天井にテレビが設置されている。画面はついているが音はない。

もちろん、最大のヒントは腕から伸びている点滴だ。

全部夢だったのだろう。四人の羽が生えた気取り屋どもも、城も何もかも、単におかしな夢を見ただけだ。やれやれ。神に感謝だ。

ジムは目をこすろうと腕をあげ、凍りついた。てのひらに草のしみがついている。

そのうえ、殴られたみたいに顔面が痛んだ。

ふいにナイジェルの貴族的な声が頭の中で響いた。それは夢の記憶では片づけられないほど明瞭だ。〝七つの大罪。それらの罪に揺れる七つの魂。分かれ道で選択を迫られた七人。きみは彼らの人生に関わり、彼らの選択に影響を与える。彼らが罪よりも善を選べば、われわれの勝ちだ〟

ジムは深呼吸をひとつして窓へ目をやった。レースのカーテンが引かれていて、外は真っ暗だ。悪夢を見るにはふさわしい。だが、あれは夢だと思おうとしても、あまりに鮮明で現実感がある……それに、マスターベーションのしすぎでてのひらに毛の生えるやつはいるかもしれないが、草が生えるか？

そもそも自分で慰める頻度はそこまでではない。

とりわけゆうべは、あのブルネットのおかげで自分の手に頼る必要はなかった。

問題は、これが新たな現実で、テレビ番組の名物審査員サイモン・コーウェルにファッション・コンサルタントのティム・ガンをかけあわせたような連中が住む異世界へ連れていかれて、任務らしきものを引き受けてきたのだとしたら……ここから先はいったい何を――。

「目を覚ましたようだな」

ジムは視線を向けた。ベッドの足側へ歩み寄ってくるのは、誰あろうヴィン・ディピエトロ、地獄から来た総合建設会社社長だ。その恋人であることは一目瞭然の女とジムは……ほら、あれだ。

「気分はどうだ？」

ディピエトロは女と一緒に現れたときと同じ黒いスーツ姿で、真っ赤なネクタイもそのままだ。後ろへ撫でつけられた黒髪、うっすらとひげが伸び始めた険しい顔。人の上に立つリッチな男という自身のイメージを、この男は見事に体現している。

まあ、最初の任務はこの男ではないな。

「ぼくだ」ディピエトロが手を振る。「わかるか？」

いやいや。ジムは頭の中で否定した。それはない。この男を何から救うんだ？

ディピエトロの頭上ではコマーシャルの映像がぱっと変わり、四十九・九九ドルという価格――いや、二十九・九九ドルだ――が表示されて、小さな赤い矢印が真下に立つディピエトロを指した。

「おいおい」ジムはつぶやいた。こいつなのか？

テレビ画面では、ピンクのバスローブを着た女がカメラに向かって笑いかけながら口を動かしている。〝ええ！〟

ディピエトロが怪訝そうな顔をしてベッドの上に身を乗りだした。「看護師を呼ぼうか？」

そんなものよりビールをくれ。できたら六缶パックがいい。「おれなら心配ない」ジムはもう一度目をこすった。新鮮な草の匂いがし、息が切れるまで罵りたくなる。「少しいいかな」ディピエトロが話しだした。「きみは医療保険に加入していないようだから、ここの費用はすべてぼくが持つ。二、三日休みが必要なら休んでくれ。その分の給料を差し引くつもりはない。それでいいだろうか？」

ジムは両手をベッドに落とした。草のしみが魔法のように消えたのはありがたいが、ディピエトロのほうは消える気配がない。少なくとも、ジムに訴える気があるかどうかはっきりするまではいるだろう。利用限度額などないに違いない自分のクレジットカードをこの男がベッド脇から差しだしているのは、思いやりからでないことは歴然としている。ディピエトロは労災訴訟を避けたがっているのだ。

ジムにしてみればどうでもいいことだ。事故のことは念頭にすらなかった。頭に浮かぶのは、ゆうべトラックの中で起きたことばかりだ。ディピエトロはあの青いドレスの女を腕にはべらせるたぐいの男そのものだが、まなざしの冷ややかさは、非の打ちどころのない美女にも欠点を見いだすタイプだとうかがわせる。このこうるさい男は建設現場でも、コンクリートの基盤の施工法から樹木の伐採、地ならし、ボードに打ちこむ釘の位置までいちいち文句をつけてくる。

あれでは、彼女がほかの男を求めたくなるのも無理はない。

それに七つの大罪のうち、ディピエトロの罪を当てるのはクイズにもならないだろう。デザイナーズブランドの服だけでなく、乗り回している車に、連れている女、住宅の趣味にまで、〝強欲〟とスタンプがべたべた押しまくられている。この男が愛してやまないのは金だ。

「すぐに看護師を呼ぶから――」

「結構だ」ジムは枕の上から体を起こした。「看護師は苦手でね」

医者も。犬も。天使も……聖人も……あの四人の男がなんだったのであれ。

「では、ぼくはきみのために何ができるだろうか？」ディピエトロはよどみなく申しでた。

「何も」謎の臨死体験が授けた啓示によると、問題はジムがこの〝ボス〟のために何ができるかだ。

どうやってこの男に自分の人生を方向転換させればいいんだ？　ホームレスのための無料食堂に高額寄付をしろと説教して実行させるのか？　それでオーケーか？　そ

れともまさか、シルクのスーツでＢＭＷのＭ６に乗っているこの女性蔑視野郎に財産をすべて捨てさせ、修道士にでも転身させるか？

いやいや、待てよ……分かれ道だ。ディピエトロはなんらかの分かれ道に立っているはずだ。だが、そんなもの、おれにわかりようがあるか？

ジムは顔をしかめてこめかみをさすった。

「本当に看護師を呼ばなくていいのか？」

フラストレーションのあまり動脈瘤《どうみゃくりゅう》が破裂しかけたとき、テレビの画面が変わり、ふたりの料理人が登場した。どういうことだ。黒髪のほうはコリンにそっくりで、隣の金髪はナイジェルと同じ偉そうな態度だ。ふたりは蓋つきの銀のトレイを手にカメラのほうへ身を乗りだし、蓋を取るとこじゃれた料理が盛られたディナープレートが現れた。

なんのおふざけだ？　ジムはテレビをにらみつけてうめきそうになった。こっちから誘えと言ってるのか？　勘弁してくれ――。

ディピエトロがジムの視界に顔を突き入れた。「ぼくに何ができる？」

ここだとばかりにテレビの料理人たちが満面の笑みでじゃじゃーんと身振りで示す。

「その……ディナーをご一緒できるかな」

「ディナー？」ディピエトロは眉をあげた。「それは……ディナーのことか」

ジムはテレビに向かって中指を突き立てたいのをこらえた。「ああ……ディナーって言っても、そういうディナーじゃない、ただの食事でいい。その、ディナーだ」

「それでいいのか？」

「ああ」ジムは両脚をベッドからおろした。「それでいい」

腕の点滴へ手を伸ばし、テープをはがして血管から針を引き抜いた。生理食塩水だかなんだか、点滴バッグの中身がぽたぽた床に落ちる。それからシーツの中へ手を入れ、うめき声とともに尿管からカテーテルを引き抜いた。次は胸板の電極パッドをはがし、モニターのほうへ体をひねって黙らせた。

「ディナー」ジムはぶっきらぼうに言った。「望むのはそれだけだ」

まあそれと、この男に何をしてやればいいのか、そのヒントだ。うまくいけばディナーのつけ合わせから何かアイデアをもらえるだろう。

立ちあがるとめまいがし、壁に手をついた。何度か深呼吸をしてから、バスルームへ向かう。うっとディピエトロが息をのむ音が聞こえた。

患者衣の背中が割れて丸見えになっているのだろう。

ジムは戸口で足を止め、振り返った。「〝うっ〟は、リッチな男流のイエスか？」

視線がぶつかり、いぶかしげなディピエトロの目がさらに細くなる。「ぼくとのディナーを求める理由は？」

「取っかかりが必要だからだ。おれは今夜でいいぞ。八時でどうだ」

戻ってきたのは緊迫した沈黙のみで、ジムは小さく微笑んでみせた。「選択肢はふたつ、おれとのディナーか、労災訴訟を起こされて法外な金を出す羽目になるかだ。そっちが決めてくれ。おれはどっちでもいい」

ヴィン・ディピエトロはこれまで、あまたのろくでなしどもと渡りあってきたが、ジム・ヘロンはその中でも筆頭にあがる。それはあからさまな脅迫のせいでも、九十キロはありそうな肉体のせいでもない。ふてぶてしい態度のせいですらない。

真の問題は、この男の目だ。見知らぬ相手が、おまえのことなら家族よりもよく知っているという目で見てくるときには、相手の狙いを探る必要がある。こちらのことは調査済みか？　何か秘密を握られているのか？

自分にとってこの男はどんな種類の脅威だ？

それにディナーだと？　現金を搾り取ることもできるのに、この男がほしがるのは肉と野菜だけか？

本当の要求は病院の外へ出てからするつもりなのかもしれないが。

「八時にディナーで」ヴィンは返事をした。

「おれはフェアな男だから、場所はそっちが選んでいい」

それなら簡単だ。もめごとになるなら、人の目はないに越したことはない。「ぼくのメゾネットにしよう。〈コモドール〉はわかるか？」

ヘロンの視線はベッドの上の窓へ行き、戻ってきた。「何階だ？」

「二十八階。きみを通すようドアマンに伝えておく」

「それじゃあ今夜」

ヘロンが後ろを向き、あの背中がふたたび露わになる。

ヴィンはまたも息をのみそうになるのをこらえた。筋肉質のヘロンの背中は余すところなく黒いタトゥーに覆われ、墓場の前でフードをかぶった死神が、陰になった顔の中で目だけをぎらぎら光らせてヴィンを見ていた。骨だけの手には大鎌が握られ、こちらの魂をつかもうと飛びかかってくるかのように、あいている手を突きだしている。死神の黒衣の下にあるマークにもぞっとした。縦線四本の上に斜め線を一本入れて数を数える、タリー・マークが二列。

それがなんの数字を表しているのかは容易に察しがつく。

バスルームのドアが閉まると同時に、看護師がゴム製の靴底を鳴らして飛びこんできた。「どうされました……患者さんは？」

「自分で点滴を外した。今は用を足しているんだろう。彼は退院するつもりだ」

「そんな、いけません」

「ぼくではなく彼に言ってくれ」

ヴィンは部屋を出て待合室へ向かった。中をのぞきこみ、ヘロンの意識が戻るまで病院に残ると申しでた作業員たちの注意を引く。左側の男は顔にいくつもピアスをつけ、痛みを楽しむＳＭ趣味のタフガイといった風貌だ。もうひとりは大男で、長い三つ編みにした黒髪をレザージャケットに覆われた肩にかけている。

「退院の用意ができた」

ピアス男が立ちあがった。「もう医者の許可がおりたのか？」

「医者は関係ない。ヘロンが自分で決めた」ヴィンは廊下のほうへ顎を動かした。

「部屋番号は６６６だ。家まで足が必要になるだろう」

「おれたちが送ろう」ピアス男が言った。シルバーの瞳は真剣だ。「行きたいところまで連れていってやるよ」

ヴィンはふたりと別れ、階下へおりるためにエレベーターへ向かった。乗りこんだところで携帯電話を取りだし、夕食にゲストがひとり来ることを知らせようとディヴァイナに電話をかけた。留守番電話に切り替わると簡潔に用件を吹きこみ、彼女はいったい何をしているのかと考えないようにした。

誰といるのかも。

途中の階でエレベーターが止まってドアが開き、男がふたり入ってきた。ふたたび降下しだすと、ふたりは会話を終えたところだったらしく、念を押すようにうなずきあった。どちらも格好はズボンにセーター、左側の男は茶色い髪が山頂を嫌うかのように頭のてっぺんから後退し……。

ヴィンは目をしばたたいた。さらに目をぱちぱちとさせる。

禿頭《とくとう》の男のまわりで影が揺らいでいた。鉛筆の芯と同色のぼんやりと光るオーラが、舗道から立ちのぼる熱波のようにゆらゆらしている。

まさか……そんなはずはない……もう十年以上も落ち着いていたのが、戻ってくるなんてありえない。

ヴィンは拳を握りしめて目をつぶり、目に見えたものを脳から蹴りだし、神経細胞へのアクセスを拒絶した。自分は何も見ていない。見えたとしたら、天井の照明による錯覚だ。

あれが戻ってきたのではない。あれは消えた。戻ってくるわけがない。

まぶたを細く開けて男に目をやると……腹を殴られたような気がした。透明な影は、男が着ている服と同じくらいはっきりと、その隣に立つ男と同じくらい明らかにそこにあった。

これは死者だ。これから死者になる者だ。

ドアが開き、男たちがロビーへおりたあと、ヴィンはうつむいて急ぎ足で出口へ向かった。一切関わりたくないし、これまで理解できたこともない自分の一面から逃げきりかけていたとき、腕いっぱいに書類を抱えた白衣の女性と衝突した。

驚いて飛びたつ鳥の群れのように書類とマニラフォルダーが宙に舞い、ヴィンはよろめく相手を支えたあと、散らばった書類を拾うのをかがんで手伝った。

エレベーターで彼の前に立った禿頭の男もそれに手を貸した。

ヴィンは男に目を注ぎ、今度は視線をそらさなかった。影は男の左胸から放出されている……特定の場所から体の外へ噴きだしているのだ。

「医者に診てもらったほうがいい」気がつくと声をかけていた。「今すぐに。原因は肺だ」

なんの話かと言われる前に立ちあがり、大急ぎで建物をあとにした。息が切れ、心臓は喉までせりあがってきている。

車にたどり着いたときには両手が震えていた。キーを差しこまなくてもエンジンをかけられるのは、こういうときに都合がいい。

ハンドルを握りしめ、頭を上下に振った。

あの気味の悪い能力は消え去ったと思っていた。いまいましい予知能力は完全に過去のものだと。指示されたとおりにやり、半信半疑だったが、もう二十年近くも効果が続いているようだったのに。

ああ、くそっ……もとに戻ることなどできない。

絶対にごめんだ。

7

　ジムがバスルームから出てきたときにはディピエトロは帰り、代わりに口うるさい看護師がいた。彼女ががみがみと……彼にとってはどうでもいいことばかりをまくしたてるあいだ、ジムは長広舌を終わらせるタイミングを見計らおうと、相手の肩の先を眺めていた。

「もういいか？」看護師が息継ぎしたところで尋ねた。

　彼女は大きな胸の上で腕組みし、尿道にカテーテルを挿入し直す役は自分がやってやるという顔でジムを見あげた。「先生を呼んできます」

「好きにしろ。おれの考えは変わらない」ジムは部屋を見回した。個室に入れられたのはディピエトロのはからいだろう。「おれの荷物は？」

「あなたはほんの十五分前までなんの反応もなかったんです。運びこまれたときには仮死状態だったんですよ。風邪をひいたのとは違うんですから、きちんと――」

「服はどこだ。おれが知りたいのはそれだけだ」

患者の口答えにはほとほとうんざりだと、看護師は憎悪さえにじませて彼をにらみつけた。「自分は死なないとでも思っているんですか?」

「今のところはな」ジムはぼそりと言った。「口論はもういい。何か着るものをくれ。おれの財布もな。でないと、この格好のまま出ていって、帰りのタクシー代は病院の支払いにする」

「待ってなさい。ここを動かないで」

「早くしないと出ていくぞ」

ドアが閉まると、ジムは病室をうろうろと歩き回った。エネルギーが体内を駆けめぐっている。目覚めたときはだるさを感じたが、今はすっきり爽快だ。

ああ、この感覚は忘れていない。軍隊時代もこうだった。ふたたびかつてのようにゴールを与えられ、それが彼に疲労感や怪我《けが》を克服し、ターゲットから彼を遠ざけようとする者すべてを払いのける力を授けるのだ。

だからあの看護師も、彼の邪魔をしないのが賢明だ。

はたして彼女は、三人の医師を援軍として連れてきた。数が増えたところで無駄なのだが。医師たちが彼を取り囲んで良識を説くあいだ、ジムは彼らの口がぱくぱくして眉が上下し、お上品な手が盛んに動くのをぼうっと眺めていた。

自分の新たな任務に考えをめぐらせ——医師たちの話はもちろん右から左に聞き流した——どうすれば何をしたらいいかわかるのか思案した。たしかに、ディピエトロとのディナーは取りつけたが……その先は？　待てよ。まずいな、彼女もいるのか？となると、こっちはまさにサプライズゲストだ。

ジムは医師たちへ注意を戻した。「おれならもう元気だ。帰りたいから服を用意してくれ。よろしく頼む」

一同は静まり返ったあと、むっとした様子でぞろぞろと出ていった。この患者は愚かだが、知的障害はないと判断をくだしたらしい。頭のまともな成人が誤った選択をするのは本人の勝手というわけだ。

閉まりかけたドアの隙間からエイドリアンとエディが頭を突きだした。

エイドリアンがにんまりとする。「医者を追いだしたのか？」

「ああ」

くくっと笑うエイドリアンの横からエディが入ってくる。「まったく、おまえらしいな——」

やかまし屋の看護師がふたりを押しのけてつかつかと入ってきた。腕には白衣のズボンとラージサイズのハワイアンシャツをかけている。そこにいないかのようにエディとエイドリアンを無視し、持ってきた着替えをベッドへ放り投げ、クリップボードをジムに突きだす。「お荷物はそこのクローゼットの中よ。費用はすべてミスター・ディピエトロが負担してくれるわ。ＡＭＡにサインして。医師の忠告に反して《アゲインスト・メディカル・アドバイス》退院することを認める書類よ」

ジムはボールペンを受け取り、署名欄に×印を書いた。

看護師がそれを見おろす。「これは何？」

「おれのサインだ。×は法律でサインと認められてる。ほら、もういいだろ」ジムは首の後ろの紐《ひも》をほどいて患者衣を床に落とした。

いきなり全裸になった彼に看護師は泡を食った。

彼女は一目散に逃げ去り、エイドリアンがそれを見て笑った。「あれこれ言うより手っ取り早いな」

ジムは背中を向けてズボンをはいた。

「すごいタトゥーだ」エイドリアンは静かに言った。

ジムはただ肩をすくめてアロハシャツに手を伸ばした。白地に赤とオレンジ。袖を通すと、クリスマス・プレゼントにでもなった気分だ。

「それを選んだのはおまえへのいやがらせだな」エイドリアンは言った。

「あるいは、色覚異常かもしれない」言いながらも、まあ、前者だろうなとジムは思った。

クローゼットを開くと、中にブーツが並べてあり、聖フランシス病院のシールで封じられたビニール袋がフックにさがっていた。素足をブーツに滑りこませ、袋からジャケットを取りだして悪趣味なシャツの上に着る。財布はジャケットに入ったままで、中を調べるとすべてきちんと揃っていた。偽造の運転免許証に偽造の社会保障カード、エバーグリーン銀行の口座と連結しているVISAデビットカード。それに今朝ターキー・サンドイッチと飲み物を買ったときの釣り銭七ドルもある。

あれは人生がひっくり返される前のことか。

「ここへはふたりともバイクで来たのか?」ふたりに向かって尋ねた。「建設現場までトラックを取りに行きたい」

ここを離れるためならハーレーのリアバンパーにでも座ってやる。

エイドリアンはにやりとし、自慢の髪に手を滑らせた。「車だ。足が必要だろうと思ってな」

「今はパレードの山車だろうと乗るさ」

「乗せてやるのにひどい言いようだな」

三人は病室を出た。ナースステーションの前を通過したときは、引き止める者こそいなかったがスタッフ全員が手を止めてぎろりとにらんできた。

病院からディピエトロの神殿建設地まではエイドリアンのフォードエクスプローラーで二十分かかり、彼はそのあいだずっとAC／DCをかけっぱなしにした。それ自体は問題ではないが、彼は全曲を歌い続け、しかも未来永劫アイドルオーディション番組で優勝に輝くことはないくらいの音痴だった。へたというだけでなくリズム感がゼロで、それが熱唱するのだ。

エディは石化したように窓の外を凝視し、ジムはハンドルを握る男のへたくそな歌をかき消せればとさらに音量をあげた。

ディピエトロ邸建設予定地へと続く未舗装の道路に入った頃には、日が暮れて空の明かりは薄れ、木の切り株が細長い影を作っていた。伐採地は荒涼として醜く、森が広がる対岸と見比べると殺伐たる光景だ。しかし、ディピエトロのことだ。自分好みに森を再植林するに決まっている。

あれはどう見ても、なんでも最高のものでなければ気がすまないタイプだ。

家の前に車を寄せると、残っているのはジムのトラックだけだった。ジムはエクスプローラーが停車しないうちから、さっさと飛びおりようとした。

「乗せてもらって助かった」声を張りあげる。

「なんだって？」エイドリアンは音量ボタンに手を伸ばし、ずっと下までさげた。

「なんて言った？」

エイドリアンはでかい声のまま怒鳴り、ジムの鼓膜がびりびり震動した。思わずダッシュボードに額を叩きつけて耳鳴りを止めたくなったが、それをぐっとこらえた。

「乗せてもらって助かったと言ったんだ」

「ああ、気にするな」エイドリアンはフォードF‐150に向かって顎をしゃくった。「運転できるか？」

「ああ」

ジムは車からおりるとエディと拳を合わせ、自分のトラックへ向かった。歩きながら、右手で病院でもらったシャツのポケットを探った。マルボロはなしか。そりゃあそうだ。退院祝いに煙草をくれる病院がどこにある？

エイドリアンとエディが待つ中、ジムは煙草が見つからなかった手でキーを取り、ドアを——。

後輪の陰で何かが動くのが目にとまった。

ジムが見おろすと、ランチを分けてやった犬が前脚を引きずりながら車の下から出てきた。

「あのなあ……」ジムはかぶりを振った。「言っただろう」

車のウィンドウをさげる音に続いて、エイドリアンの声がした。「おまえのことが好きなんだよ」

犬はお座りをしてジムをじっと見あげた。

くそっ。「いいか、あのターキーはまずいからおまえにやったんだ」

「腹が減ってるときは、何を食ってもうまいだろ」エイドリアンが割りこむ。

ジムは首をめぐらせてにらみつけた。「送ってもらっておいて申し訳ないが、なんでまだいるんだ？」

エイドリアンは声をあげて笑った。「見物してただけさ。じゃあな」

エクスプローラーは砂利をばりばり踏んでバックした。ヘッドライトの光が横切り、半分できあがった家を照らしたあと、伐採地とその先の川の上をさっと滑った。車のライトは道路の奥へと進んでいき、やがてジムの目は夕闇に慣れた。すると邸宅が、棘《とげ》の生えた獣としてその姿を現した。骨組みに囲まれた一階部分は獣の腹で、二階は棘の突きでた頭部。あちこちにまとめられた枝や伐採した木は餌食になった者の骨だ。

こいつの登場によりこの半島は平らげられ、風景がどんどん蹂躙《じゅうりん》されていく。

これだけの大邸宅だ、陸からも空からも河川上からも、数キロ先から見えるようになる。まさしく強欲の神殿、ヴィン・ディピエトロが人生でつかみ取ったすべての記念碑だ。賭けてもいい、あの男は身ひとつで財を築いた叩きあげに違いない。富豪の家系なら自分で建てるのではなく、古い邸宅を相続するものだ。

まったく、ディピエトロに強欲路線を変更させるのは骨が折れそうだ。地獄に落ちるぞと脅したところで効き目はないだろう。あの手の男は死後の世界など信じそうにない。絶対に無理だ。

冷たい風が建設地を吹き渡り、ジムは犬に目を戻した。

犬は誘いを待っている様子だ。それも、いつまででも待つ気らしい。

「おれのアパートメントはひどいもんだぞ」ジムは犬をじっと見つめて言った。「昼に食ったサンドイッチとどっこいどっこいだ。一緒に来たって贅沢できるわけじゃない」

犬は、雨風がしのげればそれで充分とでも言うかのように前脚で宙をかいた。

「本当にいいのか?」

さらに宙をかく。

「わかった。わかったよ」

ジムはトラックのドアを開け、犬を拾いあげようと腰をかがめた。こいつのボディランゲージを正しく理解できているんだろうな。まさか指先に嚙《か》みついてきたりして……。しかし心配は不要だった。犬は尻を持ちあげ、ジムのてのひらにすくいあげられた。腹はがりがりで、回した手の中指と親指がくっつきそうだ。

「おまえ、少し太ったほうがいいぞ」

犬を助手席に乗せ、ジムは運転席に回って座った。エンジンはすぐにかかり、痩せっぽちが風邪をひかないよう送風をオフにする。

ヘッドライトを点灯し、バックして向きを変え、エイドリアンとエディが通っていった未舗装の道路を進みだす。一五一号線に出たところで左のウィンカーをつけ
――。

犬が彼の腕をくぐって膝にあがってきた。

ジムは犬の角張った頭を見おろし、食べさせるものが何もないことに気がついた。

自分が食べるものもだ。

「もっとターキーを食べるか？　ガソリンスタンドに寄ってもいいぞ」

犬は尻尾だけでなく、骨張った尻ごとぶんぶん振った。

「オーケー、じゃあそうしよう」ジムはアクセルを踏みこみ、ディピエトロ邸の私道を出た。あいている手で犬の背中を撫でてやる。「そうだ、ひとつ確認しておきたい……おまえ、トイレのしつけはできてるのか？」

8

闇は多くの恵みとともに、あらゆる場所に陰をもたらす。だから昼間の明るさより、夜の闇ははるかに利用価値がある。

タクシーの運転席に座る男は、自分と車両のどちらも、監視相手からは見えないことを知っていた。彼女からは見えない。彼がここにいることも、彼女の写真を撮っていることも、何週間も彼女のあとをつけていることも、向こうは知らない。その事実は、彼女を思いのままにする力を彼が握っていることを裏付けた。

窓にはまった鉄格子の奥で、彼女は息子とソファに座っている。レースのカーテンが邪魔をしてはっきりとは見えないが、リビングルームのソファの上で、大小ふたつの人影が寄りそっているのはわかる。

彼女のスケジュールは把握している。平日は午後三時まで自宅で息子に勉強を教え、その後、月から木曜は水泳とバスケットボールの教室のためにＹＭＣＡへ連れていく。

息子がそこにいるあいだ、彼女は絶対にそばを離れない。息子がプールに入っていようと、コートに出ていようと、子どもたちが準備体操をして小さなバッグを置いていくベンチに座ったまま動かない。レッスンが終了すると、ロッカールームの真ん前で待ち、息子が着替えたあとはまっすぐ帰宅する。

注意深い。彼女は恐ろしく注意深い――生活のリズムがまったく変わらないという一点をのぞいて。日曜以外は毎晩六時に息子の夕食を作り、八時にベビーシッターが来たあと家を出て、告解もしくは祈禱《きとう》グループのために聖パトリック大聖堂へ行く。その後、あの堕落したクラブへ向かう。

男はまだ〈アイアン・マスク〉の中には入ったことがないが、それも今夜変わる。彼女がウエイトレスなりバーテンダーなりをやっているところを数時間観察し、彼女とその暮らしぶりについてさらに情報を得るつもりだ。神は細部に宿るという。男は彼女のすべてを知らねばならなかった。

バックミラーに目をやり、変装に使っているウィッグとつけひげを直した。質のいい代物ではなかったが、彼の特徴を充分に覆い隠してくれる。それに、ほかのいくつかの理由からも必要なものだった。

加えて、彼女の目に自分の姿が映らないことにぞくぞくさせられた。気づかれずに彼女を監視する行為は、男に強い性的興奮を与えた。

七時四十分、家の前にセダンが停まり、アフリカ系アメリカ人の女がおりてきた。今週見かけた三人のベビーシッターのうちのひとりだ。ほかのシッターを家までつけ、翌朝どこへ行くのか見届けると、全員が〈コールドウエル・シングルマザー支援センター〉という福祉団体から派遣されているのがわかった。

シッターが中へ入ってから十分後、ガレージのドアががたがたと開いたので、彼は運転席で身をかがめた。姿はまだ見られたくない。

七時五十分。時間ぴったりだ。

彼女は車を私道に出したあと、ガレージのドアが完全に閉まるのを待った。まるで、いつか下までおりないことがあるのではないかと恐れるように。ドアが無事に閉まると、赤いブレーキランプが消え、車はバックで道路に出たあと発進した。

彼はタクシーのエンジンをかけ、ギアを入れようとしたとき、配車係の声が静寂を破った。「一四〇号車、現在地はどこですか、一四〇号車？　一四〇号車、帰庫してください」

それはできない相談だ、と彼は思った。会社へ戻ってしまったら、彼女に追いつけなくなる。彼女の次の行き先は聖パトリック大聖堂だ。会社で業務を終了させる頃には、彼女は次の場所へ移動している。

「一四〇号車？　連絡ぐらいして――」

彼は無線機を黙らせようと拳を握りしめた。癇癪《かんしゃく》を抑えるのは苦手だ。昔からそうだった。だが、この車両はどこかの時点で会社へ戻さなければならず、備品が壊れていれば会社の者に説明を求められるぞと自分に言い聞かせた。

衝突は絶対にだめだ。自分にとっても相手にとっても、よい結果にはならないのだから。そのことはすでに学んでいるだろう。

それに、自分には大きな計画があるじゃないか。

「ちょうど、そっちへ向かってるところです」レシーバーに向かって答えた。

クラブへ行って彼女を見るしかない。大聖堂で彼女を見られないのは、ずるをされたような気分だが。

マリー＝テレーズは聖パトリック大聖堂の地下で、お尻が痛くなるプラスチック製の椅子に座っていた。左にいるのは五人の子どもの母親で、いつも赤ん坊を抱くように聖書を小脇に抱えている。右側の男性は昔、整備工をしていたのだろう。てのひらはきれいなのに、どの指も爪のあいだが黒い。

ほかに十二人が円になり、あいている席がひとつある。今夜は欠席している人も含めて、彼女は部屋にいる全員を知っていた。彼らが自分の人生について打ち明けるのに耳を傾けて数カ月、今では配偶者や子どもがいる人ならその人たちの名前までそらで言えるし、彼らの過去を形作った大きな出来事を知っているし、彼らの心のクローゼットの暗い隅っこを垣間見たりもした。

大聖堂の掲示板に貼りだされていたお知らせを見て、去年の九月から祈禱グループに参加するようになった。『日々の暮らしと聖書。毎週火曜と金曜の午後八時』

今夜取りあげているのはヨブ記で、どんな話になるかは最初から想像がついていた。誰もが自身の抱えきれない苦労を吐露し、信じ続けてさえいれば必ずや信仰は報われ、輝かしい未来へ神がお導きくださると励ましあった。

マリー＝テレーズは何も言わなかった。これまでも発言したことはない。告解のときとは違い、大聖堂の地下で彼女が求めているのは話をすることではない。彼女の暮らしの中で普通の人たちのそばにいられる場所は、ここ以外にひとつもない。クラブでは普通の人はもちろん見つからないし、職場の外では友人も親戚も、彼女には誰もいない。

だから毎週ここへ来てこの輪に加わり、外の世界と少しでも結びつきを持つようにしている。今はかなたの対岸から、荒れ狂う川の向こうにある〝小さなことにくよくよする人たちの国〟を眺めている気分だった。彼らをねたんでいるのでも、ばかにしているのでもない。それどころか、彼らと一緒にいることで力をもらいたかった。彼らと同じ空気を吸い、同じコーヒーを飲み、彼らの話を聞いていれば……いつかもう一度彼らのひとりとして暮らせるのではないかと思えた。

そのため彼女にとってこの集まりは宗教的なものではなく、隣の子だくさんな女性とは違い、マリー＝テレーズの聖書は今もバッグの中だ。どこにあるのか尋ねられたときのために持ってきているだけで、てのひらにのるコンパクトサイズだった。

どこで買ったのか思い出そうと、マリー＝テレーズは眉根を寄せた。メイソン＝ディクソン線の南側のどこかで、コンビニエンスストアに立ち寄ったときのはずだ……ジョージア州？　アラバマ州？　あれは元夫のマークを追跡している最中で、正気を失わずに昼と夜を乗り越え続けられるよう、なんでもいいからすがらずにはいられなかった。

あれから三年になるの？

ほんの三分前にも、三千年が過ぎたようにも感じる。

悪夢のような数カ月。マークとの離婚が泥沼になるのは予期していたけれど、あそこまで恐ろしいことになるなんて夢にも思わなかった。

マークが彼女に暴行してロビーを連れ去ったあと、マリー＝テレーズは病院にふた晩入院した。その後、マリー＝テレーズは私立探偵を雇って彼らを追わせた。息子の居場所がわかるまで丸々三カ月かかり、あの恐ろしい日々を自分がどうやって切り抜けたのかは、いまだにわからない。

おかしなもので、当時は信仰心もなく、神に祈りながらも本当には信じていなかった。それでもマリー＝テレーズの祈りは聞き届けられ、奇跡が起きた。彼女の滞在先だった〈モーテル6〉に、私立探偵の黒いリンカーン・ナビゲーターがやってきた光景は脳裏に鮮やかに刻みつけられている。ロビーがSUV車のドアを開けてフロリダの日差しの中へおり立つと、彼女は駆け寄りたかったのに膝の力が抜けてしまった。舗道にへたりこみ、泣きながら両腕を伸ばした。

息子はもう生きていないとあきらめていた。

嗚咽《おえつ》を耳にしてロビーが顔を振り向け……母親を目にするなり一直線に駆けだした。体当たりするように彼女の胸に飛びこんできたロビーは、服は薄汚れて髪も伸びてもつれ、焦げたマカロニ＆チーズのような臭いがした。それでも生きていて、息をしていて、彼女の胸の中にいた。

だが、ロビーの目に涙はなかった。それ以後も泣いたことはない。父親のことも、失踪していた三カ月間のことも、何も話さなかった。彼女が連れていったセラピストにさえ。

自分の産んだ大切な息子が、生きているのか死んでいるのかもわからないことほど、恐ろしい経験はないと思っていた。けれど、息子が戻ってきたあとは別の苦しみが待っていた。朝から晩まで〝大丈夫？〟と確認したい衝動に駆られたが、無論そんなことはできるわけがなかった。たまにそれとなく尋ねてみても、〝だいじょうぶだよ〟と素っ気ない返事があるだけだった。

息子は大丈夫ではない。大丈夫なはずがない。

私立探偵からの大ざっぱな報告によれば、夫はレンタカーを次々に乗り換えては、ロビーを連れて国内を移動し、複数の偽名と束で持っている現金を使って暮らしていたらしい。夫が潜伏していたのには複数の理由があったことがのちに判明した。彼の行方を追っていたのはマリー＝テレーズだけではなかったのだ。

そしてロビーが逃げださないように、マークはおそらく息子を脅しつけていたのだろう。それを思うと、元夫を殺してやりたくなる。

ロビーを取り戻して離婚の申し立てをしたあとは、かつての住まいからはできるだけ遠くへ逃れ、マークから奪った現金と彼に買い与えられた宝石でしのいだ。あいにく、それも長くはもたなかった。離婚訴訟の費用に私立探偵への報酬など、一からやり直すための出費がかさんだのだ。

お金を稼ごうと行き着いた仕事は、彼女にヨブのことを考えさせた。信仰心を試してやろうと悪魔が彼の幸福を奪ったとき、ヨブには何が起きたのか理解できなかったに違いない。社会から一目置かれていた裕福な男が、次の瞬間には財産をすべて奪われ、卑しい身分へ突き落とされたのだ。生きていくため、ヨブはかつては理解できなかった行いに手を染めることすら考えたはずだ。

マリー＝テレーズの場合もそれと同じだった。どんどん身を落としたあげくに最後は体を売ることになるなんて、よもや思いもしなかった。

こうなることはわかっていたはずなのに。元夫は初めからいかがわしいところがあった。あちこちに大金を保管しているのに、銀行口座はからっぽだったのだ。あのお金はどこから来ていると自分は考えていたのだろう？　まともな仕事をしている人は、クレジットカードやデビットカードを使い、現金は札入れに二十ドル札が数枚入っているくらいだ。何十万ドルもの現金が入ったグッチのブリーフケースを、ラスベガスのホテルのスイートルームにあるクローゼットに隠していたりしない。

もちろん、マリー＝テレーズも初めはそんなことは少しも知らなかった。つきあいだしたばかりのときは、プレゼントにレストランでのディナー、飛行機で行く旅行にすっかり目がくらんでいた。おかしいと思うようになったのはずっとあとのことで、そのときにはもう遅すぎた。彼女には愛する息子と怖い夫がいて、だから早々と口を閉じてしまった。

正直、最初はマークの謎めいたところに惹かれた。謎に、おとぎ話のような出会い、それにお金。

そして彼女は、そのつけを払わされることになった。大きなつけを……。

がたがたと椅子を引く音で、マリー＝テレーズは物思いから覚めた。集会は終わり、参加者たちは立ちあがって励ましの抱擁を交わしあっている。急いで出ていかないと抱擁で身動きができなくなる。

彼らの話を聞くのと、彼らに体を触られるのとは別物だ。

そちらは耐えられない。

腰をあげてバッグを肩にかけ、ドアへ直行した。出ていく前に、急いでいるので失礼しますと挨拶をすると、キリスト教徒が恵まれない者へ向けるお決まりの〝それは大変ですね〟という顔を今夜もされた。

集まりのあとにマリー＝テレーズがどこへ行き、何をするか知っても、みんなこれほど寛大に接してくれるだろうか。彼らの態度は変わらないと信じたい。でも、やっぱり疑ってしまう。

通路に出ると、今夜予定されている次の集まりの参加者が待っていた。薬物依存症者の自助グループで、最近大聖堂で集まりだしたばかりだと聞いている。悩めるふたつのグループはみなにこやかに場所を入れ替わった。

マリー＝テレーズは車のキーを探してバッグをのぞきこみ――。

壁際にいた男性にぶつかった。

「ごめんなさい！」顔をあげ、頭をのけぞらせて相手を見あげると、そこには獅子《しし》のような瞳があった。「あ、あの……」

「気をつけて」男性は彼女を支え、優しい微笑をくれた。その髪は黄色い瞳と同じくらい美しく、さまざまな色が広い肩へ流れ落ちている。「大丈夫かい？」

「その……」この男性は前にも見かけたことがある。ここの通路でだけでなく、〈ゼロサム〉で。この世のものとは思えない風貌に目を奪われ、モデルかしらと思ったものだ。あの店にいたのだから、どんな仕事をしているか知られているかもしれないが、彼は気まずそうなそぶりを見せたことも、いやらしい目を向けてきたこともない。

それに、こういう集まりに参加しているのだから、彼の心にも退治すべき悪魔が巣くっているのだろう。

「どうかした?」

「えっ……あっ、ごめんなさい。ちゃんと前を見ていなくて」

彼に笑みを返して階段へ向かい、大聖堂の一階まであがって大きな両開きの扉から外へ出た。縦一列に駐車された車の列を横目に通りを急ぐ。もっと近くに停められたらよかったのだけれど。彼女のカムリははるか先にあり、乗りこんだときには寒さに奥歯を嚙みしめていた。続いて、エンジンを始動させるいつもの儀式に取りかかる。

「がんばって……がんばって……」

ようやくエンジンがうなると、車道中央の黄色い二重線を無視し、Uターンして方向転換した。

マリー゠テレーズは物思いに耽《ふけ》っていたせいで、カムリの後方にヘッドライトが滑りこんできて、後ろからついてくるのにも気づかなかった。

9

〈コモドール〉の半ブロック先にトラックを停めたジムは、いかにもヴィンが住んでいそうな場所だと思った。外側は薄い鋼鉄製の枠組みにガラスがはめこまれただけのシンプルな造りだが、これのおかげでビル内のどの部屋からもすばらしい景観が望める。通りから見えるだけでも、光あふれるロビーは贅を凝らされ、深紅の大理石のフロア中央には消防車サイズのフラワーアレンジメントがでんと鎮座していた。いかにも青いドレスの女が住んでいそうな場所でもある。

くそっ。どこかの店で一緒に食事がしたいとディピエトロに言うべきだった。昨日の今日で彼女と同じ空間に閉じこめられるのは名案ではない。しかも、こちらには彼女の恋人を地獄行きから救済するという入り組んだ事情まである。

エンジンを切って顔をこすると、なぜか家に残してきた〝ドッグ〟のことが頭をよぎった。小さな犬は散らかったベッドの上で丸まるなり、スイッチが切れたみたいにこてんと寝てしまった。薄い脇腹を上下させ、いっぱいになってふくらんだ腹につかえないよう小さな脚を広げて。

なんでペットを飼うことになったんだ？

キーをレザージャケットのポケットに入れてトラックを離れ、通りを渡った。ロビーに入ると、外からでも豪奢《ごうしゃ》に見えた場所は近づいてみるとますます壮麗だったが、ゆっくりと眺めていることはできそうにない。ジムが足を踏み入れるなり、デスクにいたドアマンが顔をあげて眉間にしわを寄せた。

「いらっしゃいませ。ミスター・ヘロンですか？」五十がらみの男は黒い制服に身を包み、その目は鈍くも節穴でもない。十中八九、武器を携帯し、その扱いも心得ているだろう。

優秀そうな男だ。「ああ、そうだ」

「身分証明書をご提示いただけますか？」

ジムは財布を開き、コールドウェルに到着して三日目に買ったニューヨーク州の運転免許証を見せた。

「ありがとうございます。ミスター・ディピエトロにお取り次ぎいたします」警備員は電話で言葉を交わしたあと、腕を振ってエレベーターを示した。「あちらでおあがりください」

「どうも」

二十八階までの上昇はシルクのごとくなめらかで、ジムは気晴らしに隠れている監視カメラを探した。エレベーター内は鏡張りで、金縁の上部の角に装飾がある。それがカメラだ。四隅にあるから、利用者がどっちを向こうとはっきり顔が映る。

セキュリティは万全だな。

ジムの到着を告げる音もカメラと同じく控えめで、ドアが開くとすぐ目の前にディピエトロがいた。奥行きのある象牙色のホールにたたずむさまは、まるでこの高層ビルのオーナーのようだ。

ディピエトロがてのひらを突きだす。「ようこそ」

力強くすばやい、いい握手だ。身なりも立派とはいえ、それは何も驚くことではない。ジムもひげを剃り、二番目にましなフランネルのシャツを着てきたが、ディピエトロはたった三時間前に病院で会ったときとは別のスーツに着替えている。

ひょっとして、一度袖を通したものは捨てるのか？

「ジムと呼んでいいかな」

「ああ」

ディピエトロは先に進んでドアを開け……おいおい、中はゴールドの筋入り黒大理石にクリスタル、彫刻と、まるでドナルド・トランプが扱う不動産物件みたいだ。そして玄関ホールの床から二階へ続く階段まで……リビングルームの床までも、すべてに石材が使われている。このフロアのために採石場をいくつからにしたのだろう？　それに家具は……ソファと椅子は金箔《きんぱく》と宝石色のシルクがふんだんに使われて、宝石のようだった。

「ディヴァイナ、お客様がお見えだ」ディピエトロが背後へ首をめぐらせて呼びかけた。

ヒールの音がリビングルームに近づいてきたとき、ジムはコールドウェルの美しい夜景を見つめ……最後に彼女を目にしたときのことは考えないようにした。

彼女はゆうべと同じ香水をつけていた。

それに彼女にふさわしい名前だ。彼女の感触はたしかに天上のもの《ディヴァイン》だった。

「ジム？」ディピエトロが呼びかけてくる。

ジムはさらに一拍待ち、ディヴァイナに横顔を見せて心を静める間を与えた。遠くから彼を見るのと、自分の家の中に、触れられるほど近くに彼がいるのとは違う。彼女のドレスは今夜も青か？

いや、赤だった。そしてディピエトロがディヴァイナの腰に腕を回している。

ジムは彼女にうなずきかけた。記憶のかけらさえ頭に入ってくるのを拒絶する。

「初めまして」

ディヴァイナはジムに微笑みかけて手を伸ばした。「ようこそ。イタリアンがお好きだといいけど」

ジムはすばやく握手を交わすと、その手をジーンズのポケットに入れた。「ああ、好きだ」

「よかった。来週まで料理人が休みを取っていて。わたしのレパートリーはイタリアンくらいなの」

くそっ。ここからどうするんだ？

三人揃って同じことを考えているかのように沈黙が続いた。

「失礼して、ディナーの支度をしてくるわ」口を開いたのはディヴァイナだった。

ディピエトロが彼女の口にキスをする。「ここでドリンクを飲んでるよ」

ヒールの音が去り、ディピエトロはミニバーへ向かった。「お好みの飲み物《ポイズン》は？」

おもしろい質問だ。かつての仕事ではシアン化物、炭疽菌《たんそきん》、テトロドトキシン、リシン、水銀、モルヒネ、ヘロインに加えて、新開発の神経ガスを扱った。それらを注射し、食べ物に混入し、ドアノブに塗布し、郵便物に噴霧し、多種多様な飲み物と薬剤に混ぜこんだ。そのどれもジムの想像力が開花する前のやり方だ。

ナイフに銃、素手を含め、彼はすべての暗殺法に熟達していた。まあ、ディピエトロがそれを知る必要はないだろう。

「ビールはないんだろうな」ジムはずらりと並ぶ高級酒のボトルに目をやりながら言った。

「ドッグフィッシュならある。発売されたばかりで、すばらしい味だ」

ジムの頭にあったのはバドワイザーで、ドッグフィッシュがなんなのかは神のみぞ知るだ。犬も魚もホップと一緒に発酵させたいものではないが、ビールはビールだろう。「それをいただこう」

ディピエトロは背の高いグラスをふたつ取りだした。それからミニ冷蔵庫を隠しているパネルを開いた。ボトルを二本出して栓を抜き、暗色のビールを注ぐと、海の泡を思わせる真っ白な泡が盛りあがった。

「きみも気に入ると思う」

ジムはグラスの片方とV・S・dPとイニシャル入りの小さなリネンのナプキンを受け取った。ひと口すすり……出てきた言葉はこれだけだ。「うまい」

「だろう?」ディピエトロもビールを飲み、特徴を吟味するかのようにグラスを明かりに掲げる。「最高のビールだ」

「天国の味だな」ジムは流しこんだビールを味わいながら、新たな目で華美なリビングルームを見回した。やっぱりこの男は裏で何かやっているのかもしれない。「すばらしい住まいだ」

「建設中の家は、もっとすばらしくなる」

ジムは全面ガラス張りの窓へと歩いていき、街の眺めを見おろした。「これだけの場所から出ていく理由があるか?」

「あるね。あっちはこの場所を超える」

ドアベルのような小さな音が鳴り、ジムは電話機に目をやった。

ディピエトロも目を向けた。「仕事用の回線だ。出なければ」ビールを片手に部屋の反対側の戸口へ向かう。「くつろいでいてくれ。すぐに戻る」

ディピエトロが歩み去ると、ジムはひとりで笑った。ここでくつろぐ? 子ども用の間違い探しドリルに入りこんだ気分なのにか? ニンジン、キュウリ、リンゴ、ズッキーニ。ひとつだけ仲間外れのものは? 答えはリンゴです。シルク張りのソファ、高級絨毯、建設作業員、クリスタルのデカンター。答えは……はいはい。

「どうも」

ジムは目をつぶった。彼女の声はやっぱり魅力的だ。「やあ」

「わたし……」

ジムはくるりと向き直った。彼女の瞳は相変わらず悲しげだが、驚きはしない。言葉を探しているディヴァイナを手をあげて制止した。「説明しなくてもいい」

「初めてなの……ゆうべのようなことをしたのは。わたし、ただ……」

「自分の恋人と正反対の男がほしかっただけ、か？」彼女がわなわなと震えだしたので、ジムは頭を振った。「ああ……くそっ……泣かないでくれ」

ディピエトロが注いだビールを置き、ナプキンを差しだしながら彼女に近づいた。涙を拭いてやりたいが、メイクを崩してしまいそうだ。

ディヴァイナは震える手でナプキンを受け取った。「わたし、彼には言わないわ。絶対に」

「彼がおれの口から知ることもない」

「ありがとう」彼女の視線は電話機へとさまよった。〝書斎〟という文字の横でライトが点灯している。「ヴィンを愛しているの。本当よ……ただ……彼は複雑で。彼は……複雑な男性なの。彼なりにわたしを愛してくれているのはわかってる。だけど、自分が透明人間になった気がするときがあるわ。でもあなたは、あなたはちゃんとわたしを見てくれた」

そうだな。それは否めない。

「あなたには正直に打ち明けるわね」ディヴァイナがささやく。「ゆうべのことは過ちだけど、わたし、後悔はしてないの」

本当に？　教えか罪の赦しを乞うかのようにこちらを見あげているのに？　乞われたところで無理な話だ。ジムはこれまで女とつきあったことがないから、恋愛のアドバイスはしてやれない。女との関係は常に一夜限り。彼女にとっては常軌を逸したことでも、ことセックスに関してジムにはあの手の経験しかなかった。

もっとも、はっきりとわかることがひとつだけあった。ディピエトロを見つめる輝くダークブラウンの瞳には、あの男への愛情がにじんでいる。彼女の胸には愛があり、それが全身から放出されている。

それがわからないとは、ディピエトロは救いようのない愚か者だ。

ジムは手をあげ、彼女の顔から涙をひと粒指で払った。「ゆうべのことは忘れろ。すべて封印して二度と思い出すな。忘れてしまえば、起きたことにはならない。ゆうべは何もなかった」

ディヴァイナが小さく洟《はな》をすすった。「ええ……そうする」

「それでいい」ジムは柔らかな彼女の髪をひと筋すくって耳にかけてやった。「心配いらない。すべて大丈夫だ」

「わたしにはそんな自信がないわ」

はたと気づいたのはそのときだ。ひょっとして、ここがディピエトロの分かれ道か。ここに、あの男の目の前に、愛を捧げたがっている女が、チャンスを求めている女がいるのに、彼女は彼との関係をあきらめかけている。ディピエトロが自分の手にしているものを見ることができれば、不動産物件や車、彫像や大理石ではなく、本当に大切なものが何かがわかれば、彼も人生と魂を方向転換させるのではないか。

ディヴァイナは涙のしずくをぬぐった。「信じ続けるのに疲れてしまって」

「そんなことを言うな。おれが力になる」ジムは一度深呼吸をした。「おれがなんとかする」

「優しいのね……また涙が出てきてしまうわ」ディヴァイナは泣き笑いして彼の手を握った。「でも、本当にありがとう」

なんてまなざしだ……彼女の目を見ていると、肋骨《ろっこつ》の中まで手を突っこまれて柔らかなてのひらで心臓をつかまれたような気分になる。

「きみの名前は——」ジムはささやいた。「きみによく似合ってる」

ディヴァイナの頰に赤みが差す。「学生の頃は大嫌いだったの。メアリーとかジュリーとか、普通の名前になりたかった」

「いいや、きみにぴったりだ。ほかの名前は考えられない」ジムは電話機に目をやった。ライトが消えている。「電話を終えたようだな」

彼女は目の下をぬぐった。「わたし、ひどい顔ね。つまみ《アミューズ・ブーシュ》を持ってくるから、彼がいる書斎まで運んでもらえるかしら。そのあいだにメイクを直してくるわ」

彼女がキッチンから戻るのを待つあいだ、ジムはビールを飲み干し、なぜキューピッド役を引き受ける羽目になったのかと途方に暮れた。

あの四人の天使たちが、ジムに翼とオムツをつけさせて矢を持たせようかと考えでもしたら、雇用契約は再交渉だ。言葉ではなく別のやり方で。

ディヴァイナが銀のトレイにひと口サイズの何かをのせて戻ってきた。「書斎はその先よ。泣き顔をメイクで隠したらわたしも行くわ」

「了解」ジムはトレイをもらい、ウエイター兼ディピエトロのお守りを引き受けた。

「おれが足止めしておく」

「ありがとう。何もかも」

また余計なことを言う前に、ジムは両手でトレイを持って出発し、無限に連なる部屋を通り抜けた。書斎にたどり着くとドアは開いていて、ディピエトロはコンピューターがのった大きな大理石のデスクの奥に座っていた。だが、コンピューターを見ているのではない。デスクには背を向け、窓とまたたく夜景に目を注いでいる。その手には何か黒い小さなものが握られていた。

ジムは戸口の側柱をノックした。「お口のお楽しみを持ってきたぞ」

ヴィンは椅子を回転させ、指輪の入った小箱を電話機の横に押しこんだ。戸口にたたずむジムは、トレイを持っていてもウエイターには見えなかったが、フランネルのシャツとジーンズのせいではない。この男は単純に、誰かに仕えるタイプではないのだろう。

「フランス語がわかるのか?」ヴィンはお口のお楽しみ《アミューズ・ブーシュ》を顎で示して言った。

「彼女に教えてもらった」

「なるほど」ヴィンは立ちあがり、歩み寄った。「ディヴァイナは料理上手でね」

「そうみたいだな」

「もう食べたのか?」

「いいや。キッチンから来る匂いでわかる」

ふたりはマッシュルームの詰め物を口へ運んだ。紙のように薄いトマトとバジルを挟んだ小さなサンドイッチがそれに続く。あとは、平らなスプーンに盛られたキャビアとニラネギだ。

「かけてくれ」ヴィンはデスクの向かいの椅子を顎で示した。「話をしよう。きみのご所望はディナーだが……ほかにもあるんだろう?」

ジムはトレイをおろしたが、腹にあるものは出さなかった。代わりに、窓辺へ近づき、コールドウェルの街を見おろす。

沈黙の中、ヴィンは革張りの玉座にふたたび座り、今夜の〝客人〟を品定めした。まっすぐで頑丈そうな顎は角材を想起させる。この男はおいそれとは持ち札を見せず、その表情には一切何も表れていない。

ここから先は、暗く危うい場所に足を踏み入れることになりそうだ。

ヴィンはゴールドのペンを手に取って指で回し、相手が要求を切りだすのを待った。表沙汰にはできない交渉になるかもしれないが、危惧してはいなかった。財産の大半は建設業でなしたものとはいえ、最初から表社会でスタートを切ったわけではない。そしてコールドウェルの裏社会とは今もつながりを持っている。

「即答しなくてもいい、ジム。金なら話は簡単だが……」ヴィンは微笑した。「近所の〈ハナフォード・スーパーマーケット〉ですぐに買えるようなものではないんだろう？」

ジムの眉がぴくりと動いたが、街の明かりを見つめ続ける顔にそれ以外の変化はなかった。「いったいなんの話かわからないな」

「きみがいったい何を求めてるのかって話さ」

短い間があった。「あんたのことを知りたい」

ヴィンは椅子の背から身を起こした。聞き間違いか？「知りたいとは？」

ジムは首をめぐらせ、下を見つめた。「あんたは決断をくだそうとしている。何か重要な決断を。違うか？」

ヴィンの視線は例の黒い小箱へ向かった。

「そこに何がある？」ジムが詰問する。

「きみには関係ない」

「指輪か？」

ヴィンは悪態をつき、宝石店で購入したものに手を伸ばした。小箱を引き出しにしまい、しびれを切らす。「もったいぶるのはやめて要求を言ったらどうだ。ディナーでも、ぼくを知ることでもないんだろう。この街でぼくに手に入れられないものはないと仮定して、さっさと言ってしまえ。きみが求めているのはいったいなんだ」

相手の口から出てきたのは、あろうことか、お優しい言葉だった。「おれが何を求めてるかじゃない、おれが何をするかだ。おれはあんたの魂を救いにここへ来た」

ヴィンは眉根を寄せ……それから爆笑した。背中に死神のタトゥーを背負い、腰にツールベルトを巻いたこの男の望みが、彼を救うことだと？　ああ、なるほどな、それなら合点がいく。

だが、ひとつ行き違いがあるようだ。ヴィンの〝魂〟はプールで溺れてあっぷあっぷしているわけではない。

笑う合間になんとか息を吸いこんだヴィンに、ジムが言った。「おれもあんたとまったく同じ反応をしたよ」

「何に？」ヴィンは顔をこすって尋ねた。

「おれの使命とかいうものにだ」

「宗教の勧誘にでも来たのか？」

「いいや」ジムはようやく窓から離れて椅子に腰をおろし、両脚を大きく広げて太股に軽く手をついた。「質問していいか？」

「ああ。かまわない」気がつくとヴィンも椅子の上でジムと同じ姿勢になり、肩の力を抜いていた。ここまで来ると話が突飛すぎて警戒心も失せる。「何を知りたい？」

ジムは初版本を並べた書棚や美術品を見回した。「こんなものがどうして必要なんだ？　けちをつけているわけじゃない。おれがあんたのように暮らすことは永遠にないだろう。だから不思議なんだ。すべてを所有しなきゃ気がすまない理由でもあるのか？」

ヴィンは相手の問いを一蹴しかけた。そしてなぜそうしなかったのかと、あとあと不思議に思ったものだ。しかし、そのときはなぜか正直な答えが口をついて出た。「自分に重しをつけて地に足をつけさせておくためだ。美しいものに囲まれていると安心する」言うなり、撤回したくなった。「いや……その、特に理由はない。ぼくは裕福な家庭の生まれではなくてね。街の北側で育った、ただのイタリア系の子どもだ。両親はいつもかつかつの暮らしで、ぼくはいい暮らしを求めて這いあがった」

「ずいぶん上まで這いあがったもんだ」ジムはコンピューターに目をやった。「仕事も忙しいんだろうな」

「仕事が人生だ」

「この眺望も自分で稼いだわけか」

ヴィンは椅子を回転させた。「そうだ。最近はここからの景色をよく眺めているよ」

「引っ越したら見られなくなるぞ」

「代わりに川沿いの景観を楽しめるさ。きみたちが建てている家はすばらしい場所になる。ぼくはすばらしいものが好きでね」

「さっきのビールは、おれがこれまで飲んだ中でおそらく最高のビールだ」

ヴィンは暗くなったガラスに映る男の姿に目を据えた。「ヘロンは本名か？」

相手が微笑する。「そうだが」

ヴィンは首をめぐらせた。「フランス語のほかには何語をしゃべる？」

「誰がフランス語をしゃべると言った？」

「きみはあのビールの名前を聞いたことすらなかったのだろう。とすると、食通ではないし、グルメ用語に明るいとも思えない。そしてディヴァイナがアミューズ・ブーシュをわざわざ訳すはずがない。なぜなら、きみがその言葉を知らないと考えるのは失礼だからだ。よって、きみがフランス語を理解したと推察した」

ジムは指で膝を叩いて思案をめぐらせている。「引き出しに隠した小箱の中身をあんたが教えてくれたら、話す気になるかもしれないな」

「面倒な男だと言われたことはないか？」

「しょっちゅうだ」

教えてもさしさわりはないだろう――ジムがディヴァイナと関わりを持つ機会はないだろうから。ヴィンは小箱を取りだし、蓋を開けた。中身が見えるよう向けてやると、ジムは低く口笛を吹いた。

ヴィンは肩をすくめただけだ。「言ったように、美しいものが好きでね。ゆうべ購入した」

「大したダイヤモンドだ。プロポーズはいつだ？」

「さあね」

「何を待ってる？」

ヴィンは小箱をぱちんと閉めた。「質問はひとつだろう。次はぼくの番だ。フランス語は？　話すのか話さないのか《ウィ・ウ・ノン》？」

「少しだけだ。そっちは《ジュ・パルル・アン・プー・エ・ヴ》？」

「国境を越えてカナダの物件も扱うから必須だ。だが、きみのアクセントはカナダのものではない。ヨーロッパのものだ。軍には何年いた？」

「誰がいたと言った？」

「ただの推測だ」

「大学が海外だったのかもしれないぞ」

ヴィンは相手を見据えた。「きみのスタイルではないな。きみは命令に従うのを嫌う。四年も机の前でじっとしているところは想像できない」

「命令に従わないのにどうして軍に入るんだ?」

「軍では各自の判断に委ねられるからだ」ジムの表情が閉ざされたままだったので、ヴィンは微笑した。「戦闘中は各員がおのおの行動を取らなければならない。そうだろう、ジム? ほかには軍で何を教えこまれた?」

沈黙が広がり、この部屋だけでなくメゾネット全体を覆い尽くす。

「ジム、わかってるだろう、きみが黙っていればそれだけ、そのミリタリー風のヘアスタイルや背中のタトゥーはそういうことだとぼくは勝手に判断する。こちらはきみが見たがるものを見せた。きみもお返しをするのがフェアだろう。そもそも言いだしたのはきみだ」

ジムがゆっくりと身を乗りだした。淡いブルーの目は石のように生気がない。「話せばあんたを始末しなければならなくなる、ヴィン。そうなったらせっかくのディナーが台無しだ」

つまりあのタトゥーは、安手のボディアートショップで壁に貼られていたデザインを気に入って彫らせたものではないということか。死神はジム自身だ。

「きみは非常に興味深いな」ヴィンはつぶやいた。

「好奇心は身を滅ぼすぞ」

「悪いが、ぼくは一度食いついたら放さないタイプでね。ここに住んでいるのは宝くじに当たったからだと思われては心外だ」

短い沈黙のあと、ジムの顔に小さな笑みが浮かんだ。「肝なら据わっていると言いたいのか」

「そうだな。元軍人に脅された程度で尻込みはしない」

ジムは椅子の背に寄りかかった。「本当にそうか？　だったらどうして指輪を前に尻込みしてる？」

ヴィンは目を細くした。怒りがふいに燃えたつ。「そんなに理由が知りたいか」

「ああ。彼女はゴージャスな美人で、あんたに向けるまなざしは神を崇《あが》めるかのようだ」

ヴィンは首を傾け、ゆうべから頭を離れない考えを口にした。「ディヴァイナはゆうべ、青いドレスを着て外出し、帰宅するとすぐに着替えてシャワーを浴びた。今朝、ドライクリーニング用の籠に入っていたドレスを引っ張りだしてみると、腰のところが黒く汚れていた。まるでこぎれいなバーの椅子以外のどこかに座っていたかのようじゃないか。それにだ、鼻を近づけてみると、生地から男もののコロンのような匂いまでした」

ヴィンは向かいに座る男の顔の筋肉をすべて観察した。どれひとつ動かない。

椅子に座ったままヴィンは身を乗りだした。「ぼくのコロンでないことは言うまでもないな。ちなみに、きみがつけてる匂いと同じだよ。きみが彼女と一緒にいたとは思わないがね。しかし、自分の女の服から自分以外の男の匂いがしたら戸惑うものだ。これでわかっただろう、ぼくは尻込みしているのではない。自分以外の誰が彼女の体に触れたのか、考えているんだ」

10

楽しいパーティーになったものだ。

デスク越しにこの家のホストを見つめ、誰かに脱帽することは久しくなかったなとジムは思った。だが、ヴィン・ディピエトロには感服した。冷静沈着、辣腕。そして肝が据わっている。

それに、ジムが自分の恋人と一緒にいたはずはないと考えているらしい。少なくとも、ジムの直感はそう告げており、外れることはまずないから、そう信じていいだろう。もっとも、いつまでごまかせるやら。

まったく、ゆうべあの駐車場にディヴァイナを残して帰ってさえいれば。それか、せめてあたたかい場所へ連れ戻し、彼女の悩みと寂しさをほかの男に慰めさせればよかった。

ジムは肩をすくめた。「彼女が誰かといたって確信はないんだろう」

ヴィンの表情が曇る。「ないな」

「あんたはこれまでに浮気をしたことは？」

「いいや。二股をかける趣味はない」

「おれも人の女に手を出す趣味はないな」妙だ……自分の嘘に珍しく胸がざわつく。あのときはディヴァイナに男がいようと気にしなかったのだが。

沈黙が戻ってきた。次はこちらが何か明かす番だとヴィンが待っているのがわかり、ジムは自分の半生の中からプライムタイムにオンエアできそうな内容を探すと、ようやく口を開いた。「ほかに話せるのはアラビア語、ダリー語、パシュトゥ語、タジク語だな」

ヴィンはそりゃすごいとばかりに、チェシャ猫みたいな笑顔を見せた。「アフガニスタンにいたのか」

「その他もろもろだ」

「軍には何年いた？」

「しばらくのあいださ」それ以上知られたら、ディピエトロを始末しなければならなくなるというのは冗談ではなかった。「おれの話はこれくらいでいいか」

「ああ、そうだな」

「で、そっちは彼女とつきあってどれくらいになる?」

ヴィンの視線はデスクの横の壁にかかっている抽象画へと向かった。「八カ月になる。彼女はモデルだ」

「あの見た目ならな」

「きみは、結婚したことは?」

「はっ、まさか」

ヴィンが笑い声をあげた。「理想の女性を探し続けてるわけではなさそうだな」

「おれは結婚には向いてないんだ。ひとところに落ち着くことがない」

「ほう。飽きやすい性格なのか?」

「ああ。そんなところだ」

大理石を打つハイヒールの音が響き、男たちは書斎の戸口へ目をやった。ディヴァイナが現れると、とたんにその場が華やぐのは花の香りの香水がほのかに漂ってくるせいだけではない。まるで久しぶりに見るかのように、ヴィンの視線は彼女の体に沿ってゆっくりとさがり、それからふたたびあがっていった。

「ディナーの用意ができたわ」

ジムは部屋の奥の窓ガラスに映るディヴァイナの姿を観察した。またも照明の下にたたずみ、まぶしい輝きが夜景を背景にして彼女の姿をくっきり——。

ジムは眉根を寄せた。彼女の後ろに奇妙な影が浮かんでいる。風にたなびく黒旗か……亡霊のように。

ジムはあわてて振り返り、強くまばたきした。ディヴァイナの背後に視線を走らせると……何もない。彼女は照明の下に立っているだけで、歩み寄って唇にキスをするヴィンに微笑みかけている。

「食事にしよう、ジム」ヴィンが言った。

どうやらパスタの前に頭の移植手術を受けたほうがいいらしい。「ああ。楽しみだ」

三人はいくつもの部屋を通り抜け、またもや別の大理石のテーブルにたどり着いた。今度のは二十四人は座れるだろう。それに、これ以上天井からクリスタルがぶらさがっていたら、氷洞と勘違いするかもしれない。

ナイフとフォークはゴールド。金メッキではなさそうだ。

おいおい、金メッキのわけがないに決まってるだろう。ジムは自分に突っこみを入れながら着座した。

「さっきも言ったように、料理人は休みを取っているから、好きに料理をよそってくれ」ヴィンはディヴァイナのために椅子を引いて言った。

「お口に合うといいけど」ディヴァイナはダマスク織りのナプキンを手に取った。「ごくシンプルな料理よ。パスタはホームメイドのリングイネにボロネーズソースをかけたもの。サラダは、アイスワインのビネグレットソースを、マイクログリーンとアーティチョークハート、それにレッドペッパーとあえただけ」

なんであれ食欲をそそる匂いだし、見た目はとてもうまそうだ。

金縁の大きなボウルが回されて料理を取り分けたあと、三人は食事を始めた。

驚いたな、ディヴァイナの料理の腕は一流だ。アイスなんちゃらをかけたマイクロなんとかは絶品で……パスタについては賛辞を並べだしたら切りがない。

「川辺の家は順調に建設が進んでいるようだ」ヴィンが言った。「きみはどう思う、ジム？」

それを皮切りに建設談義が一時間続き、ジムはまたも相手に感服した。辛辣な物言いと金のかかった服装に反してジムたち作業員の仕事にも通じており、ヴィンに現場での経験があるのは明らかだった。電気工や配管工、内装工の仕事全般、それに屋根職人が今日の午前中に張っていた屋根材に関しても。この男は道具に釘、ボード、断熱材の知識を持っている。運搬と廃棄物の除去、アスファルト舗装、認可、法令、地役権についても。

それがわかると、細かいところにこうるさいのも、いけ好かないオーナーがあら探しをしているわけではなく、プロ意識の高い作業員仲間が目を光らせているのだと思えてきた。

この男が人生の一時期、荒れたてのひらをものともせずに現場で働いていたのは間違いない。

「……それがこれから問題になるだろう」ヴィンは話を続けている。「四階まで吹き抜けのカテドラル様式ホールの耐力壁にかかる荷重は規定値を超える。建築士もそれを案じているよ」

ディヴァイナが初めて口を開いた。「だったら高さを変えることはできないの？もっと低くするとか？」

「天井の高さは問題ではないんだ。急傾斜と屋根の重さがネックになっている。とはいえ、鉄骨をより頑丈なものに替えればそれも解決できるだろう」

「まあ、そうなの」ディヴァイナは恥じ入るように口元をぬぐった。「いいアイデアのようね」

ヴィンはほかの邸宅建築について話しだし、ディヴァイナは膝の上でひたすらナプキンを折りたたみだした。

くそっ。この男は建設については博識かもしれないが、つきあっている女の好きな色を尋ねられても、正しく答えられないんじゃないか？

「すばらしい食事だった」ようやくヴィンが言った。「シェフに乾杯」

彼がワイングラスを掲げてうなずきかけると、ディヴァイナはさもうれしそうに顔を輝かせた。無理もない。食事のあいだじゅう、なじみのない話題で会話から閉めだされていたのだから。

「テーブルを片づけてデザートを持ってくるわね」彼女はそう言って立ちあがった。「いいのよ、座っていて。お皿を持っていくだけですもの」

ジムはふたたび椅子にかけ、ヴィンを眺めた。使用人用の戸口からディヴァイナが皿を持って出ていくと、あとには静けさが広がり、ヴィンの思考がショートする焦げくさい臭いが漂った。

「何を考えてる？」ジムは尋ねた。

「何も」ヴィンはすばやく肩をすくめてワインを口へ運んだ。「何も」

デザートはホームメイドのチェリー&チョコチップ・アイスクリームで、コーヒーは胸毛が生えそうなほど濃厚だった。極上の組み合わせながら、ヴィンの眉間からしわを消すには甘さもうまさも及ばないらしい。

デザートの皿がからになると、ディヴァイナはふたたび腰をあげた。

「片づけをするあいだ、おふたりは書斎へどうぞ」ジムが手伝いを申しでるよりも先に首を横に振る。「大して時間はかからないわ。本当に気にしないで。あちらで歓談していてちょうだい」

「ごちそうさま」ジムは椅子から立ちあがった。「最高のディナーだった」

「同感だ」ヴィンはつぶやき、ナプキンをテーブルに放った。

書斎へ戻ると、ヴィンは部屋の隅にあるバーカウンターへ向かった。「彼女の料理はプロも顔負けだ。そうだろう？」

「ああ」

「ブランデーでいいか？」

「いや、おれは結構だ」歩き回って、棚に並ぶ革装の書物に絵画、額装されたアメリカの切手を眺めた。「それで、カナダでも建設の仕事を？」

「あらゆる場所で手広くやってる」

ヴィンはブランデーグラスを取りだして数センチ注ぐと、デスクの奥に腰をおろした。グラスを回しながらワイヤレスマウスを動かす。スクリーンセーバーが解除され、コンピューター画面の明かりが彼の顔を照らしだした。

ジムは一枚の絵の前で足を止めた。ディヴァイナの話をしているときにヴィンがじっと見つめていたものだ。描かれているのは馬……もどきか。「この画家は薬物依存症なのか？」

「シャガールだ」

「言ってはなんだが、奇っ怪だな」

ヴィンは笑い声をあげ、芸術作品……あるいは見る者の趣味によってはぐちゃぐちゃのいたずら描き……を愛《いと》おしげに眺めた。「ぼくのコレクションの中では最近のものだ。これを手に入れた夜にディヴァイナと出会った。こうしてちゃんと見るのは久しぶりだな。夢の光景を思わせる」

ジムは相手の暮らしを想像した。仕事、仕事、仕事で……帰宅するだけ。高価な所有物が目に映ることもない。

「自分の恋人はちゃんと見えてるか？」ジムは唐突に尋ねた。

ヴィンは眉間にしわを刻み、ブランデーをひと口飲んだ。

それが答えってわけか。

「おれには関係ないことだが、彼女が見ているのはあんただけだ。幸運な男だよ」

ヴィンの眉間のしわが深くなり、沈黙がさらに広がる。今夜は間もなく時間切れになる。もう十五分か二十分もすれば、ジムは玄関ドアへ案内されるだろう。ヴィンが抱える問題の見当はついたものの、ゴールラインには接近すらしていない。

病室の天井からぶらさがる小さなテレビ、それからこの悪夢のディナーの発端である料理人ふたりの姿が頭をよぎった。

「ところで……ここにはテレビがないのか？」

ヴィンはわれに返ったように目をしばたたかせた。「あるとも。ご覧に入れよう」立ちあがってリモコンを取り、ボタンを押しながらデスクの前に回る。突然、向かいにある棚が分かれ、ベッドサイズの薄型テレビがせりだしてきた。

「へえ、大した仕掛けだ」ジムは笑い声をあげた。

「認めるよ、家電好きでね」

ふたりはデスクの前の椅子に腰かけ、ヴィンはさらにボタンを押していった。次々とチャンネルが替わり、ジムはそこに映るものにヒントがあるよう懇願した。テレビにお告げを求めるだと？　まるで精神病患者だな。この次は人工衛星に一挙一動を監視されていると騒ぐんじゃないか。

いや待て……それは事実だったな。

画面が切り替わるごとにジムは番組名に目をとめた。『百万長者になりたいか《フー・ウォンツ・トゥ・ビー・ア・ミリオネア》』？

それはヴィンの願望で成就済みだ。『LOST』？　道に迷ってる《ロスト》のはふたりともだ——自覚があるのはジムだけだが。『家の修繕《ホーム・インプルーブメント》』？　お互いそれでメシを食っている。今さらそれがなんだ？

チャンネルはレオナルド・ディカプリオが出ている映画らしきもので止まった。「この次のモデルが今年発売される」ヴィンはリモコンを脇に置いた。「新築の家にはそれを設置するつもりだ」

ジムは映画の筋をつかもうとしたが、ルネッサンス時代のコスプレをしているみたいなディカプリオが似たような格好の娘に大げさな身振りで何か訴えているだけだ。くそっ。なんのヒントにもならない。

「ジム、正直に言おう」ヴィンの冷ややかなグレーの瞳は澄んでいた。「きみがなんの目的でここにいるのかは知らない。だが、きみが気に入ったよ。なぜだかね」

「おれもあんたが好きだ」

「で、ここから先は？」

それはこっちが知りたい。

画面上ではいきなりディカプリオがピンチになり、中世風の〝悪人〟に捕まっている。「いったいなんの映画だ？」

ヴィンがリモコンを操作すると画面下に情報が表示された。『仮面の男《マン・イン・ザ・アイアン・マスク》』レオナルド・ディカプリオ／ジェレミー・アイアンズ（一九九八年）

レビューの星はふたつ。まあ、おもしろくはなさそうだ――。

いや、おい、アイアン・マスクだと？　くそっ、あのクラブは今、地上で最も戻りたくない場所だ。しかも彼女を連れていくわけには――。

ディヴァイナが書斎の戸口に現れた。「おふたりとも、今夜はもう出かける気分ではないかしら？」

これ以上のきっかけがあるか？

ジムは彼女とふたたびあの店にいるところを想像した自分を呪った。しかも今度はやたらと勘の鋭い彼女の恋人つきだ。いたたまれなさではこのディナーの比ではないだろう。

この映画は本当にヒントなんだろうな？　あの四人は援助があると言ってはいたが。

「じゃあ、ダウンタウンへ繰りだしてみないか」ジムは切りだした。「場所は……〈アイアン・マスク〉でどうだ」

その場所の選択に、ディヴァイナがぎょっとして目を見開いた。

気持ちはわかる。

ヴィンが立ちあがった。「きみたちが出かけたいなら、話に乗ろう」恋人のもとへ行き、気を遣おうとしているかのように顔を寄せてキスをする。「きみのコートを取ってくるよ」

ディヴァイナはヴィンとともに踵を返し、彼のあとについてホールへ消えた。書斎に残されたジムは、髪に指を差し入れ、頭から引きむしりそうになっていた。

テレビがメッセンジャーだと思うのはもうよそう。こんなアイデア、ろくなものじゃない。

11

先に相手を見たのはマリー＝テレーズのほうだった。〈アイアン・マスク〉の入り口近くでバーカウンターのそばに立ち、群れ集う客たちを吟味していたとき、彼が入店してきた。それは、よく言うように、まるで映画のワンシーンのようだった。彼が現れた瞬間、ほかの人たちの姿はぼやけて消え、彼に、彼ひとりに焦点が合った。

百九十センチ近い長身。黒い髪に薄い色の瞳。五番街のウィンドウディスプレイから抜けだしてきたようなスーツ。

彼の腕には赤いドレスに白い毛皮をまとった女性が身を寄せている。脇にはさらに長身で、髪を短く刈りこんだ軍人風の男性がいた。革やレースやチェーンで着飾った客たちの中で三人とも浮いていたが、マリー＝テレーズの目が吸い寄せられたのはそのせいではない。

つい目が行ってしまうのはひとえに彼のせいだった。鋭く硬質な魅力は、別れた夫によく似ている。裏社会の匂いがかすかに漂う裕福な男性。自分の影響力が届く範囲ではなんであれ支配するのに慣れていて……そしておそらく、ぬくもりと優しさでは肉の貯蔵庫と大差ない人。

幸い、彼の強烈な魅力を断ち切るのは簡単だった。富と権力は、あの手の男性を現代の竜殺《ドラゴンスレイヤー》しみたいにかっこよく見せるけれど、それは間違いであることをマリー＝テレーズはすでに知っている。

とんだ間違いよ。ドラゴンスレイヤーなんて、所詮はただの乱暴者だ。

店で客を取っている女のひとり、ジーナがバーカウンターへやってきた。「ちょっと、入り口にいる人、何者よ？」

「お客でしょう」

「ええ、あたしのね」

それはどうかしら、とマリー＝テレーズは思った。あんなブルネットを連れているのだから、彼がここで女を買う理由はない。ところで、あの女性って……ゆうべも来ていなかった？　もうひとりの男性もだ。あのふたりを見かけたことを覚えているのは、今夜彼らがここで浮いているのと同じ理由だ。彼らはこの店に属さない。

三人が薄暗い一角に腰を落ち着けると、ジーナはビスチェを引っ張り、今は赤色の髪を押しあげた。先月は白とピンク。その前の月は黒。このペースで行くと、じきに毛根が死滅しかねない。

「ちょっと行って、売りこんでくるわ。またあとでね」

黒のラテックスのスカート、そしてスティレットヒールのブーツに誇らしげに身を包み、ジーナが出陣していく。マリー＝テレーズと違って、彼女は自分の生業《なりわい》を楽しみ、〝マルチメディアのエロチカ・スター〟とかいうものになる夢さえ持っていた。目指すはポルノスターのジャニーン・マリー・リンデマルダーやジェナ・ジェイムソンだ。そんな名前をマリー＝テレーズが知っているのは、彼女たちはポルノ界のビル・ゲイツよとジーナからいつも聞かされているからでしかない。

マリー＝テレーズはこのなりゆきを遠くから眺めていた。あからさまに商売女風のジーナが近づいてくるのに気づくなり、白い毛皮の女性は刺すような目で威嚇した。そんな必要はないのに。彼女の連れのビジネスマンはもうひとりの男と話しこんでいて、ちらりともジーナを見ていないのだから。しかも、〝あっちへ行って、これはわたしの男よ〟という態度は逆にジーナを焚きつけ、彼女は相手の縄張りでわざと髪をかきあげて胸元を触った。ついには男性が顔をあげた。

けれど彼が見たのは目の前にあるものではなかった。その目はジーナのラテックス製のビスチェを通り過ぎ、マリー＝テレーズをとらえた。

惑星同士が衝突したみたいな衝撃。人に隠すことも、そんな余裕があったとしても止めることもできないほど惹かれあう力を感じた。視線が絡みあい、数時間どころか何日でも一糸まとわぬ姿で抱きあっていたい。

そんな反応が意味するのは、彼のそばには決して近づいてはならないという警告で、理由は彼には独占欲の強いガールフレンドがいるからではない。元夫にひと目惚れしたのがトラブルのもとだったとしたら、初めて会った男性とのこの瞬間がもたらすのは、破滅の種かもしれない。

マリー＝テレーズはくるりと背を向け、人波を縫って歩いた。目の前もまわりも彼女には見えていなかった。あの男性のスチールグレーの瞳に心を奪われていた。向こうからはもう見えないはずなのに、彼の視線を感じた。

「よう、ハニー」

マリー＝テレーズはちらりと後ろを見た。腰ばきのジーンズに派手な頭蓋骨《スカル》柄のTシャツ、同じくスカルモチーフのアクセサリーという、二十一世紀の若者ファッションの見本みたいな大学生がふたり、背後から彼女の体を品定めしていた。ねっとりとしたた目つきからすると、おそらくポケットは父親からもらった小遣いでふくれているのだろう。頭には、体ばかり大きなアメフト選手の典型で、図々《ずうずう》しさしか詰まっていなさそうだ。

それに、何か薬をやっているのだろう。まぶたがぴくぴく引きつり、ふたりとも上唇の上に汗をかいている。

まったく、こんなときに最高だわ。

「おれと友人とでいくらだ?」声をかけてきたほうが尋ねた。

「ほかを当たってもらえるかしら」たとえばジーナは、3Pでも気軽に引き受ける。ビデオカメラや携帯電話での撮影もオーケー。ほかの女性が参加するのも問題なし。さすがにエカチェリーナ二世のように馬とセックスしようとすることはないと思いたいが、お金のためならわからない。

大学生たちが近寄ってきた。「ほかには興味がない。あんたがいいんだ」

一歩さがり、ふたりの目をまっすぐ見据えた。「誰かほかを探して」

「金ならある」

「わたしはダンサーなの。それ以外のことはやってないわ」

「それならどうしてステージにあがってケージに入ってないんだよ」学生が顔を近づ

けてくると、コロンの香りが鼻をついた。ビールと混じっていやな臭いだ。「ずっと見てたんだからな」

「わたしは売り物じゃないわ」

「嘘つけ、ベビードール」

「しつこくすると、出入り禁止にするわよ。支配人に悪質な客がいると報告しておくから。さあ、あっちへ行って」

マリー＝テレーズはつかつかと歩み去った。相手を怒らせたのは百も承知だが、心配することはない。この店にはトレズがいる。彼を頼るのはいやだけれど、身を守るためならすぐにそうする。

奥にあるバーカウンターで氷多めのコーラをもらい、気持ちを切り替えた。まだ早い時間だ。十時三十分。あと四時間以上もある。

「あの学生たち、きみに面倒をかけてたんじゃないか？」

彼女は顔をあげてトレズに微笑みかけた。「軽くあしらってやったわ」彼が手にしたレザーコートに目をとめる。「出かけるところ？」

「弟のところへ打ち合わせに行ってくるだけだ。いいかい、店内は用心棒たちが目を光らせているし、ぼくは一時間か、遅くても二時間で戻ってくる。だが、きみやほかの子たちに何かあったら、電話するんだよ、いいね。いつでも出られるようにしておくから。まばたきする間に戻ってくるよ」

「了解。運転に気をつけてね」

トレズは彼女の手をぐっと握ると、大股で人混みの中を去っていった。長身の彼が通ると、まわりが全員子どもに見える。

「あいつがポン引きか？　あっちに話をしたほうが早そうだな」

マリー＝テレーズは首だけ後ろにひねり、大学生ふたりをにらみつけた。「彼はわたしのボスで、名前はトレズよ。どうぞ、彼のところへ行って自己紹介してくるといいわ」

「何お高く取まってるんだよ」

彼女はふたりに向き直った。「わたしにかまわないでと言ってるの。ここから救急車で送りだされたくないならね」

ひとりでしゃべっているほうがにやりとし、真っ白な鋭い歯をのぞかせた。「おまえみたいな売春婦に指図する権利はないね」

マリー＝テレーズはたじろいだが、顔には出さなかった。「女性に対して息子がそんな口をきいているって、あなたのお母さんはご存じなのかしら？」

「おまえは女性じゃない」

喉がきつく締めつけられた。「あっちへ行って」かすれた声で言う。

「追い払ってみろよ」


ダークブラウンの髪の女性を探して人混みに目を走らせても見つからず、ヴィンはいらだちを募らせた。目と目が合って電流が流れた一瞬のあと、彼女は人の海の中へ亡霊のように消えてしまった。

前にも見たことのある女性だ。どこで見たのかは思い出せないが……たしかに見たことがある。

「誰を探しているの?」ディヴァイナが低い声で問いかけてきた。

「別に」ヴィンがうなずきかけると、ウエイトレスがいそいそとやってきた。

飲み物を注文したあと、ディヴァイナは体をさらに寄せ、ヴィンの二の腕に胸を押しつけた。「奥へ行きましょうよ」

「奥?」

「奥に個室があるの」

フロアの角でダークブラウンの髪の女性が振り向いたので、ヴィンは目を凝らした……いや、彼女じゃない。その隣は……違う、あれでもない。

ダークブラウンの髪にブルーの瞳、ハート形の顔、彼が両手に包みこみたいのはそれだ。彼女は何者なんだ？

「ヴィン？」ディヴァイナが彼の耳の裏に唇を押し当てる。「ねえ……あなたがほしいの」

ゆうべとは違い、彼女の性急さはヴィンを刺激するどころかいらだたせた。ディヴァイナが誘惑してくるのは、ヴィンを求めているからではなく、さっきの売春婦がこれ見よがしに色目を送ってきたせいなのはわかっていた。そもそもディヴァイナは自分が手綱を握れれば、ほかの女性を交えるのを気にしないのだが、公衆の面前で彼にまたがりかねない肌も露わな夜の女たちはそれに含まれないらしい。

そう。ディヴァイナは彼よりも自分に惹きつけられている女でなければ気に入らないのだ。

「ふたりきりになれる場所へ行きましょう」ディヴァイナが甘えた声でねだる。

「連れがいる」

「時間はかからないわ」彼女に首の横側をなめられたが、ヴィンは犬に小便を引っかけられたフェンスの気分だった。「すぐに終わると約束するから。ねえ、ヴィン」

「悪いが、今はそんな気分じゃない」彼は人混みの中を探した。

ディヴァイナは愛撫《あいぶ》をやめて体を引いた。「それなら、もう帰りたいわ」

ちょうどそのとき、ウエイトレスがジムのビールとヴィンのテキーラ、それとディヴァイナのカクテルを運んできた。

「まだ帰るわけにはいかない」ヴィンはささやき、ウエイトレスに百ドル紙幣を一枚渡し、釣りはいらないと伝えた。

「でも帰りたいの」ディヴァイナは胸の上で腕を組み、彼の目を直視して食いさがった。「今すぐに」

「ディヴァイナ、せっかく飲み物が来たんだ――」

帰宅すれば好きなだけふたりきりになれると言おうとしたが、彼女にさえぎられた。

「あなたが相手をしてくれないなら、わたし、あの赤毛を自分で買おうかしら」

そこまでだ。彼女は口がすぎた。完全に間違ったボタンを押してしまった。

ヴィンは尻を浮かせてポケットからBMWのキーを取りだした。「車まで見送りは必要か？　あるいは、女を買うのに現金を渡そうか？」

ふたりのあいだに沈黙がおり、ディヴァイナの瞳がぎらぎらと光る。しかし、浅はかなのは強硬手段に出た彼女のほうだ。

短い間のあと、ディヴァイナは彼の手からキーをつかみ取った。「いいえ、あなたに迷惑はかけられないから、駐車場までジムについてきてもらうわ。あなたはここに残って楽しんで」

ヴィンは小さくうなずき、連れの男に目をやった。「ジム、頼まれてくれるか？」

ジムはビールをゆっくりおろした。「彼女が帰りたいなら——」

「それは彼女の自由だ。そして彼女はきみに車までのエスコートを求めている」

あわれな男は痴話喧嘩に巻きこまれるより、指を詰めたほうがましだと言わんばかりの表情を浮かべている。それにはヴィンも同情した。

ヴィンは組んでいた脚をほどいて腰をあげた。「いや、やっぱりきみはここにいてくれ。ぼくが——」

ディヴァイナがさっと立ちあがる。「ジム、わたしを彼の車まで連れていって。今すぐ、お願い」

ヴィンはかぶりを振った。「だからぼくが行くと——」

「結構よ」ディヴァイナは嚙みついた。「どこであれ、あなたと行くのはいや」

「おれはかまわない」ジムがぼそりと言った。「行ってくる」

立ちあがったものの、すぐに戻るつもりらしく、レザージャケットは置きっぱなしだ。「彼女を車まで送るだけだ。いいな？」

「すまない」ヴィンはふたたび腰をおろし、テキーラをぐいとあおった。「ここで待ってる」

ジムがドアのほうを示すと、ディヴァイナはつんと顎をあげて胸を張り、腕に毛皮をかけて立ち去った。

その後ろ姿を見送りながら、指輪を渡すのをためらうのはこんなときだとヴィンは思った。自分は売春婦にはなんの関心も示していない――見てさえいなかった。

だが、別の誰かを見つめていたな。心の声が指摘する。

ヴィンはふたたび店内に目を走らせた。誰も彼もが黒い服に暗い色の髪に見える。くそっ。よりにもよって、どうして彼女はこんなブルネットばかりのクラブにいるんだ？

まあ……彼女がここにいる理由は極めて明白だが。彼女の服装は客のものではなかった。

罵りの言葉を吐いて、ブルーのライトを浴びたケージのひとつを見あげた。Tバックの股のところに一セント硬貨が入りこんでしまい、それを手を使わずに取りだそうとしているかのように、女が体をくねらせている。ダークブラウンの髪の女性はダンサーだったのか……それとも、あの赤毛と同業か？

おいおい、わかっているんだろう。ケージに入っている女だって金で買えるに決まっている。

しかし、売春婦であろうとなかろうと、彼女と目が合ったあの一瞬は何か特別なものだった。強い魅力を感じたのは否めない、まるで理屈に合わないとはいえ。職業で女性を差別したことはないが、売春歴のある相手と、それどころか現在進行形で売春をしている相手と、つきあうなど想像もできなかった。

いやいや、ありえない。たとえ彼女がセーフ・セックスに徹していようと、好きでその仕事を選んでいようと、自分の女をほかのやつらとシェアするなんてヴィンにはできない。彼には父親の血があまりに濃く流れているので、妄想で自滅するだろう。ヴィンは悪態をついた。クラブの人波越しに一度目が合っただけで、彼女とつきあうことまで考えるとはどうかしている。自分にはすでに相手がいて、自宅ではブドウ粒大のダイヤモンドが彼の決断を待って――。

突然、あのダークブラウンの髪の女性が混みあうクラブの奥から姿を現した。早足で、すれ違う人々に肩をぶつけ、顔はこわばっている。そのすぐ後ろを猪首《いくび》の男ふたりが追っていた。

その顔には蝶《ちょう》の翅《はね》をむしり取ろうとする十歳児のように、底意地の悪い表情が浮かんでいた。

ヴィンは眉根を寄せ……立ちあがった。

12

〈アイアン・マスク〉の裏手へ回りながら、ジムは多くの観点からこの状況に焦りを覚えた。ディヴァイナが彼の腕に自分の腕を絡ませて寄りかかってきたときも、事態が好転する兆しには思えなかった。

「また寒くなってきたわね」彼女が低い声で言う。

たしかに冷えるが、ゆうべみたいに彼女をあたためるつもりはない。「毛皮を着るといい。ほら、手を貸そう」

「いいの……」ディヴァイナは腕にかけた毛皮を撫でた。「今はこれを着たい気分じゃないから」

つまり……ああ、ヴィンに買ってもらったやつってことか。

こいつはいよいよ雲行きが怪しくなってきた。

BMWにたどり着き、彼女が電子キーでセキュリティアラームを解除するなり、ジムは運転席側のドアを開けた。

「わたし、マニュアル車は苦手で」ディヴァイナは車内を見つめてささやいた。「うまく運転できないの」彼が何か言うのを期待するかのように待つ。「ジム――」

「とにかく乗ってくれ」

ディヴァイナは二台先に停まっているジムのトラックにちらりと目をやった。口にこそ出さないが、小首をかしげるしぐさがジムに問いを投げかける。

「悪いが――」ジムは一歩さがった。「無理だ」

ディヴァイナは白いミンクを胸に抱きしめた。「ゆうべはよくなかった？」

「よかったに決まってる。だが、おれはもうヴィンを知ってる。それに、今ここで何を言おうときみは必ず後悔する」

張りつめた長い沈黙のあとディヴァイナはうなずき、シートにゆっくり体を沈めた。だがドアを閉めもせず、シートベルトを装着しないまま、ハンドルの向こうをただ見つめている。計器の明かりが華やかな顔立ちを照らす。

「ごめんなさい、ジム。わたし、ひどいことを言ったわね。あなたにも、ヴィンにも、自分自身にもひどいことを。胸の中になんにもないの。だから間違った選択ばかりして、正しい行動ができない」

それがどんな気持ちかは手に取るようにわかる。「いいんだ。みんな、そういうものさ」

かがんで彼女の目をのぞきこみながら、ヴィンに対してむかむかと腹が立ってきた。あいつは自分が手にしているものを理解していないのか？　完璧な人間なんぞ存在しないし、さっきの口論は両者ともに完璧ではない証明だ。違うか？

「ディヴァイナ、彼に話したのか？　自分の……」まったく、〝自分の思い〟なんて言葉を吐く日が来るとはな。「自分の思いを彼に伝えてみたことは？」

「ヴィンはいつも多忙で」ジムを見つめる彼女の瞳は暗く沈んでいた。「あなたから話してもらえないかしら？　彼を愛していることを、ずっと一緒にいたいと思っていることを――」

「いや、それは……」彼女とまたカーセックスするのと同じくらいまずい考えだ。

「おれはそういうのには向いて――」

「お願い、ジム。ヴィンは明らかにあなたを気に入ってるわ。そんなことはめったにないのよ。わたしとここで話をしたと伝えてくれるだけでいい、一緒に暮らしていてもわたしが寂しい思いをしているって。わたしだってばかじゃないわ。彼がどんな男性かはわかってる。お金を稼ぐことは彼にとってこれからもずっと大切だし、そんな人と一緒にいれば恩恵にもあずかれる。でも、それだけじゃないはずよ」彼女の瞳が光っているように見えた。「人生はそれだけじゃない。そうでしょう、ジム？」

また彼女に言いくるめられそうになり、ジムは立ちあがった。「そうだな。だが、それは自分で伝えるべきだ」

一瞬、険しい光がディヴァイナの目をよぎった気がしたが、彼女はすぐにうなずき、シートベルトを胸に渡した。

「ヴィンは、わたしが思っていたような人じゃなかった」ディヴァイナはエンジンをかけてギアを入れた。「彼が打ち解けてわたしを信頼し、愛してくれるようになるのをずっと待っていた。けれど、実現しなかった。待ち続けられる自信がないの、ジム。もう無理だわ」

「彼はきみに贈る指輪を買ってる」

ディヴァイナがはっと顔を振り向けた。自分が出すぎたまねをしているだけでなく、一世一代のサプライズを台無しにしたのは百も承知だ。だが、彼女をヴィンの人生につなぎ止めておかなければ、指輪も意味がない。

「指輪を？」彼女が息をのむ。

「もう少しだけ待ってみろ」こうなったら今夜ヴィンを説得するしかない。ジムの嘘のうまさは神も知るところで、今回に限っては人のためにつく嘘だ。結婚は信じるに値するものだとかなんとか、ヴィンを説き伏せられるだろう。「おれが話をする。それでいいな？」

「ああ、ありがとう」ディヴァイナは彼の手を強く握った。「本当にありがとう。うまくいくよう心から祈っているわ」

ジムに投げキスをして、彼女は車のドアを閉めた。彼は脇へどき、BMWを見送った。車は駐車場を出ると、なめらかにシフトアップして、トレード・ストリートを走り去っていった。

ジムは眉根を寄せた。あれでマニュアル車が苦手だというなら、得意だったらいったいどんなレベルだ？

煙草なしではやっていられない。

クラブの駐車場にがたがたと音をたてて入ってきた車が、〝従業員専用〟と書かれた場所に駐車した。『プレイボーイ』誌級の胸と爪楊枝《つまようじ》並みに細い脚の、肌を露出した女がふたり車からおりてきて、ジムを目にして足を止めた。

「ねえ、お店に入るところ？」セクシーな笑みを浮かべたブロンド《SLUT》が問いかけた。

もうひとりはエイミー・ワインハウス風の蜂の巣《ビーハイブ》ヘアで、首に誰とでも寝る女とダイヤモンドで綴《つづ》られたネックレスをさげている。「だったらそこの通用口から、あたしたちとイカない？」

ひねりのない誘いはジムの好みに合わず、首のネックレスよろしく彼女も加わるならこっちはイカずに帰らせてもらおうと遠慮するところだが、冷える夜にクラブの正面まで戻らずにすむなら、ありがたく受けることにしよう。

ジムが近寄っていくと、中にいた用心棒が女性たちのために通用口のドアを開けた。

「彼はあたしたちの連れよ」ブロンドが用心棒に言った。「あたしのいとこ」

「ようこそ」用心棒は挨拶代わりにジムと拳を合わせた。

三人は中へ入り、用心棒はドアをふたたびロックしたあと、耳の無線機に向かって応答した。「バーカウンターで？　了解。すぐに向かう。ガールズ、客が暴れてるらしい。おさまるまでここにいるように」

「ふふっ、心配しないで。何かやることを見つけるから」ブロンドが楽しげに言った。

「誰かさんとね」ビーハイブがジムの腕を取って胸にこすりつける。

ジムは腕をほどいた。「友人を中で待たせてる」

「男性？　それとも女性？」ブロンドが尋ねる。

「男だ」

「ダブルデートにちょうどいいわね。そこをまっすぐ行けば店内に入れるわ。じゃあ、またあとで」

ビーハイブが彼の耳元まで伸びあがった。「今のあたしもイカすけど、着替えたところを楽しみにしてて」

ふたりは〝女性用ロッカールーム〟と記されたドアの向こうへいそいそと消え、暗い通路に残されたジムは、あれ以上布面積の少ない服となると切手サイズだなと考えた。

店へ戻ろうと通路を進みだしたところで、ダークブラウンの髪の女性が前方の角から現れ、こちらへ向かってきた。ディヴァイナの赤毛の天敵があの手この手で気を引こうとするのをよそに、ヴィンが一心に見つめていた女だとジムは即座に気づいた。気に食わないのは彼女の背後から来る連中だ。大柄な若造ふたりは彼女に迫り、この人けのない暗い通路へいやがる彼女を追いこんで乱暴を働こうとしているのが見て取れた。

ジムは後方へ目をやった。通路の長さはゆうに十二メートルはあり、幅はおよそ三メートル。奥の出口近くにある〝事務所〟と記されたドアをのぞけば、彼女が逃げこめるのはロッカールームのみだ。

そして用心棒たちは、なんらかの騒動ですでに手がふさがっている。

両脚を広げてジムが止めに入ろうとしたとき……クラブへ続くアーチ型の出入り口にヴィンがどこからともなく姿を現した。放っておいたらまずいことになると、彼も考えたらしい。

ヴィンが大股で距離を縮めていくが、その前に女性と男ふたりのほうがジムがいるところへ近づいてきた。

「断ったでしょう」女性が後ろを振り返って声を荒らげる。

「おまえみたいな女の言うことを誰が聞くんだよ」

ろくでなしどもめが。ジムは男たちの前に立ちふさがり、後ろにかばった女性に声をかけた。「大丈夫か？」

女性は彼に向き直り、そのこわばった顔と怯えた目から、意志の力だけで持ちこたえているのがわかった。「ええ。休憩を取りに来ただけよ」

「休憩？　ご奉仕でもう口が疲れたのか？」

ジムはしゃべっている男とにらみあった。「向こうへ行け」

「あんた、誰だよ？　こいつのヒモか？」若造はジムの脇をすり抜け、彼女の手首をつかんだ。「この女に用があるんだよ――」

男たちに追いついたヴィン・ディピエトロは、路地裏で喧嘩をしていた頃の血が今でも流れているかのように動いた。ジムが行動に出るよりも先に、ヴィンは無言で若造の二の腕をつかんで背中へひねりあげ、女性から手を離させる。口を開く必要はなかった。拳を構え、グレーの目にはもはや冷ややかさはなく、激烈な怒りをたぎらせている。

「ちくしょう、腕を放せ！」若造がわめいた。

「振りほどいてみろ」

ジムは女性に目をやった。「ここはおれたちが処理する。コーヒーでも飲んで、ロッカールームにいるふたりにしばらく外へ出ないよう伝えてくれないか。お仕置きが終わったら声をかける」

女性の視線がヴィンへと向かう。助けを受け入れるのは気が進まないようだが、彼女は愚かではない。学生ふたりの異様にギラつく目つきからして、酒だけでなくコカインか覚醒剤をやっているだろう。となれば、ひどい事態になる可能性は高い。

「用心棒に連絡するわ」ロッカールームのドアを開けながら彼女は小さな声で言った。

「悪いんだが」若造に目を据えたままヴィンが言った。「誰にも連絡しないでくれないか」

彼女は小さく首を横に振り、通路から引っこんだ。

それまで黙っていたもうひとりのてのひらにナイフが現れたのはそのときだ。

おしゃべり小僧の相手はヴィンに任せ、ジムは足を踏みだし、ナイフの軌道を読んだ。こいつは右利きで順手にナイフを握りしめているから、右下から上方向。あとは待てばいい――。

飛んできた腕を途中でつかまえ、手首をひねって相手の後ろへ回し、ナイフを床に落とすまでじりじりとねじりあげた。ジムが男の顔を壁に押しつけたとき、ヴィンが大振りのパンチをかわし、素手でボクサーのごとき一撃を放った。強烈な一発が決まったが、依存性に加えて麻痺《まひ》作用という厄介な性質のある覚醒剤のせいで、汚い口が今や血まみれの若造はまるで痛みを感じていないらしい。ヴィンの顔にお返しのフックを見舞い、そこからは容赦ないパンチの応酬が始まった。クラブの暗い通路は総合格闘技《MMA》のリングと化したものの、ヴィンはひとりで攻撃と仕置きの両方をやっている。

ジムは場所をあけてやろうと、ナイフを持った若造を引きずってどかした。こいつがトラブルと自分の意見を最小限にとどめるなら、これで勘弁してやる。

だが、くそったれは口を開かずにはいられなかったようだ。「なんで売春婦の肩を持つんだよ。あんな女、ただのゴミ屑《くず》だろうが」

視界が明滅したが、ジムは憤怒《ふんぬ》を抑えこんで天井を見あげた。やっぱりな。一定間隔で監視カメラがある。この騒ぎもすべて録画されているということか。まあ、ジムもヴィンも、先に相手に手を出させるだけの思慮を持ちあわせていたから、法的には自己防衛で通る。

それに、違法薬物を使っている学生が自分から警察に通報することはない。だったら、ここで仕上げといこう。

ジムは相手の手首をさらに握りしめ、上腕をつかんで後ろを向かせると、耳元にささやきかけた。「深呼吸しろ。自分の呼吸に集中するんだ……。ゆっくり息を吸いこんで……それでいい」

相手がじたばたするのをやめるまで腕を締めあげる。おとなしくなって呼吸が落ち着いたところで、すばやく腕をひとひねりして肩の関節を外した。絶叫があがったが、ダンスフロアの音楽がそれをかき消してくれた。だから、総合的に考えるとクラブは喧嘩の場として悪い環境ではない。

だらりと床に伸びた男の脇にジムは膝をついた。「病院が嫌いでね。おれ自身、出てきたばかりなんだ。脱臼で担ぎこまれたやつは何をされるか知ってるか？　関節をもとに戻されるんだよ、こうやってな」

垂れた腕をつかみ、息を深く吸うよう教えてやるのは飛ばした。一気に押しこんで、腕を元どおりにはめてやる。今回は悲鳴はあがらなかった。男はその場で気絶した。

整形外科医のまねごとをしたあと、もうひとつの喧嘩はどうなっているかと目をあげると、ヴィンはパン屋が生地をこねるように相手の腹にパンチを連打していた。ぼろぼろに打たれた大学生は、両手をあげて構えてはいるが、それはパンチを出すためではなく防ぐためで……すでに体がふらつき、膝同士がぶつかっていた。

ノックアウトは間近だな。しかし問題が発生した。

店のほうから、気づいた客がこちらをのぞきこんでいる。

通路は薄暗いが、そこまで暗くはない。

まずいな。

「ヴィン、人が見てる。行くぞ」ジムは声をかけた。

ヴィンの耳には届かなかったらしい。あれだけ一心不乱に殴っていれば、当然だろう。くそっ、もう人目があるかないかの問題じゃない。このまま放っておけば相手を殴り殺しかねないぞ。よくても、あのガキは植物人間に大改造だ。

ジムは腰をあげると、言葉だけでなく行動で止めに向かった。

13

ヴィンは最高に楽しんでいた。

サンドバッグ以外のものにパンチを叩きこむのは久しぶりで、自分の意見を相手に――直接顔面に――体で表現することの爽快感をすっかり忘れていた。構え、力、集中力、すべてが戻ってきた。

捨てたものじゃないな。まだまだ拳で戦える。

残念なのは、すべてのお楽しみの例に漏れず、パーティーには終わりがあり、ここでは相手のKO負けで幕引きとはいかないことだ。大学生の脚のふらつき方からして、あとひと押しだが……。

そこでジムが割って入ってきて、大きな手でヴィンの肩をわしづかみにして引き離した。「見られてるぞ」

ヴィンは荒々しく息を継ぎ、通路の入り口へ目をやった。あれか。眼鏡に口ひげの男が、自動車事故でも目撃したような顔でこちらを見ている。

しかし誰かが反応するよりも先に、クラブの通用口が勢いよく開き、アフリカ系アメリカ人の男が大股で近づいてきた。その剣幕《けんまく》たるや、車からフロントフェンダーをむしり取りそうだ。しかも歯で。

「ぼくの店でいったい何をやっている？」

ダークブラウンの髪の女性がロッカールームから出てきた。「トレズ、問題を起こしたのはスカル柄のTシャツを着たふたり組のほうよ」

彼女の声の美しい響きにヴィンは呆《ほう》けたように目をしばたたいた。だがすぐに注意を戻し、大学生を顔面から壁に押さえつける。「あとはそっちでやってくれ」クラブのオーナーに向かって言った。

ジムは床に伸びている学生を引っ張りあげた。「こいつはナイフを所持していた」

トレズと呼ばれた男は学生たちに目をやった。「武器はどこだ？」ジムが蹴ってよこし、オーナーはかがんでナイフを拾いあげた。「警察に通報は？」

全員の視線が女性へ向かい、彼女は首を横に振った。ヴィンは気がつくと、目をそらすことができなくなっていた。クラブの奥にいる彼女を見たときは心臓が高鳴った。間近で見ると、心拍停止だ。彼女の真っ青な瞳は夏空を思わせる。

「お仕置きは充分のようだな」トレズは満足げに言った。「すばらしい」

「こいつらをどうするつもりだ？」ジムが尋ねる。

「裏へ放りだしておいてくれ」

ぼくを見てくれ。ヴィンは女性に向かって念じた。**もう一度。お願いだ。**

「了解した」ジムは気絶している学生を引きずっていった。

ヴィンも少し遅れてそれにならい、男を押しやった。通用口まで来ると、トレズは非の打ちどころのない紳士らしさでドアを開け、脇へどいた。

「どこでも好きなところに」オーナーが言った。

ジムの〝好きなところ〟は左側のれんが壁の前で、ヴィンはその横側に――。

学生を尻から落とそうとして、凍りついた。

通用口のセキュリティライトが頭上から学生たちを照らし、足元まで明るい光で包みこんでいる。これだとアスファルトに影ができるはずだ。しかし、影はない。ふたりとも頭の後ろの壁に暗い光の輪が映っていた。まったく同じくすんだ灰色の輪っかが、かすかに揺らいでいる。

「くそっ……なんてことだ」ヴィンはつぶやいた。

彼に殴られたほうの学生が、敵対心より疲労感の色濃い目で見あげる。「なんでそんな目で見てやがる」

おまえたちは今夜死ぬからだよ。ヴィンは胸の中でつぶやいた。

ジムの声が遠くから聞こえる気がした。「ヴィン？　どうした？」

ヴィンは頭を振り、死の影が消えるよう祈った。効果はなかった。目をこすれば消えるのではないかと思ったが、パンチを浴びた痛みで顔面には触れることができなかった。

死の影がまだ消えない。

トレズが首をめぐらせて店のほうを示した。「中に入っていてくれ。そのふたりにはぼくから釘を刺し、自分たちの立場をしっかり理解させておく」

「そうしてくれ」ヴィンは重い足を動かし、戸口で学生たちを振り返った。「用心しろ……気をつけるんだ」

「そっちこそ覚えとけよ」それが返事だった。忠告ではなく脅迫と取られたか。

「違うんだ、今夜――」

「放っておけ」ジムが建物の中へヴィンを押しやった。「行こう」

自分がおかしいのかもしれない。たぶん眼科で検診が必要なだけだろう。それか偏頭痛の前兆か。だがどんな説明をつけようと、また昔に逆戻りすることはできない。

あんなことはもういやだ。

通路に戻ると、ジムがヴィンの腕を取った。「頭にひどいパンチでも食らったか？」

「いいや」もっとも顔面の腫れ具合を考えると、必ずしも否定はできない。「大丈夫だ」

「ならいいが。オーナーが説教して戻ってきたら帰ろう。トラックで送ってやる」

「彼女の様子を見るまで帰るわけには――」

彼女がロッカールームの戸口に立っていた。

ヴィンは幻覚もめまいも忘れて歩み寄った。「なんともなかったか？」

彼女は露出度の高い服の上にフリースを着て、太股まで覆われている。その体に腕を回し、ひと晩じゅう抱えていたくなるような姿だ。

「なんともないのか？」彼女の返事がなかったので、ヴィンは繰り返した。

彼女の目が、あのはっとするブルーの瞳が、ようやく彼の顔を見あげ……ヴィンはまたも高電流が体を流れて、心臓が蘇生《そせい》される衝撃を感じた。

彼女の唇が持ちあがり、小さな笑みになる。「わたしより……あなたは大丈夫？」

理解できずにヴィンが眉根を寄せると、彼女は指を動かしてヴィンの顔を示した。

「血が出てる」

「痛みはない」

「きっとあとから——」

ロッカールームからふたりの女性が、きゃんきゃん吠《ほ》える二匹の子犬のようにぺらぺらとまくしたて、両手を尻尾のように振り、腰に回したゴールドのチェーンを首輪のドッグタグみたいにじゃらじゃらはずませながら出てきた。幸い、ふたりともジムを見るなり彼にべったりひっついたが、たとえふたりがスカートをまくりあげて尻を出そうと、ヴィンは気づかなかっただろう。

「さっきの男たちのせいで不愉快な思いをしたね」ヴィンはダークブラウンの髪の女性に向かって言った。

「気にしてないわ」

なんてきれいな声だ。「きみの名前は？」

クラブの通用口が開き、トレズという男がやってきた。「もう一度礼を言わせてほしい。従業員を守ってくれてありがとう、助かったよ」

会話が始まったものの、ヴィンは目の前にいる女性にしか関心がなかった。彼女の返事をヴィンは待った。答えを期待して。

「教えてくれないか」そっと頼む。「きみの名前を」

短い間のあと、ダークブラウンの髪の女性はオーナーを振り向いた。「ロッカールームで彼の手当てをしてもいいかしら？」

「どうぞやってくれ」ヴィンは喧嘩仲間のほうに目をやった。「しばらく待ってもらってもいいかな、ジム？」

ジムがうなずく。「おれのトラックを血で汚されないなら、むしろ歓迎だ」

「長くはかからないわ」女性が言った。

かまわない、とヴィンは思った。永遠にかかろうとかまうものか——そこまで考えて自分を引き止めた。ディヴァイナはつむじを曲げて店を飛びだしはしたが、今この瞬間も彼の自宅に、彼のベッドにいるかもしれないのだ。彼女がいるのに、ほかの女性に関心を持つのは間違っている。

ディヴァイナがどこへ行ったかなんてわかったものじゃないだろう。心の声が指摘した。

「入って」女性がロッカールームのドアを開ける。

なぜかヴィンはジムを振り返った。その顔は〝身を慎めよ〟と忠告している。

ヴィンは口を開き、分別のある言葉で切り返そうとした。

「すぐに戻るよ、ジム」出てきたのはそれだけだった。

売女《ばいた》。娼婦《しょうふ》。売春婦。

信じられない。彼女は体を売っているのか。女をセックスのために利用する男どもに金で体をくれてやっているのか。そんな現実は男には理解不能だった。

最初は何が起きているのかわからなかった。こんなクラブで、バーテンダーやウエイトレス、あろうことか、ケージの中のダンサーとして働いていたとしてもぞっとするのに、彼女が胸や太股をほかの男たちの目にさらしながら、店内をゆっくりと歩き回るのを彼は目撃した。

そして彼女は当然の報いを受け、若者ふたりに獲物のように追い回された。あれこそ、ああいう女にふさわしい扱いだ。

若者たちが彼女につきまとって奥の通路まで入っていくのを追いかけ、喧嘩が始まるのを目にした。男は棒立ちになった。それほどひどいショックを受けた。彼女の仕事をあれこれ思い描き、ここコールドウェルでの暮らしぶりを想像していたが、よもやこんなこととは。

これが現実のはずはない。

通路で若者たちが殴られているあいだに、男は客の中を引き返し、無我夢中でクラブの外へ飛びだした。自分が何をしているのか、どこへ向かっているのかもわからなかった。冷たい夜気も混乱する頭をすっきりさせてはくれず、彼はなんの計画もないまま駐車場へ回った。地味な車までたどり着くと、中に乗りこんで荒々しく息を吐いた。

憤怒に襲われたのはそのときだ。怒りの大波が男をひとのみし、汗が噴出して体がたがた震えだした。

この気性は前にも災難の種になった。湧きあがる怒りはトラブルのもとだ。刑務所で対処法を教わっただろう。十数える。気持ちを静める。心が穏やかになるイメージを頭に思い浮かべ――。

クラブの裏手で人の動きがあり、男ははっと首をめぐらせた。

通用口が開き、彼女につきまとっていた若者ふたりが、彼女を助けに入った連中の手でゴミ袋みたいに舗道に落とされた。黒人がひとり寒い中で外に残り、若者たちに話をしてからクラブの中へ戻った。

男は運転席で若者たちを凝視していた。

稲妻がいつものごとく男を貫き、彼の前からすべてを払いのける。凝縮した怒りが結晶化し、通用口のふたりに狙いを定めた。あの女のせいで生みだされた怒りと裏切られた思い、混乱を、彼はすべてふたりの男に向けた。

放心したように動きながら、つけひげと眼鏡の変装をもう一度確かめた。クラブの裏手は監視カメラがつけられている可能性が高い。以前それで捕まった経験から、たとえ変装していてもカメラの前で行動に出てはならないことを、怒れる頭で理解した。

だから、男は待った。

やがて大学生たちがよろよろと立ちあがり、ひとりは口に溜まった血を吐き捨て、もうひとりは胴体から落ちるのを恐れるかのように腕を抱えこんだ。互いに向きあい、口論が始まったようだが、どんな悪態を浴びせあっているのであれ、遠すぎて何も聞こえないのでまるで無言劇を見ているようだ。だが、諍いは長くは続かなかった。いがみあう気力も尽きたのか、急におとなしくなり、あたりを見回したあと、酔っ払いのようにふらふらと駐車場のほうへ向かってきた。

殴られたせいでまだめまいがするのだろう。

ふたりが男の車の脇を通り過ぎたおかげでじっくり観察できた。白人、明るい色の瞳、どちらもピアスをひとつか、ふたつしている。新聞に載っていそうな顔だ。犯罪事件の報道欄ではなく、〝大学スポーツ〟の見出しの下に。

人生はまさにこれからという、若く健康な男たち。

男は無意識のうちにシートの下へ手を伸ばし、車をおりた。音をたてずにドアを閉め、若者たちを尾行する。

音もたてずにただ行動し、そこに思考はなかった。

ふたりは駐車場の一番外れの車列まで行くと、右へ曲がり……細い路地に入った。周囲は窓ひとつない。

人目につかない場所へ行くようこちらから頼んだとしても、連中がこれ以上都合のいい場所を見つけることはなかっただろう。

ビルが立ち並ぶブロックのちょうど真ん中までふたりをつけると、若くたくましい背中に銃口を向け、引き金に指をかけた。

距離はおよそ十メートル。若者たちの足はよろけて水溜まりの水を跳ねあげ、的となる胴体はふらふら動いて定まらない。

もっと近づいたほうがいいが、ぐずぐずしたくはないし、気取られてもまずい。

引き金を引くと〝ぱん！〟と大きな音があがり、ひとりが無様に倒れた。もうひとりがこちらを振り返る。

そのため、若者は真正面から胸に銃弾を食らってくずおれた。

満足感が男を舞いあがらせる。もっとも、足はアスファルトについたままだ。怒りの自由な表出に、オーガズムにも等しいぞくぞくとした解放感に、寒風が前歯を冷やすほど大きく笑みを広げた。

だが、喜悦は長続きしなかった。並んで横たわる若者たちの姿とそのうめき声は、男の興奮を一気に冷まし、あとには理性がもたらす恐怖が残った。なんてことだ、自分で自分の首を絞めたも同然じゃないか。仮釈放中だぞ。いったい何を考えていた？若者たちが緩慢な動きで身をよじり、血を流すかたわらで、男はうろうろと歩き回った。こんな状況には二度と陥らないと誓ったじゃないか。誓っただろう。

足を止めると、撃たれたふたりともがこちらを見あげているのに気づいた。まだ息をしているとなると、死ぬかどうかは定かではないが、ここでさらに発砲するのはまずい。

男は銃をズボンの後ろに差し入れると、ゴアテックス製のダウンパーカーを脱いで丸めた。先に背の高いほうへ近づいていく。

14

美しい男性だ、とマリー＝テレーズは思った。

彼女を守ってくれた男性は、このうえなく美しかった。豊かな黒髪。あたたかみのある褐色の肌。その顔は怪我をしていても、目を奪われるほど魅力的だ。

マリー＝テレーズは動揺し、化粧用カウンターの前からスツールをひとつ引き寄せると、気持ちを改めて言った。「ここにかけて。タオルを濡らしてくるわ」

彼女のために喧嘩をしてくれた男性が室内を見回したとき、マリー＝テレーズは彼の目に映るものを考えまいとした。引っかき傷だらけの履き捨てられたスティレットヒール、ベンチの上の破れたミニスカート、あちこちに散らばったタオル、照明をつけっぱなしの鏡に引っかけられた太股丈のストッキング、床にいくつも転がるバッグ。身につけているピンストライプの黒のスーツがどれほどすばらしい仕立てかを考えると、こんな安物であふれ返る部屋は彼の見慣れたものではないだろう。

「どうぞ座って」マリー＝テレーズは言った。

男性のグレーのまなざしが彼女の上で止まる。彼のほうが身長は二十センチほど高く、肩幅はゆうに二倍ある。けれど、彼のそばにいても居心地の悪さを感じない。それに怖くもなかった。

ああ、なんてすてきなコロンをつけているのかしら。

「きみは大丈夫なのか」彼がもう一度きいてきた。

質問ではなく、静かな詰問。彼女が傷つけられていないのを確かめるまでは、自分の顔に触れさせるつもりはないらしい。

マリー＝テレーズは目をしばたたかせた。「わたしは……大丈夫よ」

「腕は？　乱暴につかまれただろう」

彼女は着ているフリースの袖を引っ張りあげた。「ほら……ね？」

彼が身を乗りだす。彼女の手首をつかむてのひらはあたたかい。あたたかで穏やか。つかむのでも、要求するのでも……所有するのでもない。

優しいてのひら。

ふいにあの大学生の声が聞こえた。〝おまえは女性じゃない〟

彼女を傷つける意図で吐かれた残酷な言葉は、その目的を遂げていた……けれどもそれは要するに、図星を指されたと感じたせいだ。自分は女性ではない。なんでもない。ただの……抜け殻。

マリー＝テレーズは彼の手から腕を引き離し、袖を戻した。彼の思いやりに心がかき乱される。なぜだか侮辱されるよりも耐えがたかった。

「あとであざになるな」彼がそっと言った。

何をしようとしていたんだっけ？　えっと……ああ、そうだ。濡れタオル。傷口を拭かなきゃ。「ここに座って。すぐに戻るわ」

シャワールームへ行くと、シンク脇に重ねて置いてある白いタオルを一枚取り、小さな洗面器をつかんで湯が出るまで水を流した。待つあいだ、鏡に映る自分を眺めた。大きく見開かれた目にはわずかに動揺の色がにじんでいるが、それは不遜で失礼極まりない大学生たちのせいではない。ドアの向こうでスツールに座っている、優しい手をした男性のせいだ……弁護士みたいな風貌なのに、プロボクサーのオスカー・デ・ラ・ホーヤのように戦う男性のせい。

化粧用カウンターへ戻ったときには、いくらか気持ちが落ち着いていた。少なくとも彼と目が合うまでは。彼がまなざしで引き寄せるかのごとく見つめてきたので、彼女の胸はざわめいた。

まるっきりの抜け殻ではなかったようだ。

「自分の顔を見た？」何か言わなくてはと、そう尋ねた。

彼は首を振り、自分の顔には関心がないのか、彼女から視線をそらして背後の鏡を見ようともしない。

マリー＝テレーズは洗面器を置くと、ラテックス手袋をはめてからタオルを濡らし、彼のそばへ行った。「頬が切れてるわ」

「そうか」

「痛むわよ」

傷口にタオルを当てても、彼はみじろぎもしなかった。

押さえるようにして傷をぬぐい、洗面器でちゃぷちゃぷと音をたててゆすいでから、ふたたび傷口をきれいにする。

彼が目をつぶり、唇を少しだけ開いた。胸板は穏やかに上下している。これだけ近いと、まっすぐな顎をうっすらと覆うひげ、それに黒々とした長いまつげと整えられた豊かな髪の一本一本が見える。耳にピアスの跡がある。右側だけで、もう長いこと何もつけていないようだ。

「きみの名前は？」喉の奥から響く声で彼が問いかけた。

今使っている偽名を客に教えたことは一度もない。けれども、この人は単なる客ではないだろう。あのとき彼が来てくれなかったら、どんなことになっていたかわからない。トレズは留守で、用心棒たちはバーカウンターで起きた喧嘩を止めに行っていた。そして通路は駐車場に直結している。巨漢の学生たちに車へ連れこまれていてもおかしくなかったのだ……。

「シャツに血がついてるわ」洗面器へ戻りながら彼女は言った。

会話の名手ね、と心の中で自分を皮肉る。

彼のまぶたが開いたが、自分を見おろそうとはしない。彼はマリー＝テレーズを見つめた。「シャツなんかほかにもある」

「でしょうね」

彼はわずかに表情を曇らせた。「ああいうことはよくあるのか？」

ほかの人なら〝まさか〟と即答して質問を終わりにさせるが、助けてもらったのに嘘でごまかしてはいけない気がした。

「おとり捜査だったりしない？」おずおずと言った。「答える必要はないけれど、いちおう尋ねさせて」

彼は上着の胸ポケットに手を入れ、名刺を取りだした。「ぼくが警官である可能性はゼロだ。かつてほど違法行為に手を染めていないとはいえ、望んだとしても警察バッジをつける資格はない。皮肉だが、そういう意味では信用してもらっていい」

マリー＝テレーズは渡された名刺を見おろした。〈ディピエトロ・グループ〉。住所はここコールドウェルのダウンタウン。超高級そうな用紙に、華やかで堂々たるロゴ、彼に連絡できる多数の番号にEメールアドレスが載っている。名刺をカウンターに置きながら、彼がコールドウェル警察の人間ではないという部分は事実だと直感した。けれど、信用していいかどうかは？　彼女はもう男は誰でも信用していない。

それが魅力的な男性ならなおさらだ。

「それで、よくあることなのか？」彼が尋ねた。

マリー＝テレーズはふたたび手を動かし、彼の顔をぬぐって頰から口へとタオルを滑らせた。「たいていの客は問題ないわ。それに、用心棒が目を光らせていてくれるから。乱暴されたことは一度もないの」

「きみは……ダンサーか？」

ケージに入って体をくねらせ、見世物になっているだけ、と言うところをつかの間だけ夢想してみた。彼の反応は想像がつく。ほっと安堵のため息をつき、ちょっと気になる女性のひとりとしてマリー＝テレーズを見始めるのだろう。面倒な問題も事情もなし。ベッドへ行き着くことになるかもしれない相手とのただの戯れ。

マリー＝テレーズの沈黙に彼が息を吸いこむ。それは〝ああよかった〟というたぐいのものではなかった。息を吐きながら、彼の首筋の筋肉がぐっと盛りあがる。顔をしかめないよう力んでいるかのように。

そういうことだ。もう二度と普通に男性と知りあうことはない。彼女には暗い秘密がある。何度目のデートまでに明かすべきか、判断を迫られるたぐいの秘密が。黙っていることは、相手をだますのと同じだ。

「手を見せて」彼女は沈黙を埋めるために言った。

差しだされた両手の甲を、マリー＝テレーズは調べた。右手が腫れて血が出ている。タオルを手に取って尋ねた。「よく女性の救出に駆けつけるの？」

「いいや、普段はそんなことはしない。きみ、イヤリングが片方なくなってるよ」

彼女は耳たぶに触れた。「ええ、そうなの。ほかのにつけ替えようと思っていたんだけど……」

「ところで、ぼくはヴィンだ」彼はてのひらを差しだして待った。「よろしく」

状況が違っていたら、マリー＝テレーズは彼に微笑みかけていただろう。十年前の別の人生だったら、彼のてのひらに自分の手を重ねて握りしめながら、微笑まずにはいられなかった。今は、ただ悲しさを感じる。

「よろしく、ヴィン」

「きみの名前は？」

自分の手を引き抜くと、うつむいて彼の手の甲に注意を向けた。「マリー＝テレーズ。わたしの名前は……マリー＝テレーズよ」

なんて愛らしい瞳だ。

フランス風の愛らしい名前のマリー＝テレーズは、愛らしさの塊のような瞳をしている。その手つきは優しく、ヴィンの傷や腫れが何か大切なものであるかのように、湯で濡らしたタオルで入念にぬぐってくれる。

また彼女に手当てしてもらえるなら、何度だって喧嘩したいくらいだ。

「医者に診せるべきね」関節の皮膚が裂けたところを小さなタオルで押さえながら彼女が言った。

白かったタオルが今や彼の血でピンクに変わっているのを、ヴィンはぼんやり意識した。彼女が手袋をはめていてよかった。彼はＨＩＶ陽性ではないが、おそらくマリー＝テレーズは普段から仕事のときも自分を守るための手段を欠かさないのだろう。

それがわかって安心した。

ただのダンサーであってくれと願っていた。心から願っていた。

彼女はタオルをゆすいでいる。「医者に診せるべきだと言ったのよ」

「ぼくなら心配ない」だが彼女はどうなんだ？　ヴィンとジムが来なければどうなっていた？

マリー＝テレーズにききたいことが唐突にあふれだしてくる。なぜ彼女のような女性がこんな仕事を？　どんな苦境が彼女を今の場所へ貶《おとし》めた？　自分は彼女のために何ができるだろう？　今夜だけでなく、明日も、そのまた次の日も。

だが、そのどれもヴィンにはなんの関わりもないことだった。それに、詳しい事情を聞きだそうとすれば彼女は殻の中へ引っこんでしまう気がした。

「ひとつきいてもいいかな？」こらえきれずに尋ねた。

彼女はタオルを持つ手を止めた。「いいわよ」

これから言うことを口にすべきでないのはわかっていても、マリー＝テレーズの強烈な魅力に抗えない。頭ではなく……心と呼ぶのはあまりにメロドラマチックだが、なんであれ彼を突き動かすものが、胸の真ん中からこみあげていた。

オーケー、不整脈の症状でないよう祈ろう。

「ディナーを一緒にどうだい？」

ロッカールームのドアが開き、ディヴァイナが先に帰る原因となった赤毛の売春婦がつかつかと入ってきた。

「あら！　失礼。誰もいないと思ってたわ」ヴィンに目を注ぎながら、大きな作り笑いを浮かべる真っ赤な唇は、ロッカールームに誰がいるのかしっかりわかっていたことを匂わせた。

マリー＝テレーズは彼から離れた。あたたかなタオルと湯を張った洗面器、彼女の柔らかな両手が去っていく。「ちょうど出るところよ、ジーナ」

ヴィンはそれを合図に立ちあがった。邪魔をした赤毛に胸の中で悪態をついたものの、化粧道具が所狭しと置かれたカウンターを目にして、場違いなところにいるのは自分のほうだと考え直した。

マリー＝テレーズはバスルームへ引っこみ、ヴィンは彼女が洗面器をあけてタオルを洗い、手袋を外すところを想像した。彼女は出てきたらヴィンに別れを告げ……あのフリースを脱いで客の中へ戻るのだろう。

売春婦がぺちゃくちゃと話す横でマリー＝テレーズが消えていったドアを見つめるうちに、奇妙な感覚に襲われた。いつの間にか床に霧が溜まり、ヴィンの脚から胸へと触手を伸ばして、脳にまで這いあがってくるかのようだ。ふいに体の外側は熱く、内側は冷たくなった……。

くそっ。これが何かは知っている。何が起きているのか、よく知っている。もう十年以上経験していなかったが、この無秩序な感覚がどこへ向かうかは知っている。

ヴィンはスツールをつかみ、その上にどすんと尻を落とした。**息をしろ。息をするんだ、くそったれ。息を**……。

「それで、あたしはあなたのガールフレンドが帰るのを見かけたわけ」赤毛はおしゃべりを続けて彼にすり寄ってきた。「話し相手がほしいんじゃない？」

鉤爪《かぎづめ》のごとく長い真っ赤な爪が近づいてきて、血で汚れた彼の襟を撫であげる。

ヴィンは重い手を動かして彼女を払いのけた。「やめてくれ……」

「本当にいいの？」

ああ、どうすればいい。体の外側はさらに熱が増し、内側はどんどん冷えていく。これを止めなくては……自分へ送られてくるメッセージなんて知りたくない。幻視《ヴィジョン》も交信《コミュニケーション》も予知能力もほしくない。だがヴィンはただの電信受信機で、送信されてくる電報を拒む力を持たなかった。

最初はエレベーターの男、次は外に放りだした若者たち……今度はこれだ。

あのおぞましい能力は何年も前に消し去ったはずだ。それがなぜ今になって戻ってきた？

赤毛は彼の腕に体をこすりつけ、耳元に口を寄せた。「あたしが介抱してあげるから――」

「ジーナ、今はやめてあげて」

ヴィンの目はマリー＝テレーズの声がするほうへ動き、彼は口を開いてしゃべろうとした。何も出てこない。なお悪いことに、彼女を凝視するうちにその姿は渦の中心と化し、彼女をのぞいて視界にあるものすべてがそこへ吸いこまれ、ぼやけていく。

彼は次に来るものに備えて身構えた。案の定だ。霧がそうだったように、震えが足元から始まり、体をのぼって膝を震わせ、腹から肩へと……。

「もういいわよ、頭をさげてまでほしくないし」ジーナは言いながら戸口へ向かった。「彼と楽しんで。どのみちそんなにラリってたらパーティーは無理でしょうけど」

「ヴィン？」マリー＝テレーズがやってきた。「ヴィン、聞こえる？　大丈夫――」

言葉が口から弾《はじ》けでる。その声は彼の声ではなかった。体のコントロールを完全に奪われ、自分が何を言っているのかもわからないが、それはメッセージが彼に宛てられたものではなく、彼がしゃべりかけている相手へのメッセージだからだ。

意味不明な音の羅列がヴィンの耳にも聞こえた。「れかがやあくる……れかがやあくる……」

彼女が蒼白《そうはく》になってあとずさり、喉へと手をあげた。「誰が？」

「れか……が……やあくる……」

ヴィンの声は深く暗く、彼には無意味で、正確に聞き取ろうとしても、自分が彼女に何を伝えているのか頭で解読しようとしても、まるでわからなかった。これがこの呪いの最悪なところだ――自分が何を予言したのかわからず、未来に影響を与えようにも何もできないのだ。

マリー＝テレーズはドアに背中をぶつけるまでさがっていった。顔は血の気がなく、目は飛びださんばかりに見開かれている。震える手でドアを探って開き、ロッカールームから飛びだし、彼から逃げていった。

彼女がいなくなるとヴィンは現実に引き戻され、彼を操り人形に変えていた糸が切断されたみたいに、彼を押さえつけていた得体の知れない力がふっと消えた。この力がなんなのか、自分でもまったくわからなかった。初めてこの発作に見舞われたときから、いったい何が起きているのか、自分が何をしゃべっているのか、これだけ多くの人がいる中で、なぜ自分がこんなろくでもない重荷を背負わされなければならないのか、まるでわからないままだった。

これからどうなる？　いつ起きるとも知れない発作に邪魔されながらでは、仕事にも日常生活にも支障をきたすだろう。それに、頭のおかしいやつと思われていた少年時代に逆戻りしたくない。

そもそも、こんなことが起きるはずはないのだ。解決したはずではなかったのか。ヴィンは膝に両手をついてうなだれた。息は浅く、伸ばした肘だけが体をまっすぐに支えていた。

ジムが見つけたのは、そんな姿のヴィンだった。

「ヴィン？　どうした？　脳震盪か？」

そうならよかった。何かに取《と》り憑《つ》かれてしゃべるより、脳出血に見舞われるほうがましだ。

ヴィンはのろのろと顔をあげ、ジムに目をやった。どうやらヴィンの口はまた彼のものに戻ったらしく、頭に浮かんだ言葉を吐きだした。「悪魔を信じるか、ジム？」

ジムの眉間にしわが刻まれる。「なんだって？」

「悪魔だ……」

長い間のあとジムが言った。「家まで送ろう。具合が悪そうだ」

質問をあからさまに無視され、人は日々の暮らしで奇行に遭遇すると、それをやり過ごすものなのだと思い出した。反応はほかにもいろいろある。マリー＝テレーズのように一目散に逃げだすというものから、残酷なものまで。少年時代のヴィンがさらされたのは後者だった。

ジムの言うとおりだ。わが家こそヴィンの行くべき場所だ。だが、マリー＝テレーズを見つけて伝えずには……何を伝える？　十一から十七歳までたびたび〝発作〟に見舞われたことか？　そのせいで友だちを失い、変人のレッテルを貼られ、喧嘩の仕方を学ばねばならなかったことか？　今夜二度も彼女に怖い思いをさせてすまなく思っていることか？

もっと端的に言うなら、自分が何をしゃべったにしろ、それをお告げと受け取り、彼女に身を守ってほしいことか？　なぜならヴィンの予言は常に百発百中なのだ。自分でも信じられないが……彼が何を言っていようと、それはいつも当たった。

外れないからこそ、どれも悪い知らせなのを知っていた。あとからまわりの者が、当人のこともあるが、ヴィンが何をしゃべり、それが何を意味していたかを彼に教えるのだ。予言の結末を知らされるのがどれほど恐ろしかったことか。まだ幼く臆病だった頃は、寝室にこもってベッドの中でがたがた震えたものだった。

これから死ぬ人間がわかるように、ヴィンは未来を予言することができた。破滅的な恐ろしい未来ばかりを。

マリー＝テレーズはどんなトラブルに巻きこまれているんだ？「おい、ヴィン。行くぞ」

ヴィンはロッカールームのドアへ目をやった。彼女のためを思えば静かに立ち去るのが一番なのだろう。説明しても怖がらせるだけだ。しかしそれでは、これから彼女に降りかかるトラブルがなんであれ、回避させることはできない。

「ヴィン……おれが送るから店を出よう」

「彼女が危険だ」

「ヴィン、おれを見ろ」ジムは自分の両目を指さした。「おれを見ろ。これから家に帰るんだ。通路で拳を食らって、あんたは頭がぼうっとしてる。医者へ行かないのはいいとしよう。だが、いつまでもここにいさせるわけにはいかない。さあ、立ってくれ。今すぐに」

くそっ、くそっ、あれが起きたあとの頭がぼんやりする感じも、方向感覚の喪失も、混乱も、自分の言ったことやなすすべのなさに対する恐怖も、ジムの顔に浮かぶ困惑さえも……すべて記憶にあるままだ。何度も何度もこれを経験してきた。もうたくさんだ。

「そうだな」すべてを忘れようとしながらヴィンは言った。「きみの言うとおりだ」

もう少し落ち着いてから戻ってきて、マリー＝テレーズに話すことはいつでもできる。たとえば明日にでも。明日、店が開いたらすぐに来よう。それが自分にできる最善のことだ。

スツールから慎重に腰をあげ、化粧用カウンターに置かれたままの自分の名刺へと歩み寄る。ペンを取りだして裏面に短い言葉を書きつけたあと、まわりにあるバッグを見回した。どれが彼女のダッフルバッグかはすぐにわかった。ピンクとパープルのエド・ハーディーにグッチ、お揃いのハラジュク・ラバーズの中に……ナイキのロゴさえついていない地味な黒いバッグがひとつだけある。

そのバッグの中に名刺を入れてからドアへ向かった。肩が痛み、右手はずきずきと脈打ち始め、息を吸うたび肋骨に鋭い激痛が走る。だが心底煩わしいのは、喧嘩とはなんの関係もない、こめかみのあいだの頭痛だ。発作のあとはいつもこうなる……あれがなんであれ。

通路へ出て左右を見たが、マリー＝テレーズの姿は影も形もなかった。

一瞬、彼女を見つけなければならないと熱い衝動に駆られたものの、ジムに腕をつかまれて、相手の理性を信頼することにした。ヴィンはクラブの裏手の通用口へとおとなしく引っ張られていった。

「ここで待っててくれ」

ジムが事務所のドアをノックしてオーナーが顔を出し、ふたたび礼が交わされたあと、気がつくとヴィンは冷たく澄んだ空気を吸いこんでいた。

まったく……なんて夜だ。

15

クラブの駐車場へ出て、車列の前をぼんやり通り過ぎていたヴィンは、口ひげに眼鏡の男がいるのに気がついた。通路の端から喧嘩を見ていた男だ。幸い、相手は関わり合いにはなりたくないらしく、パーカーのフードを頭からかぶり目を伏せたますれ違った。車内に何かを取りに行っていたのだろう。

ジムのトラックにたどり着いて助手席に体を滑らせると、ヴィンは痛む顔をそっと撫でた。頭の中では痛みが渦を巻いて頭蓋骨が悲鳴をあげていたので、頭を後ろへ倒した。自分は家へ戻るが、マリー＝テレーズはこれから仕事に戻るのだと思うと頭痛はさらに悪化した。今、このときも彼女はほかの男と一緒にいて——。

やめるんだ。完全に正気を失う前に。

窓の外に目をやり、〈コモドール〉へ向かって右に左に曲がり、交差点で停止した車の中から、街灯の明かりが燃えあがっては消えていくのを眺めた。

高層ビルの前で停車すると、ヴィンはシートベルトを外してドアを開けた。ディヴァイナがメゾネットにいるのか、カルディーの精肉加工地区に持っている自分の家へ向かったのかは知るべくもない。

ベッドにいないよう願っている自分に嫌気が差した。

「礼を言う」車からおりながらジムに言い、ドアを閉める前に車内をのぞきこんだ。

「人生はろくでもないときがある……何が起きるかはわかりようがない」

「そうだな」ジムは荒れた手を髪に滑らせた。「悪いことは言わないから、ディヴァイナのところへ行け。仲直りをするんだ、いいな?」

ヴィンはふと気になって尋ねた。「きみがぼくに求めるものはこれで終わりか?」

ジムは恋愛のアドバイスを聞き流されたことに落胆するかのように嘆息した。「いいや」

「何が望みなのか、はっきり言ったらどうだ?」

ジムはハンドルの上に前腕をのせ、運転席からヴィンを見据えた。静寂の中で、淡いブルーの瞳には時の流れを超越した何かがあるように見えた。「おれがここにいる理由は話した。家に入ってディヴァイナに優しくしてやれ。そのあとは倒れる前にベッドに入るんだな」

ヴィンはかぶりを振った。「運転に気をつけて帰ってくれ」

「ああ」

トラックは走り去り、ヴィンは〈コモドール〉のロビーエントランスに続く階段をあがった。カードキーを滑らせてドアを開け、大理石のロビーへ足を進める。受付では年老いた夜間警備員がヴィンの顔を見あげ、手に持ったペンを取り落とした。

腫れてきたらしい。どうりでまばたきしづらいわけだ。

「ミスター・ディピエトロ……いったい――」

「夜勤ご苦労」声をかけて大股でエレベーターへ向かう。

「それは……どうも」

ヴィンは上階へあがりながら警備員をぎょっとさせたものをまじまじと眺めた。鏡張りの壁に映る顔は、鼻を殴られ、頬には引っかき傷がついている。あざになりかけている場所は朝には真っ黒になっているだろう――。

出し抜けに、心臓の鼓動に合わせて顔面がずきずきと痛みだした。へたに見なければ、おとなしいままだったのかもしれない。

二十八階に到着してホールにおり立ち、キーを取りだす。鍵を開けながら、今夜、自分の人生はあの大学生たちと同様、叩きのめされたのだと感じた。何もかもが狂い、ばらばらになった気がする。

これが運の変わり目ではないといいが。

ドアを開けて耳を澄ます。ヴィンはどっと疲労感に襲われた。警報装置は解除され、二階からテレビの音が聞こえてくる。ディヴァイナは家にいる。彼を待っているのだ。中に入ってドアを閉め、鍵をかけて警報装置をセットしてから、壁にもたれかかった。意を決して大理石の階段へ目をやり、テレビ画面が放つ青い光が壁に映るのを見つめた。

古い映画を観ているらしい。ジンジャー・ロジャースとフレッド・アステアが仔馬《こうま》が跳ねるようなタップダンスを踊る、ミュージカル映画か。

階段をあがって彼女と仲直りしなければ。

一九四〇年代の映画の音楽が寝室から流れてくる中、ヴィンはイタリア製の高級枕に寄りかかるディヴァイナの姿を想像した。薄いシフォンのナイトガウンをまとい、彼が入っていったら、顔の傷にショックを受けて手当てしようとするだろう。そして彼を残して先に帰ったことを詫び、ゆうべと同じやり方で埋めあわせようとするはずだ。

だが、今夜はセックスをしたい気分ではない。

少なくとも、ディヴァイナとは……。

「くそっ」ヴィンはつぶやいた。

地獄に落とされようと、すぐさま車を飛ばしてクラブへ戻りたい。しかしそれは、マリー＝テレーズに先ほどの弁解をするためではない。五百ドル出して彼女の時間を買いたかった。彼女にキスしてその体を引き寄せ、太股のあいだを撫であげたかった。口の中に舌を滑りこませて乳房に自分の胸板を押し当て、彼女をあえがせ、濡らしたい。彼女を抱きたい。

妄想がたちまち下半身をこわばらせたが、その狂おしいイメージも高ぶりも、長くは続かなかった。

ヴィンの妄想に水を差したのは、フリースを着たマリー＝テレーズの姿だった。彼女はとても小さく見えた。とても……もろそうに。金で買う品物ではなく、過酷な商売に身を置いて、金のために体を売る女性に。

違う、そんな形で彼女を抱きたいわけではない。

ヴィンはマリー＝テレーズの仕事の性質を思い、忠告するまでもなく、彼女は常に危険と隣り合わせなのだと気づいた。今夜起きたことを見てみろ。下半身が関わると、男は信用できなくなるものだ。頭ではなくペニスで考えるところは、自分だって同罪だ。今もそうだっただろう。

飲まなくてはやっていられない。ヴィンはリビングルームのバーカウンターへ向かった。ディヴァイナは照明を消していたが電気暖炉はついたままで、炎がまわりの壁をなめ、影が部屋を横切る彼を追ってくるかのようだ。

痛む手でバーボンを注いで口に流しこむと、唇の片端がしみた。

室内を見回し、自分で稼いだ金で買ったものすべてを吟味した。揺らめく火明かりを浴びて、まわりにあるものが溶けていくみたいだ。壁紙はどろどろとはがれ落ち、本棚は垂れさがり、書物や絵画はダリの作品のごとく変形していく。

部屋が歪《ゆが》んでいく中、ヴィンの目は天井へ向かい、上階にいるディヴァイナへ思いをめぐらせた。

彼女も購入物のひとつだ。そうだろう？　彼女の衣装も旅行も宝石も使う金も、すべて彼が出してやっている。

あのダイヤモンドを買ったのだって、愛の証《あかし》としてディヴァイナに持っていてほしいからではない。単に、彼女とのやり取りがひとつ増えるだけのことだ。

愛していると彼女に伝えたことがないのは……気持ちを抑えこんでいるからではなく、そんなふうに思っていないから。それが本当のところだ。

室内が普通の姿に戻るよう、脳みそがばしゃばしゃ音をたてるまで頭を振った。残りのバーボンをぐいとあおって注ぎ足し、それも飲む。

さらに注いで、さらに飲み、さらに注いだ。

バーカウンターの前に立ったままどれだけ酒を飲んでいたのかはわからないが、ボトルの中身の減り具合は目測できた。残り十センチまで減ったところで飲み干すことに決め、バーボンのボトルを手に、窓に面したソファに体を沈めた。

街の夜景を眺めるうち、すっかり酔いが回っていた。泥酔。酩酊《めいてい》。酒のせいで四肢の感覚を失い、頭をあげていられなくなり、クッションに頭を落とした。

どれほど時間が経ったのか、ソファの後ろに裸のディヴァイナが立っていた。リビングルームのアーチ型の入り口を背景に、彼女の姿が窓ガラスに映っている。

酔って朦朧《もうろう》としながらも、ヴィンは何かおかしいのに気がついた。動き方がぎごちないし、それに匂いが……。

よく見るために頭をあげようとしたが、マジックテープでソファに固定されたかのように、息が切れるまで力んでみてもびくとも動かなかった。

室内がふたたび歪みだし、何もかもが麻薬による幻覚みたいに見えた。力が入らなかった。体が凍結している。自分は生きたまま死んでいる。

ディヴァイナはもう彼の背後にはいなかった。

ソファを回りこんで彼の前へやってきたディヴァイナを見て、ヴィンは目を見開いた。彼女の体は腐り、両手はまるで鉤爪のようにねじれている。頬と顎から灰色の肉がはがれて骨が見えている。ヴィンは体が麻痺して身動きが取れず、彼女が近づいてきても何もできなかった。

「あなたは取引をしたのよ、ヴィン」ディヴァイナが暗い声で告げる。「あなたは望むものを手に入れた。取引は成立している。取り消すことはできない」

ヴィンは首を振ろうとした。しゃべろうとした。もうディヴァイナを求めてはいない。この家にも、彼の人生にも彼女は必要ない。マリー＝テレーズと出会ったときに何かが変わった。あるいは、もしかするとジム・ヘロンのせいかもしれないが、なぜあの男が重要なのかはまるでわからない。とにかく理由はどうあれ、自分がディヴァイナを求めていないのはわかった。

美しいときの彼女も、もちろんこのおぞましい姿の彼女も。

「そうよ、あなたは取引をしたの、ヴィン」ディヴァイナの恐ろしい声は、彼の鼓膜だけでなく全身を震わせた。「あなたがわたしを招き、わたしはあなたが望む以上のものを与えた。あなたは取引をし、わたしがあなたの人生にもたらしたものをすべて手に入れ、食らい、飲み干し、抱いた。すべてわたしが与えたものよ。あなたはわたしに借りがある」

そばに来た彼女の顔に眼球はなく、黒々とした眼窩があるだけだ。それなのにヴィンを見ていた。ジムが言ったように、ヴィンだけを見ていた。

「あなたは求めるものを手に入れた、わたしも含めてね。すべてのものには代償がつきもので、それを払う義務があるの。わたしが求める代償は……永遠にあなたと結ばれることよ」

ディヴァイナはヴィンにまたがると、骨がのぞく膝を彼の太股の両脇につき、肉の裂けたてのひらを彼の肩に置いた。腐臭が彼の鼻を刺し、尖《とが》った骨が体に食いこむ。

醜い両手がズボンのファスナーへ伸びたとき、ヴィンは身がすくんだ。

やめろ……やめてくれ。こんなことは求めていない。彼女を求めてなどいない。

口を開けようともがいたが顎が動かない。ディヴァイナは青白い唇をめくりあげ、黒い歯茎にぶらさがる歯をむきだしにして微笑んだ。「あなたはわたしのものよ、ヴィン。そしてわたしは自分のものをいつでも好きにする」

ディヴァイナは恐怖で硬くなったペニスを引きだし、その上で両脚を広げた。

こんなことは求めていない。自分はディヴァイナを求めていない。やめてくれ……。

「手遅れよ、ヴィンセント。あなたはもうわたしのもの。この世だけでなく、そのあとに来る世界でも」

そう言うなりディヴァイナは腰を落とした。腐った冷たい体が、ざらざらと彼をこすって締めつける。

ヴィンの上で動くのは、彼女をのぞけば彼の涙だけだった。頬を流れて喉を伝い、シャツの襟に吸いこまれていく。ディヴァイナに組み伏され、性交を強要されたヴィンは叫ぼうと必死で――。

「ヴィン！　ヴィン、目を覚まして！」

はっと目を開けた。ディヴァイナは彼の目の前にいて、美しい顔には狼狽《ろうばい》が浮かび、優雅な手がこちらへ伸びてくる。

「やめろ！」ヴィンは叫んだ。彼女を突き飛ばして立ちあがろうとしたが、よろめいてグラスごと絨毯に顔面から倒れこむ。

「ヴィン……？」

床の上ですかさず向き直り、彼女をしりぞけようと拳を構えて――。

だが、彼女は襲ってこなかった。ディヴァイナは彼が横たわっていたソファに倒れこんでいた。艶やかな髪は彼が寝ていたクッションの上に広がり、しみひとつない肌の白さを象牙色のサテンのナイトガウンが際立たせている。その瞳は彼の目がそうだったように、恐怖と混乱で大きく見開かれていた。

ヴィンは息を切らし、激しく脈打つ胸をつかんで、何が現実かを見定めようとした。

「あなたの顔……」ディヴァイナがようやく口を開いた。「それにシャツも。いったい何があったの？」

どっちだ？　ヴィンは自問した。あの夢が彼女の本当の姿なのか……それとも今、自分が見ている姿か？

「どうしてそんな目で見ているの？」彼女はささやき、自分の喉を手で覆った。

ヴィンは自分の体を見おろした。ズボンのファスナーはあがっていて、ベルトは締まり、ボクサーパンツの中のものは柔らかい。見回しても、豪華な室内はいつもどおり整然そのもので、電気暖炉の炎が贅沢な雰囲気を醸しだしている。

「どういうことだ……」彼はうめいた。

ディヴァイナはまた彼を驚かせるのを恐れるかのように、ゆっくりと立ちあがった。ソファの横に転がる酒瓶を見おろしてつぶやく。「酔ってるのね」

それは事実だ。自分は酔い潰れていた。あれだけ飲めば立てるかどうかも怪しいものだし……あれだけ飲めば幻覚だって見るだろう。あれだけ飲んだのだ、先ほどの出来事は何ひとつ現実ではなかったのかもしれない。むしろそのほうがありがたい。

そうだ、バーボンが見せたただの悪夢だと考えたほうが、深呼吸を繰り返すよりも気持ちが落ち着く。

ヴィンは立ちあがろうとしたが、足がふらつき壁に体をぶつけた。

「わたしの肩につかまって」

近づこうとする彼女をヴィンは片手を突きだして止めた。「いや……」近づくな。「いい。大丈夫だ。心配ない」

ヴィンは体を起こしてふらつきがおさまると、ディヴァイナの顔を探った。そこに見えるのは愛情と気遣いと困惑だけだ。心の痛みも見える。彼女は、目の前の男性を案じる、並外れて魅力的な女性以外の何者でもないように見えた。

「ベッドへ行く」彼は言った。

部屋を出ると、ディヴァイナは何も言わずに階上までついてきた。ヴィンはストーキングされている気分になる自分を戒めた。問題があるのは彼女ではない。自分だ。

主寝室のバスルームまで来たところで彼女に言った。「少し待っててくれ」

中に入ってドアを閉め、シャワーの栓をひねってから服を脱ぎ、熱い湯の下へ行く。シャワーの水しぶきが感じられない。傷のある顔さえ無感覚だ。酔ったとは思っていたが、やはり飲みすぎたようだ。

シャワーから出ると、ディヴァイナがタオルを手に待っていた。彼女に任せたほうが体はきれいに拭かれただろうが、そうはさせず、普段は裸で寝るのにパジャマのズボンをはいた。

ふたりはベッドに入って枕を並べた。しかし、互いの体には触れなかった。テレビの明かりが、暖炉の炎のように青く揺らめいている。ふと、寝室の壁も溶け落ちるのではないかと狂気に駆られた。だがそんなことはなく、壁はそのままだ。

テレビではジンジャーとフレッドが、ドレスと燕尾服《えんびふく》の尾をひるがえして踊り回っている。

自分がソファで正体をなくしていたのはほんの短いあいだだったのだろうか。それとも、これがどのチャンネルであれ、同じ映画をずっと流しているのか。

「何があったの？」ディヴァイナが尋ねた。

「クラブで喧嘩になっただけだ」

「相手はジムじゃないわよね？」

「彼は味方側だ」

「そう、よかった」沈黙のあとに彼女が問いかける。「お医者様に診てもらう必要はない？」

「いや、いい」

さらに沈黙が続いた。「ヴィン……さっきはなんの夢を見ていたの？」

「眠ろう」

ディヴァイナがテレビを消そうとリモコンに手を伸ばすと、彼は言った。「つけておいてくれ」

「いつも眠るときは消すでしょう」

フレッドとジンジャーが息を合わせて、目をそらすことができないかのように視線を絡めあって踊るのを見つめ、ヴィンは眉間にしわを寄せた。「今夜は別だ」

16

翌朝、ジムはドアが叩かれる音で目を覚ました。

泥のように眠っていても頭は即座に覚醒し、四〇口径の銃口をドアへ向けていた。家の正面の大きな窓とキッチン・シンクの上にある小さなふたつの窓はブラインドが閉めてあり、誰が訪ねてきたのかを示す手がかりは何もなかった。

自分の過去を考えると、友人以外の者かもしれない。

彼にくっついて体を丸めていたドッグが頭をもたげ、問いの代わりに小さく吠えた。

「さあな。誰だろう」ジムは上掛けを払いのけ、裸のまま正面の窓に近づいた。ブラインドをわずかに押し広げて外を見ると、私道にBMWが停まっていた。

「ヴィンか？」ジムは声を張りあげた。

「そうだ」くぐもった返答があった。

「待ってくれ」

ジムはベッドの支柱にさげたホルスターに拳銃を戻し、ボクサーパンツをはいた。

ドアを開けると、ヴィン・ディピエトロがひどい姿で立っていた。シャワーを浴びてひげを剃り、金持ち流のカジュアルウェアに着替えてはいるが、顔面は殴られて変色し、険しい表情だ。

「ニュースを見たか？」ヴィンが尋ねる。

「いいや」ジムは後ろへさがって相手を中へ通した。「どうしてここがわかった？」

「チャックに住所をきいた。電話をすればよかったんだが、きみの番号はチャックも知らなくてね」ヴィンはテレビに近づいてスイッチを入れた。チャンネルを替えるヴィンにドッグが寄っていき、くんくん匂いを嗅いでいる。

審査にパスしたらしく、ドッグはヴィンのローファーの上にちょこんと座った。

「くそっ、見つからないな……さっきまでローカルニュースはあれ一色だったんだが」ヴィンがつぶやく。

ジムはベッド脇のデジタル時計に目をやった。七時十七分。六時にアラームが鳴るはずなのに、セットし忘れたらしい。「なんのニュースだ？」

そのとき『トゥデイ』で最新のローカルニュースが流れだし、コールドウェル・テレビ局の美人アナウンサーもどきが深刻な顔でカメラを見据えた。

「今日未明、十番ストリートの千八百ブロックで発見された若い男性ふたりの遺体の身元が判明しました。ブライアン・ウィンスローとロバート・ノームズ、年齢はどちらも二十一歳です」ブロンド頭の右側に、ジムとヴィンがかわいがってやった大学生たちの写真が現れる。「ふたりは銃で撃たれており、今朝四時頃、クラブ帰りの客が遺体を見つけました。警察署の発表によりますと、ふたりはコールドウェル州立大学のルームメイトで、地元で人気のクラブ〈アイアン・マスク〉へ出かけるところを最後に目撃されています。容疑者はまだ特定されていません」カメラのアングルが変わり、アナウンサーはそちらのカメラへ視線を転じた。「次のニュースです。ピーナッツバターの新たなリコールが……」

ジムを振り返ったヴィンの顔つきは冷静だったので、警察沙汰もどうやら初めてではないらしい。「通路の端から喧嘩を見ていた、口ひげに眼鏡の男が問題になるかもしれないな。われわれは犯人じゃないが、警察に通報されれば面倒なことになる」

たしかにな。

ジムは食器棚からインスタントコーヒーを取りだした。瓶の底に残っている量はひとり分には足りない。ふたり分には言わずもがなだ。まあいいか、どのみちくそまずいのだから。

瓶を戻して冷蔵庫へ行き、からっぽなのに開けてみた。

「おい、聞いてるのか、ジム？」

「聞いてる」学生たちが撃ち殺されたことにジムは焦りを覚えていた。喧嘩に巻きこまれるのはかまわないが、銃殺事件への関与が取り沙汰されるのはまずい。地方警察レベルなら彼の偽名がばれることはないだろう。何せ彼が持っている偽の身分証は合衆国連邦政府お手製だ。とはいえ、こちらはかつてのボスから逃げ回っている身だ。地元の警察署に殺人容疑で目をつけられれば、ただちにやつのレーダーに引っかかる。

「おれはできるだけ穏便にすませたい」ジムは冷蔵庫のドアを閉めて言った。

「同感だ。だが、あのクラブのオーナーは、その気になればすぐにぼくを探しだせる」

そうだったな。ヴィンは助けてやった売春婦に名刺を渡していた。黒のダッフルバッグが彼女のものだとして、名刺を捨てていなければ連絡先はそこにある。

ヴィンは腰をかがめてドッグの耳の裏をかいてやっている。「捜査でわれわれの名前が挙がらないようにするのは無理だろう。弁護士が必要なら、うちに優秀なのがいるぞ」

「だろうな」面倒なことになった。街から姿をくらますわけにもいかない。ヴィンの未来がここコールドウェルでどう転ぶかわからないというときに。

泣き面に蜂だな。

ジムはドアが開けっぱなしのバスルームを顎で示した。「おれはシャワーを浴びたら仕事に出かける。建設中の家の主《あるじ》がこうるさいやつでね」

ヴィンは半笑いを浮かべて顔をあげた。「奇遇だな。ぼくのボスも同じタイプだ。ただし、ぼくのボスはぼく自身だが」

「自覚はあるんだな」

「きみよりはね。ところで、今日は土曜だぞ。現場へ行く必要はない」

土曜。くそっ、曜日の感覚がすっかり麻痺していた。「週末は嫌いだ」ジムはぼやいた。

「ぼくもだよ。だから普段どおりに働いて過ごしている」ヴィンは部屋を見回し、ふたつの洗濯物の山に目をとめた。「することがないなら洗濯をすればいい」

「必要ない。汚れてるのは右側の山だけだ。左側はきれいだぞ」

「なおさら洗うべきだ。山が崩れてまざりかけてる」

ジムはゆうべはいていたジーンズを拾いあげ、汚れ物の山の上に放った。

「何か落ちたぞ」ヴィンがかがんで小さなゴールドのイヤリングを拾いあげる。木曜の夜から前ポケットに入れたままだったやつだ。「どこでこれを？」

「〈アイアン・マスク〉の裏の駐車場だ。落ちてた」

さも高価なものでも見るように、ヴィンの目は原価二ドル、売値十五ドル程度のイヤリングに釘付けになった。「ぼくが預かってもいいか？」

「好きにしてくれ」ジムはためらってから尋ねた。「ゆうべ帰宅したとき、ディヴァイナは家に戻ってたのか？」

「ああ」

「仲直りしたか？」

「まあな」ヴィンはイヤリングを胸ポケットに滑りこませた。「ゆうべ、きみがあの学生をおとなしくさせるのを見たが――」

「ディヴァイナの話をするのはいやか」

「彼女とのことは、ほかの誰のでもなくぼく自身の問題だ」ヴィンの目がすっと細くなる。「きみは戦闘訓練を受けている、そうだろう？　それも、ショッピングセンターかどこかに入ってる道場で学んだ程度ではない」

「警察から何か情報が入ったら知らせてくれ」ジムはバスルームに入ってシャワーの栓をひねった。

水道管がうなってきしみ、シャワーから弱々しく水が出てプラスチックのフロアを叩く。「ドアの鍵は開けっぱなしでいい。ドッグとおれの心配は無用だ」

洗面台の上にある小さな鏡の中でヴィンと目が合った。「きみには隠された正体がありそうだな」

「誰だってそうだろう」

何か恐ろしいことを思い出したかのように、ヴィンの顔がさっと曇った。

「どうした？」ジムは眉根を寄せた。「幽霊でも見たような顔だぞ」

「ゆうべ、悪夢を見た」ヴィンは髪に指を走らせた。「そのせいで寝覚めが悪かっただけだ」

ジムの頭の中でふいにヴィンの声がよみがえった。〝悪魔を信じるか？〟

ドッグがくんくん鳴きながら前脚を引きずってふたりのあいだを行ったり来たりし始める中、ジムはうなじの毛が逆立つのを感じた。「誰の夢だったんだ」

それは質問ではなかった。

ヴィンはこわばった笑い声をあげ、コーヒーテーブルに名刺を置いてドアへ向かった。「さあ。誰だかはわからなかった」

「ヴィン……話してくれ。ゆうべ帰宅してから何があった？」

ヴィンが階段の踊り場へ足を踏みだすと、陽光が室内に流れこんできた。「警察が接触してきたら連絡する。きみもそうしてくれ。ぼくの名刺はそこにある」

この話題は深追い禁止というわけか。「わかった。そうしよう」ジムは自分の携帯電話の番号を伝えた。ヴィンは書きとめもせずにそらで覚えたが、驚くことでもないだろう。「それから、あのクラブには当分近づかないほうがいい」

この方程式に刑務所の鉄格子を足しても事態が好転しないのはキリスト様もご存じだ。それに、あのダークブラウンの髪の売春婦を見るヴィンの目つきは、ディヴァイナにこそ向けるべきものだった。よって、あの娼婦に近づく機会はないほうがいい。

「また連絡する」ヴィンはそう言ってドアを閉めた。

ジムは木製のドアを見据えた。重い足音が階段をくだり、パワフルなエンジン音が響く。ＢＭＷが砂利敷きの私道を走り去ったあと、ジムはドッグを外に出してやり、半ガロンの熱湯タンクがからになって冷水になる前に急いでシャワーを浴びた。

石鹸で体を洗いながら、ヴィンのゆうべの質問がふたたび頭にこだまする。

〝悪魔を信じるか？〟

街の反対側では、マリー＝テレーズがソファに座り、観てもいない映画に目を向けていた。これで……四本目？　それとも五本目だったかしら？　ゆうべは眠っていない。枕に頭をのせようともしなかった。

ヴィンのことが頭から離れなかった……あの異様な声でしゃべる彼の姿が。〝彼がやってくる。彼がやってくる〟

ロッカールームでヴィンがあの奇妙なトランス状態に入ったとき、その口から出てきたメッセージにはぞっとしたが、彼の取り憑かれたような目はさらに怖かった。そしてマリー＝テレーズの最初の反応は、〝いったい何を言ってるの？〟ではなかった。彼女はとっさに思った。〝あなたがなぜ知ってるの？〟

混乱して、どうすればいいのかわからず、彼女はロッカールームを飛びだした。そしてヴィンの友人にあとのことをお願いした。

マリー＝テレーズは手にした名刺を見おろした。裏返すのはもう百度目になるだろうか、そこに書かれた言葉を見つめる。〝すまなかった〟

わざわざ謝ってくれるなんて――。

すぐ横でいきなり鳴りだした着信音に飛びあがり、名刺が宙に舞う。

息をつき、ソファの上の携帯電話を手に取ったが切れてしまった。よかった。誰かと話す気分ではないし、たぶんただの間違い電話だ。

電話はこの携帯電話しかない。キッチンにある電話機はコードが壁につながっているが、決して鳴らない。回線をつないでいないからだ。固定電話はどれだけ番号を秘密にしても、携帯電話より情報が漏れやすい。そして、マリー＝テレーズは自分の情報が表に出ないよう細心の注意を払っていた。賃貸住宅の物色中、月々の家賃に公共料金が含まれている物件のみに絞ったのもそれが理由だ。そういう物件なら、請求書は家主宛のままで、借主に名義変更をすることはない。

携帯電話をおろし、過去を、マークから逃げようとする前の暮らしを振り返った。あの頃、息子の名前はショーンで、彼女の名前はグレッチェン。ふたりのラストネームはカプリチオだった。

そして彼女はクラブのジーナと違い、本物の赤毛だった。

マリー＝テレーズ・ブードローは、名前も中身も偽物だ。唯一本当なのはカトリック教徒であることだけ。ああ、それと弁護士と私立探偵への負債も本物だ。

夫の正体が判明して生活が破綻したとき、彼女には証人保護プログラムを受ける選択肢もあった。だが警察は買収できる——それは誰あろう元夫とその仲間から教わったことだ。だから地方検事とともに自分がすべき務めを果たし、マークが有罪を認めると、彼女は正式に自由になり、ラスベガスからできる限り遠くへ逃れた。

その道々、名前を変えることを息子に説明するのは本当につらかった。理解できないのではないかと心配したが……説明を始めると、息子は彼女を止めた。なぜその必要があるのか、息子は正確に理解しており、ぼくたちのことがだれにもわからないようにするためだよねと言った。

幼い息子の物わかりのよさに、彼女の胸は張り裂けた。

着信音がまた鳴りだし、マリー＝テレーズは携帯電話を取りあげた。この番号を知っているのはごくわずかだ。トレズ、ベビーシッターの人たち、あとは〈コールドウェル・シングルマザー支援センター〉だけ。

電話はトレズからで、電波の状況がよくないから移動中なのだろう。

「何かあったの？」彼女は尋ねた。

「ニュースを見たかい？」

「映画チャンネルをつけっぱなしだったわ」

トレズが話を始め、マリー＝テレーズはリモコンを取ってローカルのNBC局に切り替えた。『トゥデイ』をやっているだけ――。

最新のローカルニュースが流れだし、彼女の背中は一瞬で凍りついた。

「わかったわ」トレズに返事をした。「ええ、そうね、もちろんよ。いつ？　オーケー、そっちへ行けばいいのね。ありがとう。それじゃあ、またあとで」

「どうしたの、ママ？」

振り向く前に、表情をしっかりと繕う。ようやく向き直った彼女は、パジャマ姿で毛布を床に引きずっていると、ロビーは七歳ではなく三歳くらいに見えると思った。

「別に。何も問題ないわ」

「ママはいつもそういうよ」近づいてきてソファによじ登る。彼女がリモコンを渡しても、ロビーは子ども向けのチャンネルに替えなかった。テレビに目をやりさえしない。「ママ、どうしてそんなかおしてるの？」

「そんな顔って？」

「わるいときがもどってきたみたいなかお」

マリー＝テレーズは体を寄せて息子の頭にキスをした。「大丈夫よ。あのね、ちょっと仕事で出かけないといけないの。スージーか、レイチェルか、クイネーシャに来てもらうわね」

「いますぐ？」

「ええ。でも、その前に朝食を用意してあげる。フロストフレークでいい？」

「いつかえってくる？」

「ランチの前には戻るわ。遅くても、ランチのあとよ」

「わかった」

キッチンへ向かいながら〈コールドウェル・シングルマザー支援センター〉のベビーシッター・サービス係に電話をかけ、呼び出し音が鳴りだすと祈りの言葉をつぶやいた。留守番電話に切り替わり、メッセージを残してボウルにシリアルを振り入れる。

手ががたがた震えているおかげで、シリアルはかえってスムーズに箱から出た。

クラブで絡んできたあのふたりの大学生が死んだ。駐車場の裏の路地で銃殺された。遺体を発見したクラブの客は、ふたりがマリー＝テレーズにつきまとっているのを目撃したと話し、警察は彼女に対して事情聴取を求めている。

牛乳を取りだし、単なる偶然よと自分に言い聞かせた。ダウンタウンでは毎日のように凶悪な強盗事件が起きている。それに、あのふたりは明らかにドラッグを使用していた。売人とトラブルがあったのかもしれない。

どうか自分とは無関係でありますように、とマリー＝テレーズは心の中で祈った。どうか過去の暮らしに追いつかれたのではありませんように。

ヴィンの声が胸にさざ波を立てた。〝彼がやってくる……〟

恐怖のあまり正気を失わないよう、彼女は心の扉をぴしゃりと閉ざした。あと三十分もしないうちに警察の事情聴取を受けることになっているのだ。ただのダンサーで通しきれるとトレズは自信があるようだったが、もし……売春容疑で逮捕されたら？

そう、これも元夫から教わったことだ。ぐらつく地盤に暮らしを築くと、警察に目をつけられたとたん、壁が崩れて生き埋めになる。

のちにわかったことだが、実際、マークが住居をあちこち変えていた理由はそれだった。彼とその仲間は〝建築業のクライアント〟をたびたび葬り、地元警察のみならず連邦捜査局《FBI》にまで追われていたのだ。マリー＝テレーズにとって唯一の救いは、妻でしかなかったため、夫たちが何をしていたのか、まったく聞かされていなかったことだ。一方、彼の犯罪を知っていた愛人は共犯として起訴された。

なんという混乱だったことか。そして、それは今も尾を引いている。

マリー＝テレーズはシリアルのボウルを運び、テレビを観ながら食べられるよう、小さなトレイテーブルを出してやった。心臓がどくんどくんと音をたて、息子に聞こえないのが不思議なくらいだが、表面上はなんでもないふりを必死で装った。

とはいえ、ロビーにはお見通しだったらしい。「またおひっこしするの、ママ？」

テーブルの折りたたまれた脚を開く途中でぴたりと動きを止めた。息子には嘘をつかないようにしている――できるだけ――けれど、どう言えば息子を傷つけずにすむだろう。

どう言ったって、傷つけるに決まっている。

携帯電話がまた鳴りだし、ベビーシッターからの電話に出る前に息子を見あげた。

「わからないわ」

17

ヴィンはコールドウェル郊外から街中へと自動操縦の機械のように車を走らせながら、学生たちの死と夢で見たディヴァイナのおぞましい姿と、自分をより悩ませているのはどちらだろうと思案した。

警察が〈アイアン・マスク〉へ聞き込みに行くのは間違いない。通路で起きた喧嘩の話が出たら、監視カメラの映像提出を求めるだろう。そうなったら悪い知らせだ。手のみならず、ナイフまで先に出したのは向こうだが、こちらが今も息をしているのに対して、あちらのふたりは今や冷たくなり、心臓は止まっている。

一方、あの恐ろしい悪夢は……あれはまるで現実のように感じられた。骨の出た手で押さえつけられる感触が今も肩に残っている。思い返しているとズボンの中でペニスが縮みあがり、股ぐらの奥で冬眠に入りそうになる。

〝あなたは取引をし、わたしがあなたの人生にもたらしたものをすべて手に入れ、食らい、飲み干し、抱いた。すべてわたしが与えたものよ。あなたはわたしに借りがある〟

取引？　なんのことだ？　ヴィンが知っている限り、ディヴァイナとは取引など一切していない。彼女以外の誰ともだ。

いずれにしろ、夢で見ただけのことだ。それを反駁《はんばく》するとは、どうかしている。ディヴァイナとは別れよう、できるだけ早く。それが結論だ。何も潜在意識が彼女を拒絶しているからではない。ディヴァイナとの関係は愛に基づくものではなかった。情熱に基づくものですらない。情熱とは、セックスを通した魂の結びつきだ。それなのに、何度彼女を抱こうと結びつくのは体だけだ。

それで充分だと思っていた。それこそが自分が求めているものだと思っていた。だが、プロポーズの言葉を口にできないのは、何かがおかしいと感じていたからだ。

そしてマリー＝テレーズの目を見つめたとき、ついに確信した。

もちろん、だからといってマリー＝テレーズとふたりで夕焼けに向かって車を走らせ、めでたしめでたし、ということにはならない。彼女に対する反応は、自分の結婚相手だと思っていた女性とのあいだに多くのものが欠けていることをヴィンに教えた。結婚相手だと思っていた。すでに過去形で考えているぐらいだ、やはりディヴァイナとの関係はもう終わっている。

道路に意識を戻したヴィンは、どこにいるのか気づいて悪態をついた。オフィスへ向かうつもりだったのに、ここはトレード・ストリートだ。〈アイアン・マスク〉の前に差しかかると、彼は減速した。クラブの向かいの道路にはパトカーが二台停車し、入り口の前には制服警官が立っている。

ここは通り過ぎるのが賢明だ。

ヴィンはそうした。とりあえずは。

次の通りに入ると左折し、ぐるりと回ってクラブ裏手の駐車場へ向かう。駐車場の入り口の手前で車を停めた。店の裏には警察車両がさらに数台停まり、路地の先では黄色い立ち入り禁止テープでビルのあいだが封鎖されている。

あそこが殺人現場か。

クラクションの音がして、ヴィンはバックミラーに目をやった。後ろにダークグリーンのトヨタ・カムリが来ていて……マリー＝テレーズが運転席にいる。

ヴィンはギアをニュートラルに入れてサイドブレーキを引き、車からおり立った。彼女の車へ向かうと、ウィンドウがさげられた。これはいいサインだ。

髪をポニーテールにまとめ、赤いタートルネックにブルージーンズの彼女はなんと新鮮なのだろう。化粧をすっかり落としていると、顔立ちの美しさがよくわかる。ヴィンはウィンドウへ顔を寄せた。漂ってきたのは香水の香りではなく、日だまりを思わせる柔軟剤の匂いだ。

彼は深々と息を吸いこんだ。肩の力が抜けるのはいつ以来か……記憶にさえない。

「あなたも呼ばれたの？」マリー＝テレーズが彼を見あげて尋ねる。

ヴィンは首を振りながら答えた。「警察にか？　いや、まだだ。きみはこれから行くところなのか？」

彼女がうなずく。「三十分前にトレズから電話があったの。シッターを手配できて助かったわ」

「シッター？」ヴィンはハンドルを握るマリー＝テレーズの手にすばやく目を向けた。結婚指輪はしていないが、ボーイフレンドがいるのかも……いや、どんな男が自分の女に体で稼がせる？　もしも彼女が自分のものなら、客はヴィンひとりだけだ。

待てよ……彼女は店で売春していることを警察にどう説明するんだ？

「必要なら、腕のいい弁護士を知ってる」今日は朝から自分の弁護士を売りこんでばかりだな。「警察に話をする前に弁護士をつけたほうがいいんじゃないか。ここでのきみの――」

「わたしなら大丈夫よ。トレズは心配していないし、彼が心配し始めるまではわたしも平気」

彼女が視線をさまよわせ、すでに逃げ道は考えてあるのだろうと見て取れた。それがどんな手段かはアインシュタインでなくとも察しがつく。まずいことになったら、街から姿を消すつもりなのだ。彼女がいなくなると思うと、ヴィンはなぜか心の底から動揺した。

「中へ入らないと」マリー＝テレーズは彼の車のほうへ頭を傾けた。「あなたの車、駐車場の入り口をふさいでいるわ」

「ああ、すまない」ヴィンはためらった。

彼女に尋ねなければならない問いが喉をふさぐ。今ここできくことではないのかもしれないが、今でなければいつきくのだ？

「通してもらえるかしら」

「ゆうべ、ぼくはきみに何を言った？　ロッカールームで。ぼくが、その……」彼女の顔から血の気が引き、ヴィンは自分を殴り倒したくなった。「ぼくがききたいのは――」

「ごめんなさい、本当にもう行かなきゃ」

くそっ、この話を持ちだすべきではなかった。

無言で悪態をつき、別れの挨拶代わりに車の屋根をこつんと叩いて自分の車へ戻った。ＢＭＷに乗りこむと、ギアを一速にしてクラッチを入れ、車をどかした。ゆっくりと引き返し、彼女が車を頭から停めて出てくるのを眺める。

マリー＝テレーズが通用口へ向かうと、オーナーがドアを開け、警護官のようなそぶりで駐車場に視線を走らせた。ＢＭＷに目をとめ、ヴィンがそこにいるのを最初から知っていたかのごとくうなずく。突然、ヴィンはこめかみに痛みを感じた。何かが頭の中へ押し入ってこようとしているみたいに圧迫され、いきなりあらゆる思考がぱっと散らばった。まるでテーブルの上で表向き、裏向きと飛んでいくトランプのカードだ。

それは始まったかと思うとすぐに終わり、彼の心はエースからジョーカーまできれいに並んで整理されていた。

ヴィンは額にしわを寄せて頭をさすった。トレズはこわばった笑みを浮かべてマリー＝テレーズに向かって何か告げ、彼女がＢＭＷを振り返る。トレズと中へ引っこむ前に彼女は手をあげて小さく振り、その後ドアが閉まった。

雨が降りだし、ヴィンの車のワイパーが自動で作動した。ワイパーが上下に動く。

ここからヴィンのオフィスは遠くない。ほんの五分だ。そして、会社でやるべき仕事はいくらでもある。建築計画の再検討。承認申請提出前の許可出し。無効化が必要な土地や建物の売買の申し出。委託先の監査。請負業者同士のもめごとの仲裁。

仕事は山ほどある。

それなのに自分は、犬ころのように、マリー＝テレーズが出てくるのをここで待とうとしている。

情けないものだ。

ヴィンは車を出して〈アイアン・マスク〉をあとにし、川沿いの超高層ビルへ向かった。彼のオフィスが入っているのは、コールドウェル一高くて新しいビルだ。入庫カードを滑らせて地下駐車場へと進み、指定の場所に車を停めてエレベーターに乗りこんだ。法律事務所や会計事務所、大手保険会社が入ったフロアを通過して上昇する。

四十四階に到着し、ドアが開いた。ヴィンはエレベーターをおりて受付デスクをつかつかと通り過ぎた。受付デスク裏の漆黒の壁上方には彼の会社の名前が金字で記され、下からライトが当たっている。

〈ディピエトロ・グループ〉

グループだなんて、とんだ大嘘だ。ここにデスクのある従業員はおよそ二十人いるし、毎週ヴィンから給料をもらっている請負業者と作業員は数百人にのぼるが、この会社は彼ひとりのものだ。

自分のオフィスまで豪華な黒い絨毯を踏みしめながら進むと、一歩ごとに力が増すのを感じた。この会社のことならすべて把握している……建築物と同様に、一から築きあげ、今では実績でも規模でも他の追随を許さない。

奥のオフィスにたどり着いて照明のスイッチを入れると、ヴィンが自ら厳選したタイガーウッドの羽目板が、太陽光のごとく照り輝いた。黒いデスクの中央にはマニラ封筒が一通置かれている。ああ、とヴィンは思い出した。トム・ウィリアムズも彼に勝るとも劣らない仕事中毒だったな。

腰をおろして封筒を開け、折りたたまれた土地の調査書を中から取りだすと、契約が成立したばかりの百エーカーかそこらの三区画用の図面を満足げに眺めた。複数の牧場を買い取ったこのプロジェクトは傑作となるだろう。今は馬しかいないコネチカットの広大な土地に、百五十軒の高級住宅が立ち並ぶのだ。ターゲットはグリニッジのような高級住宅地に住むためなら、通勤に車で四十五分かかるのも厭《いと》わないスタンフォードの住民だ。

建設工事請負業者の入札価格がヴィンの望むところに落ち着き次第、取り壊しと建設に取りかかる。土地にはなんの問題もなく、低い地下水面は、春になるたび地下のワインセラーが浸水する恐れがないことを意味し、水道・電気・下水道の施設を地域全体にまとめて埋設できる。彼の邸宅建設地と同様、まず牧場の建物類はすべて解体するが、個性を残すために石塀はそのままにする――土地開発の邪魔にならなければ。

このプロジェクトは万事順調で、何より一帯の土地をまとめて買い叩くことができた。牧場経営が難しいこの時代に、ヴィンは充分に妥当な金額を提示した。しかも地元の不動産業者との交渉にはトムを送りこんだのだ、相手に勝ち目はなかった。

トムはヴィンの懐刀だ。ハーバード大学で経営学修士《MBA》を取得し、目的のためなら手段を選ばないくせに、その顔は十二歳の子どものようなベビーフェイスときている。虫も殺しそうにない顔で環境保護派のふりをして土地を守りますと口約束を交わし、平気でがんがん土地を開発する。

トムも初めのうちは指導してやる必要があったが、金が入るようになると、水を得た魚のようにうまくこなすようになった。

何度もふたりで繰り返し、今ではすっかりお決まりの手順だ。まずトムが地球環境に優しげなことを並べて土地の権利者を懐柔し、次にヴィンが金を動かして開発許可を取得し、建設方面全般を片づける。ハドソン川沿いの地所もまさにこの手で獲得し、古い狩猟小屋が四軒立っていた十エーカーの土地は今やヴィンの邸宅建設地となった。

自邸用の場所はどこでも好きなところを選べたが、不動産業の黄金律に従ってあの半島に決めた。つまり、何はさておきロケーションだ。地震で西海岸からカリフォルニアが削り取られるか、アラスカの氷がすべて溶けるかしない限り、水辺《ウォーターフロント》の土地がこれ以上増えることはない。それに、物件の転売も視野に入れておかなければ。

数年もすれば建設中の邸宅より、さらに広く、さらに豪華な住まいがほしくなるのは織りこみ済みで、その際はふたたびベビーフェイスのトムに話をすることになるだろう。〈コモドール〉のメゾネットもトムが買うことになっている。

次の世代への引き継ぎは上に立つ者の役目だ。

ヴィンはコネチカットのプロジェクトを進めるべく、受話器を持ちあげて自分の右腕に電話をかけた。

「ご足労いただき、ありがとうございました。今のところ、おうかがいしたいことは以上です」

クラブのベルベットのソファに座り、マリー＝テレーズは困惑顔でトレズにちらりと目をやった。隣に腰かけているトレズは、組んでいた脚をほどいて立ちあがりかけている。警察の事情聴取があっさり終わったことにも驚いていない様子で、まるで通り一遍のことを手短にきくだけにしろと警察官に前もって指示していたかのようだ。

彼女は警察官に視線を戻した。「もういいんですか?」

警察官は手帳を閉じ、頭痛がするのか、こめかみをさすっている。「捜査担当のデ・ラ・クルス刑事があとでさらにお話を聞くことになるかもしれませんが、あなたにはなんの嫌疑もかかっていませんので」トレズに向かってうなずく。「ご協力に感謝します」

トレズは微笑を浮かべた。「監視カメラが作動していなくて申し訳ない。お話ししたとおり、この数カ月、修理しなければとは思っていたのですが。作動不良の記録でしたら提出できますよ」

「拝見しましょう……」警察官は左目をこすった。「しかし、あなたがおっしゃったように、隠すことは何もないわけですし」

「何ひとつありません。先に彼女を見送ってきますので、そのあと、事務所へ行きましょう」

「わかりました。ここでお待ちしています」

トレズと部屋を出て通路を歩きながら、マリー＝テレーズは小さな声で言った。「信じられない、あれで終わりだなんて。わたしがここへ来る必要もなかったんじゃないかしら」

トレズは通用口のドアを開け、彼女の肩に手を置いた。「言っただろう、ぼくに任せておけと」

「そして、実際になんとかしてくれた」マリー＝テレーズは駐車場へ目を走らせ、戸口で躊躇《ちゅうちょ》した。「ヴィンが来ていたのを見たんでしょう」

「それが彼の名前かい？」

「そう名乗っていたわ」

「きみは、彼がいると落ち着かないみたいだね」

ええ、いろいろなところが。「あなたは彼とその友だちがやったとは考えていないのね」

「殺人を？　まさか、彼らは犯人ではない」

「どうしてそこまで言いきれるの？」彼女はハンドバッグから車のキーを取りだした。「だって、あの人たちのことは何も知らないでしょう。ひょっとしたら、あのあと引き返してきて……」

自分で言いながらも、マリー＝テレーズ自身もその言葉を信じてはいなかった。ヴィンとその友だちが殺人犯だとは思えない。殺された大学生たちと喧嘩したのはたしかだが、それは彼女を守るためで、相手が大怪我をする前にやめている。それに、ヴィンはそのあとしばらく彼女とロッカールームにいた。

もっとも、撃たれたのがいつかはわからないけれど。

トレズが体を寄せ、彼女の頬をそっと撫でた。「そこまでだ。ヴィンも彼の友人も、きみが心配するような男たちじゃない。ぼくは人を見る目があってね。外れたことは一度もない」

マリー＝テレーズは眉根を寄せた。「監視カメラが壊れていたって話は嘘よね。あなたが放置しておくはずが――」

「彼らはぼくの留守中にきみを守ってくれた。だからぼくも彼らを助ける」トレズは彼女に腕を回して車へと連れていった。「きみのヴィンに会ったら、心配はいらないと伝えてくれ。こっちはぼくがうまくやっておく」

冷ややかなまぶしい日差しにマリー＝テレーズはまばたきした。「彼はわたしのものじゃないわ」

「知ってるよ」

彼女はトレズを見あげた。「どうして彼をそこまで信用できる——」

「心配するのはやめて、ぼくを信じることだ。特にきみに関しては、彼の心に穢れはない」

しかしマリー＝テレーズは過去の経験から、他人の言葉は信用ならないことを学んでいた。彼女が耳を傾けるのは胸の真ん中にある防犯ベルだ。トレズの目をのぞきこんでみても、彼女の防犯ベルはしんとしている。つまり、トレズは自分の言っていることに確信があるのだ。なんの裏付けがあるのかは見当もつかないけれど、みんなが言うようにトレズは……事情を探りだし、トラブルを解決する独自の方法を持っているらしい。

だから警察も、トレズが見せたくないものは見ることができないし、大学生ふたりを殺したのもヴィンではないのだろう。

そうとわかっても、心から安堵はできなかった。

〝彼がやってくる……〟

トレズは彼女に代わって車のドアを解錠し、キーを返した。「今夜は休みを取ってくれ。きみもこたえただろう」

車に乗りこんでエンジンをかける前に、彼を見あげて一番恐れていることを口にした。「トレズ、もし、この殺害事件がわたしに関わっていたとしたらどうする？　彼らがわたしといるところを、ヴィン以外の何者かが見ていたのだとしたら？　もしも……彼らが撃たれたのはわたしのせいだったら？」

彼女のボスの目が鋭くなった。まるでトレズに話していないこともひとつ残らず知っているかのようだ。「きみの知り合いに、そういうことをしそうなやつがいるんだね」

〝彼がやってくる……〟

どうしよう、トレズはマークのことを知っているのだ。きっとそうだ。マリー＝テレーズは怯えながらも無理やり否定した。「いいえ、いないわ。そんな知り合い、わたしにはいない」

トレズの浮かべた表情は、不服ながらも彼女の嘘を尊重すると告げていた。「その返事を変える決心がついたら、ぼくに相談してくれ。それから、街を出ることにした場合も、今の話が原因なのかどうか教えてほしい」

「わかった」そう返事をする自分の声が聞こえた。

「結構だ」

「でも、今夜十時にまた来るわ」彼女はシートベルトを締めた。「仕事をしなきゃ」

「止めはしないが賛成もしない。きみのヴィンに会ったら、心配はいらないと伝えるのを忘れないでくれ」

「だから、彼はわたしのものじゃないってば」

「そうだね、運転に気をつけて」

マリー＝テレーズは運転席のドアを閉めてカムリをスタートさせ、車をバックさせた。トレード・ストリートに出ると、フリースのポケットに手を入れた。

ダッフルバッグの中で見つけたヴィン・ディピエトロの名刺を取りだし、今朝の彼の姿を思い返す。殴られた顔は青あざになっていたが、理知的な目には気遣いがにじんでいた。

おかしなものよね。彼が何者かということより、彼に何を知られているかのほうが怖いなんて。

ゆうべの展開はテレビドラマ『X‐ファイル』のエピソードめいていたけれど、彼女は女性捜査官スカリーと同じで、超常現象を信じないタイプだった。占星術でさえ信じないのに、成人男性がいきなり交信《チャネリング》して宇宙か何かからのメッセージを口にするなんて、信じるわけがない。

少なくとも、普段は。

ロッカールームでヴィンの身に起きたことを夜通し頭の中で再生し、たとえ信じられなくても現実の場合があるのだろうかと、考え始めている自分にマリー＝テレーズは戸惑っていた。トランス状態のあいだ、彼はずっと恐慌をきたしていた。そして、先ほどの態度がアカデミー賞ものの名演技だったのでなければ、彼はゆうべ自分が何をしゃべったのか本当にわかっておらず、どういう意味だったのか心から気にしていた。

ハンドバッグから携帯電話を取りだし、名刺の一番下にある番号にかけた。番号の横には、携帯電話ともファックスとも書かれていない。呼び出し音が鳴りだしてから、今日は土曜日なのを思い出した。オフィスの番号なら留守番電話に切り替わるだろう。なんてメッセージを残せばいい？

〝もしもし、わたしは売春婦をやっている者です。ゆうべミスター・ディピエトロに助けてもらったのですが、うちのポン引きがすべて処理してくれるそうなので、それをお伝えしようと思ってお電話しました。路地で見つかった死体のことは何も心配なさらないでください〟

完璧じゃない。アシスタントがこのメッセージを付箋でヴィンのデスクに貼っておいたら、彼はさぞ喜ぶだろう。

携帯電話を耳から離し、通話終了ボタンに親指を――。

「もしもし？」男性の声が応答した。

マリー＝テレーズはあわてて携帯電話を耳に当てた。「もしもし？　あの……そちらにミスター・ディ――」

「マリー＝テレーズ？」

なんて危険な深みのある声だろう。聞き惚れて、うっかり〝いいえ、グレッチェンよ〟と言いそうになってしまった。「え、ええ。お忙しいのにごめんなさい――」

「いいや、電話してくれてうれしいよ。何かあったのかい？」

彼女は眉間にしわを寄せ、ウィンカーを出した。「いいえ。ただお知らせしておきたいことが――」

「今どこにいる？　まだクラブかい？」

「ちょうど出たところよ」

「朝食はもう食べたか？」

「いいえ」ああ、どうしよう。

「〈リバーサイド・ダイナー〉は知ってるかな？」

「ええ」

「五分後にそこで会おう」

彼女はダッシュボードの時計に目をやった。ベビーシッターは正午まで家にいてくれるから、時間はたっぷりある。だが自分は今、いったいどんな種類のドアを開けようとしているのだろう。ヴィンから逃げたい気持ちが胸の大半を占めている。彼はハンサムすぎるし、彼女の好みのタイプすぎる。そして過去から学ばなければ自分は愚か者だ。

でも、と思い直した。逃げだすことはいつでもできる。そうよ、どのみちコールドウェルの街からは出ていくつもりでしょう。

〝彼がやってくる……〟

その言葉がヴィンと会うよう背中を押した。強烈な魅力に惹かれる心配はともかく、彼が何を見て、どうしてあんなことを言ったのか、それを知りたい。

「いいわ。じゃあ、ダイナーで会いましょう」通話を終了し、反対側のウィンカーを出し、コールドウェルのランドマークのひとつへ向かった。

〈リバーサイド・ダイナー〉まではほんの三キロの距離で、ハドソン川の汀線《ていせん》ぎりぎりの場所にあるから、これ以上少しでもせりだせば水面に浮き、ボックス席が流れないよう浮標《ブイ》で固定しなければならないだろう。ダイニングカーがこの場所に登場したのは一九五〇年代、環境保護法が成立する前で、フォーマイカのカウンターに回転スツールから、各テーブルに置かれたミニジュークボックス、今もウエイトレスがそこからコーラを注いで出すソーダファウンテンに至るまで、すべて当初のままだ。

ロビーを連れて一度か二度、来たことがある。息子はパイを気に入っていた。

中に入ると、ヴィン・ディピエトロの姿がすぐに目に飛びこんできた。左側一番奥のボックス席に、入り口のほうを向いて座っている。ふたりの目が合い、彼が立ちあがった。

青あざができていて頬は切れ、下唇は腫れていても、陶然としてしまうほどセクシーだ。

ああ……。ヴィンに向かって歩きながらマリー＝テレーズは思った。自分の好みのタイプが会計士か足治療師、あるいはチェスプレイヤーだったらよかったのに。なんなら花屋でもいい。

「こんにちは」腰かけながら挨拶した。

テーブルの上にはメニューが二枚と、紙ナプキンに並べられたステンレスのフォーク、ナイフ、スプーンがふた組、厚手の陶器のマグカップが二個あった。

どれもあくまで実用的かつ家庭的で、かわいらしい。黒のカシミアセーターに薄茶色のスエードのジャケット姿のヴィンには、もっとしゃれたカフェがお似合いだ。

「やあ」彼はゆっくり席に着いた。その目はマリー＝テレーズを見つめたままだ。

「コーヒーでいいかな？」

「ええ」

彼が手をあげると、紅白の制服に赤いエプロンをつけたウエイトレスがやってきた。

「コーヒーをふたつ」ウエイトレスはポットを取りに行き、ヴィンは紅白のメニューを指で叩いた。「空腹だといいが」

マリー＝テレーズは自分の前にあるメニューを開き、選択肢を眺めた。どれも独立記念日のピクニックかと見まがうボリュームだ。朝食用に控えめな料理もあるとはいえ、サラダひとつを取っても、メニュー名の頭にチキン、ポテト、エッグ、もしくはマカロニとつき、レタスとついているのはサンドイッチだけだ。

痛快ね。

「食べたいものはあったかい？」ヴィンが尋ねた。

声をかけられても、テーブルの向かいの彼に目を向けなかった。「そんなに食べるほうではないの。コーヒーだけでいいわ」

ウエイトレスが戻ってきてコーヒーを注いだ。「お決まりでしょうか？」

「本当に食事はいいのかい？」彼はマリー＝テレーズに確認した。彼女がうなずくと、メニューを両方ともウエイトレスに手渡す。「ぼくはパンケーキにしよう。バターはなしで」

「ハッシュブラウンはおつけしますか？」

「いや、いい。パンケーキだけで充分だ」

ウエイトレスが厨房《ちゆうぼう》へ引き返したあと、マリー＝テレーズは微笑した。

「なんだい？」彼が砂糖を差しだす。

「いいえ、結構よ。ブラック派なの。今のは思い出し笑い。息子もパンケーキが好きだから、家でよく作るの」

「息子さんは何歳？」コーヒーをかき混ぜるヴィンのスプーンがかちゃかちゃと音をたてた。

さりげない問いかけだったが、返事を待つ彼の様子はさりげなさからはほど遠い。

「七歳よ」マリー＝テレーズは指輪のない彼の薬指にちらりと目をやった。「あなたのほうは、お子さんは？」

「いいや」ヴィンはコーヒーを試し飲みし、満足げに吐息をついた。「結婚したことはないし、子どももいない」

お返しのやり取りを期待するような間があった。

彼女はマグカップを手に取った。「電話をしたのは、わたしのボスが……彼がすべて引き受けるから、あなたにそう伝えるよう言われて……」ためらってからつけ加えた。「ゆうべの監視カメラの映像とか……お店のほうのことよ」

警察の捜査を妨害するのをヴィンは快く思わないかもしれないと心配したが、彼はトレズと同じように対処するタイプらしく、一度うなずいただけだった。「オーナーに礼を言っておいてくれ」

「ええ、そうするわ」

沈黙が続き、ヴィンはマグカップの太い持ち手に沿って親指を上下させた。「あの学生たちのことだが、ぼくは何もやっていない。その、きみが見たことは別としてだ。殺したのは断じてぼくではない」

「トレズも、あなたは犯人じゃないと言ってたわ」コーヒーをひと口飲み、彼に同意した。おいしい。「わたしもあなたやご友人のことは警察に話していないわ。喧嘩の話はまったく出さなかった」

ヴィンは心配そうな顔つきになった。「どんな話をしたんだい？」

「あのふたりにつきまとわれたことだけ。トレズがふたりと話したけど効果がなくて、結局、彼らにはお引き取り願ったと。名乗りでた目撃者ふたりの証言もそれで一致したから、裏が取れたということになったようよ」

「なぜぼくのために嘘を？」彼がそっと尋ねる。

彼女はヴィンの視線を避け、テーブル横の窓から外を見渡した。のろのろと流れる濁った川は、手を伸ばせば触れられそうなほど近く、週の頭に降った雨のせいで水かさが増している。

「なぜだい、マリー＝テレーズ？」

コーヒーをごくりと飲みこむと、ぬくもりが胃袋までおりていくのが感じられた。

「トレズがそうしたのと同じ理由よ。あなたが守ってくれたから」

「そんなことをしたら危険じゃないのか、きみの仕事を考えると」

彼女は肩をすくめた。「わたしは心配してないわ」

視界の隅で、額をこすったヴィンが青あざの痛みに顔をしかめるのが見えた。「とにかく、この件に関して、きみにはこれ以上ぼくのために危険を冒してほしくない」

マリー＝テレーズは笑みを隠した。不思議だ。全身を熱くさせることのできる言葉があるなんて。それも、セクシーな言葉だからではなく、その言葉が心に触れたからだなんて。

彼の声、彼の瞳、彼のヒーロー然としたところに惹かれそうになる心に抗いながら、マリー＝テレーズは言った。「ゆうべはごめんなさい、ロッカールームからいきなり出ていってしまって。ちょっと……取り乱したの」

「ああ……」ヴィンは罵りの言葉を吐いた。「ぼくのほうこそ悪かった。あんなおかしな振る舞いをして――」

「いいのよ、気にしないで。あなたは自分でも……あまりコントロールできていないように見えたわ」

「自分の意志とはまったく関係ないんだ」ふたたび長い間があく。「もう一度尋ねるのは気が進まないが、ぼくはゆうべ何を言ったんだい？」

「自分ではわからないの？」彼が首を横に振る。「あれは何かの発作なの？」

ヴィンの声が緊張を帯びる。「そうとも呼べるだろう。それで……ぼくはきみになんと言ったんだい？」

〝彼がやってくる……〟

「ぼくは何を言った？」ヴィンがテーブル越しに彼女の腕にそっと手を置く。「教えてくれないか」

彼に触れられている場所を見つめて、マリー＝テレーズは気がついた。ああ、全身を熱くさせるのは、言葉でさえないときもある。手首に置かれたてのひらを感じるだけで、熱いほてりが体に広がっていく。

「パンケーキをお持ちしました」ウエイトレスの言葉がふたりを現実に引き戻した。ふたりは体を引き、ウエイトレスが皿と蓋つきのステンレス・ピッチャーをおろす。

「コーヒーのお代わりはいかがです？」

マリー＝テレーズは半分になったマグカップを見おろした。「いただくわ」

ヴィンはシロップの琥珀色《こはくいろ》の細い筋を、三枚の分厚い大きなパンケーキに垂らしている。

「わたしが作ったのはそんなに厚くないわ」マリー＝テレーズは言った。「家で作ると、こんなにきれいなきつね色にはならないし、分厚くもない」

ヴィンはピッチャーの蓋を閉じ、パンケーキの山にナイフを入れて、ひと切れ切り分けた。「息子さんはおいしいって言ってくれるんだろう？」

「ええ……そうね」ロビーを思うと胸が焼かれるようで、家でパンケーキをひっくり返してみせたときに、愛情と驚きを満面に浮かべて見つめてくれる息子の姿を思い出さないようにした。

ウエイトレスがコーヒーのポットを手に戻り、お代わりを注いで去ったあと、ヴィンは言葉を重ねた。「ぼくの質問に答えてほしい」

なぜか余計にロビーのことを思った。息子は何ひとつ悪くないのに、つらい暮らしに彼女が引きずりこんでしまった。最初は悪い夫を選んだせいで、次は首までどっぷり浸かった借金返済のために選んだ道のせいで。ヴィンまで巻きこむわけにいかない。彼女が抜けだそうともがいている暗い深みにヴィンまで沈むことはない。それに、彼が救出に駆けつけずにいられない質《たち》なのはすでに証明済みだ。少なくとも、彼女が見る限りにおいては。

「なんの意味もなかったわ」マリー＝テレーズは告げた。「あなたの言ったことにはなんの意味もなかった」

「それなら、ぼくに話さない理由はないね」

ふたたび川へ目をそらし……意志の力をかき集めた。「あなたは〝グー、チョキ、パー〟と言ったのよ」彼の視線がさっと向けられると、あえて目を合わせて嘘をついた。「あなたの言ったことはまるで意味をなさなかったわ。正直に言うと、あのときのあなたの様子にわたしはびっくりしたの」

ヴィンのまなざしが彼女の目を貫く。「マリー＝テレーズ……ぼくはこの手のことには前歴があるんだ」

「前歴？　どういう意味？」

　彼は手を動かして緊張を断ち切るかのように、ふたたびパンケーキを口へ運んだ。

「前に、ああいう状態になってぼくの口から出てきた言葉が……現実になっている。きみがプライバシーを守るために言いたくないなら、それは理解しよう。だが、ぼくが何を言ったのであれ、警告として真剣に受け止めてほしいんだ」

　マリー＝テレーズは冷たくなった手で熱いマグカップを握りしめた。「あなたは預言者か何かなの？」

「きみの仕事は安全じゃない。用心する必要がある」

「用心は常に怠らないわ」

「それならいいが」

　ふたたび長い間があり、そのあいだマリー＝テレーズは自分のコーヒーを見つめ、ヴィンは自分の食事に集中していた。

〝用心する〟対象が、彼女を追い回す乱暴者たちだけを指していないのは容易に見当がついた。あの仕事のほかの側面のことだ。

「あなたが考えていることはわたしにもわかるわ」マリー＝テレーズは静かに言った。「そもそもどうしてあんな仕事ができるのか、どうしてきっぱりやめないのか、それが不思議なんでしょう？」

ようやく口を開いたとき、彼の低い声には敬意がこもり、非難の色はなかった。「きみのことは何も知らないも同然だが、きみは……クラブにいたほかの女性たちとは違うように感じた。だから、あんな仕事をしているのはよほど深い事情があるからに違いないと考えたんだ」

マリー＝テレーズはふたたび窓の外へ目をやり、流れてくる枝を見つめた。「わたしは同僚たちの多くとは違うわ。この話はそれで終わりにしましょう」

「ああ、わかった」

「ゆうべの女性はあなたの恋人？」

彼は難しい顔をし、マグカップを持ちあげた。長々と飲んだあと、片眉をつりあげる。「きみはぼくの質問に答えてくれなかったのに、ぼくは答えなきゃならないのかい？」

マリー＝テレーズは肩をすくめ、心の中でぼやいた。ああもう、口を閉じていなさい。「ごめんなさい。フェアじゃないわね」

「彼女はぼくの恋人だ。少なくとも……ゆうべはそうだった」

思わず根掘り葉掘りききそうになるのをこらえて、彼女は唇を噛んだ。恋人と別れたってこと？ もしそうなら、どうして？

ヴィンは食事を再開したが、肩はこわばったままだ。「口にすべきじゃないことを言ってもいいかな？」

彼のまっすぐなまなざしに、マリー＝テレーズは体を硬くした。「いいわよ」

「ゆうべ、きみとふたりでいるところを夢想した」

彼女はゆっくりマグカップをおろした。ええ、そうね……地獄よりも熱く体を燃えあがらせる言葉もこの世には存在していた。まるで愛撫するかのようなまなざしも。その両方が、目の前にいる男性から投げかけられ……。

あっと声をあげそうになるほどの勢いで胸の先端がうずき、太股はきゅっと締まって、熱い血潮がめぐりだす……彼女は自分の体の反応にショックを受けた。たとえわずかでも男性から性的な刺激を感じるのはとても久しぶり、いいえ、初めてかもしれない。いつもは初めて会う男たち相手に感じているふりをするだけの興奮に、こんな軽食レストランでカシミアセーター姿の男性を前に、実際にのみこまれている。

マリー＝テレーズは目をぱちぱちさせた。

「すまない、言うべきじゃなかったな」彼がつぶやいた。

「違うの、あなたのせいではないわ。本当よ」原因は彼女が送っている人生だ。「それに、わたしは気にしていないわ」

「気にしないのか？」

「ちっとも」少しだけ深すぎる声が出た。

「だが、間違ったことだ」

胸の中で心臓が止まった。オーケー、体のほてりを冷ますのに、今のひと言は氷風呂より効果絶大ね。

「罪悪感に苛《さいな》まれているなら、告白する相手を間違えてるわよ」投げやりに言った。

彼はそれが原因で恋人と喧嘩をしたのかもしれない。

しかし、ヴィンは首を横に振った。「間違っているのは、金を払ってきみと一緒に過ごすのを想像したことだ。それですっかりいやな気分になった」

マリー＝テレーズはマグカップをテーブルに置いた。「どうして？」

尋ねるまでもない。彼のような男性が商売女なんかを抱くことはありえない。それが答えだ。

ヴィンが口を開くのを片手で制し、彼女は反対の手でハンドバッグをつかんだ。

「いいのよ、わかっているわ。わたしはそろそろ失礼――」

「きみとふたりで過ごすなら、きみがぼくを選んだからであってほしい」ヴィンが目をあげて彼女のまなざしをとらえた。「ぼくがきみに金を払ったからではなく、きみ自身がぼくを望んだからであってほしい。そのときはぼくがきみを求めるのと同じくらい、きみにもぼくを求めてほしい」

ボックス席から立ちあがりかけた姿勢でマリー＝テレーズは固まった。

ヴィンはそっと続けた。「そしてぼくと同じくらい、きみにも楽しんでほしい」

長い間のあと、マリー＝テレーズはのろのろと席に戻った。マグカップをもう一度持ちあげ、ぎこちない動きで飲む。自分の声が聞こえたが、しゃべり終えてからようやく、自分が何を言ったのか気がついた。「あなた、赤毛は好き？」

彼が少しだけ怪訝そうな顔をし、肩をすくめた。「ああ。嫌いじゃないよ。どうして？」

「特に理由はないわ」コーヒーに隠れてつぶやいた。

18

分かれ道。それはつまり、左に行くか、右に行くか選ぶという意味だ。片手にレンチを持ってガレージの床に寝転びながら、ジムは考えた。

一般的な定義では、分かれ道にやってきたら人は進路を選ばなければならない。もはや〝これまで通ってきた道をそのまままっすぐ進む〟という選択肢はない。ハイウェイに乗るか、一般道路で行くか。前にいる車を追い越すか、追い越さずに安全運転を続けるか。信号が黄色になってもそのまま突っ走るか、減速するか。

そういった選択の中には、大した意味がないものもある。だが自分でも知らないうちに、飲酒運転の車と同じ道を選んでいるときもある。

ヴィンの場合、あの指輪は彼が正しい道を行けるかどうか決めるものだと言ってもいいだろう。分かれ道で車のハンドルを右に切り、道路に張った薄氷の上に差しかかろうとしている十八輪トラックとの鉢合わせを避けるくらい大きな意味がある。行動するかどうかで彼の人生が左右されるのだ。さっさと新たな道へ進路を切り替えてもらわなければ。ヴィンがディヴァイナと過ごすひとときは時間切れになりつつある。だからこそ、ヴィンが何より重要な質問を彼女に問いかけるための引き金を引いてやらなければならない。彼女が立ち去ってしまう前に――。

「くそっ！」

ジムはレンチを指にぶつけた拍子に落としてしまい、痛みのあまり手を振った。今の仕事にもっと集中しないと、指をさらに傷つけてしまうだろう。ただ問題は、ヴィンのことばかり考えてしまうことだ。

あの男をどうすればいい？　どうすれば彼のやる気をかきたて、ディヴァイナに結婚を申しこませることができるんだ？

昔の自分なら、答えは簡単だっただろう。ヴィンの頭に銃を突きつけ、教会の祭壇の前まで引きずっていくだけでよかったはずだ。だが今は？　もう少しばかり洗練されたやり方が必要だ。

ひんやりとしたコンクリートの床に寝転びながら、アメリカに帰還して以来行動をともにしているバイクをにらみつけた。当時も動かなかったし、今も動かない。今朝みたいな中途半端な〝リハビリ〟程度の修理しかしていなければ、いつまで経ってもこいつが日の目を見ることはないだろう。やれやれ、自分でもなぜこんなものを買ったのかわからない。きっと自由を夢見ていたのだろう。それか、タマのある男ならみなそうであるように、自分もハーレーに夢中になったせいだろう。

日だまりの中、居眠りをしていたドッグが顔をあげた。毛むくじゃらの耳を立てている。

ジムは皮がむけた指関節を口に含んだ。「悪態をついて、悪かったな」

ドッグは前脚に頭をのせると、そんなのは気にしないよとばかりにぼさぼさの眉毛をつりあげた。汚い言葉であろうと、どこかの多民族国家の言語であろうと、ジムの話を聞く気があるかのようだ。

「分かれ道だよ、ドッグ。この言葉の意味、わかるか？　道を選ぶってことだ」ジムはふたたびレンチを手に取り、別のボルトに挑戦してみた。古い油がこびりついているせいで、六角形かどうかさえわからなくなっている。「選ばなきゃいけないんだ」

最高級クラスのＢＭＷの運転席から彼を見あげていたディヴァイナのことを考えた。

〝彼が打ち解けてわたしを信頼し、愛してくれるようになるのをずっと待っていた。けれど、実現しなかった。待ち続けられる自信がないの、ジム。もう無理だわ〟

それから、ヴィンがあのブルネットの売春婦をどんな目つきで見ていたかを考えた。

あれこそがまさに分かれ道だった。問題は、道標の矢印が〈幸せいっぱいの町〉は右側だと示しているにもかかわらず、愚か者のヴィン・ディピエトロは左側の〈過労で早死にし、会計士以外誰も悲しんでくれない都市〉を目指そうとしていることだ。ディヴァイナに指輪について話したことで、いくらか時間を稼げていればいいのだが。でもたとえ時間を稼げたとしても、どれくらいもつかはわからない。

ある意味、前の仕事のほうが簡単だった。今よりもはるかに状況を制御できたからだ。視界に標的をとらえたら、そいつを追い落とし、あとは立ち去るだけでよかった。ヴィンに現状をわからせるのは、とても簡単に思えた。だが……実際にやってみると思っていたよりもはるかに難しい。しかも、自分はこういう仕事に対する訓練も支援も受けていないのだ。今だって、何もない。

そのとき二台のハーレーが轟音《ごうおん》を響かせて近づいてくるのが聞こえ、ジムは音のするほうを見た。ドッグもだ。

ガレージへと通じる砂利道にバイク二台が停められたとき、そのハンドルを握っている男たちがねたましくなった。クローム製フェンダーとパイプマフラー全体に太陽の光を受け、エイドリアンとエディの愛車は光り輝いて、こちらに向かってウィンクしているようだ。ハーレーが二台とも、自分たちのすばらしさを充分に理解し、自分たちを所有する誇りを隠した者はばちが当たるぞ、と考えているかのごとく。

「助けが必要か？」エイドリアンがキックスタンドを出し、愛車からおりた。

「ヘルメットはどうした？」ジムは起きあがって膝に両腕をのせた。「ニューヨークにはヘルメット着用を義務づける法律があるだろう」

「ニューヨークにはいっぱい法律がある」エイドリアンは砂利道を歩いてくると、コンクリートの上でブーツを踏み鳴らして砂利を落としながら、ジムの日曜大工の作業場を見回した。「おいおい、こいつをどこで見つけたんだ？　ゴミ処理場か？」

「いや、くず鉄置き場だ」

「なるほど。そっちのほうが聞こえがいいな。悪かった」

ふたりともドッグに対しては愛想がいい。駆け寄ってぐるぐる回っているドッグの頭をぽんぽんと叩いている。今日はドッグがあまり脚を引きずっていないようでうれしい。だがジムは依然として、月曜日にドッグを獣医へ連れていこうと決めている。すでに三箇所に伝言を残しており、最初にその伝言を受け取った獣医のところへ連れていくつもりだ。

ドッグをあやしていたエディが顔をあげ、バイクを見てかぶりを振った。「ひとりでこれを修理するのは無理だろう。もっと手助けが必要だ」

ジムは顎をこすって答えた。「いいや、おれは腕がいいんだ」

エイドリアン、エディ、ドッグが疑いの表情で、いっせいにこちらを見た。ゆっくりと片手をおろし、凝り固まっているうなじに手を当ててみる。冷たいてのひらを当てれば、凝りが治るかのように。

そのとき、ふと気づいた。ふたりとも影がない。これほどまばゆい陽光を背に立っているというのに。ガレージの周囲にある木々のひょろ長い枯れ枝の輪郭はくっきり見えるのに、ふたりの影はどこにも落ちていない。まるで、フォトショップの背景画像の中に立っているかのようだ。

「なあ……ナイジェルっていうイギリス人を知ってるか？」その質問が口をついて出た瞬間には、答えがわかっていた。

エイドリアンが少しだけ笑った。「おれたちがイギリス人とつきあうようなたぐいの男に見えるか？」

眉をひそめて尋ねる。「どうしておれの住んでる場所がわかったんだ？」

「チャックから教えてもらった」

「木曜がおれの誕生日だって教えたのもチャックか？」ジムはゆっくりと立ちあがった。「なあ、そのことも彼から聞いたのか？　おれは教えていないはずだ。だが、おまえは知っていた。おれにバースデープレゼントはもらえたのかと尋ねたからな」

「ああ、そうだったな」エイドリアンは幅の広い肩をすくめた。「ただのまぐれ当たりさ。ちなみに、おまえはおれのその質問に答えようとしなかったよな」

ふたりが正面にやってきた。興味深いことに、悲しげにかぶりを振りながらエイドリアンが言った。「彼女とやったのか。おまえは彼女をものにしたんだな。あのクラブで」

「がっかりしたような言い方だな」ゆっくりとした口調で答えた。「信じられない。そもそも彼女がおれに気があるって言いだしたのはおまえだろう」

エディはふたりのあいだに割って入った。「まあ、そうかっかするな。おれたちは、ここでは同じチームなんだから」

「チーム？」エディを見つめながら皮肉っぽく言う。「おれたちがチームだったとは知らなかったな」

エイドリアンがこわばった笑みを浮かべると、眉と下唇のピアスが光を受けてきらめいた。「もちろん違うさ。だがエディは生まれながらのとりなし上手なんだ。相手の頭を冷やすためならなんだって言う。そうだろう？」

エディは何も答えようとせず、その場に立ったままだ。必要とあらば、今すぐその場にあるものを手当たり次第壊す準備を整えるかのように。

エイドリアンをじっと見つめながら、ジムはさらに尋ねた。「イギリス人のナイジェルだ。ほかになよなよした男たち三人と、ロバみたいな大きさの犬一匹と一緒にいた。彼らを知ってるんだろう？」

「その質問にはすでに答えた」

「おまえの影はどこにある？　こんなまぶしい太陽の光を浴びて立ってるのに、おまえの影がどこにも見当たらない」

エイドリアンは地面を指さした。「何言ってるんだ。引っかけ問題か？」

とっさに地面を見おろし、ジムは眉をひそめた。コンクリートにはエイドリアンの幅広の肩と上向きの尻の影がくっきりと落ちている。エディの巨体の影もだ。ドッグのぼさぼさ頭の影も。

小さく悪態をつき、つぶやいた。「くそっ、どこかで一杯やる必要がある」

「朝っぱらから、おれにビールにつきあってほしいのか？」エイドリアンが尋ねた。

「まあ、この世のどこかには、もう夕方五時になってる国もあるからな」

「イギリスとかな」エディが割って入った。だがエイドリアンににらみつけられ、肩をすくめながら言葉を継ぐ。「スコットランドもだ。それにウェールズ、アイルランドに——」

「ジム、ビールを飲みに行くか？」

首を横に振り、床にどっかりと腰をおろした。もし脳みそが正常に働いていないとしても、このふたりにこれ以上、こいつは頭がいかれていると思わせる機会を与えるつもりはない。砂利道に停められた二台のハーレーをぼんやり見つめながら、ふと気づいた。最悪な気分だ。それに明らかに妄想に駆られている。ただ、最悪な気分も妄想も、別に初めてというわけじゃない。

残念ながら、ビールを飲むというのはその場しのぎの解決策にすぎない。それにアメリカ食《F》品医《D》薬品局《A》では、脳移植がまだ認められていない。

「ソケット・レンチの使い方を知ってるか？」エイドリアンに渋々尋ねた。

「ああ」エイドリアンはレザージャケットを脱ぎ、拳を鳴らした。「そのがらくたを走らせたいなら、おれに任せるのが一番だ」

ヴィンはテーブルの反対側に座るマリー＝テレーズを見つめた。〈リバーサイド・ダイナー〉の窓から差しこむ光を浴びて、彼女の姿が幻のようにぼんやりと見える。心の奥底にある誰かの面影が呼び覚まされるような気がする。

彼女のどこを懐かしく感じるのだろう？　ヴィンはまたしても考えた。前にどこで彼女と会ったんだ？

フォークで突き刺したパンケーキの最後のひと切れを口に運び、ふと不思議に思った。彼女はどうして赤毛が好みなのか尋ねたのだろう？　ふいにあることを思い出した。「ぼくはジーナみたいな真っ赤な髪は好きじゃない。もしきみが尋ねたかったのがそういうことなら答えておくよ」

「そうなの？　でも彼女は美人だわ」

「たぶん……そう思う男もいるだろう。だが、ぼくは――」

ウエイトレスがテーブルにやってきた。「コーヒーのお代わりはいかが？　もしよければ――」

「女と見れば誰彼かまわず、手当たり次第にベッドへ連れこんだりしない」

マリー＝テレーズは目をしばたたいた。ウエイトレスもだ。

しまった。「つまり、ぼくが言いたいのは……」すぐに口をつぐみ、ウエイトレスをちらりと見あげた。「コーヒーのお代わりは？　所在なさげにまだそこにいる。

「コーヒーのお代わりは？　ほかにもご用があればどうぞ」

「わ――わたしはお代わりをもらうわ」マリー＝テレーズは自分のマグカップを掲げ

た。「お願いします」

ウエイトレスはゆっくりとコーヒーを注ぎながら、ふたりに交互に目を走らせた。話の続きが聞きたいのだろう。マリー＝テレーズのマグカップが満たされると、ウエイトレスは今度はヴィンのお代わりを注いだ。

「シロップのお代わりは？」彼女が尋ねてきた。

からになった皿を指さしながら答える。「もうパンケーキは食べ終わった」

「あら、そうね」ウエイトレスはヴィンの前にある食器を片づけると、コーヒーを注いだときと同じくらいゆっくりとしたペースで立ち去った。ねっとりと垂れるシロップのほうがまだ敏捷《びんしょう》なくらいだ。

「別に嘘をついているわけじゃない」ようやくふたりきりになると、ヴィンは言葉を継いだ。「自分の両親を見て、男女の関係においてすべきではないことをいやというほど学んだんだ。さっき言ったのは、ルールその一だ」

マリー＝テレーズは砂糖が入ったボウルを差しだしてきた。それが何かわからないかのようにヴィンがボウルをひたすら見つめていると、彼女が言った。「お砂糖よ。あなたはコーヒーに砂糖を入れるでしょう？」

「ああ……入れるよ」

彼がコーヒーに砂糖を入れていると、マリー＝テレーズが話しかけてきた。「もしかして、あなたのご両親の結婚生活はうまくいっていなかったの？」

「ああ。あのふたりがお互いにどんなふうに傷つけあっていたか、ぼくが忘れることは絶対にないだろう」

「だったらふたりは離婚したの？」

「いや。殺しあったんだ」彼女がたじろいで体を引くのを見て、自分に悪態をつきたくなった。「すまない。もっと言葉を選ぶべきだった。だが本当に起きたことなんだ。喧嘩の最中に階段から落ちて、結局ふたりとも死んでしまった」

「お気の毒に」

「きみは本当に優しい人だね。でも、もうずっと前の話だ」

しばらくしてから、彼女が低い声で言った。「あなたは疲れてるように見えるわ」

「ここを出る前に、もう少しコーヒーを飲む必要があるだけだ」くそっ、こんなことを言ったら、腎臓がぷかぷか浮くまでコーヒーを飲み続けることになりそうだ。もしこれが〝マリー＝テレーズともう少し一緒にいたい〟という意味ならば。

問題は、こうしてテーブルの向こうからじっと見つめられていると、こちらを心配するあたたかな心遣いのせいで彼女が……大事な存在に思えてしまうことだ。とてつもなく貴重で、それゆえ、失いがたく思える。

「きみの仕事は安全なのか？」気づくと、うっかり口走っていた。「暴力のことを言っているんじゃない」しばらく沈黙が続き、ヴィンは思わずかぶりを振った。恥ずかしくてたまらない。自分が履いているローファーをフォーク代わりにして、パンケーキを食べてしまったような気分だ。「すまない。ぼくにはなんの関係もないことなのに――」

「あなたが尋ねたいのは、わたしがセーフ・セックスを心がけているかということ？」

「ああ。でも尋ねるのはやめにする。きみとはまだ一緒にいたいからね」またしても彼女が体を引くのを見て、自分に悪態をついた。「いや、つまり、ぼくが答えを知りたがったのは、きみに自分を大切にしていてほしいと思ったからなんだ」

「なぜあなたにとって、それが重要なの？」

マリー＝テレーズの目をじっと見つめた。「わからない。ただ重要なんだ」

彼女は視線をそらし、窓の外に見える川をぼんやりと見つめた。「わたしは安全よ。いつだってそう。それがわたしと、避妊の対策を何もせずにいろいろな相手と寝る、大勢のいわゆる〝あっぱれな〟女性たちとの大きな違いなの。さあ、これであなたも深い謎を解くみたいに、わたしの顔をじろじろ見るのをやめられるわね。わたしを買いたいなら、いつでもどうぞ。今だっていいわよ」

ヴィンは視線を落とし、自分のマグカップを見つめた。「きみはいくらなんだい？」

「あなたなら〝そんな意味できみと一緒にいたいんじゃない〟って答えてくれると思ったのに」

「いくらなんだ？」

「ねえ、『プリティ・ウーマン』ごっこでもしたいの？ お金の力で、一週間だけわたしをみじめな人生から救いだしたいとか？」マリー＝テレーズは短い笑い声をあげた。「あの映画のジュリア・ロバーツとわたしに共通点があるとすればひとつだけ。誰と過ごすかは、自分で選ぶってことよ。いくらかなんて大きなお世話。あなたには関係ないわ」

それでもなお、ヴィンは知りたかった。たぶん、彼女の値段が高ければ高いほど相手の男たちの品もよくなるはずだと考えているせいだろう――いや、本音を言えば、それは真っ赤な嘘だ。実際リチャード・ギアを気取りたかったのだ。ただし、一週間では足りない。むしろ数年間が望ましい。

たとえ、そんなことが現実に起こるはずがなかったとしても。

先のウエイトレスがコーヒーポットを手に近づいてきた。聞き耳を立てている。マリー＝テレーズは彼女に声をかけた。「お勘定をお願い」

ウエイトレスはテーブルにポットを置くと、エプロンのポケットを引っかき回して伝票を探した。ページを一枚破り、テーブルの上に伏せて置く。「じゃあね、おふたりさん」

ウエイトレスが立ち去ると、ヴィンは手を伸ばしてマリー＝テレーズの腕に触れた。「こんな最悪な雰囲気のまま終わらせたくない。警察にぼくのことを黙っていてくれたことには感謝しているが、きみに少しでもぼくについて知ってほしかった」

マリー＝テレーズは腕を引っこめようとはせず、じっと見おろしたままだ。「わたしも謝らないと。わたしって一緒にいて楽しい相手じゃないから。少なくとも……洗練された人たちにとっては」

その声からはまぎれもない心の痛みが感じられた。かすかに震えただけだったが、彼にはしんと静まり返った夜に鳴った鐘の音のようにはっきりと聞き取れた。

「マリー＝テレーズ……」言いたいことは山ほどある。だが、そのどれひとつとして自分には口にする権利がない。それに、そのどれひとつとして彼女に快く受け入れられることはないだろう。「美しい名前だね」

「そう思う?」ヴィンがうなずくと、彼女は小声で何かをつぶやいた。はっきりではないものの、こう聞こえたような気がした。〝だから選んだの〟

彼女は腕を引っこめて伝票を手に取り、自分の財布を開けた。「あなたがパンケーキを気に入ってくれてよかった」

「何をしているんだ? ほら、ここはぼくが――」

「最後にあなたが誰かに朝食をおごってもらったのはいつ?」彼女は顔をあげながら、ほんの少し笑みを浮かべた。「もしくは、朝食以外のなんでもいいけど?」

ヴィンが眉をひそめてその質問の答えを考えているうちに、マリー=テレーズはテーブルに十ドル札と五ドル札を広げて置いた。おかしなものだ。ディヴァイナに何かを支払ってもらったことがあるだろうか? いや、思い出せない。たしかに、いつも自分が支払っている。だがそれは当然だろう。

「ぼくがいつも払っている」

「そう聞いても驚かないわ」マリー=テレーズがボックス席から立ちあがる。「悪い意味で言っているわけじゃないのよ」

「釣りはいらないのか?」けちくさいが、そう尋ねてみた。彼女を少しでも長く引き止められるなら、どんな手だって使うつもりだ。

「チップをはずんだの。サービス業で働いていると、チップの額が生活を左右するって身に染みて知っているから」

彼女のあとに続いてレストランを出ながら、ヴィンが車のキーを取りだそうとポケットに手を突っこんだとき、指先に何か小さいものが触れた。普段ポケットには余計なものを入れないのだが。思わず眉をひそめたものの、すぐに思い出した。ジムから受け取ったゴールドのイヤリングだ。

「そうだ、ちょっといいかい？　きみのものかもしれないものを持っているんだ」マリー＝テレーズの車のすぐそばまで行き、尋ねてみた。

彼女は車のロックを解除した。「そうなの？」

「これってきみのじゃないか？」イヤリングを掲げてみせる。

「わたしのよ！　どこで見つけたの？」

「友だちのジムがクラブの駐車場で拾ったそうだ」

「まあ、ありがとう」彼女は髪を後ろに払うと、イヤリングをつけた。「探していたの。そんなに高価なものではないんだけど、気に入っているから」

「それならよかった……じゃあ、パンケーキをごちそうさま」

「どういたしまして」マリー＝テレーズは一瞬口をつぐむと、運転席に座った。「ねえ、今日は休みを取るべきだわ。本当に疲れて見えるから」

「きっと顔のあざのせいだよ」

「いいえ、顔じゃなくて脳みそのせいよ。頭を使いすぎたせいで、そんなにくたびれて見えるんだわ」

彼女が車のドアを閉めてエンジンをかけたとき、突然、ヴィンの左側に何かが光った。彼が川のほうを見た瞬間――。

太陽の強烈な光が網膜に突き刺さり、体が動かなくなって全身がぴりぴりし始めた。今回は、霧がじわじわと晴れていくような段階的な現象ではない。一瞬にしていまわしいトランス状態に陥った。この前の夜に起きたのはただの準備運動にすぎず、こちらが本番であるかのように。

マリー＝テレーズの車のボンネットにもたれかかりながら、コートに手を伸ばして前を広げた。なんとかして呼吸したいのに――。

あるヴィジョンが突然見えたが、そのイメージよりも音のほうが強烈だった。しかも、その場面は何度も繰り返されている。一発の銃声。耳をつんざくような音があたりに響き渡る。誰かが倒れた。その人の体が地面に叩きつけられ、雷に打たれたかのごとく大きく跳ね返る……。一発の銃声。耳をつんざくような音があたりに響き渡る。

誰かが倒れた。その人の体が地面に叩きつけられ、雷に打たれたかのごとく大きく跳ね返る……。

膝の力が抜け、アスファルトに沈みこみながらも、どうにか意識を保とうとする。なんでもいい。なんでもいいから心の支えになるものがほしい——すると、突然ある記憶がよみがえった。最初の発作だ。当時、ヴィンは十一歳だった。ダウンタウンにある宝石店のウィンドウに飾られた婦人用の腕時計を見たのが引き金となり、発作を起こした。あの日はちょうど、コールドウェル美術館へ同級生たちと遠足に出かけていて、たまたま宝石店の前を通りかかったときに、何気なくウィンドウを見た。

その腕時計は銀色で、太陽の光を浴びて文字盤が光っていた。その光を見たとたん、ヴィンは立ち止まった。文字盤に血がついている。腕時計の文字盤が、真っ赤な血で染まっていたのだ。

自分が目にしたものはいったいなんなのか？　なぜ急にこんな奇妙な気分になったのか？　ヴィンは必死に理解しようとした。だがその合間にも、女性の手がウィンドウへ伸びて腕時計を持ちあげた。女性店員の背後には幸せそうな表情を浮かべたひとりの男性が立っている。あの男性が買おうとしているのだろう……。

でも、その腕時計は買ってはいけない。もし買えば、男性は幸せな表情のままではいられなくなる——だってあの腕時計をはめた人は誰でも、次に死ぬことになるのだから。

とてつもないパニックに襲われた者だけに出せるばか力が働いたのだろう。ヴィンはトランス状態からどうにか抜けだし、宝石店に入ろうとした。だが、すばやく動くことができなかった。何も話すことができないまま、駆け寄ってきた付き添いの親のひとりに捕まえられてしまった。それでも男性と腕時計のもとへどうにかたどり着こうと抵抗すると、襟首をつかまれて引きずられ、結局ほかの生徒たちが美術館めぐりをしているあいだ、バスで待機させられることになった。

彼が見たあのヴィジョンに関わることは何も起きなかった。

少なくとも、すぐには。しかしそれから七日後、学校の食堂にいたヴィンは、ある女性教師の手首に目が釘付けになった。あのときの腕時計に似ている。彼女は同僚の教師たちにその腕時計を見せて、昨夜夫から誕生日を祝うディナーの席でもらったのだと話していた。

そのとき太陽が校庭の滑り台に反射し、窓からまぶしい光が入ってきてヴィンの目をとらえ……ふたたび見えたのだ。あの腕時計に血がついている。あのときと同じように。というか、もっとはっきりと。

ヴィンは食堂のリノリウムの床に倒れこんだ。女性教師があわてて駆け寄ってきて、体をかがめて助けてくれた瞬間、はっきりと見えた。自動車事故に遭った彼女の姿が。教師の頭はハンドルに強くぶつかり、衝撃のせいで美しい顔がぱっくり割れていた。

女性教師の上着の前をつかんで、必死に伝えようとした。〝ねえ先生、シートベルトをして。だんなさんに迎えに来てもらって。いつもとは別の道を帰って。バスに乗って。自転車でもいい。それか、歩いて家に帰って〟――彼にしてみれば、断片的な言葉しか口にできず、意味が伝わっているとは思えなかった。けれど、まわりにいるほかの教師たちや生徒たちのぞっとしたような表情から察するに、彼らには自分の言っていることの意味が理解できているのだろう。

結果的に、ヴィンは保健室へ連れていかれ、両親が呼びだされ、お子さんを一度、小児精神科医に診せたほうがいいと告げられたのだ。

件の女性教師がどうなったかといえば……心優しい夫を持つ若くて愛らしい教師は、その日の午後に車で帰宅する途中で死んだ。夫からプレゼントされたばかりの腕時計をはめたままで。

自動車事故だった。しかも彼女はシートベルトをしていなかった。

翌朝、教室でその話を聞かされたヴィンは泣きだした。もちろん、ほかにも大勢の生徒たちが泣いていた。だが彼だけは涙の理由が違った。ほかの生徒たちと違い、自分はその不幸な出来事を防ぐために何か手を打てる立場にあったのだ。

そのあとから、すべてががらりと変わった。ヴィンが女性教師の死を予言したという噂《うわさ》が広まり、教師たちも生徒たちも彼に近寄らなくなった。避けるか、気味が悪いとあざけるかのどちらかになったのだ。

その頃から、彼の父親は学校へ行かせるために、息子をぶつようになった。

突然、思考がぷっつりと途切れた。心と体の強い命令で、過去の記憶が水没するように遠ざかっていく。今、自分の意識は記憶の海の中を漂っているというよりも、むしろ引き潮のようにどこかへしりぞこうとしている。

一発の銃声。耳をつんざくような音があたりに響き渡る。誰かが倒れた。その人の体が地面に叩きつけられ、雷に打たれたかのごとく大きく跳ね返る……。一発の銃声。耳をつんざくような音があたりに響き渡る。誰かが倒れた。その人の体が地面に叩きつけられ、雷に打たれたかのごとく大きく跳ね返る……。

気を失う直前、ヴィンは心の目でそのヴィジョンをはっきりと見ていた。もはや音だけではない。強風に吹き飛ばされそうだった砂粒が集結し、しっかりと形作られた砂の城のようにはっきりとしたイメージだ。見えたのは、自分の身を守ろうとするかのように両手を掲げたマリー＝テレーズの姿だ。恐怖のあまり目を大きく見開き、口を開けて悲鳴をあげている。

そのとき、耳をつんざくような銃声が聞こえた。

19

エイドリアンとエディの手を借りて修理を始めてから一時間後、ジムは古ぼけたバイクに片脚をかけ、キーを回した。ワークブーツの足裏をストライク・ペダルにしっかりと置き、体重を一気にかけたときも、まだ信じてはいなかった。まさか、こいつが動くはず――。

ハーレー独特のエンジンのうなりが、あたりに響き渡った。

アクセルをふかすと、両脚のあいだまでエンジンの振動が伝わってきて、轟音のせいで大声で叫ばなければならなかった。「すげえ、エイド、直ったぞ!」

エイドリアンは油まみれのてのひらを拭きながらにやりとした。「どうってことないさ。ちょっとひと回りしてブレーキの調子を確かめてこようぜ」

ジムはバイクを転がして、太陽が降り注ぐガレージの外へ出した。「ヘルメットを取ってくる」

「ヘルメットだって？」エイドリアンは自分の愛車にまたがった。「まさかおまえが優秀なボーイスカウト団員《イーグル・スカウト》みたいなことを言いだすとはな」

ジムは黒いヘルメットを手に戻ってきた。「頭を守ろうとするのは、別に軟弱なことじゃない」

「だが、風に髪をなびかせたくないのか？」

「そんなことをして、一生、延命装置につながれるのはごめんだ」

「おれがドッグを乗せていく」エディは自分のバイクにまたがり、両手を伸ばした。ドッグはうれしそうに跳ねると、エディの愛車のレザータンクの上に飛び乗った。

それを見て、ジムは顔をしかめた。どうも気に入らない。「もし事故に遭ったらどうするんだ？」

「遭わないさ」物理学の法則など、自分には関係ないと言いたげな答えだ。

ジムは反対しようとしたが、ドッグの様子を見て黙った。よほど興奮しているのだろう。前脚を牛革にめりこませ、爪先を立て、あらん限りの力で尻尾を振り回している。

それにエディがハンドルバーを握ると、彼の両腕がドッグを挟む格好になった。

「くれぐれも注意してくれよ。そいつが怪我したら、ただじゃおかないからな」

おれはやっぱりいい飼い主とは言えないな。

ヘルメットのストラップを固定すると、レザージャケットを羽織ってバイクにまたがった。エンジンをふかすたび、低く耳障りな音が響き渡る。ハーレーの力強いうなりが全身を駆け抜けた。

エイドリアンはむかつく男だが、どんなエンジンでもどうにかすることができるらしい。エディが彼と一緒に住んでいる理由がようやくわかったような気がした。

〝さあ、行こうぜ〟三人は暗黙の了解のうちに、まばゆい太陽の光の中へ走りだした。エイドリアンが先頭を走り、そのあとにジム、ドッグを乗せたエディと続く。

少し走っただけで、ジムのバイクがまるで魔法でもかけられたかのように快調に走れることがわかった。マナーもへったくれも関係ない野獣のごとく、農地の中を疾走していく。そのうちに、ようやく運転のこつがつかめてきた。

なんにせよ、自由を味わうのに、風に髪をなびかせる必要などない。

エイドリアンはふたりをハドソン川へと先導し、街へ向かい始めた。川沿いに広がる公園に差しかかり、信号が現れると、ジムは心ひそかに赤信号になることを祈るようになった。ただ単に、アクセルをふかすのがあまりに快感だったからだ。

十二番街とリバー・ストリートの交差点で、エイドリアンに向かって叫んだ。「ガス欠になりそうだ」

「たしかこの先にガソリンスタンドがあったよな？」

「ああ、二ブロック先だ」

信号が変わると、彼らはいっせいにバイクを発進させた。あたりにエンジンの爆音が響き渡り、ハイウェイの高架交差路の下ではさらに増幅された。ガソリンスタンドに到着すると、ジムはハイオクを入れた。

「ブレーキの調子はどうだ？」そう尋ねながらもエイドリアンの注意はすでに、ぽんこつ車からおりてきた金髪の女に移っていた。女はヒップを揺らしながらコンビニエンスストアを目指して歩いていた。長い髪の毛先から、腰のくびれに入れたタトゥーがちらちらと見えている。

ジムは笑うしかなかった。このおしゃべり野郎め、あっけなく金髪に気を取られやがって。彼女のあとを追って、こう尋ねるのはどうかと考えているに違いない。〝おれのねじ回し《スクリユードライバー》を試してみたくないか？〟肩越しにちらちらとエイドリアンを振り返っている様子からして、女が誘いに乗ってくるのは間違いないだろう。

「どうしておまえらのより、おれのほうがましに思えるんだろうな」ジムはタンクからノズルを引っ張りだしながら低くつぶやいた。

「ブレーキの話か?」エイドリアンが振り向いた。「本当にそう思ってるのか? だって、木曜の夜にあの女と寝たのはおまえのほうだろう。このおれじゃなくて」

「それなのに、おれはそんなおまえと友だちでいようと考え始めている。おまえのバイク修理の腕前は、それだけの価値があるからな」ジムはノズルをもとの位置に戻して言葉を継いだ。「おれは頭がいかれちまったに違いない」

ふたたびバイクに乗り、ヘルメットを装着した。「さあ、そろそろ引き返し――」

「すまなかった」

思いがけない言葉に、ジムは顎の下でヘルメットのストラップの長さを調整していた手を止めた。目の前には、厳しい表情を浮かべたエイドリアンが立ちはだかっている。ガソリンスタンドの上にある青空を見つめ、やけに真剣な様子だ。

ジムは眉をひそめて尋ねた。「すまないって何が?」

「あのクラブで、おまえの目をあの女に向けさせたことだ。てっきりゲームみたいなものだと思っていたが、そうじゃなかった。おれはおまえに、あっちの道へ進めなんてうながすべきじゃなかったんだ。どう考えてもあれは正しくなかった」

エイドリアンが常識的な男のようにそんなことを気にしていたとは驚きだ。だが見かけはあんなふうにぶっ飛んでいても、その下にはマシュマロみたいな柔らかい心が隠されているのかもしれない。

ジムは手を差しだした。「いいよ。問題ない」

エイドリアンが差しだされた手を取る。「うざいやつ《アスホール》にならないようにするよ」

「とにかく先走る《ゲット・ア・ヘッド》のはやめてくれ」

エイドリアンは笑った。「ああ。これからはただのあほ《ディックヘッド》になるようにする」

「おまえならわけない《プル・オフ》さ」（pull off（うまくいく）には、〝亀頭（ディックヘッド）だから簡単に引き抜ける〟という卑猥な意味もかかっている）

ジムは愛車のエンジンをかけ、アクセルに手をかけた。手に伝わるピストン運動の振動で、入れたばかりのガソリンが腹をすかせた巨大なハーレーにのみこまれていくのを感じた。「さあ、そろそろ行こうか、紳士諸君？」

「ああ」エイドリアンは自分のバイクにまたがった。「ジム、今度はおまえが先頭を走れ」

「エディ、ドッグは大丈夫か？」ジムがそう尋ねながら一瞥《いちべつ》したところ、犬はどうやらこの冒険を心から楽しんでいるらしかった。

「ああ、びくともしてないよ」

ジムは先頭を切って、先ほど走ってきた道を戻り始めた。黄色い太陽、白く輝く雲、青い海、灰色の道路を満喫しながらひたすら爆走する。道路の左側にはハドソン川が平行に流れており、その川岸に沿って歩道もまっすぐに延びている。あちこちに植えられた若木たちは、舗装された歩道のアスファルト面を地球にしっかりと巻きつけるために突き刺された鉛筆のように見える。歩道脇にある花壇もだ。あと数週間もすれば、チューリップと水仙が芽を出すだろう。

もうひとつ、この川岸の目印とも言えるのが〈リバーサイド・ダイナー〉だ。水際にたたずむその店構えを見ただけでわかる。きっと落ち着ける店に違いない。一度は入ってみたいものだ。この店のパンケーキが死ぬほどうまいと評判で――。

アクセルを緩めた瞬間、レストランの駐車場が見えた。緑色のトヨタ・カムリの隣にBMWのM6が停まっている。ヴィンのにそっくりだ。

しかもその二台の車のあいだから、二本の脚が突きでていた。男が地面に横たわっているように見える。

Uターンしなければ。ガソリンをかなり食ってしまうが。

なぜなら、あの磨きこまれたローファーの持ち主が誰なのかわかったからだ。

駐車場に入り、彼のかたわらで中腰になっている女のほうへ愛車を走らせる。なんてことだ。地面に仰向けに横たわっているのは、やはりヴィンだ。微動だにせず、あざのある顔は蠟人形みたいな灰色だ。そのうえ、首の骨が折れているのかと思うほど曲がっている。

「何があった？」ジムはキックスタンドを立て、バイクからおりた。

あのクラブにいた女だ。彼女がこちらを見あげた。「いきなり倒れたの。昨日の夜みたいに」

「くそっ」ジムがしゃがみこむと、背後でエイドリアンとエディが停車した。彼らがハーレーからおりる前に手をひらひらさせ、そのままでいるよう指示した。こういう状況では、関わる人数は少ないほうがいい。

「店の外に出てどれくらい経つ？」女に尋ねた。

「五分かそこらかしら――あ、よかった」

女がかがみこむ中、ヴィンはゆっくりと目を開けた。その目は最初に彼女に、続いてジムに向けられた。

「起きろ」ジムは低い声で話しかけ、まずヴィンの瞳孔が光にどう反応するかを確認した。どちらも同じ反応を示したことを確かめ、いくらか安堵した。「病院に連れていかないと」

ヴィンは不満げにうなると、上体をどうにか持ちあげようとした。だが、女がその動きを止めた。「ぼくなら大丈夫だ。悪いところなんてない」不機嫌そうにつけ加える。「それに違うんだ。これは脳震盪じゃない」

　ジムは顔をしかめた。どんなに頭がいかれたやつでも、こんなふうにばったり倒れたりしたら何が起きたのかと気になるはずだ。だがヴィンは驚いてもいなければ、不安がってもいない。彼は……しかたがないとあきらめている。

　前にもこういう体験をしたことがあるに違いない。

　ヴィンがあたりを見回し始めたので、ジムは肩越しにエイドリアンとエディを見ると、顎をしゃくって道路のほうを指し示した。意味が通じたのだろう。ふたりはバイクをさがらせると、てのひらを一度だけひらひらとさせてその場から走り去った。

「くそっ……」ヴィンが顔をこすりながら言う。「ちっともおもしろくない」

「ああ、わかりきったことだ」ジムはブルネットの女を肩越しに見つめ、不思議に思った。このふたりはなぜ一緒にいたのだろう？　もしヴィンがあの射殺体との関わりを秘密にしたいなら、彼女と会うのはいい考えとは言えない。たとえ、ただコーヒーを飲んだだけだったとしても。

「何が起きたのかわからないの」マリー＝テレーズは言った。「ただ朝食を一緒に食べて――」

「きみはコーヒーを飲んだだけだろう」ヴィンはつぶやき、短期記憶に問題がないことを示した。ただし、これは彼女がフレンチトーストを食べていなければの話だが。

彼女はヴィンを慰めるかのように片手をあげたが、そのままがっくりと腕を落とした。「彼は朝食を食べて、ふたりで話して、駐車場にやってきたら——」

「ぼくはもう大丈夫だ」ヴィンは自力で地面から起きあがり、カムリのボンネットにどうにかもたれた。「本当に大丈夫」

ジムはヴィンの片方の肘を取って言った。「今から病院に行こう」

「いやだね」ヴィンはジムの手を振り払った。「家に戻る」

くそっ。ヴィンが顎に力をこめている様子から、どうやら自分は運転手役に徹して彼を〈コモドール〉の自宅まで連れ帰るしかないようだ。

「だったら、おれが運転する」

ヴィンは反論しようと口を開きかけたが、女の手が肩に置かれた。「もし運転中にまた同じ状態になったらどうするの？」

ふたりが視線を合わせて見つめあうと、雲のあいだから太陽の光が差しこみ、あたたかな空気と輝きが彼らの全身を包みこんだ。

ジムは眉をひそめ、天を仰いだ。ミケランジェロの絵画のように、神の手がふたりを指し示しているのをライブで見られるかもしれないとなかば期待しながら。だが期待は叶《かな》えられなかった。見えたのは空と雲と太陽……それに鳴き声をあげながら南へ向かうカナダガンの一群だけだ。

ふたたび、ふたりに意識を戻した。ディナーの席で、ヴィンがディヴァイナを見る目つきには決定的に欠けていたものが、ここには完全に存在している。ヴィンの目はこの女性に釘付けだ。左のタマを賭けてもいい。もしヴィンに、彼女は今日、何を着ていたか、身長は何センチか、つけていた香水は何かと尋ねたら、完璧な答えが返ってくるだろう。

ジムはさらに眉をひそめながら考えた。もし自分が間違っていたらどうする？ヴィンが進むべき正しい道の先にいる相手がディヴァイナじゃないとしたら？

「お願い、ヴィン」彼女が言った。「彼に送ってもらって」

まあいいか。そんなことはあとで心配すればいい。今この瞬間は、ヴィンを無事に家まで送り届けなければならない。「さあ、車のキーを貸してくれ」

「ね、お願いだから」女がうながした。

ヴィンは彼女の言うとおりにした。てのひらを上にしてM6の黒いスマートキーケースをこちらに手渡してきたのだ。

「バイクはどうやって取りに来るつもりだ？」ヴィンが尋ねた。

尻のポケットを叩いてみせた。タクシーで戻ってこようと考えていたのだ。だがすぐに、自分がエイドリアンと同じくらい違法なことをしようとしているのだと気づいた。ポケットに財布がない。つまり免許証もなければ、タクシーに乗るための現金も持っていない。

しかも、あのバイクは登録もしていなければ保険にも入っていない。

考えていることがすべて顔に出てしまったのだろう。ヴィンがかすかに笑った。「きみが乗ってきたバイクにはナンバープレートがついていないか、きみは免許証を持っていないかのどちらかだろう？」

「こんな遠出をする気はなかったんだ。だが、心配しないでくれ。交通規則はすべて守るつもりだ」

「あなたの車はマニュアル？」女がヴィンに尋ねた。彼がうなずくと、彼女はかぶりを振った。「残念だわ。わたし、マニュアル車は運転できないの。でも自分の車で、あなたたちの車のあとからついていって、送ってあげることはできるわ」彼女はジムを見てうなずいた。「どこであろうと、あなたが戻りたいところまで」

「それは助かる」

「そのあとで、バイクを運べるトラックを呼ぶのよね？」彼女は尋ねた。「あなたが乗ったら違法になってしまうもの」

「ああ、そうだな。そうしよう」

さて、しばしお別れの時間がやってきた。観客は不要だ。

ヴィンは自分の車を指さした。「キーはきみが持っている。車のエンジンをあたためておいてくれるか？」

ジムは片眉をつりあげた。「ああ。おれはあんたの運転手みたいな役割かもしれないが、制服も帽子も身につけてない。だから、もし彼女とふたりきりになりたいんなら、はっきりそう言えばいい」それから体の向きを変え、マリー＝テレーズにうなずいた。「〈コモドール〉の前でまた会おう」

彼女はうなずき返した。「ええ、またあとで」

ヴィンはジムがM6の運転席に乗りこみ、ドアを閉めるのを見守った。そのあとすぐエンジンがかけられ、ぶるんという大きな音があたりの空気を震わせた。カーステレオもオンにされた。粋なはからいだ。

マリー＝テレーズは頭を左右に振った。「本当に病院に行ったほうがいいわ」

「ぼくは十一歳のときから、こういうことがよくあるんだ。そう言ったら少しは安心してくれるだろうか?」

「全然」

「それでもぼくはまだ死んでいない」突然、あの発砲のヴィジョンと銃声を思い出した。今感じているのはそこはかとない絶望感だ。それを声に出さないためには、ありったけの意志の力が必要だった。「よく聞いてほしいんだ。ぼくはきみがどういうふうに生きてきたか知らない……」マリー＝テレーズがとっさに顔をこわばらせた。それでもその話題を続けるほど自分は愚か者ではない。「きみがあのクラブのオーナーに守られていると感じ、頼りにしているのはわかってる。だがそれは〈アイアン・マスク〉の中だけだ。もし誰かがきみの自宅まであとをつけてきたらどうする?」

「うちを見たら、わたしがなぜそういう心配をしていないか、あなたにもわかるわ」

その言葉を聞いてヴィンは眉をひそめた。少なくとも、彼女はそういう事態に備えているようだ。「あれこれ詮索するつもりはないんだ。だが、もし誰かにあとをつけられているなら、警察に行ったほうがいい。もし警察に行けないなら、店の外でもあのオーナーに注意してもらうんだ」

「ええ……ご忠告ありがとう」

こんなやり取りなどしたくない。トランス状態に陥っていたとき、自分が何を口走ったのかわかればいいのだが……いや、あの銃のヴィジョンがすべてを物語っている。そうだろう？

「きみはどこに住んでいるんだい？」優しい声で尋ねた。

口を開きかけたマリー＝テレーズを見て、答えてくれるのだと期待した。だがすぐに彼女は口をつぐんだ。「あなたは〈コモドール〉のどこに住んでいるの？　もしあなたたちの車と離れてしまったときのために教えて」

ヴィンは教えた。「二十八階と二十九階が自宅だ」

「どっちも？」

「どっちも」

「そう聞いても驚かないわ」その返事で、すぐにわかった。彼女はぼくと距離を置こうとしている。ぼくとのつながりをぷっつり断ち切ろうとしている。「そこまであなたたちの車を追いかけていくわね」

マリー＝テレーズが体の向きを変えたとき、ヴィンは彼女の肘に軽く触れた。「携帯電話の番号は？」

長い沈黙のあと、彼女は答えた。「ごめんなさい……教えられないわ」

「いいんだ。わかったよ。だが、きみはぼくの電話番号を知っている。電話してほしい。いつでもいいから」ヴィンは脇へどくと、カムリのドアをさらに大きく開け、彼女が乗りこむのを見届けた。それからドアを閉めると、彼女がシートベルトを締めるまで待った。何度か試したあと、カムリはようやくエンジンがかかり、ぜいぜいという音をたて始めた。彼女がこちらを見あげている。彼がどくのを待っているようだ。

M6のウィンドウが開くなめらかな音が聞こえ、ヴィンは悪態をつきたくなった。続いて聞こえたジムの声にもだ。「自宅へ送るには、あんたに車に乗ってもらわないといけない。あんたがフロントバンパーに飛び乗りたいって言うなら話は別だがな」

ヴィンは大股でBMWを回りこむと、助手席側のドアから乗りこんだ。「彼女とははぐれるなよ」

「もちろんだ」

ジムは言葉どおりにした。M6を完璧に乗りこなし、軽快に走らせた……ただし、マリー＝テレーズが追いつけなくなるほどのスピードは出さずに。

昔懐かしいクラシック・ロックが流れる中、なぜ自分とマリー＝テレーズがあのレストランでふたりきりで会っていたのか、ジムに説明する気にはなれなかった。そんな必要はない。

これっぽっちも。

「ひとつだけ答えてくれ」こちらの心を読んだかのようにジムは言った。

「マリー＝テレーズは警官から事情を聞かれた。あのクラブのオーナーもだ」ヴィンはジムをまっすぐ見つめながら言った。「ふたりとも、われわれのことは何も話していない。そのつもりもなかったようだ」

ジムがちらりとこちらを見た。「おれが尋ねようとしたのはそういうことじゃない。だが、そう聞いて安心した。監視カメラはどうなった？」

「なんとかなった」

「そりゃよかった」

「喜ぶのはまだ早いぞ。マリー＝テレーズには、今後もし危険にさらされたり、妙なことがあったりしたら、いつでもおれたちに連絡するよう伝えておいた」

「ひとつだけ答えてくれ」

「なんだ？」

「ディヴァイナはどうするつもりだ？」

ヴィンは胸の前で両腕を組んだ。「ぼくがほかの誰かと朝食をともにしたというだけで――」

「なあ、そう身構えるなよ。これからどうするつもりなのか、きいてるだけだ」

「なぜそんなことを気にする？」

ジムは長いこと答えなかった。赤信号を二度待つあいだ、ずっとだ。

二度目の信号が青に変わって車を発進させると、ジムがこちらを一瞥した。瞳に真摯な光を宿らせながら言葉を継ぐ。「気になるからさ、ヴィン。なぜなら、おれは悪魔を信じ始めているからな」

ヴィンが弾かれたようにジムを見た瞬間、彼は前方の道路に視線を戻しながら続けた。「あんたの魂を救うためにここへ来たって言ったのは、冗談でもなんでもない。だが、おれは自分が間違っていたんじゃないかと考え始めているんだ」

「間違えたって何を？」

「なあ、あんたの身にいったい何が起きてるのか、教えてくれ」

「ちょっと待て。きみは何を間違えたというんだ？」

「おれはもう、あんたがディヴァイナと一緒になるべきだとは考えていないってことだ」ジムはゆっくりとかぶりを振り、バックミラーをちらりと見あげた。「おれの仕事は、あんたの人生を手助けして、もっと幸せな場所へ導くことなんだ。で、おれはこう思い始めてる。あんたが一緒にいるべき相手は……たった今信号を無視して、おれたちのあとからついてきてる女なんじゃないかって」

「おい、車を停めるべきだったのに！」ヴィンは鋭く抗議すると、ミラーを力任せにひねり、背後からやってきているマリー＝テレーズの様子を確認した。

彼女はハンドルを握る両手に力をこめ、眉をひそめて集中しながらM６のあとを追いかけてきている。唇がわずかに動いているが、歌を歌っているのか、ひとり言を言っているのかはわからない。

「それで、さっき意識を失ったのはどういうことなんだ？」ジムは答えをうながした。

「あんたはちっとも驚いていなかったな」

ヴィンはミラーの角度を直しながら尋ねた。「霊能者って聞いたことがあるか？」

ジムがちらりとこちらを見た。「ああ」

「ぼくには未来が見えるんだ。そういうトランス状態に陥ると、何かを口走っているときもあれば、何か行動しているときもある……まあ、そういうわけだ。そんなことありえないと思うかもしれないが、冗談を言っているわけじゃない。できる限りのことをして、その力を取りのぞくようにしてきた。完全に取りのぞけたと思っていたんだ。だが、そうではなかったらしい」

しばらくM６のエンジン音だけが聞こえていたが、やがてヴィンは素っ気なく言った。「笑わないところを見ると、ぼくの話を理解してくれたんだな」

「実は、おれもつい先日、似たような体験をしたばかりなんだ」ジムは肩をすくめた。

「ただ、おれは今はもうそんな状態にはならないがな。あんたはいつもあんなふうになるのか？」

「ヴィジョンを見始めたのは、子どもの頃からだ」

「それで……彼女の何を見たんだ？」ヴィンが答えられずにいると、ジムはつぶやいた。「なるほど。キャンドルを灯《とも》してディナーを食べたり、川沿いをロマンチックに散歩したりするわけじゃなさそうだな」

「全然違う」

「だったら何を見た？　おれに教えたほうがいい。あんたとおれは、この件については一緒なんだ」

たちまち、激しい怒りに全身がかっと熱くなるのを感じた。「そうだな。ぼくは自分の体験をきみに話した。今度は、きみが自分の体験をぼくに教える番だ。きみはいったい何を――」

「おれは死んだんだ。昨日の午後に……死んだが、人助けをするために送り返された。あんたが最初の相手だ」

今度押し黙るのはヴィンの番だった。

「あんたも笑いださないところを見ると、おれの話を理解してくれたようだな」ジムはぽつりと言った。「だったら、お互いに信じられないことを体験しながらも、それでもどうにかやっているってわけだ。おれはあんたの身を守らなきゃならない。さっきも言ったように、その鍵を握るのはディヴァイナじゃなくて、後ろのカムリに乗ってる女だと感じているんだ。なのに、なぜあんたはしのごの言うのをやめて、彼女に関して見た未来をおれに教えようとしない？　おれはこの最初の使命を失敗に終わらせるつもりはない。そのためには、あんたに関することはなんでも知っていたほうがいいんだ」

ジム・ヘロンは妄想に駆られているようには見えない。それに、ぼく自身があんな信じられない体験をしているのだ。少なくとも今だけは、ジムの言うことを信じてみてもいいだろう。たとえ彼の言っていることが、たとえば霊能者として未来を見るよりありえない話だとしても。

「見たんだ……銃で撃たれるのを」

ジムはゆっくりとこちらを見た。「撃たれたのは誰だ？　あんたか、それとも彼女か？」

「わからない。たぶん彼女だと思う」

「これまで見たヴィジョンが間違っていたことは？」

「一度もない」

ハンドルを握るジムの手に力がこめられた。「なるほど。続きを聞かせてくれ」

「それ以上話すことがまだあるような言い方だな」

「ああ」

しかし、ふたりともそれ以上は何も口にしようとしなかった。車の中、押し黙ったまま隣同士に座っている。ヴィンはその状態が暗に意味することを考えずにはいられなかった。ふたりともベルトで固定された状態で、人生という道をひた走っている。ふたりにどんな結末が待っているかは神のみぞ知る、だ。

もう一度バックミラーを見つめ、心の中で祈る。標的として傷つけられるのがマリー＝テレーズではありませんように。ぼくならばいい。そのほうがずっといい。

とうとう〈コモドール〉に到着すると、車はまっすぐ地下の駐車場へ向かった。マリー＝テレーズはカムリに乗ったまま、建物の正面で待っている。ヴィンは考えた。きっとこれはいいことなのだろう。直接話す機会がなければ、もう一度彼女にさよならを言わないですむ。もういい加減にして、と思われるのがおちだ。

「あそこの十一番に停めてくれ」

Ｍ6が停車すると、ヴィンは車からおりて新たな相棒からキーを受け取った。それからふたりは別々の方向へ進んだ。ジムは道路へと通じる階段をまっすぐに目指し始めた。

ヴィンは彼とは反対側の、エレベーターがある方向へ歩きだした。エレベーターの扉が開き、中へ入って体の向きを変えると、ジムはすでに階段の入り口にたどり着こうとしていた。大股のせいで、ふたりの距離はみるみるうちに離れていく。

ヴィンは閉まりかけたエレベーターの扉を手で押さえて叫んだ。「ディヴァイナとは別れるつもりだ」

ジムが足を止め、肩越しにこちらを見た。「そうだな。ただし、彼女には優しくしてやれよ。きみのことを愛しているから」

「ああ、彼女がそう見えるようにしているのはたしかだ」だが、その〝愛している〟としか見えない態度の下に、どこかうつろな部分が感じられる。それこそ、ヴィンが一緒にいたいと思う理由のひとつだった。むしろ、そちらのほうが計算しながら相手に対処できる。愛情うんぬんよりも利己主義のほうが信頼できる――それがかつての考え方だった。

だが、もはやそうではない。ヴィンの中で何かが変わりつつある。自分ではもはや制御できない変化が起きている。あの〝ヴィジョンを見る〟という状態も制御できずに四苦八苦しているが、ここ最近の変化はそれ以上に自分ではどうすることもできない。普段なら、一日の九十九パーセントを仕事に費やしている。だが、この二十四時間はどうだ？ たぶん五十パーセントも仕事のことを考えていない。もっと別の、大切なもののことで頭の中が占められている。そのほとんどがマリー＝テレーズに関係することなのだ。

「また連絡する」彼はジムに言った。

「ああ、そうしてくれ」

ヴィンはエレベーターの扉から手を離し、自宅フロアのボタンを押した。ディヴァイナと話しあわなければならない。彼女と決着をつける必要がある。そうするのが正しいことに思えるからだけではない。ディヴァイナを傷つけるか否かは関係なく、ただ一刻も早く、彼女との話に決着をつけなければという切羽詰まった思いに駆られてもいた。

あの恐ろしい夢がまだ忘れられずにいた。まるで脳みそにあの夢が、永遠にこびりついてしまったかのようだ。

二十八階に到着すると、控えめな音とともにエレベーターの扉が開いた。エレベーターをおりて自宅へと向かい、メゾネットに足を踏み入れたとたん、ディヴァイナがあわてたように階段をおりてきた。満面の笑みを浮かべている。

「あなたの書斎を整理していたら見つけたの」彼女が手を伸ばしてきた。開いたてのひらにのせられていたのは〈ラインハート宝石店〉の小箱だ。「ねえ、ヴィン！ これって完璧だわ！」

ディヴァイナは駆け寄ってきて、ヴィンの首に両腕を巻きつけた。きつい香水の香りにむせそうになったが、彼女は話し続けている。〝開けるべきではないとわかっていたけど、どうしても開けずにはいられなかったの。はめてみたら、わたしの薬指にぴったりだったわ！〟思わず両目をきつく閉じると、まぶたの裏にあの悪夢の残像がはっきりと見えた。

明かりが灯るように、胸の中心にある確信がひらめいた。鏡に映る自分自身の姿のように、否定しがたい確信だ。ディヴァイナは、彼女自身が言っているような女ではない。

20

緑色のカムリに乗りこむと、ジムは前かがみになって片手を伸ばした。「おれはジム・ヘロンだ。ちゃんと自己紹介したほうがいいかと思って」

「マリー＝テレーズよ」

彼女はかすかにではあったが、あたたかな笑みを浮かべた。ラストネームを言われるのを待ったが、どうやら自己紹介はあれで終わりらしい。

「さっきの駐車場まで戻ってくれるとありがたい」

「問題ないわ。ヴィンの様子はどうだった？」

「ついさっき駐車場でぶっ倒れたにしては大丈夫そうだった」シートベルトを締めながら彼女を一瞥した。「きみは大丈夫なのか？　警官相手に話すのは楽しいものじゃないだろう」

「ヴィンがあなたに話したの？　だったら監視カメラの映像のことも知って……」

「ああ、彼から聞いた。ありがとう」

「どういたしまして」彼女はウィンカーを点滅させ、ミラーを確認し、一台のＳＵＶのあとに続いて車を出した。「質問してもいい？」

「もちろん」

「ヴィンの恋人とは、どれくらい前から寝ているの？」

ジムは肩をこわばらせ、目を細めた。「なんだって？」

「一昨日の夜、彼の恋人が一時間ほどじっとあなたを見つめていたあとに、あなたと彼女が順番に店から出ていくのを見ていたの。昨夜も一緒に出ていったでしょう。気を悪くしないでね。ただ見ていて、ああいう感じだったら、駐車場で手を握る以上のことをしていたんじゃないかと思ったの」

これは……完全にやられた。このマリー＝テレーズという女は頭がいい。

「きみはヴィンのことをどう思っているんだ？」

「わたしの質問には答えないつもり？　だとしても、責めないけれど」

「きみのラストネームは？」相手が黙りこむのを見て、冷たい笑みを浮かべる。「おれの質問に答えないつもりか？　だとしても、責めないが」

マリー＝テレーズが真っ赤になるのを見て、ジムは小さく悪態をつき、体の力を抜いた。「すまない。ここ二、三日、大変なことが多くてね」

彼女はうなずいた。「でも、わたしには関係ないことだわ」

いや、そうとは言いきれないぞ、とジムは思った。

「ただの好奇心から尋ねているんだ。きみはヴィンのことをどう思っている？」彼女の答えを待ちながら、ふと考えた。この世に戻ってきて以来、おれはどうかしている。人生相談の達人アン・ランダースにでもなったつもりか？　次はどうなるか知っている。きっとエステに通い、自分の服にアイロンをかけるようになるのだろう。

それか……自分の服を洗濯するようになるか。

まあ、どうだっていいことだ。

「とにかく」彼女がまだ答えていないのに気づき、言葉を継いだ。「そんなにはよくは知らないとはいえ、ヴィンはいいやつだよ」

マリー＝テレーズがちらりとこちらを見た。「彼と知りあってどれくらいなの？」

「おれはヴィンに雇われているんだ。彼は建設会社の社長で、おれはそこで建設作業員として働いている。相性抜群《マッチ・メイド・イン・ヘブン》のふたりってわけだ」突然四人の天使のことを思い出し、目をぐるりとさせる。「まさに文字どおりだな」

赤信号で停まると、彼女が言った。「別にヴィンを探し求めていたわけじゃないわ。

誰のことも」

ジムは空を見あげた。摩天楼が広がっている。「自分が必要としているものなら、わざわざ探す必要はない」

「わたしは彼とずっと一緒にいるつもりはない……答えは以上よ」

すばらしい。まさに一歩前進、二歩後退だ。ヴィンは彼女とのつき合いに乗り気になっている様子だった。だがマリー＝テレーズは彼に興味がないという——本当は、明らかにヴィンに惹かれ、彼が無事に自宅にたどり着けるか心配するほど気にかけているというのに。

さらに走っていると、手をつないで歩道を歩いているカップルを見かけた。若いカップルではない。年配者、それもかなりの高齢だ。

だが彼らが年老いているのは外見だけで、心はまったく年を取っていない。

「きみは恋をしたことがあるか？」ジムは優しい声で尋ねた。

「売春婦に尋ねる質問じゃないわね」

「おれはないんだ。恋をしたことがない。きみはどうかなと思っただけだ」ジムが何気なくガラスに手を触れると、年老いた女性がそのしぐさに気づいた。こちらが手を振っていると考えたに違いない。女性があいたほうの手をあげるのを見て、ふと迷った。おれも手を振り返したほうがいいのか？

女性に少し笑みを向けると、彼女は笑みを返し、やがてカップルは車とは違う方向へ歩いていった。

「なぜそれがそんなに重要なの？」マリー＝テレーズが尋ねた。

ジムがとっさに考えたのは、美しいが寒々とした自宅のメゾネットで、豪華だがまるで生気の感じられない品々に囲まれたヴィンのことだ。

それから、太陽の光を浴びたマリー＝テレーズを見つめているヴィンのことを考えた。

あの瞬間、彼の魂は栄養を与えられた。ヴィンはあれで変わった。本当の意味で生きるようになったのだ。

「おれがこう考え始めているからだ」ジムは低い声で答えた。「愛はすべてを変えるかもしれないってね」

「わたしも昔はそう信じていたわ」マリー＝テレーズはかすれた声で言った。「でも、この人こそと思えた男と結婚したとたん、そんな甘ったるい幻想は木っ端微塵に打ち砕かれたの」

「だったら、それは愛じゃなかったのかもしれない」

彼女が息を詰まらせたような笑い声をあげるのを聞き、ジムは確信した。自分は正しい方向に向かっている。「ええ、そうかもしれないわね」

車は先のレストランの駐車場に入り、ハーレーのほうへ向かった。

「送ってくれてありがとう」

「お役に立ててよかったわ」

ジムはカムリからおりてドアを閉め、車が方向転換するのを見守った。走り去る車を見送りながら、ナンバープレートを記憶に刻みつける。

マリー＝テレーズが完全に立ち去ったことを確認したあと、ジムはヘルメットをかぶってハーレーを発進させ、駐車場を出た。自分が犯した罪の数々を考えれば、未登録のハーレーなどほんのささいなことにすぎない。というか、そもそも気にする必要すらない。

そのうえ胸や両腕に吹きつける強風のせいでストレスが和らぎ、頭もよりはっきりとしている。ただ、それでわかったことのせいで、とたんに胸が悪くなった。自分が次に何をすべきかは、あまりに明白だ。だが、どんなにそうしたくなくても、ときには我慢しなければならないこともある。おれは、彼女を生かし続けなければならない
――ヴィンから聞いたヴィジョンと、今は亡きふたりの不愉快な学生のことを思い出

そして、そんな考えがジムの脳裏に思い浮かんだ。この状況で必要なのは情報だ。そしておれの知る限り、その情報を得るための方法はひとつしかない。

自分を売るようなまねはしたくない。だがやらなければいけないことは、しなければならない……賭けてもいい。この言葉の意味はマリー＝テレーズもよく知っているに違いない。

砂利敷きの車道にハーレーを停車するとすぐに、トラックの下からドッグが脚を引きずりながら飛びだしてきて、うれしそうにバイクのまわりを回り、ちぎれんばかりに尻尾を振りつつガレージまでついてきた。ヘルメットを取ると、かがみこんでドッグに正式にただいまの挨拶をした。ドッグは尻尾をものすごい勢いで振り回している。まさに奇跡だ。こいつがこうして前脚を踏ん張って立っていられるとは。

家で迎えてくれる誰かがいるというのは妙な気分だ。

ドッグを抱えあげて片腕で抱っこすると、階段をあがり、ドアの鍵を開けた。犬をあやしながら散らかったベッドの上にあった携帯電話を探しだした。

マットレスに座り、膝の上でうずくまるドッグの小さい体のぬくもりを感じながら、電話をかける前にじっくり考えた。どういうわけか、一歩後退したような気がした。なじみのある感覚に胸が悪くなる。実に興味深い。どういうことだろう？

ひょっとして、おれはここで新たなスタートを切ろうとしていたのだろうか？　あたりを見回し、ヴィンが目にしたはずの光景を改めて確認してみる。洗濯すべき服の山とそうでない服の山。十二歳以上は安眠できないであろう狭いベッド。〝慈善《グッドウイル》〟というスタンプがあちこちに押された家具、カバーにひびが入っているシーリングライト。

新たなスタートを切るための環境とは言いがたい。とはいえ、これまで自分がどこで何をしていたかを考えればまだましかもしれない。何しろ、公園のベンチで寝ていたこともあるのだ。

携帯電話を見つめ、ふと考える。受話器の向こう側で、あの聞きなじみのある声が応答したら、間違いなく想定外の事態が起きることになるだろう。

十一桁の番号を入力し、ともかく発信ボタンを押してみた。

呼び出し音が途切れたが、留守番電話につながったわけではない。ひと言だけ口にした。「ザカリアスだ」

返ってきたのは、もはや何にも驚くことがない人生を送っている男の短い笑い声だった。「これは、これは……まさかその名前をもう一度聞くことができるとはな」

「情報が必要なんだ」

「そうか」

携帯電話を握る手に力をこめた。「ナンバープレートから所有者の情報を探るだけだ。あんたなら目をつぶっていてもできる仕事だろう」

「ああ。いかにもおまえらしいやり方だ。そうやって、わたしをなんにでも巻きこもうとする。おまえはいつだって駆け引き上手だったからな」

「くそったれ。あんたはおれに借りがあるだろう」

「そうだったか」

「そうだ」

長い沈黙が落ちたが、よくわかっている。この通話が途切れることは絶対にない。かつてのボスのような政府関係の要職にあるやつらは、強力な衛星通信ネットワークを使っている。それこそ地球のど真ん中から信号が発信されるようなものだ。

受話器の向こう側からふたたび低い声が聞こえた。「悪いが、法律によって任務には期限があり、おまえの登録期限はすでに過ぎている。もう二度とわたしに電話をかけてくるな」

通話は一方的に切られた。

ジムは携帯電話を一瞬見つめ、ベッドの上に放りだした。「なあ、ドッグ。これこそ完全な行き止まりってやつだ」

もしマリー＝テレーズが詐欺師か何かだとしたらどうする？　ヴィンがころりとだまされて、にっちもさっちもいかない状態に陥っているだけだとしたら？　しわくちゃのシーツに横たわりながら、ドッグを胸の上にのせたあと、小さなテーブルに手を伸ばし、テレビのリモコンをつかんだ。ドッグの毛むくじゃらの体を撫でながら、ベッドの頭側にある小型テレビにリモコンを向け、〝電源〟と記された赤いボタンの上に親指を這わせた。

なあ、あんたたち。助けてくれ。心の中でつぶやいた。**この場合、おれはどっちの方向へ進むべきなんだ？**

ボタンを押すと、液晶画面に鮮やかな映像が現れた。赤いロングドレスを身にまとった女が、タキシード姿の男にいざなわれ、リムジンからジェット機に乗り換えようとしている。映画の一シーンのようだが、タイトルがわからない。とはいえ、ここ二十年間は軍隊ひと筋の生活を送ってきたのだから、映画を観ている時間の余裕などなくて当然だ。

データボタンを押したジムは、笑わずにはいられなかった。『プリティ・ウーマン』は売春婦とビジネスマンが恋に落ちる映画だ。ジムは天井を見つめてつぶやいた。

「どうやら、おれは最初から間違えていたらしいな」

その日の夕方、マリー＝テレーズは聖パトリック大聖堂にやってきた。ゆっくりとした足取りで進む。通路の先にある祭壇がことのほか遠くに感じられた。小聖堂を通り過ぎ、告解室を目指す途中、四番目の柱間の前で足を止めた。台座から等身大のマグダラのマリア像が消えている。ついた埃や香の汚れをきれいにするために、あの白い大理石の像は持ち去られたに違いない。

そのがらんとした空間を見た瞬間、彼女は心を決めた。コールドウェルを出よう。もう潮時だったのだ。自分には、男性に心をときめかせている余裕なんてない。そういう人生を送る立場にない。でも、すでにヴィンに惹かれ始めている。あの亡くなった大学生たちの件はさておき、今後ヴィンと一緒にいても、自分のためにはならないだろう。それにわたしは、気ままなフリーランサーだ。いつだって旅立つことができるし――。

背後の扉がきしむ音がして、耳をそばだてた。だが、肩越しに振り返っても近づいてくる者は誰ひとりいなかった。いつもどおりに教会はがらんとしていて、会衆席にも人がほとんどいない。前方に黒いベールをかぶって祈りを捧げている女性がふたりいて、はるか後方にレッドソックスのキャップをかぶってひざまずいている男性がひとりいるだけだ。

そのまま通路を進み続けるにつれ、この街を出ていくという決心の重みでマリー＝テレーズの足取りはさらに重くなった。ここを出て、どこへ行けばいいのだろう？別の身分を買うのに、どれだけの大金が必要になるの？　それに仕事だ。これからなんの仕事をしよう？　トレズは彼独特のやり方で商売をしている。〈アイアン・マスク〉以外の場所で、こんな仕事をしている自分の姿は想像できない。

だとしたら、どうやって請求書を支払えばいい？

ふたつある告解室の前で数人が待っていたので、彼らと一緒に順番を待つことにした。一度だけ笑みを向けた以外、彼らの姿を見ないように努める。彼らも、こちらに対してそうしている。いつもそうだ。罪悪感を背負ってここへやってきているため、彼らは言葉を交わしたがらない。彼らはどんな罪を犯し、告白しにやってきたのだろう？　わたしと同じように。

でもたとえ彼らがどんな罪を犯していても、わたしほどの罪ではないはずだ。わたしなら〝罪状コンテスト〟で間違いなく一位になれるだろう。それも、ぶっちぎりで。

「こんにちは」

背後をちらりと見ると、見覚えのある男性が立っていた。祈禱グループのひとりだ。彼女と同じく物静かで、常にグループに参加しているが、めったに口を開かない。

「こんにちは」マリー＝テレーズも挨拶を返した。

彼は一度うなずくと、床をじっと見つめたまま体の前で手を重ねた。それ以上何も話しかけてこようとはしなかった。どういうわけか、この男性は香のような香りがする。この教会で用いられているのと同じ種類の香だ。甘くいぶされた香りに心が慰められた。

誰かが告解室へ入るたびに、彼らは足取りを揃えたように二歩ずつ前に進み、また別の人が入ると二歩進み……それを繰り返しているうちに、次がマリー＝テレーズの順番になった。

分厚いベルベットのカーテンの背後から目を真っ赤にした淑女が出てきて、いよいよ順番が回ってきたので、祈禱グループの男性に挨拶の笑みを向け、告解室の中へ足を踏み入れた。

狭い告解室の中へ入って椅子に腰をおろすと、木製のパネルが開かれ、真鍮《しんちゆう》の仕切りの向こう側に聖職者の横顔が現れた。

十字架を切ると、柔らかな声で言った。「神父様、お赦しください。わたしは罪を犯しました。前回ここへ来てから、たった二日間のあいだにです」

そこで口をつぐんだ。もう何度も言っている言葉ではあったが、やはり口にするのは難しい。

「話してみなさい、わが子よ。罪を打ち明けるのです」

「神父様、わたしは……罪を犯してしまいました」

「どんな罪ですか？」

神父は知っているはずだ。だが告解とは、悪い行為を声に出して告白することにほかならない。罪を告白しなければ、赦しも慰めも得られない。

喉をうるおしてから続けた。「わたしは……法律に反するやり方で男性たちと一緒に過ごしました。不貞も犯しています」客の中には結婚指輪をしている者もいるのだ。

「それに……神の御名をみだりに使ってしまいました」ヴィンがレストランの駐車場で倒れているのを見た瞬間のことだ。「そしてわたしは……」

それからしばらく罪の数々を告白し続け、ようやく告解を終えた。聖職者の横顔が重々しくうなずく。「わが子よ……あなたは自分が誤った道を歩んでいるとわかっているのですね」

「はい」

「神の道に反する行為は赦されることではなく……」

神父が話し続けるあいだ、マリー＝テレーズは目を閉じ、そのメッセージをしっかり心に刻みつけた。これまでどれほど深い苦しみに耐えてきただろう。わたしは自分に対してなんてことをしてしまったのか。そんな思いで胸が締めつけられ、息をすることもままならない。

「マリー＝テレーズ」

体を震わせ、仕切りを見つめた。「はい、神父様？」

「……それゆえにわたしは――」聖職者は言葉を切った。「何か言いたいことでもあるのですか？」

「今、わたしの名前を呼ばれませんでしたか？」

聖職者は横を向いたまま眉をひそめた。「いいえ、わが子よ。わたしは呼んでいません。ただあなたの罪を赦すために……」

マリー＝テレーズはあたりを見回したが、見えるのは木製のパネルと赤いベルベットのカーテンだけだった。

「父と子と聖霊の御名によって、ここにあなたの罪を赦します、アーメン」

こうべを垂れて神父の祈りの言葉に感謝し、彼が仕切りを閉めると深く息を吸いこみ、ダッフルバッグを手に取って告解室を出た。隣にある告解室からほかの罪びとの声が漏れ聞こえてくる。柔らかくてくぐもった声。ぼんやりとして、何を話しているのかはまったくわからない。

通路を戻るあいだ、彼女は被害妄想に駆られ、どうしても大聖堂の中を見回さずにはいられなかった。先のベールをかぶった女性たちはまだ同じ場所にいた。祈りを捧げていた男性はもういなかったが、彼がいた場所にはあとからやってきた別のふたりの男性がいた。

こんなふうに肩越しに振り返り、自分の名前が呼ばれやしないか、誰かにつけられてはいないかと心配を募らせるのにはもううんざりだ。けれどラスベガスから逃げだして以来ずっと、周囲へ細心の注意を払ってきた。常にこんなふうにあたりを警戒してきたような気がする。

外へ出ると小走りで自分の車に戻った。車に乗りこんで鍵をかけてようやく、ほっとひと息つくことができた。今回だけは、カムリも一度でちゃんとエンジンがかかった。まるでこちらのアドレナリンが車のエンジンに送りこまれたみたいだ。そこからクラブへ向けて走り去った。

〈アイアン・マスク〉の駐車場に車を停め、ダッフルバッグを抱えておりるときには、被害妄想もおさまっていた。あとをつけてきた車は一台もいないし、殺人目的でしのび寄ってくる黒い人影も見当たらない。普通と違うことは何ひとつ――。

　そのとき、ふたりの学生の遺体が発見された路地に目が向いた。なぜ四六時中心配でたまらないのか、その理由を思い知らされたような気がした。

「どうかしたかい？」

　弾かれたように振り向く。すばやい動きのせいで、ダッフルバッグがまともに自分の体にぶつかった。声をかけてきたのはトレズだった。通用口の脇でマリー＝テレーズを待っている。「だ……大丈夫」トレズが目を細めるのを見て、片方のてのひらを上に向けながら続けた。「脅かさないで。今夜は特に。よかれと思って見守ってくれているのはわかってるわ。でも今は冷静に対処できそうにないの」

「わかった」トレズはつぶやくとあとずさり、彼女が自分の脇を通れるようにした。

「そうする必要があるなら、そっとしておく」

　ありがたいことに、トレズがその約束を守ってくれたおかげで、ひとりでロッカールームへ入り、着替えをすることができた。自分でもぞっとするような衣装に身を包み、ウィッグの髪をふくらませ、まぶたにアイシャドーを塗り、唇全体にグロスを塗ると、クラブのフロアに通じる長い廊下を歩きだした。本当の自分とは完全にかけ離れた人格になり、本来は自分が絶対にいるべきではない場所へと向かう。

客たちのあいだを歩いていると、すぐに〝仕事相手〟が見つかった。ちらりと目を合わせ、ヒップを軽く揺らし、わずかに笑みを浮かべると、今夜最初の相手が食いついてきた。

その男性はどこからどう見ても普通だった。言い換えれば、ほかのどんな場所で見かけてもおかしくないが、この店では絶対にお目にかからないタイプだ。身長が百八十センチ以上あり、髪と瞳は褐色で、カルバン・クラインのエタニティ・フォー・メンの香りを漂わせている。保守的な香水をつけているからといって、物腰の柔らかい相手とは限らない。だが少なくとも、香水のセンスがいいことはわかる。それに服のセンスもいい。ちょうどいいセンスのよさで、悪目立ちしていない。しかも結婚指輪をしていない。

金額交渉の話し合いは終始ぎこちなく、彼はずっと顔を真っ赤にしていた。ということは、この男性はこれまでに一度もこういう経験がないだけでなく、まさか自分が金を出してセックスをすることになるとは想像もしていなかったのだろう。

わたしも同感だけれど。

マリー＝テレーズのあとに続いて男性がバスルームの一室に入ってきた瞬間、いつものように現実が歪んだように感じられた。魂が自分の体から抜けだして二歩後ろにさがり、閉ざされた扉の背後からふたりを客観的に見つめているような気分になる。

狭苦しい空間の中、男性が差しだした金を受け取り、スカートの隠しポケットの中へ押しこむと、彼のほうへ足を踏みだした。体が氷のように冷たい。彼の腕を撫であげる自分の手が小刻みに震えているのがわかる。唇に作り笑いを張りつけながら、しっかりと気を引き締め、男性から体を触られるのに備えた。あるべきところに自分の体をどうにか置き、ひそかに祈る。自制心を充分に働かせ、くれぐれも悲鳴をあげて逃げだしたりしませんように。

「ぼくの名前はロブだ」客が緊張した声で言った。「きみは?」

マリー＝テレーズはバスルームの中に閉じこめられ、どうしようもない息苦しさを感じた。深紫色の壁と黒い床がゴミ圧縮機のように迫ってきて、今にも自分を押し潰しそうな気がする。誰か助けて、と悲鳴をあげたい。誰でもいい。この状態を止めて。

息を深く吸いこみ、気を落ち着かせるべく、すばやくまばたきを繰り返した。こうして視界をはっきりさせれば、頭の中もすっきりして、仕事をこなせるようになるかもしれない。

彼女が前かがみになると、ロブはしかめっ面で体を引き離した。

「気が変わったの？」彼女は尋ねた。そうであってほしい。たとえそうだとすればすぐにここを出て、また別の客を見つけなければならないとわかっていても。

ロブは混乱している様子だ。「きみ……泣いてるよ」

マリー＝テレーズはとっさにロブの肩越しに洗面台の上の鏡を見つめた。なんてことだろう……彼の言うとおりだ。目からあふれた涙が、ゆっくりと頰を伝っている。

両手をあげ、涙を拭き取った。

ロブも振り向いて鏡を見た。彼女が感じているのと同じように、彼の顔にも悲しげな表情が浮かんでいる。「あのさ」彼が言った。「ぼくたちふたりとも、こんなことをすべきじゃないんだと思う。実は、ぼくが誰と寝ても全然気にしない女性に仕返ししようとしていたんだ。ただ、そのために誰も傷つけたくなかった。だからここに来て……」

「売春婦を買おうとした」ロブの代わりに言葉を締めくくった。「だから、あなたはわたしに近づいてきたのね」

ああ、鏡に映る自分の姿を見ただけでぞっとする。濃いアイライナーが涙でにじみ、頰は真っ青だし、髪の毛はくしゃくしゃだ。

自分の顔をまじまじと見つめながら、ふいに気づいた。わたしは燃え尽きてしまった。ついにこの瞬間がやってきたのだ。しばらく前から、少しずつ向かっていたのだろう。このクラブにやってくる前から、休止のサインはあった。石鹸の香りに包まれて泣きながらシャワーを浴びているときも、告解室でパニックに襲われたときも刻々とこの瞬間に近づいていたのだ。でも、もはやこれ以上近づくことはない。

ここが終着点なのだから。

スカートで手を拭くと、折りたたんだ紙幣を取りだし、ロブのてのひらに握らせて押しこんだ。「あなたの言うとおりだわ。わたしたちふたりとも、こんなことをすべきじゃない」

彼はうなずくと、紙幣を握りしめた。絶望的な表情を浮かべている。「ぼくは本当に意気地なしだな」

「どうして？」

「いつもそうなんだ。こういう状況に立たされると、息が詰まりそうになる」

「慰めになるかどうかわからないけれど、今夜、息が詰まりそうになったのはあなたじゃない。わたしのほうよ。あなたはとても……親切だわ」

「それがぼくなんだ。感じのいいやつ。いつだって感じのいいやつ止まりだ」

「女性の名前はなんていうの？」マリー＝テレーズは低い声で尋ねた。

「レベッカだ。隣のブースで働いてる同僚で、本当に……完璧な女性なんだ。四年前からずっと彼女の気を引こうとしているが、彼女はぼくに自分の恋愛話しかしない。ぼくも運よく誰かとデートしてセックスできたら、その話を彼女にできると考えたけど……問題は、実際のところ、そんな運には恵まれなかったぼくがひどい嘘ばかりついてるってことなんだ」

ロブは現実を目の前にして覚悟を決めようとするかのように、シャツの袖口を強く引っ張った。

「レベッカをデートに誘ったことは？」

「いや、一度もない」

「彼女は、自分のデート相手の話をすることで、あなたの気を引こうとしているんじゃないかしら？　そうは思わない？」

ロブは眉をひそめた。「でも、どうしてそんなことを？」

マリー＝テレーズは手をあげ、彼の顔を鏡に向け直した。「あなたが本当はハンサムで感じのいい人だから。それにたぶん、あなたが今の状況を読み間違えているからよ。ねえ、一度あなたから誘ってみたら？　もし彼女に拒否されたら、もう二度と誘いたいなんて思わなくなる。だって、彼女にとってその他大勢のひとりになんてなりたくないでしょう?」

「でも想像できないよ、どうやって彼女をデートに誘えばいいのか」

「こういうのはどう? 〝レベッカ、木曜の夜は何してる?〟必ず平日に誘うようにするの。週末だとプレッシャーをかけてしまうから」

「そうなのか?」

「ええ。あなたが失うものなんてある?」

「だけど彼女とは同じ職場なんだ。これからも毎日、顔を合わせなきゃならないんだよ」

「でも、今は彼女と会っても楽しい時間を過ごせてないんでしょう? 少なくとも、その状態を終わらせることはできるわ」

ロブが鏡越しに目を合わせてきた。「どうしてきみは泣いていたの?」

「もう……わたしにはこんなことができないから」

「そう聞いてうれしいよ。ぼくがきみを選んだのは、きみがそういうタイプの女性に見えなかったからなんだ。その……」ロブは真っ赤になった。「つまり――」

「こんなことをする必要がある女性ね。ええ、あなたの目は正しいわ」

ロブはこちらに向き直ると笑みを浮かべた。「こうなってよかった」

「ええ、本当に」マリー＝テレーズは衝動的に手を伸ばし、ロブを抱きしめた。「幸運を祈っているわ。彼女をデートに誘うときには思い出して。あなたは恋人にするのに理想的な人だし、彼女はそんなあなたが隣にいてラッキーだってことをね。わたしを信じて。いい人を見つけるのは本当に難しいことだって、今までの経験でいやというほど思い知らされてきたから」

「そうなのか？」

マリー＝テレーズは目をぐるりと回した。「あなたには想像もつかない、いでしょうね」

ロブはさらに笑みを広げた。「ありがとう。本気で感謝しているよ。レベッカを誘ってみようと思う。もうどうにでもなれ、だよね？」

「人生は一度きりだから」

決意に満ちあふれたロブは意気揚々とバスルームから出ていった。扉が閉まると、マリー＝テレーズはふたたび鏡に映る自分を見つめた。頭上から照らされた照明のせいで、黒くにじんだメイクがゴス・ファッションに見える。

なんという皮肉だろう。このクラブでの最後の夜に、とうとう正真正銘のゴスに見えるようになるなんて。

片側に体を傾け、アイライナーを直そうとペーパータオルをつかんだ。でも結局、口紅を拭いた。ぬるぬるしたグロスを口からぬぐい取る。もう二度と甘ったるいこの口紅を塗ることも、口紅以外のメイクをすることもない。それに、このくだらなくて安っぽい衣装を着ることも。

おしまいだ。わたしの人生のこの章が今、終わった。

信じられないほど心が軽くなる。自分でも驚いているし、頭がおかしくなったとしか思えない。だって何も決めていない。次に何をするのかも、どこへ行くのかも。理性的に考えれば、ここはパニックを起こすべきところだ。

それなのに、今は安堵感で胸がいっぱいだ。そのことしか考えられない。

鏡に背を向けて錬鉄製のドアノブに手を伸ばしたとき、いつの間にか涙が乾き、笑みを浮かべていたことに気づいた。ドアを開けて外へ出ると――。

ヴィンセント・ディピエトロがいた。厳しい顔つきで、こちらを見おろしている。

彼はバスルームの向かい側の壁にもたれ、胸の前で両腕を組んでいた。一見リラックスしているように見えるが、大きな体をこわばらせている。

彼の顔に浮かんでいたのは、鋭いパンチを見舞われ、内臓が出てしまった男のような表情だった。

21

問題は、ヴィンにはそんなふうに予想外のパンチを食らったような衝撃を受ける理由も、権利もないことだった。

ヴィンはマリー＝テレーズを見つめ、彼女の頬に赤みが差しているのに気づいた。それと唇に口紅が残っていないことにも。気づいても何も感じるべきではないのだろう。先ほどバスルームから出てきた男が笑みを浮かべ、一人前の男になったかのように肩をいからせていたとしても――なんの違和感も覚えるべきではない。目の前にいる女性は、ぼくのものではない。これは、ぼくとはなんの関係もないことだ。

「もう行かないと」壁から離れ、体の向きを変えた。大勢の客がいるフロアを一瞥し、クラブの奥へと向かう。昨夜のごたごたのおかげで、奥をまっすぐ行った突き当たりにドアがあるのを知っていた。

歩いているあいだ、酔っ払った父の声が頭の中でこだまし続けていた。〝女なんて信用ならない。どの女も売女と同じだ。機会さえあれば、いつだってファックしようとする。ろくなもんじゃない〟

出口まであと三分の一というところで、マリー＝テレーズに追いつかれた。タイル張りの床にヒールの音を響かせながら近づいてきて、ヴィンの体をつかんで引き止めた。「ねえ、どうしてあなたは――」

「こんな態度を取っているのかって？」なんてことだ。彼女をまともに見ることができない。どうしても。「きみはわかっているはずだ。ぼくにもその質問の答えがわからないことを」

マリー＝テレーズは困惑している様子だ。「そうじゃなくて、わたしが尋ねようとしたのは……あなたはどうしてここに来たの？　何か問題でも？」

なんてことだ。そこから説明を始めなければいけなかったのか。「いや、すべて順調だし、何も問題ない。完璧だ」

ふたたび歩み去ろうとしたところ、彼女がはっきりとこう言うのが聞こえた。「わたしは今の男性とは何もしてないわ。あの中にはいたけれど、彼と何かしていたわけじゃないの」

ヴィンは肩越しに振り返り、彼女のほうへまた戻った。「ああ、そうだろうとも。普段のきみは生活のためにいろいろな男たちと何かをしているんだよな。売春婦は金のためにそうしていることを、ぼくが忘れたとでも思ったのか？」

彼女が真っ青になるのを見て、ヴィンは自分がどうしようもないろくでなしに思えた。だが前言を取り消す前に、彼女が先に話しだした。

マリー＝テレーズは顎をぐっとあげた。「そう、それが真実よ。今のわたしの言葉を信じるか信じないかはあなたの問題であって、わたしの問題じゃない。これで失礼するわ。着替えないといけないから」

マリー＝テレーズが片手をあげて肩にほつれかかる髪を払ったとき、彼女が何か握りしめているのに気づいた。くしゃくしゃになったペーパータオルだ。一面に真っ赤な汚れがついている。

「待ってくれ」ヴィンは彼女を引き止め、ペーパータオルをちらりと見た。「きみは自分で口紅を落としたんだね」

「もちろん、わたしが自分で――ちょっと待って。もしかして、あの男性とキスしたせいで口紅が落ちたと思ったの？」マリー＝テレーズは回れ右をすると、ロッカールームへまっすぐ向かい始めた。「さようなら、ヴィン」

今度思いがけないニュースを伝えるのは、ヴィンの番だった。「今朝、ディヴァイナと別れた。ぼくにとって、彼女はもう〝元恋人〟だ」

マリー＝テレーズは足を止めたが、彼のほうを向こうとはしなかった。「なぜそんなことをしたの？」

ヴィンは彼女の小さな背中を見つめた。ほっそりとした肩からまっすぐに伸びた背筋、さらに肩甲骨の下まで届いている濃い色の髪まで。「なぜなら、あのレストランでぼくの前に座っているきみを見ていたとき、この世にぼくたちふたりしかいないように感じたからだ。きみとぼくのあいだに何が起きようが起きまいが、ぼくはきみを心から求めている。その気持ちを伝える必要があると思って、会いに来たんだ」

マリー＝テレーズが肩越しにこちらを見た。美しいブルーの目を驚いたように見開いている。

「本当だよ。神にかけて、本当の気持ちなんだ。だからさっきは、バスルームの前であんなに動揺してしまった。ただ、ぼくはきみが自分のものだなんて言える立場にない……そうだったらどんなにいいかと思うだけだ」

クラブから聞こえてくる物悲しげな音楽が、ふたりのムードをかきたてる。音楽と、彼が今、必死に伝えようとした言葉とが相まって、一種の魔法が働いたのだろう。彼女はヴィンを置き去りにしようとはしなかった。

もう父親の亡霊と交信しないほうがいい。まずはそこから始めるべきかもしれない。マリー＝テレーズは振り返ると、ヴィンをじっと見つめた。「これから着替えて、トレズにお店を辞めるって伝えようと思っていたの。待っていてくれる？」

なんだって？「ここを辞めるつもりなのか？」

彼女がペーパータオルを掲げた。「ずっとわかっていたのよ。こんなことはいつまでも続けられないって。ただ今日になるまで、今夜で最後だとはわからなかっただけ。それだけよ」

ヴィンは無意識のうちに進みでて、両腕をマリー＝テレーズに巻きつけていた。ただ、彼女がいやだったら体を離せるように気を配るのも忘れなかった。しかしマリー＝テレーズは体を引こうとはせず、むしろ体をぴったりとくっつけて深く息を吸いこみ……抱きしめ返してきた。

「ああ……もちろんきみを待っているよ。たとえ何時間かかろうと」

姿を現すタイミングを知っていたかのように、トレズが通路の反対側にある事務所から出てきて、大股でふたりに近づいてきた。

トレズはヴィンに手を差しだした。「彼女をここから連れだすつもりか？」

トレズとてのひらを打ちあわせ、ヴィンは両眉をつりあげた。「彼女がそうさせてくれるなら」

トレズはマリー＝テレーズを見おろした。黒い目がこれ以上ないほど優しく輝いている。「きみはそうするべきだ」

マリー＝テレーズは頬を真っ赤に染めた。「ねえ、トレズ……聞いて……わたし、もうここに戻ってくるつもりはないの」

「わかってるよ。寂しくなるが、本当によかった」トレズが大きな両腕を突きだすと、ふたりは短く抱擁しあった。「ほかの女の子たちには、ぼくから話しておく。これからも連絡しようだなんて考えなくていい。ときにはきっぱり縁を切ったほうがいい場合もあるからね。ただ、これだけは覚えておいてほしい。何かが――金でも、住む場所でも、頼りにしたい肩でもなんでもいいから、もし必要になったら、いつだってぼくがここにいるってことを」

ヴィンはこの男が気に入った。心から。

「わかったわ」彼女はヴィンをちらりと見た。「すぐに着替えてくるわね」

彼女がロッカールームへ駆けこむと、ヴィンは声を落とした。通路にはふたりのほかには誰もいないため、そんなことをする必要はなかったのだが。「彼女から聞いたが、きみは警察に顔がきくらしいな。本当に感謝しているんだ。だが、もし今回のことできみや彼女に金銭的な負担がかかったのなら、正直に教えてくれないか？」

トレズは小さく笑みを浮かべた。まぎれもない自信が感じられる笑みだ。「おまわりのことは心配しなくていい。きみは自分の女の子を大切にしてやってくれ。そうしたら、すべてが丸くおさまる」

「実を言うと、彼女はぼくの女の子じゃないんだ」とはいえ、少しでもチャンスがあれば……。

「忠告してもいいかな？」

「ああ、もちろんだ」

トレズが近くへ寄ってくる。長身のヴィンが、ほかの男とこんなふうに目線が合うことはまずない。だが相手はそんなことなど何ひとつ気にした様子はなかった。

「ぼくがこれから話すことをよく聞いてほしい」トレズは言った。「すぐに、きみが彼女のことを信頼しなければいけないときがやってくるはずだ。彼女がきみの知っているとおりの女性であって、きみが恐れているような女性じゃないと信じるべきときがね。たしかに、彼女は今までこの店で働かざるをえなかったし、その理由も今後きみに話すだろう。だがそんなのは取るに足りないことだ。きみはそのうち忘れてしまうだろう。いつまでも覚えておくことなんてない。きみだってすでに疑い始めてるはずだ。マリー＝テレーズはここで働いているほかの女の子たちとは全然違うんじゃないかって。そのとおりだよ。もしあんな人生を送っていなければ、彼女はこんなところで絶対に働いていなかっただろう。ぼくの言いたいこと、わかったか？」

ヴィンはトレズの言いたいことを完全に理解した――ただ、ひとつだけ不思議に思ったのは、このクラブのオーナーがどこまで真相を知っているのかということだ。こちらに向ける目つきから察するに、トレズはすべてお見通しのようだ。「ああ、わかった」

「よかった。もし彼女を傷つけるようなことをしたら――」トレズがヴィンの耳元でささやく。「きみの全身の骨から肉をこそげ落としてやるからな」

トレズは背筋をまっすぐ伸ばし、またしても小さく笑みを浮かべた。たちまちヴィンの頭の中で、中身の肉がないホットドッグ・ロールやハンバーガーのバンズ、バーベキューソースのヴィジョンがぐるぐると旋回し始めた。だが、そんなヴィジョンにひるむヴィンではない。

「まったく」ヴィンは低い声でつぶやいた。「きみは最高だな。本当に」

トレズが小さくお辞儀をしてみせる。「きみもだよ」

十分後、ロッカールームから出てきたマリー＝テレーズは、メイクを落とし、ジーンズとフリースに着替えていた。ダッフルバッグはどこにも見当たらない。

「私物は捨ててきたわ」彼女はトレズに言った。

「よかった」

三人揃って出口へと歩きだし、扉の前までやってくると、彼女はふたたびボスを抱擁した。「トレズ、警察のことなんだけど――」

「もし警察がきみに用があってここへ来たら、そのときは知らせるつもりだ。だが、ぼくはもうきみに何も心配してほしくない。いいね？」

彼女はトレズを見あげ、笑みを浮かべた。「あなたは何もかもすべて面倒を見てくれるのね」

トレズの顔に一瞬、暗い影がよぎった。「ほとんどすべてをね。さあ、ふたりとも出ていってくれ。変な意味に取らないでほしいんだが、きみたちとは二度と会わないよう願っている」

「さようなら、トレズ」マリー＝テレーズはささやいた。

彼は手を伸ばし、彼女の頰を優しく撫でた。「さよなら、マリー＝テレーズ」

トレズが通用口を開くと、ヴィンはマリー＝テレーズの腰に腕を巻きつけ、建物の外へ出た。あたりにはひんやりとした夜気が漂っている。

「どこかへ行って、話でもしようか？」夜のしじまに靴音を響かせながら、ヴィンは尋ねた。

「あのレストランは？」

「実は……あれとは別の場所を考えているんだ。きみをぜひ連れていきたいところがある」

「わかったわ。あなたの車のあとからついていけばいい？」

「ぼくが運転する車で一緒に行くのはどうだろう？」マリー＝テレーズが振り返ってクラブを一瞥するのを見て、ヴィンはかぶりを振った。「いや、やっぱりぼくの車を追いかけてきてくれ。自分の車に乗ったほうがきみも安心できるよな」

彼女は自分の直感を試すかのように一瞬考えこんだが、肩をすくめた。

「いいえ……そんな必要はないわ」ヴィンを見あげて言葉を続ける。「あなたがわたしを傷つけるなんて思えないから」

「ああ、そのとおりだ。なんなら、きみの命を賭けてくれてもいい」

マリー＝テレーズをＭ６までいざない、助手席に座らせたあと、ヴィンは運転席に座った。「〈ザ・ウッド〉へ行こうと思っている」

「どんなところ？」

「どの通りの名前も〝ウッド〟で終わる住宅街なんだ。オークウッド、グリーンウッド、パインウッドという具合にね」エンジンをかけながら言う。「きっとその当時、都市計画者たちは目新しい通りの名前をすべて使い果たしていたんだろう。あそこに行けば、きみもどうして〝ウッドウッド・アベニュー〟っていう通りがないのかと不思議に思うはずだよ」

彼女は笑い声をあげた。「ここにもう一年半も暮らしているのに知らなかったわ。せめて場所くらい知っていてもいいはずなのに」

「そんなに遠くない。十分ほどで着く」

クラブから五ブロック先まで車を走らせると、すぐにノースウェイ・ハイウェイに乗り、ある出口でおりた。車窓に広がるのはカルディー北部の郊外の風景だ。そのまま狭い通りを次から次へと通り過ぎるにつれ、家々がどんどん小さくなり、さらに車を進めると、もっと家々がみすぼらしくなっていった。

近所に住んでいたのがどんな家族だったか、今でも覚えている。彼らはノーマン・ロックウェルの絵画に描かれているような清廉潔白で、いかにも幸せそうな家族ではなかった。むしろヴィン自身に似ていた。そう、親から逃げだしたくて自宅からこっそり抜けだしては、友だちとつるんで酒、煙草、喧嘩に明け暮れていた自分と。あの当時は、自宅に戻るくらいなら何をしていてもよかったのだ。

両親がどこかへ行ってくれたら、とどれだけ願っただろう。さもなければ、自分自身がこの街から出ていきたい、と。

そして、その願いどおりになったというわけだ。

「もうすぐ着くよ」ヴィンはマリー＝テレーズに話しかけた。彼女はとても落ち着いた様子で助手席に座っている。体の力を抜き、座席にもたれて車窓を流れる風景を見つめていた。

「このまま何時間でもドライブできそうだなって思っていたの」彼女は低い声で答えた。「ここに座って、景色が流れるのを眺めているだけでもわたしは幸せだわ」

ヴィンは片手を伸ばし、彼女の手を取って握りしめた。「前に休みを取ったのはいつ？」

「永遠に思えるほどずっと前よ」

「それがどんな感じか、ぼくにもわかる」

クレストウッド・アベニュー百十六番地に到着すると、M6は私道に入り、正面玄関へと通じるコンクリートの通路をのぼり、アルミ外壁で、寝室がふたつしかないちっぽけな自宅へ向かい始めた。

少年時代を過ごしたわが家が、今ほどいい状態に見えたことはない。噴水のまわりを囲む低木の茂みは刈りこまれ、大きなオークの木には枯れ枝がない。地面に生えていた雑草も、毎週刈り取られているようだ。ヴィンは二年前にこの家の屋根を新しくし、外壁も塗り直し、私道も舗装し直していた。〈ザ・ウッド〉の中で一番とは言わないまでも、この通りの中では一番整備された家だ。

「ここは？」彼女が尋ねる。

ヴィンは突然きまり悪さを覚えた。だが、そこが肝心だ。ディヴァイナは一度もここに来たことがない。一緒に仕事をしている人々の中にも、この場所を知っている者はひとりもいない。成功をおさめるようになって以来ずっと、彼は自分が誇れるものだけを人々に見せてきたのだ。

運転席側のドアを開けて答える。「ここは……ぼくが育った家なんだ」

こちらが助手席に回りこむ前に、マリー＝テレーズは自分で車からおりていた。目の前にある家のあらゆる部分に視線を走らせている。それこそ玄関口から雨押さえに至るまで。

ヴィンは彼女の腕を取り、玄関へ連れていった。鍵を外して扉を開けたとたん、人工的なレモンの香りがした。靴ぬぐい《ウエルカムマット》の匂いだ。だが本当の意味で歓迎《ウエルカム》されているとは言いがたい。化学製品のレモンの匂いと同じで、偽物の匂いがぷんぷんする。

入り口の脇柱を通り過ぎたところで玄関の明かりをつけ、扉を閉めてから部屋の温度をあげた。

寒くて、じめじめしている。それに家の中は乱雑そのものだ。外観に比べると、建物の内部はどう見てもめちゃくちゃだった。両親が階段から転落した日からずっと、ヴィンは家の中をそのままにしている。醜い遺物のままに。

「ぼくはここで育ったんだ」足元にある真新しいラグを見おろしながら、素っ気なく言った。この家の中で新たに買い替えたのは、階段の下にあるこのラグだけだ。両親が階段のてっぺんから転げ落ちて、命を落としたのはこの場所にほかならない。

マリー＝テレーズがあたりを見回しているあいだに、ヴィンはリビングルームに足を踏み入れて照明をつけた。彼女にもすべてが見えたはずだ。肘掛け部分がつるつるになったみすぼらしいソファも、煙草の焼け跡がついた低いコーヒーテーブルも、本ではなくて母親が飲んだウォッカの空き瓶がいまだにずらりと並べられている本棚も。

照明もオレンジと黄色の柔らかな光ではない。白々とした明かりに容赦なく照らしだされているのは、錬鉄製のポールにぶらさがっているくたびれたカーテンや、ソファからキッチンまで続く色あせた絨毯だ。

ヴィンはアーチ型の入り口に近づくにつれ、鳥肌が立つのを感じた。キッチンコンロの上に据えつけられた照明スイッチを入れる。

おいしかったベティ・クロッカーのケーキミックスは、リビングルームよりもキッチンにあるほうがさらに最悪に見える。フォーマイカのカウンターのあちこちには丸い汚れがついている。何週間も置きっぱなしにされた、いくつもの缶詰のあとだ。しかも表面はさびがすごい。冷蔵庫の扉の取っ手はぐらぐらしている。かつては、この取っ手も黄金色だった。あるいは、購入したばかりのときはそうだったはずだ。だが今では埃と腐敗のせいで、もはや何色かもわからない。それに、あのパイン材の飾り戸棚は……見る影もない。かつては艶やかだったはずなのに、今では全体的にくすんでいる。しかも一部は天井からの雨漏りにさらされてきたせいで、木材の断面からニスが細長く垂れ落ち、ツタウルシにかぶれた皮膚のように見える。

どれもこれも恥ずかしくてしかたがない。

これこそ、ヴィンの〝不動産版ドリアン・グレイ〟の真実にほかならない。醜悪な現実をクローゼットの中に閉じこめ続ける一方で、世の人々には自分が愛《め》でる富と美しいものだけを見せつけてきたのだ。

肩越しにマリー＝テレーズを一瞥した。彼女は室内をゆっくり歩き回っている。まるで映画の衝撃のシーンを見せられているかのように、唇を少しだけ開きながら。

「きみにこれを見てほしかった。これがぼくの真実だからだ。それに、ずっと誰にも見せたことがなかったから。両親はどちらもアルコール依存症だった。父は配管工で……母は筋金入りのヘビースモーカーだった。それがぼくの父と母だ。ふたりは喧嘩ばかりしていて、この家で死んだ。正直に言うと、彼らを恋しく思うことはない。それを申し訳ないとも思わない。そのせいでろくでなしだと言われるなら、それでもいいと思っている」

　マリー＝テレーズはコンロに近づいた。ガスバーナーのあいだにある料理用レンジの上に置かれていた古ぼけたスプーン置きを手に取り、埃を払った。「〈大脱走《グレート・エスケープ》〉……」

「北部にある遊園地だ。知っているかい？」

「いいえ。前にも話したように、わたしはこのあたりの出身じゃないから」

　ヴィンは彼女のかたわらに立ち、赤いロゴが入った安物のみやげを見つめた。「学校の遠足に出かけたときに買ったんだ。ほかの子たちに、ぼくが母親に家庭的なみやげを買っているところを見せたかったんだと思う。同級生たちに、本当は母がどんなふうか勘ぐられたくなかったんだ。どういうわけか、母が家庭的な人だという嘘はぼくにとって大切なものだった。いつだって、普通に見せたかったんだ」

マリー＝テレーズがスプーン置きをそっと戻した。古ぼけた代物にはもったいないような気遣いだ。その場に立ち尽くしながら、彼女はスプーン置きをじっと見つめた。「毎週火曜と金曜の夜、祈禱グループに参加しているの。聖パトリック大聖堂の」

彼女が口にした思いがけない言葉に、ヴィンは息をのんだ。驚いたのをどうにか隠そうとしながら口を開く。「きみはカトリックなのか？　ぼくもだ。というか、少なくとも両親はカトリックの教会で結婚した。ただ、今は教会には通っていないし、熱心な活動もしていない」

マリー＝テレーズは髪を耳にかけると、震える吐息をついた。「わたしが……祈禱グループに通っているのは、普通の人たちのそばにいたいと思ったからなの。いつか……自分ももう一度彼らのようになりたいと思ったから」彼女は瞳を光らせ、ヴィンと目を合わせた。「だから、わかるの。とってもよくわかるわ……このすべてが。この家だけじゃない。どうしてあなたがほかの人たちをここへ一度も連れてきたことがないのかも」

その瞬間、彼は心臓が轟くのを感じた。かすれた声で言う。「よかった」

マリー＝テレーズはあたりに視線をさまよわせた。「ええ……この何から何まで、手に取るようによくわかる」

ヴィンは彼女に片手を差しだした。「さあ、こっちへ。残りも見てほしい」

マリー＝テレーズに手を取られ、そのてのひらから伝わってくるぬくもりを感じた瞬間、自分の中で何かが変わったのを感じた。体全体が軽くなったような気がする。今までの自分がひどく冷たくて、感覚が麻痺していたのだと思い知らされた。こんな生い立ちを知ってもなお、マリー＝テレーズがぼくを受け入れてくれますように――ずっとそう祈るような気分だった。

そして今、その祈りが届き、どういうわけか神に感謝したい気持ちになっている。ふたりで階段をあがり始めた。悪臭を放つ絨毯の下で、一段あがるごとに階段がきしんでいる。手すりもぐらぐらだ。てっぺんにたどり着くと、両親の部屋の前を通り過ぎ、さらにバスルームも通り過ぎて、閉ざされた扉の前で立ち止まった。

「ここがぼくの部屋だ」

扉を開けて頭上の照明のスイッチを入れた。上にある屋根裏部屋の形に張りだした部分の真下に、昔使っていたベッドがあった。当時のまま、濃紺のキルトのベッドカバーがかけられ、頭側には枕がひとつ置かれている。昔と同じく、枕はぺちゃんこでひと切れのパン程度の厚みしかない。かつて宿題をやっていた机も、当時と変わらず窓の下にある。天井からぶらさげられた、首が自在に曲がるスタンドもそのままだ。机の上には、ルービック・キューブと髪型を整えるための黒いACEコーム、一九八九年に発売された雑誌『スポーツ・イラストレイテッド』の水着特集号が置かれていた。当時、人気アイドルだったキャシー・アイルランドが表紙を飾っている。すべてヴィンのものだ。最後にここを出ていったときのまま残されていた。

ドレッサーの上にある鏡は安っぽい模造の木製フレームで覆われ、そのフレームにさまざまなチケットの半券や写真、そのほかにもくだらないものが挟んである。一歩前に出て、鏡に映る自分の姿を見て、悪態をつきたくなった。昔と何も変わらない。鏡に映っているのは、やはり顔にあざのある自分だ。

窓辺へ行き、新鮮な空気を入れようと窓を開けた。なんだか話したい気分だ。だから口を開いた。

「ディヴァイナとの最初のデートでは、モントリオールに連れていった。自家用機に乗せて〈リッツ・カールトン〉のスイートに泊まったんだ。ぼくが本気だとわかって、彼女は感動していたよ。今日になるまで、彼女はぼくがどこの出身かも知らない。ぼく自身がそうしようと決めて、彼女には過去のことはほとんど教えなかった。だが問題は、彼女がぼくの過去を一度も気にかけなかったことなんだ。親はふたりとも死んだと話しても、彼女はぼくの両親について何も尋ねようとはしなかった。ぼくのほうから話すこともしなかったし」ヴィンは体の向きを変えた。「ぼくはディヴァイナと結婚するつもりでいた。実際、そのために指輪も買った——今朝、彼女がそのダイヤモンドの指輪を見つけたんだ」

「まあ……そんな」

「すごいタイミングだろう？　ジムに自宅まで送ってもらったあと、家の扉を開けたら彼女がいたんだ。指輪が入った小箱を持って、とても興奮した様子でね」

マリー＝テレーズはてのひらを口に当てた。「それであなたはどうしたの？」

ヴィンはベッドに腰をおろしたが、たちまち埃が舞いあがるのを見て顔をしかめた。ふたたび立ちあがり、キルトのベッドカバーをかき集めながら言う。「ちょっと待っててくれ」

廊下の外へ出ると、埃を避けるために顔を背けながらベッドカバーを大きく振った。だが、さほどきれいにならなかったため部屋へ戻り、むきだしの敷布団をめくってそこにふたたび腰かけた。

「ぼくがそのときどうしたかと言えば……首に巻きつけられたディヴァイナの両腕を

外して、彼女から離れた。それから、きみとは結婚できないと告げたんだ。自分の気持ちを読み違えていたし、そのことは心からすまないと思っているとね」

マリー＝テレーズはそばへやってくると、隣に腰をおろした。「そうしたら、彼女はなんて言ったの？」

「ディヴァイナは氷のような冷静さで、ぼくの言葉を受け止めた。彼女を知っている人なら、そう聞いても別に驚かないだろう。その指輪は取っておいていいと言うと、ディヴァイナは指輪を持ったまま二階へあがり、十五分後に自分の服をまとめて戻ってきた。残りの私物はすぐに取りに来るが、そのあと、鍵はいつもの場所に置いて帰るからと言ったんだ。彼女は平然としていたし、自制心を働かせていた。実際のところ、ちっとも驚いていない様子に見えた。ぼくは彼女を愛していないし、これまでも一度も愛してはいなかった。彼女はそれをちゃんと知っていたんだ」

ヴィンは尻を少しずらして、壁に背中を預けた。頭上にある排熱口からあたたかな空気が落ちてきて、顔に当たる。ベッドの向かい側にある窓から流れこんでくる、冷たくて新鮮な空気と相まってちょうどいい。

マリー＝テレーズも彼と同じ姿勢になった。ただ彼女は両脚をベッドの上にのせ、膝を抱えている。「こんなことを尋ねて気を悪くしないでほしいんだけど……もし彼女を愛していないのだとしたら、なぜ指輪を買ったの？」

「もうひとつ、自分で手に入れようと狙っていたものだからだ。ちょうどディヴァイナのように」マリー＝テレーズをちらりと見て続ける。「自慢できることじゃないよな。だって、ぼくはそのことを気にもとめていなかったんだから。ちょうど……」

「ちょうど？」

彼女から目をそらした。「今この瞬間まで」

そのあと長い沈黙が落ちた。あたたかい空気と冷たい空気が混ざりあい、ちょうどいい室温になっていく。

「わたしの息子の名前はロビーというの」マリー＝テレーズが唐突に言った。

ヴィンは思わず彼女を見た。よほど緊張しているのだろう。膝を抱えている指の関節が白くなっている。

「きみが打ち明け話をする必要なんてない。ぼくが話したからって、きみもお返しに話さなければいけないことにはならない」

彼女がかすかに笑みを浮かべた。「ええ、わかってるわ。ただ……わたしは話すのがうまくないだけ」

「それはぼくも同じだ」

マリー＝テレーズは部屋を見回すと、開かれた扉をじっと見つめた。「あなたのご両親はたくさん喧嘩をしていたの？」

「ああ、いつもだ」

「ふたりは……争っていたの？　言い争うって意味だけじゃなくて……わかるでしょう？」

「ああ。母はいつもロールシャッハ・テストみたいな顔をしていた。父に殴られたらやり返してはいたが……いや、いつもやり返せたわけじゃない」かぶりを振りながら言葉を継いだ。「ぼくはそういったことがまるで理解できないんだ。男は絶対に、何があっても女性に手をあげるべきじゃない」

マリー＝テレーズは体をかがめ、膝に頬をのせて、こちらを見あげた。「そう考えない男性も中にはいるわ。それに、あなたのお母さんみたいにやり返すことができない女性も」

突然聞こえたうなり声に驚いて、彼女が体を起こした。ヴィンはどうしても低い危険なうなり声をあげずにはいられなかったのだ。

「きみもそんな経験をしたなんて言わないでくれよ」暗い声で言った。

「まあ、違うわ……」彼女があわてて答える。「でも離婚するときは、本当に大変だったの。元夫のマークに別れたいと言ったら、彼は息子を連れて国じゅうを転々としたわ。息子がどこにいるのかも、何が起きているのかもわからなかった……三カ月ものあいだずっとよ。三カ月経って、ようやく私立探偵が息子を見つけだしてくれて、弁護士を介して元夫と離婚し、縁を切ることができたの。とにかく、できることはすべてやったわ。息子の居場所を突き止め、自分の手であの子を守るために」

　これでマリー＝テレーズの実情がようやくわかってきた。どこかでほっと安堵している自分がいる。ひどい体験をしたことに変わりはないが、少なくとも彼女はそのうえに暴力をふるわれたわけではない。「さぞ費用がかかっただろう」

　彼女はうなずくと、ふたたびこうべを垂れた。「元夫はあなたみたいな人だったの。とってもお金持ちで、権力もあって……ハンサムだった」

　オーケー……くそっ。マリー＝テレーズがぼくを魅力的だと思っているのはうれしい。だが、この会話の行き着きそうな先がどうにも気に入らない。どうすれば彼女にわかってもらえるだろう。ぼくは彼女の元夫とは――。

「でもマークは、こんなことは一度もしてくれなかった」彼女がひっそりと口にした。

「こんなふうに……自分をさらけだして見せようとは絶対にしなかったの。だから、あなたがこうしてくれたことがありがたいわ……ある意味、男の人に今までしてもらった中で、一番すばらしいことに思える」

ヴィンは片手をあげた。ゆっくりした動きを心がける。その手がどこに向かっているか、マリー＝テレーズにもわかるように。とうとうてのひらが彼女の顔にたどり着いても、すぐに触れようとはしなかった。体を引けるよう、彼女に考える時間を与えたい。

だがマリー＝テレーズは体を引こうとはしなかった。目を合わせ、こちらをじっと見つめている。

一瞬の積み重ねが数分になっても、どちらも目をそらそうとはしなかった。

沈黙が深まる中、ヴィンが前かがみになった。彼女が唇を開き、両膝にのせていた頭をずらしてくる。ぼくと同じように、彼女も唇を重ねたがっているかのようだ。

だが結局、ヴィンはマリー＝テレーズの額に唇を押し当てた。そして腕の中に彼女を引き寄せ、優しく包みこんで抱擁した。彼女がこちらの胸に頭を休めると、てのひらで小さな背中にゆっくりと大きな弧を描き始めた。その愛撫に応えるように、マリー＝テレーズは体を小さく震わせて身を任せてきた。これほど完璧で、奥深い、しかも親密な降伏があるだろうか。彼女が自ら体を預けてくれたのだ。ヴィンは畏敬の念をこめて、彼女の信頼という贈り物をありがたく受け取った。

マリー＝テレーズの頭のてっぺんに顎を軽くのせながら、部屋の向こう側を見た。そのとき、彼女と初めて出会ってからずっと自分に問いかけてきた疑問の答えがわかった。

鏡のフレームに挟んださまざまなものの中に、一枚のカードがあった。カードに描かれているのは聖母マリアだ。黒髪で輝くブルーの瞳をしており、このうえなく愛らしい。顔をわずかに傾け、頭の後ろに金色の後光が差している。彼女の全身から光り輝くようなオーラが発せられていた。

ずっと昔、家の戸口にやってきた伝道師から受け取ったカードだ。

いつものように、そのときヴィンが扉のノックに応えた理由はただひとつだ。泥酔した母がノックに応えようとしていたからだ。汚れたバスローブを着てぼさぼさの髪をしているだらしない母の姿など、誰にも見られたくなかった。扉の前に立っていた男性は、黒いスーツ姿だった。常々、自分の父親がこんなふう——こぎれいで、ちゃんとしていて、健康で、落ち着きがある——であってほしいと思っていた、まさに理想の姿だった。

その男性に、今は両親は家にいないと嘘をついた。男性が背後のリビングルームに目を走らせたので、あれは母ではなく、病気の親戚なのだとさらに嘘をついた。

伝道師の瞳は悲しみでいっぱいになった。前にもこういう状況を数多く目の当たりにしてきたのだろう。そして彼は長々と説明したりせずに一枚のカードをヴィンに手渡し、避難する必要があれば裏に書かれた番号まで連絡してほしいとだけ告げた。ヴィンはそのカードを受け取り、二階へあがって腰をおろすと、てのひらで包みこんだ。ひと目見た瞬間、表面に描かれている淑女に恋をした。なぜなら彼女は酒に酔っ払ったり、叫びだしたり、誰かをぶったりすることなど決してないように見えたからだ。彼女を守るために、そのカードを自分の両親から隠そうとした。だから、そこにあるとはっきりわかるように、自分の部屋の鏡のフレームに挟んだのだ。母が彼の部屋を引っかき回すときは、机の引き出しとクローゼットの中、ベッドの下しか確認しないのを知っていたからだ。

そして今、ヴィンは知りたかった答えを見つけた。

カードに描かれた聖母マリアは、マリー＝テレーズにうりふたつだったのだ。

22

ジムは木片を相手に、細心の注意を払いつつも、たしかな手つきでナイフをふるった。足元に敷かれた新聞紙の上には、木屑の山ができつつある。彼の右隣に座り、大きくて茶色い目で制作現場を見つめているのはドッグだ。〝棒切れ相手にこんなふうに熱中する気持ちはよくわかるよ〟と言いたげな表情をしている。

「これから、おれのチェスセットの駒をいくつか作るぞ」ジムは顎をしゃくり、靴箱を指し示した。先月、その箱もついにいっぱいになった。「今度はこれを作ろうと思っているんだ。もういい加減、ポーンを作るのには飽きちまった。だからクイーンに挑戦するんだ」

彫刻の材料は敷地内にあるオークの木で、強風で折れて地面に落ちてしまった枝を使うようにしている。少しずつではあるが、彫刻という趣味を着実に続け、ときどきチェスの駒を何ピースか作っている。彫刻に用いているのはハンティングナイフだ。

ずっと前に司令官から与えられたもので、古いがとても使い勝手がいい。実を言うと、武器の中でも名器と言われるものは、控えめなたたずまいをしていることが多い。はっきりとわかる商標も、イニシャルや通し番号も刻されておらず、〝熟練者によって使われるために、熟練者の手によって作られた〟という事実を、あからさまに示すような印は何もない。ジムはそのことをよく知っていた。この切れ味が変わらないステンレススチールのナイフと、長年の自分の汗が染みこんだ革製の柄のおかげだ。

ナイフを掲げてみる。天井からの照明を受けて、緑青を生じた刃がきらりと光る様子を見つめてふと思った。おかしなものだ。この部屋では、この道具は一本の木をチェスの駒に生まれ変わらせるために使われている。ただのナイフだ。だがほかの多くの場合、ナイフは凶器として使われる。

何に使うか。その目的がすべてを決める。

ふたたび作業に戻ると、ナイフの刃が木片を削り取る柔らかな音が響き始めた。親指を使って刃先を自分のほうへ向けて引くように動かし、そのたびに丁寧に片手を添えるようにする。木片が削り取られていくにつれ、チェスの駒の形がはっきりしてきた。

二十年以上も、こんなふうに時間を過ごしてきた。ひとりきりでだ。ラジオもテレビもつけず、あるのはただ木片とナイフだけ。そうやって鳥や動物、星々、意味のない文字などを生みだしてきた。いろいろな顔や場所も彫ったことがある。木々や花々もだ。

この趣味にはいい点がたくさんある。まず金がかからない。それに道具が持ち運びできる。どこへ行くにも、常にナイフを持参するようにしていた。

銃器には、流行《はや》り廃りがある。そのほかの武器にも。おまけに部隊長や指揮官も、次々と変わっていく。

だがナイフには、流行り廃りがない。いつも一緒だ。

これを与えられた日、ナイフの側面は鏡のようにぴかぴかだったが、最初にジムがやったのは、外へ出て刃の両側に汚れをなすりつけることだった。そうやって磨きこまれた刃を鈍らせることで、かえってこのナイフの潜在能力を呼び起こすことになり、実用性も高められると考えたのだ。

以来、このナイフに期待を裏切られたことは一度もない。自分で言うのもなんだが、こいつをふるうといい作品ができる。

そのとき、ベッドカバーの上に置いてある携帯電話が突然鳴りだした。誰からだろう？　確認しようとオークの枝を床に置き、いつもの習慣でナイフは持ったまま立ちあがった。

携帯電話を開くと、追跡不能な番号が表示されていた。誰がかけてきたのか、すぐにわかった。

親指で着信ボタンを押し、携帯電話を耳に押し当てる。「はい」しばしの沈黙のあと、低く皮肉っぽい声が聞こえてきた。「今度はなんの駒を作っているんだ？」

なんてことだ。メサイアスはいつも知りすぎている。「クイーンだ」

「古い習慣はなかなかなくならない。ことわざどおりだな」

元ボスも同じだ。「もう二度と電話をかけてくるなと言ったのはあんただよな」

「おまえだって、指が勝手に動いて電話に出たわけじゃないだろう」

「ああ。おれが何をしようとしているのか探りだすためだけに、あんたがわざわざ電話をかけてきて時間を無駄にするはずがないと考えたんだ」

一瞬沈黙が落ちた。「そのナンバープレートを、なぜ調べる必要がある？　それになぜその車の所有者のことを気にかけている？」

なるほど、だからこの電話をかけてきたのか。「あんたには関係ない」

「われわれは〝フリーランサー〟を大目に見るつもりはない。いかなるレベルにおいてもだ。もしそんな愚かなまねを続け、実際の任務をまっとうしないなら、おまえは引退することになるだろう」

つまり、おれの将来に待っているのは金色の腕時計ではなく、マツ材でできた白木の棺《ひつぎ》ということだ。ボスからのメッセージはこうだ。〝おまえの退職祝いとしてロレックスは贈らない。おまえはある朝、目覚めようとして死んでいることに気づくだろう〟

「メサイアス、おれだってそれくらいは学んでいる。もし念押しのためだけにかけてきたんなら、時間の無駄――」

「登録番号は何番だ?」

ジムは口をつぐんで考えた。どうやら貸しはまだ貸しのままだったらしい。

それからマリー＝テレーズの車のナンバーを暗唱し、彼女に関して知っているわずかばかりの情報を伝えた。たとえ政府のルートを通したとしても、この調査が妙な形で目をつけられることはないだろう。そういう確信がある。理由のひとつは、メサイアスが仕事のできる男だからだ。もうひとつは、彼以上の権力を握る男はひとりしかいないからだ。

大統領執務室にいるやつしか。

どんなに不安をあおる相手に人生を支配されても、どうってことはない——ときには、そんな場合もあるものだ。

「また連絡する」メサイアスが答えた。

通話が切れると、ジムはナイフを見おろした。このナイフをもらったとき、メサイアスも同じものを与えられた。メサイアスもナイフ遣いが恐ろしくうまかった。だが彼の場合、いわゆる〝社内政治〟への対応も抜群にうまかった。一方、社交嫌いの傾向があったジムは、現場にい続けることになった。メサイアスがたどった道は彼をトップへと導き、片や別の道をたどったジムは……こうしてガレージの上にある部屋にいる。

しかも、新たなボスまでいる。

かぶりを振り、クロッケー用のボールとウルフハウンドとともに過ごしているなよなよしたあの四人と、メサイアスやその同類の人々を比べてみた。まるで柔らかなバレエシューズと、氷山でも歩けるごついハイキングブーツを比べているようなものだ。相手にならない——少なくとも表面上は。だが、ジムは別の印象を抱いている。あの四人は、今メサイアスが握っている通常兵器や核兵器がおもちゃのようにしか見えなくなるような、強力な隠し球を握っているに違いない。

ジムはもとの場所へ戻り、ドッグの隣に置かれた安物の椅子に腰をおろした。今回だけは、携帯電話も一緒に持ってきている。ふたたび彫刻に取りかかり、新たにどういう線を刻みつけようかと考えた。

もしもヴィンが言葉どおりにディヴァイナと別れ、どうにかマリー＝テレーズの殻を破ることができたとしたら、いったいその〝分かれ道〟において、おれはどういう役割を果たす必要があるのだろう？　たしかに、おれは金曜の夜にあのふたりを同じ場所にいさせる役割を果たした。だがそれ以外に、おれが何をしたというんだ？

これが地球上で最も簡単な任務なのか、あるいは、おれが何かを見落としているかのどちらかだ。

そのあとしばらくして、壁時計を一瞥した。それから三十分後、さらにもう一度時計を確認した。

メサイアスは仕事の速い男だ。いつだって。そのうえ、こちらの要求はしごく簡単なものだった。〝五年もののトヨタ・カムリの登録内容とその所有者について調べ、犯罪歴がないかどうか確認してくれ〟パソコンのマウスを二度クリックし、キーボードに六回検索ワードを打ちこめばすむ。それこそあっという間に。

ただし、アメリカ国家にとって非常事態が起きた場合は話が別だ。あるいは、マリー＝テレーズに関する記録に何か見つかった場合も。

暗い路地で人々がどうしても後ろを振り返りたくなるのには理由がある。それに肌寒いわけでもないのに、どうしても早足になるのにも。夜は照明のついた通りを歩いたほうがいい理由ももちろんある。

「や……やめてくれ……頼む――」

タイヤレバーを振りおろすと、懇願する声がぴたりとやんだ。明かりのスイッチを消したかのような、劇的な変化だ。今まであたりに照明がついていたのに、次の瞬間には漆黒の闇に包まれたかのごとく。

今まで声が聞こえていたのに、次の瞬間には何も聞こえなくなった。

そして自分と相手の両方の顔に、血が飛び散っていた。

その男に襲いかかっているうちに、怒りがふつふつとこみあげてきて、どうしても腕を高く振りあげずにはいられなくなった。激怒しているせいで、火事場のばか力が出たのだろう。男を殺すのに、思ったほど時間はかからなさそうだ。あともうひと振りでいい。タイヤレバーをあともう一回振りおろすだけで、一時的な沈黙よりももっと長い沈黙が訪れるはずだ。

体重を移動させ、渾身《こんしん》の力をこめてタイヤレバーを振りおろそうとした瞬間――。路地のはるか先に、一台の車のヘッドライトが見えた。二本のビームが左側にあるれんがの建物からざらざらとした壁まで照らしだしている。

とどめの一撃を加えている暇はない。舞台に立つ俳優のように、男はすぐさま状況を判断した。

体をすばやく回転させ、路地の反対側へ一目散に逃げだした。角を曲がったとき、身につけている上着と野球帽を誰かに見られたかもしれない。だがコールドウェルでは、黒いゴアテックスのウィンドブレーカーなど数えきれないほど売られている。それに黒い帽子はどこにでもある、あくまで黒い帽子にすぎない。

鋭いブレーキ音、続いて誰かが何かを叫んでいる声が聞こえた。

男は急いでその場から立ち去った。だが三ブロックほど進むと、もはや叫び声は聞こえなくなった。あとを追いかけてくる車の音もない。歩くペースを緩めると、頭上に照明がないのを確認し、建物にはめこまれた戸口の内側にすばやく身を隠した。ウィンドブレーカーを脱ぎ、タイヤレバーを中に隠して袖口に結び目をいくつも作って縛りあげ、ひと息ついた。

車は、ここからそう遠くない場所に停めてある。〈アイアン・マスク〉の駐車場以外の場所に停めたほうが安全だと考えたからだ。結局、その判断は間違っていなかったことが証明された。

ゆっくりと安定した呼吸になってもなお、その場に隠れ、じっとしていた。五分後、パトカーのサイレンが聞こえてきた。男が見守る中、覆面パトカーが二台通り過ぎ、それから約一分半後に三台目が通り過ぎた。最後のは覆面ではない。ダッシュボードに点滅するライトをのせ、目の前を通り過ぎていった。

あたりに自分以外、誰もいなくなったのを確認すると、野球帽を脱いで折りたたみ、ジーンズのポケットにねじこんだ。それからベルトを外し、フリースをめくりあげると、ウィンドブレーカーにくるんだ血のついたタイヤレバーを胸元に抱きしめた。腹の部分をフリースでふたたび覆い隠すと、戸口からさりげなく姿を現し、自分の車を停めてある場所まで歩きだした。ここからさほど離れていない。四百メートルほど先だ。

速すぎもせず、ゆっくりすぎもせず、ちょうどいいペースで歩き続けた。目をきょろきょろと動かしてあたりの様子を見回してはいるが、頭は動かさない。ほかの人から見れば、自分は真夜中過ぎに通りを歩いている、通行人のひとりにしか見えないだろう。これから友だちに会いに出かけるか、あるいは恋人の家へ遊びに行こうとしている若い男に見えるはずだ。普通と違うところは何もない。まったく注目に値しない存在だ。すぐそばを通り過ぎた男たちやホームレスの女、数組のカップルたちと同じように。

車は停めたままの場所にあったが、中に乗りこむには注意を払う必要があった。フリースの下に隠してあるもののせいだ。エンジンを始動させ、ワンワールド・トレードセンタービル方面に向けて出発する。途中、救急車が猛スピードでやってくると、男はしごく正しいことをした。片側に車を寄せ、救急車に道を譲ったのだ。

みんな、そんなにあわてる必要はないよ。心の中でひとりごちる。渾身の力をこめて殴りつけたのだから、あの男が回復する見込みはほぼないだろう。

ハドソン川のほうへ向かいながら、周囲の流れに合わせたスピードで車を走らせる。といっても、周囲に車や人がいればの話だ。こんなに遅い時刻では、道にはほとんど人がいない。ダウンタウンから離れるにつれ、人数はさらに減っていった。

二十五キロほど進んだところで、車を道の脇へ停めた。

街灯はひとつもない。車も一台も見当たらない。木々と低木の茂みがあるまっすぐなアスファルトの道に沿って、砂利敷きの路肩が延びている。

男は車からおりて鍵をかけ、砂利を踏みしめながら木々を通り抜け、ハドソン川を目指し、川岸にたどり着くと道の反対側を見た。何軒か家が立っているが、どの家も外灯しかついていない。つまり、住人たちは眠っているということだ——とはいえ、彼らが起きていても、ベッドで寝転んでいても特に問題ない。スナック菓子を探してキッチンを歩き回っていてさえもだ。誰も男の姿を見ることはないだろう。ここは川幅が特に広い場所だ。しかも水深も深い。

黒いフリースをめくりあげ、タイヤレバーを取りだした。ウィンドブレーカーにくるんだまま、川へ思いきり放り投げる。凶器はすぐに川面《かわも》へ落ち、少ししぶきをあげたかと思うと、一瞬で沈んだ。もう二度と浮かびあがってくることはないだろう。このあたりの川の深さは少なくとも三メートルはある。だがそれよりも、男がこの場所を選んだのは、ちょうどハドソン川に向かうカーブ地点だからだ。勢いのある水流に乗って、タイヤレバーはコールドウェルからはるか遠く離れた場所へと運ばれるだけでなく、川岸から離れて川の真ん中あたりまで流されていくはずだ。

男は車に戻って、ふたたび運転を続けた。

しばらく車を走らせながら、地元のラジオに耳を傾けていた。警察があの路地で起きた出来事をどう報告するのか、どうしても聞きたかったのだ。だがどの局も、そんなニュースはやっていなかった。FM局ではヒップホップとポップロックがかかり、

ＡＭ局では陰謀論者と右翼たちがしゃべっている。

男は適当に左に曲がったり、右に曲がったりしながら、今夜のことを考えていた。古い習慣ややり方にすっかり戻ってしまったようだ。あまりいいこととは言えない。ある程度は避けられないことのように思えてもだ。

内側にいる自分を変えるのは難しい。本当に難しい。

問題は、昨夜あのふたりの大学生を射殺したときは自分でもちょっとショックだったのに、今夜タイヤレバーを振りおろしたときは、まるで仕事みたいに当たり前に感じられたことだ。しかも昨夜に比べて、殺人の引き金となった出来事も取るに足りないことだった。あの男は、クラブで彼女にしつこく接したわけではない。ただ彼女を自分のものにした。それだけで狙うには充分だった。しかも、彼女と姿を消したあのバスルームから出てきた瞬間、あいつが浮かべていたひとりよがりの笑みときたら！そのせいで、あのくそったれは死ぬことになったのだ。

だが、こんなことをずっと続けるわけにはいかない。自分は頭がいい。もしこのままダウンタウンで男たちの命を奪い続けたら、置き去りにした遺体が見つかるたびに自分が逮捕される確率が高くなることは百も承知だ。だから、そんなことはやめる必要があるだろう……それか、めちゃくちゃな犯行現場をこの手で片づける必要がある。

誰も追いかけてこないことに満足し、もはやテレビを確認したいという衝動を抑えきれなくなったため、男は自宅へ――というか、この二カ月、自宅として住んでいる建物へ戻ることにした。

家は街の郊外にある賃貸住宅で、近所に住んでいるのは小さな子どもがいる若夫婦たちか、子どもがいない老夫婦たちかのどちらかだ。不動産バブルが弾けて苦しんでいる人が多い今、賃貸物件を見つけるのは簡単だった。

賃貸料は月千ドル。まったく問題ない。

私道に入り、ガレージの扉の開閉ボタンを押し、パネルが持ちあがるのを待った。おかしい。隣の家にまだ明かりがついている。ひとつは玄関ホール、もうひとつはリビングルーム、そして三つ目は二階の明かりだ。前はいつも真っ暗だったのだが。とはいえ、別に関係ないことだ。今は自分のことで手いっぱいだった。

ガレージに車を停め、リモコンのボタンを押し、完全にパネルが閉まるまで車内で待った。車からおりる姿を誰にも見られないためだ。意中の女性を観察し続けたおかげで、身についた習慣だった。自宅の中へ入ると、建物の奥にあるバスルームへ行き、明かりをつけた。鏡を見てふいに気づいた。上唇の上につけていた口ひげがひん曲がっている。あまり感心できないことだ。だが少なくとも、車まで歩いて戻るときには誰にも見られなかった。きっと川に凶器を投げこんだときにこうなったのだろう。

つけひげをむしり取ってトイレに流し、ここで顔についた血を洗い流そうかと考えたが、思い直した。二階にあるシャワーを使ったほうがいいだろう。服はどうだ？ウィンドブレーカーを羽織っていたおかげで、フリースは汚れていない。ウィンドブレーカーはもうハドソン川に捨ててきた。だがジーンズは血で汚れている。

くそっ、ジーンズは問題だ。リビングルームに暖炉があるが、一度も使ったことがない。そもそもくべる薪《まき》がない。おまけに、暖炉で何かを燃やしたら近所の人たちが煙の臭いを嗅ぎ、それを覚えているかもしれない。

暗くなってから川に捨てたほうがいい。タイヤレバーと同じように。

あとは帽子だ。あの男を襲ったとき、帽子もかぶっていた。

尻ポケットから黒いキャップを取りだした。少ししみがついているだけとはいえ、それだけで充分廃棄する理由になる。今の科学捜査班は、繊維のミクロ単位の汚れも見逃さない。燃やすか、あるいは二度と出てこないようにする以外に選択肢はない。

二階へあがると、階段のてっぺんでつと足を止めた。両手でウィッグを外し、地毛を撫でつけ、髪型を整える。姿を見せる前にシャワーを浴びたほうがいい。そう思ったのだが、どうしても待ちきれなかった。しかもバスルームへ行くためには、寝室を通らなければならない。いずれにせよ、彼女にこちらの姿を見せることになる。

男は寝室の前に立った。「ただいま」

寝室の奥、部屋の隅から彼女がこちらを見ていた。かつてないほど美しく、控えめで、まぶしいほど光り輝いている。瞳いっぱいに思いやりとあたたかさをたたえ、窓から入る街灯の明かりに照らしだされ、石膏のような白肌が浮き立って見えた。

一瞬答えを待ってしまったが、自分に思い出させた。答えが返ってくるはずがない。マグダラのマリア像は、夜明けにあの教会から盗みだしたときと同じく静かなままだ。

どうしても彼女を連れてくる必要があった。自分の女が生活のためにどんな仕事をしているか知った今、そうすることこそ、自分の愛情表現にほかならない。最終的に、そして永久に彼女を本来あるべき場所へ――つまり男のもとへ連れてくるまでの時間を乗りきるあいだの。

しかもこの像は、薄汚れた、不潔な売女だという理由だけで、彼女を殺すべきではないことを思い出させてくれる。彼女は……正しい道から外れて道に迷い、あてもなくさまよっているだけなのだ。彼自身、そういう罪を犯したこともある。ただし自分はきちんと服役し、今ではちゃんと軌道修正できている。

まあ、多少の例外はあるが。

像の前にひざまずき、片方のてのひらで像の頬を包みこんだ。こうして自分の女に触れられるのがたまらない。同時に、少しがっかりもしている。彼女が撫で返してくれないし、崇めてもくれないからだ。本来なら、彼女は男を崇拝して当然なのに。

とはいえ、だからこそ自分は本物を必要としているのだ。

23

ヴィンは唇にキスをするつもりだろう。マリー＝テレーズはそう確信していた。それに彼女の一部も、それを望んでいた。でも別の一部がパニックに陥っていたのも事実だ。あのクラブで仕事としてセックスをしてはいたが、実際に唇を重ねてキスをしたのはもう三年も前だった。それも暴力行為の一部として、無理やりさせられただけだ。

キスしてほしい。一方でキスするのが怖い。そんな矛盾する気持ちを抱いていたものの、実際は額に唇を押し当てられ、胸に抱き寄せられただけだった。だから今は、力強い腕の中に抱きしめられ、彼の鼓動に耳を傾けている。ヴィンの体の心地よいぬくもりが体に染み渡るようだ。彼は大きな手をマリー＝テレーズの背中に滑らせ、ゆっくりと弧を描くように愛撫している。

てのひらを彼の胸に滑らせると、カシミアのセーターの下の硬い筋肉が感じられた。

ヴィンは普段から体を鍛えているのだろう。

マリー＝テレーズは、ふと思った。服を着ていないヴィンはどんなふうに見えるのだろう？

唇にキスをしてくれたら、彼の唇の感触はどんなふうに感じられるの？

彼とじかに肌を触れあわせたら、どんな感じがするの？

「そろそろ行こうか？」ヴィンの胸を通じて、そううながす声が聞こえた。

「もう？」

彼が息をのむ。「そのほうがいいと思うんだ」

「どうして？」

ヴィンは肩をすくめた。はずみで、彼のセーターが頬をかすめる。「ただ、そうするのが一番だと思っただけだ」

もしかして……彼がわたしを傷つけないように、やんわりと拒絶しているのだとしたら？　もしわたしがすべてを読み違えていたとしたら、どうすればいい？

突然上体を起こし、ヴィンから体を離した。「そうね。あなたの言うとおりだわ」

あわてたせいでヴィンの胸で休めていたてのひらが滑り落ち、彼の腰の下にある硬いものに触れた。といっても、骨ほど硬くはない。

「すまない」ヴィンは腰を離しながら言った。「ほら、本当にそろそろここを出たほうが……」

見おろすと、ヴィンの股間が明らかに硬くなっている。それを目の当たりにして、マリー＝テレーズは否応《いやおう》なく興奮をかきたてられた。ヴィンがほしい。彼に今すぐ満たしてほしい。どうしても。ふいに理性が吹き飛び、そのことしか考えられなくなった。

ヴィンの瞳を見つめながらささやく。「わたしにキスして」

ちょうど立ちあがろうとしていたヴィンは体を凍りつかせた。胸をふくらませ、床を見つめたまま何も答えようとしない。

「そうよね」ぽつりと言った。「わかるわ」

ヴィンの体は彼女を求めているかもしれないが、心は違う。相手が売春婦だったことを考えると、ためらいを覚えるのだろう。

恐ろしいほどの勢いで、これまで相手にした客たちの顔が次々と脳裏に浮かんできた……というか、少なくとも思い出せる限りの顔が。なんてたくさんの客の相手をしてきたのだろう。自分でも数えきれないほどだ。数えきれないほどの男たちが、マリー＝テレーズとヴィンのあいだに立ちはだかっている。少年時代を過ごしたベッドに座り、これ以上ないほどセクシーに見えるヴィンとのあいだに。

これまで彼らを求めたことは一度もない。できるだけ客とは直接触れあわないよう骨を折ってきた。ラテックス製コンドームやそれ以外にも障壁になるものはなんでも利用して、なるべくじかに接触しないよう努めてきたのだ。

でもヴィンが相手だと……可能な限り近くに感じたい。それなのに、彼はそんなことを求めていない。

これこそ、マリー＝テレーズが自分自身に対して与えた本物のダメージにほかならない。あんな仕事をしていても、変な病気にならないよう最大限注意を払い続けている限り、体の面で害さえなければ、忘れたいそれまでの記憶にずっと苦しめられることはないだろうと思っていた。でも、これは一時的なインフルエンザとは違う。長く苦しめられる癌細胞のようなものだ。まさに今、ふたりのあいだにある大勢の影のせいで、ヴィンの姿をほとんど見ることができない。同じくヴィンも、名もなきその他大勢のせいで、彼女の姿が見えなくなっているだろう。

大きく息をのみながら、マリー＝テレーズは考えた。今この瞬間に、すべてをあきらめよう。自分とヴィンのあいだが完璧な白紙状態になることはない。すべてをあきらめよう……自分の息子以外のすべてを。

急いでベッドからおりたが、部屋から走りだす前にヴィンに手を取られ、引き止められた。

「きみにキスしたら止められなくなる」ヴィンが熱っぽい瞳で彼女を見つめた。「ぼくがキスをためらっている理由はそれだけだ。きみにわかってほしいんだ。ぼくは紳士だし、きみのひと言ですぐきみから体を離したり、手を引っこめたりできると。だが、自分で自分のことが信じられないんだ。特に今夜は」

ふたりのあいだの隔たりを気にするあまり、ヴィンがこう言っているようにしか聞こえなかった。〝きみのような女は、ノーと言ったりしないんだろう?〟

かすれた声で答える。「あなたはもうわたしが売春婦だって知っているものね。だから、たとえあなたが紳士じゃなくなっても別に止めたりしないわ」

ヴィンは冷たい表情を浮かべ、手を離した。

それから立ちあがると、彼女をにらみつけた。「ぼくの前で二度と自分のことをそんなふうに言わないでくれ。いいか、二度とだ。きみが誰とファックしたか、何回ファックしたかなんて、ぼくは気にしない。自分を責めたいならひとりのときにやってくれ。ぼくを巻きこもうとするな」

マリー＝テレーズはとっさに体をすくめて彼から離れ、頭を守ろうとした。ヴィンが彼女めがけて両手の拳をふるってくると思ったのだ。

激怒した男は、女に対して拳をふるう――これまでの人生でいやというほど思い知らされてきたことだ。

だが、ヴィンはこちらをじっと見つめたままだ。先ほどまでの怒りは消え、顔にはパニックの表情だけが残っている。「彼はきみを殴ったんだな?」

マリー＝テレーズは何も答えられなかった。かすかにうなずくだけでも、涙が止まらなくなりそうだ。今夜は……いみじくもヴィンが先ほど言ったように、特に今夜は自分で自分を信じられない。仕事を辞めたことで自分が強くなったように感じられたけれど、あれは一時的なものにすぎなかった。今はひどく弱々しく感じられてしかたない。

「まったく……なんてことだ」ヴィンはぽつりと言った。

彼女は気づかないうちにヴィンの腕の中に戻り、彼を強く引き寄せていた。抱きあいながら一緒に立っているうちに、ついさっき自分がくだした選択に対して何かがむくむくと頭をもたげてきたのがわかった。でも今は、その〝何か〟を見たくない。だから脇へ押しやり、心の奥にしまいこむことにした。

頭をあげてヴィンを見あげた。「わたしを抱いて。今ここで」

ヴィンは微動だにせず、立ち尽くしたままだ。だが、やがててのひらで彼女の顔を優しく包みこんだ。「本気かい？」

「ええ」

しばし沈黙したあと、ヴィンはふたりの距離を詰め、唇にキスをした。ゆっくりとした甘くとろけるようなキス。ああ……なんて優しいの。彼はとても優しくそっとキスをし、頭を傾けると、さらに何度か軽く唇を触れあわせた。

覚えているよりも、キスはずっと気持ちよかった。これまでしてきたものよりも、はるかにすてきなキスだった。

マリー＝テレーズは両方のてのひらでヴィンの腕を撫であげながら、強く感じていた。まるでふたりのまわりだけ時間が止まったみたいだ。それも、やむなくそうなったのではなく、自分たちの選択でぴったりとつながれているように感じられる。ヴィンの優しい唇や彼女の両手の動きにより、ごく軽くキスを交わしながらも、ふたりのあいだに力強いパワーが生まれている。

ヴィンが少しだけ体を引き、荒い吐息をついた。うなじをこわばらせている。いや、こわばっているのはその部分だけではない。こちらを見おろしたときには、次に起きるであろうことに対して、彼の体の準備はこれ以上ないほど整っていた。

ヴィンは唾をのんで喉をうるおした。「マリー＝テレーズ……」

本当の名前を呼んでほしい。そう言いかけたが、すんでのところで言葉をのみこんだ。「え？」これ以上ないほどかすれた声が出た。

「ぼくと寝てほしい」

マリー＝テレーズがこくんとうなずくと、ヴィンは彼女の体をすくいあげてベッドにともに横たわり、自分の上にまたがらせた。ふたりの体をぴったり重ねると、ヴィンは両手を彼女の顔から髪へ、さらに両肩へと滑らせた。

「こうして自分の体の下に、あなたを感じるのがたまらない」

ヴィンは笑った。「それで、ぼくはどんな感じ？」

「硬いわ」背中を弓なりにして、ヴィンの屹立《きつりつ》したものに体の芯をこすりつける。

ヴィンが声をあげながらのけぞって枕に頭を預けると、彼の首筋の硬い筋肉に唇を押し当て、そのまま鋭い顎までたどった。今度は、こちらがヴィンの唇にとろけるようなキスをする番だ。ヴィンはすぐに合わせてくれた。ふたりで舌を出したり入れたりしながら、互いの体に両手を這わせ、ともに腰を小刻みに動かし始める。生々しいセックスを想起させる、昔ながらの動きだ。

もっと、もっとほしい。そんな切羽詰まった気分になるのに、時間はかからなかった。もう胸が痛いほど張りつめている。頂がブラジャーを突き破ってしまいそうだ。ヴィンの片手を取り、自分のシャツの下にもぐりこませる。彼のてのひらが肋骨に触れた瞬間、大きく息をのみ、先を続けるようヴィンをうながした。彼の手をもっと上まで導き——。

「ああ、ヴィン……」

ヴィンはてのひらで乳房を包みこむと、低くうめき、親指で頂を刺激し始めた。

「きみはぼくから意志の力を奪ってしまう。ああ、くそっ……」

勢いよく体を起こし、服の上から彼女の胸に鼻をこすりつけた。「きみを裸にしたい」

「わたしもそう考えていたところよ」マリー＝テレーズはぺたんと尻をつけて座ると、頭からフリースを脱いだが、突然恥ずかしくなった。一糸まとわぬ姿になった自分は、ヴィンの目にどう映るのだろう？　美しく見えてほしい。心の底からそう祈るような気分だ。

心を読んだかのように、ヴィンは低い声で言った。「明かりを消したほうがいいかな？」

ええ、そうしてほしい。だけど、ヴィンの姿が見えなくなるのはいやだ。「ねえ、ヴィン、わたしの裸は完璧じゃないわ」

彼が肩をすくめた。「ぼくだってそうだよ。だが、これだけは保証する。たとえきみがどんな姿をさらしても、ぼくは気に入るだろう。だって、相手はきみだから」

マリー＝テレーズは両手を落とし、彼と目を合わせると言った。「それならわたしのシャツを脱がせて。お願い」

上体を起こして向かいあうと、ヴィンの膝の上に座った。彼はマリー＝テレーズのシャツのボタンをへそまで外すと、唇を喉元へ、さらに鎖骨へと這わせ、とうとうブラジャーの中央にあるホックにたどり着いた。指先をホックにかけて軽く弾き、目を合わせる。

だがホックを外そうとはせず、そのままにした。

それから焦らすように少しずつ、胸全体にキスの雨を降らせていった。唇を押し当てながらゆっくりとブラジャーをずらし、肌を露出させていく。とうとう頂にたどり着いたとき、レースのカップを完全に外した。その瞬間、彼は欲望に全身をぶるりと震わせた。

「きみは間違っている」ヴィンがうめいた。「見てごらん……きみの裸は完璧だ」

ヴィンは舌を伸ばし、胸の頂をなめた。そして同じ動作を繰り返した。

ヴィンの肌をじかに感じるのと同じくらい、彼の姿を見ているのも快感だ。ふたりの体を寄せあい、その感触と光景に興奮をかきたてられ、たちまち彼女の全身は業火に包まれた。なすすべもなくあえいでしまう。

明かりをつけたままにしておいてよかった。

今度はマリー＝テレーズを下にすると、ヴィンが上からのしかかってきた。幅広い肩でシーリングライトの明かりをさえぎりながら、彼がふたたび口づけてくる。力強い体に組み敷かれ、自分の弱々しさと小ささを感じずにはいられなかった。けれど同時に、力強さも感じている。ヴィンの呼吸が荒くなっているのは、彼が求めてくれているからだ。彼女と同じくらい、ヴィンも絶望的なほどの欲求を感じている。それに同じくらい、彼も切羽詰まった衝動に突き動かされ、こうすることを必要としている。

ふたりはまったく同じ気持ちでこうしている。

それからは何も考えられなくなった。ヴィンにシャツのボタンを最後まで外され、もう片方のカップも完全に外され、彼の唇が胸に寄せられた。

ヴィンに胸を愛撫されながら、どうしようもない衝動の高まりを覚えた。自分の肌に彼の肌をじかに感じてみたい。だから彼の背中に手を回し、セーターを持ちあげ始めた。ヴィンが胸の愛撫を終えたとき、セーターは彼の胸まで持ちあがっていた。

部屋の反対側にある鏡に、ヴィンのむきだしの背中が映っている。頭上にある明かりに、彼の両肩から胴体にかけての見事な筋肉のうねるような動きが照らしだされている。目の前にあるむきだしの胸も、背中に負けないほど引き締まっていて美しい。

ヴィンの姿は、まさに空想が現実になったようだ。その体は盛りあがった筋肉の塊にほかならない。彼がふたたびマリー＝テレーズの胸に唇を近づけると、筋肉の塊がしなやかな動きを見せ、波打ち始めた。曲げた両腕でがっちりとした体の重みを支えているその姿は、人類が進化と心の発達を遂げてきた五万年分もの歳月を軽々と飛び越え、これから交尾を始めようとしている堂々たる雄の野獣そのものに見えた。

完璧とは、まさにこのことだ。

マリー＝テレーズは思わずヒップを浮かせ、指先を彼の豊かな髪に深く差し入れた。彼の愛撫で、もう全身がとろけそうになっている。体じゅうが熱に包まれたようになり、脚のあいだが痛いほどうずいていた。エロティックな欲望をかきたてられ、太股をさらに開くと……。

ヴィンの屹立したものがしかるべき場所に当たった瞬間、ふたりは同時にうめいた。

彼女はヴィンに腰を強く押しつけ、爪を立て、ズボンのウエストバンドをぎゅっと握った。優しくて思いやりにあふれた愛撫もいいけれど、そろそろ勢いに身を任せるべきときが来ている。どうしようかという心配なんて、すべて追い払うべきときが。

「ジーンズを脱がせていいか？」ヴィンが尋ねた。ほとんどうなり声のようだ。

「ええ、お願い……」

ジーンズの上のボタンを外され、ファスナーをおろされる。マリー＝テレーズは踵を浮かせて体を少し持ちあげ、彼が両脚からジーンズを抜きやすいようにした。黒いパンティーを見たとたん、ヴィンは動きを止め、しばし彼女の体を凝視した。

「ああ……すごい」彼がつぶやいている。

腹部に伸ばされたヴィンの両手の指先が小刻みに震えているのを感じながら、マリー＝テレーズはただひたすら待った。彼がもう一度キスするのを……それか、上からのしかかってくるのを……あるいは、パンティーを完全にはぎ取るのを。

「何か問題でも？」たまらず、かすれた声で尋ねた。

「いや……問題など、全然ないよ……ただ、きみの姿をじっと見つめずにはいられないんだ」

とうとうヴィンはキスを始め、彼女の口に舌を差し入れながら、体をぴったりと重ねてきた。むきだしの胸と胸を合わせ、両脚を絡めあう。ふたりはいつしか一定のリズムで体の中心をぶつけあっていた。押したり引いたり。エロティックなリズムと動きで、否応なく興奮をかきたてられ、マリー＝テレーズは激しくあえがずにはいられなかった。ヴィンも大きくあえいでいる。

「お願いよ……ヴィン……」

ヴィンはキスをしながら片手を彼女のヒップまでおろし、さらに太股を撫でると、指先でパンティーの線をなぞった。「きみをその気にさせたいんだ――」

マリー＝テレーズはとっさに彼の前腕をつかみ、下へ引っ張ると、指先を自分の欲望の芯に当て、すでにしっとりと湿っている部分をなぞらせた。体をぶるりと震わせ、さらに両脚を大きく開く。ヴィンは欲望の芯をこすりながら、彼女の胸にしゃぶりついた。

「もっと」しどけなくおねだりする。

脚のあいだの繊細な襞《ひだ》に指を差し入れ、そこが充分濡れて柔らかくなっているのに気づいた瞬間、ヴィンは激しく悪態をつき、頭から爪先まで硬くした。歯を食いしばり、首の筋肉をこれ以上ないほどこわばらせている。

「しまった。ああ……くそっ」

ヴィンが突然体を引き離し、下腹部を見おろした。

「どうしたの？」マリー＝テレーズは息も絶え絶えに尋ねた。

「いってしまった」

ヴィンが赤面するのを見て、彼女は笑い声をあげた。どうしても止められない。

「本当に？」

彼がかぶりを振っている。「ああ。一度にひとつのことを、ってことわざのようにはいかないな。たった五分しか経ってないのに？　今この状況で？　とてもセクシーとは言いがたい」

「そうかしら？　わたしはとてもセクシーな気分よ」片手でヴィンの顔を撫でた。

「処理を手伝う必要なんてないよ」

マリー＝テレーズは手をゆっくりとおろし、彼の胸から硬い腹部、さらに下へと滑らせた。ベルトの下へ、さらにその下へ……。

ヴィンは頭をのけぞらせ、低くうめいた。胸から胴体にかけての筋肉がうねっている。「ああっ」

マリー＝テレーズは頭をもたげてきた欲望の証にてのひらを滑らせ、ヴィンの首元に顔を近づけると軽く嚙んだ。「一度達しても、あなたのペースはちっとも変わらないみたいね」

ヴィンはたちまち息苦しくなり、大きく息を吐きだした。「服を脱がないと」

「ええ、そうしてほしかったの」

ヴィンはぎこちない手つきでベルトを外し、ファスナーをおろすと、目にもとまらぬ速さでズボンを床に脱ぎ捨てた。黒いボクサーパンツが欲望の証を覆っている――かろうじて。長く伸びたペニスはボクサーパンツの片側に無理やり押しこまれ、早く自由にしてくれとばかりに頭をもたげていた。

ヴィンが横になる前に、マリー＝テレーズはすばやく手を伸ばしてボクサーパンツをつかむと、硬い太股までずりおろし、男性器を解放した。すでにオーガズムに達したせいで、ペニスの先端が艶やかに濡れて光っている。それを見て、次に起きることへの期待がさらに高まった。

ヴィンのものの根本を片手で包みこむと、ゆっくりと全体を撫でて彼のほうを見あげた。彼は壁に片方の手をつき、頭をがっくりと垂れ、こちらの手の動きに合わせて腰を動かしている。向こう側にある鏡をちらりと見ると、ヴィンが腰を突きだしたり引っこめたりするたびに動く、彼の後ろ半身が映っていた。上体の筋肉が収縮と弛緩《しかん》を繰り返し、背筋が波のような動きをしている。それは、これまで見た中で一番エロティックな光景だった。

マリー＝テレーズはヴィンから手を離し、自分でパンティーをはぎ取ると、彼のかたわらに横になった。もう受け入れる準備はできている。

ヴィンは頭をまっすぐ起こすと、上目遣いでこちらをじっと見つめてきた。グレーの瞳が太陽の光に照らしだされた鋼のように輝いている。

そのとき、ふたり同時に同じことを思い出した。

「あなたは――」

「ぼくは避妊具を――」

ヴィンが財布を手に取り、青い包みに入った避妊具を取りだすのを見て、マリー＝テレーズは心の中で神に感謝の言葉をつぶやいた。彼女自身、定期的に訪れている応急診療所でピルを処方してもらっているし、検査も受けたばかりだが、いくらヴィンに心惹かれているとはいえ、むこうみずにも避妊せずにセックスをするつもりはない。

セーフ・セックスしか方法はない。

それに自分たちを守るべくヴィンが避妊具を装着している姿は、ひどくセクシーに見えた。避妊具をつけ終えた彼は、すぐに先ほどと同じ位置に戻ってきた。布団の上で仰向けになると、ヴィンが体の半分をその横に置き、もう半分を上からのしかからせてくる。片方の太股にひんやりとした避妊具が当たり、すばやく上に引きあげられていく感触を覚え、一瞬強く願った。避妊具をしていない、ヴィンの欲望の証そのものを感じられたらいいのに。でもそのとき、ヴィンに完全に組み敷かれ、脚のあいだの秘所に欲望の証の先端が軽く押し当てられたのを感じた。

ヴィンの瞳を見つめながら、彼を導く。

なんてしっくり感じられるのだろう。こうしてひとつになることで、これほどの満足感と驚きを覚えるなんて。ヴィンの瞳を見つめると、彼の目にも同じ思いが宿っているのがわかった。それがなんとも幸せでたまらない――ふたりの体の相性がぴったりであることに喜ばしい衝撃を覚え、欲望がさらに激しくかきたてられていく……。

驚くべきことがもうひとつあった。今回は挿入されても痛くなかったのだ。それだけ体がこの行為を切実に求めていたのだろう。

「大丈夫か？」ヴィンは歯を食いしばりながら尋ねた。

「ええ。信じられないほど」

マリー＝テレーズはヴィンの両肩に腕をかけて引き寄せ、ふたりして体を動かし始めた。思わず目をぎゅっとつぶるその直前、最後に見たのは、鏡に映る自分たちの姿だった。互いの体を腕で包みこみ、彼女は脚を大きく広げ、ヴィンは腰を激しく動かしていた。鏡に映った自分と目が合った瞬間、衝撃に襲われた。頬が赤く染まり、乱れた髪がヴィンの力強い片腕に絡みつき、唇が開いている。まるで、お似合いのパートナーと睦《むつ》みあっている女性のようだ。

当然だろう。これは古きよきセックスのやり方にほかならない——ふたりが互いを心から求めあい、こうするのが何より適切に思えるから、という理由だけでひとつになっているのだ。

あふれる涙のせいで、鏡に映った自分たちの姿がぼやけてきた。目を閉じて、ヴィンの肩のほうへ顔を向ける。

彼は器用にも、腰のリズムを緩めないまま、しっかりと抱擁してくれた。とうとう悦《よろこ》びの極みへと押しあげられ、まっさかさまに落ちるような感覚に襲われた瞬間、マリー＝テレーズの記憶はぷっつりと途切れた。ほとんど何も覚えていない。ただ絶頂に導いてくれたヴィンの体にしがみつき、快感の波に身を任せた。同時にヴィンもクライマックスを迎え、またしても射精した。彼がぶるりと身を震わせ、ペニスを引き抜いたときに感じたのはこのうえない満足感で——。

ところが、それからすべてがおかしくなった。ほんの一瞬、自分がお金を稼ぐために何をしていたか考えるだけで充分だった。たちまち、ヴィンとひとつに結ばれた悦びが台無しになってしまったのだ。突然、胸の中で一陣の冷たい風が吹いたと思ったら、そこから氷のような冷たさが骨の髄まで届き、あっという間に全身の末端まで広がり、体がこわばってしまった。

その変化をヴィンは感じ取ったかのようにしばし動かず、やがて彼女の髪からゆっくりと顔をあげた。「話してごらん」

マリー＝テレーズは口を開いた。でも言葉が何も出てこなかった。

「大丈夫だよ」ヴィンは優しい声で言うと、指先で涙をすくい取ってくれた。「きみにとって、これはつらいことだったに違いない。たとえ正しいことのように感じられても、つらいことだったはずだ」

マリー＝テレーズはなんとか息を整え、落ち着こうとした。息苦しさのせいではない。そうしないと、自分の体がばらばらになりそうだったからだ。「もしこうするたびに、すべてよみがえってきたらどうしよう？　あなたと……」

〝あなたと一緒にこうするたびに〟そう言いたかったけれど、どう考えてもそれは言いすぎだろう。来週もまだこの街にいるかどうかさえわからないのだ。

ヴィンはキスをしてくれた。「やがてほかの記憶が取って代わるようになるだろう。時間はかかるだろうが、必ずそうなるはずだ」

彼女は鏡をちらりと見て、先ほどのヴィンの体の動きを思い出した。彼の姿がどう見えたか、体の感触がどうだったかを思い出すにつれ、全身の薄ら寒さは少しずつおさまり、やがてあたたかさの波によって押し流されていった。

「あなたが正しいことを願っているわ」マリー＝テレーズは彼の髪に両手を差し入れながら言った。「本当に心から」

24

ベッドに一緒に横たわると、ヴィンはマリー＝テレーズに彼自身の体という最高の毛布をかけてあげた。自分の小さなベッドで、こうして彼女と体を寄せあっているのがものすごく心地よく感じられる。もちろん両手が勝手に動きださないよう、自分を戒める必要はあるが。何しろ、これほど柔らかくて美しい女性のむきだしの肌が、すぐ手の届くところにあるのだから……。

二回オーガズムに達した。思いどおりのタイミングで達したのは一度だけではあったが、それでもなお欲望の証は硬いままだ。しかもまだ貪欲に彼女を求め続けている。とはいえ、いかなる形であろうと、マリー＝テレーズにプレッシャーをかけるつもりはない。

だから、両のてのひらを彼女の体にゆっくりと慎重に滑らせながらも、腰は離すようにしていた。さらに、ピンク色をした完璧な胸の頂を見ないよう、どうにかして目をそらし、部屋の向こう側を眺めていた。

「泣いたりしてごめんなさい」ヴィンが心配しているのを知っているかのように、マリー＝テレーズは言った。

「ぼくがきみのためにできることは何かあるかな？」

彼女はヴィンの胸板に唇を押し当てた。「もう充分してもらったわ」

だがそう聞いても、彼の胸にある不安が一掃されたわけではない。

「いつかまたこうしたい」

「本当に？」

「ああ、すぐにでも」

彼女は虹のように明るい笑みをこちらに向けた。「避妊具をひとつしか持っていなかったのはまずかったわね」

「まさに悲劇だ」

ふたりでそのままベッドに横たわっていると、窓から冷たい風が入ってきた。一方、ベッドの頭上にある排熱口からはあたたかな空気が落ちてきている。

「寒そうだね」鳥肌が立っているのに気づき、ヴィンは彼女の腕をさすった。

「でも気持ちいいわ」

彼は手を伸ばし、床に落ちていたシャツを拾いあげた。彼女がシャツに袖を通すのを手伝いながら、形のいい胸が揺れるのを見つめずにはいられなかった。

「きみはブラジャーをつけるべきじゃない。今後一切」

マリー＝テレーズはシャツのボタンをかけながら笑い声をあげ、次に彼が手渡したフリースを身につけた。ヴィンは彼女のパンティーを手に取った。

もしできることなら……これを自分のものとして取っておきたい。変な趣味を持つ最低な人間みたいだが、どんな人の中にも粗野な一面はあるものだ。今一緒にいる、ぼくの女が身につけていたものを、なんでもいいから自分のものとして取っておきたかった。

ただしマリー＝テレーズはぼくの女ではない。常識がある女性なら、結婚寸前だった相手を振ってきたばかりの男とつきあおうとは思わないはずだ。そうだろう？　マリー＝テレーズが求めているのは真の安定だ。

「これ、きみのだよね」黒い小さなパンティーを手渡した。

「ええ。そうみたい」マリー＝テレーズは受け取ると、それを身につけるあいだ、彼の目を思う存分楽しませてくれた。といっても、わざとエロティックな身につけ方をしたわけではない。だがヴィンにとって、何をしていてもマリー＝テレーズは欲望をそそられる相手なのだ。

ふと、先ほどジーンズを脱がせたときのことを思い出した。あのときは微動だにせず、マリー＝テレーズのことを見つめてしまった。あの場ですぐに彼女にオーラルセックスをしたくてたまらなかったせいだ。マットレスの縁までヒップを引き寄せ、前にひざまずいて、彼女を味わう至福のときを過ごしている自分の姿を想像し、体を動かせなくなった。

とはいえ、ある意味ではオーラルセックスは挿入する以上に親密な行為と言えるだろう。自分がそうすることで、マリー＝テレーズのいやな記憶を呼び覚ましてしまいそうで心配だった。実際、やはりそういう事態が起きてしまったのだ。

だが、そんな親密な愛撫をする機会がまたやってくると信じたい。それもすぐに。しかも、たくさん。

ヴィンは手早く服を身につけ、マリー＝テレーズが自分のポケットにブラジャーを押しこむと、彼女と腕を組んで部屋から出た。鏡の前を通り過ぎるとき、聖母マリアのカードを取り、上着のポケットに滑りこませた。

階下へおりて照明とエアコンを消し、彼女と並んで正面玄関へやってくると、つと足を止め、あたりを見回した。「ここを片づけないとな」

だが、自分でもなんとなくわかっていた。衝動的にその言葉を口にしたわけではない。いつだって、この自宅へ作業員たちを送りこみ、くだらない品々を片づけさせ、バスルームやキッチンを改装することはできたはずだ。それでもなお、この自宅のこととなると、これまではどうしても重い腰をあげることができずにいた。

多くの意味で、この自宅はヴィンから正しく生きるための意志を吸い取っていたのだろう。

〈アイアン・マスク〉へ戻る道すがら、ヴィンはハンドルを回して方向を変える必要があるとき以外ずっと、マリー＝テレーズの手を握りしめていた。

クラブの駐車場に車を入れながら、彼女を一瞥してみる。先ほどから窓の外をじっと見つめたままだ。ほっそりとした顎の線も肩にかかる髪も、信じられないほど美しい。

そのとき、彼女が何を見ているのかに気づいた。立ち入り禁止テープが張られた、路地のはるか向こう側だ。

「ぼくに自宅まで送ってほしいかい？」

ふたりの大学生たちが殺害された場所から目を離さないまま、彼女はうなずいた。

「いいの？」

「もちろんだよ」女性から信用されたら、男は有頂天になるものだ。

マリー＝テレーズが向き直ってこちらを見た。「ありがとう……本当にいろいろ」

ヴィンはゆっくりと体をかがめた。仕事場だった店の近くでキスをするのを、マリー＝テレーズがいやがるかもしれないと思ったからだが、彼女は顔を背けようとはしなかった。唇が重なりあった瞬間、彼は深く息を吸いこんだ。

洗濯したての衣類とみずみずしい女らしさ。マリー＝テレーズはそんな香りがした。今までに調合されたどんな香水よりもいい香りだ。

「また会えるかな？」

彼女は肩をすくめた。「だといいわね」

最後にすばやく笑みを浮かべると、ドアを開けてM6からおり、自分の車へ向かった。遠く離れた場所から解錠できる電子キーではなく、キーそのものを挿してトヨタ・カムリのドアを開けて乗りこみ、エンジンをかけようとする。実際にエンジンがかかるまでに長い時間がかかった。永遠にかからないかと思ったほどだ。

ヴィンは彼女のカムリが気に入らなかった。あの古ぼけた車はどうにも信頼できない。

それにエンジンがかかるのを待っているあいだ、彼女がこちらと目を合わせるのを避けているのも、どうにも気に入らなかった。

ようやくエンジンがかかり、マリー＝テレーズはカムリを発進させた。ヴィンは愛車BMWで彼女を追いかけてダウンタウンから出ると、郊外住宅地に入った。並んでいる住宅の中でどれがマリー＝テレーズの自宅か、すぐにわかった。ケープ・コッド様式の小さな住宅で、窓という窓すべてに鉄格子がはめられている。二階の窓にもだ。建物の前の縁石に沿って停められている車は、ベビーシッターのものに違いない。

車道の端で待っていると、ガレージの扉があがり、カムリが中へ進んだ。重苦しい動きでパネルが閉じられるあいだに、車からおりた彼女の姿がちらりとでも見えるかもしれない。ヴィンは期待したが、マリー＝テレーズは車に乗ったままだった。

そのほうが安心なのは明らかだ。ああするのは、とてもいいことなのだろう。

そのまま、彼はさらに待った。

するとマリー＝テレーズがキッチンの窓の前に立ち、手を振ってくれた。ヴィンは手を振り返し、挨拶代わりに軽くクラクションを鳴らそうと手を……だが、すぐに引っこめた。彼女がそんなことを喜ぶはずがない。いかなる注意も引きたくないはずだ。

結局、ヴィンは顔をしかめながらその場をあとにした。どうしても眉間に深いしわを寄せずにはいられない。マリー＝テレーズがぞっとするような状況に置かれているのは火を見るよりも明らかだ。いまだに元夫から逃げ続けているのだろう。ただ元夫を恐ろしがっているだけでなく、いつ見つかるかわからないとびくびくしてもいるのだ。ガレージの扉が完全に閉まるまで、彼女が決してカムリからおりようとしなかったのがいい証拠だ。

最初に考えたのは、彼女のために要塞を建て、ジムのような兵士を少人数集めて、その場所を守らせたいということだ。

次に考えたのは、ＢＭＷからおりる直前、こちらの質問に彼女がどう答えたかだ。

〝また会えるかな？〟

〝だといいわね〟

マリー＝テレーズはこの街を出るつもりでいる。昨夜の大学生たちの死が彼女と関係があるかないかに関わらず、ここから逃げようとしているのだ。二度とマリー＝テレーズと会えなくなる。しかも彼女の身に何が起きたのかよく知りもしないうちに、助けの手も差し伸べられないままで――そう考えたとたん、ヴィンはパニックに襲われた。

十五分後に〈コモドール〉の地下駐車場に到着し、自分の黒いランドローバーの隣にBMWを停車した。どういうわけかエレベーターに乗りこんだ瞬間、悪夢で見たディヴァイナの残像がよみがえり、またしてもあの声が聞こえた。

〝あなたはわたしのものよ、ヴィン。そしてわたしは自分のものをいつでも好きにする〟

二十八階に到着し、エレベーターからおりた瞬間——ヴィンは足を止めた。彼のメゾネットの扉が開き、中から声が聞こえている。しかも複数いるようだ。

ディヴァイナがこんなに遅い時刻に引っ越し業者をよこしたとは信じがたい。もう真夜中を過ぎているのだ。だとしたら、いったい何事だろう？

彼は早足で自宅へ向かった。たとえ相手が誰であろうと文句を言ってやる。文字どおり、銃が炸裂するような激しい怒りを感じていた。

警察官だ。

玄関ホールに警官が四人立っていて、いっせいにこちらを見た。

まずい、ついにこういう事態が起きてしまった。市の職員たちへの賄賂、ありとあらゆる詐称、それから脱税……さまざまな罪がとうとう露見し、警察がやってきたのだろう。

「何か用かな？」ヴィンは素知らぬ顔で尋ねた。

「彼が戻ってきたぞ」警察官のひとりが叫んだ。

いったい書斎に何人の警察官がいるのだろう？　ヴィンはリビングルームのほうを見て――思わず悪態をついた。数歩前に進んだが足を止め、アーチ型の入り口の手彫りの脇柱を強くつかむ。リビングルームはひどい有様だった。強風が吹き荒れたかのごとく、家具は本来あった場所から大きくずれ、壁にかけてあった絵画は歪み、アルコール類のボトルが砕け散っている。

「ディヴァイナはどこだ？」ヴィンは尋ねた。

「病院だ」誰かが答えた。

「彼女がどうかしたのか？」

「病院にいる」

ヴィンは答えた警察官のほうを向いた。ブルドッグみたいな体形をしている。顔に浮かべた厳しい表情もブルドッグそっくりだ。

「彼女は大丈夫なのか？　何があったんだ？」ヴィンは警察官がベルトから手錠を外すのを見た。「なんの必要があってそんなものを？」

「脅迫と暴行容疑であなたを逮捕する。両手を出して」

「なんだと？」

「脅迫と暴行容疑であなたを逮捕する」その警察官は承諾も待たず、ヴィンの右の手首をつかみ、手錠をはめた。すばやいひとひねりで、完全に体の自由を奪われた。

「あなたには黙秘権がある。あなたが話したことは、法廷であなたに不利な証拠として用いられる場合がある。あなたには弁護士と相談し、取り調べのあいだ弁護士を立ちあわせる権利がある。もし経済的余裕がなければ――」皮肉たっぷりの声で続ける。「公選弁護人をつけてもらう権利がある。今わたしが述べた権利をすべて理解したか？」

「ぼくは今日の午後からここに戻っていない！　それにディヴァイナと最後に会ったのは、彼女が出ていくときで――」

「自分の権利をすべて理解したか？」

「ぼくは何もやってない！」

「自分の権利をすべて理解したか？」

ヴィンはここ何年も逮捕されていなかった。だが、まるであの自転車に乗ったときのようだ。すべてがありありとよみがえってきた。ただ、ひとつだけ違うことがある。あのときは、なぜ自分が勾留されるのか、その理由がはっきりわかっていた。実際にこの手で罪を犯したからだ。

「答えてくれ」ヴィンは体を回転させ、警察官と正面から向きあった。「なぜぼくが彼女を傷つけたと思うんだ？」

「彼女があなたにやられたと言ってるからだ。それに、その右手の指関節の傷から察するに、つい最近あなたたちが争ったのは明らかだ」

ディヴァイナが嘘をついた。真っ赤な嘘を。

「ぼくは彼女を殴ってなどいない。一度もだ。そんなことをする理由がない」

「へえ、本当に？　彼女から、あなたの相棒と寝たと言われても、怒りもしなかったというのか？」

「ぼくの相棒？」

「とにかく逮捕させろ。そうすれば弁護士を呼べるから」警察官はめちゃくちゃになったリビングルームを一瞥した。ひどい状態にされてもなお、やはり高そうな部屋に見えた。「どう見ても、公選弁護人は必要なさそうだな」

25

日曜日、目覚めたとき、ジムは胸にドッグを抱えながら横向きに寝ていた。背後では音を消したテレビがついている。

横向きなのと無音のテレビは、いつもと変わらない。しかしドッグは、うれしいおまけだ。あたたかくて人懐っこいドッグは、どういうわけか夏の空気の匂いがした。ドッグがやや混乱することがあるとすれば、夢を見ているときだ。前脚を痙攣させ、顎を動かし、ときどき抑えたうなり声か鳴き声をあげている。

はたしてこいつはどんな夢を見ているのだろう？　前脚の動きから考えると、逃げている夢なのは間違いない。自分が誰かを追跡する立場だからそう思えるだけであればいいのだが。

ジムは振り返り、テレビで何をやっているか確認した。ローカルニュースだ。美しいがわざとらしい金髪の女性ニュースキャスターが、週末の朝のニュースを伝えていた。原稿を読み進めるにつれ、彼女の頭の左上にニュースに関連する映像が流れ、ときどき映像とキャスターの位置が入れ替わる。教育委員会の投票結果、舗装道路にできたくぼみの問題、青少年プログラムに潜む危険性。

そのとき、よく知っている人物の顔写真が画面に映った。ヴィンだ。

ジムは弾かれたように体を起こし、リモコンをつかむと、音量ボタンを押した。今、自分が耳にしていることが信じられなかった。

ヴィンが恋人に暴力をふるった容疑で逮捕され、逮捕後すぐに保釈されたという。ディヴァイナのほうはひと晩入院し、その病院で経過観察中らしい。

「次のニュースです」女性キャスターは続けた。「ダウンタウンでまたしても残忍な襲撃事件が起きました。被害者はロバート・ベルソワー、三十六歳。先週金曜の夜、被害者ふたりが亡くなった発砲事件の現場からさほど遠くない路地で、真夜中過ぎに倒れているところを発見されました。被害者は現在、危篤状態で聖フランシス病院に入院中です。容疑者はまだ特定できていません。サル・ファヌッチオ警察長は注意を呼びかける声明を発表し……」

ジムはドッグの背中を撫でた。なんてことだ……ヴィン・ディピエトロはいろいろな面を持つ複雑な男だ。だが女を殴るだろうか？　信じられない。マリー＝テレーズにつきまとって困らせたという理由で、あの大学生たちを追いかけたことを考えるとなおさらだ。

それに路地で発見された男というのは？　何も関係ないとは思うが——。

その考えに呼び覚まされたかのように、携帯電話が鳴りだした。この予想外の嵐が、新たに別の竜巻を引き起こしたに違いない。

ジムはとっさにベッド脇のテーブルにあった携帯電話を手に取った。振り返りもせずに。今まで真っ暗闇の中で任務をこなすことが多かったせいで身についた、ちょっとした能力だ。音というのは驚くほど強力な要素だ。視力を補ってあまりある。

「やあ、おはよう」ジムは発信者が誰か見ないまま答えた。

元ボスの声がした。晴れやかな口調だ。「彼女はこの世に存在しない」

ジムは片手を強く握りしめた。とはいえ、別に驚いたわけではない。「それ以外、何もわからなかったのか？」

「そういうわけじゃない。ただおまえのマリー＝テレーズ・ブードローは、ラスベガスの男によって詐称された身元だ。わかっている限り、五年前に作られ、最初に使用したのはベネズエラで死んだ女性だった。一昨年、おまえの女がその書類一式を買い取り、東へ移動し、ニューヨークのコールドウェルに落ち着いたというわけだ。住所はファーン・アベニュー百八十九番地。それに彼女は携帯電話も持っている」元ボスが番号を口にすると、ジムはその場ですぐ頭に刻みつけた。「所得税の記録から、彼女はふたつの店で仕事をしていることがわかった。ひとつは〈ゼロサム〉、昨年末から約一カ月間は〈アイアン・マスク〉に勤めていて、どちらも職業はダンサーとして登録されている。ダンサーにもいろいろあるがな」

「彼女は本当は何者なんだ？」

しばし沈黙が流れた。「今、問題なのはそこじゃない」

その低い声ににじむ満足感は、絶対に耳にしたくないたぐいのものだった。誰かに大事なタマを渾身の力をこめて握られ、今から思いきり引き伸ばされようとしているみたいな感じだ。

ジムは目を閉じた。「おれは戻るつもりはない。立ち去るときに言ったはずだ。おれはもうやめると」

「冗談はよせ、ザカリアス。おまえだってわかっているはずだ。おまえがわれわれとの縁を切れるとしたら、それはおまえが遺体安置所に入るときだけだ。わたしが少しばかり休暇を与えたのは、おまえが極限状態に陥りかけていたからだ。だが今のおまえは、ずいぶんと元気そうじゃないか」

　ジムは壁に拳を叩きつけたい衝動に駆られた。「なあ、あんたのそのみじめでわびしい人生の中でたった一度でいいから、見返りを求めずに何かしようという気にはなれないのか？　一度やってみろよ。そうすればやってよかったと思えるはずだ。今、この瞬間から始められる」

「悪いな。すべては交渉だ」

「あんたは父親に道徳観念を根こそぎ奪われちまったのか？　それとも、生まれつきそんなくそ野郎なだけなのか？」

「それは父親にきいてくれ。とはいえ、もう何年も前に死んでるがな。あわれなやつさ。わたしの銃弾の邪魔をして死んだ。まったく恥ずかしい限りだ」

　ジムは唇を嚙み、顎と首の筋肉をこわばらせた。「頼む……彼女の情報が必要なんだ。教えてくれ。とても大切なことなんだ」

　当然ながら、メサイアスは必死の懇願を聞き入れようとはしなかった。「おまえから受けた借りを返すのは、ここまでだ。もっと情報がほしければ、それなりの見返りを用意しろ。おまえ次第だ。前もって言っておくが、おまえにぴったりの任務をすでに考えている」

「もう人は殺さない」

「へえ」

「メサイアス、おれは彼女が何者か知る必要があるんだ」

「そうだろうとも。おまえなら、わたしの居場所はわかるよな」

一方的に電話を切られた瞬間、ジムは真剣に迷った。携帯電話を思いきり壁に投げつけてやろうか？　だが、そんな衝動を止めてくれる存在がいた。ドッグだ。眠たげな顔を起こしているのを見たとたん、どういうわけか、腕から力が抜けた。

そして、携帯電話をベッドカバーの上に落とした。

心が千々に乱れ、波立つ気持ちをどうすることもできない。いったいこんな自分をどうすればいいのか、わからない。だからただドッグに手を伸ばし、耳のあいだの立っている毛を撫でてやることにした。

「なあ、ドッグ、寝起きのおまえはアインシュタインにそっくりだよ」

刑務所ではアイ・コンタクトがすべてだ。

少年時代に刑務所に入れられたときに、ヴィンはそのことを学んでいた。鉄格子の中では、相手と視線を合わせることが挨拶代わりだ。自己紹介も兼ねている。ちなみに、視線の合わせ方次第で、相手はだいたい五つのタイプに分けられる。

まずは麻薬常習者《ジャンキー》。彼らは目の焦点が定まっていない。視神経をうまくコントロールできないからだ。汗腺や腸、神経系も同じくらいコントロールできない。彼らは芝生に置かれた彫刻のように、ひとところにじっとい続ける傾向がある。そしてたいていの場合、獄中で起こるドラマとは無関係だ。彼ら自身がそういう騒ぎを起こすことはないし、そういういじめやすいやつをいじめても退屈なだけだからだ。

一方で、肝っ玉の小さいやつ《ダイム・サイザー》は刑務所に入るのが初めての場合が多く、ひどくびくついている。否応なしに目をピンポン球のようにむきだしにしてこちらを見つめるが、さほど長い時間ではない。すぐに視線をあちこちに走らせ始める。このため、彼らはほかの受刑者たちからあざけられ、汚い言葉でいやがらせを受けることになるが、拳をふるわれることはほとんどない。というのも、彼らは待ってましたとばかりにすぐに甲高い叫び声をあげ、看守に助けを求めるからだ。

対照的に、卑劣なやつ《マザーファッカー》は相手をじっと観察し、弱い部分を探しだしていつでも襲いかかれるよう構えている。彼らは誰彼かまわずいやがらせをするのが大好きだが、危険な相手《ホットヘッド》ではない。騒ぎを扇動しようとはするものの、あとはかっとなりやすいやつたちの好きなようにさせる——彼らはいわば、砂場で遊んでおもちゃを壊しておきながら、それを他人のせいにする子どものような存在だ。

ホットヘッドは目つきが怪しく、何より喧嘩を好む。わずかばかりのきっかけさえあれば、いつだって浮かれ騒ぎをする気満々でいる。彼らの説明はそれで充分だろう。最後は、正真正銘の社会病質者《ソシオパス》だ。彼らはなんのためらいもなく相手を殺し、死人の肝臓さえ食らうことができる。あるいは、何もしない可能性もある。彼らにとってはどちらも大したことではない。常にあたりに視線をさまよわせ、水槽を泳ぐサメのように部屋の中ほどにいることがほとんどだ——格好の標的を見つけるまでは。

獄中で、ヴィンはその五種類の代表格のような者たちの中に座っていた。彼はどのタイプにも当てはまらない。それ以外のタイプに入るのは火を見るよりも明らかだ。まわりの者たちに干渉するつもりはない。だから、彼らも同じ態度を取ってくれるのを期待していた。もしそうしてもらえなかったらどうするか？

「いいスーツだな」

ヴィンはコンクリートの壁にもたれ、床に視線を落とし続けた。わざわざ視線をあげる必要はない。このゴミ溜めにいるほかの十一人と違い、下襟のついたスーツを着ているのは自分だけだとわかっている。

案の定、声をかけてきたのはマザーファッカーだった。

ヴィンはわざと体を前に倒して座り直し、膝の上に肘をついた。握った拳をてのひらで包み、声をかけてきた男のほうへゆっくりと頭を傾ける。痩せ型で、首にタトゥーを入れている。イヤリングをつけ、頭の形がはっきりわかるほど髪を短く刈りこんでいる。とびきりのごちそうでも見つけたかのようににんまりとした瞬間、欠けた前歯がちらりと見えた。

　こちらを、新入りのダイム・サイザーだと考えたのは明らかだ。

　ヴィンは整った歯を見せ、利き手の指関節をひとつずつ鳴らしながら答えた。「おれの服が気に入ったのかよ、ばか野郎《アスホール》」

　その答えを聞いたとたん、マザーファッカーはすぐに〝こいつをおちょくってやろう〟という考えを改めた。褐色の瞳でヴィンの拳の大きさをすばやく目測し、もう一度彼の目を見た。今度はばっちり目が合った。

「おまえに尋ねてるんだ」ヴィンはゆっくりと、だが大声で言った。「おれの服が気に入ったのか、アスホール」

　マザーファッカーが答えを考えているあいだ、ヴィンは内心でひそかに祈っていた。今の自分の答えは感じが悪く、それでもこいつにとってどうにか無視できる程度のものであるように。ほかの男たちはテニスの試合でも観戦するかのように、ヴィンと相手のあいだで視線を行ったり来たりさせている。そのとき、マザーファッカーが両肩の力を抜いた。

「ああ。まじで、すげえいいスーツだな」

ヴィンが何も答えずに座ったままでいると、相手がふたたびソファに腰をおろしたため、安っぽいソファに座っている男たちひとりひとりと目を合わせていった。すると、目を合わされたやつらはひとり残らず床に視線を落とした。そのときになってようやく、少し体の力を抜くことができた。

脳みその半分で引き続き〝社内政治〟について考えつつも、もう半分をめまぐるしく働かせ、自分がどうしてこんな場所に勾留される羽目になったのか、ふたたび考え始めた。ディヴァイナは警察に対してしらじらしい嘘をついている。だから、現状から脱するために、実際に何が起きているのか探るつもりだった。それに〝相棒〟とはなんだ？　ディヴァイナはいったいなんの話をしているのだろう？

そのとき、男もののコロンの匂いがしたブルーのドレスのことを思い出した。ディヴァイナが自分以外の男とファックしていたと考えるだけで、危険なほど怒りがこみあげ、精神に異常をきたしそうだ。だから自分の脳みそに言い聞かせようとした。もっと重要なことについて考えろ。たとえば、そう、ディヴァイナはヴィン以外の誰かに殴られたはずなのに、彼が留置場に入れられているという事実だ。

くそっ。自宅にも、オフィスと同じ種類の防犯システムを導入してさえいれば。そうしたら、すべての部屋を二十四時間撮影した映像が手元に残っていたはずなのに。

鍵束のじゃらじゃらという音で、看守がやってきたのがわかった。「ディピエトロ、弁護士が面会に来ている」

ヴィンはソファから立ちあがった。がちゃんという音をたてて扉が開かれると、外へ出て背中の後ろで両手を組んだ。看守が手錠をかけられるように。

それを見て、看守は驚いた顔をした。だが檻の中にいる、すでにマザーファッカー相手に堂々と立ち回ったヴィンを目撃しているほかの者たちは驚いていない。

手錠をかける音がしたあと、ヴィンは看守に続いて廊下を進み、別の鉄格子の前までやってきた。向こう側にいる係員が鉄格子を開けると、看守とともに右へ曲がり、さらに左へ曲がったところにある扉の前で立ち止まった。前に逮捕された高校生のときには見ることがなかった部屋だ。取調室は薄い茶色で塗られ、窓には六角形の金網がはめこまれていた。

ぱりっとしたダブルのスーツを着込んだ弁護士のミック・ローズが、ウィングチップ・シューズを履いた足を交差させて、取調室の反対側の壁に背中をもたせかけていた。あのマザーファッカーにまたしても褒められそうなスーツだ。

看守が手錠を外して部屋から出ていくまで、ミックは何も話そうとしなかった。扉が閉まるなり、弁護士は頭を振った。「まさかこんな事態になるとは」

「まったく同感だ」

「ヴィン、いったい何があった?」ミックは監視カメラに向かってうなずいた。暗に、依頼者と弁護士とのやり取りは証拠として開示しなくていいという〝弁護士・依頼者間の秘匿特権〟を意味しているのだろう。この警察署で起きている現実よりも、はるかに道理にかなっているように思える。

ヴィンは小さなテーブルに備えつけられた、二脚ある椅子のうちの一脚に座った。

「ぼくにもさっぱりわからないんだ。真夜中に帰宅したら、うちに警官たちがいた。それも、めちゃくちゃに荒らされた自宅にだ。彼らから、ディヴァイナは病院にいて、彼女をそんな目に遭わせたのはぼくだと証言していると聞かされた。だが、ぼくのアリバイは完璧だ。あの日は午後から夕方までずっとオフィスにいた。ぼくが何時間も自分のデスクに座っている映像が残っているはずだよ」

「警察の捜査報告書を読んだ。彼女は夜の十時頃、暴行を受けたと言っている」

くそっ。てっきりもっと早い時間かと思っていた。

「会社を出たあと、きみがどこにいたかは、のちほど話しあうとしよう」その答えが複雑であることを知っているかのように、ミックはつぶやいた。「裏から手を回しておいた。きみはあと一時間以内に保釈される。保釈金は十万ドル程度になりそうだ」

「ぼくの財布を渡してくれたら、今すぐにでも支払う」

「よし。ぼくはきみを自宅へ送っていくから――」

「服を取りに行くだけにする」あのメゾネットは二度と見たくない。ましてや、あそこに滞在するなんてありえない。「ホテルに泊まるつもりだ」

「無理もないな。もしマスコミを避ける必要があるなら、ぼくと一緒にグリニッジで過ごすこともできる」

「その前に、ディヴァイナと話さなければいけない」どうしても突き止めたかった。彼女を殴ったのが誰かだけでなく、彼女がどこのどいつと寝ていたのかを。自分には友人が数多くいる……ただ、ヴィンみたいにうなるほど金がある、彼のような男となると？　表社会から裏社会まで友人がいるというのに。

「とりあえず、きみをここから出させてくれ、いいね？　次のステップについては、出てから話しあおう」

「ミック、ぼくは何もやっていないんだ」

「もしそう考えていなければ、日曜の朝にぼくがこんなにめかしこむと思うか？　今やぼくは、あの『タイムズ』からも取材を受ける可能性があるんだぜ」

「少なくとも、その優先順位のつけ方は尊敬するよ」

それにミックは約束を守る男だ。デビットカードから十万ドルをすぐに引きだしてくれたおかげで、ヴィンは午前十時半には警察署を出てミックの愛車ベンツに乗りこんでいた。

とはいえ、保釈されたからといって、とてもお祝い気分にはなれなかった。〈コモドール〉へ向かうにつれ、頭の中がこんがらがってきた。このすべての出来事の内側で、どんな論理が働いているのだろう？　それを見極めようとすればするほど、思考回路が制御不能になる。

「なあ、ヴィン、ぼくの話を聞いてくれ。ぼくはきみの僚友なんだから、信頼できるはずだろう。そのうえ、きみの弁護士でもあるんだから。病院には行くな。ディヴァイナと話してはだめだ。もし彼女から電話がかかってきたり、働きかけられたりしても、絶対に接触してはいけない」ベンツが〈コモドール〉の正面で停車した。「昨夜の十時から十二時のあいだ、きみはどこにいた？　アリバイがあるのか？」

フロントガラスを見つめながら、自分がその時間どこにいたか思い出した……何をしていたかも。すぐに心が決まった。「ああ。だが警察には協力できない」

「でも、誰かと一緒にいたのか？」

「ああ」ヴィンはドアを開けた。「彼女を巻きこむつもりはないから――」

「彼女？」

「連絡は携帯電話にしてくれ」

「待てよ、その〝彼女〟っていうのは誰だ？」

「きみには関係ない」

ミックは前腕をハンドルにかけると、シートにもたれた。「自分の身を守りたいなら、考え直したほうがいい」

「ディヴァイナを傷つけたのはぼくじゃない。それに、なぜ彼女がこんな嘘をついてぼくをはめようとしているのか、さっぱりわからない」

「本当に？　ディヴァイナはおまえのその〝彼女〟のことを知っているんじゃないのか？」

即座にかぶりを振った。「いや、彼女は知らない。また電話してくれ」

「ヴィン、病院には行くな。約束してくれ」

「ぼくがこれから行こうとしているのは病院じゃない」ヴィンはドアを閉め、大股で〈コモドール〉の入り口を目指した。「信じてくれ」

26

聖フランシス病院の建物の配置は、蟻《あり》の巣箱の理論に基づいていた。この種の医療センターの多くと同じく、反復的《イテレイティブ》な建築哲学に基づき、何エーカーにも及ぶ敷地に建物が寄せ集められ、しかも押しこめられる限りの建物を無理やり押しこんでいる。それゆえ、ごちゃごちゃとして統一感がなく、どの建物も場違いな印象が否めない。広大な敷地内には、ゴシック様式のれんが造りの建物から、工業生産による鋼鉄とガラスでできた建物、不規則に広がる石柱までなんでも揃っており、そのすべてに共通する特徴はただひとつ。〝狭苦しくて窮屈〟という点だけだった。

ジムは、そびえ立つ十五階建ての建物の隣にある駐車場にトラックを停めた。まずはこの背の高い建物から始めるのがいいだろう。きっとここが、緊急処置室《ER》から入院患者が運ばれてくる入院センターに違いない。停まっている車の列を通り抜けて車道を横切り、屋根つきの車寄せの下を通り過ぎると、両開きのガラスドアから中に入っていった。

案内デスクでジムは言った。「ディヴァイナ・アヴェイルの部屋を探しているんだ」

そこに座っていたのは、髪を青く染めた、百二十歳くらいに見える女性だ。だが彼女からあたたかな笑みを向けられたとたん、そんなことを一瞬でも考えた自分が大ばか者のように思えた。年齢だけで、彼女の魅力を割り引いて考えてしまったとは。

「調べてみますね」

女性が小枝のような指でキーボードを叩いて病室を探し始めたのを見て、ジムはふと思った。自宅の部屋で自分のキーボードを叩いたら、彼女よりはるかに早くディヴァイナの情報を探しだせるに違いない。モデル業界で、ディヴァイナという名前は珍しい。検索したら、ヴィンの恋人はすぐに見つかるだろう。そんなに大変な仕事ではないはずだ。モデル業界ではファーストネームを名乗っているが、彼女は半年前に『コールドウェル・クーリエ・ジャーナル』の資金調達者として、ヴィンと一緒にいるところを写真に撮られている。そこにはアヴェイルという名前が出ていた。

「一二五三号室ですね」

「ありがとう」案内デスクの女性に小さく会釈をした。

「どういたしまして。ギフトショップの脇にあるエレベーターであがってください」

ジムはうなずいて、大股でエレベーターホールへ向かった。大勢の人たちが待っている。彼らはみんな、三つの扉の上に小さく表示された階数を目で追っていた。ジムもその競争に参加することにした。

どうやら、右側のエレベーターと中央のエレベーターの勝負になりそうだ。

結局、中央のエレベーターが勝利した。ほかの人たちと一緒に乗りこみ、どうにか行き先ボタンを押すと、頭上にデジタル表示される階数が見えるように体の向きを変えた。エレベーターが上昇し、停止階に着くたびにポーンと鳴り、扉が開く。中にいる人たちが移動する。ポーンという音がし、扉が開く。さらに人が移動する。その繰り返しだ。

ジムは十二階でおりると、何も言わずにナースステーションの前を通り過ぎた。ここまでは実に順調だ。順調すぎるほどだ。わざわざその流れに水を差すつもりはない。一二五三号室の外にコールドウェル警察の警察官が立っていたとしても、別に驚きはしない……ところが、ひとりも立っていなかった。それに閉ざされた扉の付近にたむろする家族や友人の姿も見当たらない。

彼は扉を軽くノックし、体をかがめた。「ディヴァイナ？」

「ジム？」静かな声が聞こえた。「少し待ってて」

待っているあいだ、通路のあちこちに目を走らせた。ディヴァイナの病室と隣の病室のあいだに、清掃用のカートが一台停められている。ちょうどそのとき車輪つきの食器棚が近づいてきて、通り過ぎたときにワックスビーンズとハンバーガーの匂いがした。きっと昼食用だろう。看護師たちが至るところを歩いている。通路の一番端では、短いガウン姿の男性患者がよちよちと移動していた。片手で自分の点滴スタンドを握っている。

「いいわ、入って」

ジムは薄暗い病室に足を踏み入れた。彼がかつて寝かされていたのと、まったく同じタイプの部屋だ。ベージュで統一され、飾り気がなく、中央にベッドが置かれている。奥にあるカーテンは引かれ、窓からの日差しをさえぎっていた。カーテンがかすかに揺れている。彼女が今閉めたばかりであるかのように――きっと、そうすればジムに自分の顔がさほどはっきり見えないと考えたのだろう。

ディヴァイナの顔はめちゃくちゃにされていた。

あまりの変わりように、ジムは一瞬足を止めた。彼女の美しい顔は歪められていた。頬も顎も目も腫れあがり、唇がぱっくりと切れている。薄青の肌にできた紫色のあざは、ウェディングドレスにできたしみのようだ――目も当てられないほど醜く、悲劇を物語っている。

「ひどい有様よね」彼女は震える手をあげ、顔を隠そうとした。

「なんてことだ……大丈夫なのか？」

「ええ、たぶん。入院させられたのは、わたしが脳震盪を起こしたせいよ」ディヴァイナは薄い毛布を引きあげて体を覆った。ジムは抜け目なく彼女の両手を確認した。指関節に傷がひとつもない。

つまり、これはディヴァイナの自作自演ではないということだ。あるいは――そんなことができるとは思えないが――相手を殴り返さなかったということだ。

彼女をじっと見つめながら、ジムはこの問題の決着点を探して、頭がめまぐるしく回転しているのを感じた。もし……いや、ヴィンに限ってこんなことができるはずがない。

それとも、できるのか？

「本当にすまない」ジムはそうつぶやくと、ベッドの端に沈みこんだ。

「あなたとわたしのことを彼に打ち明けるべきじゃなかったのよ……」ディヴァイナは箱からティッシュを引き抜くと、慎重な手つきで目の下を押さえた。「でも良心がとがめてそうせずにはいられなかったの。それに……まさかこんなことになるなんて思いもしなかったから。彼は婚約も破棄したの」

ジムは眉をひそめ、ヴィンと最後に会ったときに聞いた言葉について考えた。ヴィンはあのときすでに、ディヴァイナと別れるつもりでいた。「ヴィンにプロポーズされたのか？」

「ええ。そのせいで、彼に話さざるをえなくなったの。彼は片膝をついて、プロポーズしてくれたわ……わたしもその場でイエスと答えた。でも、あの日起きたことをどうしても打ち明けておく必要があると思ったの」ディヴァイナは前かがみに座ると、ジムの前腕をつかんだ。「ヴィンからは離れているようにするわ。あなたのために。彼は猛烈に怒っているから」

ディヴァイナのブルーのドレスから別の男のコロンの香りがしたと話したときのヴィンの表情を思い出せば、今の言葉は真実だと容易に想像できる。だが、この状況をすんなり受け入れることはできない。こうしてディヴァイナの顔を……それに腕を見たら、そんな可能性などありえないと思えても、どこか割りきれなさが残るのだ。

ディヴァイナの腕には、まぎれもないあざがいくつかついている。明らかに男の手によるものだ。

「いつ退院できそうなんだい？」

「たぶん、今日の午後には。ああ、こんな姿をあなたに見られたくなかった」

「きみがそういう心配をすべき相手はほかにたくさんいるはずだ。おれのことなど考える必要はない」

しばしの沈黙のあと、ディヴァイナはひっそりと尋ねた。「わたしとヴィンが破局したなんて信じられる？」

いいや。それもいろいろな意味においてだ。「迎えに来てくれる家族はいるのか？」

「ええ、一時頃に来る予定よ。それくらいの時間には退院できそうだから。家族は本当に心配してくれているの」

「ああ、そうだろうな」

「問題は、まだわたしの心の一部がヴィンに会いたがってることなの。できれば……彼と話しあいたい。ただ、自分でもどうしたらいいのかわからなくて……あなたに言われるまでもなく、こんなふうに考えるなんて愚かだってわかってるわ。わたしはすぐに立ち去るべきだし、できるだけ彼から遠ざかっておくべきなのよね。でも、そんなに簡単にはこの想《おも》いを手放せそうにないの。だってヴィンのことを愛しているから」

「すまない」なすすべもなくささやく。「本当にすまない」

彼女がジムの手を握った。「あなたは本当にいいお友だちね」

扉が鋭くノックされ、看護師がひとり入ってきた。「具合はどうですか？」

「おれはもう行ったほうがよさそうだ」そう言うと立ちあがり、看護師に会釈すると、ふたたびディヴァイナを見た。「何かおれにできることはあるか？」

「あなたの携帯電話の番号を教えてもらえる？　念のために……うまく言えないけれど……」

ジムは彼女に番号を伝えると、もう一度別れの挨拶をして、病室から出た。

病棟から離れるにつれ、ジムは多くの軍事任務をこなしているような気分になってきた。矛盾する情報、理解不能な行動、予測できない選択……どれもすべて、以前の任務で目の当たりにしたことがある。ただ関係者と場所の名前が変わっただけだ。

自分が今知っている情報のうち、何が真実なのか選り分けようとしても、埋めるべき空白が多すぎる。たしかな答えが導かれるよりも、むしろさらなる疑問が生まれてしまう。

エレベーターに乗り、階数がどんどん減っていくのを眺め、最後にロビー階を表す〝L〟が表示されると、これまでの訓練と経験をよりどころにしようと心を決めた。何をすべきかわからないときは、情報を集めるべし。

案内デスクに戻り、小柄な高齢の女性に近づくと、この建物に入ってきたときに通った両開きのドアを指し示しながら尋ねた。「退院する患者のための出口は、あそこだけかな？」

女性はやはりあたたかな笑みを浮かべた——その笑みを見て、ジムはふと思った。彼女が焼くクリスマスクッキーは絶品に違いない。「ええ、ほとんどの患者さんがあそこから出ていきます。車でお迎えがある方は特にです」

「ありがとう」

「どういたしまして」

ジムはその出入り口から出て、正面にある建物を見据えた。ここをじっくり観察するために腰をおろす場所なら、いくらでもある。だが、歩道に沿って植えられている裸木のあいだに置かれた小さなベンチでは、こちらの姿を隠すには不充分だ。それに、いざというときに身を潜められる建物の陰もない。

ジムは屋根つきの車寄せから駐車場へと目を走らせた。どこかに、あの出口を見張れる場所があればいいのだが——。

その瞬間、一台のSUVが駐車スペースから出た。ちょうど青と白が塗られた障害者用駐車スペースから二台分離れた場所だ。

三分後、自分のトラックをあいたスペースに移動させ、エンジンを切り、入院センターをじっと見つめた。というか、実際は、隣に停車されたミニバンの窓越しに見ている。完璧なカムフラージュと言えるだろう。

長年の経験からよく知っている。秘密裏に集めた情報ほど役に立つものはない。

「用意できた？」マリー＝テレーズはキッチンから階上に向かって叫んだ。

「あとちょっと」ロビーが叫び返してきた。

腕時計を確認し、マリー＝テレーズは心を決めた。時間どおりにこの家を出るには、自分が二階へあがり、息子を急《せ》かさなければいけないだろう。絨毯敷きの階段を一段ずつ駆けあがっても、青とあずき色のジグザグ模様の絨毯が足音を吸収してくれる。残りの内装と同じく、彼女が選んだこの階段用絨毯もただで手に入れたものだ。この賃貸住宅の中でも、一番使用頻度の高い階段に絨毯を敷くのは当然だろう。

息子は鏡の前に立っていた。子ども用の小さなネクタイをまっすぐに直そうとしている。

その瞬間、頭の中に母親らしい空想があふれ、圧倒されそうになった。いつしか背丈が伸び、力強い体型になって、シニア・プロムを迎えたロビー。そしてさらに背が高くなり、誇らしげに大学卒業を迎えるロビー。さらに、タキシードに身を包み、結婚式を迎えるロビー。

「なにを見てるの？」息子はそわそわした様子で尋ねた。

未来よ。マリー＝テレーズは心ひそかに祈った。ごく普通の、楽しい未来がこの子を待っていますように。ここ数年、わたしたち親子にとって一番遠いところにあるように思える、そんな未来を迎えられますように。

「助けが必要？」彼女は尋ねた。

「うん、うまくできないんだ」ロビーは両手を脇に落とすと、降参だとばかりに母親のほうを向いた。

マリー＝テレーズは前に進みでて、息子の前にひざまずくと、曲がった結び目をほどいた。結び直してやっているあいだ、ロビーはじっと我慢して立っている。その姿から感じられるのは、母親に対する全面的な信頼だ。息子を前にしていると、自分が少なくともそれなりにまともな、慎み深い母親のように思えてくる。

「もっと大きなブレザーが必要ね」

「うん……上のほうがきつくなってきた。それに見て……ほらね？」ロビーは両腕を突きだすと、袖が肘の途中までずりあがるのを見て、眉をひそめた。「これがいやなんだ」

マリー＝テレーズは濃紺と赤のブレザーの短い袖口を手早く直した。息子がぴったりしたサイズの上着にこだわっても驚きはしない。ロビーはいつだってスーツで正装するのが好きなのだ。それに靴ずれをしないスニーカーよりも、きちんとした革靴を履くのを好む。ロビーの持ち物すべてに関して同じことが言える。息子の引き出しやクローゼットを開けると、衣類がきちんと整理整頓されてつるされ、本棚にある本もきちんと並べられている。ベッドも息子が寝ているとき以外、乱れていることなどない。

彼の父親のマークがそうだった。特に、自分の服と私物は常にきっちりしていないといやなタイプだった。

しかも息子は、マークの濃い色の髪と瞳を受け継いでいる。

できることなら……息子にはあの男のいかなる面影も感じたくなかった。けれど遺伝は遺伝だ。だからこそ本気で心配している。元夫の癇癪と底意地の悪さを、どうか息子が受け継いでいませんように。

「これでいいわ」ロビーが体の向きを変えて鏡を確認している。彼女はとっさにそんな息子を力いっぱい抱きしめたくなったが、どうにかこらえた。「さあ、どう？」

「うん、ぼくがやったよりもずっといい《グッダラー》よ」母親に一瞥され、ロビーは言い直した。

「ごめんなさい、ぼくがやったよりもずっといい《ベター》」

「ありがとう」

鏡に映る息子の姿を見つめながら、新しいブレザーを買うための費用について考えた。それに靴も、冬用のコートも、夏用のショートパンツも。そしてパニックに陥らないように自分を戒めた。結局いつだってウエイトレスとしてなら働ける。これまでのように大金は稼げないだろうけれど、それでも充分だ。それで充分になるはずだ。

特に、今より小さな街へ引っ越したら、家賃もかからなくなるだろう。

　でも……本当はコールドウェルから離れたくなかった。心の底からそう思う。昨夜ヴィンとあんなに情熱的な一夜をともにしたあとではなおさら。

「さあ、遅刻しちゃうわ。急ぎましょう」マリー＝テレーズは言った。

階下におりると、ふたりしてコートを羽織って手袋をはめ、カムリに乗りこんだ。

朝は冷えこんでいる。ガレージは冷蔵庫のようで、エンジンはなかなかかからず、ぜえぜえという音をたてるだけだ。

「あたらしい車もいるね」彼女がふたたびキーを挿して回していると、ロビーは言った。

「わかってるわ」

エンジンがかかるとガレージの開閉ボタンを押し、車道とその先に延びる世界が現れるのを待った。それから車を一度バックさせ、切り返してUターンすると、ふたたびガレージの開閉ボタンを押し、聖パトリック大聖堂を目指して出発した。

大聖堂に到着すると、すでに通りには何ブロックも先までずらりと車が停められていた。カムリを走らせながら、どうにか駐車できる場所はないかどうか確認し、角にあった細長い隙間にカムリをバックで駐車した。車からおりると回りこんで、駐車禁止区域を示す黄色く縁取りされた縁石の上に、バンパーがどれくらい乗りあげているかを確認した。

六十センチくらいだ。「まずいかも」

大聖堂の鐘の音が鳴り始めたため、一縷《いちる》の望みにすがることにした。もしカムリの前を通りかかった警官がいても、その人が熱心なクリスチャンか、あるいは色覚異常のある人かのどちらかでありますように。

「さあ、行きましょう」車からおりて近づいてきたロビーの手をしっかりと握りしめ、早足で歩き始めた。ロビーは隣で転びそうになりながらも必死に追いつこうとしている。ローファーを履いた小さな足で、ごつごつした歩道をいつもの二倍の速さで進まなければならない。

「もうちこくだよ、ママ」ロビーが息を切らしながら言う。「ぼくのせいだ。ネクタイをまっすぐにしたいなんていったから」

マリー＝テレーズは息子をちらりと見おろした。早足で進んでいるせいで、頭のてっぺんの毛が紺色のピーコートと同じリズムでぱたぱたとせわしなく動いているが、ロビーの目は少しも動いていない。前にある歩道をじっと見つめたままで、ものすごい勢いでまばたきをしていた。

彼女は立ち止まると、息子の手を引っ張って止まらせ、しゃがみこんだ。ロビーの両腕に手をかけて、軽く体を揺さぶりながら話しかける。「遅れたって別に悪いことなんか全然ない。人はいつだって遅れるものよ。わたしたちは時間に間に合わせようとしてできることはすべてやったわ。そうでしょう？　ね、ロビー、大丈夫？」

大聖堂の鐘の音が鳴りやみ、あたりは静かになった。一瞬後、ふたりのそばを一台の車が通り過ぎていった。遠くから犬の鳴き声が聞こえる。

そのとき気づいた。ロビーの様子がおかしいのは、時間に遅れたこととはなんの関係もないのだ。

「ねえ、何か話して」彼女はささやき、息子と目を合わせようとした。そうするためには、地べたに這いつくばるようにしなければならなかったが。「お願いよ、ロビー」息子の口から突然こんな言葉が飛びだした。「ぼく、じぶんのなまえがまえよりもすきになったんだ。またひっこしなんてしたくない。クイネーシャも、じぶんのへやもすきなの。ここの人たちも。いまいるここが……すきなんだ」

マリー＝テレーズは道に尻をついてぺたんと座りこんだ瞬間……元夫を殺してやりたくなった。「本当にごめんね。ママにもよくわかっているの。こういうことがあなたには本当につらいことだって」

「またひっこしするんでしょう？　きのうのよる、ママが早くかえってきて、クイネーシャとはなしてるのがきこえたんだ。クイネーシャに、ほかのママメンジメントをするひつようがあるかもしれないってはなしてたよね」息子は〝手配《アレンジメント》〟がうまく言えず、〝ママメンジメント〟と発音した。「ぼくはクイネーシャがすきなんだ。ほかのママメンジメントなんていやだよ」

マリー＝テレーズは息子を見つめた。引っ越しをする必要があるのは、息子がよく口にする〝悪いとき〟が確実に近づきつつあるという確信があるからだ。でもそれを、どうやってロビーに伝えればいいのだろう？

先ほど通り過ぎた車がまたしてもやってきた。駐車場所が見つからなかったに違いない。

「昨日の夜、仕事を辞めたの」彼女はなるべく真実に近い話をしようとした。「今までのウエイトレスの仕事を辞めたのは、そのお店で働いていても幸せじゃなかったからよ。だからどこか別の場所で、別の仕事に就かなくてはいけないの」

ロビーは目を合わせ、マリー＝テレーズの顔をじっと見た。「コールドウェルにだってレストランはたくさんあるよ」

「そうね。でも、どのレストランも今すぐウエイトレスを必要としてるわけじゃないわ。だけど、ふたりで生活していくためには、どうしてもお金を稼がなければいけないの」

「そっか」ロビーは今聞かされた話を考えている様子だ。「わかったよ。それならしんぱいしなくていいんだね」

突然ロビーの体から力が抜けた。まるで彼を悩ませていたのがヘリウム風船で、それが空めがけて飛んでいったかのように。

「愛しているわ」マリー＝テレーズは言った。息子の心配していることが、今まさに起きようとしている。それがいやでたまらない。ふたりがここを離れようとしている理由は、彼女の〝仕事〟以外にもいくつかある。でもそれを打ち明けて、息子に重荷を背負わせたくない。

「ぼくもだよ、ママ」ロビーは短く抱擁してくれた。腕が短すぎて、マリー＝テレーズの体の半分にも届かない。それでもなお、彼女は息子の抱擁を全身で感じ取った。

「さあ、行きましょうか？」かすれ声で言う。

「うん」

ふたりはまた早足に戻った。大聖堂までの道をあわてて進み、石造りで幅広の階段を駆けあがり、巨大な扉からそっと中へ忍びこむ。玄関ホールに入るとコートを脱いで、マリー＝テレーズは拝廊にいた出迎え係から礼拝プログラムを受け取った。係の男性にうながされ、ロビーとともに側面の入り口のひとつを目指し、がらんとした会衆席へ静かに向かった。

ふたりが椅子に座ったとき、ちょうど日曜学校に参加したい子どもたちは前に出るようにという呼びかけがあった。だがロビーは彼女の隣に座ったままだ。息子はほかの子どもたちと一緒に日曜学校に参加したことが一度もない。そうしたいとせがんだことも一度もない。マリー＝テレーズのほうからそう提案したことも、もちろん一度もない。

聖職者たちと聖歌隊が礼拝を始める中、彼女は深く息を吸い、教会に漂う心落ち着くあたたかさを体に染みこませた。ほんの一瞬、想像してみる。もしヴィンが彼女とロビーと一緒に座っていたらどんな感じなのだろう？　たぶん、息子の向こう側の席に座るはずだ。ロビーの頭越しに愛する男性の姿が見えたら、さぞすばらしい気分だろう。ときどきカップルがやっているみたいに、自分たちふたりも目を見交わし、秘密の笑みを浮かべあうかもしれない。ロビーのネクタイを結ぶ手助けをしてくれるのは、ヴィンになるはずだ。

もしかすると、ふたりのあいだに娘が座ることになるかも。

マリー＝テレーズは眉をひそめた。こんなふうに空想をふくらませたのは、ずいぶん久しぶりだ。そう、こんなふうに幸せで楽しい未来を夢見たのは。なんてこと。あれから何年経つのだろう？

マークと出会った頃……もうずっと昔の話だ。

彼と出会ったのは〈マンダレイ・ベイ〉のカジノだった。マリー＝テレーズは女友だちと一緒にいた。全員その年に二十一歳になったばかりで、生まれた街から出る最初の週末旅行として、飛行機でラスベガスへ向かったのだ。成人として許された自由を満喫しようと、みんながその旅行を心待ちにしていたのをよく覚えている。

彼女と友人たちがベルベットのロープが張られた手前にある、最低賭け金のカジノエリアをうろうろしているあいだ、マークはその向こう側にあるＶＩＰセクションの、大金しか賭けられないテーブルに座っていた。マリー＝テレーズに目をとめたマークはウエイトレスをよこし、彼女たちをＶＩＰセクションへ招いてくれた。ドリンクは飲み放題で、賭け金は最低でも二十ドルのデラックス・セクションだ。

最初は、それがサラのおかげだと考えていた。サラはいつもそうなのだ。もちろん今もそうに違いない。身長百八十センチ以上で金髪のサラは、どういうわけか服を着ていても裸を連想させる女性で、言い寄ってくる男が絶えなかった。相手は選び放題だったことを考えると、サラは男性に対してとても高い理想を抱いていたに違いない。高額の賭けができるくらい余裕のある男は、まさにサラにとってはうってつけの相手だったのだ。

ところがマークが目をつけていたのはサラではなく、マリー＝テレーズだった。しかも彼女ひとりだけだ。彼女が自分の隣に座るとすぐ、マークはその事実を口にした。結局、サラは彼のそばから離れ、彼女なりに楽しむことにした。

その夜、マークとそのふたりの〝仲間〟――彼はスーツ姿の連れたちをそう紹介した――の態度は紳士そのものだった。お酒をおごり、会話を楽しみ、優しく気配りしてくれた。幸運を祈ってサイコロにキスをしたり、楽しいおしゃべりをしたり……。

若いときはそういったたぐいのことがとても魅力的に思え、すっかりセレブになったような気分になるものだ。

その週末は、完璧なスタートだった。二十一歳になったばかりだというのに、カジノのVIPセクションに招かれ、高級なスーツを着込んだ男たちに囲まれている――すべてが、まさにマリー＝テレーズと友だちが望んでいたとおりの展開だった。数時間後、彼女たちはマークが所有しているスイートルームへ向かった。賢明なこととは言えないだろう。でも女の子四人と男性三人が一緒にいて、カジノで連勝し続けたあとだったため、彼らとは友情と信頼で結ばれているという幻想が生まれていたのだ。

とはいえ、そのあとも何か悪いことが起きたわけではない。さらにお酒を飲んでおしゃべりをし、いちゃいちゃもした。結果的に、サラはふたりの〝仲間〟のうちの背が高いほうと一緒に寝室へ姿を消した。

その夜の終わり、マリー＝テレーズはマークと一緒にバルコニーへ出た。外の空気が乾いていたことを、今もよく覚えている。まばゆいばかりに輝くラスベガス・ストリップの上空に、熱気が漂っていた。

もう十年も前なのに、あの夜のことははっきりと覚えている。一瞬一瞬が心に刻まれている。ふたりでテラスに出て、並んで立ちながら、はるか眼下に広がる人工都市を眺めた。マリー＝テレーズはその光景をじっと見つめていた。マークはそんな彼女をじっと見つめていた。

彼はマリー＝テレーズの髪を脇へ撫でつけると、うなじに唇を押し当てた。その優しいキスは、それまでの人生の中で最高にセクシーな体験となった。

そのときはそうだったのだ。

翌日の夕方もほとんど似たような感じだった。ただしその日は、マークが彼女たち全員をセリーヌ・ディオンのコンサートに連れていってくれて、そのあとカジノのテーブルへ戻ってきたのだ。きらびやかで、派手で、興奮に包まれた時間。マリー＝テレーズはとにかく舞いあがっていた。約束とロマンス、それにおとぎ話の突風にあおられたように。そして二日目の夜、マークとふたたびあのテラスで、キスをしたのだ。

キスだけだった。

マークがそれ以上求めてこなかったことに、マリー＝テレーズはがっかりしていた。自分には、彼と寝ることなんてできないとわかっていてもだ。自分はサラのように男性を惹きつけるタイプではない。サラは出会ったばかりの相手と、わずか数時間後にベッドをともにできる女性なのだ。

なんという皮肉だろう。結局、自分がついた職業を考えると。

その次の日の朝は、もう帰らなければならなかった。マークは自分のリムジンが彼女たち全員を空港まで送るよう手配してくれた。これが最後なのだ。そう思うと、マリー＝テレーズは胸が潰れそうな思いだった。なんて楽しい四十八時間だったのだろう――旅行会社のスタッフが約束してくれたとおり。支払った旅行代金に見合う楽しい旅行だった。

友だちと一緒にホテルを出るとき、もしかしてマーク本人が駆けつけてくれるかもしれない――心のどこかでそう期待していたが、マークは現れなかった。友だち全員が一緒にいたホテルの部屋で、彼は手にキスをしてくれたけれど、あれが最後に見た彼の姿になったのだ。

平凡な日々に戻ることの重苦しさに押し潰されそうになり、気づくと目に涙を溜めていた。ラスベガスに比べると、自宅での彼女の暮らしも、秘書としての仕事も、大学の夜間部も、死ぬほど退屈に思えた。

リムジンが空港のターミナルで停車し、運転手がおりてドアを開けると、ポーターがやってきて彼女たちの平凡極まりない荷物を運び始めた。マリー＝テレーズも車からおりると、友だちから顔を背けた。悲しい気分に浸っているのを、誰にもからかわれたくなかったのだ。

そのとき、リムジンの運転手に呼び止められた。「ミスター・カプリチオから、これをあなたに渡すよう言われました」

それはコーヒーのマグカップくらいの大きさの箱で、赤いふんわりした包装紙に包まれ、白いリボンがかけられていた。彼女はその場ですぐに箱を開けた。ところかまわず包装紙を破り捨て、サテンのリボンをほどくと、中には繊細なゴールドのチェーンネックレスが入っていた。Mの形をしたゴールドのペンダントトップがついている。しかも箱の中には細い紙切れが入っていた。フォーチュンクッキーに入っているのと似たような紙で、こんなメッセージが記されていた。〝安全に家に帰り着いたらすぐに電話してほしい〟

添えられていた番号をその場で暗記し、マリー＝テレーズは意気揚々と家に戻ったのだ。

なんて完璧なスタートだっただろう。そのあとどうなるかを予感させるような兆しは、これっぽっちも見当たらなかった。ただ今になって振り返ると、Mという形のペンダントは所有権を主張する印のようにも思える。そう、人の首にドッグタグをぶらさげるようなものだ。

なんてことだろう。当時は誇りを持ってそのネックレスをつけていた。なぜなら、あの頃の自分は誰かから求められることを必要としていたからだ。怒りっぽい母親と、ほとんどそばにいない父親に育てられたせいで、ひとりの男性が自分を求めてくれていると考えただけで、魔法にかかったように幸せな気分になれた。しかも、マークはそこらへんにいる中産階級の男性ではない。それだけでも自分にとっては、当時の暮らしからの〝ステップアップ〟を意味していた。いや、単なるステップアップではない。マークはVIPセクションにいる男性なのだ。そんな人に比べたら、彼女なんて用務員の道具入れにいるも同然だったと言えるだろう。

そのあとの数カ月、マークはマリー＝テレーズの前で完璧に振る舞った。慎重に、しかも計算ずくで誘惑し続けたのだ。〝結婚するまでセックスはしたくない〟とまで言っていた。そうすれば、良心の呵責《かしゃく》を感じることなく、敬虔《けいけん》なカトリック教徒である自分の祖母と母親にきみを紹介できるから、と。

五カ月後、ふたりは結婚し、結婚式直後からすべてが急激に変わった。一緒にホテルのスイートルームに足を踏み入れるや否や、マークは彼女を支配し始めた。しかも握った拳のようにがっちりとだ。母親が死んでカリフォルニアへ戻るときも、マークは自分の運転手を同伴させると言い張り、マリー＝テレーズが飛行機で故郷におり立った瞬間からふたたびスイートルームへ戻るまで、その運転手をぴったり張りつかせた。

〝結婚するまでセックスはしたくない〟というあの言葉はというと、結婚してみてすぐに、マークにとってそうするのは痛くもかゆくもないことだったとわかった。彼は何人もの愛人と寝ていたからだ。その事実を知らされたのは、結婚証明書に証明したインクが乾ききった一カ月後に、愛人のひとりがちょうどバスケットボールくらいにふくらんだおなかをして現れたときだった。

マリー＝テレーズは意識を現在に引き戻すと、会衆とともに立ちあがり、ロビーがしっかりと握っている聖歌集のうちの一曲を歌った。

過去から学んだことを考えれば、ヴィンに関してありもしない空想に耽っている自分が心配だ。

楽観的な考え方は、気弱な者には不要だ。白昼夢を見たら、厄介ごとに巻きこまれる可能性がある。

男は彼女のすぐ後ろに座っていた。彼女はそれを知るよしもない。完璧な変装のおかげだ。

今日の彼は青いコンタクトを入れて、メタルフレームの眼鏡をかけている。礼拝に参加する場合の装いだ。

教会の裏で、息子を連れた彼女が現れるのをずっと待っていた。だがふたりは姿を現さず、今日は礼拝に出席せずにうちにいるのだろうと考えた。教会から離れて自分の車へ戻った男がちょうど車を出したとき、歩道にいるふたりに気づいた。何か熱心に話しこんでいる。区画をぐるりと回りながら、ふたりが話しあっている様子を観察していると、彼らはやがて大聖堂へ向かって走りだし、大きな扉から中へ消えた。

男がもう一度自分の車を停めたときには、すでに礼拝の半分が終わっていた。だが薄暗い室内に入りこみ、体をかがめて会衆席へ近づき、どうにか彼女と息子のすぐ背後の席に座った。

礼拝のあいだ、彼女はほとんどの時間、首を片方に傾けながら、最近きれいに手入れされたばかりのフレスコ画を見あげていた。その頬を傾けている角度がなんとも愛らしい。いつものように、長いスカートにセーターを合わせている。今日はどちらも深い栗色《くりいろ》だ。耳には真珠のイヤリングをつけていて、濃い色の髪を緩いお団子にまとめ、かすかな香水の匂いをさせている。いや、もしかすると、これは彼女が使っている洗濯用洗剤か柔軟剤の匂いなのだろうか？

タイドか、チアーか？　それとも、ゲインかバウンス？　あとでスーパーに行って、どのブランドか匂いを嗅いで確かめなければならない。

会衆席に座っている彼女は、よき母親そのものに見える。息子が聖歌集の正しいページを開くのを手助けし、ときどき息子から何か尋ねられると体をかがめて答えている。こんな彼女の耳に届くような場所で売春婦《スラット》などという言葉を使う者はいないだろう。ましてや、その言葉を彼女に当てはめて考える者などいないはずだ。彼女は無原罪の御宿《おやど》りをしたマリアのように無垢《むく》そのものに見える。

そう考えて、ふとタイヤレバーで痛めつけた男のことを考えた。殺そうとしていた瞬間ではない――ただし、最初の計画では殺すつもりはなかったのだが。あのばか者はまだ昏睡《こんすい》状態にあるという。今日、変装をする必要があったのはそのせいもある。そう、今考えたのは、あの男がまだ顔を潰されていないときに浮かべていた表情だ。あの薄汚い不潔なクラブの、あの薄汚い不潔なバスルームから出てきた瞬間に。

目の前に見えている無垢な彼女は幻影にすぎない。真っ赤な嘘なのだ。

激しい怒りがふつふつとこみあげてきたが、今は怒りを感じるべきときではない。だから、どうにか気をそらすべく、彼女の柔らかそうなうなじを見つめた。ほっそりとした首の曲線のまわりに、巻き毛が垂れている。一度ならず、男は前かがみになっていた。あたかも、指先であの白肌に触れるつもりかのように。

あるいは、両手を彼女の喉元に巻きつけようとするかのごとく。

そして思いきり締めつけるかのように。彼女が自分の、自分だけのものになるまで。

今この瞬間にも鮮やかに思い描ける。抵抗する彼女を押さえつけ、きみはぼくのものだと宣言したらどんな感じがするか……死にゆく彼女の瞳に歓喜の色が宿る様子まで、ありありと。

近い将来を思い描くのに没頭するあまり、衝動的に行動に移してしまいそうになった。だが幸いなことに、聖歌斉唱が始まったおかげで、怒りにとらわれていた状態が途切れ、とりあえずやるべきことができた。ときおり彼女の息子に目を走らせながら、先の妄想の世界へ彼女を閉じこめようとする。もし妄想が消えたら、すべてを失ってしまうかのように。

息子はたいそう行儀がいい。それに大人びている。小さいながらも、一家の主という風格だ。

彼女はこれまで、息子をほかの子どもたちと一緒に日曜学校へ行かせたことがない。常に息子を自分の手元に置いている。やや不満ではあるが、決して息子を自分の視界の外へ行かせようとしない彼女は賢明と言わざるをえない。実に賢い。

だが、彼女はそんなに心配すべきではない。この小さな息子は、もうじき彼の父親のもとへ行くことになる。そして彼女は、永遠の夫と一緒に過ごすことになる。

彼ら全員にとって、完璧な未来が綿密に計画されているのだ。

27

メゾネットに入ってひとりきりになったとたん、ヴィンは誰かに腹を膝蹴りされたような気分になった。廊下から、手ひどく荒らされたリビングルームをじっと見つめる。今、目にしている光景が信じられない。

リビングルームに足を踏み入れても、かぶりを振ることしかできなかった。ソファはひっくり返され、シルクのクッションは踏みつぶされ、何体かある彫像は台座から叩き落とされている。絨毯もバーカウンターにあった酒類のせいで汚れていた。割れたボトルからこぼれたアルコールのしみが一面についている。壁も塗り直したり、張り替えたりする必要があるだろう。一面にボルドーワインが何本も投げつけられたかのようなしみが飛び散っている。

コートを脱いで、めちゃくちゃにされたソファの上に放ると、かつては完璧だった空間をひと回りしてみた。貴重な品々が一瞬でゴミと化してしまったことに、驚きを禁じえない。ここに埃を積み重ね、生ゴミをつけ加えたら、大型ゴミ容器《ダンプスター》のできあがりだ。

しゃがみこみ、床に散らばっていたベネチアンミラーの破片を数枚手に取ってみる。何かを思いきりぶつけられた鏡の本体は、どこか人の背中に似ているように見えなくもない。長い胴体のような柱から中心部の鏡だけが叩き壊されていた。

鏡のあらゆる部分に白い粉が付着している。警察は指紋を採取するのに躍起になったのだろう。

何者かがこの部屋で、この鏡を振り回したのは明らかだ。

バーカウンターへ向かい、壊されたボトルたちの隣に鏡の破片を置くと、自分なりに調査を始めた。警察官たちが注目したのはどんな点だろう？

血痕が一滴も見当たらない。だが彼らがすでに、血痕が付着した品々を持ち去ったのかもしれない。

しかも、ディヴァイナの傷が皮下出血だった場合、血痕がついていない事実が自分の助けになるとは思えない。

この建物にいるあいだに、コールドウェル警察《CPD》の面々は警備員のゲイリーから話を聞いたに違いない。ただしゲイリーが、ヴィンはずっと留守だったと証言したとは限らない。このビルの住人たちは誰にも会わないまま、駐車場からエレベーターに乗って直接上まであがることができるのだから。

電話に手を伸ばして受付を呼びだし、男性の声が応答すると、いきなり用件を口にした。「ゲイリー、ヴィンだ。警察に、このビルのエレベーターと階段の監視カメラのテープを渡したか？」

ゲイリーはためらうことなくすぐ応答した。「ミスター・ディピエトロ、どうしてあんなことを――」

「ぼくはやってない。誓ってもいい。CPDはテープを押収したか？」

「はい。彼らはすべてのテープを押収していきました」

ヴィンは安堵のため息をついた。その中に、自分が自宅に入っていく姿をとらえた映像はないはずだ。実際、それらのテープをすべて見れば、その日の午後にこの建物から出て以来、彼が真夜中まで戻ってこなかった事実が証明されるだろう。

「あなたが映っていました」ゲイリーが言う。

ヴィンはまばたきをした。「なんだって？」

「あなたは夜十時に駐車場からエレベーターであがっていきました。それがテープに映っていたんです」

「なんだって？」そんなはずはない——その時間にはＢＭＷに乗り、マリー＝テレーズと一緒に〈ザ・ウッド〉へ向かっていたのだ。「待ってくれ。きみはぼくの顔を見たんだな。ぼくの顔を実際に見たんだな」

「はい、はっきりと。彼女は正面玄関から入ってきて、メゾネットへあがりました。その二十分後、あなたが駐車場からあがっていったんです。黒いトレンチコートを着ていました。それから三十分後、今度はレッドソックスの野球帽を目深にかぶり、出ていったんです」

「ぼくじゃない。それは——」

「いいえ、あなたでした」

「だが……ぼくは自分の駐車場にＢＭＷを停めていなかっただろう。その時間にはなかったはずだし、ぼくのほかの車が停められていたはずだ。それに、ぼくはゲートを通り過ぎるときに、自分のパスカードも使用していない。なぜそういうことになるのか説明して——」

「だったら、あなたはここまで誰かの車に乗せてきてもらい、歩行者用扉から入ったんでしょう。といっても、わたしには詳しいことはわかりません。さあ、もういいですか？　これから火災報知器のテストをするところなんです」

回線はぷつりと途切れた。

ヴィンは受話器を置き、電話をじっと眺めた。この世界全体がおかしくなってしまったかのように感じられる。その後、ソファへ行き、クッションを並べ替えると座りこんだ。

建物内の警報システムが切られ、玄関に取りつけられた機器の閃光《せんこう》が点滅を始めた。悪夢の中にいるみたいだ。ホラー映画『ナイト・オブ・ザ・リビングデッド』のように、ディヴァイナが自分に襲いかかってきそうな気がする。

こちらの動きを封じるように周囲にチェスの駒が配され、完全に閉じこめられたような気分だ。

〝あなたはわたしのものよ、ヴィン。そしてわたしは自分のものをいつでも好きにする〟

頭の中で彼女の言葉がまたしても聞こえた瞬間、警報音が響き渡り、完全にパニックに陥った。くそっ。自分は今、何をすべきなんだ？

どこからともなく、ジム・ヘロンの声がディヴァイナの声に重なり、かき消してくれた。

〝おれはあんたの魂を救いにここへ来た〟

今はなんの助けにもならない声を無視すると、ヴィンは立ちあがり、書斎へ向かった。もっと自分を落ち着かせるものが必要だ。無傷のままのボトルの中からバーボンを手に取ってらっぱ飲みした。それから背の低いグラスに注いだ。テレビはついているが、音は消してある。デスクに座り、流れているローカルニュースの画面を見つめた。

金髪の女性ニュースキャスターの頭上に自分の写真が現れても、特に驚きはしなかった。この調子だと、ヴィンをむきにさせるには、コールドウェルのダウンタウンで汚染爆弾を爆発させる必要があるかもしれない。

次の瞬間、とっさにリモコンに手を伸ばしていた。

「……被害者はロバート・ベルソワー、三十六歳。先週金曜の夜、被害者ふたりが亡くなった発砲事件の現場からさほど遠くない路地で、真夜中過ぎに倒れているところを発見されました。被害者は現在、危篤状態で聖フランシス病院に入院中です。容疑者はまだ特定できていません……」

〈アイアン・マスク〉にいたやつだ。マリー＝テレーズと一緒に入ったバスルームから出てきた男。

携帯電話を手に取り、ある番号にかけた。

呼び出し音が四回鳴るまで、相手は電話に出なかった。ジムがこわばった声で応じる。まるで電話に出たくなかったかのようだ。「やあ」

まだぼくの魂を救いたいと思っているか？　そんなふうにジムを挑発したくなった。

「ニュースを見たか？」

長い沈黙が続いた。「ディヴァイナのことか？」

「ああ。だが、ぼくはやっていない。誓ってもいい。ディヴァイナを見たのは、彼女と別れた日の午後が最後だ。彼女のために買った指輪を与えて、ぼくの家から出ていかせた――指輪はどうぞご自由にと言ってね。だが今電話したのは、ダウンタウンの路地で襲われた男のニュースを見たからだ。昨夜、マリー＝テレーズと一緒にいた男だ。実際、彼女と一緒にいるところをこの目で見た。二十四時間のうちに、三人もの男がこんな目に遭うなんて……もしもし？　ジム？」相手からは〝うんうん〟という生返事しか返ってこない。何が問題かは火を見るよりも明らかだ。「なあ、ぼくは本当にディヴァイナにあんなひどいことはしていないんだ。きみがぼくを信じられないのはわかるが」またしても長い沈黙が続く。「もしもし？　なあ、勘弁してくれよ。きみは本気で、ぼくが女性を傷つけられると思っているのか？」

「あんたが電話してきたのは、おれのせいかと思ったんだ」

今度口をつぐむのはヴィンの番だった。「どうして？」

また沈黙が落ちた。「彼女があんたに話したんだろう。おれたちのことを」

「おれたち？　どの〝おれたち〟だ？」

「彼女は、そのせいでかっとなったあんたにぶたれたと話してた」

グラスを持つ指先に力がこもった。「きみたちふたりのあいだに起きたことを詳しく聞かせてくれ」

回線の向こう側から、呪いの言葉がひっそりと流れてきた。してはならないセックスをしてしまったという、世界のどこでも通じる話だ。

肩も、腕もひどくこわばっている。「嘘だろう？　なあ、嘘なんだろう？」

「すまない――」

てのひらの中でグラスが砕け散り、バーボンがあちこちに飛び散った。袖や袖口はびしょ濡れで、シャツやズボンの前にもしぶきが飛んだ。

ヴィンは電話を切ると、反対側の壁めがけて携帯電話を投げつけた。

終話ボタンを押すあいだ、ジムは考えていた。賭けてもいい。ヴィンはこの通話をこんなふうに静かには切らなかったはずだ。

いや、あの話を聞いたヴィンの携帯電話がどうなっていようと、今はどうでもいいことに思える。

やれやれ。まいったな。

ジムは両目をこすると、入院センターの入り口にふたたび意識を集中させ、ヴィンとの会話の最初の部分を記憶に刻みつけた。襲われたもうひとりの男がマリー＝テレーズの関係者だった。電話をかけてきたとき、ヴィンが一番気にしていたのはその事実だった。それを上回る事実――恋人を暴行したという容疑が自分にかけられている――があるにもかかわらず。

ヴィンは、あのマリー＝テレーズという女と一緒にいることで、かつてないほど強くなったのだろう。しかもどういうわけか、そんなすばらしい事実にも気づいていない様子だ。

この特別ミッションは、フリーフォールよりも鋭い急降下を迎えようとしている。

ジムは腕時計を一瞥し、ガラスドアから出入りする人々を観察し始めた。もう午後一時近い。ディヴァイナの家族がいつ迎えに来てもおかしくない。彼女は彼らと一緒に病院から去っていくだろう。

くそっ、ディヴァイナがあんな嘘つきだったとは。

彼女のひどい顔を見れば、その結論に達するのは許しがたいことのように思える。だが事実は事実だ。ヴィンは木曜の夜のことも、ジムのトラックの中で起きたことも知らなかった。何ひとつだ。ヴィンが衝撃を受けたような声を出していたのが、そのいい証拠だ。

なぜディヴァイナはヴィンに話したなどと嘘をついたのだろう？　ほかにはどんな嘘をついているのか？

激しい拒絶反応を示したヴィンのほうが、よほど信じられる。

午後一時になり、一時半になり、とうとう二時を迎えた。ディヴァイナはすぐに出てきてもいいはずだ。退院の書類手続きに一時間かかり、なおかつ彼女の家族が時間どおりに迎えに来ているなら当然だろう。ただし、ディヴァイナが別の出入り口から出るはずがないと仮定した場合の話だ。

そのうえ、誰かが彼女を車で迎えに来ると仮定した場合の話でもある。

こんなとき、煙草があればいいのだが。ジムは携帯電話をしっかりと握りしめ、画面がぴかぴかになるまでこすり続けた。真実が知りたい。この状況をきちんと説明するための真実が必要だ。どうしても知る必要がある。マリー＝テレーズが何者なのか、ディヴァイナが何者なのか、いったい何が起きているのか。

残念ながら、その真実のつけが自分に回ってきそうだが——。

ディヴァイナが突然、両開きのガラスドアから出てきた。大きなサングラスをかけ、顔のほとんどを隠している。黒いヨガスーツ姿で、特大サイズのクロコダイルのショルダーバッグを肩からかけているせいで、定規のように細く見えた。ディヴァイナが屋根つきの車寄せを曲がると、通り過ぎる人たちが振り返って彼女を見つめている。有名な詩のように近寄りがたい存在として遠巻きに見物するかのように。

ディヴァイナは誰とも一緒ではなかった。

しかも……顔にあったはずのあざがきれいさっぱり消えている。ひとつ残らずだ。今からでもモデルとして写真撮影ができるだろう。金曜の夜のディナーのときのように、完璧で美しい。

ジムは全身がぞくぞくするのを感じた。人生で数度しか感じたことがない、まぎれもない警告のサインだ。

これはおかしい。間違った方向に道を進んでいる。

トラックのシートで背筋をまっすぐに伸ばし、心の準備をすると、歩道を歩いていくディヴァイナの足元を見た。

空からさんさんと降り注ぐ太陽の光で、地面に大小さまざまな影が落ちる中、ディヴァイナの影だけが落ちていなかった。彼女の姿は見えるのに、実態がない。形はあるが、本物の肉体ではないということだ。

こいつは敵だ。

ジムは敵の姿をじっと見つめた。

おれはこの敵とファックした。

ジムの心の声が聞こえたかのように、ディヴァイナは彼が駐車しているほうをすばやく見た。それから眉をひそめると、あたりをゆっくりと見回した。ジムにはわかった。ディヴァイナにはこちらの所在ははっきりとはわからないのだろう。だが、誰かに見つめられていることはわかっている。

彼女の顔には、実に冷たい表情が浮かんでいた。ヴィンと一緒にいたときや、トラックの中でジムに身を投げだしたとき、それから病院のベッドにいたときに全身から放たれていたあたたかさはかけらも感じられない。

石のような、ひんやりとした冷たさ。

連続殺人犯のような冷酷さ。

これが真実だ。ディヴァイナは誘惑者であり、嘘つきであり、人の心を巧みに操る女だった。そして彼女の標的は、ヴィンにほかならない。結婚という意味だけでなく、彼の魂そのものを所有しようとしていたのだ。

もうひとつ、心の奥底でわかっていることがある。ディヴァイナはジムが何者か、何をしているのか知っているに違いない。彼とセックスをしたあの最初の夜からずっと、それがわかっていたのだ。彼女がわざわざ誘惑してきたのが、その証拠だ。どこからどう見ても道理にかなった論理だ。あの四人の新しいボスたちは、ジムをこの戦場へ送りこんだ。そしてどうやら彼らの対戦相手も、この状況に対応できる専門家を投入したらしい――ジムよりもはるかにいろいろなことを知っている、ディヴァイナという強敵を。

頭の中で、昔懐かしいヒット曲《青いドレスの悪魔》の一節がぐるぐると回り始める中、ジムはハーレーに乗ったふたりの男たちについて考えた。彼らにも影がなかった。きっとあのふたりも嘘つきなのだろう。

くそったれめが。

ディヴァイナはもう一度駐車場を見回すと、迎えに来た相手と間違えて車をうっかり彼女のほうへバックさせてきた気の毒な男を鋭くにらみつけた。それから片手をあげて、客待ちをしているタクシーを一台呼びつけた。タクシーが正面へやってくると、乗りこんでその場から立ち去った。

追いかけなければ。ジムはトラックのエンジンをかけ、駐車スペースから出た。ディヴァイナはこのトラックを知っているが、あのときは暗闇だった。だからこのトラックを完全に隠す必要はないが、それでも何か覆い隠すものが必要だ。そのため、彼女が乗ったタクシーの二台あとから追わざるをえなくなった。タクシーの運転手が、赤信号を無視するタイプではないことを祈るばかりだ。

ジムは追跡をしながら、携帯電話を通話モードにして発信ボタンを押した。何よりも大切なのは、必要としている情報を得ることだ。そのために何をやってもやりすぎることはない。何を犠牲にしてもかまわないし、それで自分の面目が潰れるとも思わない。彼は、ある目的だけをひたすら目指す世界に戻ってきたのだ。宙を飛ぶ弾丸のように決然として、揺るぎない決意とともに。

「ザカリアスだ」回線がつながるとすぐに口を開いた。

メサイアスが低く笑う。「最近は、自分の母親よりもおまえとよく話しているな」

「あんたに母親がいたとは知らなかった。てっきり産み捨てられたのかと思っていたよ」

「電話してきたのは、わたしの家系図について話すためか？　それともこの通話には目的があるのか？」

「情報がほしい」

「ほう。ちょうどおまえから連絡があるような予感がしていたんだ」

「だが、情報がほしいのはひとりについてじゃない、ふたりについてだ。コールドウェルでの仕事を終えない限り、あんたのための仕事はできない」

「おまえはなんの仕事をしている？」

「あんたに関係ない」とはいえ、メサイアスのことだ。関係者に関する情報をすでに把握しているに違いない。

「その仕事が終わるまで、あとどれくらいかかりそうなんだ？」

「わからない。半年はかからないだろう。一カ月すらかからないかもしれない」

しばし沈黙が落ちた。「ならば四十八時間やろう。そうしたら、おまえはわたしのものだ」

「おれは誰のものにもならない」

「それでいい。わたしから、すべてを説明したメールを送る」

「なあ、おれはなんの準備もなしに、いきなりコールドウェルを爆破したりしない。だからなんでも好きなものを送ってくれてかまわない。だが、もしあんたがおれを明後日になったらどっかの海外まで船で運ぼうと考えているなら、それは無理というものだ。目を覚ませ」

「わたしがおまえをそうしようと考えているのが、どうしてわかった？」

「あんたも前のボスたちも、おれにひとつのことしか求めていないからだ」ジムはしわがれた声で答えた。

「おまえの仕事の腕があんなによくなかったら、われわれも少しは迷ったかもしれないがな」

ジムは携帯電話を持つ手をひねりながら心を決めた。もしこれ以上、腹立たしいたわごとを聞かされるなら、ヴィンと同じく、こちらから通話をぶち切ってやる。

咳払いをして口を開いた。「電子メールは受け取れない。もうアカウントを持っていないんだ」

「だったら荷物を送ることにする。わたしがホット・メールやヤフー・メールを信頼していないとでも思っていたのか？」

「よし。おれの住所は――」

「わたしが知らないとでも？」さらにおもしろがるような声になった。「それで、おまえがほしがっているのはマリー＝テレーズ・ブードローの情報だな？」

「そうだ。それと――」

「ヴィンセント・ディピエトロ？」

その名前を言われても驚かなかった。「違う。ディヴァイナ・アヴェイルだ」

「興味深いな。彼女は、おまえの古きよき友ヴィンセントが昨夜、病院送りにした女じゃないか。別に偶然というわけじゃないんだろう？　どうして……ああ、そうだ。ちょうど今パソコンで確認した。おまえはひどい連中とつるんでいるんだな。ずいぶんと暴力的だ」

「それでも、あんたみたいなのとつるむよりステップアップだと思うがね」

メサイアスの声からおもしろがるような調子がやや薄れた。「よくそんなことが言えるな？　そんなふうに噛みついて、恩を仇《あだ》で返すようなことを言うのは賢明とは言えない……わたしは本気でそう思っている」

「おれは自分の歯で噛みつくよりも、銃を撃つほうがいい。ご参考までに」

「ご意見ありがとう。おまえが無類の銃好きなのはよく知っている。わたしに関するおまえのどうしようもない意見を聞く代わりに、マリー＝テレーズに関する情報を教えてやろう」メサイアスは自ら核心をついてきた。「本名はグレッチェン・ムーア。カリフォルニア州ラス・ヴィダス生まれの三十一歳だ。カリフォルニア州立大学サンディエゴ校卒業。母親と父親は死んでいる」何かを引きずるような音のあとに低いうめき声が聞こえた。メサイアスは椅子の上で座る位置をずらしたようだ。あの男が慢性的な腰痛に苦しめられていると考えるだけで、溜飲《りゅういん》がさがる。「さあ、ここからがおもしろいところだ。九年前、彼女はラスベガスのマーク・カプリチオと結婚した。カプリチオは筋金入りのマフィアで、正真正銘の人格異常者だ。しかも逮捕歴がごまんとある。完全にいかれたやつだ。彼女は三年前、そんな夫から逃げだそうとしたに違いない。夫は彼女に暴力をふるい、子どもを無理やり奪って、母親から引き離した。彼女はそれから数カ月かけて、私立探偵に夫と息子を探させた。ようやく息子を取り戻し、やっと離婚したあと、マリー＝テレーズのIDを買い取って姿を消し、最終的にニューヨーク州コールドウェルに落ち着いた。それ以来、彼女はできるだけ目立たないようにしている。当然だろう。カプリチオのような男が自分の妻を手放すはずがないからな」

なんてことだ。ということは……大学生ふたりが射殺され、昨夜も路地で男がひとり襲撃されたのは、カプリチオが彼女を見つけだしたせいということになる。そうとしか考えられない。ヴィンの話では、二番目の事件で襲われた男は彼女と一緒にいたというし――。

「だが元夫に関して、彼女は当分何も心配することはない」

「なんだって？」ジムは答えた。

「カプリチオは横領や資金洗浄、証人威迫、偽証などありとあらゆる重罪で、二十年ほど連邦刑務所でくさいメシを食うことになったんだ。しかも殺人、脅迫、暴行とほかにも州での重罪は山ほどある。やつみたいなケースは、法科大学院の試験問題にもできるだろう」またしても体の位置をずらす音とともに小さな悪態が聞こえた。「カプリチオの世界が大きく音をたてて崩れた時期は、ちょうどグレッチェン——今のマリー＝テレーズが彼と離婚しようとした時期と明らかに重なっている。これはうなずける話だ。きっと、彼は連邦政府とネバダ州がひたひたと迫っているあいだに、さらに暴力的になったんだろう。息子を奪ったとき、カプリチオは自分の妻からだけでなく、法律からも逃げていたんだ——実際、所属する組織の中枢への献身を示すべく三カ月間、姿を消していた。だが、何者かが彼に揺さぶりをかけていたのは間違いないな——もしかすると彼女の雇った私立探偵が、カプリチオの擁護者のうちのひとりに適切なタイミングで適切なプレッシャーをかけたのかもしれない。まあ、本当のところはわからないがな」

「だが、彼のファミリーが今も彼女のあとを追っているんじゃないのか？」

「ああ、路地で大学生たちが銃殺された事件の記事を読んだ。だが、やったのがカプリチオのファミリーかどうかは疑わしいな。彼らならただマリー＝テレーズを殺し、息子を奪っただろう。なんの罪もない一般人を消せば、それだけ足がつくリスクが高まる。わざわざそんなことをする理由がない」

「ああ。それに、彼女と一緒にいたという理由だけでその相手を殺そうとしたら、それはごく個人的な問題だ。そこで疑問がひとつ生じる。もし金曜と土曜の夜の事件を結びつけるのが彼女だとしたら、彼女をつけ狙っているのはいったい誰なんだ？」

「待て。ほかにも誰か襲われたのか？　感心しないやり方で？」

「あんたならすべて知っているものと思っていた」

長い沈黙のあと、メサイアスの声がふたたび聞こえた――今回は、いつものようにあざけるような声の調子ではなかった。「わたしだって、すべてを知っているわけじゃない。ただ、そのことに気づくのに少し時間がかかった。まあとにかく、おまえのためにディヴァイナの調査をしてやろう。折り返すから携帯電話を離すな」

「了解」

ジムは電話を切ると、着慣れた衣類を身につけたような気分になった。こうしてメサイアスとやり取りをするのが、自然なことのように思える。すばやくて、的を射た、鋭い論理的なやり取りだ。そこが問題なのだ。メサイアスとはいつだってうまくいく。

ややうまくいきすぎていると思えるくらいに。

ジムはふたたび追跡に意識を集中させると、ディヴァイナが乗ったタクシーを追いかけた。タクシーはダウンタウンから古い倉庫街へと向かい、工業用建築物がロフトに改築された界隈の迷路のような道をずんずんと進んでいく。タクシーがカナル・ストリートを左に曲がったが、ジムはあとを追わずに次の左折ポイントまでトラックをまっすぐ走らせた。角を曲がったのは、これ以上ないほど完璧なタイミングだった。ちょうどカナル・ストリートにトラックが戻った瞬間、ディヴァイナはタクシーからおりて、早足である建物の扉までたどり着いたところだったのだ。鍵を使って中に入ったことから察するに、ここが彼女の自宅なのだろう。

ジムは車を走らせ続け、その地域から外へ出ると、もう一本電話をかけた。〈ディピエトロ・グループ〉の建設現場監督のチャックは、いつもどおり不機嫌そうに電話に出た。「もしもし?」

「チャック、おれだ。ジム・ヘロンだ」

「ああ」葉巻でも吸っているかのように、深く息を吸いこむ音がした。「調子はどうだ?」

「いいよ。明日から仕事に戻りたいと思ってね」

　チャックは少し警戒するような声で言った。「あんたはいいやつだな、ジム。だが無理に仕事をさせるわけにはいかない」

「もう大丈夫さ。本当だよ」

「そういうことなら、こっちはありがたいが」

「それで、おれがいつも一緒に働いてたやつらと連絡を取りたいんだ。あんたなら彼らの番号を知ってるかなと思って」

「あんた以外、全員の番号を知ってるよ。で、誰と誰だ？」

「エイドリアン・ヴォーゲルとエディ・ブラックホークだ」

　一瞬、間があいた。チャックが太い葉巻を嚙んでいる姿がありありと目に浮かぶ。

「誰だって？」ジムはふたりの名前を繰り返した。「あんたが誰の話をしてるのか、さっぱりわからない。そんな名前のやつらはあの現場にはいないよ」そのあと、チャックが少しためらった。ジムがまだ話を聞いているかどうか思案しているかのように。「やっぱり、あと数日は休んだほうがいいんじゃないか？」

「もしかすると名前が違うのかもしれない。ふたりともハーレーに乗ってて、ひとりは髪が短くてピアスをしていて、もうひとりは体がばかでかくて、背中に三つ編みを垂らしてるんだ」

またしても息を吸いこむ音が聞こえた。「なあ、ジム、やっぱり明日は休め。早ければ火曜にまた会おう」

「作業員の中で、そんなやつはひとりもいないのか？」

「ああ、ジム。ひとりもいない」

「だったら、おれの頭がこんがらがっているんだな。ありがとう」

ジムは隣の座席に携帯電話を放り投げたものの、ハンドルだけは離そうとしなかった。作業員の中でそんなやつはひとりもいない。こりゃ驚きだ。

あのろくでなしふたり組も、ディヴァイナと同じく、この世に存在しない。

なんてことだ。今回のこの新しい仕事で、ジムのまわりにいるのは嘘つきばかりだ。慣れ親しんだもとの仕事環境へ戻りたくなる。

そのとき携帯電話が鳴りだし、すばやく手に取った。「彼女も見つけられなかったんだろうな。ディヴァイナ・アヴェイルは空気のような存在だ」

今回、メサイアスは笑おうとはしなかった。「ああ。そのとおりだ。これっぽっちも存在していない。まるでどこからともなく地球に降ってきたみたいだ。重要なのは、彼女が表面上は適切な経歴の持ち主だということだ——ただし、ある程度までしか正しくない。出生証明書なし、親もなし。クレジットカードの限度額を設定したのはわずか七カ月前だし、社会保障番号《ソーシャル・セキュリティ・ナンバー》はすでに死んだ女性のものだ。見事ななりすましとは言いがたい。つまり、わたしなら彼女に関して何か見つけられるはずなんだ。だが何も見つからない。まるで蜃気楼《しんきろう》のようだ」

「感謝するよ、メサイアス」

「少しも驚いていないみたいだな」

「ああ」

「おまえはどんな件に首を突っこんでいるんだ？」

ジムはかぶりを振った。「前と変わらない。以上だ」

短い沈黙が落ちた。「荷物を送っておいた」

「了解」

ジムは通話を切ると、携帯電話を上着の前ポケットに入れ、心を決めた。そろそろ〈コモドール〉に行って、報いを受けるべきときだろう。ヴィン・ディピエトロには、元恋人が何者なのかを知る権利がある。できることなら、ヴィンには心を開いて本当のことを話してほしい――たとえ、それがフィクション小説にしか聞こえないような真実であったとしても。

突然、ヴィンが〈アイアン・マスク〉のロッカールームのスツールから顔をあげたときの記憶がよみがえってきた。

〝悪魔を信じるか、ジム?〟

ジムはひたすら祈ることしかできなかった。あれが比喩的な質問であるようにと。

28

グラスとはおかしなものだ。叩き壊すと腹を立て、こちらに噛みつき返してくる。

メゾネットの階上にある主寝室のバスルームで、ヴィンはガーゼと白い外科用テープに囲まれていた。バーボンの入ったグラスを粉々にしたせいで、てのひらに怪我をし、〝絆創膏《ばんそうこう》の国〟への緊急避難を余儀なくされた。赤十字社関連グッズを使って手当てをする必要に迫られたが、どうにもうまくいかない。右手に怪我をしたため、今、彼はにわか看護師として悪態をつきながらハサミと包帯と格闘し、不器用な手つきでどうにか包帯を巻いているところだ。

つくづく思う。こうして手当てをする患者が自分でよかった。言葉遣いの面だけでも、自分は看護師として失格だろう。もちろん、能力面では言うまでもない——ほかの面でも、病院でボランティア《キャンディ・ストライパー》として働く看護助手となんら変わらない。

苦しい試練がようやく終わりかけたちょうどそのとき、洗面台脇の電話が鳴りだした。まったくもっておもしろくない。小さな爪切りバサミを左手で閉じ、ガーゼをくわえ、右手は包帯がぐるぐる巻きのまま、その電話に出るにはあらゆる努力をして体のバランスを保つ必要があった。

「彼をあげてくれ」ヴィンは警備員に告げた。

受話器を戻し、中途半端なテーピング作業を完了すると、散らかしたカウンターはそのままにして階段をおり、玄関から通路へ出た。エレベーターの音が鳴って扉が開いたとき、その前でヴィンは相手を待ち受けていた。

ジム・ヘロンはエレベーターからおりると、挨拶もせず、ヴィンに話す了解すら得ずにいきなり用件を口にした。まったくいい度胸をしている。

「木曜の夜」ジムは言った。「あのときはまだ、おれはあんたのことを知らなかった。彼女のこともだ。あんたに話すべきだと思った。でも正直言って、あんたたちふたりを見たとき、関係を壊したくないと思ったんだ。あれは間違いだった。本当にすまない——普通こういう話は本人以外の誰かから聞かされるものなのに」

話しているあいだずっと、ジムは両腕を体の脇にだらりと垂らしたままだった。その必要があれば、すぐにでも戦う準備ができているかのように。声も目も落ち着いている。言い逃れも、こずるさも、でたらめも、何ひとつ感じられない。

この直接対決に臨むに当たり、ヴィンはジムに対して激しい怒りを覚えるだろうと予想していた。だが実際に感じたのは激怒ではない。ただの疲労感だった。どうしようもない疲労感と、ずきずきする指の痛みだけだ。

突然、ヴィンは気づいた。こと女に関して、あのうざったい父親と交信するのはもう飽き飽きだ。二十年以上もそうしてきたせいで、どんどん疑《うたぐ》り深くなり、何もないところにまで多くの影を見いだすようになってしまった。それなのに、セックスしている女に裏切られた肝心な瞬間を見逃していたのだ。

思えば、エネルギーの大半を無駄に注ぎこんでいた。しかも、どう考えても間違った場所に。

なんてことだ。今この瞬間、ディヴァイナのことなど気にもならなかった。数日前にジムとディヴァイナがどんなことをしたかなんて、もはやどうでもよかった。

「昨夜ここで起きたと彼女が話していることは、みんなでたらめだ」ヴィンはかすれ声で言った。「全部、ディヴァイナの嘘だ」

ジムはためらいもせずに答えた。「知ってる」

「へえ、本当か」

「おれは、彼女の話をひと言も信じていない」

「どうしてだ？」

「今日、彼女に会いに病院へ行ったんだ。こんなことが起きたなんて、どうしても信じられなかったからな。すると、彼女はおれにお涙ちょうだい話を聞かせた。木曜の夜に起きたことを打ち明けたら、そのせいであんたにひっぱたかれたって。だが、あんたは知らなかった。彼女はあんたにそんな話はしていなかったんだ。そうだろう？」

「ああ、全然」ヴィンは体の向きを変えると、メゾネットへ向かい始めた。ジムがあとからついてこないのに気づき、肩越しに言う。「いつまでもそこで彫刻みたいに突っ立ってるつもりか？　それとも、昼食を食べるか？」

かっかすることなく話しあいたいなら、食事をしながらのほうがいいのは明らかだ。正面玄関から中へ入ると、ヴィンは施錠し、チェーンをかけた。最近起きていることを考えると、備えられる限り、なんでも備えておきたい。

「くそっ」ジムが言う。「このリビングルームは……」

「ああ。ビンス・マクマホン（アメリカのプロレス団体WWEの代表取締役社長）に改装してもらったんだ」

キッチンに入っていくと、ヴィンは左手を使ってチーズや冷肉の薄切り《コールド・カッツ》とマヨネーズ瓶を取りだした。「ライ麦かサワードウか、パンを選んでくれ」

「サワードウで」

ヴィンは冷蔵庫の野菜室からレタスとトマトを取りだし、気をしっかりと引き締めた。「ぼくは何があったのか知る必要がある。きみとディヴァイナとのことだ。すべて話してくれ――くそっ、いや、何から何まで話さなくていい。だが、彼女はどうやってきみに誘いをかけたんだ？」

「本当に知りたいのか？」

ヴィンは引き出しからナイフを一本取りだした。「ああ、知る必要がある。知らなきゃいけない。ぼくはまるで……今まで全然知らない誰かと一緒にいたような気がしているんだ」

ジムは低く悪態をつくと、カウンターに備えつけられているバー・スツールに腰をおろした。「おれのには、あまりマヨネーズをかけるなよ」

「わかった。さあ、話を聞かせてくれ」

「ディヴァイナは彼女が言っているような人物じゃない。おれはそう信じている」

「おもしろいな。ぼくも同意見だ」

「実際、おれは彼女の経歴を確認してみたんだ」

マヨネーズ瓶の青い蓋を開けようとしていたヴィンはちらりと顔をあげた。「どうやって確認した？　教えてくれ」

「それはできない」

「で、結果は……？」

「彼女は文字どおり、存在していなかった。信じてくれ。もし彼らにディヴァイナの正体を突き止められないなら、誰にもできないだろう」

ヴィンはジムのサワードウブレッドにマヨネーズを軽く垂らし、自分のライ麦パンにはたっぷりかけたがうまくいかず、汚らしくなってしまった。自分は両手利きではないのだから、当然か。

なんてことだ。ディヴァイナの話を聞かされても、別に驚いていなかった。

「それで、木曜の夜の話はどうなったんだ？」ヴィンは言った。「そんな話でごまかそうとするな。さあ、聞かせてくれ。あいにく、今のおれにはマナーを守るエネルギーすら残っていない」

「くそっ」ジムは自分の顔を撫でた。「わかったよ……彼女は〈アイアン・マスク〉にいたんだ。おれはそのとき……友だちと一緒にいた。〝最低のくそ野郎たち〟とも言えるふたりだが、まあ友人と言えるだろう。とにかく、おれが店を出ると彼女もあとからついてきた。ひどく寒い夜で、彼女は途方に暮れている様子だった。それに彼女は……なあ、本当にこんな話を聞きたいのか？」

「ああ」ヴィンはトマトを手に取り、まな板の上に置くと、五歳児のような危なっかしい手つきでスライスし始めた。〝スライスする〟というより〝叩き切る〟という感じだが。「続けてくれ」

ジムはかぶりを振った。「彼女はあんたのことで動揺していた。それに、自分自身にも不安を抱いている様子だった」

ヴィンは眉をひそめた。「どんなふうに？」

「どんなふうにって……どんな理由で、ってことか？　彼女は詳しい話はしなかったし、おれも尋ねなかった。ただおれは……彼女に自分は大丈夫だと思ってほしかったんだ」

今度はヴィンがかぶりを振る番だった。「ディヴァイナはいつだって自信を持っている。大切なのはそこなんだ。どんな気分であっても、彼女の根っこの部分は、絶対に揺らぐことなくしっかりとしていた。そういうところが、ぼくが彼女に惹かれた理由のひとつでもあったんだ……とにかく、ぼくがこれまで会った中でも、特に自分の体に絶対の自信を持っている女だった。だが体を完璧に鍛えているきみは、彼女にそういう印象を抱いたんだな」

「彼女は、あんたが自分に豊胸手術を受けさせたがってると話していた」

ヴィンは視線をあげた。「冗談だろう？　ぼくは初めて出会った夜からずっと、きみは完璧だと彼女に言い続けていたんだ。本気でそう言っていた。彼女に何かを変えてほしいなんて思ったことは一度もないよ」

ジムが突然、思いきり眉をひそめて険しい表情を浮かべた。

「なあ、相棒、まるでディヴァイナにもてあそばれたと言いたげな顔だな」ヴィンはロメイン・レタスの葉を数枚ちぎるとシンクへ運び、流水で洗い始めた。「当ててみせようか？　彼女はきみに自分の胸の内を打ち明けた。それできみは彼女のことを、くそ野郎に混乱させられているか弱い女だと考え、キスをした……きっと、その先まで進むなんて考えてもいなかったはずだ」

「ああ。あそこで終わらなかったのが自分でも信じられなかった」

「きみは彼女のことをかわいそうだと思った。だが同時に、魅力も感じた」ヴィンは水を止め、レタスを振って水切りをした。「だから、彼女がいい気分になれるようなものを与えてやりたくなったんだ」

ジムは低い声で答えた。「そのとおりだ」

「ディヴァイナとぼくがどんなふうに知りあったか知りたいか？」

「ああ」

ヴィンは、パンの上に紙切れのように薄いローストビーフのスライスを広げた。

「ある画廊のオープニングパーティーで知りあったんだ。ディヴァイナはひとりでそこに来ていて、背中のくぼみまでカットされたデザインのドレスを着ていた。画廊の天井には、ちょうど売り物の絵画に光が当たるように照明が設置されていて、ぼくが足を踏み入れたとき、彼女はぼくが買おうとしていたシャガールの絵の前に立っていたんだ。彼女のむきだしになった背中に照明が当たり、この世のものとは言えない美しさだった」ヴィンはローストビーフの上に、ぐちゃぐちゃのトマトとぱりっとしたレタスを重ねたあと、パンで蓋をした。「スライスするか？ それとも丸ごとでいいか？」

「丸ごとで」

ヴィンはサワードウブレッドのサンドイッチをジムに手渡すと、自分のライ麦サンドを半分に切った。「オークション会場でディヴァイナはぼくの前の席に座っていた。あたりに彼女の香水の匂いがずっと漂う中、ぼくはお目当てのシャガールの絵を大枚はたいて競り落としたんだ。落札の木槌《きづち》が振りおろされた瞬間、彼女が肩越しにぼくを振り返って見たときの表情を、絶対に忘れることはないだろう。彼女が浮かべていたのは、まさにぼくがそのとき、こんなふうに微笑む女の顔が見たいと思っていたとおりの表情だったんだ」ヴィンはサンドイッチをひと口頬張り、食べながらそのときの彼女の笑みをありありと思い出した。「当時のぼくは、ポルノでよくあるようないやらしくて、荒々しいスタイルのセックスが好みだった。そのときのディヴァイナは、そういうプレイをしても平気よと言いたげな目をしていたんだ。その晩、彼女はぼくと一緒に帰宅した。まさにこの家の床で彼女とファックしたんだ。それから階段で。最後はベッドで。しかもベッドでは二回もした。彼女はどんなプレイでもさせてくれたし、それを楽しんでもいるようだった」

ジムはまばたきをし、サンドイッチを食べるのをやめた。頭の中にあったホームコメディ番組『ビーバーちゃん』の映像と、今ヴィンから聞かされたエロビデオさながらのシーンを、どうにか一致させようとするかのように。

「ディヴァイナはまさに——」ヴィンは体を片側に傾け、ペーパータオルを二枚取った。「そのとき、ぼくが求めていた女性そのものだったんだ」そして一枚をジムに手渡した。「彼女はぼくの好きなようにさせてくれた。仕事に没頭したいときはそうさせてくれた。前もって知らせずに一週間家を留守にしても、全然気にしなかった。しかも、ぼくが彼女に会いたいと思ったときは一緒の時間を過ごし、会いたくないと思ったときは家にいる。ディヴァイナはまるで……ぼくが望んでいることを、そのまま現実世界に映しだしたかのような存在だったんだ」

ジムはペーパータオルで口元をぬぐった。「おれの場合もそうだ。それで彼女に惹かれた」

「ああ」

ふたりはサンドイッチを食べ終え、ヴィンはもうふた切れお代わりを作った。ふたつ目のサンドイッチを頬張るあいだ、ふたりともほとんど無言のままだった。それぞれがディヴァイナと過ごしたひとときを思い返し……そしてなぜ自分たちがあれほど簡単にもてあそばれてしまったのだろうといぶかしがるかのように。

とうとう沈黙を破ったのはヴィンだった。「警察は、昨夜の監視カメラの映像に、ぼくが映っていると言っている。エレベーターで自宅まであがる姿がね。それにここの警備員も、ぼくを見たと言っているんだ。だが、絶対にありえない。ぼくはここにはいなかった。それが誰であれ、ぼくじゃない」

「あんたを信じるよ」

「信じてくれるのは、きみだけだろうな」

ジムはサンドイッチを口に運ぼうとしていたが、その手を止めた。「これからする話をどう伝えればいいのか、おれにはよくわからない」

「きみはぼくに、ぼくの元恋人とファックした話を打ち明けたばかりだ。それ以上に伝えるのが難しい話があるとは思えない」

「それがあるんだ」

ヴィンはサンドイッチを半分食べかけたまま、口をつぐんだ。ジムの顔に浮かんでいる表情が気に入らない。「なんだ？」

ジムは時間をかけて最後のサンドイッチを食べ終えると、とうとう短くてこわばった笑い声をあげた。「この話をどうすればいいかさえ、わからない」

「おいおい、元恋人とセックスしたことだって話せたじゃないか。ほら、もっと大人になれ」

「それもそうだな。まあ、いいか。実は、あんたの元恋人には影がない」

笑い声をあげるのはヴィンの番だった。「それは軍事用語か何かか？」

「おれは、昨夜エレベーターに乗っていたのはあんたじゃないと信じている。どうしてか知りたいだろう？　まさに、あんたがさっき言ったとおりだからだよ。ディヴァイナは現実世界に映しだされた幻、蜃気楼みたいなものなんだ。この世には存在しない。しかもとびきり危険な存在だ。理屈の通らないことを言っているのは百も承知だが、それが現実なんだ」

ヴィンはサンドイッチの残りからゆっくりと顔をあげた。ジムは真剣だ。いたって大真面目だった。

そして、ふと思った。今回だけは可能だろうか？　自分の人生の別の一面について話すことはできるだろうか？　この特殊能力について他人が納得できるように実証してみせることはできないものの、親から受け継いだＤＮＡのように、その部分が自分を形作っている。

「きみは前に……ぼくの魂を救うためにここへ来たと言ったな」ヴィンは低い声で言った。

ジムは花崗岩のカウンターに両肘をつくと、前かがみになった。白いＴシャツの短い袖口から筋肉質な太い腕が突きでている。「ああ。あれは本気だ。おれの新しい仕事は、瀬戸際にいる人たちを引き戻すっていうハッピーなものなんだ」

「引き戻すって何から？」

「永遠に天罰を受けることになるかもしれない状況からだ。前にも言ったが……おれはあんたの場合、ディヴァイナと一緒になったら救われると考えていたんだ。だが今では、その考えが間違いだったとはっきりわかっている。何か……別の救われ方があるってことだろう。ただ、それがなんなのかはまだわからない」

ヴィンは口を拭くと、ジムの太くて有能そうな両手を見おろした。「信じてもらえるかわからないが……ディヴァイナの夢を見た話をしただろうか？　夢の中で、死後何日も経過したみたいに全身が腐った彼女とセックスした話を？　その夢でディヴァイナから言われたんだ。あなたは自分のほしいものをわたしに望んだ。ある種の取引をしたから、もう後戻りはできないって。ばかばかしい夢だが、この夢で一番ばかばかしいのが何かわかるか？　ちっとも夢みたいに感じられないことなんだ」

「それは夢じゃない。おれはそう信じている。金曜日の午後、延長コードに脚を引っかける前、おれはあんたのことをろくでなし呼ばわりしていた。だが、今はどう考えていると思う？　あんたの言葉をすべて信じているよ」

ついに今までと違うことが起こっていると、ヴィンにも感じられた。少なくとも、ジムは真っ向から反対していない。ヴィンは心を決めた。すべて打ち明けよう。

「十七歳のとき、視《み》てもらったことがあるんだ……」何を話しても、ジムなら冷静に受け止めてくれるだろう。そうわかっていてもなお、今から話すことを考えると、自分が大間抜けのように思えてしかたがない。「この街にいる占い師の女のところへ行ったんだ。手相占いの女だった。この前、ぼくがレストランの駐車場で発作を起こしたのを覚えているだろう？」ジムがうなずくと、ヴィンは続けた。「当時、ああいうことが頻繁にあったんだ。それでどうしても……その発作を止めたかった。そうじゃないと自分の人生が台無しになるような気がしていた。あの発作のせいで、自分のことを変人にしか思えなかったんだ」

「未来が見えるから？」

「ああ。そんなのは正しいことじゃない。わかるだろう？　自分から望んで未来を見ようとしたことは一度もない。そういう状態を止めるためには、どんなことでもしようと考えていたんだ」過去の映像が脳裏によみがえった。ショッピングモールで、学校で、図書室で、映画館で、いきなり倒れている自分の姿だ。「まるで拷問だった。いつあのトランス状態が始まるのかわからない。しかも、その状態になっている最中に何を口走っているのかもわからない。ただまわりにいた人たちはそれを聞いて怖がり、ぼくのことを頭がいかれたやつだと考える」ヴィンはいきなり大笑いした。「もし宝くじの当選番号でもわかれば、ずいぶんと状況は違っていただろう。でも今まで悪い未来しか見たことがないんだ。とにかく、ぼくはそのとき十七歳で、どうしていいか糸口さえつかめず、お手あげの状態だった。家には、すぐ暴力をふるうアルコール依存症の両親しかいなかった。そんな親がぼくにアドバイスや助けを与えられるわけがない……自分でもわからなかったんだ。ほかにどうすればいいのか、どこに行くべきなのか、誰と話すべきなのか。父と母はいるにはいたが、絶対にそんな相談をするつもりはなかった。当時、あのふたりには昼食に何に食べるかさえ尋ねるものかと思っていた。ましてや、そんな込み入った話を相談しようなんて気にはなれなかった。だからハロウィンが近づいたある日——ちなみにハロウィンはぼくの誕生日なんだが——『コールドウェル・クーリエ・ジャーナル』の後ろのページに山ほど掲載されている超能力者とかヒーラーたちの広告を見ていたとき、彼らのうちの誰かひとりを試してみようと決めてダウンタウンへ向かったんだ。何軒かドアを叩いていたら、とうとうそのうちのひとつが開いた。そこにいた女性はぼくの状況を理解してくれた様子で、どうすべきか教えてくれたんだ。ぼくは家に戻って、言われたとおりにやってみた……そうしたらすべてが変わったんだ」

「どんなふうに？」

「まずトランス状態に陥ることがなくなった。次に運がぼくの味方をしてくれるようになったんだ。両親がとうとう死んだ——これについてはもっと詳しい話があるんだが、とりあえず今は、アルコール依存症が進みすぎたせいで命を落としたと言っておこう。両親が死んでほっとしたし、自由になれて……自分が変わったんだ。十八歳になって自宅と父の配管工の仕事を引き継いだ……それがすべての始まりだった」

「待ってくれ。あんたは自分が変わったと言っていたな――どんなふうに変わったんだ?」

ヴィンは肩をすくめた。「それまではのんびりした性格だった。学校にはこれっぽっちも興味がなかったし、全然目立たないままでいいと満足していた。だが両親が死んでからは……のんびりした性格じゃなくなった。このあたりに飢餓感を抱えるようになったんだ」自分のみぞおちに手を当てる。「常に飢餓感を覚えるようになり、どんなものにも満足できなくなった……あるいは、もうこれで充分とは思えなくなったんだ。特に、金に関して貪欲になった。銀行口座にどれだけ残高があろうと、個人資産がどれだけ増えようと全然満足できず、もっと増やさなければと考えてしまう。きっとそれは、成人する前に両親を一度に失ったせいだろうと考えていた。面倒を見てくれる人が誰もいなくて、十代から自活せざるをえなかったせいだって。でも、本当にそれだけですべて説明できるのかどうか自信がなかった。実は、配管工の仕事をフルタイムでこなす一方で、麻薬取引も始めたんだ。うなるような現金が転がりこんできたし、蓄えもどんどん増えていったが、ただひたすら、もっと稼ぎたかった。建設会社を始めたのは、そうすれば合法的に金を稼げるからだ。違法な麻薬取引で刑務所にぶちこまれるのを恐れていたからじゃない。もし刑務所に入れられたら、稼げなくなるからだ。とにかく容赦なく稼いできた。倫理も法律も関係なく、自分さえよければよかったんだ。どんなものもぼくを安心させることはなかった……昨日の夜までは」

「何が変わったんだ？」

「ある女性の目を見つめたとたん、感じたんだ……それまでとはまるで違う何かを」

ヴィンは尻ポケットに手を入れ、聖母マリアのカードを取りだした。じっと見つめたあと、カウンターの上にそれを置き、ジムに見えるよう向きを変えた。

「彼女の瞳を見たとき……初めて満足感を覚えたんだ」

ジムは体をかがめ、カードに描かれた聖母マリアを見つめた。驚いたことに、そこにいたのはマリー＝テレーズだった。黒髪にブルーの瞳、柔和で穏やかな顔。「なるほど。ぞっとするほどそっくりだな」

ヴィンは咳払いをした。「彼女は聖母マリアとは違う。そんなことはぼくもわかっている。それに、この絵は彼女じゃない。でもマリー＝テレーズを見た瞬間、今までみぞおちに居座っていた焼けつくような飢餓感がきれいさっぱり消えたんだ。ディヴァイナの場合はどうだったと思う？　彼女と一緒にいても、飢餓感をあおられるだけだった。セックスに関してもどんどん見境がなくなっていったし、彼女がほしがる品々やふたりで行く場所に関しても同様だった。ディヴァイナは常に、ぼくの飢餓感をあおっていた。だがマリー＝テレーズは……まるであたたかなプールみたいなんだ。彼女と一緒にいると、ほかにどこにも行く必要はないと思えた。これからもずっと」

ヴィンは突然カードを取り返すと、目をぐるりと回した。「なんてことだ。ぼくの今の話を聞いたか？　まるでライフタイム・ムービーズで放送されるメロドラマみたいだ」

ジムは笑みを浮かべた。「ああ。もし今の仕事がうまくいかなくなっても、あんたならいつだってグリーティング・カード業界に進出できるよ。刑務所からでもな」

「そっち方面に鞍替《くらが》えするのが楽しみだな」

「同じメッセージを伝えるなら、ナンバープレート業界よりもいいだろう」

「そいつは笑えるな」

ジムはディヴァイナについて、そしてヴィンが見たという夢について考えた。それが単なる悪夢ではないという可能性はかなり高い。冗談じゃない。真っ昼間でも影がないことと以外に、ディヴァイナはほかにどんな切り札を隠し持っているんだ？

「なあ、具体的にはどんなことをしたんだ？」ジムは尋ねた。「あんたが十七歳のときに」

ヴィンが胸の前で腕を組んだ。当時に引き戻されたかのように、大きくはっと息をのむ。「その女占い師に教えられたことをした」

「つまり……？」そう尋ねてもかぶりを振っただけのヴィンを見て、ジムは思った。どうやら口に出すのも憚《はばか》られるほど薄気味悪いことなのだろう。「その女はまだ生きているのか？」

「わからない」

「名前は？」

「なぜそれが重要なんだ？　もう過去のことだ」

「だがディヴァイナは違う。しかも彼女のせいで、あんたはやってもいない罪で訴えられているんだ」ヴィンがありとあらゆる罵りの言葉を吐きだすのを聞き、ジムはうなずいた。「あんたは扉を開けた。もう一度そこに戻って、今度はその扉に鍵をかけてもとに戻すのも悪くないだろう」

「そこが問題なんだ。ぼくはこれまでずっと、その扉に鍵をかけたと考えていたんだからな。女占い師に関して言えば、もう二十年近く前のことだ。彼女を探しだせるとは思えない」

ヴィンが片づけを始めると、ジムは彼の右手に不器用に巻かれた包帯を見た。「どうやって自分でその手を傷つけた？」

「きみと電話で話しているときに、グラスを握りつぶしたんだ」

「もうそれくらいにしておけ」

サワードウブレッドの袋の口をひねっていたヴィンは、腕から力を抜いた。「マリー＝テレーズのことが心配だ。ディヴァイナはぼくにこんな仕打ちができるんだ。だとしたら、マリー＝テレーズにだって何もできないわけがない。そうだろう？」

「あんたの言いたいことはわかる。もしマリー＝テレーズが不安げなそぶりを見せているなら――」

「いや、特にはない。それに彼女には何も話さないでおくつもりだ。マリー＝テレーズをこの一件に関わらせたくない」

そう考えるのは、ヴィンが愚か者ではないという証拠だ。「聞いてほしいことがある……マリー＝テレーズについて」この話をヴィンに伝えるに当たり、ジムは慎重に言葉を選びたかった。「彼女と一緒にいた男がもうひとり、ダウンタウンで襲われたという話をあんたから聞いたあと、彼女の経歴も調べてみたんだ」

「くそっ」食器棚を開けていたヴィンは、その場からすぐに戻ってきた。「彼女の元夫だな。彼がマリー＝テレーズを見つけてしまったんだろう。それで――」

「いや、カプリチオじゃない。彼は今、刑務所にいる」ジムはメサイアスから聞いた情報をそのまま伝えた。その新たな話を耳にすると、ヴィンはさらに眉をひそめた。

「結論から言うと」ジムはふたたび口を開いた。「カプリチオの仲間がマリー＝テレーズを追跡している可能性はあるが、だからといって他人を殺すのはありえない。彼らが本当に気にしているのはマリー＝テレーズだけだからだ」

ヴィンが悪態をつく。今の言葉に暗に含まれた意味に気づき、すべてを理解したようだ。「だったら、いったい誰なんだ？　もしマリー＝テレーズがあの二件の襲撃事件に関係があるとしたら？」

「そこが問題なんだ」

ヴィンはカウンターにもたれ、腕組みをすると、歯がゆそうな表情を浮かべた。今すぐ誰かと殴り合いをしたくてたまらない様子だ。

「マリー＝テレーズは仕事を辞めた」しばしの沈黙のあと、ヴィンが言った。「〈アイアン・マスク〉でやっていた仕事だ。彼女はおそらくコールドウェルを離れるつもりなんだと思う」

「そうか」

「彼女にはよそに行ってほしくない。きっとそうするのが一番なんだろう。あのクラブにいる男たちのひとりが犯人である可能性も考えられる。彼女の……客だったやつが」

ヴィンが何かを我慢するように唇を引き結ぶのを見て、ジムは気づいた。あれから、ふたりのあいだは進展したに違いない。早い展開だ。大事なドッグを賭ける気にはならないが、自分のトラックとハーレーなら賭けてもいい。ヴィンとマリー＝テレーズは男女の関係になったのだろう。今にも胸が張り裂けそうなヴィンの顔を見れば明らかだ。

「ぼくは彼女を失いたくない」ヴィンは低い声で言った。「それに彼女が自分の人生から逃げているのもいやだ」

「だったら」ジムは言った。「あんたとおれで、彼女がここに安全に残れるようにしてやる必要があるな」

ディヴァイナから……あるいは、誰であれ彼女をつけ狙っている頭のいかれたやつからも害を及ぼされることなく安全に、だ。

少なくとも、マリー＝テレーズに対して妄想を抱いている薄気味悪いやつが相手なら、どうすればいいかジムにもわかる。だが、ディヴァイナはどうだ？　彼女に対してどうしていいかわからないのに、どうにかしなくてはならない。

カウンターの反対側から、ヴィンがこちらをじっと見ている。視線を合わせた瞬間、ヴィンは一度だけうなずいた。これからもっと妙な事態になるとわかっているが、自分はそれでもかまわないというように。包帯を巻いた手を差しだし、ヴィンが言った。

「すばらしい計画じゃないか、友よ」

ジムは注意深く、差しだされた手を握った。「あんたと仕事をするのが楽しくなりそうな予感がするよ」

「ぼくもだ。あのクラブでの喧嘩はただの準備運動にすぎなかったようだな」

「まったくだ」

29

最後の聖歌を歌い終わって腰をおろそうとしたとき、マリー＝テレーズはバッグの中で携帯電話が震えているのに気づいた。とっさに取りだし、携帯電話の振動を止めた。

ロビーがこちらを見たが、彼女は会衆席に座って息子に小さな笑みを向けた。電話をかけてきた相手には三つの可能性が考えられる。間違い電話、ベビーシッター、あとは……トレズだ。元ボスのことは好きだけれど、彼からの電話ではありませんようにと祈るような気持ちだった。

突然、大学時代に習ったパラシュート部隊のベテラン隊員たちに関する話を思い出した。心理学の授業で、人は危険と不安をどう知覚するかという研究の一部として学んだエピソードだ。怖いと考える瞬間があるかどうか、あるとすればそれはいつかという質問をしたところ、リスクを負っても冒険するタイプ《リスク・テイカー》のプロフィールに当てはまる隊員の圧倒的多数が、こう答えたという。緊張するのは最後のジャンプをするときだけだ、と。それまでのジャンプですべての運を使い果たし、最後の最後に飛びおりる瞬間の運だけは自分の手でつかみ取れるかどうかにかかっている——そんな気になるのだという。

おもしろいことに、当時十八歳だったマリー＝テレーズは講堂に座りながら、それがばかばかしい話に思えてしかたがなかった。彼らは上空のとてつもなく高いところから何度もジャンプをしているはずだ。そのあと、最後のジャンプだからというだけで、なぜそれまで肝が据わっていた彼らがその鉄のごとき精神力を失うのだろうか？

今ならその気持ちがよくわかる。

昨夜、仕事は辞めたかもしれない……でも、もしトレズが電話をしてきて、また警察が話を聞きたがっていると言われたらどうだろう？　しかも今回は、あの襲撃事件についてではなく、彼女がお金のためにしていたことに関する話だったら？

教会で息子の隣に座りながら、マリー＝テレーズは初めて自分が直面しているリスクを現実のものとしてとらえた気がした。たしかに、自分はただのセクシーなウエイトレスから、もっと稼ぎのいい別の職業へ切り替えた。問題は、自分がそういう〝職業選択〟が許されるような環境、すなわち、周囲にいるほとんどの人がそれを許してくれるような安全な環境で、職業転換を行ったと考えていたことだ。でも突然、気づいてしまった。あの決断をくだした当時、自分は頭がどうかしていたに違いない。というのも、もし彼女が刑務所に入れられたらロビーは養護施設に入ることになる。両親揃って投獄されているのだから。

トレズも最初の店のボスも、警察とはなんの問題も起こしていなかったけれど、どうして最初に彼らの経歴をあれほど無邪気に信じられたのだろう？　何を危険にさらすことになるかを考えれば、彼らを信じられなくて当然だったはずなのに。

人生のいかがわしい暗部から自分を切り離そうとしている今、お金を稼ぐために自分がくだした選択を、ようやくこれまでとは違う目で見つめることができた。

会衆席に座る周囲の人たちを眺めながら、彼らの普通の目でそれまで自分が取ってきた行動を改めて見返してみて衝撃を受けた。その結果、自分で自分のことが恐ろしくなった。

願いごとをするときは気をつけなければならない。自分と違って、罪を犯していないけれど魂のために祈ることができる人たちと一緒にいたい、そうすればずっと気持ちが楽になるだろうと思っていた。だが、いざそういう人たちと一緒にいて、同じ視点で、よどんだ世界に足を突っこんでいる自分を見てみると、その状態がこれ以上ないほど恐ろしく、無責任で危険極まりないように思えた。

実際のところ、ここ十年、そんな生き方をしてきた。マークとの結婚により、それまでテレビでしか見たことのなかった〝法律とは無縁の人生〟に第一歩を踏みだした。息子の身の安全を守るために身分を詐称することで第二歩を、生き残ってお金を稼ぐために売春婦へ転身することで第三歩を踏みだしたのだ。

祭壇へ続く長い通路を見つめながら、マリー＝テレーズはそんな自分自身に、そして自分のこれまでの選択にふつふつと怒りを募らせていた。ロビーにとって、彼女は頼りにできるただひとりの人物にほかならない。彼女だって息子を第一に考えている。それなのに実際は、息子を第一に考えた行動を取っていなかったのだ。

当時すでに多額の借金を抱えていたことを考えると、自分にはほかの選択肢が許されていなかったのだ――そう考えても、少しも心は慰められなかった。

礼拝が終わると、マリー＝テレーズはロビーとともに立ちあがり、玄関ホールでニーリー神父を囲んでいる人たちの輪に加わった。自分ではなく息子のロビーを前に行かせるようにしたが、それもときどきそうするだけだった。失礼にならない程度にしたいからだ。祈禱グループの顔見知りや以前礼拝で知りあった人たちと会釈を交わしながら控えめな態度を心がける。

ロビーはずっと彼女の手を握りしめていたが、男の子らしく振る舞った。母にいざなわれるのではなく、自分が母を前に押しだしたのだ――少なくとも、彼自身はそうしたつもりだったのだろう。ふたりして神父の前に進みでると、ロビーは母の手を放し、神父と最初に握手を交わした。

「すばらしい礼拝でした」マリー＝テレーズは息子の両肩に手を置きながら神父に話しかけた。「それに大聖堂の改修も順調ですね。とても美しいです」

「ああ、本当に」ニーリー神父は笑みとともに振り向いた。白髪で背が高く、痩せていて、どこからどう見ても立派な聖職者だ。実際のところ、神父はこの大聖堂のように青白く、優美に見える。「大聖堂はたいそうきれいになったね。ずいぶん時間がかかったが」

「彫像もきれいにされているようで本当にうれしいです」マリー＝テレーズは顔を傾け、マグダラのマリア像があったはずの、今はがらんとした場所を指し示した。「あの像はいつこちらへ戻ってくるんですか？」

「ああ、知らなかったんだね？　彼女は盗まれてしまったんだ」人々が押し寄せてきたため、ニーリー神父はほかの礼拝出席者たちとも目を合わせ、笑みを向けている。「警察に犯人を探してもらっているところでね。ただ、わたしたちは運がよかったのかもしれない。ほかにもいろいろと盗めるものがあったのだから」

「まあ、なんてひどい」そう返しながらロビーの肩を軽く叩くと、息子はすぐにその意味に気づき、母の手を握って前へ進み始めた。「あの像が戻ってくることを祈っています」

「ああ、わたしもだよ」神父は前かがみになり、マリー＝テレーズの前腕に軽く手を当てると、もじゃもじゃの白い眉毛の下から、優しい目で見つめた。「では体に気をつけて。わが子よ」

神父はいつだって感じよく接してくれる。たとえ真実を知っていても。

「はい、神父様も」マリー＝テレーズはかすれた声で応じた。

そのあと、ロビーと一緒に外へ出た。肌寒い四月の午後だ。乳白色の空を見あげたとき、空気がいつもと違うのに気づいた。「雪が降るかもしれないわよ」

「ほんとうに？　だったらうれしいな」

歩道に沿って歩いていると、あちこちから車のエンジンをかける音が聞こえてきた。まるで帰宅するまでのタイムを競う日曜のカーレースでも始まるかのようだ。これから会衆は自宅へ戻り、ソファや座り心地のいい椅子に座ってゆっくり新聞でも読むのだろう。少なくとも、マリー＝テレーズは彼らがそうしているのだろうと考えている。

通りの先にある薬局チェーン〈ライト・エイド〉から出てくる多くの人たちが、『ニューヨークタイムズ』と『コールドウェル・クーリエ・ジャーナル』の日曜版を腕に抱えているからだ。

ロビーは何も尋ねることなく、またしても彼女の手を取り、道の先にある縁石までやってくると、延々とつながった車の列が途切れるのをふたりで待った。息子の隣で、マリー＝テレーズは心配を募らせていた。先ほどの電話はどんな用件だろう？　とはいえ、いくら心配でも息子のそばで携帯電話を確認しないだけの分別はある。自分はポーカーフェイスがへたではない。でも、そんなにうまくもない。

一《いち》か八《ばち》かで駐車違反になる車の停め方をしたけれど、結局その賭けにマリー＝テレーズは勝った。カムリはレッカー移動されていなかった。だがこの肌寒い天気のせいで、エンジンの調子がすこぶる悪かった。ようやくエンジンがかかったので、車の列に入ったら――。

後部座席に置いたバッグから、小さな振動音が聞こえてきた。またしても携帯電話が震えている。今回は財布と一緒に振動しているようだ。音でそれがわかった。

腕を背後に回してバッグを取ろうとしたが、小さな手をさっと伸ばしたロビーに先を越された。

「〝トレズ〟ってでてるよ」息子が携帯電話を手渡しながら言う。

マリー＝テレーズはおそるおそる通話ボタンを押した。「もしもし？」

「すぐにクラブまで来てほしい」トレズが開口一番そう言った。「警察があの襲撃事件のことでここに来ている。きみに尋ねたいことがいくつかあるそうだ」

「なんの襲撃――」口をつぐんでロビーをちらりと見る。「ごめんなさい。なんの話かしら？」

「昨夜、また別の男が襲われて路地で見つかったんだ。ぶん殴られて病院に運ばれ、今は危篤状態にある。きみと一緒にいた男だ――前のふたりもそうだっただろう。だから、どうしても――」

「ママ！」

マリー＝テレーズは思いきりブレーキを踏みこんだ。カムリが甲高い音をたてて急停止する。ちゃんと交通ルールを守っていたSUVのクォーターパネルに、あわや衝突するところだった。相手の車が抗議するように鋭くクラクションを鳴らす中、彼女の手から携帯電話が飛びだし、ダッシュボードに跳ね返ってロビーが座る助手席の窓側まで吹っ飛ぶと、足元に落ちた。

雄牛のようにのろのろとカムリを路肩に停車させると、息子のほうを振り返った。

「大丈夫?」

両手でロビーの胸をぽんぽんと叩くと、息子はうなずき、しがみついていたシートベルトからゆっくり手を離した。「いま……しんごう……あかだった」

「そうね」顔にほつれかかった髪を脇へ払い、フロントガラスを見つめる。

SUVを運転していた男性と目が合った。激しく怒っているようだ。ところがこちらの顔を見たとたん、男性の顔から怒りの表情が消えた——きっとひどく怯えているように見えたに違いない。男性が口を動かし、〝大丈夫?〟と尋ねている。うなずくと、男性は片手をひらひらさせてそのまま走り去った。

一方、こちらにはもう少し時間が必要だ——不幸中の幸いだったのは、カムリを縁石に対して平行に停めていたことだろう。

まあ、縁石からはみだしてはいたけれど。

バックミラーを確認すると、背後に停車した青いスバルからひとりの男性がおりてくるのが見えた。こちらに向かいながら、男性は眼鏡の位置を少しずらし、強風にあおられた薄い髪を撫でつけようとしている。見覚えのある男性だ。そのとき気づいた。祈禱グループで一緒の男性だ。前の晩、告解室でも一緒になった。

マリー゠テレーズはウィンドウボタンを押しながらも、男性が近づいてきたことに驚きを感じていた。彼はひどく内気で、祈禱グループでもほとんど話そうとしない。自分と同じく、寡黙なタイプなのかと思っていた。

「大丈夫かい？」男性は体をかがめ、カムリの屋根に前腕を置いた。

「ええ。だけど危なかったわ」マリー＝テレーズは彼に笑顔を向けた。「わざわざ停まってくれるなんて優しいのね」

「ちょうどきみの後ろにいたんだ。交差点で車を出そうとしたとき、きみの車のブレーキランプが一度も点灯しなかったから、それを見たとき、すぐにクラクションを鳴らすとか、何かすべきだったね。きっときみは何かに気を取られていたんだろう。ぼく、大丈夫かな？」

ロビーは何も答えようとしない。目を伏せ、両手を膝に置いたままだ。息子は大人の男性と目を合わせようとはしない。マリー＝テレーズも無理やり息子にそうさせるつもりはなかった。

「大丈夫よ」本当に息子が怪我をしていないか、もう一度確かめたい衝動をこらえながら、とりあえず答えた。

長い沈黙のあと、男性があとずさった。「今から家に戻るんだよね。気をつけて」

「あなたも。わたしたちの様子を気にかけてくれてありがとう」

「どういたしまして。それじゃ、また」

マリー＝テレーズはウィンドウをあげたとき、ロビーの足元の床から、何か騒いでいるような声がするのに気づいた。「携帯！　ああ、しまった、トレズのことを忘れてた……ねえ、ロビー、携帯を拾ってくれる？」

息子は体をかがめ、携帯電話に手を伸ばした。それを母親に手渡す前に、ロビーが厳しい声で尋ねた。「ぼくがうんてんして、いえまでかえろうか？」

笑いだしそうになったが、息子の真顔に気づいて笑うのをやめた。「もっと運転に気をつけるわ。約束する」

「わかったよ、ママ」

ロビーの膝を軽く叩くと、携帯電話に耳を当てた。「トレズ？」

「いったいどうしたんだ！」

聞こえてきた大声に顔をしかめながら、耳から携帯電話を離した。「それが……赤信号だったのに、うっかり見落としてしまったの」車のミラーとウィンドウをすべて確認すると、ウィンカーを出した。「でも、怪我人は出なかったわ」

青いスバルが通り過ぎたとき、運転手に向かって手を振った。彼の名前はたしかポール……ピーター……なんだっただろう？

「ああ、よかった……心配しすぎて心臓発作を起こしそうだったよ」トレズがつぶやく。

「なんの話だったかしら?」あわやSUVに衝突しそうになっても、さほどショックではなかったかのように続けた。

「自宅に着いたら電話をくれ。この先、どれくらい信号があるかわからないし――」

「今はちゃんと注意を払っているから」ゆっくりと車を出した。「大丈夫よ」

受話器の向こうから〝これだから女は〟という不満の言葉が漏れ聞こえてきた。続けて、トレズは気を取り直したように言った。「わかった……だったら話すよ。三十分ほど前、警官たちがここにやってきて、もう一度スタッフから話を聞きたいと言われたんだ。特にきみから。きっと彼らはすでにきみの家へ行き、そのあときみと電話で話そうとしたんじゃないかな。だがきみがつかまらなかったから、ここへ来たんだと思う。詳しいことはわからないが、ひとつだけ知っているのは、どちらの事件現場にもランニングシューズの足跡が残っていて、その足跡がどちらの襲撃事件にも関わっているらしいってことだ。ただし、ぼくはこの情報を知らないことになっている。外で煙草を吸っていた警官たちの話が聞こえたんだ。彼らは写真を見せあいながら、びっくりしたような声をあげていた。その会話がたまたま聞こえてきただけなんだ。

不思議だろう？」

　マリー＝テレーズはとっさに考えた。ヴィンはランニングシューズを履いていない――あるいは、少なくともどちらの夜も、踵の平たいローファーを履いていた。

　なんて奇妙なのだろう。本来ならば、マークが牢獄《ろうごく》から彼女を探すように手下たちを差し向けたのではないかという心配を真っ先にすべきだ。それなのに、そんなことよりもヴィンがふたつの事件に関係があるかどうかを一番気にしているなんて。とはいえ肝心なのは、自分が一度、元夫から逃げだしているということだ――それならば今度も逃げられるはず。だが、また別の暴力的な男と恋に落ちたのではないかという考えは、そう簡単に頭からは振り払えなかった。

「トレズ、あなたは知っているの？　その……」彼女はロビーを一瞥した。息子は助手席側のウィンドウに指で絵を描いている。「その襲撃事件がいつ起きたか、知ってる？　昨夜よね？」

「きみがクラブを出ていったあとだ」

　ということは、ヴィンが犯人であるはずがない……。

「ところで、きみの彼氏が問題を起こしているぞ」

「なんですって？」

「ヴィン・ディピエトロだよ。彼の顔がどこの局のニュースでも流れてる。彼の恋人が殴打されて入院していて、自分を病院送りにしたのは彼だと話してるらしい」

ドラマの第二ラウンドの始まりだ。マリー＝テレーズはアクセルから足を離し、交差点に近づくと、意識的に信号を見あげた。青。青信号は進めという意味だ。自分にそう言い聞かせる。進めというのは、すなわちアクセルを踏むことを意味する。慎重にアクセルに足を置くと、カムリのエンジンがいかにも苦しげな音をたてた。

「ところで」トレズが言う。「きみたちふたりは、昨日の夜の十時くらいには一緒にいたのか？」

「ええ」

「だったら深呼吸をして、元気を出すんだ。ニュースによると、彼女はその時刻にすべてが起きたと言っているらしい」

思わず息を吐きだした――ただし、ほんの一瞬だけだ。「なんてこと……彼は今どうしているの？」

「すでに保釈された」

「わたしなら彼を助けられるわ」そう口にしたものの、すぐに思った。本当に？　自分の顔がニュースで流れるのだけは絶対に避けたい。これまでのところ、何も手出しされていないからといって、自分が〝安全〟とは限らない。マークが追跡させている仲間が、まだ探しだせていないだけかもしれない。

「ああ。だが、きみはこの件に関わるべきじゃない」トレズは言った。「彼には金もコネもある。それに、嘘はいつだって最後にはばれるものだ。とにかく、警察にはきみが彼らの捜査に協力すると伝えていいかな？」

「ええ。でも彼らをあなたと一緒に待たせておいてほしいの」またロビーの前で警察官と話すのは避けたい。彼らと会うには、クラブが一番いいだろう。「すぐにベビーシッターを頼むわ」

「最後にひとつだけ」

「ええ」

「きみはもう仕事を辞めている。だがそうだとしても、ぼくたちのような過去はどこまでも追いかけてくるものだ。言いたいことはわかるだろう？　自分のまわりにいる人たち全員に注意を払うようにするんだ。もし何か疑問に思うことがあれば、ぼくに電話をくれ。怖がらせたいわけじゃないが、今回のふたつの襲撃事件の被害者はどちらも、きみと関係している。それがどうも気に食わないんだ」

それはマリー＝テレーズも同じだった。「ええ、わかったわ」

「もしコールドウェルから出ていく必要があるなら、ぼくが手伝う」

「ありがとう、トレズ」通話を切ると、息子を見た。「今日の午後、ちょっと出かけなければいけなくなったの」

「わかった。だったらクイネーシャにきてもらえるの？」

「彼女に連絡してみるわ」信号待ちで停車した隙に、すばやくベビーシッターを派遣してくれる福祉団体の番号を入力し、発信ボタンを押した。

「ねえ、ママ。ママがたすけようとしてる〝かれ〟ってだれ？」

呼び出し音が鳴る中、息子と目を合わせた。どう答えるべきかわからない。

「きょうかいでママがわらってたのは、かれのせい？」

先方が応答する前に、電話を切った。「ママのお友だちのひとりよ」

「へえ」ロビーはカーキ色のズボンの折り目をつまんだ。

「彼はただのお友だちなの」

ロビーは眉をひそめた。「ぼく、ときどきこわくなるんだ」

「怖いって何が？」

「にんげんが」

おもしろいことに、マリー＝テレーズもだ。「必ずしもみんながあなたの……」〝父親〟という言葉は使いたくない。「みんながあなたを傷つけようとしている悪い人だなんて考えてほしくないの。ほとんどの人はそんな人じゃないわ」

ロビーはその言葉について考えこんだ様子だったが、しばらくすると母を見あげた。

「でもママ、どうすればちがうってわかるの？」

マリー＝テレーズの心臓がとくんと跳ねた。かつて自分も親からこう言われ、胸にぽっかりと穴が開いたような気分になったことがある。「その質問にはうまく答えられないわ」

彼女は頭上の信号が青に変わると、ふたたび車を発進させた。ロビーは目の前の道をじっと見つめたままだ。ベビーシッターにメッセージを残して通話を切ったものの、なんだか祈るような気持ちだ。息子がこんなに前方の道を凝視しているのは、不注意な母親のために信号に注意しているせいでありますように。とはいえ、簡単にそんなふうには思えなかった。

家まであと半分くらいの地点まで戻ってきたとき、ふいに思い出した。ソ、ー、ル。祈禱グループで一緒のあの男性の名前はソールだった。

〈コモドール〉から自宅へ戻ってきたジムは、ガレージの前にトラックを停め、外へ出た。階段をあがるにつれ、張り出し窓のカーテンのあいだからドッグの顔が見えてきた。両耳をそばだて、顔を激しく振っている。見えてこそいないが、短い尻尾もプロペラみたいに振り回しているに違いない。

「やあ、帰ったぞ、ただいま」扉の前に立って鍵を手に取り、ここへ引っ越してきたあと自分で取りつけた、まだぴかぴかのシュラーゲ社製セキュリティナンバー・ドアロックに鍵を差しこもうとした。だが、ふと手を止めた。

肩越しに振り返り、舗装されていない道に意識を集中させる。一部凍った地面に、真新しいタイヤの跡がついていた。

留守中、何者かがここへやってきて立ち去ったのだ。

扉の反対側で、興奮したドッグが床を引っかいている音が聞こえる中、ジムはあたりの景色を文字どおりぐるりと見回し、木製の階段を見おろした。泥まみれの足跡がいくつもついている。すべて乾いていて、明らかにティンバーランドの靴跡だ。ということは、それらはすべて自分の足跡だ。

つまり、ここにやってきたのが誰であれ、彼らは最初に自分の靴裏についた芝生の汚れを拭き取ったか、あるいは空中を舞って彼の家までたどり着いたかのどちらかだ。彼らはただこの私道に車を入れてからすぐにUターンして、来た道を戻っていっただけではない——なんとなくそんな予感がした。

腰に挿していたナイフを取りだし、鞘《さや》から抜くと、左手を使って鍵を回した。鍵が解錠される電子音とともに、ドッグがむきだしの床を引っかいているかりかりという音が聞こえた。同時に、床に何かがこすれるような柔らかな音もしている。ジムは扉の前に待ち、ドッグがたてている足音を聞き分けると、ほかに音がしないか聞き耳を立てた。何も聞こえない。ドッグを傷つけないよう注意しながら、できるだけすばやく扉を開け、あたりに視線を走らせる。

室内には誰もいなかった。だが中へ入ったとたん、道についていたタイヤ跡の理由がわかった。

ドッグが周囲を走り回っているあいだに、ジムは体をかがめ、郵便物の投入口《メール・スロット》の下にあるリノリウム床に落ちていた硬いマニラ封筒を手に取った。正面に宛名が記されていない。差出人の住所もだ。重さは一冊の本程度。手に触れた感じからすると、中身は本のようなものらしい。四隅が角張った、きれいな長方形をしている。

「外で用を足すか、ドッグ？」ジムは表を指さしながら話しかけた。

ドッグは前脚を引きずりながら早足でやってきた。ジムは片手に封筒を持ち、戸口に立ったまま、ドッグが車道脇にある低木の茂みで用を足し終えるのを待った。

　メサイアスから届いた〝贈り物〟をしっかりと抱えながら、自分の胃袋の調子を確認しなければならなかった。ヴィンが作ってくれたローストビーフ・サンドふたつを、ちゃんと消化しているだろうか？

　これは問題だ。頭ではなんでも決定できるものの、体ではあのときヴィンと約束した計画を快く受け入れていないということだ。

　戻ってきたドッグは、すぐに水を飲みに自分用のボウルを目指した。

　ジムは封筒をすぐに脇へ置き、ドッグより先にボウルにたどり着くとひっつかんで、中身を捨てて石鹼で洗った。ボウルの水を入れ替えていると、心臓の鼓動が規則正しいリズムを刻み始めた。

　問題は、その封筒がメール・スロットよりやや大きかったことだ。だから彼らはこの中に入ったことになる。彼らがドッグの水に毒を仕込むことはまずありえない。とはいえ、どういうわけか、この三日間でドッグは自分の家族のような存在になっている。いかなるリスクも負わせるわけにはいかない。

　ドッグが水を飲み始めると、ジムはベッドに向かい、腰をおろして封筒を手に取った。水を飲み終えるや否や、ドッグは前脚を引きずりながら興奮したようにあたりを跳ね回り始めた。まるでその小包の中身を知りたがっているようだ。

「これは食べられないぞ」ジムは言った。「だが、もしそうしたければ小便をかけることはできる。そうしても、おれはもちろんおまえを許すぞ」

ナイフを使って硬いマニラ封筒の一部を切ると、その裂け目を開いて大きく広げた。すると、中から出てきたのは……。

昔懐かしいVHSテープほどの大きさをしたノートパソコンだった。

パソコンを取りだし、ドッグに好きなだけ匂いを嗅がせた。ドッグがその匂いを承認したのは明らかだ。パソコンを軽く鼻でひと突きすると、あくびをしながら体を丸めた。

画面を開き、電源を入れると、ウィンドウズ・ビスタが立ちあがった。スタートメニューから、インストールされていたアウトルックを呼びだしてみる。以前使っていたアカウントが生きていた。パスワードも前と同じものが使えた。

受信トレイには、アウトルック・エクスプレスからのウェルカム・メールが一通届いていた。それを無視し、差出人が空欄のままのメール二通に目を向ける。

「なあ、ドッグ、足を洗えたと思っていたのに、また逆戻りだ（『ゴッド・ファーザー』からのセリフの引用）」

ジムは言った。アル・パチーノの声まねさえしようとしなかった。

最初の電子メールを開くと、すぐに添付ファイルを開いた。アドビのファイルで、十五ページにも及ぶ個人レポートのようだ。

左上の隅に配置された写真は、ジムも知っているしたたかな男のものだった。レポートにはその男に関して判明している最後の住所と体のサイズ、仕事の実績、表彰歴、欠点が事細かに記されていた。それらの機密情報を熟読しているあいだも、画面の下側に表示されている時計のアイコンを気にしていた。五分からカウントが始まり、あっという間に残り時間が二分になっている。つまり、この添付ファイルは、コロンで区切られた三桁の数字の表示が0：00となった瞬間、きれいに消滅してしまうタイプのものなのだ。ファイルそのものを転送したり、印刷したり、保存しようとした場合、瞬時に同じことが起きることになる。

メサイアスは実に頭がいい。

自分の記憶力のよさに感謝するしかない。

レポートそのものの内容についてはどうか？　この電子ファイルと同じで、見たところ、なんの変哲もないように思える。内容的には、秘密の任務をこなすひとりの男のさまざまな経歴が記された、ごく普通のレポートだ。ただし、〝ステータス〟と表示された項目の隣に記されている、三文字のアルファベットだけは例外だ。

ＭＩＡ

ということは、これはジムに与えられた任務にほかならない。彼がこれまで所属していた軍事部門では行方不明《ミッシング・イン・アクション》などというステータスは存在していなかった。あるのはAD、OR、PB。それぞれ現役《アクティブ・オン・デューティー》、予備《オン・リザーブ》、死亡《パイン・ボックス》という意味だ。もちろん、最後のマツの棺箱《パイン・ボックス》入りは公式に使われている専門用語ではない。ジムの場合はORというステータスになる。つまり〝いつなんどきでも任務に呼び戻すことができるし、その呼び戻しに応じなければならない。さもないと次はステータスの欄にDEAD（死亡）と表示されることになる〟という意味だ。実際のところ、〝予備〟に入れさせるためでさえ、メサイアスを恐喝しなくてはならなかった。たとえあいつに借りができても、予備のままでいるべきだ。自分の魂をふたたびあいつに売り渡す必要がないとしても。

任務は明確だ。メサイアスはこの男を消したがっている。

ジムはふたたびレポートにすばやく目を走らせ、完全に内容を記憶しようとした。文字情報を読み、写真をまぶたの裏側にしっかり刻みつけたところで、時計の表示がゼロになり、添付ファイルはきれいさっぱり消滅してしまった。

二番目のメールを開いてみる。添付されている別のファイルを開けると、画面の下隅にまた時計のアイコンが現れた。今回添付されていたのは男の写真一枚だけだ。顔が殴打され、額に傷があり、そこから血が流れている。だがその男は被害者ではない。その証拠に、戦いに備えて指関節にはテープが巻かれているし、頭と両肩の背後には赤い金網が張られていた。

その兵士の画像は、総合格闘技系戦闘グループの地下組織のチラシをスキャンしたものだった。チラシに記された市外局番は六一七。ボストンだ。

モデルとなっている兵士の名前はすぐに思い出した。いとも簡単に、しかも正確に。もし名前を変えていないとするならば、彼の通称はフィスト。本名はアイザック・ローテだ。

ドッグはジムの膝に鼻をこすりつけると、体を丸め、キーボードに顔を休めた。

メサイアスはこの男を消したがっている。アイザックが組織から飛びだしたからだ。ということは、これは標準規則が適応された標準的な仕事だ。つまり、もしジムが実行しなければ、別の誰かがやるということだ――さらに、その誰かはジムに対して〝朝目覚めたら死んでいたことにする〟という任務もこなすことになる。いたってシンプルなルールだ。

ドッグの脇腹を撫でながら、ふと心配になった。もし何か悪いことが起きたら、誰がこの小さな犬に餌をやって面倒を見ることになるのだろう？　くそっ、こいつのために生きていたいと思える存在がいるのは、なんとも妙な気分だ。だがドッグをひとりぼっちにして寂しい思いをさせたくない。またしても腹をすかせ、怯える日々を送らせたくない。

この世には、前脚を引きずっているみすぼらしい犬のことなど気にかけようともしない、冷酷なくそ野郎が掃いて捨てるほどいる。

それでもなお、アイザックを殺すと考えただけで嫌悪感がこみあげてきた。ジム自身、この稼業から足を洗いたいと心から願っている。だから、仕事を離れようとしたアイザックを非難することはできない。正しいか間違っているか、合法か違法か。そんなあいまいな境界線上にある人生を生きるのは、実に難しいことなのだ。

あの間抜けが公の場で何かしでかさないだけの分別があることを祈るばかりだ。たとえ、その公の場が地下であっても。

だが、彼らは最終的にアイザックを見つけだすだろう。いつだってそうなのだ。

ガレージから二台のハーレーのエンジン音が聞こえ、ジムとドッグは同時に振り向いた。ドッグが尻尾を振り始めると、下でうなるようなエンジン音が途切れた。

階段をあがってくるブーツの足音がすると、ドッグはベッドから飛びおり、玄関へ向かった。

大きなノックの音がした。一度だけだ。

ドッグは前脚を引きずりながらドアへ向かっている。興奮しているせいで、いつもよりも脚の引きずり方がひどく見える。うれしさのあまり、死んでしまいそうだ。ジムは心配になり、ドッグをすくいあげると玄関へ向かった。

ドアを開けると、エイドリアンと目が合った。冷静な目をしている。「なんの用だ？」

「話がしたい」

ジムが胸の前で腕を組むと、エディはひざまずき、床におり立ったドッグに愛情たっぷりの挨拶をした。ドッグのうれしそうな反応を見る限り、このバイク野郎たちがディヴァイナのチームだとはとても思えない。だが、このふたりが彼女と親しくしていないからといって、彼らが天使側だということにもならない。ここで考えるべきは、彼らには影がないことだ。それと、このふたりについて尋ねたときにチャックが困惑したように口にした答えだ。

いったい、今この家の戸口に立っているこいつらは何者なんだろう？

「おまえたちふたりは嘘つきだ」ジムは言った。「だから話しあってもなんの意味もない」

ドッグが床に仰向けになったため、エディは犬の腹を熱心に撫で始めた。エイドリアンが肩をすくめながら言う。「おれたちは天使だ。聖人じゃないがな。おまえが知りたいのはそういうことだろう」

「だったらおまえたちは、あの四人のイギリス人たちの妙ちきりんな仕事の内容を知ってるのか？」

「ああ、知ってる」エイドリアンは冷蔵庫を鋭く一瞥した。「なあ、長い話になりそうだ。ビールをもらってもいいか？」

「おまえたちはちゃんと存在してるのか？」

「ビールが先だ。それから話そう」

エディが立ちあがって太い両腕にドッグを抱えこんだが、ジムはてのひらを広げてふたりを制した。「なぜ嘘をついたんだ」

エイドリアンはエディを肩越しにちらりと見て、ふたたびジムを見た。「おまえがこの件に対処できるかどうかわからなかったからだ」

「それで、どうして気が変わったんだ？」

「ディヴァイナの正体がわかっても、おまえが逃げださなかったからだ。おまえはあの病院の車道で見た光景を信じた」

「あるいは、見ていなかったのかもしれないぞ」

ジムはふたりをじっと見つめながら考えた。彼らが自分をつけていたのは明らかだ。あの病院の駐車場で、ディヴァイナは自分ではなく、このふたりの存在を感じ取ったのかもしれない。

「いや」エイドリアンが答えた。「おれたちがおまえの存在を隠していた。だから彼女にはおまえが見えなかったんだ。あのときあたりを見回して、彼女が気づいたのはそういうことだった。彼女には、おまえがすでに帰宅していてなんの手がかりも得ていないと思わせておいたほうがいいからな」

「あんたたちは、心も読めるのか？」

「そうだ。今この瞬間もおまえがどれほどおれを忌み嫌ってるか、よくわかる」

「今が初めてってわけじゃないだろう」ジムは返した。ということは、一緒に働いていたこいつらはくそ野郎じゃなかったということになる。「つまり……おまえたちふたりは、おれを助けにここへ来たんだな」

「ああ、ディヴァイナが彼女を助けるための仲間を引き連れているようにな」

「おれは嘘つきが嫌いだ。やつらにはさんざんいやな思いをさせられてきた」

「もう二度と嘘はつかない」エイドリアンは豊かすぎる髪に片手を差し入れた。「なあ、これはおれたちにとって簡単に受け入れられることじゃないんだ……正直に言うと、おれは最初からおまえにやらせるのはいい考えとは言えないと思っていた。だがあくまで、それはおれの問題だ。結論から言えば、おまえはここにいる。それだけのことだ。だからおれたちが力を合わせて仕事をするか、あるいはそうせずにディヴァイナをはるかに有利な立場に立たせるかのどちらかしかないんだ」

なんてことだ……その理屈を論破することは不可能だ。

「いつかの晩にコロナは全部飲んじまった。だから、バドワイザーしかない」ジムはぽつりとつけ加えた。「しかも缶のやつだ」

「それこそ、天使が待ち望んでいたものだ」エイドリアンが応じる。

エディもうなずいた。「いいね」

ジムは脇へどくと、扉をさらに大きく開いた。「おまえたちは生きてるのか？」

エイドリアンは中へ入りながら肩をすくめた。「うまく答えられないな。だが、自分はビールとセックスが好きだってことはわかってる。これでどうだ？」

「ドッグはなんなんだ？」

その質問に答えたのはエディだった。「そいつのことは友だちと考えろ。それも、とてもいい友だちだ」

ドッグは……というか、いかなる存在であれ……はにかんだように尻尾を一度だけ振った。彼らの言葉をすべて理解したように。しかも、ジムが気を悪くしたかどうか心配しているかのように。ジムは前かがみになり、ドッグの顎を軽く指先で撫でてやりたくなった。「じゃあ、ドッグに予防接種を受けさせる必要はないんだな？」

「ああ」

「こいつが脚を引きずってるのは？」

「これが彼のやり方なんだ」エディは大きなてのひらで、ドッグの全身を撫でた。

「ただそれだけだ」

エディとドッグがベッドに座り、エイドリアンが室内をぶらぶらする中、ジムは冷蔵庫へまっすぐ向かうと、バドワイザーを三缶取りだし、カードのように配った。室内に缶のプルタブをひねって開ける気持ちのいい音が響き、〝くうっ〟という三人の声が続いた。

「おれについて、どの程度知ってるんだ？」ジムが尋ねた。

「すべてだ」エイドリアンはあたりを見回し、ジムの洗濯物と汚れ物のふたつの山をじっと見た。「おまえはドレッサーの引き出しを信用してないようだな」

ジムは自分の衣類を見おろした。「ああ」

「そりゃ皮肉なことだ」

「どうして？」

「今にわかるさ」エイドリアンはテーブルへ向かい、腰をおろした。チェスの駒でいっぱいの靴箱を自分のほうへ軽く傾け、中をちらりとのぞく。「で、おまえは何を知りたいんだ？　彼女についてか、おれたちについてか？　なんでも話すぞ」

ジムはバドワイザーをもうひと口飲みながら、じっくり考えた。

「おれにとって大事なのはひとつだけだ」それから口を開いた。「ディヴァイナを殺すことは可能か？」

天使ふたりは一瞬押し黙った。それから、どちらもゆっくりとかぶりを振った。

30

携帯電話が鳴りだし、画面に表示された発信者名を確認したヴィンは、一瞬わが目を疑った。自分がなんの容疑で逮捕されたか、このままだとどうなりそうかを考えると、この人物から電話がかかってくるとはとても信じられなかったのだ。テレビの音を消し、携帯電話をしっかり握りしめて、彼は電話に出た。「マリー＝テレーズ？」

やや間があいたあと、声が聞こえた。「ええ」

ヴィンはデスクチェアを回転させると、窓から見えるコールドウェルの街を見おろした。つい数日前の夜までは、すべてを支配しているような気持ちでここからの景色を眺めていた。だが今は、自分の人生が完全に制御不能に陥っているように感じられる。もはやてっぺんに君臨する王様ではなく、今いる場所に必死でしがみつこうとしているかのようだ。

遠回しな言い方はやめ、単刀直入に尋ねた。「ニュースを聞いたのか？　ぼくがやったっていう事件の？」

「ええ。でもあの事件が起きた時間、あなたはわたしと一緒にいた。昨夜遅くまでずっと一緒にいたから、あなたはそんなことをしていないとわかっているわ」

安堵感が全身を駆けめぐるのを感じた。だが、ほんの一瞬だけだ。今がひどく混乱した状況であることに変わりはない。「それにもうひとつ、路地で起きた襲撃事件については？」

「実は今、そのことで〈アイアン・マスク〉に向かっている途中なの。警察がわたしと話したがっているんですって」

「会えないだろうか」絶望のあまり、思わず口走っていた。普通の状況ならそんな自分にショックを受けていただろう。

「いいわ」

彼女のすばやい答えを聞き、驚いた。だがもちろん、そのことについて議論するつもりはない。「ぼくは〈コモドール〉の自宅にいる。だからきみと会うのはいつでも、どこででもいい」

「警察との話が終わったらすぐに会いに行くわ」

「ぼくの家は二十八階だ。ドアマンにきみのことを伝えておく」

「どれくらい時間がかかるかわからないけれど、店を出るときにメールするわ」

両眼を左に動かし、想像してみた。自分がいる場所までやってくるのに、彼女の前にはどれほど多くの障害物が立ちはだかっていることか。「マリー＝テレーズ……」

「はい？」

ヴィンはマリー＝テレーズとその息子について考えた。さらに——これまでのところ——彼女がどうにか逃げてきた輩たちのことも。元夫は、刑務所からでも簡単に彼女を探せるだろう。すでに探しだしているかもしれない。あの一連の襲撃事件がマリー＝テレーズとは関係なかったとしても、あるいは、彼女の元夫とは関係ない別の誰かの犯行であったとしても、彼女はこれからもできるだけ目立たないようにする必要がある。

「ぼくをかばおうとしなくていい」

「ヴィン——」

「きみがここへ来たときに、もっとちゃんと説明するつもりだ」淡々とした口調で言った。「だが、これだけは言わせてくれ。もしきみの顔がメディアにさらされたら、きみがどれだけ多くのものを失うことになるか、ぼくはわかっている」

彼女はしばらく無言だったが、やがて言った。「どうしてそれを？」

ヴィンは彼女の声の緊張に気づいた。自分の経歴を知られたことを快くは思えないのだろう。「ジムというぼくの友人が調べたんだ……彼にはそういう伝手《つて》があるらしい。ぼくが頼んだわけではないが、きみの情報を教えてくれたんだ」

長い間があき、ヴィンは心の底から後悔した。こんな爆弾発言をすべきでなかった。マリー＝テレーズと直接会ってから話せばよかった。だがそのとき、彼女がため息をついた。「本当にほっとしたわ。あなたにそのことを知ってもらって」

「言うまでもないことだが、ぼくは誰にも話さない」

「ええ、あなたを信じるわ」

「よかった。ぼくはきみを傷つけるようなことは絶対にしない」今度押し黙るのはヴィンの番だった。「なあ、マリー＝テレーズ……」

ブレーキがきしる、かすかな音が聞こえた。「今、クラブに着いたわ。またあとで話しましょう」

「ぼくをかばおうとしないでくれ。頼む」

「それじゃ、またあとで――」

「何も言うな。ぼくの事件に関わらないでほしいんだ。きみの息子さんのために、そしてきみのために。そんな危険を冒す価値はない」

ヴィンはそれ以上何も言わなかった。ディヴァイナに関する真実をすべて明かすつもりはない。理由のひとつは、自分でもその真実を完全に理解できていないからだ。だが最大の理由は、マリー＝テレーズに彼の頭がおかしいと思われるのがいやだったからだ。

「でも、正しくないことだわ」彼女がかすれた声で言った。「彼女はあなたに殴られたと証言してるそうだけど、あれは絶対に――」

「わかってる。今はただ、ぼくを信じてくれ。自分でどうにかするから。この事態にちゃんと対処するつもりだ」

「ヴィン――」

「きみだってぼくが正しいとわかっているはずだ。それじゃ、あとで会おう」ヴィンは通話を切り、心の中で祈った。どうかマリー＝テレーズが理性を働かせてくれますように。声には葛藤が感じられたものの、彼女ならきっと正しい答えを導きだすはずだ。

これでいい。

ダウンタウンへ行って十七歳のときに視てもらった占い師を探すつもりでいたが、

そうせずに、それから一時間をリビングルームの掃除に費やした。グラスの破片や引き裂かれた革表紙の本を片づけ、ソファや椅子をもとの場所に戻し、ダイソンの掃除機まで引っ張りだし、絨毯に落ちた破片やアルコール類のしみをどうにかきれいにしようとした。そのあいだじゅう、携帯電話を肌身離さずに持っていた。マリー＝テレーズから〝今から向かう〟というメールが送られてくると、掃除機をクローゼットにしまい、階上へ駆けあがって清潔なシルクのシャツに着替えた。

そして寝室から出ようとしたとき、ふと気づいた。刑務所にいたときと同じズボンと下着を身につけている。

さあ、ぱりっとした自分に戻ろう。

ふたたび玄関ホールへ向かったときには、黒いスラックスに黒いボクサーパンツを身につけ、靴下も履き替えていた。靴は先週履いていたのと同じ、バリーのローファーだ。

マリー＝テレーズは完璧なタイミングでやってきた。

ヴィンが玄関ホールに着いた瞬間、電話が鳴った。受付デスクの男性に彼女を通すよう伝え、ドアへと向かう。その途中、粉々になった鏡で自分の姿を再度確認した。シャツはきちんとズボンにしまっているか、髪型がおかしくないか――まるで恋する少女みたいだ。だが、そんなことはどうでもいい。

外の通路に出ると、ちょうどエレベーターが音をたてて到着した。少し後ろにさがり、マリー＝テレーズのための空間をあけて立つ。本当は、彼女をすぐに両手で抱きしめたいと思っていたとしても――。

ああ、彼女はなんて美しいのだろう。ジーンズに、このあいだも着ていた濃い赤のフリースを合わせ、髪をおろし、メイクもしていない。それなのに、ヴィンの目にはモデルのように完璧に見えた。

「やあ」ヴィンは間抜けみたいな挨拶をした。

「こんにちは」マリー＝テレーズは肩にかけていたバッグをさらに押しあげ、メゾネットの開かれたドアに視線をさまよわせた。豪華な玄関ホールを見つめ、わずかに眉をつりあげる。

「中に入るかい？」脇へどくと、身振りで彼女をいざなった。「足元に気をつけてくれ……ひどい状態なんだ。あんなことがあったあとだから……」

マリー＝テレーズが通り過ぎたとき、ヴィンは思わず深く息を吸いこんだ。驚いたことに、清潔な洗濯物の匂いは今でも彼にとってお気に入りの香水だ。

ヴィンはドアを閉め、閂をかけ、さらにチェーンをかけた。ここまでしても、まだ半分も〝充分安心〟という気持ちにはなれない。ディヴァイナのせいで神経過敏になり、被害妄想を抱かずにはいられない。いったいどんな防犯グッズなら、彼女の侵入を防げるのだろう？

「何か飲むかい？」もちろんアルコール類ではない。少なくとも、リビングルームではありえない。リビングルームにはアルコールが一本も残されていないからだ。

マリー＝テレーズは割れたガラスの山に向かった。「こんな……ひどい……」ためらいがちに絨毯についたしみを横切り、リビングルーム全体を見回して言葉を失った。

「きれいにしようとしたが、掃除する前よりもさらにひどくなってしまった」ぽつりと言う。「本当に……ここで何が起きたのか、ぼくには考えもつかないんだ」

「なぜあなたの恋人は嘘をついたの？」

「元恋人だ」ヴィンは彼女に思い出させた。

マリー＝テレーズが壊された鏡をちらりと見たとき、鏡越しに目が合った。亀裂が入った鏡に映る彼女の姿を見て、ヴィンは心底ぞっとした。せめて鏡の破片に歪曲《わいきょく》された姿が映らないようにしたい。そう考えたら、彼女に近寄らずにはいられなかった。

振り向いてこちらを見たとき、マリー＝テレーズの目にはまぎれもない恐れが宿った。

ていた。「ヴィン……今回襲われた男性は、わたしがバスルームで話を聞いてあげた人だったの。一緒にあそこに入ったあと、彼は振り向かせたいと思っている女性について話してくれた」片手で口を覆い、体を震わせる。「ああ、どうしよう……彼はわたしと一緒にいたあと、あんなことに……」

ヴィンはさらに近づき、マリー＝テレーズの体に両腕を巻きつけてしっかりと抱きしめた。彼女が深く息を吸いこんでいる。太股から肋骨にかけて、彼女が深呼吸している動きが伝わってきた瞬間、ヴィンは強く思った。この女性を守るためならば、殺しだって厭わない。

「マークのはずがないわ」彼女はヴィンのシャツに向かって言った。「でも、もし彼が差し向けた誰かがわたしを探しだしたのだとしたら？」

「こっちへおいで」ヴィンは彼女の手を取り、ソファへいざなった。だが、暴力事件が起きた名残が感じられるこのリビングルームで、本当にマリー＝テレーズと話しあいたいのかどうか、自分でもよくわからなかった。

書斎ならどうだろう？　一瞬そう考えたが、絨毯の上でディヴァイナとセックスした記憶がすぐによみがえってきた。だったら階上は？　寝室は当然だめだ。寝室へ行こうかとマリー＝テレーズに尋ねたら、そんなつもりもないのに下心があると思われてしまう。それに、寝室にはさらに色濃くディヴァイナの面影が残っているのだから。

結局ダイニングルームのテーブルに落ち着くことにして、彼女をそこまで案内し、向きあって話せるように椅子の角度を変えた。

「もう知っていると思うけど」彼女はバッグをおろし、ヴィンと一緒に座りながら言った。「わたしは簡単には傷つかないタイプなの」

そう聞いて、ヴィンは笑みを浮かべることしかできなかった。「ああ、そうだね」

「あなたも、こんな大変な事態なのに余裕たっぷりに見えるわ」

片手を伸ばし、彼女の顔にかかる豊かな巻き毛の一部に触れた。「何か助けてあげられたらいいんだが」

「コールドウェルを離れようと思うの」

一瞬、心臓が止まったような気がした。ヴィンはすぐに反論をしようとしたが、自分にはそんな権利がこれっぽっちもないことに気づいた。おまけに、彼女の決断を否定するのは難しい。おそらくそうするのが一番いいと思われるからだ。

「どこに行くつもりなんだ？」

「どこへでも。まだわからないわ」

マリー＝テレーズは膝の上で両手を絡め、ひねっている。千々に乱れる気持ちを表しているかのようだ。

「金は充分あるのか？」彼女の答えがわかっていても、尋ねずにはいられなかった。

「ええ、大丈夫よ。どうにか……ロビーとわたしならやっていけるわ」

「ぼくに何か助けさせてくれないか？」

マリー＝テレーズはゆっくりと首を振った。「そういうわけにはいかないわ。もうこれ以上……誰かに借りを作ることはできない。もうすでに、今まで借金してきた人たちへの支払いだけでも大変なんだもの」

「いくら借金してるんだ？」

「あと三万ドル返さなければならないの」彼女は両手を握りしめたまま答えた。「始めに百二十ドル借りたのがきっかけよ」

「だったら、ぼくが三万ドルをきみにあげるよ。そうすれば借金を完済できるだろう？　利息だってばかにならないはずだし――」

「借金は借金だから」マリー＝テレーズは悲しげな笑みを浮かべた。「すてきな男性が現れて、これまでの人生からわたしを救いだしてくれるかもしれないって希望を抱いたこともあったわ。実際、そういう男性がひとり現れた――ただし、その救出劇はとんでもない悪夢に変わってしまったけれどね。だから自分自身で自分を救おうと決めたの。自分がした借金はこの手で払おうって。これからもずっと」

だが三万ドル？　なんてことだ。ヴィンにとっては、ソファを買い替える程度の金額でしかない。

しかもその借金を返すために、彼女がどんな仕事をしていくか考えると……。

ヴィンは一瞬きつく目を閉じた。くそっ、脳裏に浮かんだイメージがどうにも気に入らない。たとえそれらが、彼女がこれから自分にどんな生き方を強いるのかという、仮定のイメージだったとしてもだ。想像するだけで、むちで激しく叩かれているような気分になる。しかも自分にとって、彼女の借金返済など簡単なことなのだ。一方で、マリー＝テレーズが今こんな状況に陥っている理由もよくわかる。〝救世主〟だと思いこんだ男のせいで、これまでさんざん苦い思いをさせられてきたのだ。その教訓は彼女の心に刻みこまれているだろう。簡単に手放せるはずがない。

ヴィンは咳払いをした。「さっき、警察とはどんな話をしたんだ？」

「被害者の写真を見せられたの。だからクラブで会って話した人だと答えたわ。本当はパニックに陥っていたの。わたしが彼と一緒にあのバスルームに入るのを見たっていう証言者が現れたのかもしれないって。でも、警官はそんなことはひと言も話していなかった。それから……」

長い間があく。彼女は言葉を選んでいる様子だ。

ヴィンは低い声で悪態をつき、口を開いた。「ぼくと昨夜一緒にいたことを、警察には話していないと言ってくれ」

マリー＝テレーズは手を伸ばして、彼の両手をしっかりと握りしめた。「警察に話したから、ここを離れようとしているの」

ヴィンは心臓をぎゅっとつかまれたような衝撃を覚えた。口を開いたら、マリー＝テレーズを完全に打ち負かすようなことを言ってしまいそうだ。「まさか。ああ、なんてことだ……きみはぼくの件には関わるべきじゃなかったのに――」

「あの男性と話したあとはどうしたのかと警察に尋ねられたの。だから、ヴィンセント・ディピエトロという人とクラブを出て、ひと晩じゅう一緒にいたと話したわ。夜九時半から翌朝の四時頃まで」ヴィンは両手を引っこめようとしたが、彼女がそれを押しとどめた。「ヴィン、わたしはこれまでの人生で、恥ずかしいことをたくさんしてきた。何年間もひとりの男に虐げられるのを許してしまった……自分の息子の目の前でさえも」語尾がかすれたものの、そのあと力強い声で続けた。「それから売春婦になった。嘘もついた。前はほかの女性たちのそんな話を聞いたら、彼女たちを見くだしていたのに。そんなことをたくさんやってきてしまった……でも、ここでもう終わりにしたい。もう二度とそんなことはしたくないの」

「ああ」ヴィンは低い声で言った。「くそっ」

何も考えずに前かがみになり、彼女にすばやくキスをしていた。それから両手を引きはがし、立ちあがった。どうにも気持ちを抑えられず、広いダイニングルームを行きつ戻りつし始める。前方から後方へ。そしてもう一度。マリー＝テレーズはこちらをじっと見つめたままだ。座っている装飾が施された椅子の背もたれに、片腕をゆったりとかけながら。

「警察にわたしの携帯電話の番号を教えたの」彼女が言った。「もし必要があれば、証言するためにいつでも戻ってくるわ。今夜ロビーと一緒に荷造りをして、すぐに出発するつもりなの。もし報道陣がわたしの居場所を突き止められなければ、わたしの顔写真がどこかに出ることもないはずだから」

ヴィンはリビングルームに通じるアーチ型の入り口で立ち止まり、彼と思われる人物の顔が映っている、防犯カメラの映像について考えた。自らどんな状況に飛びこんでしまったのか、マリー＝テレーズは知るよしもないのだ。なぜなら、これは単なる暴行事件ではない。それ以上に、もっと複雑な多くのことが絡んだ事件なのだ。だからこそ、彼女をこの街から出ていかせるのが一番だ。なんとなくだが、自分と相棒のジムはこれから、なんとしてもディヴァイナを排除するための方法を見つけださなければいけなくなる予感がしている。しかも、それは彼女に〝勝手にしろ、出ていけ！〟と言うだけですむような、生易しい方法ではないはずだ。

だが、マリー＝テレーズをしつこく追いかけているのは誰なのだろう？　ディヴァイナではない。なぜなら、一連のトラブルが始まったのは……なんてことだ。ヴィンが〈アイアン・マスク〉で初めてマリー＝テレーズを見た日からだ。

「どうしたの？」彼女は尋ねた。

ヴィンは頭の中であの晩のことを詳しく再現してみた。ディヴァイナがクラブを出ていったあと、彼とジムは例の大学生たちを店の外へ放りだした。つまり理論的には、あの路地でディヴァイナが大学生ふたりを殺すのは可能だったことになる。だが、意味がわからない。なぜディヴァイナが、マリー＝テレーズにしつこく絡んでいた男たちを殺す必要がある？　彼女の元夫と同じように、ディヴァイナも赤の他人を狙いはしないだろう。おまけに、あの時点ではヴィンとマリー＝テレーズはまだなんの関係もなかったのだ。

「いったい何を考えているの、ヴィン？」

あいにく、彼女に何も話すことはできない。ただのひとつもだ。

　ヴィンはまたしても大股で行きつ戻りつし、ようやくあることに気づいた。マリー＝テレーズは厚意から、彼のために名乗りでてくれた。そのせいで、彼女は難しい立場に立ってしまったのだ。ヴィンはそういう状況をうまく利用する男だ。いつだって。

「ここにいてくれ。すぐ戻ってくる」

　リビングルームから大股で出て、書斎へ向かった。

　五分後、あるものを両手いっぱいに抱えてダイニングルームへ戻った。それを見たマリー＝テレーズは、異を唱えようとするかのように口を開けた。

　ヴィンはかぶりを振り、彼女を制した。「自分がした借金は自分で払う。きみはそう言った」百ドル紙幣の五つの束を、ひとつずつ並べながら言葉を継ぐ。「だから、ぼくもきみに対して同じことをさせてほしいんだ」

「ヴィン――」

「五万ドルある」彼は胸の前で腕を組んだ。「受け取ってほしい。これで借金を完済して、今後数カ月分の暮らしの足しにしてほしい」

　マリー＝テレーズは弾かれたように椅子から立ちあがった。「わたしはただ本当の気持ちを話しただけよ。あなたにこんなことをお願いするつもりなんて――」

「悪いが、この件に関してきみに勝ち目はない。ぼくはきみに守ってもらった。大きな借りがある。その借りを返すには、五万ドルがちょうどいい金額だと考えたんだ。きみがすべきはこれで手を打つことだけだ」

「そんなことをするものですか」彼女はテーブルからバッグを取り、肩に引っかけた。

「わたしはそんな――」

「見せかけだけの偽善者じゃない？　失礼だが同意しかねるな。きみはプライドを持って生きているのは自分ひとりだけだと考えているのか？　ぼくには、きみに大きな借りがあると思うのを許さないとでも言うつもりか？　だとしたら、きみはなんと心が狭いんだ」

「あなたはわたしの言葉を都合よく解釈しているだけよ！」

「ああ、そうだとも」ヴィンは現金を見ながらうなずいた。「そうじゃないなんて考えていない。それに、きみがなんの資金も持たずに、突然この街から出ていくような愚か者だとも思っていない。ただし、きみが自分のクレジットカードを使えば履歴が残る。自分の銀行口座から貯金をおろせば、その履歴も残る」

「あなたなんて地獄に落ちればいい」

「すでに自分がそうなるような予感がするよ。きみがしてくれたことのおかげでね」

ヴィンは体をかがめると、山積みにした紙幣を彼女のほうへ押しだした。「この金を受け取ってくれ、マリー＝テレーズ。それだけでいい。返す義務などない。きみは金輪際、二度とぼくに会いたくなくなっただろう。それでいいんだ。ただし、何も持たずに行ってほしくない。ぼくにそんな仕打ちはしないでくれ。そのままじゃ、ぼくは今後生きていくことができない」

緊張をはらんだ沈黙が続く中、ヴィンは気づいた。金儲けを始めて以来、自分が誰かに金を贈ったのはこれが初めてだ。少なくとも、誰かに金を贈ろうとしたのは。何年も仕事をしてきたが、慈善活動やそういったたぐいの活動を支援したことは一度もなかった。自分のポケットから金を出すとしたら、必ず見返りとして何かを求めた。常に自分の資産を増やすことばかり考えてきたのだ。

「きみはこれを受け取ることになる」ヴィンはささやいた。「今回は白馬の騎士がやってきたわけではないからだ。ぼくはきみを救おうとしているんじゃない。きみに借りを返そうとしているだけだ。同時に、きみがよりよい将来を送るために必要な道具を与えようとしているんだ」

彼女が答えずにいると、ヴィンは札束のひとつを指で軽く叩いた。「こんなふうに考えるといい。ぼくはきみが自分の白馬を買う手伝いをしているんだと……グレッチェン、お願いだ。どうかこの金を受け取ってほしい」

まったく、もう。

ヴィンに本当の名前を呼ばれた。

思えば、誰かにグレッチェンと呼ばれたのは、本当に久しぶりだ。彼女はロビーにとって〝ママ〟だし、ほかの人たちにとっては〝マリー＝テレーズ〟だった。でも、いつも自分の本当の名前を愛していた。今こうして耳にして、もう一度その名前を取り戻したくなっている。

グレッチェン、グレッチェン……。

彼女は紙幣をじっと見つめた。ヴィンは正しい。このお金を受け取れば、彼女は楽になり、ひと息つける。でも……これは前とどこが違うのだろう？　やっぱり男性に支援してもらっていることに変わりはない。

正しいとは思えない。

彼女はヴィンの前へ進みでると、両手で彼の顔を挟みこんだ。

「あなたは本当にいい人ね、ヴィンセント・ディピエトロ」自分の唇の近くまで引き寄せると、ヴィンは彼女の両肩にてのひらを軽く置き、唇を重ねあわせてきた。「あなたには本当に感謝しているわ」

ヴィンの厳しい表情が幸せそうな表情に変わる。でもほんの一瞬だけだ。

「あなたが助けようとしてくれたことは、ずっと忘れない」低くささやいた。

「自らいばらの道を選ぶことはない」ヴィンは眉根を寄せている。「きみは――」

「でも、わかって。これがわたしの学んできたことなの。今、わたしがこうして大変な状況に陥っているのは、最初に簡単な道を選んでしまったせいなんだって」顔をあげ、ヴィンに笑みを向ける。今この瞬間、彼にこんなふうに見つめられたことを、これからの人生で何度も思い返すことになるだろう。「もし白馬を買いたいなら代金は自分で支払わないと。そうしなければ、ほかの誰かに手綱を握られたままになってしまうわ」

ヴィンはとても長いあいだ、こちらを見おろしていた。「たった今、ぼくのハートはまっぷたつに引き裂かれたよ。きみのせいで」両腕にかけていた手に力をこめたあと、体を離してあとずさった。「まるで……今はこうして手を伸ばせばきみに触れることができるのに、もうすでにきみはここにいないみたいだ」

「ごめんなさい」

ヴィンは現金を見おろした。「ぼくは……今までこんなことに一度も気づかなかった。金もただの紙切れにすぎないんだね。きみにかかると」

「わたしはどうにかやっていけるわ」

「本当に？」ヴィンはかぶりを振った。「すまない。誤解されそうなことを言ってしまった」

とはいえ、ヴィンが心配するのは当然だ。自分でも心配なのだから。「また連絡するわ」

「ああ、そうしてほしい……どこへ行くか、本当に何も考えていないのか？」

「ええ、まったく。あまり悩んでいる時間もないけれど」

「だったら……こういうのはどうだろう？　ぼくは空き家を持っている。それをきみに貸すことができるよ。州外にあって——」ヴィンは片手をあげ、反論しようとした彼女を制した。「ちょっとだけ話を聞いてくれ。コネチカットの馬がたくさんいる地域にある家なんだ。ファームハウスだが街に近いから、孤立することもない。何日かそこに泊まりながら、ゆっくり落ち着いて次にどこへ行くべきか考えることができる。クレジットカードを使う必要がないから、ホテルよりずっといいだろう。夜明け前に今の家を出発すれば、二時間もしないうちにその家に着くことができるぞ」

マリー＝テレーズは眉をひそめて、その提案について考えこんだ。

「これは施しではない。現金でもない。なんの義務も発生しない」ヴィンは言った。「ただきみと息子さんが安心して休めるよう、場所を提供するだけだ。立ち去る準備ができたら、農場に鍵をかけて、その鍵をぼくに郵送で返してくれればいい」

マリー＝テレーズはダイニングルームの窓辺まで歩き、眼下に広がる絶景を見おろしながら、考えてみようとした。明日、そして今週、今月、どんな日々が自分を待ち受けているのだろう？

何も思い浮かばない。手がかりひとつさえ。

これは明らかなサインに違いない。自分には今後のことをじっくり考える安全な場所が必要だという。

「わかったわ」ひっそりと答えた。「あなたの申し出をありがたく受けることにする」

物音でヴィンが背後から近づいてくるのがわかった。両腕を巻きつけられ、体の向きを変えて自分も抱擁を返す。

そうして長いあいだ、ふたりは抱きあっていた。

いつからヴィンに対する気持ちが変わったのか、自分でもよくわからない。ただある瞬間を境に、体を預けているヴィンの幅広い胸にただ慰められているだけではないことに気づき始めた。ヴィンの体のぬくもりにも、筋肉の力強さにも、高価なコロンの香りにも。

もちろん、ヴィンの体はあたたかい。

そしてとても力強い。

でも、それだけじゃなくて……。

ヴィンの背中に両手を滑らせると、シルクのシャツの柔らかな手触りが伝わってきた。ただ、今それ以上に意識してしまうのは、指先に感じる体の硬さだ。その瞬間、少年時代の寝室にあった鏡に映る、ヴィンの一糸まとわぬ姿が見えた。筋肉を波のようにうねらせながら、彼女に覆いかぶさっていたあの姿が。

彼が腰を引いた。「ええと……ぼくたちはもうそろそろ——」

ヴィンに体を預けた瞬間、マリー＝テレーズは彼が隠そうとしているものを感じた。欲望の証がそそり立っている。「わたしと一緒にいて。ここから出ていく前に……わたしと一緒に過ごしてくれる？」

ヴィンは全身をぶるりと震わせた。「もちろんだ」

彼に手を取られ、ふたりで階段を駆けあがった。マリー＝テレーズは本能的に、左側にある巨大なベッドが置かれた黒と金色でまとめられた寝室を目指そうとしたが、ヴィンに反対側へ引っ張られた。

「あそこはだめだ」

連れていかれたのは、もうひとつある寝室だった。主寝室よりも小さいが、あたたかみのある赤と黄褐色でまとめられた部屋だ。サテンのシーツがかけられたマットレスに飛びのるなり、ふたりは腰をぶつけあい、唇を重ねあわせ、舌を絡めあった。マリー＝テレーズは両手で彼のファスナーやボタン、ベルトのバックルを外し始めた。

ヴィンのシャツをはぎ取るように脱がせ、胸板がむきだしになると、あたたかな肌と硬い筋肉全体へてのひらを滑らせた。そのあと体を引いて、ヴィンが彼女のジーンズとトップスを脱がせるのを手伝い、それから彼のスラックスを脱がせることに意識を集中させた。

「ああ、くそ《いい》っ」マリー＝テレーズに太股の途中までスラックスを脱がされ、ボクサーパンツの上から屹立したものをつかまれた瞬間、ヴィンは低くうめいた。

唇を荒々しく重ね、ヴィンの舌を強く吸いながら、彼女はボクサーパンツの薄くてしなやかなコットン生地の上から欲望の証を愛撫し始めた。やがてボクサーパンツのウエストバンドからそそり立つペニスの先端が顔を出した。肌と肌をじかに重ねあわせた瞬間、ヴィンはキスを中断し、食いしばった歯のあいだから荒い吐息をついた。

彼のアルマーニのボクサーパンツは、スラックスと同様に、両脚から荒々しく引き抜かれた。思うがままに彼の胸にキスの雨を降らせたり、軽く噛んだりしながら、体を下へずらしていく。豊かな髪が広がり、ヴィンの全身を刺激するのもかまわずに。

そそり立った欲望の証までたどり着き、口に含もうとした瞬間、ヴィンが両腕に手をかけてきた。「待ってくれ……」

ペニスの先端からしずくが垂れ、マリー＝テレーズの手を伝った。

「あなた自身はもう待てないみたいだけど」かすれた声で言う。

さらにペニスの先端からしずくがあふれた。あたかも、彼女の言葉がどんな愛撫よりもエロティックな効果をもたらしたかのように。

「どうしても……きみに知っておいてほしいことがある」

彼女はとっさに眉をひそめた。「どんなこと？」

「ぼくは……」ヴィンは両手を自分の顔に当てると、ごしごしとこすった。「きみとこんなふうにしていると、これまでの自分じゃなくなるんだ。わかるだろう？　最近は、自分が別の誰かみたいに思えてしまう」

「それは……いいことなの？」

「ああ、絶対にいいことだと思う」ヴィンは両手を落とした。「はっきり言って、普通じゃないプレイもしてきたんだ。それも赤の他人相手に」

マリー＝テレーズは両方の眉をつりあげて尋ねた。「たとえば？」

ヴィンは思い出したくもないとばかりに首を振った。「男を相手にしたことはない。でも、ぼくにとっての一線はそれだけだった。ただこういう行為に関して……ぼくは必ずしもいつも慎重で信頼できるわけじゃない。キスやコンドームを使ったセックス以上に危険なプレイをしてしまう前に、きみにはその事実を伝えておくべきだと思ったんだ」

「あなたはディヴァイナひとりを相手にしていたんじゃないの？」そう尋ねたものの、その質問が無意味なことには気づいていた。あの女性がヴィンひとりを相手にしていたわけではないと知っていたからだ。

「ときどき、彼女も含めてほかの女性たちと寝ることもあった。もしきみが尋ねたいのがそういうことだとすれば」

たちまち脳裏で、ヴィンが女たちに囲まれている、見たくもないイメージがふくれあがった。「すごい」

衝撃のあまり、ついきつい冗談を口にしてしまいそうになる。〝あなたってやっぱり特別な人なのね。売春婦だったわたしを赤面させるなんて〟でもその職業を持ちだしたらヴィンがどんな反応をするか考え、すんでのところで口をつぐんだ。

「だが、きみといると全然違うんだ」ヴィンは彼女の髪から顔、むきだしの胸に視線をさまよわせた。「ぼくにとって……きみは必要としているすべてだし、求めているすべてなんだ。うまく言えないが、きみにキスされると、ぼくはそれだけでもう——どうした？」

ヴィンの下腹部をゆっくりと撫でながら、マリー＝テレーズは微笑んだ。「あなたといると、自分が特別な存在に思えてくるわ」

「さあ、こっちへおいで。どれだけきみを特別に思っているか、示させてほしい」

ヴィンが両腕をそっと引っ張りあげようとしたが、マリー＝テレーズは抵抗した。今は気をそらされたくない。不思議なことに、今からしようとしていることがどうしてもしたくてたまらなかったのだ。自分でも、こんな気分になるなんて妙なことに思える。

「ヴィン、お願いよ。わたしに愛させて。この……」彼女はてのひらを上下させながら、ヴィンが頭をのけぞらせ、口を開き、胸板を持ちあげるさまをじっと見つめた。

ヴィンに反論される前に、マリー＝テレーズはかがみこんでペニスの先端を唇に含んだ。たちまち彼がうめき声をあげ、腰を浮かせる。そのはずみで、屹立したものが彼女の口の中により深く差し入れられた。ペニスに吸いつくと、ヴィンは両の拳で羽毛布団をつかんだ。彼の腕の筋肉は張りつめ、胸からきれいに割れた腹部までの筋肉も硬くなっている。

赤いサテンのシーツに四肢を伸ばしたヴィンは、なんともいえずゴージャスだった。彼の男らしい体は高まる興奮のせいで、もう後戻りできない状態になり……。

そのエロティックでホットな瞬間、マリー＝テレーズはヴィンを完璧にいざなった。どうしても連れていってあげたいと思っていた、まさにその場所へ。

31

「待て、今なんて言った？　ヴィンが彼女に何をあげたって？」

ジムは向かいに座るエイドリアンを一瞥した。彼の顔に浮かんでいる表情が気に入らない。あろうことか、あのエイドリアンが少し青ざめている。「指輪だよ。ディヴァイナに婚約指輪をあげたんだ。というかヴィンの話によれば、別れたときに彼女が婚約指輪を持って出ていったらしい」

　エイドリアンはさらに厳しい表情になった。「どんな指輪だ？」

「ダイヤモンドだ」

「石じゃない。使っている素材はなんだ」

「さあ、そこまではわからない。たぶんプラチナじゃないかな。ヴィンはいつだって最高級のものを選ぶタイプだから」それを聞いたエディがかぶりを振って悪態をついている。「なあ、そろそろ教えてくれてもいいだろう。どうしてふたりとも、自分のハーレーのガス・タンクに小便を引っかけられたような渋い顔をしているんだ?」

エイドリアンは残りのビールを飲み干すと、安っぽいキッチンテーブルの上に缶を置いた。「おまえは、黒魔術って知ってるか?」

ジムはゆっくりと首を振った。この会話がどんな方向へ向かおうとしていても、もはや驚きはしない。「どういうものか教えてくれ」

エイドリアンはチェスの駒でいっぱいになった靴箱をかき回し、ポーンをひとつずつ手に取ると、並べ始めた。「黒魔術っていうのは本当に存在するんだ。おまえが考えているよりもはるかに広く行き渡ってる。といっても、おれはライブ中に生きたコウモリの頭を嚙み切ったロック・シンガーとか、酔っ払って心霊術で使われる文字盤《ウィジャボード》でゲームをする十六歳のガキどもとかのことを言ってるんじゃない。それに、わざわざぞっとするために薄気味悪い廃墟《はいきょ》に出かける、いわゆる超常現象研究者たちのことでもない。おれが言ってるのは、のちのち災いとなって戻ってくる本物の黒魔術のことだ。悪魔たちが魂を所有するために用いるやり方だ。現世だけでなく、来世にまで悪影響が及ぶ呪文や呪いのことなんだ」

あたりは重くて暗い沈黙に支配された。

その沈黙を破ったのはジムだった。両腕を広げ、大声で叫ぶ。「ブガ - ウガ、ウガ!

（「Booga-wooga!」は人を驚かすときに使う、化け物が言いそうな言葉）」

少なくともエディは笑ってくれた。エイドリアンはジムに向かって中指を立てると、冷蔵庫からもうひと缶ビールを取りだした。「ふざけんな」いい音をたてて缶を開けながら鋭く言う。

「わかったよ。ふたりとも今にも殺し合いを始めそうだったからさ」ジムはベッドの上で壁に背中を預けた。「おれはただ、張りつめた空気を和らげようとしただけだ。さあ、話を続けてくれ」

「これは、断じて冗談なんかじゃない」ジムがうなずくと、エイドリアンはバドワイザーの缶をぐいっとひと飲みし、ふたたびテーブルの席に座った。何から話そうかと頭の中を整理しているようだ。「そのうちに、おまえもいやというほど学ぶことになるだろう。だったら、まずはレッスン・ワンだ。悪魔たちは狙いを定めた人間に関する品々を収集する。たくさん集めれば集めるほどいい。誰かに奪われない限り、悪魔たちはずっとその品々を持ち続けるんだ。ちなみに、その品々には一種の格付け制度がある。悪魔たちが自分で盗んだものよりも、その人物から贈られたギフトのほうが価値が高い。中でも最強なのは、本物の金属でできたギフトだ。プラチナはまさにそれに相当する。プラチナに比べれば、ゴールドやシルバーはやや劣るが、それでも強力な触媒となるんだ。悪魔がその人物からそういった品々を多く得るほど、彼らの絆《きずな》はより強くなっていく」

ジムは眉をひそめた。「だが、いったいなんのために？　死亡保険金を受け取る以外に、ディヴァイナが彼と絆を深めてなんの得がある？」

「ディヴァイナがヴィンを殺しても、永遠に彼を所有し続けられるようになるんだ。絆っていうのは一種の所有権みたいなものだと考えてくれ。悪魔は寄生虫のような存在だ。一度取り憑くとしっかりつかんで離れず、何年もかけてその人物の魂を支配していく。それがあいつらのやり方なんだ。その人物の頭の中に入りこみ、彼らの選択に影響を及ぼし、何日、何週間、何カ月もかけてゆっくりと彼らの人生を腐敗させ、崩壊させ、やがて破滅へと導く。悪魔の影響で、その人物の魂はどんどん弱っていく。そして適切な瞬間が来たら悪魔はその魂の中へ踏みこみ、致命的な出来事を起こすんだ。おまえのヴィンは今、重要な局面に立たされている。ディヴァイナが行動を開始したのは間違いない。彼が逮捕されたのがその証拠だ。あとはドミノ倒しのように物事が一気に最悪な方向へ進んでいくことになる。おれはそういう事態を数えきれないくらい目にしてきた」

「くそっ、まじかよ《ジーザス・クライスト》」

「この場合は、キリストの責任じゃない」

ある疑問が浮かび、ジムは尋ねた。「でも、どうしてヴィンなんだ？　そもそも、どうして彼はディヴァイナに選ばれたんだろう？」

「入りこむ隙があったに違いない。錆びた釘が刺《さ》さって破傷風にかかるようなものさ。魂に傷があると、悪魔はその〝傷口〟から入りこんでしまうんだ」

「そういう傷はどうしてできるんだ？」

「原因はいろいろある。ひとつとして同じ事例はない」エイドリアンはポーンを動かし、Xという文字を形作った。「だが一度魂に悪魔が入りこんだら、何がなんでも排除しなければならない」

「ディヴァイナを殺すことはできないって言っていたよな？」

「ああ。ただし、彼女に退去通知を送りつけることならおれたちにもできる」その言葉に同意するようにエディが低くうなった。「で、おれたちは今から、そのやり方をおまえに教えようってわけだ」

そんな方法があるなら、何がなんでも知りたい。

ジムは片手を髪に差し入れ、ベッドから起きあがった。「実は、ヴィンから聞いたことがあるんだ……十七歳のとき、女の占い師だか霊能者だかのところへ行ったたって。

当時、ヴィンは発作を起こすたびに未来が見えていた。その発作をどうしても止めたくてしかたがなかったんだ」

「その女は彼にどうしろと言ったんだ?」

「詳しくは話そうとしなかったが、それからつい最近までは発作は起きなかったと言っていた。あとは、教えられたとおりにしたらそのあと運命ががらりと変わったとも話していたな」

エイドリアンは眉をひそめた。「ヴィンが実際に何をしたのか、突き止める必要がある」

エディが口を開いた。「それに、その指輪を取り戻さないとな。そうしなければ、ディヴァイナはヴィンを殺す前にさらに激しく拘束しようとするだろう。恐ろしいほど強い力で」

「彼女がどこに住んでるか知ってるぞ」ジムは言った。「というか、彼女がダウンタウンの倉庫街に行くのを見たんだ」

エイドリアンがすぐさま立ちあがると、エディもそれにならった。「だったらちょっと家宅侵入させてもらおうぜ」エイドリアンは並べていたポーンをすくいあげると、靴箱に戻した。それからビールを飲み干し、指関節を鳴らした。「あのくそ女との最後の戦いがようやく終わるな」

エディは目をぐるりと回し、ジムをちらりと見た。「最後の戦いは中世にまでさかのぼるんだ。彼はまだその戦いから立ち直っていなくてね」

「どうしてそんなに時間がかかっているんだ？」

「おれたちが延ばし延ばしにしてたからさ」エディは説明した。「ほら、おれたちは優雅なボスたちに比べると、少し堕落したところがあるだろう？」

エイドリアンは下劣な笑みを浮かべた。「言っただろ？　おれはレディが好きなんだ」

「通常はふたりひと組なんだ」エディはドッグを下へおろすと、耳を撫でてやった。

「またな、ドッグ」

ドッグは彼らが立ち去るのを悲しんでいるようだ。室内に立っている脚のまわりを、一本残らずぐるぐると回り始めた。ソファの脚も含めてだ――どうやらドッグは、ソファの脚も自分を応援してくれていると考えているらしい。

今のジムは、とてもドッグのようには考えられない。

そう、少しでも力強く感じられるものが必要だ。

部屋の片隅にあるがらんとした本棚の前へ行くと、ジムは黒いダッフルバッグを引っ張りだし、ファスナーを開けた。取りだしたのは、百二十センチ×九十センチの大きさのステンレス製ケースだ。キーパッドに暗証番号を打ちこみ、ロックを解除して蓋を開けた。中には、緩衝材で包まれた銃が三挺《ちょう》入っている。グレーの艶消し仕上げの本体に、いかなる種類の光もキャッチさせないためだ。自動小銃《アサルトライフル》はそのままにしておくことにした。二挺ある自動拳銃《シグ・ザウエル》は、どちらもグリップを自分用に特注したものだ。そのうちの一挺を手に取ると、右のてのひらにぴったりとフィットした。

エイドリアンがかぶりを振っている。まるでその武器がただの水鉄砲と変わらないかのように。「なあ、そいつで何をしようと考えてるんだ、ダーティハリー？」

「これはおれにとって、安心できる毛布みたいなもんなんだ」

ジムはすばやく銃を確認するとケースを閉じ、ダッフルバッグの中へしまいこんだ。弾薬はシンクの上にある食器戸棚の缶の中にしまってある。それらをフル装塡《そうてん》した。

「それじゃディヴァイナは撃てないよ」エディが穏やかな声で言う。

「気を悪くしないでくれ。だがおれは、実際にこの目で見るまでは何も信じない質なんだ」

「おまえはそのせいで失敗することになるぞ（『スター・ウォーズ エピソード5／帝国の逆襲』でヨーダがルークに言ったセリフと類似）」

エイドリアンは悪態をつくと、ドアを叩いた。「ほら、またエディがマスター・

ヨーダと交信を始めたぞ。ヨーダがXウィングを持ちあげたみたいに、こいつがおれのバイクを軽々と持ちあげる前に、そろそろ行くとするか」

ジムが戸締まりをして、三人で階下へおりるあいだ、ドッグはソファの背後に座っていたが、出ていく三人を窓から見送った。ガラスに少しだけ前脚をかけている。自分だけ取り残された事実に抵抗するかのように。

「おれのトラックで行こう」ジムは砂利道を歩きながら言った。「そのほうが音がうるさくない」

「それにラジオもある。そうだろう?」よせばいいのに、エイドリアンは熱心に発声練習をし始めた。チーズおろし器で体毛を逆撫でされたヘラジカみたいな声だ。

ジムはトラックのドアを開けながらエディに向かってかぶりを振った。「おまえならこの試練にどうやって耐える?」

「耳から何も入ってこないようにする」

「その方法を教えてください、マスター」

ダウンタウンへの旅は四百年ほど続き、永遠に終わらないかに思えた。主な理由は、エイドリアンがラジオのクラシック・ロック専用ステーションを見つけたせいだ。こんなにひどいヴァン・ヘイレンの《パナマ》を聞かされたのは初めてだったが、ミートローフの《愛にすべてを捧ぐ》はさらに輪をかけてひどかった。

　まさにエイドリアンが言うところの〝うるせえ！〟という状態だ。

　倉庫街にたどり着くと、ジムはエイドリアンのへたくそな歌を終わらせた。カーラジオの音量ボタンがちゃんと機能したことを、これほどうれしく思ったことはない。

「目指す建物はここから二本先の通りにある」

「ほら、ちょうど駐車場があったぞ」エディが左側を指さした。

　トラックからおりると、三人は徒歩で一ブロック進み、右に曲がった。そのとたん、驚くべきことに、またしても〝タイミングがすべてだ〟という事実を思い知らされることになった。ちょうど角を曲がったとき一台のタクシーが、以前ディヴァイナが姿を消したドアの前で停車したのだ。

　三人がすばやく頭をかがめた一瞬後、後部座席にディヴァイナを乗せたタクシーがそばを通り過ぎていった。彼女は手にコンパクトを持ち、口紅を塗っていた。

「あの女が理由もなしに何かをすることはない」エイドリアンが低い声で言った。

「それだけは間違いない。ディヴァイナが口にすることは、ほとんどすべて嘘だ。だが彼女の行動には……必ずそれなりの理由がある。さあ、この隙に中へ入って指輪を探しだし、さっさとずらかろう」

三人はすばやい動きで両開きのドアを通り抜け、玄関ホールに足を踏み入れた。玄関ホールというよりもむしろ、食肉の貯蔵庫のような造りだ。床はコンクリートが敷かれ、壁は漆喰《しっくい》で、外よりもひんやりしている。飾り気のないシーリングライトをのぞくと、そこに取りつけられた備品はスチール製の郵便ポスト五つと、五つの名前が書かれたインターホンだけだった。

ディヴァイナ・アヴェイルの部屋は五号室だ。

残念ながら、さらに内側へ入るためのドアは安全のために閂が取りつけられている。ジムはとりあえずそれを引っ張ってみた。「誰かが中に入るのを待つこともできるし——」

エイドリアンは進みでるとドアノブに手をかけた。ノブは一瞬でがくんとさがった。

「それか、おまえみたいに触るだけで開けることもできる」ジムは顔をしかめた。

エイドリアンは大きなてのひらをひらひらさせ、にやりとした。「おれは手先が器用なんだ」

「ああ、おまえは喉より手のほうがずっとうまく使えてるよ」

男は仕事が嫌いだ。

前の運転手が食べたものの臭いが残るタクシーで、コールドウェル近辺の感謝知らずの人々のために日がな一日運転する。そんな仕事がいやでたまらなかった。ただ、日々の生活がある。そのうえ少なくとも、彼の愛情の対象はたいてい日中のほとんどを家で過ごしている。

それに〝徹底的に無視する〟という主義も貫いている。男は乗客をちらりとも見ないし、荷物を運ぶ手伝いも拒否する。必要最低限のことしか話さない。それは、いいやり方なのだろう——特に、最近自分が夜にどんな追跡を行っているかを考えたらなおさらだ。わざわざ誰かの記憶にかすかにでも残るような危険を冒す理由はどこにもない。事件現場を目にして人がどんなことを思い出すかなど、誰にもわからないものだ。

それこそが、男が大変な思いをして学んだ、もうひとつの教訓だ。

「わたしの口紅どうかしら」

女の声が聞こえ、彼はハンドルを握る両手に力をこめた。どこかのばか女の口がどう見えようと、興味はない。

「あなたに尋ねているのよ。わたしの口紅どうかしら」口調が鋭くなっている。男はハンドルをさらに強く握りしめた。

女にまたしても尋ねられ、不快な思いをさせられる前に、彼はバックミラーをにらみつけた。後ろに座っているのは、どんなばか女だ？　この自分にいったい何を期待して――。

たちまち女の黒い瞳から目を離せなくなった。まるで前かがみになった彼女にヘッドロックをかけられたかのようだ。次の瞬間、彼女がこちらに手を伸ばしてくるのがわかった。

「わたしの口紅」彼女が言う。わざと興奮をあおるような言い方だ。

男はすばやく前方の通りを確認した。信号があるのは二ブロック先だ。バックミラーに視線を戻す。「ああ……すてきだ」

女はネイルを施した人差し指で、わざとゆっくり自分の下唇の輪郭をたどり、唇をすぼめると、もとに戻した。

「あなたって信心深いのね」彼女はコンパクトを閉じながらささやいた。

男はダッシュボードに貼りつけてある十字架をちらりと見た。「ぼくのタクシーじゃない」

「そう」女は髪を後ろに撫でつけ、男をじっと見つめ続けている。

ヒーターの温度が高すぎるのではないだろうか？　男がそう感じるようになるまで

に時間はかからなかった。送風機の調子がおかしくないか、二度も確認したほどだ。だが何もおかしいところはない。彼女はただの美しい女だ。彼が何者かであるかのように、先ほどからこちらをじっと見つめ続けている。そういうことがよく起きるかといえば——。

「あなたの名前はなんていうの？」彼女はささやいた。

男の舌がもつれ、突然答えられなくなった。顔写真がついた乗務員証を指さし、そこに書いてある文字を読みあげる。「ソール。ソール・ウィーヴァー」

「いい名前ね」

交差点でちょうど赤信号になり、彼はブレーキを踏んだ。タクシーが完全に停まった瞬間、ふたたび……バックミラーを……見た……。

女の瞳孔が大きく開いている。濃い黒目の部分に比べると、白目がほとんどなくなっている——その瞬間、ソールは叫びながらその場から逃げだしたくなった。だが同時に、静脈を通じて全身にめくるめくような恍惚感が一気に広がるのを感じた。まさに全身を貫かれるような悦びだ。運転席に座っているにもかかわらず、体全体がふわりと浮きあがったように感じられた。肌を触れあわせているわけでもないのに、彼の肌を通じて何かが侵入してくるようだ。ふたりのあいだには何もないのに、その何かが鎖のごとく彼をがんじがらめにし、女の一部にしている。

「ソール」彼女が言った。男のように低く、女のようにかすれた、この世のものとは思えない声だ。「あなたのほしいものはわかっている」

ソールは大きく息をのんだ。どこかはるか遠い場所から、自分の答える声が聞こえた。「本当に？」

「そして、どうすればそれを手に入れられるかもわかっている」

「そう……なのか？」

「車をあの路地に停めて、ソール」そう言うと、彼女はコートの前を開けた。ぴったりしたデザインの白いブラウスの下で乳首が突きでている。まるで何も着ていないかのように、はっきりとそれが見える。「車を停めて、ソール。そしてあなたが何を必要としているか、わたしに教えさせて」

彼はハンドルを切ると、背の高いふたつのビルのあいだの物陰に入り、タクシーを停めた。後ろを振り返って女を見たとたん、完全に心をわしづかみにされた。ミラー越しに見た彼女の瞳も魅力的だったが、こうして実際に目の当たりにすると、瞳以外の部分もすべてが期待以上に魅力的だ。とても……現実のものとは思えない。それは彼女が美しいからだけではない。黒々とした瞳を見つめた瞬間、彼が完全に受け入れられ、理解されたからだ。彼にはわかった。もう一片の疑いも抱いていない。彼女の言うとおりにすれば、自分が探し求めているものを見つけられるだろう。彼女こそ、自分の答えなのだ。

「頼む……教えてくれ」

「ここに戻ってきて、ソール」女はネイルを施した指先を、ほっそりした首元から胸の谷間まで滑らせた。「そして、わたしをあなたの中に入れて」

32

終わらせないのは、そう簡単なことではない。

マリー＝テレーズの愛撫はさながら魔法のようだ。ヴィンは全身の肌がほてり、血がたぎり、骨の髄まで雷に打たれたような衝撃を感じていた。深くしゃぶられ、舌でなめあげられるたびに、危うく悦びの極みまで達してしまいそうになる。まるで断崖絶壁に立っているような気分だ。今すぐにでもそこから飛びおりてしまいたい。だが同時に、絶対に飛びおりたくなかった。自分の欲望をどうにか抑えつけようとしているせいで、今にも死にそうだ。まあ、自制心を働かせて死ぬとすれば、このうえなく最高の死に方だろうが――ヴィンは枕に向かって頭を大きくのけぞらせた。太股の筋肉がこれ以上ないほど張りつめ、荒い呼吸のせいで胸が大きく上下する。マリー＝テレーズは彼を一気に天国へいざなうと同時に、同じくらい一気に地獄へ突き落としている。永遠にこの状態が続いてほしかった。

とはいえ、正直に言えばもうこれ以上はもちそうにない。

ヴィンはどうにかして頭を持ちあげ、自分の体を見おろした。全身が小刻みに震えている。マリー＝テレーズが口を大きく開いてヴィンのものを愛撫するたび、美しく豊かな胸が揺れ、ときおり胸の頂が彼の太股をかすめ――。

「ああ、もうだめだ」上体を起こして、脚のあいだからマリー＝テレーズを引っ張りあげると、彼女の上腕に指を食いこませた。そうしないと今すぐにでも達してしまいそうだった。

「あなたは――」

ヴィンはキスで唇をふさいでマリー＝テレーズの体を横倒しにしたあと、無意識のうちに彼女の片方の膝下に腕を回し、脚を大きく広げさせていた。低くうならずにはいられない。猛々《たけだけ》しいほどの欲望を感じている。このままだと――。

「ヴィン、あなたがほしいの、今すぐに」組み敷かれたマリー＝テレーズが、なすすべもなく彼のヒップに爪を立てている。

「ああ、すぐに――」

そのあと、ふたり同時に体を凍りつかせた。

そして同じタイミングで言った。「コンドーム」

　ヴィンは低くうなると、ベッド脇のテーブルに手を伸ばした。その動きによって、彼女の女らしい体の曲線をさらに意識させられ、興奮がかきたてられる。体の下でマリー＝テレーズがわずかに体を動かしたので、欲望は否応なく募る一方だ。肉体と肉体が触れあうエロティックな感触が全身の隅々まで伝わったのか、避妊具を取り落とした。小さな四角に折りたたまれた避妊具の包みが、勢いよく手から飛びだしてしまったのだ。「くそっ！」

　床に手を伸ばすとベッドの上でヒップの位置がずれ、ペニスが彼女のしっとりと濡れた熱い欲望の芯をかすめた。その瞬間、ヴィンは弾かれたように体を起こした。今ここで自制心を失いたくない。それに……。

　下半身も、ベッドの下でも、ちっとも自分の思いどおりに事が運ばない。汗をかいたてのひらから、小さな四角い避妊具の包みがつるりとすり抜けてしまう。

「手伝うわ」マリー＝テレーズが狩りに名乗りをあげた。

　薄青色の避妊具をとうとう捕獲したのは彼女のほうだった。体を起こして笑いながら、包みを頭上に掲げている。「やった！」

　ヴィンもつられて笑った。そのあとすぐにマリー＝テレーズを引き寄せ、しっかりと抱きしめた。欲望の証は痛いほど屹立しているし、このままではすぐに達しそうな勢いだ。それでもなお、ふわふわして明るい気分でにやりとせずにはいられない。彼女もまだくすくす笑っている。ふたり同時にベッドの上で転げ回り、羽毛布団をくしゃくしゃにした。その途中で避妊具が彼女の手から離れ、水面に浮かぶ魚のように、羽毛布団のあいだから姿を現したり消したりしている。

結局、転がり続けていた包みはヴィンの体の脇に落ち着いた。とうとう彼の求めに応じようと決めたみたいだ。あるいは、自分のほうから彼のものになろうと決めたのかもしれない。

ヴィンは包みを破って避妊具を取りだすと、下腹部に装着した。ふたたび仰向けになったマリー＝テレーズの上からのしかかり、彼女の脚のあいだに体を置き、彼女の目にほつれかかるひと筋の巻き毛をそっと払いのけた。

体を激しくぶつけあう瞬間はすぐそこまで差し迫っている。あたりにはぴりぴりした空気が漂っていた。それなのに、今この瞬間がことのほか甘く優しい一瞬に感じられた。こちらをじっと見あげているマリー＝テレーズは、輝かんばかりの美しさだ。

「どうしたの？」彼女はささやくと、ヴィンの顔にてのひらを当てた。

彼はしばし何も答えなかった。この瞬間のマリー＝テレーズの姿かたちを脳裏に刻みつけておきたい。それに、自分の体の下にいる彼女がどんな感触なのかも。目だけでなく、自分の肌と心でもマリー＝テレーズを感じたい。「愛しい人……きみに会えてよかった」

ほんのりと頰を染めた彼女が美しくて、ヴィンはマリー＝テレーズにキスをした。舌と舌を絡めあい、体と体を重ねあう。片方のヒップを動かし、屹立したものを彼女の脚のあいだに据えると、ゆっくりと体を前のめりにし、挿入した。彼女の体の中心部分まで深く迎え入れられ、欲望の証からじわじわと締めつけられる感じが伝わってくる。極上の感触に思わず彼女の豊かな髪に顔を埋《うず》め、腰を動かし始めた。

音をたてながら、長く、深く、マリー＝テレーズをひと突きする。もはや笑う余裕などなかった。ただ切羽詰まったような甘やかな衝動に追いたてられ、息が詰まりそうになったかと思うと、また息を吹き返す。その繰り返しだ。マリー＝テレーズに口で愛撫してもらったときと同じだ。この状態を永遠に終わらせたくなかった。そんなことは不可能だとわかっていても。

ついにクライマックスに達した瞬間、ヴィンは頭からふくらはぎまでを小刻みに震わせた。遠くから彼の名前を呼ぶマリー＝テレーズの声が聞こえ、背筋に彼女の爪が食いこむのがわかった。彼女もまた解放の波になすすべもなく身を任せているのだ。

ようやく息がつけるようになっても、ペニスは硬いままだった。ヴィンは避妊具の根本に手をしっかりと当て、引き抜きながら言った。「すぐに戻るよ」

　バスルームで処理を終えたヴィンはベッドに戻り、彼女の隣に寝転んだ。「あのバスルームに何があるかわかるかい？」親指で、シャワーを浴びるときに使っている大理石の空間を指し示した。

「何があるの？」マリー＝テレーズは手を彼の両腕に滑らせたあと、両肩へそっと置いた。

「六つのシャワーヘッドだ」

「本当に？」

「ああ。名前もつけてある。ラリー、カーリー、モー、ジョー、フランキーだ」

「待って、五つしかないわ」

「ああ。もうひとつは変人《フリーキー》っていうんだ。ただレディの前で口にするのは少々憚られてね」

　彼女があげた笑い声を聞き、先ほどとは違う種類の恍惚感を覚えた。体の内側から全身がほんわかとあたたかくなるような感じだ。

「きみを訪ねてもいいかな？」ヴィンはささやいた。「この街から出ていったあとも」

　しまった。今、口にするべきではなかった。マリー＝テレーズの顔から幸せそうな表情が一気に消えてしまった。「すまない」あわてて言う。「そんなことを尋ねるべきじゃなかった。いや、本当に――」

「ええ、そうね」

質問したヴィンと同じように、マリー＝テレーズもひっそりと答えた。彼女とのあいだに、言葉にできない〝でも〟というひと言が漂っている。つんと鼻をつく煙の臭いのように。

「さあ、おいで」ヴィンはその見えないひと言を振り払った。一緒にいられる時間は限られている。それなら、せっかくのこの時間を一瞬たりとも無駄にするつもりはない。「きみの体についたぼくの汗を流したいんだ。そうさせてほしい」

両腕に手をかけられ、彼女に引き止められた。「約束はなしだ。ぼくもそれはわかっている」

「約束できればいいのに」

「そうだね」ベッドからおり、彼女の体を両腕ですくいあげた。「でも、今はこうしてきみと一緒にいる。そうだろう？」

そのままバスルームへ行き、大理石のフロアに彼女をおろすと、シャワーの栓をひねった。彼女の体を両腕でしっかりと抱きかかえながら、シャワーの下へ片手を突きだし、あたたかくなるのを待つ。

「わたしを抱いている必要なんてないのに」マリー＝テレーズが彼の首に向かって言った。

「そうだね。ただきみがここにいるあいだは、どうしても放したくないんだ」

「『危険な情事』って見たことあるか？」エイドリアンが言った。

倉庫街にあるディヴァイナの自宅の貨物用エレベーターの扉が閉まると、ジムはあたりに目を走らせた。軽くひと部屋分くらいの広さがある。グランドピアノだって階上まで楽々と運べるだろう。

「なんだって？」ジムはきき返した。

「『危険な情事』っていう映画だよ」エイドリアンはエレベーターの鋼鉄の壁にてのひらを滑らせた。「こんなエレベーターの中で最高の濡れ場があるんだ。あれはおれが見た映画の中でもトップテンに入る」

「当ててやろうか？　ほかの九本はインターネットで見たいやらしいやつだろう」

エディが〝五〟と記されたボタンを押すと、エレベーターががくんと揺れた。「グレン・クローズが頭のいかれた女の役なんだ」

エイドリアンは肩をすくめ、意味ありげな笑みを浮かべた。あたかも、彼自身がその映画の登場人物の立場に立って考えているかのようだ。「だが、本当のところ、やれるなら相手が頭のいかれた女でもどうってことはないと思わないか?」

エディとジムは顔を見あわせたが、どちらも目をぐるりと回しはしなかった。いちいちそんなことをしてなんの意味があるだろう? エイドリアンのそばにいると、自然とそういう習慣が身につく。そうでないと四六時中目を回し、一生天井を見あげて過ごすことになるからだ。

五階に到着したエレベーターは大きく揺れて止まり、エディが解除レバーを引くと、扉ががたがたと音をたてながら開いた。

五階フロアは清潔だったが、物置小屋のように暗かった。れんが壁の表面にはいかにも年代を感じさせるモルタルが雑に塗られ、木製の床板も歳月のせいですり減っている。左側にはエレベーターの扉と同じ大きさの金属ドアがあり、その上に〝出口〟という表示が掲げられている。右をずっと先まで行ったところに、もうひとつドアがあった。こちらはニッケルメッキの鋼板パネルでできている。

ジムはホルスターから銃を引き抜き、安全装置を解除した。「ディヴァイナは誰かと住んでるのかな？」

「いわゆるおひとり様ってやつさ。ただ、ときどきペットを飼うらしい。有名な話だ」

「獰猛《どうもう》なロットワイラー犬か？」

「毒吐きコブラとか、アメリカマムシとかだ。ディヴァイナはへびが好きなんだ――ただし、飼われたへびたちは彼女の靴やらバッグやらに再利用されているかもしれないが。ひょっとするとな」

ニッケルメッキのドアに近づくと、ジムは軽く口笛を吹いた。ドアには七つもの門がつけられ、兵士の胸元を飾る名誉勲章のようにきらきらと輝いていた。

「頭のいかれた女にも敵はいるらしいぞ、なあ、息子よ」エイドリアンが低くつぶやいた。

「ああ、おまえもその〝息子〟を失いかねないぞ」

「おまえはいったいいくつだ？　四十歳か？　ちなみにおれはこう見えても、少なくとも四百歳はいってる」

「オーケー、そりゃ何よりだ」ジムは肩越しにエイドリアンを一瞥した。「このドアにもおまえの魔法は効くか、じいじ？」

エイドリアンは中指を立てると、ドアノブに手をかけた。だがドアはびくともしなかった。「くそっ、彼女はこのドアをブロックしてるな」

「どういう意味だ？」

「呪文の中でも最悪なやつだ」エイドリアンは険しい顔でエディにうなずいた。「さあ、おまえの出番だぞ」

エディが沈黙したまま前に進みでると、エイドリアンはジムの片腕をつかんでさがらせた。「エディにある程度のスペースを与えてやれ」

エディは片方のてのひらを掲げ、目を閉じたまま、彫像のようにじっとしている。ただし唇を突きだし、顎に力をこめたその力強い表情から感じられるのは、静かな決意だ。次の瞬間、エディがいる場所から柔らかな詠唱が聞こえてきた――だがジムが見ている限り、エディ……というか、天使と言うべきなのか……の唇はこれっぽっちも動いていなかった。

いや、待て。これは歌ではない。

目の前にいる天使のてのひらから、エネルギーの波が発せられている。まるで夏の暑い日に、アスファルトの道路からゆらゆらとのぼるかげろうのようだ。

ひとつずつ、門が音をたてて解除されていく。最後の門がかちりという音をたてると、背後の空間が大きく息を吐きだしたみたいにドアがふわりと開いた。

「すげえ」ジムがつぶやく中、エディは半眼のまぶたをあげた。

そして深呼吸をすると、凝りをほぐすかのように両肩を動かした。「さあ、早く仕事をすませよう。彼女がいつ外出から戻ってくるかわからない」

最初に中へ入ったエイドリアンは、たちまち激しい嫌悪の表情を浮かべた。続いて入ったエディもだ。

「いったい……なんだ……これは……」最後に入ったジムはつぶやいた。

「まさに収集狂だな」エイドリアンが吐き捨てるように言う。「あの雌犬め」

ジムが最初に思ったのは、目の前に広がる広大でがらんとした空間が、家具の大型アウトレット店みたいだということだ。室内には数えきれないほどの時計が配置されていた。すべて種類別に分けられているが、それ以外の点では几帳面《きちようめん》に整理されているとは言いがたい。大型の振り子時計は部屋の片隅で乱雑な円を形作っている。まるでドアが開かれた瞬間、それまで歩き回っていた振り子時計たちが、その場で凍りついたかのように。丸形の壁かけ時計たちは木製の分厚い梁《はり》に引っかけられて、床から天井まで垂直にずらりと並べられている。マントルピースに飾る時計たちは棚の上に乱雑に置かれていた。アラーム時計とメトロノームもだ。

だが、一番ぞっとしたのは懐中時計だ。

それらは特に高い天井のⅠ字形をした梁からぶらさげられていた。まるで黒い糸にぶらさがる蜘蛛たちのように、ありとあらゆる年代の懐中時計が黒い紐にかけられ、垂れさがっている。

「時は絶え間なく……過ぎて……過ぎて……過ぎて、いつの間にか未来になっている」エイドリアンが歩き回りながら、昔懐かしいヘヴィメタルのヒット曲をゆっくりと歌った。

ただし、現実は歌詞とは違う。室内にあるどの時計も止まっている。いや、止まっているなどという生易しいものではない。振り子時計の振り子は描いた弧のてっぺんで凍りついていた。

時計コレクションから目をそらしたジムは、もうひとつ、別のコレクションを見つけた。

このディヴァイナの部屋に一種類しかない家具――書き物机だ。二十から三十脚はあるに違いない。無秩序にごちゃごちゃと並べられていた。まるで中心人物が緊急会議で呼ばれ、残された机だけが寄り集まっているかのように見える。時計と同じく、机もありとあらゆる種類が揃っていた。博物館に展示されていそうなアンティークから流麗なデザインの最新のもの、さらには格安チェーン〈ターゲット〉で売られていたに違いない中国製の安物まで。

「くそっ、賭けてもいい。彼女はこのどれかの上でファックしたことがあるはずだ」

エディと一緒にごちゃまぜになった机の近くにやってくると、エイドリアンが言った。

「この臭いはなんだ？」ジムは鼻をこすった。

「知らないほうがいい」

そんなわけにいくか。何かがおかしい。ものすごく。それは、ディヴァイナが重度の強迫性障害みたいにこれらの品々を飾りたてているせいだけではない。この室内の空気を汚している臭いのせいで、ジムの全身に鳥肌が立っている。甘い……甘すぎる臭いだ。

この中から指輪を探そうとしてもどうせ無駄骨だろう。その仕事はエイドリアンとエディに任せ、ジムはあたりの様子を探った。典型的なロフトがすべてそうであるように、ここも広い空間が一面あるだけで仕切りがない。例外は部屋の隅にある、バスルームと思われる空間のみだ。

だから、キッチンに陳列されたさまざまなナイフもすぐ目に入った。

花崗岩のカウンターの上に、ありとあらゆる種類のナイフが並べられている。狩猟用ナイフからスイス・アーミーナイフ、ステーキ用ナイフ、肉切り用のナイフ、刑務所で作られた荒削りのナイフ、コック専用ナイフ、カッターナイフまで。刃が長いものも短いものもあり、仕上げはスムース状から鋸歯《きょし》状まで、錆びたものもあればぴかぴかのものもある。書き物机や時計と同じく、ナイフも雑然と寄せ集められている。柄や先端の向きもばらばらだ。

これまで数多くの厄介な状況に直面したことがあるジムにとっても、これはまったく初めて体験する新しい状況だった。

まるですべてが間違っている国《オール・ロング・ランド》に足を踏み入れてしまった気分だ。

深く息を吸いこんで頭をはっきりさせようとしたが、甘ったるい臭いに邪魔をされてしまう。いったいなんの臭いなのだろう？　どこから漂ってきているのか？

そのとき気づいた。バスルームからだ。

「ジム、そこには入るな」バスルームのほうへ行きかけたジムを、エディが大声で制した。

「ジム！　よせ――」

かまうものか。鼻腔《びこう》をくすぐっているのは、新しいペニー硬貨を口に含んだときのような臭いだ。こういう臭いを発するものはひとつしか考えられない。

どこからともなく、エディがいきなり正面に姿を現し、ジムの行く手をさえぎった。

「よせ、あそこには行くな」

「血だ。これは血の臭いだ」

「ああ、わかってる」

ジムはゆっくりした口調で話しかけた。エディが正気を失っているかのように。

「つまり、誰かがここで血を流してるってことだ」

「もしあのバスルームのドアを開けたら、警報を鳴らすことになるかもしれない」エディはフロアを指さした。「ほら見ろ」

ジムは眉をひそめ、下を見おろした。ブーツを履いた足元のちょうど前に、細長いかすかな泥汚れがついている。まるで誰かが慎重に、そこに泥の線を引いたかのように。

「もしあのドアを開けたら」エディが言う。「そのバリアを越えることになる。おれたちがここにいるのがばれるぞ」

「どうして?」

「ディヴァイナはここを出る前に、特殊な血液と墓地の泥を、あのドアの前につけたんだ。誰かがその印を越えてバスルームに入れば、彼女はエネルギーが解放されたのを察知するだろう。原子爆弾が爆発したのと同じくらいの衝撃で」

「どんな種類の血液なんだ？」ジムは尋ねた。たとえ聞かされたとしても、その答えが気に入らないだろうとわかっていたが。「それにどうしてディヴァイナは、この家の入り口にそういう仕掛けをしなかったんだ？」

「ディヴァイナが必要としているのは、防御の呪文によって制御された環境を保つことだ。外に泥を仕掛けても、それを踏んだのが清掃スタッフなのか、ほかの誰かなのか、ディヴァイナにはわからない。それにここにあるものは――」エディが手で室内を指し示す。「バスルームの中にあるものほど重要ではないはずだ」

ジムは閉ざされたバスルームのドアを見つめた。まるで自分の中にいるスーパーマンを呼びだせたら、ドアの向こう側を透視できるのにとでも考えているような顔で。

「なあ、ジム、あそこに入ることはできない。おれたちは指輪を探しだし、さっさとここから立ち去らなければ」

これにはそれ以上の意味があるはずだ。ジムは考えた。エイドリアンがジムの部屋で明らかにしたように、この天使たちは、彼がその瞬間に知っておくべき情報だけを教えるようにしている。しかも、それは一バイトにも満たないわずかな情報だ。だからこそ、ここでは彼が気づかないような何かが起きているに違いなく……。

「ジム」

ジムはドアノブに意識を集中させた。手を伸ばせばすぐつかめる距離にある。自分はどうやら蚊帳の外に置かれているらしい。だが、ディヴァイナとの対決に必要な情報が得られるのなら、今からしようとしているのが悪いこととは思えない。

「ジム」

33

あたたかい湯気がバスルームに立ちこめ……あたたかい湯が彼女の胸や太股に降り注ぎ……あたたかい唇が唇に重ねられている……。

マリー＝テレーズは泡のついた両手を愛しい男性の広い肩に置いた。今さらながら、ヴィンのたくましく引き締まった体つきには惚れ惚れしてしまう。互いの体を撫であい、探りあい、求めあう動きに合わせ、彼の全身を覆う筋肉が伸縮する。ヴィンの熱いものが彼女の腹部を、そして彼を受け入れる準備がすでにできている脚の付け根をくすぐる。

ふいに、ふたりの唇が離れた。ヴィンの唇が首筋を伝い鎖骨へ……さらに胸のふくらみへと這いおりていく。尖った乳首を口に含まれ、たまらず彼女はヴィンの濡れた髪に指を差し入れた。ヴィンが大理石の床に膝をつき、彼女のヒップを両手でつかみ、熱くくすぶった目で見あげてくる。マリー＝テレーズとしっかり視線を絡ませたまま、ヴィンは彼女のへそに唇を押し当て、それからゆっくりと円を描くように舌でなぞり始めた。

たくさんあるシャワーヘッドのあいだの大理石の壁にもたれ、マリー＝テレーズは脚を大きく広げた。ふたたびヴィンの唇が肌の上を滑りだす。彼は腰骨にキスを落とし、下腹部に軽く歯を立てると、もう一度その軌跡を唇でたどった。

だめ、戻ってきて。

ヴィンの唇を求め、彼女は隅に備えつけられた大理石のベンチに片脚をのせた。すかさず彼の唇が滑りおりてきた。内股に口づけ、徐々に脈打つ花芯へ唇を近づけていく。もう死にそうだ。ようやくヴィンの口が脚の付け根の一番敏感な部分をとらえた瞬間、思わず息が止まりそうになった。

「お願い……」彼女はかすれた声でせがんだ。

ヴィンが彼女の脚のあいだに顔を埋め、舌を差し入れてくる。マリー＝テレーズの唇からシャワーの音をかき消すほどのあえぎ声がほとばしった。彼女の太股に指を食いこませ、秘所に口を当てたままヴィンがうめいた。唇と舌で愛撫を繰り返され、こらえきれずに彼女は崩れるようにしてベンチに座りこんだ。ふと気づくと、片脚を壁に取りつけられたソープラックの上に、もう一方の脚を彼の背後に向かって投げだしていた。

ヴィンが顔を離し、真剣な表情でこちらを見あげてきた。ふたりの視線がぶつかると、彼は人差し指と中指をおもむろに口に含んだ。唇のあいだから出てきた二本の指が唾液で濡れて光っている。ふたたびヴィンは秘部に顔を寄せ、舌を這わせつつ、濡れた指を彼女の中に深く沈みこませた。

またたく間に快感が増していく。

マリー＝テレーズはバスルームにうめき声を響かせ、クライマックスを迎えた。それはあまりに激しく、永遠に続くかに思えた。力なく壁に背中を預け、オーガズムの余韻に浸るマリー＝テレーズをひたと見据えながら、ヴィンが彼女の中に埋めた指を引き抜き、口に運んでじっくりとなめあげている。

彼のものは今も硬く張りつめたままで、まっすぐそそり立っている。きっとすぐにでも欲望を解き放ちたくてたまらないはずだ。

「ヴィン……」

「ああ」ざらついた声だ。

「その様子だと、寝室までコンドームを取りに行く時間はなさそうね」

「そうだな」

マリー＝テレーズは雄々しく屹立したものに視線を落とした。「別に我慢しなくてもいいのよ」

ヴィンがこわばった笑みを浮かべる。「いきなり何を言いだすんだ？」

「ねえ、わたしに見せて」

ヴィンは低い笑い声を漏らし、脚を広げて壁に寄りかかった。ああ、なんてすてきなのだろう。クリーム色の大理石を背にして立つ彼の姿は、とてつもなく神々しく見えた。

「はっきり言ってくれ。きみは何を見たいんだ？」

マリー＝テレーズの顔がかっと熱くなる。恥ずかしくてたまらない。頬が真っ赤に染まっているのが自分でもはっきりとわかった。突然、ヴィンが大の字になって床に横たわった。

「きみの言うとおりにするよ。ぼくはどうしたらいい？」ヴィンがこちらを見つめ、ゆったりとした口調で言った。

「そうね……手の位置は――」

「ここか？」ヴィンは胸の上に片手を置いた。

「もっと下よ」彼女は小声で返した。

「それじゃあ……」彼はてのひらを滑らせ、六つに割れた腹筋の上で止めた。「ここかな？」

「もう少し下……」

彼のてのひらは下腹部にのったペニスの横を通り過ぎ、さらに滑りおりていく。

「まだ下かい？」

「手を少し左上にずらして」

「ああ、なるほど――」ヴィンは硬直した分身をぎゅっと握りしめ、目を閉じて頭をのけぞらせた。「ここだね？」

「そう、そこよ……」

ヴィンがゆっくりと腰を回している。これよ、これが見たかったの。ペニスを握る手が動くたびに、赤く充血した先端が見え隠れする。快感が高まるにつれ、彼の厚い胸板が大きく上下し始め、唇が徐々に開いていく。マリー＝テレーズの目は刺激的な光景に釘付けになった。

「ヴィン……あなたの体はどこもかしこも美しいわ」

彼は目を開け、マリー＝テレーズと視線を合わせた。「ぼくもこれが気に入ったよ……きみに見られながらするのが」

ヴィンは片手で自らの分身を愛撫しながら、もう一方の手を脚のあいだに入れ、睾《こう》丸《がん》をてのひらで包みこんだ。そのとたん、喉から低いうめき声が漏れる。

「もういきそうだ……」

ああ……すごい。なんて官能的なのだろう。マリー＝テレーズは彼の両手の動きをじっと目で追った。ヴィンは荒々しく息をはずませながら、てのひらで睾丸を握りしめ、ペニスの先端を親指で撫でまわしている。もし今この建物が火事になったとしても、彼女はここから一歩も動くことができなかっただろう。

ヴィンはこちらを見つめたままだ。

弱さも強さもすべてさらけだしている姿にたまらなくそそられる。

「まだ……続けないと……だめか？」ヴィンが途切れ途切れにうめく。

この瞬間を永遠に記憶にとどめておきたい。マリー＝テレーズは目の前のエロティックな光景を目に焼きつけた。

「いかせて……くれ……」

「いいわよ」できることなら、これからもヴィンと一緒にいたい。でも、それは叶わぬ夢だ。

彼が両手の動きを速めた――胸はせわしなく上下し、腕の筋肉が張りつめている。

そして、ついにヴィンはずっと抑えていたものを解き放った。腹部に、太股に精がほとばしる。やがて両手は力なく体の脇に滑り落ちた。その最後の瞬間まで、彼は片時もマリー＝テレーズから視線を外さなかった。

ヴィンの呼吸が落ち着いた頃、マリー＝テレーズは笑みを浮かべて彼に近づき、頬を両手で包んでそっと唇を重ねあわせた。「どうもありがとう」

「どういたしまして。こういうショーが見たくなったら、いつでも言ってくれ」

「ええ、そうするわ」

ふたりは体を洗い、シャワーを止めた。どちらも笑顔だった。ヴィンが保温ラックから取りだしたイニシャル入りのバスタオルを渡してくれた。胸から足首まですっぽり隠れる大判の白いタオルは、ほんのりあたたかく、柔らかな肌触りが心地よい。

マリー＝テレーズは別のタオルを頭に巻いた。ヴィンはラックからもう一枚取りだしたバスタオルで髪をごしごし拭き終えると、腰に巻いた。「いい眺めだ。ぼくのタオルにくるまれたきみをずっと見ていたい」

「わたしもずっとこのタオルにくるまれていたい気分よ」

ヴィンが顔を寄せ、マリー＝テレーズの唇に優しくキスをした。つかの間、ふたりのあいだに沈黙が落ちた。

ヴィンが何を言いたいのかはわかる。だけど、今は彼の気持ちに応えられない。

「腹は減ってないかい？」しばらくして、彼は口を開いた。

「わたし……そろそろ帰るわ」帰って荷造りをしなければならない。

「そうか、わかった」

ふたりは互いの腰に腕を回し、悲しい空気が重く立ちこめるバスルームから出た。

「お邪魔しちゃったかしら？」

マリー＝テレーズはぎょっとして足を止めた。ヴィンの体も固まる。

〈アイアン・マスク〉にヴィンと一緒に来ていた女性が寝室にいたのだ。

黒いコートのベルトを細い腰できゅっと結び、艶やかな髪を肩におろし、体の両脇に腕を垂らして立っている姿はエレガントなオーラを放ち、一見いかにもモデルらしい。けれども、この女性からは何やらただならぬ雰囲気を感じた。

はっきり言って、得体が知れない。

それに、何より不気味なのは、昨夜、顔が腫れあがるほどひどく殴られたはずなのに、その形跡が一切ないことだ。実際、肌なんか新品の大理石並みにすべすべしていて傷ひとつない。おまけに、こちらをじっと見ているあの目。あれはまさに人殺しの目つきだ。

いやだ……嘘でしょう……。彼女の目には白い部分がない。すべて真っ黒で、まるで底なしの穴みたいだ。

でも、そんなことがありうるの？

ふいに女性が微笑みかけてきた。次の標的を見つけた斧《おの》を持った殺人鬼を彷彿《ほうふつ》とさせる笑顔に、たちまちマリー＝テレーズのうなじが粟立《あわだ》つ。「お嬢さん、あなたのバッグの中身を見せてもらったわ。あと、ダイニングルームのテーブルの上に積まれたあの大量の札束はヴィンからのプレゼントかしら？　まったく、うまいことやったわね。おめでとうと言わせてもらうわ」

ヴィンの冷淡な声が張りつめた空気を切り裂く。「どうやってここに入ったんだ？　すべて鍵がかかって――」

「もう、ヴィンセントったら、わかってないわね。あなたのドアはいつでもわたしのために開かれているのよ」

ヴィンが守るようにしてマリー＝テレーズの前に立つ。「今すぐここから出ていってくれ」

女性の耳障りな高笑いが寝室に響き渡る。「わたしたちが初めて出会ったときから、主導権を握ってきたのはこのわたしなのよ。だから、偉そうに指図しないでもらえるかしら。ねえヴィン、わたしのおかげでこれまであなたはずいぶんいい思いをしてきたでしょう。またふたりで楽しくやりましょうよ」

「失せろ《ファック・ユー》、ディヴァイナ」

「ええ、たしかにあなたとファックしたわ」女性が甘ったるい口調で返す。「ついでに言うと、悪くなかったわよ。でもね、実はあなただけじゃないの。わたしはあなたのお友だちのジムとも寝たのよ。彼のベッドテクニックは抜群だったわ。あなたなんか目じゃないくらい」

「へえ、それはよかったな」ヴィンがにべもなく言い捨てた。

一瞬にして女性の表情が氷のごとく冷たくなる。彼女は気味の悪い真っ黒な目をマリー＝テレーズに向けた。「あなたもジムとは知り合いよね。彼とふたりきりになったこともあるでしょう？　車の中とか……ほら、昨日だって彼を家まで送ってあげたんじゃなかった？」

この人がどうして知っているの？　マリー＝テレーズは内心戸惑った。

ヴィンの体がこわばる。それを横目に、女性は澄ました顔でなおも続けた。「送っただけでなく、ガレージの上のあのみすぼらしいちっぽけな部屋で、あなたは口でジムをいかせてあげたのよね。あなたも彼の味が気に入った？　だけど、そこまでサービスしなくても、あの人は喜んでプレイ料金を支払ってくれたはずよ。あなたの言い値どおりにね」

マリー＝テレーズは女性をにらみつけた。「嘘をつくのはやめて。わたしは彼の部屋には一歩も入ってないわ」

「あら、それはどうかしら」

「誓って本当よ。わたしは自分の行動くらい覚えてるわ。何をしたのかも、何をしなかったのかも、誰と会ったかも、ちゃんと覚えてる。ひょっとして、あなたには虚言癖があるんじゃない？　まったくかわいそうな人ね。離れていった恋人の心を必死につなぎ止めようとすることほどみじめなものはないわ」

女性の美しい顔がぴくりと引きつる。心の中で、マリー＝テレーズはにやりとほくそ笑んだ。ところが、満足感に浸れたのはほんの一瞬だった。

突然、ヴィンが体をずらし、彼女との距離をあけたのだ。彼の横顔が青ざめている。やはりトレズの言ったとおりだ。薄汚れた過去はいつまでもつきまとう。悲しいけれど、これが現実なのだ。それにヴィンとはつきあい始めたばかりで、まだ互いに充分な信頼関係を築けていない。マリー＝テレーズはまぎれもなく売春婦だった。そんな女が彼の友人に口でサービスしてなんかいないといくら言い張ったところで、ヴィンには信じられないのだろう。

体にタオルを巻きつけていてよかったと、マリー＝テレーズはふと思った。凍てつく風が吹き荒れる屋外に、いきなり放りだされたような気分だった。


「ジ、ジム」

ディヴァイナのバスルームの前で、ジムはエディに目をやった。天使は恐ろしく真剣な顔をしている。おまけに、ドアノブに手を伸ばすしぐさを少しでも見せようものなら、すかさずでかい体でバスルームのドアをふさぐ気満々だ。

ジムは体の力を抜き、振り返ってエイドリアンを見た。もうひとりの天使は書き物机の引き出しを次々に開けては、その中身を探っている。どうやらまだ目当ての指輪は見つかっていないようだ。

「わかったよ」ジムは仏頂面で返した。「こんなところに突っ立ってないで、さっさとイースターエッグを見つけろってことだろう？」

「バスルームの中を確認したいおまえの気持ちはよくわかる」エディが言う。「だが、ここはおれの言うとおりにしてくれ」

エディはジムの背中を叩くと、エイドリアンのほうへ歩いていった。ジムも踵を返し、一歩足を踏みだしかけた――。

ふと気が変わり、ふたたび回れ右をしてドアノブをつかんだ。エディが悪態をつく。だが、かまわず木製のドアを勢いよく開けた。その瞬間、一気にジムの心臓が凍りついた。

バスタブの上に、全裸の若い女性が両脚をV字に開いて逆さまにぶらさがっていた。両足首は黒いロープでシャワーカーテンをつるす円形レールにしっかりとくくりつけられている。両手首を縛った黒いロープもレールに結ばれ、指先がかすかに秘部に触れている。あれは何かの模様だろうか。鮮血にまみれた白い腹は切り刻まれて幾筋もの深い傷が見える。そこから流れでた血が顎を伝い、ブロンドの髪を真っ赤に染めていた。

バスタブは栓をしたままなのだろう、その中は血の海だった。

ああ、なんてことだ……むごすぎる。逆さまに垂れた髪と血溜まりのあいだは五センチほどしか離れていない。見開かれた目はまっすぐこちらを見据え、口は……。

「まだ生きてるぞ！　口がわずかに動いた！」ジムは大声を張りあげ、バスルームの中に足を踏み入れた。

あわてて駆け寄ってきたエディが、ジムを引きずりだした。「いや、死んでる。さあ、早くここから出よう。まったく、おまえのせいで計画がぶち壊しだ」

ジムは腕をつかむエディの手を強引に振りほどき、バスタブに近づいていった。そして両手を上に伸ばし、複雑な結び目をほどこうと――。

そのとき、分厚いてのひらで肩を押さえつけられた。「無駄だ。もうすでに彼女は死んでいる。それより、緊急事態発生だ」あきらめきれずにジムは頭を振り、肩にのせられた手を払いのけた。エディが声を荒らげる。「いいか、よく聞け。死後硬直が解けると、筋肉が緩んで体の一部がまれに動くことがあるんだ。何度も言わせるな。これはただの死体だ。喉の両側を見てみろ。頸動脈《けいどうみゃく》が切られてるだろう？」

ジムは耳を澄ました。ひょっとしたらまだ息をしているかもしれない。この子を助けたい……なんとかして……どうにかして……。

ふと、ジムの目が少女の指をとらえた。それがほんのかすかにぴくぴくと動いている。「エディ！　彼女は生きてるんだ！」

そう叫んだ次の瞬間、いきなり目の前の光景が変化した。現在の惨状から記憶の中の惨状へと。ジムは血まみれの母親を見つめていた。母はゆっくりとまばたきしながら、口をなんとか動かし、自分はもう助からないから、彼だけでも逃げるようにと伝えている。

エディの静かな声が耳に届いた。いかつい大男にもこんな穏やかな声が出せるのかと、頭の片隅でぼんやり思う。「ジム、さっさと引きあげよう」

「彼女を置き去りにはできない」おれの声はこんなに甲高かっただろうか？

「この子はすでに死んでいる。もうこの世にはいないんだ」

「ここには置いていけない。彼女も一緒に連れて……」

「だめだ、あきらめろ。ほらジム、行くぞ。おれたちはヴィンを助けなきゃならないんだ」

突然、エイドリアンの怒鳴り声が背後で轟いた。「おい、いったい何をもたもたして――」

「黙れ、エイド」エディが口を挟む。「今はやめておけ。こいつを罵倒するのはあとでいい。ジム……まずはバスルームから出よう。いいな？」

エディの見立てが正しいことくらいわかっている。バスタブに溜まった血の量を見れば、この少女がすでに死んでいるのは一目瞭然だ。かわいそうに。どんなに怖かっただろう。死に顔は恐怖に引きつっていた。

「ジム、出るぞ」

天使たちを煩わせていることは百も承知だ。どんなに抗ったところで、自分に勝ち目がないことも。エディは頭のいかれた男に辛抱強くつきあってくれているが、彼の堪忍袋の緒が切れるのも時間の問題だろう。まあ、当然だ。今この瞬間にも、ディヴァイナが戻ってくるかもしれないのだから。あの女と鉢合わせするような事態だけはなんとしても避けたいはずだ。

そこまでわかっていてもなお、ここを立ち去る決心がつかない。

全裸の女性の死体の前でじっと立ち尽くしているジムの背後から、いきなりエディのばかでかい手が出てきた。その手で両頬をがっちり挟みこまれる。

「視線を前方に固定したまま、おれと歩調を合わせてさがれ。頭も動かすな。もう一度繰り返す。おまえはまっすぐ前だけを見て、おれと一緒に後ろ歩きでここから出ていく。わかったな？　さあ、歩きだすぞ」

「彼女をこんな状態で放置していくわけにはいかない」ジムは声を絞りだした。「ああ、くそっ……」

彼女の断末魔の悲鳴が聞こえてきそうだ。壮絶な痛みにもがき苦しんだ痕跡が、完全に血の気を失ったかわいらしい顔にくっきり刻まれている。この子の名前はなんていうんだ？　両親はどこに住んでいる？　ジムは少女の亡骸《なきがら》を見つめ、その体にある特徴を頭に叩きこんだ。太股のほくろの位置を。淡い色合いのブルーの目を。腹部に彫りこまれた模様を……。

「彼女はすでにこの世にはいない」エディが耳元でささやく。「ここにあるのは魂が抜けたただの肉の塊だ。残念だが、おまえが彼女にしてやれることは何もないんだよ。さあ、ジム、足を動かせ。おれたちは今、かなりやばい状況だ」

それでも、一ミリたりとも動くことができなかった。心が叫んでいる。やはり無理だ。彼女をここに残してはいけない――。

突然、にぎやかな音が鳴り響いた。いったいなんの音だ？　ネズミの大群が下水管を走り回っているのだろうか？　いや、違う。時計だ。部屋を埋め尽くす無数の時計がいっせいに動きだしたのだ。秒針が同じテンポで時を刻む音がロフトアパートメントじゅうに響き渡る。

その耳障りな大音響の中に、エイドリアンのむっつりした声が割りこんできた。

「さっさと――」

床が大きな音をたてて揺れだし、エイドリアンの言葉が途切れる。間もなく、トイレの上のくすんだ窓ガラスががたがた激しく揺れ、バスタブの中の血も波打ち始めた。

「早く出てこい！」

「おれはこの子を置いて――」

ジムの言い分はエディのいらだった声でさえぎられた。「いいや、彼女はここに置いていく。ほら、もう——」

「ちくしょう！」ジムはぐっと身を乗りだした。

すかさずエディの両腕が腹に回され、動きを封じられる。その鋼のごとき腕からなんとか逃れようとしたが、怪力男が相手ではどうしようもなかった。

ジムとエイドリアンの怒声が飛び交う中で、エディはジムを腕に抱えたままバスルームの戸口に向かって黙々と後退していく。

出し抜けにエディが叫んだ。「エイドリアン！　ジムを失神させろ！　こいつに鏡を見せるな！」

間髪いれずにエイドリアンの鉄拳が飛んできた。顔面に強烈な一撃を食らい、たちまちジムの意識が遠のく。

ティンバーランドのブーツの踵が硬い床をこする音がぼんやり聞こえたが、ジムはなすすべもなく、ずるずると引きずられていった。そして彼の足がバスルームから出るなり、エイドリアンはドアを叩きつけるように閉め、エディは彼を肩に担いだ。

ふいにジムの朦朧とした意識の中に、またしても奇妙な音が忍びこんできた。キッチンカウンターがふと目に入った瞬間、その音の正体がわかった。乱雑に散らばっていたナイフがひとりでに動き回り、次々と一列に並んでいく。書き物机も床をきしませながら動きだし、やがて点呼を待つ兵隊のごとく一糸乱れず整列した。

その後のことはこれっぽっちも覚えていない。ディヴァイナのロフトアパートメントを出たことも、階段をおりたことも……ようやく正気に戻ったのは冷たい外気を肌に感じたときだった。ジムはエディの肩からおり、自力でトラックに乗りこんだ。

エイドリアンがトラックを発進させ、三人は倉庫街をあとにした。窓の外を見つめるジムの目には少女の顔しか映っていなかった。

車内はひっそり静まり返っている。陽気な歌声も響かなければ、口を開く者もいなかった。

34

マリー＝テレーズはジムとふたりきりになったことがある……彼女の車の中で……彼の部屋で……ディヴァイナの言葉がピンボールマシンの球のようにヴィンの脳内を跳ね回っていた。

「あなた、自分の記憶力に相当な自信があるみたいね」ディヴァイナも負けじとマリー＝テレーズに言い返した。「でも、これまで相手をしてきた男たちの顔も全員覚えてるって断言できる？　かなりの人数になるんでしょう？　まあ、今はそんなことどうでもいいわね。ここにいる誰かさんは、そのうちのひとりだけがどうしても引っかかってしかたがないみたいよ。ねえヴィン、図星でしょう？」

ここが運命の分かれ道だ。直観的にヴィンはそう思った。右か、それとも左か？　どちらに進むかで、この先の人生が大きく変わるだろう。

現時点でひとつだけはっきりしているのは、ディヴァイナは信用できないということとだ。彼女の話を鵜呑《うの》みにしたら、間違いなく一生後悔する羽目になる。とはいえ、マリー＝テレーズを信じきれない自分もいる。彼女は金を稼ぐために売春をしていた。これはまぎれもない事実だ。もし本当に彼女がジムと性的な関係を持っていたら、あまりにもやりきれない。

ディヴァイナが声を落としてさらに続ける。「あなたはいつも自分の父親みたいには絶対なりたくないと言ってたわよね。でも、今のあなたを見てごらんなさい。まったく失笑ものだわ。だって、売春婦と遊び呆けているんだもの」

ヴィンはためらいがちにディヴァイナのほうへ一歩足を踏みだした。売春婦と遊び呆けている……。

このひと言を聞いたとたん、彼の脳裏に両親の顔が浮かんできた。

売春婦と遊び呆けている……。

ヴィンはディヴァイナにまっすぐ視線を据えた。こんな言葉に惑わされるな……この女の真意を見極めろ……。

「ああ、まったくきみの言うとおりだ」自分の進むべき道が決まり、ヴィンは口を開いた。

たちまちディヴァイナの顔から怒りが消え、同情に満ちた優しい表情に変わる。

「わかってもらえてうれしいわ。あなたには穢れた娼婦なんかとつきあってほしくないの。ヴィン、わたしのところに戻ってきて。お願い、どうか戻ってきてちょうだい」

ヴィンは一歩、また一歩と両腕を広げて待つディヴァイナに近づいていった。そして彼女の目の前で立ち止まり、頬にかかった髪を耳にかけてやると、彼女の頭を両手でしっかり挟みこんだ。

「ヴィン……ああ、ヴィン……」彼の名を呼ぶその声には、安堵だけでなく勝ち誇った響きもまじっている。「もう二度とわたしを放さないで」

「冗談も休み休み言ってくれ」ディヴァイナが顔を後ろへ引こうとしたが、そうはさせまいと、すかさずヴィンは彼女の頭をつかむ手に力をこめた。「きみのほうこそ娼婦だろう。ぼくはそんな女とよりを戻すつもりはない」

ディヴァイナを娼婦呼ばわりしたのはトレズだ。〈アイアン・マスク〉のオーナーはマリー＝テレーズのこともこう言っていた。売春に手を染めた過去は決して消せないが、本当の彼女を知れば、純粋な心の持ち主だと必ずわかるはずだと。

「きみは招かれざる客だ」ヴィンは突き飛ばすようにしてディヴァイナから離れ、マリー＝テレーズのところに戻り、彼女を自分の背後に隠した。ここが主寝室だったらと思わずにはいられなかった。あそこなら拳銃があるのに。「今すぐここから出ていってくれ」

みるみるうちにディヴァイナの顔が憎悪に歪む。この女のことだ。きっと激しく食ってかかってくるに違いない。ところが予想に反して、なんとか怒りを抑えこんでいる。

やがてディヴァイナは不気味なほど落ち着いた足取りで窓辺へと歩いていった。寝室のドアは開いたままだ。この隙にマリー＝テレーズをここから逃がそうか。一瞬、そんな考えがヴィンの頭をよぎる。だが、あいにく窓からドアまでの距離が近すぎた。ディヴァイナが外を眺めるふりをして、実際は窓ガラスに映る背後の様子をうかがっているのは明らかだ。こちらがわずかでも動くそぶりを見せたら、すばやくドアを閉めるつもりだろう。

「ヴィン、わたしたちは取引をしたでしょう。今さらそれをなかったことにはできないのよ」

「きみと取引をした覚えなどない」

ディヴァイナは窓から離れ、ベッドに向かった。床に脱ぎ捨てられたボクサーパンツを拾いあげ、乱れた羽毛布団や枕に目をやる。

「まったく汚いったらないわね。ヴィン、いったいここで彼女と何をしたの？　ひょっとして、わたしが今想像してる大人のお遊びを楽しんだのかしら？　ええ、きっとそうだわ。彼女は場数を踏んでいるから、たっぷり満足させてくれたんでしょうね」

ディヴァイナはゆっくりと枕に手を伸ばし、当てつけがましくベッドのヘッドボードに立てかけた。彼女の意識がそれた隙をついて、ヴィンはマリー＝テレーズをバスルームに押しこみ、急いでドアを閉めた。すぐに内側から鍵のかかる音が聞こえ、大きく安堵の息を吐きだす。もっとも、ディヴァイナならシュラーゲ社の頑丈な門であろうとわけなく外せるのだろうが。

ディヴァイナが顔をあげて、闇のごとき漆黒の目をヴィンに向ける。「わたしがその気になれば、そんなドアなんか簡単に開けられるわ。それくらい、当然あなたも知ってるわよね」

「ああ。ただし、きみがバスルームまでたどり着くには、まずぼくの息の根を止めなければならない。だが、きみはそこまでする気はないんだろう？　もしぼくか彼女を殺すつもりなら、もうとっくに殺しているはずだからな」

「なんとでも好きなように言っていればいいわ」彼女は身をかがめ、乱れたベッドの上から何かを取りあげた。「あら、これは――」

唐突にディヴァイナが口をつぐみ、窓のほうへ視線を向けた。みるみるうちに、その顔つきが変わっていく。完全無欠の美貌が跡形もなく消え去り、底なしの穴を思わせる黒い目の上にある眉は歪み、肌は醜い灰色に変色した。そのうえ、腐った死体の臭いまで漂ってきた。だがそれはほんの一瞬のことで、ディヴァイナの顔はすぐにもとの美しい状態に戻った。

これら一連の怪現象を目の当たりにして、普通なら度肝を抜かれるところだが、ヴィンは冷静だった。想像を超えた奇怪な出来事が現実に起こりうることを、彼自身も身をもって知っているからだろう。ディヴァイナが人間であろうと、悪魔であろうと、それが合体した何かであろうと、今はどうでもいい。マリー＝テレーズを守る。ドア一枚挟んだ向こう側にいる彼女を命がけで守り抜く。これが今は何よりも重要だ。

ディヴァイナはヴィンに視線を戻した。そしてコートのポケットに何かを滑りこませ、ふたたび口を開く。その声は妙に響いた。「そろそろおいとまするわね。これから行くところがあるのよ。あなたたちには近いうちにまた会いに来るわ」

「フェイシャルエステでも受けに行くのか？」ヴィンは皮肉を吐いた。「それは名案だな」

ディヴァイナがうなり声をあげた。さぞはらわたが煮えくり返っていることだろう。ひょっとしたら爪で眼球をえぐり取られるのではないかとヴィンは身構えたが、突然彼女は灰色の霧となり、絨毯の上を滑るように寝室から出ていった。

ヴィンは急いでドアを叩きつけるように閉め、鍵をかけた。彼女があんなふうに姿を変えられるのなら、いくらでもドアの隙間から侵入できるだろう。こんなことをしたところで子どもだましにもならないが、ほかの策は何も思いつかなかった。

彼はすぐさまバスルームへ向かい、ドアをノックした。「あの女は帰ったよ。だが、帰るときに――」

マリー＝テレーズが勢いよくドアを押し開けた。顔は青ざめ、怯えた表情をしている。それでも、最初に口にしたのは彼を思いやる言葉だった。「ヴィン、大丈夫?」

まさにこの瞬間、彼はマリー＝テレーズを愛していると気づいた。

とはいえ、自分の気持ちを彼女に打ち明けるのは後回しだ。今はゆっくり話をしている時間がない。

ヴィンはマリー＝テレーズにすばやくキスした。「またディヴァイナが戻ってくるかもしれない。きみは一刻も早くここを出ろ」

まず彼女を無事に送り届け、それからジムを呼ぼう。強力なサポート役がほしい。

あいつは一度死にかけながらもよみがえった不死身の男だ。ジムなら非現実的な事態に直面しても動揺せずに対処できるだろう。

ふいにマリー＝テレーズがよろけた。「わたし……なんだかめまいが……」

「座ったほうがいい。さあ……」ヴィンは彼女のむきだしの肩に手を添え、そっと床に腰をおろさせた。「膝のあいだに頭を入れて、ゆっくり深呼吸をしてごらん」

息を吸いこむたびに、マリー＝テレーズの体が小刻みに震える。ヴィンは自分に腹が立ってしかたがなかった。彼女と出会えたおかげで、ようやく心があるべき場所におさまった。それなのに自分は、これまでの人生で初めて安らぎを与えてくれた女性を、こんなにも苦しめている。

まったく最低の男だ。彼女の元夫のカプリチオよりはるかに質が悪い。ただでさえ、マフィアの一味であるあの悪党の影に怯えて暮らしている彼女に、余計な恐怖まで味わわせてしまったのだ。それも背筋が凍りつくほどの恐怖を。

マリー＝テレーズがヴィンを見あげた。「彼女の目……いったい、あれは何？　どうして――」

「おおい、ヴィン！　いるか？」

突然、大声で自分の名前を呼ぶ声が聞こえ、ヴィンはバスルームから顔を突きだした。「ジムか？」

「ああ。援軍も一緒だ」ジムの声が返ってくる。

「ぼくは階上にいる。援軍の手を借りて、そこからマリー＝テレーズを脱出させよう。この階には非常口がある。全員、あがってきてくれ」まさしく救世主の登場だ。

「ぼくは主寝室に行って着替えてくる」ヴィンは彼女に向き直った。「きみもこのままの格好ではまずいな」

こくりとうなずいたマリー＝テレーズの頭頂部に、ヴィンはキスを落とした。脱ぎ捨てられた服をかき集めて彼女に渡すと、部屋を出てドアを閉める。

階段をのぼってくるブーツの音が静寂の中で重く響く。ヴィンは急いで主寝室に入ってスウェットパンツをはき、ベッド脇のテーブルの引き出しから銃を取りだした。ジムの仲間も、彼と同じくらい肝が据わっているといいのだが。

その不安は杞憂《きゆう》に終わった。ジムが連れてきた大男ふたりは、彼が感電事故に遭い入院していたときに見舞いに来た人物だった。どちらも一般人と変わらない服装をしているが、目つきは戦士そのものだ。

それに引き替え、ジムの目はうつろで、まるで生気がない。これは何か悪いことがあったと見て間違いないだろう。それでも、とりあえず声はまだ力強くしっかりしている。ジムが左側に立っている男にうなずきかけた。

「こいつはエイドリアン。そして、こっちはエディだ。このふたりはおれたちの仲間だと思ってくれていい」

ありがたい。これ以上ない心強い援軍だ。ヴィンは心の内で思った。

「よく来てくれた。感謝する。まさに絶好のタイミングだよ」ヴィンは男たちと固い握手をした。「ほんの少し前まで招かれざる客がここにいたんだ」

「そんなことだろうと思ったよ」ジムがぼそりとつぶやく。

「ちょっときいてもいいか？」ピアス男がヴィンに話しかけてきた。「おれたちはあんたの恋人を知ってる。まったく残念な話だが、いやになるほどよく知ってるんだ」

「ディヴァイナはぼくの恋人じゃない」

「だが、あいにくまだあんたの人生から消えてないだろう？　おれたちがなんとかしてやるよ。そこでだ。ジムから聞いたんだが、あんたは十七のときに儀式めいたことをやったそうだな。それについて詳しく教えてくれるか？」

「あれはぼくの中にあるものを取りのぞく儀式で――」

ヴィンが話し始めたそのとき、寝室のドアが開き、フリースとジーンズに着替えたマリー＝テレーズが廊下に出てきた。彼女は髪を後ろでひとつに束ね、両手をフリースの前ポケットに入れている。

「どういうこと？　ヴィン、あなたの中から何を取りのぞいたの？」

男たちにどこまで真実を話せばいいのか考えつく間もなく、いきなりマリー＝テレーズに頭の回転を止められた。ヴィンは男性陣にちらりと目をやった。「ねえ、ヴィン、教えて。わたしはすべて知りたい。その権利はあると思うの。彼女のことも知りたいわ。わたしはあの人の目を間近ではっきりと見たのよ。正直言って、いまだに信じられないけど」

まいったな。マリー＝テレーズをこの件には巻きこみたくない。話の続きを聞かせずにすむのなら、ぜひともそうしたいところだが、彼女の言い分ももっともだ。

「悪いが、少しふたりだけで話をさせてもらえるか？」ヴィンはマリー＝テレーズに視線を向けた。

「ここにビールはあるか？」エイドリアンが口を開く。

「リビングルームのホームバーの脇に冷蔵庫がある。その中に入っているよ。場所はジムが知っているはずだ」

「そうか。それはよかった。なんせ誰よりも今アルコールの力が必要なのは、ほかでもないこいつだからな。あんたたちは話し合いが終わったら、下におりてきてくれ。

心配するな。デイヴァイナが戻ってきても、おれたちが家の中に入れさせないから。あと、キッチンに塩はあるか？」

「ああ」ヴィンは眉をひそめた。「だが、なぜそんなものが必要――」

「どこに置いてある？」

ヴィンは肩をすくめ、ピアス男に塩は食器棚を開ければ見つかると伝えた。それからマリー＝テレーズと寝室に入り、彼女をベッドに座らせた。

しばらくヴィンは落ち着きなく行ったり来たりを繰り返し、やがて窓辺で足を止めた。さまざまな思いが頭に浮かんでは消える。なんでこんな人生になったのか……なぜまた始まったのか……この先いったいどうなるのか……。

彼は川沿いのハイウェイを走る車の流れを眺めた。彼らはどこへ向かうのだろう。何を考えながら運転しているのだろう。これから帰宅する者たち、映画を観に行く者たち、今晩の夕食は何にしようか悩んでいる者たち。彼らのほとんどが普通に暮らしている。そんな人々がうらやましかった。

「ヴィン？　さあ、話して。約束する。決してあなたを非難したりしないわ」

そうであってほしいと願うばかりだ。ヴィンは咳払いをしてから口を開いた。「きみは信じるかどうかわからないが……」

どう続けたらいい？　うまい言葉が見つからない。ウィジャボード、タロットカード、黒魔術、ブードゥー教、悪魔……。

そう、悪魔だ。これが一番しっくりくる。

マリー＝テレーズが沈黙を破った。「あなたにたびたび起きる発作のこと？」

ヴィンは両手で顔をこすった。「これからする話は、あまりにも現実離れしすぎていて信じられないかもしれない。だが、話の途中で部屋を出ていかずに最後まで聞いてくれるかい？　どんなに不気味な話でも」

ヴィンはマリー＝テレーズに背を向けたまま言った。いちおう、声はほぼ普段どおり出せたが、自分の顔に張りついている不安げな表情は彼女に見られたくなかった。

マリー＝テレーズがヘッドボードに寄りかかって座り直したのだろう。背後からきしむ音がした。「ええ、わたしはどこにも行かない。どんな内容でも必ず最後まで聞くわ」

さすがは芯の強い女性だ。彼女のこういうところも愛している。

ああ、ナイアガラの滝に飛びおりるような心境だ。ヴィンはひとつ大きく息を吸いこみ、覚悟を決めて話しだした。「幼い頃は、自分はおかしいんじゃないかとか、まわりの人と違うんじゃないかとか、そんな疑問は誰も持たないだろう……だって自分にとっては、それが普通なんだから。ぼくもそうだったんだ。だが五歳のとき、自分がみんなと違うことに初めて気づいた。同じクラスの園児たちは、手を触れずに自由自在にフォークを動かすことも、降っている雨をやませることも、夕食に出るメニューを言い当てることもできなかったんだ。まあ、ぼくの両親もどれもできなかったがね。それでも子ども心に、あのふたりはぼくとはまったく別の種類の人間だと感じていたから、自分が特別変わっているとは思わなかった。それに、親は子どもではないから、ぼくも大人になったらこういう技は使えなくなるんだと思っていた」

ほかの子どもたちと違うところはこれ以外にもまだいろいろあったが、それについては話したくない。彼らからされたことも。いじめは日常茶飯事だった。少年たちからは罵声を浴びせられ、少女たちにはあざ笑われた。そのつらさをマリー＝テレーズが理解してくれようとくれまいと、自分の話を信じてくれようとくれまいと、こうした過去は変わらない。そのうえ、あわれまれるのはまっぴらごめんだ。

「二度とぼくは自分にはこういうことができると口にしなくなった。それが一番いいとわかったんだ。隠すのも容易《たやす》かったよ。もともと、その頃のぼくにはアマチュアレベルのマジックみたいなことしかできなかったし、いちいちまわりに披露しなくても日常生活になんの支障もなかった。ところが十一歳のときに、例のいまいましい発作が起こりだしたんだ。突然だったよ。これがまた厄介なことに、いつどこで起こるかまったくわからないし、自分ではコントロールのしようがなかった。おまけに、発作に見舞われるたびに予知能力は強くなっていったんだ」

「あなたはすばらしい才能を授かったんだわ」マリー＝テレーズが畏敬の念を帯びた声で言った。

ヴィンは振り返った。青白かった彼女の顔に血色が戻っている。それにはほっとしたが、彼女の言葉には同意できなかった。

「いや、呪われていると言ったほうが当たっているな」ヴィンはふたたび窓に向き直り、はるか眼下を走る車の流れに目をやった。「ぼくは成長するにつれて体がたくましくなり、喧嘩も強くなった。おかげでいやがらせも減ったよ。でも、発作はいっこうにおさまらなかった。ぼくはだんだん精神的に追いつめられていき、悩みに悩んだ末に、誰かに相談することにしたんだ。それで、街の占い師に事情を聞いてもらった。まったくばかげた話だが、当時のぼくはそれくらい切羽詰まっていたんだ。その占い師からアドバイスをもらい、家に帰って彼女の言うとおりにした……それから人生が一変したんだ」

「発作が起きなくなったのね？」

「ああ」

「それなのに、今になってなぜまたぶり返したのかしら？」

「ぼくにもわからない」そもそも、なぜこんなことができるようになったのかもわからないのだが。

「ヴィン？」名前を呼ばれ、彼はマリー＝テレーズに視線を向けた。彼女が自分の隣の空間をぽんぽんと叩く。「ここに座って」

マリー＝テレーズの表情はどこまでもあたたかく優しかった。ヴィンは窓辺を離れ、ベッドへ向かった。拳をつき、前かがみになって座った彼の背中を、彼女がそっと円を描くように撫でてくれる。

彼女の手の感触に身を委ねているうちに、不思議と力がわいてきた。

「発作がぴたりとおさまってからは、何もかもが激変した。予知夢はまったく見なくなり、占い師に言われた儀式を行った直後に両親が亡くなった。でも正直なところ、これにはあまり驚かなかった。ふたりは喧嘩が絶えなくてね、しょっちゅう激しくやりあっていたから、いつ命を落としてもおかしくなかったんだ。親がふたりとも死んだとき、ぼくは十八歳だった。法律上、もう働ける年齢だ。それですぐに学校をやめて、配管工見習いとして父親の上司だった人のもとで働きだした。これが今のぼくの原点だ。そこでビジネスに必要なことをすべて学び、やがて自分で会社を立ちあげた。ひたすら必死に働いたよ。休暇も取らず、過去も振り返らなかった。それ以降、ぼくは……」

数日前の自分なら〝最高の人生を送っている〟と続けただろう。「はたから見たら、かなりいい人生を送っているんじゃないかな」

だが、はたしてこの表現も当たっているのだろうか。ふと、疑問が脳裏をかすめる。実際は、おんぼろの納屋にきれいな色のペンキを塗り、単に見栄えをよくしただけではないのか。幸せを実感したことは一度たりともなかった。いくら金があってもむなしいだけだった。自分にとって金儲けは自尊心を満たすための手段だ。その結果、善良な人々をだまして彼らの土地を強奪してきた。平気でこんな汚いまねをしているのだから、当然、人として成長しているはずもない。

マリー＝テレーズがもう一方の手でヴィンの手を握った。「それで……あの女性の正体はなんなの？　いったい彼女は何者？」

「ディヴァイナは……ぼくにもわからない。もしかしたら、ジムが連れてきた男たちならその質問に答えられるのかもしれない」ヴィンはちらりとドアに目をやり、それからマリー＝テレーズに視線を戻した。「きみに頭のいかれたやつだと思われたくないが、たとえそう思われたとしても、ぼくはきみを責めはしないよ」
ヴィンはうつむいた。別人になれたらどんなにいいだろう。こんな気持ちになるのは思い出せないほど久しぶりだ。

何か話さなければ。きっとヴィンは返事を待っている。けれども、気持ちをうまく言葉にできないときもある。

そして、今がそのときだ。マリー＝テレーズは内心でそう思った。ヴィンの話は、映画や小説の中でしか起こらないような内容だった。あるいは思春期の少女なら一度はあこがれるシンデレラストーリーみたいなもの……または低俗な雑誌の裏表紙に載っている嘘っぽい広告と同じたぐいのもの……。現実とは思えないことばかりで、まだ頭がついていかない。

でも、たしかにこの目で見たのだ。彼女の底なし穴のような真っ黒な目を。それに、たしかに感じた。彼女を包む穢れた負のオーラを……。

マリー＝テレーズは無言のままヴィンの背中を撫で続けた。彼をどうやって慰めればいいのだろう。ヴィンは何も悪くない。発作は止めようとして止まるものではない。それなのに、いつも自信に満ちていた彼が、自分を恥じてうなだれている。「わたしは……」口を開いたものの、言葉が出てこなかった。

ヴィンがさっと顔をあげ、グレーの瞳を彼女に向けた。「きみはぼくのこの力をどう思う？　きみの考えを聞かせてくれ。何かあるんだろう？」

たしかに、あるにはある……でも、まったく見当違いかもしれないと思うと、怖くて口にできない。

「いや、いいんだ。無理強いしてすまなかった」ヴィンはマリー＝テレーズの手をぎゅっと握り返すと、ベッドから立ちあがった。「ただ、これだけは信じてほしい。ぼくはこれっぽっちもきみを責めるつもりはない」

「何かわたしにできることはある？」マリー＝テレーズは窓辺に向かって歩いていくヴィンの背中に声をかけた。

彼が足を止めて振り返る。「この街を出てくれ。ひょっとしたら、ぼくたちはもう会えないかもしれない。だが、そのほうがきみの身は安全だろう。きみを守ることが、今のぼくの最優先事項だ。約束する。ディヴァイナを決してきみに近づけさせない。どんな手段を使ってでも、ぼくはきみを守り抜く」

ヴィンをじっと見つめているうちに、彼がヒーローに見えてきた。シンデレラストーリーは現実にある。そして、ヴィンはマリー＝テレーズのために戦ってくれるヒーローだ。彼はどこで戦闘が繰り広げられようと、すぐさまその場に駆けつけ……彼女を守るためなら死をも恐れない。彼はドラゴンの生贄《いけにえ》にされかけた王女を助けた聖ゲオルギオス。彼女が子どもの頃にあこがれていた白馬の騎士だ。

ヴィンの言葉に心を揺さぶられた。それに負けず劣らず、彼がマリー＝テレーズとジムが関係を持ったというディヴァイナの作り話を鵜呑みにしなかったのがうれしかった。マリー＝テレーズの過去がどうであれ、ヴィンとディヴァイナの過去がどうであれ、彼はあの女性よりも彼女を信じてくれた。彼女を信用してくれた。

マリー＝テレーズの目に涙がこみあげてきた。

「そろそろ階下へ行ったほうがよさそうだ」ヴィンがかすれた声で言う。「きみも帰りたいだろう」

彼女は首を横に振り、立ちあがった。自分も彼とともに輝く鎧を身にまとって、一緒にドラゴンを退治しに行くのだ。「あなたさえよければ、わたしはここにいたいわ。わたしはあなたの頭がおかしいなんて思ってない。あなたは……」ふさわしい言葉を探す。「あなたはあなたよ。今のままのあなたでいいの——あなたはすばらしい男性で、最高の恋人だわ。わたしはあなたが……好きよ」マリー＝テレーズはヴィンのほうへ足を進めた。「わたしのあなたを見る目は何も変わらないし、怖くもないわ。ただひとつだけ……もっと早くあなたと出会いたかった。でも、こればかりはどうしようもないことね」

長い沈黙が流れ、やがてヴィンが口を開いた。その声が室内に低く響く。「ありがとう」

マリー＝テレーズはヴィンの体に腕を回した。「お礼なんて言わないで。むしろわたしのほうが感謝してるんだから」

「いや」ヴィンが彼女の髪に唇を押し当てる。「かけがえのないものを与えてくれた人には常に感謝するべきだよ。ぼくにとって、きみに受け入れてもらえたことほどうれしいことはないんだ」

ヴィンの次の言葉に、彼の胸に顔を埋めていた彼女の心臓が飛び跳ねた。「きみを愛している」

マリー＝テレーズはヴィンをさっと見あげた。開きかけた口を彼の手でふさがれる。

「これがぼくの本心だ。心からきみを愛してる。だが、きみは何も言わなくていい。ただ、ぼくの気持ちをきみに知っておいてほしかっただけだ」ヴィンはドアに向かってうなずいた。「では、階下へ行こうか。彼らと話す覚悟はできたよ」

ヴィンがマリー＝テレーズの背中をそっと押す。「さあ」

ふたりはドアの前で軽く唇を触れあわせ、それから廊下へ出た。〝愛している〟の言葉が頭の中で激しく渦巻いていたわりには、マリー＝テレーズは転げ落ちることなく階段をおり、しっかりとした足取りでリビングルームに入っていった。

やはりヴィンに何か言ったほうがいい気がしたけれど、あの言葉に嘘偽りはなく、彼のほうは本当にこちらの返事を待っていない様子だった。

ヴィンに対する尊敬の念がマリー＝テレーズの胸に広がっていく。なんて誇り高い男性だろう。こんなふうに思うのは、きっと彼の言動に打算的なところが一切見られないからだろう。

三人の男たちはビール瓶を片手に、椅子に腰かけていた。ジムが一緒に来た男性ふたりを紹介してくれる。筋骨隆々の大男は苦手だったはずなのに、なぜかこのふたりは信用できると瞬時に察した。

まず口火を切ったのはマリー＝テレーズだった。声を張りあげ、はっきりとした口調で言う。「いったい彼女は何者なの？　わたしはどのくらい警戒したらいい？」

突然、頭がふたつある生き物にでも遭遇したみたいに、八つの目がいっせいに彼女に向けられた。

最初に衝撃から立ち直ったのはエディという名前の男性だ。彼はジーンズをはいた膝に肘をつき、身を乗りだした。そして一瞬、間を置く。おそらく、どんなふうに話そうか考えているのだろう。だが、どうやら正直に言うことにしたらしい。彼は肩をすくめ、口を開いた。

「悪魔だ。しかも、今はその正体を隠しきれなくなっている。これはかなりまずい状況だな」

35

大した女性だ。ヴィンはマリー＝テレーズに感嘆のまなざしを向けた。いきなり現実離れした異様な世界に引きずりこまれ、あげくの果てに、〝愛している〟などという爆弾発言まで聞かされたにもかかわらず、彼女は取り乱すことなく、エディをまっすぐ見据え、彼の言葉に耳を傾けている。

「悪魔……」マリー＝テレーズがおうむ返しに言う。

エディとエイドリアンが同時にうなずくあいだも、ジムは無言でソファに座ったまま冷えたビール瓶を腫れあがった顔に押し当てている。相当痛いのだろう。彼は震える息を吐きだし、ずたずたに破れたクッションに寄りかかった。

どこのどいつにやられたのか知らないが――いや、ちょっと待て、エイドリアンの拳の皮膚が裂けているじゃないか。

「もっと詳しく教えてくれる？」マリー＝テレーズは言った。

「悪魔と聞いてきみがイメージするものと、そう変わらないはずだ」エディの声は冷静で落ち着き払っている。「悪魔は人間の体内に入りこみ、魂を支配する。そして最後には破滅へ導く、悪を象徴する存在だ。その標的としてディヴァイナはヴィンに目をつけた。あの女は自分の目的を邪魔する相手にも容赦しない」

「でも、どうしてヴィンなの？」マリー＝テレーズはヴィンを見あげた。「なぜ、あなたが狙われたの？」

「まったく見当もつかない」ヴィンはこれ以外に答えようがなかった。

エディが立ちあがり、本棚とひびの入った鏡のあいだを行ったり来たりし始める。

「ヴィン、あんたは占い師からある儀式をするように言われたんだよな？　そもそも、なんのために彼女に会いに行ったんだ？　どういう経緯で彼女を見つけた？」

「あの頃のぼくは予知夢に悩んでいて、それを見ないようにするにはどうしたらいいか、誰かに相談したかったんだ。だが、下調べをしてから彼女のところへ行ったわけじゃない」

「彼女を選んだ理由が何かあるはずだ」

「そう言われても、あの店にはたまたま入っただけだ」

「わかったよ」エディはヴィンのほうを振り返り、うなずいた。「あんたはおそらく、そこへ行くように仕向けられたんだ。おれはあんたが占い師からどんなアドバイスをされたのか知らないが、これだけははっきり言える。その儀式はあんたの悩みを解決するものではなく、あんたに悪魔を取り憑かせるためのものだったんだよ」エディはマリー＝テレーズに目を向けた。「つまり、ディヴァイナはそこにうまくつけこんだというわけだ」

「それじゃあ、ヴィンが予知夢を見るのは別に彼女の仕業ではないの？」

「ああ、そういうことだ。ただし、ディヴァイナには彼の能力を消す力がある。ヴィンがあの女と強く結びついている限り、彼は悩みの種から解放されるんだ。だが、このところふたりの絆は弱まっている。おそらくヴィンはまた予知夢を見るようになるはずだ。この男が狙われた理由に関しては……こればかりは運が悪かったとしか言いようがないな。ヴィンは悪いときに悪い場所へ行ってしまった。そして、邪悪なアドバイスをもらったのさ」エディはヴィンに視線を戻した。「その占い師はあんたに恨みでもあったのかな？」

「彼女とは初対面だったよ」ヴィンは肩をすくめた。「さっきも話したが、あの店に行ったのは、まったくの偶然だ」

別に結腸癌の大手術を受けたと言ったわけでもないのに、エディが身震いした。

「そうか……わかった。それで、占い師には何を しろと言われたんだ？」

ヴィンは腰に手を当てて歩きだした。あの日は家に帰ると二階の自分の部屋へ行き、ドアに鍵をかけた。それから占い師から受けたアドバイスを実行した。その内容について話すのはまだ気が進まない。

エディはヴィンのためらいを察したようだ。「まあ、いい。そこは後回しにしよう。まずは場所からだ。どこで儀式を行った？」

「自分の部屋だ。昔、両親と住んでいた家の……ちょっと待ってくれ。もしかして今のぼくがあるのは、あの儀式を行ったからなのか？」ヴィンは急に息苦しくなり、胸をさすった。「彼女に相談したことで……この人生が手に入った？」

沈黙がエディの答えだった。「くそっ、なんてことだ」そういえば、ディヴァイナはぼくが望むものはすべて与えたと言っていた……それはつまり、ぼくからすべてを奪うことも可能だということなのか？「エディ、正直に答えてほしい。ぼくは……人を死なせたんだろうか？」

「誰か死んだのか？」

「両親だ。その儀式を行った日から一週間ほどして、ふたりとも亡くなった」

エディがエイドリアンにちらりと視線を送る。「それは場合によるな」

「ぼくがふたりに死んでほしいと思っていたかどうかによるとか？」

「あんたは両親に死んでほしかったのか？」

ヴィンはマリー＝テレーズに目をやった。自責の念に苛まれる姿を彼女には見られたくない。たしかに両親はふたりともろくでもない人間だったが、それでも死んでほしいとまでは思わなかった。

「子どもの頃、ぼくには将来の夢がふたつあった。ひとつは金持ちになること。もうひとつは、暴力で子どもを押さえつける親から逃げだすことだ」

「両親の死因は？」ヴィンにとってつらい話であることは承知の上なのだろう、エディは静かな声で言った。

「自分の部屋で……占い師に言われたとおりにやったあとも、普通に生活していた。学校でも――もっとも、こっちはいつもサボってばかりいたが。まったく効果を期待していなかったし、そのうち儀式をしたことすら完全に忘れてしまっていた。ところが一週間くらい経った頃、あれ以来一度も倒れてないことに気づいたんだ。それで、長年悩んでいた症状がおさまったのかもしれないと思い始めた」ヴィンは窓辺で立ち止まった。だが外の景色ではなく、絨毯のしみにふと目が吸い寄せられる。バーボンのボトルをうっかり落としてしまったときにできたこの黒いしみは、クリーニングのプロに任せても完全に消すことはできなかったのだ。「あれは父親の代わりに仕事に行った日だった。そんなことはしょっちゅうあったよ。あの男は大の酒好きで、しかも前後不覚になるまで飲み続けるんだ。ぼくが家に帰ってきたのは真夜中だった。玄関のドアノブに手をかけて、満月を見あげながら、今の自分の状態についてしばらく考えていたのを覚えている。それから家の中に入ると、両親が階段の下に血まみれで倒れていた。ふたりはすでに死んでいたよ。これは想像だが、どちらか一方がもう一方を突き飛ばしたはずみで、ふたりとも階段から転がり落ちたんだと思う」

「ふたりは事故で亡くなったんだ。あんたのせいじゃない」エディの声が割って入ってきた。

ヴィンは窓ガラスにてのひらを押し当ててうつむいた。「ちくしょう……」

ふいに忘れていた昔の思い出がよみがえってきた。なんであんなことをしてしまったのか。あのときよりも、今のほうがずっとやるせない気分だ。父が一度だけ夕食を作ってくれたことがある。イチゴジャムとピーナッツバターを塗っただけのサンドイッチだったが。

あの日は父も自分も仕事で、家に帰るのが遅かった。母は長い灰になった煙草を指に挟んだまま、酔い潰れてソファで寝ていた。案の定、テーブルの上には食事が用意されていなかった。

父は冷蔵庫へ向かうと、ビールではなく食パンとイチゴジャムとピーナッツバターを取りだした。そして、くわえ煙草で食パンを四枚切り、イチゴジャムとピーナッツバターを塗ってサンドイッチを作った。父はひと切れをヴィンに渡し、冷蔵庫からミラービールをつかみ取ると、キッチンから出ていった。

汚れた黒い指の跡がついたサンドイッチ。

ヴィンはまったく食べる気がしなかったので、サンドイッチをゴミ箱に投げ捨て、手を石鹸でごしごし洗った。

食べればよかった。今さらだが、後悔が胸を突く。

「それで、あんたは何をしたんだ？」エディの声で物思いから覚め、現実に引き戻される。「儀式の中身を教えてくれ」

「あの占い師は……」ヴィンは当時の記憶をたぐり寄せた。

学校でスポーツ大会出場選手の激励会が行われている真っ最中に倒れたことが決定打となり、誰かに相談する決心がついた。そのとき頭に浮かんだのが、霊能者や超能力者や占い師だった。自分みたいに彼らも本当に未来が見えるなら、予知夢が現実になる前に阻止する方法も知っているのではないかと思ったのだ。

土曜の朝、ヴィンは自転車に乗り、川沿いの占い師の店が立ち並ぶ通りに向かった。小さな店が所狭しと連なり、〝占星術！〟〝的中率百パーセント！〟〝たったの十五ドル！〟といった文字が躍る安っぽいネオンが客を誘っていた。まず通りの一番手前にある手相占いの店に入った。ところが、店内には順番待ちの列ができていた。彼はそこを出て隣の店に行ったが、鍵がかかっていた。それで、その隣の店に行った。三度目の正直だった。

店内は暗く、今まで嗅いだことのないスパイシーな匂いがした。大人になってから、あれは乱交セックスの匂いだと知った。ビーズのれんの奥から全身黒ずくめの女性が出てきた。服も、髪も、アイラインも黒だった。だが、占い師はゆったりしたカフタンドレスをまとった老婆ではなく、体にぴったりフィットしたキャットスーツを着た『プレイボーイ』の表紙を飾ってもおかしくないとびきりの美女だった。

ヴィンはひと目で彼女に惹かれた。彼女もそれに気づいていた。

占い師が口を開きかけたところで、ヴィンは頭を振り、回想を断ち切った。「あの女占い師はぼくの話をすぐに理解し、悩みを解決するための儀式のやり方を教えてくれた。ぼくは彼女から渡された黒いキャンドルを持って家に帰り、儀式の準備を始めた。まず火にかけてキャンドルを溶かし、芯を取りだした。それから——」ヴィンはマリー＝テレーズをちらりと見た。この続きは彼女に聞かせたくない。「占い師に指示されたものを、溶かしたキャンドルに混ぜた。髪の毛と血と……あと……もうひとつ……」

いくら歯に衣着《きぬ》せぬ物言いをするヴィンでも、愛する女性と何を言いだすかわからない男たちの前で、精液という言葉を口にするのはさすがにためらわれた。

「わかったから言わなくていい」エディのひと言に救われた。「それから？」

「芯を戻し、固め直したキャンドルを持って、二階の自分の部屋へ行った。そして裸になり、塩で円を描いた……」ヴィンは眉をひそめた。おかしい。最初の部分は鮮明に覚えているのに、ここから先の記憶があいまいだ。「この次に何をしたのか、よく覚えていない……たぶん、円の中心に血を垂らした気がする。そこに横たわり、キャンドルに火をつけて、言葉を唱えた……なんだったかな……われを重荷から解放せよ、とかなんとかそんな言葉だったかもしれない」

「まったくふざけやがって」エディが語気荒く吐き捨てた。「そのあと、何が起きた？」

「覚えていない。おそらく……眠ってしまったんだと思う。気づいたら、一時間が経過していた」

エディが厳しい表情で首を振る。「それは所有の儀式だ。占い師があんたに渡したキャンドルの中に彼女の一部が入っていたんだろう。そこにあんたの一部が混ざり、あんたたちふたりは切っても切れない仲になった」

「つまり……あの占い師はディヴァイナだったのか？」

「そういうことになるな。ディヴァイナはいろんな姿に変身できるんだ。男にも、女にも、大人にも、子どもにも――」

「だが、動物や無生物にはなれないはずだ」エイドリアンが話に入ってきた。「まあ、そうは言ってもあの悪魔はトリックを使う。しかも、その腕は超一流だ。ところで、あんたが儀式をやった家におれたちは入ることができるかな？　それとも、こっそり侵入しなきゃだめか？」

「今もあの家はぼくが所有している」

エディとエイドリアンが大きく息をついた。「それは好都合だ」エディが言う。「なぜなら、儀式を行った場所に戻ったほうがあんたの中からディヴァイナをうまく追いだせる可能性が高まるんだよ」

「それと、指輪も早く取り戻したほうがいい」エイドリアンが言い添えた。

「あのダイヤモンドの指輪のことか？」ヴィンは言った。「なぜ？」

「あんたとディヴァイナを結びつけてるもののひとつだから。ジムが言ってたが、その指輪はプラチナか？」

「ああ、そうだ」

「やっぱりな。悪魔にとって貴金属は強力な触媒となるんだ。おまけに、あんたからのプレゼントでもある」

「ぼくはディヴァイナに指輪を渡していない。彼女が勝手に見つけたんだ」

「だが、その指輪はあんたがあいつに贈るために買ったものであることに変わりはない。それに、指輪を買った時点ですでにディヴァイナに対するあんたの思いや感情が貴金属の中には埋めこまれているんだ」

ヴィンは手を垂らし、背筋を伸ばした。窓ガラスについたてのひらの跡が徐々に消えていく。「エディ、さっき悪魔は人間の魂を支配すると言っただろう？　ディヴァイナはぼくを殺す気なのかな？」

エディの静かな声が返ってきた。「そんなことはさせない。おれたちが阻止してみせるよ」

ヴィンは振り返り、マリー＝テレーズに目を向けた。彼女は落ち着いた様子で、アーチ型のリビングルームの入り口横の壁に背中を預けて立っている。ヴィンは彼女のもとへ行き、腕の中に抱き寄せた。彼女の腕もこちらに回される。さらに輪をかけて常軌を逸した話を聞かされたあとも、彼女はこうして自分を受け入れてくれている。それが言葉にできないほどヴィンはうれしかった。

「マリー＝テレーズの身を守るにはどうしたらいい？」ヴィンは男たちのほうへ顔を向けた。「何かいい自衛策はないかな？　ディヴァイナはぼくたちがふたりでいるところを見ているんだ」

マリー＝テレーズはヴィンを見あげ、それからエディに視線を移した。「今夜、街を離れようと思っているの。これとは別の理由で。それで大丈夫かしら？　それとも……何か……たとえば彼女を寄せつけない魔法とか……ある？」

現実に潜む非現実的な世界に彼女自身もいることを信じられない思いと、あきらめの気持ちがそのためらいがちな話しぶりにはっきりと現れていた。

エディはマリー＝テレーズをまっすぐ見据えた。「ディヴァイナはどこへでも行ける。だからあいつから身を守るには、ヴィンと別れるしかない――ただし、この男の中からディヴァイナを追いだすことができたら、定義上、あいつはもうきみのことなど眼中になくなる。それは、もともとあいつの執着の対象がきみではないからだ。

ディヴァイナはヴィンにしか関心がない。そして自分とヴィンの関係を邪魔するものは、なんであれ容赦なく排除する」

エイドリアンがいまいましげに吐き捨てる。「あの悪魔は自分の所有物しか大切にしないのさ。これを長所と言えるなら、ディヴァイナの長所はこれしかないな」

「まったくだ」エディが相槌を打つ。

「さあ、早く行こう」ヴィンは口を挟んだ。「あの家に行って、さっさと片をつけてしまおう。ディヴァイナがまたここに戻ってきたら――」

「心配無用だ。ディヴァイナはしばらく手が離せないよ」エイドリアンがにやりとする。「あいつは無秩序な状態が大嫌いなんだ。だが、おれは散らかすのが大の得意でね。あいつの引き出し《ドロワー》をさんざん引っかき回してきたから、片づけるのにしばらく時間がかかるはずだ」

ヴィンは顔をしかめた。「言葉に気をつけてくれ」

「いや……そうじゃない。勘違いするな」エイドリアンは両手をあげた。「下着のドロワーじゃなくて、引き出しのドロワーのほう――」

「ヴィンに返してもらったかい？」今までひと言も口を開かなかったジムが、いきなりマリー＝テレーズに話しかけた。「ほら、〈アイアン・マスク〉で落としたフープイヤリングだよ」

「どうしてそれを知って……」マリー＝テレーズは眉をひそめた。「ええ、返してもらったわ」

「どこにある？」

彼女は耳たぶに手をやった。「やだ……また失くしちゃったみたい」

だが、ここに来たときは間違いなくつけていたのを、ヴィンは見ていた。背筋に冷たいものが走る。

「ベッドだ！」彼は声をあげた。「そういえばあのとき、ディヴァイナはベッドの上から何か拾っていた。くそっ」


階段を駆けあがっていくヴィンのあとに、マリー＝テレーズも続く。ジムはふたりの後ろ姿を目で追った。自分も一緒に行ったほうがいいだろう。しかし、どうにも体が動かない。尻が瞬間接着剤でソファに貼りつけられたかのようだ。

「もしディヴァイナがあの女性のイヤリングを持ち去ったとしたら、かなり厄介なことになるぞ」エイドリアンはビールを置き、リビングルームから飛びだしていった。

ジムはふたたびビール瓶を顔に押し当て、クッションにもたれかかった。ひとたび目をつぶったら、このまま寝てしまいそうだ。閉じそうになるまぶたを懸命に開き、リビングルームを見回した。豪華絢爛《ごうかけんらん》だった部屋が、今やカオスと化している。

まあ、掃除するより散らかすほうが百倍は楽だろうな。

「あの子はバージンだったんだろう？」ジムはぼそりとつぶやいた。「バスタブの上につるされていた少女は」

「ああ」

「あれも儀式なんだな」

一瞬沈黙したあとで、エディが言った。「そうだ」

特殊部隊にいた頃にも、むごい光景は幾度となく見てきた。だが今日の午後に目の当たりにした光景は、見るに堪えなかった。まったく悲劇としか言いようがない。生きていたら、今頃少女は友だちとショッピングモールかどこかに出かけていたかもしれないのだ。だが、もうノートを買う必要もない。生物学の授業に出ることも、高校生活最後の一大イベント、意中の少年とダンスを踊ることもできない。

「あの子の遺体はどうなるんだ？」

「ディヴァイナはすぐに始末するはずだ」

「あの悪魔は自分のねぐらを離れるたびに、人間を殺すのか？」

「いや、そういうわけではない。ディヴァイナかあいつ以外の誰かが、バスルームのドアの封印を破ったときだけだ。だから、開けるなと言ったんだよ」

くそっ、最高だな。悪魔に手を貸してしまうとは。これでまたひとつ悪行を犯し、罪悪感が上塗りされた。

ジムはビール瓶を口に運び、苦い液体を喉に流しこんだ。「しかし、なんであそこがそんなに重要なんだ？　なんの変哲もないただのバスルームじゃないか」

「おまえは見てないからわからないのさ」

またエディが行ったり来たりし始めた。本棚に置かれた本や写真は一見きちんと並んでいる。おそらくヴィンかメイドがもとの場所に戻したのだろう。だが、どうもしっくりこない。なんというか、美容室を出た瞬間、きれいにセットしてもらった髪が強風にあおられて台無しになり、どうにかして元どおりにしようとしたが、結局は無駄な努力に終わってしまった感じだ。

ばかでかい手のわりには優しい手つきで、エディが一冊一冊、本の背表紙を丁寧に揃えていく。「あのバスルームには、ディヴァイナが服を着替えたり、姿を変えたりするときに使う鏡があるんだ。あいつはそこからあの世とこの世を行き来している。いわばあそこの鏡は、ディヴァイナをディヴァイナ足らしめる源であり、パワーを生みだす場所だ」

「そんなもの叩き割ってしまえ」ジムは体を起こし、噛みついた。「おまえらは怪力なんだから、それくらい朝飯前だろう。なぜ、あのときやらなかった？」

「おまえが悪魔の手にかかってしまうからだ」エディの声が厳しくなる。「鏡を見たら最後、おまえはそこにとらわれてしまう。たとえ目隠しをしても、ハンマーで鏡を粉々に叩き割ったとしても、それは変わらない。たちまち何千もの門《ポータル》が開き、おまえの体はばらばらにちぎれて、その中に吸いこまれるぞ」

突然、エディは場所を変え、そこの棚に並んだ本の背表紙を揃えだした。「怒り狂うディヴァイナの姿が目に浮かぶよ。おれたちに封印を解かれ、エイドリアンには書き物机の引き出しの中身を引っかき回され、おまけに住処《すみか》まで変えなくちゃならなくなったんだ。危険な場所に、あの鏡を置くわけにはいかないからな」

「なぜ置く場所にこだわる必要がある？　そのままにしておけばいいだろう。どっちみち、おれたちはあのいまいましい鏡を砕くことができないんだから」

「いや、おれやエイドリアンにはそれができるんだよ。まあ、自分が犠牲になる覚悟があればの話だが。そこまでしても行き着く先は、おまえが四人のボスたちに会ったときに目にした場所じゃない。あそこには二度と戻れないんだ。この方法で、おれたちはディヴァイナの前任者を倒した。だが、こちら側も大きな代償を払わなければならなかったんだ」

　まさに自殺行為だ。なんとすばらしいじゃないか。「じゃあ、今回はどういう作戦でいくつもりなんだ？」

「ディヴァイナを鏡の中に閉じこめようと思ってる。難易度はかなり高いが、不可能ではない」

　階段をおりる足音が聞こえ、間もなく三人がリビングルームに入ってきた。真っ先にエイドリアンが口を開いた。「イヤリングは見つからなかった。やはりディヴァイナが持っていったんだろうな」

　エディは肩の荷がまたひとつ増えたと言いたげに頭を振った。「あの性悪女め」

　ヴィンはマリー＝テレーズの肩に腕を回して抱き寄せた。エイドリアンがコートに手を伸ばしながら彼女に話しかける。「じゃあ、こうしよう……マリー＝テレーズ、きみも儀式に参加してくれ。悪いが、このまま家に帰すわけにいかない。もっとも、ディヴァイナに尾行されて、きみの息子をあいつに傷つけられる危険を冒したいなら別だが」

　彼女の体がこわばる。「どうして……わたしに息子がいることを知ってるの？　ああ、わかったわ。わたしの身辺調査をしたのね」

エイドリアンは肩をすくめてごまかした。「まあ、そんなところだ。息子さんの面倒を見てくれる人はいるかい？」

マリー＝テレーズはヴィンを見あげ、それからうなずいた。「ええ。もし、いつも息子を見てくれる女性の都合がつかなくても、〈コールドウェル・シングルマザー支援センター〉で別のシッターを手配してくれるわ」

「よかった。実は、ディヴァイナがきみの住んでいる場所を突き止めてからでなければ、きみの家を浄化したり、家のまわりに防御線を張りめぐらせたりすることができないんだ。それに、息子さんの前であいつと戦いたくないしね」

「彼女に電話してみるわ」

「ちょっと待ってくれ」ヴィンの声が割りこんだ。「マリー＝テレーズも儀式に参加するなら、今すぐここで始めてもいいだろう？」

「いや、それは無理だ。儀式に必要なものがまだ揃っていない。それとエディも言ってたが、あんたがディヴァイナを体内に入れるための儀式をやった場所に戻ったほうが成功する確率が高くなるんだ。まず、あんたの中からディヴァイナを追いだす……イヤリングを見つけられなかった場合は、マリー＝テレーズにも同じことをする。ありがたいことに、彼女とディヴァイナの結びつきはそれほど強くないから、こっちはそんなに難しくないだろう。だがいずれにしても、マリー＝テレーズはおれたちと一緒にいたほうが安全だ。わかってくれ。おれたちは絶対に彼女を危険な目には遭わせない」

どうやら最終決定権はヴィンが握っているらしい。やがて、彼はむっつりとうなずいた。「わかった」

「マリー＝テレーズ、ベビーシッターに電話してくれ」そう言うと、エイドリアンはジムにうなずきかけた。「儀式はおまえとエディに任せる。だが、おれも出かける前に準備は手伝うよ」

エイドリアンの顎の筋肉がこわばっている。ジムは眉をひそめた。「おまえはどこへ行くんだ？」

「ダイヤモンドの指輪とイヤリングを取り返してくる」

エディが小さく悪態をつく。「単独行動はやめろ」

エイドリアンは相棒に視線を向けた。ずいぶんくたびれた目をしている。まるで一気に年老いたみたいだ。「使える武器はすべて使うべきだ。考えてみろよ。ディヴァイナの相手役にはおれがうってつけじゃないか」

さっぱり話が見えないが、エイドリアンのほうがエディよりマニキュアとペディキュアを塗るのがうまいという意味ではないだろう。

そんなことを考えながら、ジムは話し合いを続ける天使たちをぼんやり眺めていた。そろそろしゃきっとしなければ。ジムは話し合いを続ける天使たちをぼんやり眺めている場合ではない。早く戦闘モードに切り替えろ。それは今夜、敵と一戦交えなければならないからだけではない。これまで天使は永遠の命を持つ存在だと思っていた。ところが、実際はそうではなかった。あの世の仕組みを詳しく知る前に、エディとエイドリアンを失ったら、自分は路頭に迷ってしまうだろう。

十分後、ジムは天使ふたりとエレベーターでおりて、〈コモドール〉をあとにした。冷たい空気の中を一ブロックほど先の駐車場に向かって歩いているうちに、体も脳も徐々に覚醒してきた。

「最初の目的地は〈ハナフォード・スーパーマーケット〉だ」ふたたびトラックの運転席に乗りこむなり、エイドリアンが言った。

ジムとエディも座席に腰を落ち着けた。「おれの家にも寄ってくれ。長い夜になるなら、一度ドッグの様子を見てからヴィンが昔住んでいた家に向かいたい」

「わかった。どっちみち、おれたちのバイクもそこに停めてあるからな」エイドリアンはサイドミラーで後方を確認すると、トラックを発進させた。

窓の外を流れていく街並みに目をやり、ジムは物思いに耽った。この天使たちは姿を見られてもいい時と相手をどう選んでいるのだろう。ディヴァイナのロフトアパートメントやヴィンのメゾネットの鍵をどうやって開けたのだろう。ほかにどんな必殺技を隠し持っているのか——。

そのとき、ふと思い出した。

ジムは同乗者に視線を移した。「三人で〈アイアン・マスク〉に行った夜……あれは木曜の夜だ。おまえはおれの関心をディヴァイナに向けさせようとしたよな。彼女がおれを見ているとかなんとか言って。なぜあんなことをしたんだ？」

信号が赤に変わり、エイドリアンはトラックを停めた。ルームミラー越しにちらりとジムを見て……無言のままフロントガラスの先に目を向ける。

「答えろ、エイド。なぜだ？」ジムは語気を強めた。

トラックがふたたび走りだし、エイドリアンはハンドルをゆっくり切ってカーブを曲がった。「言っただろう。おれはおまえとは手を組みたくなかったって」

ジムは顔をしかめた。「おまえはおれのことなど知りもしなかっただろう」

「おれはおまえと組むのはいやだったし、おまえのことも嫌いだった。そして、おれはばか野郎だよ」エイドリアンが指を一本立てる。「だが、ちゃんと謝罪したはずだ。忘れたのか？」

ジムは座席の背もたれに寄りかかった。「おれをはめやがったな。おまえはおれに彼女をあてがったも同然だぞ」

「おれはディヴァイナを追いかけて駐車場に行ってもいないし、あの女とやったのも――」

「おまえが余計なことを言うからだ！　言われなければ、おれは彼女に気づきもしなかった」

「おい、冗談はよせよ。気づかないわけがないだろう。ディヴァイナみたいな――」

「ふたりとも、いい加減にしろ」さらに口論がエスカレートすれば、力ずくで止めるつもりなのだろう。エディは腕組みを解いた。「ジム、もうこのへんでいいだろう。すんだことは水に流そう」

ジムは奥歯を嚙みしめた。味方だと思っていた人物が、実は敵だったというのはよくある話だ。それはわかっているが、腹の虫はなかなかおさまらなかった。

「エディ、教えてくれ」ジムはぶっきらぼうに言った。

「なんだ？」

「ディヴァイナはセックスも人間と結びつく武器にしてるのか？」沈黙が落ちる。ジムは声を荒らげた。「そうなんだな？」

「ああ」エディはようやく言葉を吐いた。

「エイド、この腐れ野郎め！」ジムが怒りを爆発させる。「ぶちのめしてやる！」

いきなりエイドリアンが大きく右にハンドルを切った。そして公園にトラックを乗り入れ、急ブレーキをかける。車のクラクションや人々の叫び声が轟き、あたりが騒然となっているのもおかまいなしに、エイドリアンは運転席から飛びおり、ボンネットを回りこんでジムが座る側のドアを開けた。顔には、バールを持ったストリートギャングみたいな攻撃的な表情が張りついている。

「出ろ。きっちり片をつけようぜ」

ふいに、ジムの目の前に血の気を失った少女のかわいらしい顔が浮かんできた。マリー＝テレーズの怯えた顔も……自分の膝の上にまたがっている悪魔の顔も……。ディヴァイナはふたりが果てるまで腰を振り続けた。

「おい、公衆の面前だぞ！　ばかども、やめろ！」エディが吠える。

それがどうした。ジムは両手で拳を作り、トラックから飛びだした。エイドリアンもすでにファイティングポーズを取っている。

「まったくしつこい野郎だぜ。何度も謝ってるじゃねえか」エイドリアンが吐き捨てる。「おれが進んでこの役目を引き受けたとでも思ってるのか？　未熟者を一人前に仕込む気満々だったと？」

言葉より先に手が出た。ジムは拳を突きあげて、エイドリアンの顎に命中させた。ろくでなし天使の頭が大きくのけぞり、その拍子にきれいに撫でつけた髪が乱れる。さながら風に髪をなびかせたファラ・フォーセットの男版といったところだ。

「これはディヴァイナのバスルームでやられた分のお返しだ。エイド、おれをなめるなよ。ここからが本番だ」

エイドリアンは地面に血を吐き捨てた。「いいか、よく聞けよ、青二才。あれはおまえを守るためだったんだぞ」

「老いぼれのたわごとなんか、聞きたくもない」

つかの間、沈黙が流れた。

突然、電光石火の速さでエイドリアンが突進してきた。ジムは天使に胸ぐらをつかまれ、トラックの側面に体を思いきり叩きつけられた。強烈な衝撃が全身を貫いたが、ジムは即座に反撃に転じ、エイドリアンの髪をつかんで鼻に頭突きを食らわせた。もはやどちらも引くに引けない状態だ。エイドリアンも負けてはいなかった。お返しとばかりにすばやく急所へ攻撃を仕掛け、ジムの睾丸をねじりあげた。その瞬間、危うくヴィンの家で飲んだビールをエイドリアンのシャツにぶちまけてしまいそうになった。

たまらずジムは膝をついた。激痛に襲われ、目の前に星が飛び、視界がかすむ。意志の力を総動員して痛みを抑えこみ、エイドリアンのふくらはぎをつかんで地面に引き倒した。

拳と罵り声が飛び交う中、上になり、下になり、地面を転げ回るうち、ふたりは全身泥まみれになっていた。

凶暴な猛獣同士の戦いと違う点はただひとつ。ふたりとも服を着ていることだけだ。ジムがエイドリアンに馬乗りになったそのとき、エディに襟首とジーンズのベルトをつかまれ、脇に放り投げられた。ジムの体が宙を飛び、木から落ちた枯れ枝のごとく、地面にうつ伏せに落下した。全身がずきずき痛む。まるで対向車と正面衝突したみたいだ。

いや、今の場合は巨漢との正面衝突だ。

ジムは土と血の臭いのする冷たい空気を吸いこんだ。体はそこらじゅう痛いが、爽快な気分だ。ごろりと寝返りを打つと、仰向けになり、腕を脇に垂らして空を見あげた。ぽつりと浮かぶ雲がバスルームに置いてきた少女の顔に見えた。あの子に見おろされているみたいだ。なんとなく見守られている気がする。

腕を伸ばし、少女の顔に触れようとした。だが風に雲が流され、悲劇に見舞われた少女の可憐《かれん》な顔は消えてしまった。

必ずあの子がどこの誰なのか突き止めよう。

あの子のために正しいことをしよう。

母のときと同じように。

初めて殺人に手を染めたのは、カマロに乗ったあの三人組だった。

「小僧ども、気がすんだか？」エディが憮然《ぶぜん》として言い放った。「さっさとケツをあげろ。そろそろ行くぞ。それとも、おれに尻をひっぱたかれないと起きあがれないか？」

ジムは顔を横に向けて、エイドリアンを盗み見た。向こうも自分と似たり寄ったりの無様な有様だ。

「一時休戦でどうだ？」エイドリアンが血のにじむ唇を動かして、ようやく声を押しだした。

ジムは痛む肋骨をかばうようにしてゆっくりと息を吸いこんだ。まあ、しかたがない。信用できないやつだが、この天使の助けが必要だ。とはいえ、今までの経験ではくそ野郎と組んで仕事をするとろくなことにならなかったが。

「ああ」ジムもぶっきらぼうに返す。「一時休戦だ」

36

「じゃあね、愛してるわ。今夜はちょっと遅くなるから、クイネーシャの言うことをちゃんと聞いて、いい子にしていてね。えっ、何？」〈ザ・ウッド〉に向かって車を走らせるヴィンの隣で、マリー＝テレーズは携帯電話で息子と話しながら、笑いを嚙み殺した。ロビーの声はすぐ近くに聞こえるけれど、あの子に手で触れることはできない。「わかったわ。でも、ひとつだけよ。それじゃ、切るわね。愛しているわ。バイバイ」

マリー＝テレーズは通話を終え、画面を見おろした。マークならここですかさず会話の内容をきいてくる。元夫は話し相手が何かの営業であれ、家政婦であれ、誰であれ、すべてを知らなければ気がすまない人だった。ヴィンもそうだろうか。

だが、彼は何もきいてこないし、ききたそうでもない。こんなふうにパーソナルスペースに踏みこまれないのは……うれしい。自分の行動を自分で選択できることも。

相手に選択権を与えるというのは、信頼や敬意の証だ。マークとの結婚生活ではどれも無縁だった。

〝ありがとう〟これが今ヴィンに一番伝えたい言葉だが、それは口にしなかった。

「息子がアイスクリームをねだってきたの。あっさり許してしまうなんて、わたしはだめな母親ね。あの子は五時に夕食を食べるんだけど、きっと食事を残すわ」

ヴィンのあたたかな手がマリー＝テレーズの手を包みこんだ。「きみはちっともだめな母親なんかじゃないさ」

マリー＝テレーズは窓の外に目をやった。プレキシガラス製の待合所でバスを待つ人々や歩道を行き交う人々が、ヴィンの運転するＭ６に視線を投げかける。彼はどこへ行っても羨望や畏敬のまなざしを向けられるのだろう……そして嫉妬のまなざしも。

「マークも高級車が好きだったわ」マリー＝テレーズはひとり言のようにつぶやいた。

「あの人はベントレーひと筋だった」

いやだわ、突然こんなことを思い出すなんて。マークは新型モデルが発売されると、いつもすぐに買い替えていた。ベントレーの助手席に座っている自分の姿が目に浮かぶ。彼とつきあい始めた頃は、人の視線を感じるたびに胸が躍ったものだ。あのときはすっかり女王様気分だった。自分の恋人が高級車を乗り回せるほどの財力がある男性であることや、自分も富裕層しか入れないクラブの一員になったことに得意げな気分になっていた。なんて世間知らずだったのだろう。運転していようが、助手席に座っていようが、高級車に乗っているからといって、その人が人生の勝ち組とは限らない。痛い目に遭ってようやく気づいた。柔らかいレザーシートに座るよりも、硬い歩道を歩くほうがずっと幸せだと。

今はあの頃よりもはるかに幸せだ。

「いいえ、やっぱりわたしは悪い母親だわ。やむをえなかったとはいえ、息子に嘘をついているんだもの」

「生きるためだったんだ。しかたないよ」

「この嘘は墓場まで持っていくつもりよ。あの子には絶対に知られたくない」

「別に言わなくてもいいさ」ヴィンが首を振る。「ぼくは、何があっても子どもを守るのが親の務めだと思っているんだ。古くさい考えかもしれないが、ぼくはそう思う。きみと同じ苦しみを息子さんに味わわせる必要はない。つらい思いをするのはきみひとりで充分だ」

「たしかに、生きるためにはしかたがなかった。わたしもずっと自分にそう言い聞かせてきたわ。でも、ときどき……」マリー＝テレーズはひとつ咳払いをしてから、話を続けた。「わたしは大学を出ているの。専攻はマーケティングだった。だから、まともな職に就くこともできたのよ」

少なくとも理屈の上では。けれども、自分の身分証明書は偽造されたものだ。それを雇用主に見破られるのが怖かった。

そういうわけで、社会保障番号を提示しなくても働ける職場となると、おのずと選択肢は狭まった。

ヴィンはふたたび首を振った。「過去を振り返るんじゃない。きみはその時点で最善だと思う道を選んだんだから」

「わたしは自分を罰したかったの」マリー＝テレーズはこちらを向いたヴィンと目を合わせた。「間違った相手と結婚したせいで、息子に大変な思いをさせてしまったから。わたしはどうしようもない愚か者だわ。息子を苦しめるなんて最低の母親よ。あの仕事は……いやでいやでしかたがなかった。毎晩、泣いていたわ。ときには体調まで崩した。それでも、お金のために働き続けたけれど……実際は、わざと自分を傷つけていたのよ」

ヴィンは彼女の手を口に持っていき、キスをした。「マリー＝テレーズ、自分を責めるのはやめるんだ。ろくでなしは元夫のほうで、きみではない」

「もっと早く別れればよかったわ」

「だが、今のきみは自由だ。あの男からも……あの仕事からも自由になったんだよ」

マリー＝テレーズは無言で前に向き直った。でも、本当にそうなら、なぜまだ袋小路から抜けだせていないような気がするのだろう？

「自分で自分を許してやれ」ヴィンが強い口調で言う。「過去を乗り越えるにはそれしかない」

まったく無神経にもほどがある。マリー＝テレーズは胸の内で自分を叱りつけた。エディやエイドリアンの話が真実なら――ディヴァイナのあの目をはっきり見た今、彼らの作り話かもしれないと疑うほうがおかしいのだが――自責の念に駆られているのは、彼女だけではない。自分の両親を殺したも同然だと今日初めて知ったヴィンも、それは同じだ。

「あなたもよ」マリー＝テレーズはヴィンの手をきつく握りしめた。「あなたも自分を許してあげなくちゃだめ」

ヴィンは鼻を鳴らし、唇を歪めた。この話はもうやめよう。これ以上、彼の心に踏みこむべきではない。彼はこちらのプライバシーに立ち入らなかった。彼女も相手のプライバシーを尊重しなくては。

マリー＝テレーズはヘッドレストに頭をもたせかけ、真剣な表情でハンドルを握るヴィンの横顔をじっと見つめた。彼に出会えてよかった。自分を信じてくれる人に出会えて、本当にうれしい。

「ありがとう」彼女はようやくその言葉を口にした。

ヴィンがかすかに笑みを浮かべた。「なんの礼だい？」

「彼女ではなく、わたしを信じてくれたでしょう。だから、ありがとう」

「そんなの当然だよ」

ヴィンはそのハンドルさばきと同様に、なんの迷いもなく言いきった。なぜかマリー＝テレーズの目に涙がこみあげてきた。

「どうして泣いてるんだ？」ヴィンはジャケットのポケットに手を入れ、真っ白なハンカチを取りだした。「さあ、これを使って。頼むから、泣かないでくれ」

「別に悲しくて泣いてるわけじゃないのよ。ただ自然と涙があふれてきたの」

マリー＝テレーズは指で頬を伝い落ちる涙をぬぐい、ヴィンから薄手のリネン生地を使った上質のハンカチを受け取ると、膝の上に広げた。教会へ行くときにつけたマスカラがまだまつげに残っているはずだ。涙を拭いたときに、落ちたマスカラでこの繊細な生地を台無しにしたくない。彼女はハンカチに刺繍《ししゅう》された彼のイニシャル、VSdPをそっと指先で撫でた。

「どうして泣いてるんだ？」ヴィンが優しい口調でふたたびきいてきた。

「あなたがとてもすてきな人だから」マリー＝テレーズはVに触れた。「そして、わたしを愛しているというあなたの言葉がうれしくもあり、怖くもあるから」彼女はSに触れた。「それから、自分が大嫌いだから。でも、あなたに見つめられているときは、わたしもそれほど汚れた人間ではない気がするから」彼女はdPに触れた。「だけど、それよりも何よりも、あなたはわたしの目を未来に向けさせてくれたから。毎日を生きるのが精いっぱいで、未来のことなど考えられなかったのに」

ヴィンは手を伸ばしてマリー＝テレーズの手を握った。「どうか信じてほしい。ぼくの言葉に嘘はない。それときみの過去についてだが、思うようにいかないのが人生だ。きみは何か悪いことをしたわけではない。きみはきみのままでいい。ぼくにとっては、それだけで充分なんだ」

マリー＝テレーズはとめどなくあふれる涙を手の甲でぬぐい、ヴィンのほうを向いた。彼のハンサムな顔は今はぼやけてよく見えないけれど、心にしっかりと焼きついている。

「そのハンカチを使うといい」

「汚したくないわ」

「汚れたってかまわないさ」

彼女はハンカチに視線を落とした。「このSはなんの略?」

「ショーンだよ。ぼくのミドルネームはショーンなんだ。母親がアイルランド系だからね」

「そうなの?」マリー＝テレーズの目から涙がこぼれ落ちる。「実は……息子の本当の名前はショーンというの」

「おまえたちはここにいろ」

エディが運転席のドアを叩きつけるように閉め、トラックのドアをロックして、スーパーマーケットの入り口に向かって大股で歩いていった。買い物客たちが避けるようにして彼に道をあける。

ジムはまだ股間の痛みに苦しんでいた。さっぱり痛みが引かず、まるで砕け散ったグラスの上を転げ回っているみたいにずきずきする。

ジムは隣をちらりと盗み見た。エイドリアンは仏頂面で肩をさすっている。「あいつ、何様なんだ？　偉そうに。おれたちはここにいろ、だとよ。ガキじゃあるまいし、なんで外出禁止の罰を受けなきゃならないんだ」

ジムは窓に顔を向けた。赤ん坊を腕に抱えてトラックの脇を歩いていた女性と目が合ったとたん、彼女がすっと視線をそらす。「自分の顔を鏡で見てみろよ」

「見るまでもない。いい男に決まってるだろう」エイドリアンは身を乗りだし、バックミラーをのぞきこんだ。「うわっ、なんだこりゃ……」

「ああ、ひどい有様だ」ジムは返した。「だが、少なくとも、おまえはまっすぐ歩けるだろ。急所を攻撃されたわけじゃないからな」

エイドリアンが鼻に手をやる。「これは骨が折れていそうだ」

「おまえの鼻の腫れはじきに引くが、おれのほうはこの先一生使い物にならないかもしれないんだぞ」

エイドリアンは座席に寄りかかって腕組みをした。ふたり同時に、大きなため息をつく。

「ジム、おれを信用してくれ」

「簡単に言うな。信用されたいんなら、そのための努力をしろ」

「これでもおれは努力してるつもりだ」

ジムは鼻を鳴らし、慎重に座る位置をずらした。だが、どうにも股間のおさまりが悪い。何度か尻をもぞもぞと動かし、どうにか座り心地のいい場所を見つけ、ふたたび窓の外に目をやった。人々は車をおり、スーパーマーケットの中に入っていき、買った商品をカートで運んだり、買い物袋を手にぶらさげたりして、また駐車場に戻ってくる。そんな客たちを眺めているうちに、自分と彼らのあいだに存在する大きな隔たりを改めて実感した。それは、この駐車場を行き交うほとんどの人が信じていない超常的な世界に、今自分が住んでいるからだけではない。

もともと一匹狼だった。キッチンの床に倒れている母親を発見したときから、自ら根無し草の生き方を選んだ。どこに行っても孤立していたし、別に人と関わりたいとも思わなかった。そして今は、悪と戦う、実際に存在しているのかどうかさえも定かではない天使と並んで座っている。

くそっ。男のシンボルがちゃんと機能しようがしまいが、どっちみち今となっては自分の子どもを持つ可能性はゼロだ。でもまあ考えようによっては、こんなろくでもない遺伝子を残さないことこそ、自分が未来の人類にできる最大の貢献だろう。

十分後、エディが買い物袋を満杯にのせたカートを押して戻ってきた。ジムは物思いを中断して、トラックの荷台に買い物袋を移し始めたエディを手伝うために外へ出た。子ども連れの母親たちはこの無様な見た目が気に入らないかもしれないが、我慢してもらうしかない。

エディはひと言も口をきかなかった。どうやら、ひとまず休戦状態に入ったジムとエイドリアンとは違い、仲よしごっこをする気などさらさらないらしい。実際エディは、何もかもすべてがいやになったと言いたげな表情を浮かべている。

それにしても、この男はずいぶん変わった買い物リストを作ったものだ。ハイウェイの路面に積もった雪もすっかり溶かせそうなほどの大量の食卓塩《モートン・ソルト》、これまた大量のオキシドールとウィッチ・ヘーゼル・ウォーター（アメリカの家庭の常備薬。出血、腫れ、傷跡、炎症などさまざまな皮膚トラブルに使用されている）。酢と、レモンと、パック詰めされたフレッシュユセージも大量にある。それと、ディンティ・ムーアの巨大なビーフシチュー缶が四つだって？

「まったく理解不能だ」ジムはエディに話しかけた。「これが儀式に必要なものなのか？」

「ああ、そうだ」

それから十五分ほどして、一行はジムの家にたどり着いた。この頃には、張りつめた空気もいくらかは和らいでいた。トラックがガレージの前で停まると、ドッグがカーテンの隙間から顔をのぞかせた。

「部屋に持っていくものはあるか？」全員がトラックからおりたところで、ジムは口を開いた。

「ひとつだけある。おれが持っていくよ」

ジムは階段をのぼり、玄関の鍵を開けた。そのとたん、ドッグが踊り場に飛びだしてきて、尻尾を激しく振りながらジムのまわりをぐるぐる回りだす。

彼は膝をついてドッグを撫でつつ、向きあって私道に立っている男たちを何気なく見おろした。エディはしきりに頭を振って話をしているが、エイドリアンのほうはこんな話は聞き飽きたとでも思っていそうな表情で、相棒の左耳のほうに目をやっている。いったい何をもめているのやら。

いきなりエディがエイドリアンの後頭部をわしづかみにして、無理やり自分と目を合わせた。エイドリアンの唇が動き、エディが固くまぶたを閉じる。

やがてふたりはすばやく抱擁を交わし、エイドリアンはハーレーにまたがり、エンジン音を轟かせて走り去っていった。

エディは悪態をつきつつ、トラックの荷台から買い物袋をひとつつかみ取った。そして足音も荒く階段をのぼり、室内に入ってきた。「ここのガスコンロは使えるか？」

ドッグがエディの足元で尻尾を振って愛嬌《あいきょう》を振りまいている。

「ああ」

十分後、ジムとエディは椅子に座り、シチューを盛った特大の深皿ふたつを眺めおろしていた。なるほど、これがディンティ・ムーアのビーフシチュー四缶分というわけか。

「何年ぶりだろう。懐かしい味だ」ジムはスプーンを握り、皿からシチューをすくって口に入れた。

「もっと食べろ。ことわざにもあるだろう。〝腹が減っては戦ができぬ〟と」

「さっきエイドリアンに何を言ってたんだ?」

「余計な詮索をするな。おまえには関係ない」

ジムは首を振った。「悪いが、そうはいかない。おれもチームの一員だぞ。それに、おまえたちはおれの素性を知っているくせに、自分たちのことはおれに教えないのは虫がよすぎるんじゃないか?」

エディが引きつった笑みを浮かべる。「不思議だな。おまえとエイドリアンなら仲よくやれそうなのに」

「おまえたちがもっといろいろ話してくれたら、おれとエイドリアンもうまくやっていけるようになるかもしれないぞ」

長い沈黙のあと、エディはシチューの入った皿を足元の床に置いた。ドッグが待ってましたとばかりにその皿をなめ始める。

「エイドリアンについて、おれが知ってることを三つ教えてやる」エディがようやく口を開いた。「ひとつ目は、あいつは意志が強い。一度決めたら最後まで貫き通す。あいつを説得するのは不可能だ。絶対に自分の考えを曲げない。ふたつ目は、あいつは自分の信じるもののためならとことん戦う。そして三つ目は、天使は永遠不滅ではない」

ジムは椅子の背にもたれた。「やっぱりな。そうだろうと思ってたよ」

「天使は永遠の命を持つ存在ではないんだ。必ずおれたちにも終わりのときが来る。エイドリアンに関して言えば、これはかなり気がかりな問題だ」

「なぜ？」

「死への願望があるからさ。いつか……エイドリアンの運も尽きるだろう。その瞬間、おれたちはあいつを失う」エディはドッグの背中をゆっくりと撫でている。「おれはあのくそ野郎と長年一緒にやってきた。誰よりもあいつのことを知ってるし、おそらくあいつと組めるのはおれしかいないだろう。エイドリアンがいなくなったら……きっとおれは立ち直れないくらい打ちのめされるだろうな……」

エディの言葉が途切れた。だが、この男の気持ちは充分理解できた。ジムにも相棒を失った経験がある。あのときは、すっかり生きる気力をなくしてしまった。

「今夜、エイドリアンはディヴァイナと何をするつもりなんだ?」

この質問には即座に答えが返ってきた。「おまえは知らないほうがいい」

37

メゾネットを出る前に、ヴィンが急いで〈ホールフーズ・マーケット〉の紙袋に詰めこんだ食べ物の残骸が、古ぼけたキッチンの傷だらけのテーブルの上に散らばっている。サンドイッチを包んでいたアルミホイル。コーラの空き瓶。ほぼ空になったケープコッド・ポテトチップスの袋。

デザートは青りんごのグラニースミスがひとつ。ヴィンがナイフで切り、それをふたりで交互に食べている。今はもうほとんど芯しか残っていない。彼は種のまわりについたわずかな果肉にナイフを入れた。この最後のひと切れは、マリー＝テレーズの口に入る。

ヴィンは車内で彼女と交わした会話を頭の片隅でぼんやり思い返していた。

〝きみは何か悪いことをしたわけではない。きみはきみのままでいい〟

これは本心だ。だが残念ながら、自分にはこの言葉は一ミリも当てはまらない。良心のかけらもない、金の亡者と成り果てた自分には。

それでも、マリー＝テレーズ同様に、自分も過去と決別するつもりだ。ただ困ったことに、今はまだこの先の人生がどうなるのかまったく見えずにいた。

「ほら、これはきみの分だ」ヴィンはテーブルを挟んで向かい側に座るマリー＝テレーズに慎重に切った白い果肉を渡した。「かなり薄いけどね」

彼女は手を伸ばし、最後のひと切れをつまみ取った。「ありがとう」

ヴィンはアルミホイルやコーラの空き瓶を紙袋の中に戻し、テーブルの上を片づけ始めた。

「あのふたりはいつ来るの？」

「日没の一時間後に来ると言っていたよ。ほら、こういうのは暗くなってから始めるものだからね」

マリー＝テレーズは小さく微笑み、紙ナプキンで口元を拭いた。そして窓のほうに体を傾けて外を見た。その拍子に、肩にかかった髪が揺れる。「まだ明るいわね」

「ああ、そうだな」

ヴィンはあたりを見回した。この家をこんなふうに改装するのはどうだろう。キッチンのカウンタートップを花崗岩に変え、電化製品はステンレス製のもので揃える。

キッチンの右側の壁を撤去してリビングルームとつなげる。絨毯はすべて取り払い、ペンキを塗り直して、壁紙も張り替える。そして、バスルームは全面的にリフォームする。

ああ、悪くない。若い家族なら楽しく暮らせそうだ。

「ちょっとつきあってくれないか」ヴィンは手を差しだした。

マリー＝テレーズはその手を握った。「どこへ行くの？」

「外に出よう」

ヴィンはガレージの脇を通り、マリー＝テレーズを裏庭へといざなった。とはいえ、目の保養にはならないが。芝生は老人の顎ひげみたいに伸び放題だし、かつては立派だったオークの木も今は見る影もなく痩せ細っている。それでも、少なくとも外気はそこまで冷たくなかった。

ヴィンはマリー＝テレーズを腕の中に抱き寄せると、彼女のまぶたに指先を当て、そっと閉じさせた。「今、ぼくたちはビーチを散歩している。その場面を想像してほしい」

「ビーチね」彼女の唇に笑みが浮かぶ。

「ああ。フロリダでも、カリフォルニアでも、メキシコでも、南フランスでも、場所はどこでもいい」

マリー＝テレーズは額をヴィンの胸に預けた。「わかった」

「穏やかな青い海。淡いピンク色と金色に染まった空」ヴィンも目に映る隣の家のアスファルトの屋根ではなく、太陽が水平線のかなたへ沈んでいく光景を思い描いた。

そして、体をゆっくりと左右に揺らした。その動きに合わせて、彼女の体も揺れる。

「空気はあたたかく、風は心地よい」ヴィンはマリー＝テレーズの頭のてっぺんに顎をのせた。「静かに寄せては返す波が砂浜を洗い、ヤシの木の葉が風にそよいでいる」

彼女のまぶたの裏にも、自分と同じ情景が浮かんでいるだろうか。そうであってほしい。この瞬間だけでも、みすぼらしい小さな家の荒れた庭にいることを忘れてほしかった。

ここは、肌寒い風が吹くコールドウェルの岩だらけの海岸でも川辺でもないと思ってほしい。

ヴィンは目を閉じて、腕の中にいる女性に意識を集中させた。彼女こそが、今描写したビーチそのものだ。自分にぬくもりを与えてくれる。

「あなたはダンスが上手ね」マリー＝テレーズはヴィンの胸に向かってつぶやいた。

「そうかな？」彼女がうなずく。「だったら、きっとパートナーがいいからだろう」

そのあともしばらく、ふたりは体を揺らし続けた。やがて空が暗くなり始め、気温もぐっとさがってきた。マリー＝テレーズが、ふいに動きを止めたヴィンを見あげる。

ヴィンはマリー＝テレーズの頬に手を添え、じっと見つめ返した。彼女がささやく。

「ええ」

ふたりは家の中に戻り、階段をのぼってヴィンの昔の寝室に向かった。彼はドアを閉め、そこに寄りかかった。マリー＝テレーズはフリースを脱ぎ捨て、シンプルな白いシャツも脱いだ。そしてブラジャーを取り、かがんでジーンズをおろしていく。胸のふくらみが揺れている。

ヴィンの下腹部はマリー＝テレーズが服を脱ぎ始める前からすでに硬くなっていたが、彼女の飾らなくても美しい姿を目にするたびに、いつも反応する。

だが、これは単なる欲望によるものではない。

マリー＝テレーズは部屋の中央に一糸まとわぬ姿で立っている。ヴィンは彼女にゆっくりと近づいていき、そのあたたかくてしなやかな体に腕を回し、唇を重ねた。自分と比べて、マリー＝テレーズはとても小さくて柔らかかった。この体格の違いが愛おしい。彼女の匂いも味も愛おしい。

ヴィンは頭をさげ、彼女の胸の頂を口に含み、もう片方の頂を親指で転がした。彼女が背中を弓なりにそらし、彼の名前を叫ぶ。

ああ、この声もたまらなく愛おしい。

ヴィンはあいているほうの手をマリー＝テレーズの脚のあいだに滑りこませた。彼女は熱く濡れていて、すでに準備ができている。

ヴィンは彼女を抱きあげ、ベッドに寝かせた。それから自分も服を脱ぎ、ふたりの腰が触れあうようにして彼女の隣に横たわった。

互いの体に手を這わせ、ふたりはキスを深めていく。

ヴィンの手がマリー＝テレーズの脚の付け根に忍びこみ、彼女の手も彼の硬く張りつめたものをとらえた。

ヴィンは避妊具をつけた。マリー＝テレーズが彼の上にまたがり、ゆっくりと腰をおろしてくる。ヴィンは自ら腰を高く突きあげて、さらに深く彼女の中へと入っていった。

マリー＝テレーズは彼の肩にてのひらを押し当て、腰を上下に揺らした。その動きが徐々に激しくなっていく。

この身のすべてを彼女に捧げよう。ふたつの体が同じリズムを刻むうちにひとつに溶けあい、ふたりの荒い息遣いが静かな部屋に響く。

ヴィンはマリー＝テレーズと視線を絡めた。彼女の瞳が青く燃える炎のごとくきらめいている。

またたく間に、ヴィンはその炎にのみこまれた。


「ここだな。これがヴィンの家だ」

エディが右手にあるこぢんまりした家を指さした。ジムはそちら側の路肩にトラックを寄せて停めた。そして、いつもの癖で、あたりをじっくり見回す。低中産階級の住む典型的な住宅地。車は各家の私道に停めてあり、街灯は十八メートル間隔で立ち、小さなリビングルームとキッチンの窓から明かりが漏れている。歩道を歩く人影は見当たらない。生け垣も木も葉が落ち、身を潜める場所もほとんどなさそうだ。

ふたりはトラックをおりて、荷台から買い物袋を取りだした。薄暗い街灯の明かりに照らされた街並みは灰色がかり、まるでモノクロ写真のようだ。

ヴィンのBMWは私道に停まっていた。家の中にも明かりがついている。ジムとエディは玄関へ向かい、ドアを叩いた。ところが、二階からすぐに声が聞こえてきたにもかかわらず、ドアが開くまでしばらくかかった。なるほど。その理由は一目瞭然だった。ヴィンの頬は上気していたし、おそらく髪もあわてて手ぐしで整えたに違いない。

家の中に足を踏み入れ、最初にジムの頭に浮かんだ言葉は〝貧相〟だった。壁紙も、リビングルームのソファも、キッチン家具も、すべて二十年以上も前に〈シアーズ・ローバック〉の通信販売カタログで安く揃えた代物といった感じだ。

自分が生まれ育った家も似たようなものだった。ここに来て初めてジムは、ヴィンとの共通点を見つけた気がした。

エディが買い物袋を床に置き、廊下に敷かれたラグをじっと見つめている。場違いなくらい妙に新しいラグだ。「あんたの両親はここで死んだんだな。この場所で」

「ああ」ヴィンがぎこちなく体を動かす。「どうしてわかったんだ?」

「ふたりの影が見える」エディは一歩脇によけてジムを振り返り、階段の下のほうを顎でしゃくった。

まさかそんなはずはないだろうと思いつつも、ジムはエディの示した方向に視線を落とした。そこには……。

彼は目をこすり、もう一度見直した。ああ、たしかに見える。新しいラグが敷いてある階段の下に、ふたりの人間が折り重なって倒れている。色あせた縮れ髪の黄色いバスローブを着た女と、電気工か配管工の作業着みたいな緑色のオーバーオールを着た男。ふたりの頭のまわりには血溜まりができている。

ジムは咳払いをして口を開いた。「おれにも見えるよ」

マリー＝テレーズが階段の上に姿を現した。「どこでするの？」

「儀式を行ったのは自分の部屋だ」ヴィンは言った。

エディは玄関ホールに買い物袋をいくつか残し、階段に向かって歩きだした。

「じゃあ、そこに行こう」

エディのあとから、ジムも両手いっぱいに買い物袋を抱え、横向きになって階段をのぼった。同じく買い物袋を手に持ったヴィンは涼しげな顔で後ろからついてくる。

「いったいこれはなんなんだ？」ヴィンが話しかけてきた。

「大量の塩だ」

四人はすっかり色あせたネイビーブルーの壁紙が張られた、いかにも少年らしい部屋に入った。エディがかがみこんで、その中央に敷かれたラグをめくる。

「ここでやったのか？」

わざわざきくまでもなかった。床に薄く丸い跡が残っている。「まずはきれいに拭いてから始めたほうがいいのか？」ジムは言った。

「どこをきれいに拭くんだ？」ヴィンが膝をつき、ウッドカーペットを敷いた床に手を滑らせた。「何も汚れてないぞ」

「そこに――」

エディがジムの腕をつかみ、首を横に振った。買い物袋から塩の容器を取りだし、ヴィンとマリー＝テレーズに一本ずつ渡す。「あんたたちは二階の壁伝いにこの塩をまいてくれ。これは防壁の役割を果たすものだ。ただし、その窓の下はまかなくてもいい」エディは右側にある窓を顎で示した。「床に家具が置かれている場所も塩をまかなくていい。そこをよけて、また壁伝いにまいていってくれ。塩が足りなくなっても、まだここに大量にある」

さっそく作業に取りかかったふたりをしばらく眺めてから、エディはコートの内ポケットから葉巻を二本取りだし、その一本と塩をジムに渡した。「おれたちは下に行こう。塩まきと、あとほかにもすることがあるんだ」

「了解」

一階に戻ると、エディは黒いビックライターで葉巻に火をつけ、煙をふかした。キューバ産だかどこ産だかわからないが、いい匂いだ……すがすがしい潮風の香りがする。ジムも差しだされたライターに顔を近づけて、葉巻に火をつけた。一服しただけで、天国を味わった。めまいがするほどうまい。今までこんなにうまいものを口にしたことがあっただろうか。これも任務の一部なら、がぜんやる気も出るというものだ。

ああ、たまらない。癖になりそうだ。葉巻中毒になったとしても、今は癌にかかる心配もない。

エディはライターをポケットにしまい、塩の容器の蓋を開けた。「葉巻を吸いながら、部屋に塩をまいていこう。そうやって一階も防壁を張る。この場所を清めて、ディヴァイナが入りこめないようにするんだ。塩はまだあの袋に入ってる」

ジムは容器に描かれている〈モートン・ソルト〉のトレードマーク、傘をさした少女《アンブレラ・ガール》を見おろした。「本当にこれでディヴァイナの侵入を防げるのか？」

「ああ、かなり侵入が難しくなる。エイドリアンもできるだけ長くあいつを足止めしてくれるはずだ。まあ、エイドリアンがどれだけ非凡な才能を発揮しても、ディヴァイナのことだ。遅かれ早かれ、これは何かおかしいと気づくだろうな」

ジムは塩の蓋を開けた。徐々に高揚感が高まってきた。よくも悪くも——おおかた悪くもだが、自分は戦うようにできている。それは単にがたいがいいからだけではない。自分にとって戦闘は何よりも血沸き肉躍るものだからだ。

戻れるものなら、特殊任務についていた頃に戻りたい。

気持ちよさそうに煙をふかしつつ、ジムはリビングルームに入り、塩の容器の口を下に向けて、すり切れた絨毯の上に白く細い川を描いていった。エディの担当は家の奥と廊下とキッチンだ。あっという間に作業は終わり、ジムは満足げに仕上がり具合を眺め、次は埃っぽいカーテンを開けて、部屋の縁に沿って塩をまき始めた。まるで自分の縄張りを守っている気分だ。

ディヴァイナ、こっちに来いよ。今すぐこの縄張りを突破してこい。おまえのケツを蹴り飛ばしてやる。

かつては男と女をきっちり区別していた。男を殺害することや怪我を負わせることにはなんのためらいもなかった。だが女となると話は別で、たとえナイフで切りかかってこられても、そのナイフを取りあげるだけだった。やむをえず殺さなければならない場合でも、苦しませず速やかに息の根を止めた。

だが、もはや自分にとってディヴァイナは女ではない。あいつは女の仮面をかぶった正真正銘の悪魔だ。

いつの間にか、気づいたらよろよろした塩の線になっていた。まあ、マクドナルドのフライドポテトにひと味加えるために使う塩を信用しすぎるのも考えものだ。だが、エディは決してばかではない。

それどころか、頼りになるやつだ。これは別に葉巻につられて、エディにごまをすっているわけではない。

ジムとエディが作業を終える頃には、一階はあたり一面が塩だらけになり、フロリダのビーチにいるみたいな匂いがした。ふたりは二階へ向かった。エディが階段にも一段ずつ塩をまいていく。

ヴィンとマリー＝テレーズはせっせと作業を続けていた。エディは彼らが塩をまき終えた場所を見て回り、そのあとふたりにベッドから荷物をおろすよう指示し、ジムには一緒にバスルームまで来るように言った。さっそくエディは洗面台のシンクの中にオキシドールとウィッチ・ヘーゼル・ウォーターを入れ、そこにレモンの搾り汁と酢も注ぎ足し、両手でかき混ぜ始めた。

その強烈な刺激臭がジムの鼻をつく。エディが円を描くように液体を混ぜつつ、かろうじて聞き取れる静かな声で何やら唱えだした。どこの言葉なのかわからないが、彼は同じフレーズを何度も繰り返している。

やがて、ふいに液体から立ちのぼる匂いが変わった。つんとしたきつい臭いは消え去り、春の草原を連想させる、みずみずしい香りがバスルーム内を満たす。

エディは濡れた両手をジーンズでぬぐい、コートのポケットに手を入れて……そのとき、光り輝くものがふたつ見えた。

「ひょっとして、それは銃か？」ジムはきいた。

「ああ」エディは銃を取りだし、その一挺に安全装置をかけると、シンクの中に入れた。水面に泡を立てながら、銃が沈んでいく。しばらくしてエディはそれを水中から取りだし、ジムに渡した。「ホルスターに挿しておけ。おまえのシグ・ザウエルと違って、これならディヴァイナを仕留められる」

エディがもう一挺も液体に浸しているあいだ、ジムは手の中の濡れた銃を眺めていた。これはまさに芸術品だ。おそらく水晶で作られたものだろう。しかも、細部に至るまで精巧な仕上がりだ。バスルームの壁に狙いを定め、引き金を引くまねをする。鋭く力強い放物線を描いて飛んでいく弾が目に浮かんだ。

「気に入った」ジムはつぶやいて、ホルスターからシグ・ザウエルを抜いた。

「そのうち、これの作り方を伝授してやるよ」エディがジーンズの後ろに銃を挿しこむ。「おまえの趣味の彫刻が大いに役立つはずだ」

ふたりはバスルームを出て、ヴィンとマリー＝テレーズに合流した。彼は部屋の中を歩き回り、彼女はベッドに腰かけていた。エディはコートを脱ぎ捨て、ほとんどからになった〈ハナフォード・スーパーマーケット〉の買い物袋の中に手を突っこんだ。

そして、フレッシュセージを取りだし、容器の蓋を開けてハーブの束をマリー＝テレーズに差しだした。「きみはこれを持って、離れたところにいてくれ。何を見ても、何が起きても、決して落とさないこと。両方のてのひらを合わせて、そのあいだにしっかり挟むんだ。そうすることで、きみは守られる」

「ぼくは何をしたらいい？」ヴィンが口を開く。

エディは声がしたほうへ視線を移した。「服を脱げ」

38

最後に人前で裸になったときと今では状況がかなり違う。

ヴィンはドレッサーの上に脱いだシャツとズボンとボクサーパンツを重ねて置き、拳銃をその一番上にのせた。そして三人のほうを振り向く頃には、さっさと終わらせる心の準備ができていた。ふと、十年ほど前に人生初の手術をした日のことを思い出した。バスケットボールやテニスやランニングなどのスポーツで、長年酷使してきた膝の手術をしたときと同じ気分だ――これを乗り越えれば楽になる。苦しみの先には必ず喜びが待っているはずだ――あのときもこんな気持ちだった。

ヴィンはマリー＝テレーズに視線を向けた。彼女はフレッシュセージの束を両方のてのひらのあいだに挟み、まだベッドに座っていた。親指のところから柔らかそうな葉がのぞき、反対側からは茎が突きでている。マリー＝テレーズと目が合い、その瞬間、無意識のうちにヴィンの足が動いた。彼は彼女に近づいて、すばやく唇にキスをした。マリー＝テレーズは不安そうだが、芯の強い女性だ。それでもやはり、彼女を巻きこみたくなかったという思いは今もくすぶっている。しかし、ディヴァイナがマリー＝テレーズのイヤリングを持ち去ったとなると、エイドリアンの意見を受け入れる以外に選択肢はなかった。

エディが方位磁針と白いキャンドルを四本取りだしした。ボーイスカウトみたいに方位磁針で方角を確認し、床に東西南北の印をつけると、それぞれの位置にキャンドルを立てる。そしてジムとそのまわりを囲むようにして塩をまき始めた。見事なものだ。ヴィンは思わずふたりの動きに見入ってしまった。二十年近く前に自分が作った円よりも形がきれいだ。もっとも、あのときは、いつ親が目を覚ますか気が気でなくて、急いで作ったのだが。

「さっきも言ったが、あんたがやったのは所有の儀式だ」エディが四本のキャンドルに火をつけていく。「その儀式で、あんたは三つのものを使った。髪の毛と血と……あれを。この三つをディヴァイナに差しだし、あいつはそれを受け取った。そして、まんまとあんたの魂に入りこんだというわけだ。これから、おれたちはあんたの中からディヴァイナを追いだす」

「それはわかった」ヴィンは口を挟んだ。「だが、マリー＝テレーズから始めたほうがいいんじゃないか？」

「いいや、あんたが先だ。なぜなら、あんたは自らディヴァイナを自分の中に引き入れたからだよ。それに、マリー＝テレーズとディヴァイナの結びつきは弱い。あいつが彼女のイヤリングを持っていたとしてもだ」エディは廊下に出ていき、バスルームへ消えた。間もなく、手を濡らして戻ってきた。両手をあげた格好は、まるで手術前の医者のようだ。「ジム、おれのコートの右ポケットに入ってるものを出してくれ」

ジムは白いサテンのリボンで結ばれた、長さ二十五センチ、幅五センチほどの包みを取りだした。

「開いてくれ」

ジムはリボンをほどき、革の包みを広げた。短剣が出てきた。

ガラスの短剣だ。

「触るなよ」エディが言った。

「それで何をするつもりだ？」ヴィンは声を張りあげた。

「あんたを切り開く」エディはキャンドルの火が灯る円を指さした。「これは魂の手術だ。先に言っておくが、死ぬほど痛いぞ。だがすべて終わったあとは、傷ひとつ残っていない。では、始めよう。ここに寝てくれ。頭は北向きだ」

ヴィンはこちらを真顔で見ているふたりの男を見つめ返した。とりわけエディは厳しい顔つきだ。

「こういうナイフは初めて見たな」ヴィンはぼそりとつぶやいた。

「これは水晶で作ったものだ」エディが返す。なんとなくヴィンは自分が土壇場になって躊躇していることに、この男は気づいているような気がした。「さあ、そろそろ始めるとしよう。まずは深呼吸だ」エディが相棒に目をやる。「ジム？　おまえはマリー＝テレーズの隣にいろ。そのうち、おまえにもこの役割が回ってくる。だが、今日は見学だ。もし危険な状況に陥ったときは、彼女の面倒を頼む」

「きみは心が読めるのか？」ヴィンはエディに声をかけた。

「まあな。準備はいいか？　始めるぞ。エイドリアンがどれくらいディヴァイナを引き止められるかわからないんだ」

ヴィンはマリー＝テレーズに目を向けた。そして今、自分が彼女に伝えたい思いを読み取ってほしいと願う。どうやら、その願いは叶ったようだ。マリー＝テレーズがうなずくのを見て、ヴィンは塩の円の中に足を踏み入れ、仰向けに横たわった。体は円にぴったりおさまった。頭は北側に立てられたキャンドルのすぐそばにあり、足の裏は反対側の円の縁に触れている。

「ヴィン、目を閉じてくれ」

彼は最後にもう一度だけマリー＝テレーズの顔を見つめると、まぶたを閉じて、体の力を抜こうとした。肩甲骨や尻や踵に当たる床がやけに硬い。心臓が大きく打っている。だが、本番はこれからだ。とはいえ、外部から隔離されたこの感覚も、自分の呼吸音も、不思議な言葉を唱えながら円のまわりを歩き回るエディの足音も、神経に障ってしかたがない。

もう、いい加減我慢の限界だ。この状態はまるで皿にのった肉ではないか。マリー＝テレーズはそれが人肉とは知らず——。

突然、床がかすかに揺れた。

まずてのひらに、次に足に、そして体内に振動が伝わってくる。そのリズミカルな波動に身を任せていると、腕や太股や胸に生えた毛がわずかに風にそよいだ。窓が開いているのだろうか。ふとそんな考えが頭をよぎる。

違う……いよいよ始まったのだ。

自分が回転しているのか、部屋が回転しているのかわからないが、いつの間にか波動と風は合体し、渦を巻いてヴィンのまわりを回りだした……それとも、自分がぐるぐる回っているのか……。回転速度が徐々にあがっていくにつれ、ヴィンは気持ちが悪くなり、マリー＝テレーズと食べたサンドイッチが喉へとせりあがってきた。

吐きだしそうになったそのとき、ふいに回転が止まり、体が一瞬ふわりと宙に浮いた。ヴィンは深く息を吸いこんだ。胃のむかつきはおさまり、緊張でこわばっていた腕や脚の筋肉も次第に緩んでいく。

やがて視力も戻ってきた。まだ目は閉じたままだが、白い光が見えた。その光源はヴィンが横たわっている床だった。そこから放たれる光が彼の体を照らしている。

エディが顔をのぞきこんできた。

彼の唇が動いている。何も聞こえないが、彼の言葉は心に届いた。

一度大きく深呼吸したら、じっとしていろ。

ヴィンがうなずきかけると、エディが首を横に振って制した。またしても、この男は彼の心を読んだのだろう。

エディは両手で握りしめた水晶の短剣を高々とあげて、ヴィンの胸に狙いを定めた。短剣が白い光を受け、ピンク、淡い青、薄い黄色、深紅、濃紺、深紫といった美しい輝きを放つ。

エディの言葉を唱えるスピードがだんだん速くなっていく。その奇妙な言葉がふっとヴィンの頭に浮かんだ。

彼は覚悟を決め、鋭い刃先にまっすぐ視線を据えた。

あれが自分の胸に突き刺さるのだ。

ヴィンに向かって一気に短剣が振りおろされた。その衝撃は想像以上で、水晶の短剣が皮膚に食いこんだとたん、一瞬にして全身に激痛が走った。

エディがヴィンの胸を切り開く。

ヴィンの口から叫び声がほとばしる。思わず体をよじりそうになった。エディの声がぼんやり聞こえる。男の金色に光る手が胸の中に深く入りこんできた。たまらず、ヴィンはさらに大声をあげた。

エディの手が悪魔の宿る場所を探り当て、何かをつかみ、引っ張る。

それがどんなものなのかわからないが、ぴったりと張りついているらしく、エディが取りだすのに苦労している。そうこうしているうちに、ヴィンは息ができなくなってきた。必死に口を開けて、なんとか肺に空気を取りこもうとした。

ふたたびヴィンは叫んだ。だが、ほとんど声にならなかった。

エディと邪悪なものとの攻防戦が激しさを増す中、ヴィンも戦っていた。自分のためではなく、マリー＝テレーズのために。彼女の目の前で死ぬわけにはいかない。彼女に自分が死ぬ場面を見せたくはない――。

けれども、エディがいくら引っ張っても、ヴィンの中にある物体はびくともしなかった。敗北感が押し寄せてきた。鼓動がみるみるうちに弱まり、全身は麻痺して冷たくなっていく。最後まで戦い抜きたい気持ちはあるが、もはや体が言うことを聞かなかった。

ふいに悪の力が弱まった。

最初はわずかに緩んだだけで、体に巻きついていた蔓《つる》の一本が切れたくらいの感覚だった。ところが、すぐに次から次へと蔓が切れ始め――。

金属同士がこすれるような耳障りな音をたてて、何かが引きちぎられ、ヴィンの体から離れた。そして黒い物体が取りだされ……。そのとき、まずヴィンの頭に浮かんだのは、体がとてつもなく軽くなったということだ。次に、それでも自分は死ぬのだということ――。

だが、白い光に救われた。

まるでヴィンに時間が残されていないことに気づいたみたいに、突然、明るい光が体を包みこんだ。そのとたん、痛みがすっと和らぎ、拷問にも似た苦しみなど何もなかったかのごとく、やがて痛みはすっかり消え去った。

自然と涙が流れ落ちた。安堵と感謝の涙が。

三十三年の人生で初めて、ヴィンはありのままの自分を受け入れた。

ジムは警戒を緩めなかった。

何か物音がするたびに、耳をそばだてた。これは家の中から聞こえてきたのか？　木のきしむ音か？　それとも、窓に吹きつける風の音か？　通りを走る車の音が聞こえるたびに、窓の外ものぞいた。そして敵の侵入に備え、常に部屋の四隅にも目を配っていた。

とはいえ、部屋の中央が気になってしかたがなかった。

何もかもが初めて見る光景だった。ヴィンが塩の円の中に横たわった瞬間から今に至るまで、信じられない光景が次々と目の前で展開されていった。

まったく、あの水晶の短剣ときたら。

あれほど美しいものはいまだかつて見たことがない。床に突如現れた白い光を反射して、短剣から放たれた色鮮やかな輝きにはすっかり目を奪われてしまった。

だが、この格闘は……エディが光り輝く短剣をヴィンの胸に突き刺し、沼に落ちた車を引っ張りあげようとするかのように、胸の奥から何かを必死に取りだそうとしているとき、間違いなく死ぬと確信した。そう思うのも当然だ。そのあいだずっと体を硬直させ、喉を振り絞って苦痛の叫びをあげていたのだ。

マリー＝テレーズはそんなヴィンの姿を黙って見ていられなくなったのだろう。彼女はヴィンに駆け寄ろうとしたが、その前にジムが立ちふさがった。何が起ころうと、邪魔をすることは許されない。これは魂の手術だ。そして、癌は必ず取りのぞかなければならない。たとえその途中でヴィンが息絶えたとしても、この摘出作戦の遂行は正しい行為だ。

ジムはマリー＝テレーズを軽く抱き寄せた。彼女はジムの胸に背中を預け、彼の腕に爪を食いこませて、前を見つめている。きっと傍観する以外に何もできない無力感にとらわれているに違いない。

だが、結局これはエディとヴィンの戦いだ。運命がどう転ぼうとも。

やがて事態が急変した。一進一退の攻防の末、ついに勝利の女神がエディに微笑んだのだ。天使は徐々に優位に立ち始めると、最後は一気に攻めこみ、ヴィンの胸から何かを引っ張りだした。その瞬間、エディが勢い余って床に尻もちをつく。

しかし、勝利の余韻を味わっている暇はなかった。

ヴィンから飛びだした黒い物体はすぐさま影を形作り、空中に浮かび――間髪をいれず、疾風のごとく空気を切り裂きながら、マリー＝テレーズに襲いかかってきた。

ジムは急いで彼女を背後に隠し、壁に押しつけた。そして、すばやく水晶の銃を取りだして、銃身に付属した栓を開け、その中に入っているものを彼女の頭からかけた。液体が彼女の鼻や毛先にしたたり落ちる。

自分もバケツでこの液体を頭からかぶりたいくらいだ。

ジムは影のほうに向き直って身構えた。体に影がぶつかってきたときは、千匹もの蜂に刺された感じがした。マリー＝テレーズが悲鳴をあげ――。

いや、彼女ではない。影のほうだ。今やBB弾みたいな小さな玉となり、床に散らばって金切り声で叫んでいる。

まったくしぶといやつらだ。BB弾は寄り集まってきて、またひとつの影になった。だが、ふたたび攻撃してくることはなく、塩がまかれていない窓に向かって突進し、ガラスを突き破って外へ出ていった。その衝撃音が家じゅうに響き渡る。

それとまさに同じ瞬間、耳をつんざく大音響を轟かせて白い光が消えた。この派手な退場に、ジムの鼓膜は破れそうになり、ドレッサーの上の壁にかかっている鏡は粉々に割れてしまった。エディは壁にぐったりと寄りかかっている。ヴィンは床に横たわったまま、汗に濡れた青白い体を震わせていた。

マリー＝テレーズは、胸まで膝を引きあげ、丸くなって横向きに寝ている彼のもとへ駆け寄った。

「ヴィン?」彼女がヴィンの髪を後ろに撫でつける。「大変。彼、震えているわ。ベッドの上の羽毛布団を取ってくれる?」

ジムは布団をマリー＝テレーズに渡し、それからエディのそばへ行った。なんだか気を失っているみたいだ。「おい、大丈夫か、エディ?」

やはり一時的に意識が飛んでいたのだろう。エディははっと顔をあげて、あたりを見回した。それでも感心なことに、放心状態にあったにもかかわらず、水晶の短剣は関節が白くなるほどがっちり握りしめている。

この天使は少しも勝利に酔っているふうには見えなかった。

エディが立ちあがろうとした。ジムは彼の脇の下に手を入れて体を持ちあげ、ベッドに座らせた。「どうなんだ?　うまくいったのか?」

エディがゆっくり深呼吸を繰り返す。「ああ、ヴィンの魂はきれいになった……あれはいい判断だったな。マリー＝テレーズを濡らしたのは」

「とっさの思いつきだったが、終わりよければすべてよしだ」ジムはエディの肩にかかった三つ編みを背中に垂らしてやった。摘出作戦が成功したわりには、どうも表情が冴《さ》えない。「そんなしけた顔をするなよ。何か問題でもあるのか?」

エディは割れた窓ガラスに目を向け、頭を振った。「簡単にいきすぎたんだ」

くそっ、嘘だろう！　ジムは心の中で叫んだ。

これが簡単なら、本当の戦いはいったいどんなことになるのだろう。

39

ソールはガレージの照明に照らされた自宅の私道にタクシーを乗り入れ、エンジンを止めた。バックミラーにぼんやり目をやり、小首をかしげる。そして、傷跡の残る指で首の後ろに触れ、女と後部座席でしたことに思いをめぐらせた。

セックスをした。

最後に女とやったのは刑務所に入る前だった。つまり、十年ぶりのセックスだったというわけだ。

最高にいい気分だった……だが女の下で果てたあとは、ひどい吐き気とだるさに襲われ、欲望を満たした余韻に浸るどころではなかった。

そんなときだ。いきなり女がハサミを取りだし、ソールの髪と指を切ったのは。あっと言う暇もないほど、女の動きはすばやかった。それから、女は切り取った髪の毛に傷口からにじみでている血をこすりつけ、彼の膝の上からおりると、両手をスカートの中に入れた。

そのあと、女はソールを後部座席に残し、タクシーをおりた。

ドアを閉めようともしなかった。そのせいで車内に冷たい空気が吹きこんできたが、手を伸ばすのも面倒だった。彼はしばらくしてからようやくズボンのファスナーをあげてドアを閉めると、ただぼうっと背もたれに寄りかかった。どのくらいそうしていたのだろう。突然、無線機のスピーカーから配車係の声が聞こえてきた。冗談じゃない。日中でも危険なダウンタウンに行く気などさらさらなかったので、当然無視した。

そのうち、いつの間にか眠ってしまったらしい。はっと目を覚ましたときには、すでにあたりは暗く、街灯がついていた。ソールは後部座席から這いだして運転席に戻り、すべてのドアをロックした。

寝ているあいだ、夢を見た。まったく……あれは胸くそ悪い夢だった。自分はあの女ではなく、腐った臭いのする化け物とセックスしていた。そういえば……夢の中でその化け物女と取引をした。こちらはあいつのほしいものを与える見返りに、何かもらうことになっていた。それがなんだったのか……。

たしか……大切なものだったはずだ。何よりも彼が大切に思っているもの。

思い出そうと頭をひねっていると、ふいに運転席と助手席のドアが同時に開き、ソールは物思いから現実に引き戻された。ちんぴらどもめ。あの若造ふたりは車内に手を突っこみ、彼のバックパックとジャケットをひったくろうとしたのだ。

とっさにソールは運転席側にいた男のポニーテールをつかんだ。その瞬間、居眠りする前のひどい倦怠感《けんたいかん》はどこへやら、体じゅうにパワーがみなぎっている感じがした。まるで最強の殺人マシンに変身した気分だった。

助手席側にいた男はソールと目が合ったとたん、手に持っていた財布を落とし、尻尾を巻いて一目散に逃げ去った。

ソールは後部座席にポニーテール男の上半身を押しこむと、思いきり首をねじり、へし折った。

死体はその場に放り捨てた。それから監視カメラを見あげた。

作動中の赤いライトは点滅していなかった。これをラッキーと言わずしてなんと言おう。ソールも、女も、ちんぴらふたり組も映っていない。自分の運のよさに思わず小躍りしたくなった。

運じゃない。これも取引の一部よ。どこからか声が聞こえてきた。

すると、監視カメラを気にしてこそこそと行動するのが急にばからしく思えてきた。警察に捕まらないように武器を隠すのも、足取りを消すのも、変装するのも。

そんな生活とはもうおさらばだ。

ソールは上機嫌で運転席に滑りこんだ。その瞬間、エンジンをかけたまま居眠りしていたことに初めて気づいた。なぜ、一酸化炭素中毒で死ななかったのだろう？ ずっとヒーターもついていたはずだが、車内は少しもあたたまっていなかった。

家に帰れ。頭の中で声がした。

彼はハンドルをきつく握りしめ、何かに突き動かされるかのごとく、タクシーを急発進させた。**家に帰れ。**

一刻も早く。

ソールは街外れに向かって、ダウンタウンを走り抜けた。とはいえ、人を殺したあとだ。牧師の妻みたいに制限速度をきっちり守った。

そして今、自宅の私道にタクシーを停め、じっとフロントガラスを見つめている。妙な活力がわいているのに、なぜか体が動かない。

ふと、路地裏に捨ててきたポニーテール男の変わり果てた姿が目に浮かんできた。これまでと違い、今回は殺人を犯しても警察を恐れていないが、それでもこのタクシーを会社に戻し、どこかへ姿を消したほうがいいだろうか。所詮、夢は夢だ。現実ではない。殺人犯がそうそう簡単に逃げきれるはずがない――。

おまえは大丈夫だ。ちゃんと逃げきれるさ。

ほら、さっさと家の中に入れ。

ふたたび頭の中から声が聞こえた。ソールは車をおり、あたりを見回した。まるで自分が自分でないみたいだ。どうしてこうも自信満々なんだ？　それと同時に、なんというか換金前の宝くじの当選券を持っているような落ち着かない気分でもあった。盗まれたらどうする？　せっかく大当たりしたのに、背後からいきなり襲われ、当選金を手にする夢がはかなく消えたら……。

心配無用だ。気を大きく持て。さあ、家に入れ。

家の鍵をポケットから出そうとしたとき、隣の家の前にトラックが停まっていることに気づいた。私道にも高級車が停まっている。まあ、どうでもいいことだ。とにかく家に入ろう。

ソールは玄関ホールで立ち止まり、からっぽのリビングルームを、その奥にあるマクドナルドの袋やら、ピザの箱やら、コーラの空き瓶やらで埋もれたキッチンを眺めた。とりあえず何か食べようか？　いや、腹も減っていないし、喉も渇いてない。おまけに疲れてもいない。そもそも、なんで帰ってきたんだ？　それがさっぱりわからなかった。

頭の中の声に耳を澄ませる。

何も聞こえなかった。ソールは、帰宅したあとのいつもの習慣どおりに二階へ向かった。

寝室に入り、大理石の像を見つめる。自分に力を与えてくれる女性を。マグダラのマリア像に駆け寄り、その前にひざまずいて両手で頬を包みこんだ。てのひらに彼女のぬくもりが伝わってくる。

その瞬間、あの女と交わした取引を思い出した。一言一句はっきりと。

女の声が耳にこだまする。あなたは一番ほしいものを確実に手に入れられる。彼女をあなただけのものにできるの。わたしの言うとおりにすればね。あなたがそうしてくれたら、わたしも自分の大切なものを手放さずにすむの。もちろん、それに対するお返しはするわ。あなたのことはわたしが守ってあげる。永遠に。

あなたは一番ほしいものを確実に手に入れられる。

彼女を殺しなさい。そうしたら彼女はあなたのものになるわ。

「ああ、そうだ」ソールはマリア像に話しかけた。「彼女はおれのものだ……おれの愛しい人」

マリー＝テレーズを殺すのに最も手っ取り早い方法は、彼女の家に侵入することだ。

そして、彼女にこっそり近づき——。

突然、隣の家から窓ガラスの砕け散る音が響き渡り、ソールは顔をあげた。彼の家のアルミ外壁にも大破したガラスの破片が直撃し、その甲高い金属音が鼓膜を震わせた。

ふいにあたりが静寂に包まれた。まったくすさまじい威力だ。壁に開いた大きな穴から外気が入りこみ、カーテンが揺れている——。

ああ、マリー＝テレーズ。穴の向こうに彼の愛しい人がいる。

天井に取りつけられた照明に照らされた彼女はなんて美しいのだろう。マリー＝テレーズは恐怖に引きつった表情で窓のほうを見ている。服も髪もびしょ濡れだ。顔にはまったく血の気がない——まるでマグダラのマリア像そのものだ。

ソールは満面に笑みを浮かべ、マリー＝テレーズに見入った。こちら側は真っ暗なので、彼女に気づかれる心配はない。一緒にいるふたりの男にも。

これは興味深い……そのうちのひとりはあの穢らわしいクラブにいた男だった。クラブの通路で大学生のふたり組を痛めつけていた男。大学生たちに路地で最後のとどめを刺したのは自分だが。

時間を無駄にするな。行け……早く行け……。

ソールは弾かれたようにして立ちあがり、寝室を出て、階段を駆けおりた。そのあいだずっと、タクシーに乗りこんできた女のことを考えていた。

大したやつだ。あの女にはパワーがある。本物のパワーが。

ソールは外へ飛びだし、タクシーの運転席の下から拳銃を取りだした。

マリー＝テレーズはヴィンを羽毛布団でくるみ、腕の中に抱き寄せた。彼の体は氷みたいに冷たくなっている。なんとかあたためようとさすっているが、あまり効果はなかった。ヴィンの全身は小刻みに痙攣し続けている。ひょっとして、ここがどこなのかも、何が起きたのかもわからなくなっているのだろうか。

「大丈夫……わたしがそばについてるわ」

どうやら声は聞こえているようだ。不安定だった呼吸が少しずつ落ち着きを取り戻していく。

「ヴィン、わたしにもたれかかっていいのよ」マリー＝テレーズはヴィンの体を引っ張りあげた。それにうながされて、彼は彼女の膝に頭をのせた。「安心して……あなたはもう大丈夫よ。わたしも大丈夫」

マリー＝テレーズはヴィンの横顔を見つめ、目の前で繰り広げられた光景を思い起こした。現実に起きたことなのは疑う余地がないけれど、それでもいまだに信じられなかった。

エディがすべてを仕切り、ヴィンの胸に水晶の短剣を突き刺した。そのあと、ふたりはともにもがき苦しんでいた。長い苦闘の末、エディが上体を後ろへ大きくそらし、ついにヴィンの胸から何かを引っ張りだした瞬間、ただならぬ恐怖に襲われた。

そのときは、どうしてそう感じたのかわからなかったが、すぐに本物の恐怖を味わうことになった。ヴィンから取りだされた悪霊の次の標的がわたしだったのだ。ここから事態はめまぐるしく展開していった。悪霊がマリー＝テレーズに狙いを定めて飛びかかってきたとたん、ジムが体の後ろに彼女を隠し、さわやかな香りのする液体を頭から浴びせた。彼女はずっと怖くて叫んでいたのかもしれない。このあたりの記憶はあいまいだ。気づいたら、悪霊はばらばらになって床に散らばっていた。そして突然、窓ガラスが粉々に砕け散った音が部屋じゅうに響いた。

ヴィンが寝返りを打ち、こちらを見あげてきた。「本当に……きみは……大丈夫なのか？」

彼は歯をかちかち鳴らし、ようやく言葉を絞りだした。

「ええ、本当よ」

「どうして濡れてるんだ？」

マリー＝テレーズは湿った髪を後ろへ撫でつけた。「たぶん、これのおかげでわたしは助かったんだと思うわ」

ベッドに座っているエディが口を開いた。声がひどくかすれている。「そのとおりだ。あのときのジムの判断は適切だった」

ジムは軽くうなずき、疲れきった様子の相棒を心配そうに見つめた。「何かほしいものはないか？」ジムがエディに声をかける。

「何もいらない。それよりもエイドリアンが心配だ。ディヴァイナは姿を現さなかった。エイドリアンもここにいない。それはつまり……」

何か問題が起きたのね。マリー＝テレーズは心の中で思った。

「何か問題が起きた」ジムが彼女の心の声を代弁する。「そうなると、魔法のソースを補充しておいたほうがいいな」

ジムはバスルームへ向かった。ヴィンがうめきながら起きあがろうとしている。

「さあ、わたしに寄りかかって」マリー＝テレーズは彼の腰に両腕を回して上体を起きあがらせ、羽毛布団を肩にかけてやった。

ヴィンが乱れた髪をかきあげる。「すべて終わったのか？　ぼくは……自由になったのか？」

エディがよろよろとベッドから立ちあがった。「まだ完全にではない。すべて終わるのは、ダイヤモンドの指輪を取り戻したときだ」

「ぼくも取り戻すのを手伝おうか？」

「いいや、これはひとりでやったほうがいい」

ヴィンは黙ってうなずいた。立ちあがろうとした彼を、マリー＝テレーズは手を添えて手伝った。彼がゆっくりとした足取りでドレッサーのほうへ歩いていく。

服を身につけ始めたヴィンに手を貸したいのはやまやまだったが、あれこれと子どもの世話を焼く母親みたいに思われたくはない。マリー＝テレーズは窓辺に近づいた。

これはひどい。窓の木枠が無残に破壊されている。彼女は外をのぞいた。地面には砕け散ったガラスの破片や木片が散乱していた。

「今すぐそこから離れろ」エディがこちらにやってきて、彼女と窓のあいだに大きな体を割りこませた。「ここはまだ封印していない。どういうことかというと――」

いきなりエディが苦しげにうめき、喉に手をやった。その姿は背後から首を絞められているようにも見える。エディの上体がのけぞり、頭と肩が窓の外に飛びだした。

マリー＝テレーズはあわてて彼に飛びついたが――なすすべもなくずるずる引っ張ら

れていく。

「あれを……短剣を……」エディがやっと声を出す。

すべての動きが、突如スローモーションになった。マリー＝テレーズが肩越しに叫ぶ。ジムが部屋に駆けこんできて、ベッドに置いたままになっていた水晶の短剣をつかみ取り、エディに持たせた。すかさずエディが身をよじりながら窓の外の何かに短剣を突き刺した。

そのあいだ、マリー＝テレーズはエディの片脚をつかみ、ジムは彼の腰にがっちり腕を巻きつけていた。一方、ヴィンは拳銃を握り、銃口を窓のほうに向けている。

マリー＝テレーズがヴィンに目をやったそのとき、開け放たれたドアから男の姿がちらりと見えた。男は階段をのぼり、じわじわと寝室に近づいてくる。そして戸口で立ち止まった。男が室内に向き直った瞬間、彼女と視線が合い……。

ソール……彼も祈禱グループのメンバーだ。いったい、ここで何を――。

彼がゆっくりと銃を持った手を持ちあげ、マリー＝テレーズに狙いを定めた。「愛しい人」神妙な面持ちで言う。「永遠におれのものだ」

ソールが引き金を引いた。

ヴィンが何か叫ぶと同時に、ジムが弾道に体を投げだした。銃弾からマリー＝テレーズを守るためだろう。彼女の前に立ちはだかり、両腕を横に大きく広げ、胸を突きだしている。

支えを失ったエディが窓から落下した。その衝撃で、地響きが轟く。

次の瞬間、二発目の銃声が鳴った。

40

ヴィンがズボンに足を通し、引きあげようとしたときだった。突然、窓のほうからマリー＝テレーズの叫び声が聞こえ、倦怠感も一気に吹き飛んだ。とっさに彼女の身に何か起きたと思ったのだ——だが、違うとわかり、ほっとしたのもつかの間、ジムがすばやい動きで短剣をエディに渡し、窓から体を乗りだして何かを始めた彼の腰に全身の筋肉を総動員させてしがみついた。マリー＝テレーズも必死の形相でエディの脚をつかんでいる。

ヴィンは急いで拳銃に手を伸ばし、親指で安全装置を外して銃口を窓に向けた。何に向かって撃とうとしているのかわからないままに、引き金に指をかけ、じっと息を殺して待った。

そのとき、ふいにマリー＝テレーズの表情が変わった。寝室のドアのほうを見つめ、目を大きく見開いている。

家の中に誰かが侵入してきたに違いない。

ヴィンはゆっくりと回れ右をして、ドアに向き直った。その瞬間、夢と現実が交差した。薄くなりかけた金髪の男が階段をのぼり、寝室に近づいてきていた。男は銃口を室内に向け、引き金を引いた……勢いよく飛びだした弾が宙に放物線を描き……そして、マリー＝テレーズに命中する。

「やめろ！」ヴィンが叫ぶと同時に、発砲音が響いた。

視界の隅で、マリー＝テレーズの前に立ちふさがるジムの姿をとらえた。一瞬後、鈍い命中音が聞こえ、ジムがのけぞり、マリー＝テレーズの上に倒れこんだ。

ヴィンは反射的に彼女に駆け寄ろうとしたが、すんでのところで思いとどまり、侵入者に向かって銃を構えた。この男に引き金を引かせない。これが室内にいる人間が生き延びる唯一の道だ。

ただし、ジムを救えるかはわからないが。

ヴィンは足を一歩前に踏みだした。男は自分より十センチ近く背が低い。

ヴィンは男の左胸に銃口を定め、躊躇なく引き金を引いた。至近距離から撃たれた反動で、引き金にかかっていた男の人差し指が動き、銃口から飛びだした弾がヴィンの肩に命中する。

しかし、運よく左肩だ。

男は仰向けに倒れ、銃も手から離れて廊下の床に転がった。ヴィンは何発もの銃弾を男に向かって撃ちこんだ。二度と銃を持てないように。二度とまばたきができないように。

引き金を引くたびに、男の体は跳ねあがり、腕と脚が操り人形みたいにぴくぴく動いた。

「マリー＝テレーズ、きみは撃たれなかったか？」ヴィンは男を見おろしたまま叫んだ。

「ええ……でも、ジムが……ああ、どうしよう。ほとんど息をしていないの。エディも窓から落ちてしまって」

ヴィンの銃を握っていないほうの手から血がしたたり落ち、男のジーンズをどす黒く染めていく。彼はぐったりと伸びた男の体をまたぎ、銃を階段のほうへ蹴り飛ばした。

「911に通報してくれ」ふたたびヴィンはマリー＝テレーズに声をかけた。

「今かけてるところよ」彼女の声が返ってくる。

一度振り返って自分の目でマリー＝テレーズの無事を確認したいところだが、少し怖に引きつり、口の端からは血が流れている。

侵入者は短いうめき声をあげたあと、体をぶるりと震わせて息絶えた。その顔は恐

「やめてくれ……」薄茶色の目に何が映っているのか知らないが、男は悪夢にうなされているかのような怯えた声を吐きだした。

突然、男がかっと目を見開いた。ヴィンはじっと一点を見つめているその目をのぞきこんだ。男の血の気を失った唇が、引きつったように動く。

マリー＝テレーズ・ブードローです。男性がふたり――いえ、三人……大至急、救急車をお願いします。ええ……いいえ、わたしの家ではありません――」

ふいにマリー＝テレーズの声が耳に届いた。「ええ、クレストウッド・アベニュー百十六番地です。男性がふたり――いえ、三人……大至急、救急車をお願いします。ええ……そうです。ええ……いいえ、わたしの

銃弾を受けて死んだということは、おそらく人間だろう。

一分、二分、三分……と時間が過ぎていき、やがて男の平凡な顔から完全に生気が消えた。それにしても……こいつは誰だ？　なぜここに来た？

でも隙を見せるわけにはいかなかった。もう侵入者がいないとは言いきれないし、この男もまだかすかに息をしている。しないか耳を澄ませた。

ヴィンは何度か男の脚を蹴ってみた。反応はない。次に、もう一度耳を澄ます。風の音以外、何も聞こえなかった。

用心に用心を重ね、銃を構えたまま、ゆっくりとあとずさり、室内に入っていく。そして、ヴィンは駆け寄ってきたマリー＝テレーズをきつく抱きしめた。彼女の体は震えていたが、彼の腕に包まれると安心したようだった。

「CPRの経験はあるかい？」ヴィンはきいた。「きみがこの銃を持っててくれたら、ぼくが――」

「いいえ、わたしがジムの世話をするわ」マリー＝テレーズはジムのもとへ引き返し、かたわらにひざまずいて彼の口元に耳を近づけた。「呼吸音は聞こえるけど、かなり弱いわ」

マリー＝テレーズはフリースを脱ぎ、血がにじむ胸の上に置いた。それからジムの脈を測る。「脈も弱いわね……でも心臓が動いてるから、胸骨圧迫はできないわ。どうしたらいいのかしら？　救急車が到着するまでは五分くらいかかると言われたの」

この状況では、五分が永遠にも思える。

「撃つなよ」階下からかすれた声が聞こえた。「おれだ」

「エディか？」ヴィンは声を張りあげた。「ジムが撃たれた！」

エディが階段をのぼってきた。車にひかれた動物みたいに脚を引きずりながら廊下を進み、倒れている侵入者を見おろす。「こいつは完全に死んでるな。ジムの状態はどうだ？」

「大丈夫よ」マリー＝テレーズがジムの頬をてのひらで包み、ささやきかけている。「ジム、そうでしょう？　あなたは強い人だもの。必ず助かるわ。助かるに決まってる……」

ヴィンは銃をベッドの上に置き、ジムのそばへ行って、マリー＝テレーズとは反対側にひざまずいた。

「ジムがわたしを救ってくれたのよ」彼女が華奢《きやしや》な手でジムの太い腕を撫でる。「ジム、わたしの声が聞こえる？　守ってくれてありがとう。あなたがいなかったら、わたしは死んでいたわ。あなたはわたしの命の恩人よ……」

ヴィンはジムのたくましい胸板に視線を落とした。この男が致命傷を負っているのは医学博士号を持っていなくてもわかる。侵入者と同じく呼吸が浅い。徐々に内出血が広がり、間もなくジムの顔からも血の気が失せていくだろう。

くそっ。ただ救急車の到着を待つ以外に何もできないのがもどかしかった。呼吸も脈もあるジムにはＣＰＲは有効ではない。一歩間違えれば、動脈を傷つけてしまうだろう。

　やがて、近づいてくる救急車のサイレンの音が聞こえてきた。ヴィンは生まれて初めて感謝の祈りを唱えた。


　撃たれるのは何もこれが初めてではない。刺された経験は数知れないし、首をつられたことさえある。これまでだって何度も怪我をしてきた。拳やバールで殴られたり、ジャックナイフで切りつけられたり、拷問にかけられたりして。そういえば、モンブランの万年筆を突き刺されたこともあった。

　だが、ジムはいつも見事に復活した。どんなに痛めつけられても、どんなに出血しても、どんなにおぞましい武器を使われても、致命傷にはならなかった。

　とはいえ、胸を撃たれた今回ばかりは鮮やかな復活劇を演じられそうにない。

　天使になろうがなるまいが、死ぬだろう。

　不思議だ。大して痛くもない。もちろん、胸はひりひりするし、息も苦しい――うまく空気を吸いこめないのは胸腔内に血液が溜まりかけているからだろう――だが、おおむね気分は良好だ。少し寒いが、この程度なら許容範囲と言える。

　これは明らかにショック状態を起こしている証拠だ。

どうやら銃弾が動脈を傷つけたらしい。ジムは本能的に口を開けた。別に命乞いをしたいからでも、早く病院へ搬送するよう催促したいからでもない。体が血に溺れそうだから。ただそれだけだ。

まあ、それも悪くないか。四人の天使が母に会わせてくれるだろう。できれば、早すぎる死を遂げたあのブロンドの可憐な少女にも会いたい。

ひと目だけでも会えたら、気持ちが休まるだろう。

ジムは白い服を着て犬を連れた、四人のイギリス人たちを思い浮かべた。いつの日かあんたたちの目標が達成できるといいな。陰ながら祈っているよ。だが、おれを選んだのは間違いだった。それでも、少なくともヴィンとマリー＝テレーズを正しい方向に向かわせることはできた。

それにしても、人生の岐路に立たされていたのは、ヴィンではなくおれだったとは妙な気分だ。

銃を持った男に気づいた瞬間、頭に浮かんだのはヴィンとマリー＝テレーズのことだった。彼女を救えば、ふたりを救うことになる。ふたりを結びつけることは、このくそみたいな人生よりはるかに価値がある。

初めてキューピッドのまねごとをした。初めて無私無欲の行いをした。初めて怒りや復讐心《ふくしゅうしん》にとらわれない行動を取った。これだけは自信を持って言える。だが、正義のための復讐もある。母の敵を討ったときがそうだ。

ジムは残った気力をかき集め、覆いかぶさるようにしてこちらを見つめているヴィンとマリー＝テレーズに目を向けた。ヴィンはジムの手を握り、何か話している。真剣な顔だ。目を赤くして思いつめた表情を浮かべている。こいつの声を懸命に聞き取ろうとはしているが、何も聞こえなかった。おそらく、がんばれ、もうすぐ救急車が来る……あと少しの辛抱だ、がんばれ……とでも言っているのだろう。

そして、マリー＝テレーズ。彼女は泣いていた。そんなに泣くな。せっかくのきれいな目が台無しだぞ。頬を伝った涙が、ジムの胸の上に落ちた。彼女も手を握り、腕をさすってくれている。きっとあたためようとしているのだろう。

だが、何も感じなかった。ただ彼女を見ているだけ。それしかできない。

すまない。そろそろお別れだ。もう息ができない……。

最後の力を振り絞り、ジムは自分の手を握りしめているヴィンとマリー＝テレーズの手を胸に引っ張りあげ、弾痕の上にのせた。そして三人の岐路になったその場所で、ふたりの手をつながせた。

ぼやけた視界の向こうに、つながれた細い指と太い指がうっすら見える。必ずこのふたりは幸せになるだろう。ヴィンの中から悪魔は去り、あとはエイドリアンが無事に仕事を終えるのを待つだけだ。心に傷を負ったふたりの人間が結ばれ、これからの人生をともに歩みながら、ゆっくりと時間をかけて互いを癒やしていく。ヴィンとマリー＝テレーズの未来に幸多かれと願う。

この際だ、自分を褒めてやろう。これまで多くの命を奪ってきたが、最後の最後にひとつの命を救い、このふたりを結びあわせたのだ。

人生の分岐点で、賢明な選択をした。

突然、ジムは咳《せ》きこんだ。息を吸いこもうとしたが、あえぐだけで精いっぱいだ。心臓が止まりかけているのだろう。いよいよ時間切れだ。

早く母に会いたい。もう思い残すことはない。

サイレンを鳴らして私道に入ってきた救急車の赤色灯が天井に反射して躍っている。

ジムはふっとひとつ息を吐き……唇に笑みを浮かべ、人生の幕を閉じた。

41

救急車は猛スピードのせいでがたつきながら、まぶしい光を点滅させている。ただ、サイレンは交差点でしか鳴らしていない。

きっと、これはいい兆しだ。マリー＝テレーズはそう考えた。

ヴィンの背後にある作りつけの長椅子に座り、片手でステンレススチール製のまっすぐな手すりにつかまってバランスを保ちつつ、もう片方の手で彼のあたたかなてのひらを握りながら頭をめぐらせる。もしヴィンがとても危険な状態だったら、耳をつんざくような甲高いサイレンが鳴らし続けられるはずだ。

もしくは、自分を慰めるためにそう思っているだけかもしれないけれど。

担架の上に横たわったヴィンは目を閉じ、青ざめた顔をしているが、彼女の手を放そうとはしなかった。それに道路のくぼみで車が揺れるたびに顔をしかめ、唇をめくり白い歯を食いしばっている。つまり、彼は深いショック状態や昏睡状態にあるわけではないということだ。それはいいことのはず。

よくない可能性よりも、いい可能性のほうが高いはずだ。

マリー＝テレーズは女性救急隊員の様子をちらりと見た。先ほどから携帯用心電計に意識を集中させたままだ。表情からは何も読み取れない。

体を脇に傾け、心電計を見つめてみる。自分にも何か読み取れないだろうか？　黒い背景に白いラインがある種のパターンを描いているのが見えるだけだ。それが何を意味するのか、マリー＝テレーズにはさっぱりわからなかった。

救急車の窓の外に視線を移し、必死の思いで祈る。どうか、早く歩道に街灯がもっとたくさん見えてきますように……それに小型ショッピングセンターや住宅街ではなく、巨大なビル群が見えますように……縁石に沿ってずらりと縦列駐車された車の列が見えてきますように。

そのすべてが、ようやくダウンタウンに到着したことを意味するサインだから。

一刻も早い到着を願っているのは、ヴィンのためだけではない。

マリー＝テレーズは長椅子の上で体の向きを変え、前かがみになりながら、フロントガラスを見つめた。前を走る救急車――ジムが乗せられている――の光が点滅し続けているのを見て、ほっと安堵する。現場では、駆けつけた救急隊員たちがジムとヴィンの容態を比較して優先順位を決める行為《トリアージ》を行い、第二チームを要請すると、まずジムの処置を始めた。マリー＝テレーズはエディと一緒に廊下に立ちながら、携帯型除細動器が持ちこまれ、ジムの負傷した胸に押し当てられ、彼の心臓に電気ショックが与えられるのを見つめていた。一度、そして二度……。

次の瞬間、聴診器を当てた男性の口から、これまで聞いた中で一番うれしい言葉が飛びだした。〝脈を確認〟

どうかその状態がずっと続きますように。今はひたすら、そう祈るばかりだ。ジムが彼女のために命を落とすなんて、考えただけでも耐えられない。

ソールはといえば……すでに事切れ、病院に緊急搬送される必要はなかった。彼のために急ぐ必要はどこにもない。

それにしても……あのソールが？

祈禱グループで一緒だったとき、彼はまったく目立たない存在だった。髪が薄く物静かな印象しかない。いつも〝自分は人生の負け組から永遠に這いあがれない〟とあきらめているような表情を浮かべていた。まさか、彼がこのマリー＝テレーズに妄想を募らせていたなんて。今でも信じられない。でも問題は、まさに、彼がそのように印象に残らないたぐいの男性だったことにあったのだ。

ふと、告解に訪れた夜、教会で偶然彼と出会ったのを思い出した。彼に気づかないまま見過ごしていたことが、これまでにいったい何度あったのだろう？　大聖堂での日曜礼拝のあと、あわや交差点で衝突事故を起こしそうになったときも、彼が背後にいて車を停めて様子を見に来た。つまり、あの日も彼はすぐ近くにずっといたということだ。

ソールはどれくらい頻繁に、マリー＝テレーズを自宅までつけていたのだろう？　もしかして〈アイアン・マスク〉にも来たのだろうか？

襲いかかる寒気に、体をぶるりと震わせた。彼女と一緒にいた男たちを殺したのはソールなのだろうか？

元夫のマークに感謝したいことなど何ひとつない。ただ、彼のような夫を持ったせいで、注意深くなったことには感謝したい気分だ。

フロントガラスから『コールドウェル・クーリエ・ジャーナル』の本社ビルが見えているのに気づき、彼女は思わずヴィンの手を握りしめた。「もうすぐよ」

ヴィンがまぶたを持ちあげた。グレーの瞳にとらえられた瞬間、またしてもなすすべもなく魅了された。彼の瞳を見つめていると、ふいにつまずいて転んでしまったみたいな心もとなさを感じてしまう。しかも、どこへ着地しようとしているのかさえわからないような気分だ。

しかし、もはやそうではない。今はもう違う。マリー＝テレーズにはヴィンがどんな男性かわかっている。彼は用心するべきたぐいの男性ではない。彼こそ、自分が人生において必要としている人、心から求めている人にほかならない。

体をヴィンのほうへかがめ、彼の髪を撫でつけ、濃くなったひげを指先でたどり、じっと目を見つめた。「愛しているわ」体をさらにかがめ、彼の唇にキスをした。「あなたを愛しているの」

ヴィンが彼女の手に手を重ねてきた。「ぼくも……愛してる」

しわがれた声が聞こえ、体の内側からうれしさがこみあげてきた。「よかった。それならおあいこね」

「ああ……そうだね……」

そのとき、救急車が何かにぶつかったように大きく揺れ、すべて——機械類から救急隊員、担架に横になったヴィンに至るまで——が前につんのめった。ヴィンが痛みに息を吸って目をきつく閉じる中、マリー＝テレーズは祈るような気持ちで、もう一度フロントガラスのほうを見た。どうか、巨大な聖フランシス病院の明かりのついた建物が見えますように。どうにかして、こうして自分が前方の道を見つめ続けることで救急車のスピードがあがり、より早く病院までたどり着けますように。

お願い……急いで……。

突然、前を走っていた救急車が赤い点滅ライトを消し、制限速度までスピードを落とした。マリー＝テレーズとヴィンを乗せた救急車が前の救急車に追いつき、あっという間に抜かしていく。

「どうして前の救急車はスピードを落としたの？」マリー＝テレーズはふたたび携帯用心電計を見つめ始めた救急隊員に尋ねた。「ライトが消えているわ。なぜあの救急車は減速したの？」

問いかけに対して女性救急隊員がかぶりを振ったのを見ても、驚きはしなかった。悲劇が起きたのだ。病院まで全速力で運ぶ必要があるのは、患者を生かし続けたい場合だけ。先の現場で、死亡が確認されたソールの面倒を見ようとした者がひとりもいなかったのはそのせいだ。

死は、その人物の肉体を永遠に支配する。もはや急ぐ必要はどこにもない。

マリー＝テレーズは息をのんだ。涙がこみあげるのを感じながら、手すりから手を離し、涙を振り払おうとした。今は絶対に、まぶたをあげたヴィンに見られたくない。

彼女がこんなに動揺している姿を。

「あと二分で到着予定」運転手が運転席から叫んだ。

救急隊員はカルテを手に取った。「尋ねるのを忘れていたのですが、あなたは彼の近親の方ですか？」

マリー＝テレーズは涙をぬぐいながら、ヴィンのためにどうにか自分を取り戻そうとした。彼の看病に関して、傍観者として脇へ追いやられるのはごめんだ。知人や友人と名乗ってもERの医師や看護師たちに看病を許してもらえないだろう。

「彼の妻です」

女性救急隊員はうなずくと、メモを取った。「それで、お名前は？」

ためらいもせず即答した。「グレッチェン。グレッチェン・カプリチオよ」

「あなたは本当に運がいいわ」

二時間後、こんな当たり前の言葉をヴィンに告げたのは、手術を終えて明るいブルーの外科用手袋を外し、オレンジ色の医療廃棄物用コンテナに投げ捨てた女性医師だった。

彼女はしごく正しい。ヴィンに必要な処置は局所麻酔と、射入創および射出創の縫合だけだったのだ。骨が砕け散ったり腱《けん》が切れたりすることもなく、神経も損傷していなかった。あのろくでなしが撃った弾丸は、結局ヴィンの筋肉以外、何も傷つけることがなかったのだ。

本当に幸運としか言いようがない。

残念ながら、その喜ばしい知らせを聞かされても、ヴィンにできたのは体を縮こまらせ、頭の脇に置かれたピンク色のおまるに嘔吐《おうと》することだけだった。上体を動かしただけで肩に激痛が走り……そのせいでさらにひどい吐き気に襲われる。さらに体の痛みがひどくなり……何度もそれを繰り返す羽目になった。

それでもなお、その手術着姿の女性医師に同意せざるをえないだろう。ヴィンは運がよかった。というか、この惑星で一番運に恵まれた男に違いない。

「でも、あなたの体は鎮痛剤《デメロール》を受けつけないみたいね」医師は言った。

わざわざ教えてくれてありがとう。ヴィンは心の中でつぶやいた。三十分前、その鎮痛剤を投与されてから嘔吐し続けているのだ。

ようやく吐き気がおさまると、枕の山にふたたび頭をもたせかけ、目を閉じた。口元や顔全体に、ひんやりしたタオルが当てられるのを感じ、笑みを浮かべた。テリー織りのタオルを手にしていてもなお、マリー＝テレーズ——いや、本名はグレッチェンだ――はことのほか美しい。

神のおぼしめしがあれば、彼女も二度とそのタオルを使う必要がなくなるだろう。

「吐き気を抑える注射を打ちましょう」医師が言う。「それでもし吐き気がおさまったら、あなたを解放してあげる。十日後に抜糸をしなければいけないけれど、あなたのかかりつけの内科医がやってくれるでしょう。破傷風の予防注射はすでに打っておいたわ。経口用の抗生物質を処方しておくけれど、ここにもいくつかサンプルがあって、そのうち一種類はもう投与済みなの。何か質問はあるかしら？」

ヴィンはまぶたを開け、医師ではなくグレッチェンを見た。彼女が自分を愛してくれている。救急車の中でそう言ってくれた。彼女自身の口から愛の言葉がささやかれるのを、この耳でたしかに聞いたのだ。

だからもはや、質問などひとつもない。グレッチェンが彼に対してそういう気持ちを抱いているとわかっている限り、幸せだ。ほかのどんなことだって我慢できる。

「だったら先生、早いところ、そいつを打ってくれ。この地獄みたいな苦しさから解放されるように」

女性医師は新しい外科用手袋をはめ、注射器のシリンジキャップを開けると、ヴィンの静脈に針を突き刺した。医師がプランジャーを押すにつれ、何も感じなくなった。

それだけでも注射された価値があるというものだ。「これですぐに楽になるはずよ」

ヴィンは大きく息をのんだ。まさか、これほどの効果があるとは——。

なんてことだ。注射の効果はてきめんだった。一瞬にして、腹全体を毛布で包まれたような気分になる。震える吐息をつきながら、全身の力を抜く。そのとたん、皮肉にも激しい嘔吐など感じていなかったみたいに頭がすっきりして、今までどれほど気分が悪かったかをはっきりと思い知らされた。

「様子を見てみましょう」医師は注射器のシリンジキャップをふたたび閉めると、オレンジ色のコンテナに放りこんだ。「ここで休んでいて。帰っていいと判断できたら、あなたと奥さんのためにタクシーを手配するから」

ぼくと、ぼくの奥さん。

ヴィンはグレッチェンの手を口元まであげ、彼女の指関節に唇を軽く押し当てた。

「きみはそれでいい？　愛しい人《ハニー》？」

「もちろんよ」彼女は唇に笑みを浮かべた。「あなたさえいいなら。最愛の人《ディア》」

「もちろんだ」

「オーケー、それなら少ししたらまた様子を確認しに来るわね」女性医師は、ヴィンがいる空間とERのほかの空間とを仕切っているカーテンへ向かいながら言った。

「そうそう、ＣＰＤがあなたから事情を聞きたいんですって。彼らには、後日あなたに連絡するように言って――」

「彼らをここに入れてくれ。待たせる理由はない」ヴィンはきっぱりと答えた。

「本当に？」

「これ以上どんな最悪なことが起こるっていうんだ？　ぼくがまた嘔吐し始めて、おまる代わりに警官たちのポケットにもどすとか？　どうなるかやってみるだけだ」

「わかったわ。もし話が長時間に及んだら、ナースコールを押して。そうしたらすぐに来て、話を終わらせるから」医師はうなずくと、カーテンを引きながら言った。

「がんばってね」

カーテンがもとに戻されると、ヴィンは切羽詰まった様子でグレッチェンの手を握りしめた。どの程度ふたりきりでいられるのか、いつ警官たちがやってくるかわからない。

「ぼくには本当のことを教えてほしいんだ」

「ええ、あなたの前ではいつも正直でいるわ」

「ジムはどうなった？　彼は……？」

グレッチェンは大きく息を吸いこみ、何から何まで答えようとした。その様子を見た彼は、彼女の口からは答えさせまいと、またしても手に唇を押し当てた。「しいっ、いいんだ。何も言う必要なんて――」

「彼はあなたの友だちだったのに。本当にごめんなさい――」

「このことについて、自分でもどう言えばいいのかわからない。だから、これだけ言っておこうと思う」親指で彼女の手首の脈打っている部分を撫でながら続けた。「きみがここにいてくれることを、心からうれしく思っている。きみの息子さんのためにも、ぼくのためにも。ジムは信じられないほど無私無欲で、英雄のようにすばらしい行動を取ってくれた。だからこそ、余計に死んでほしくなかった。それと同じくらい、彼のしてくれたことに心から感謝している」

　グレッチェンはがっくりと頭を落とし、豊かな巻き毛を前へ垂らしながらうなずいた。彼女の細い手首に指先で弧を描きながら、視界がぼやけるのを感じた。ジムはこの世での最後の行動を通じて、ヴィンたちにこれからも生きるべき人生という、かけがえのない財産を残してくれたのだ。おかげで、彼女の息子ロビーは母親を失わずにすんだし、彼女の恋人である自分は、取り返しのつかない喪失によって心を粉々にされずにすんだのだ。

　なんとすばらしい遺産だろう。

「ジムは本物の男だった」声を詰まらせながらぽつりと言う。「あいつは……本物の男だったんだ」

ふたりはしばらく、どちらも口を開かなかった。ヴィンはストレッチャーに横たわったまま、プラスチックの椅子に座っている彼女の手に手を伸ばし、しっかりと絡めあった。グレッチェンの命を救ってくれた男が、撃たれた直後、自分の胸の上でふたりの手と手をつなぎあわせてくれたときのように。

青みがかった灰色のカーテンの向こう側から、人々がせわしなく行き来している気配が伝わってくる。彼らの声や靴音が重なりあい、誰かの肩がカーテンをかすめるたびに、金具で上からつるされた布が揺れた。

反対側にいる、ヴィンとグレッチェンは微動だにしていない。

人にとっての死とは、まさにこういうものなのだろう。七転八倒の人生の最中に、突然訪れる静止状態。まったき沈黙の中に、その人物を孤立させる。死に捕まえられた瞬間、すべてががらりと変わるのだが、死が故人にもたらす影響は、壁に激突した車のそれと似ている——そう、内側の状態は何も変わらないのだ。なぜなら、その故人はもう知ることがないから……結果的に、自分の外にある世界でどのような大混乱が引き起こされることになるのかを。たとえば故人の服は、近親者によって一枚残らず〝思い出の品〟として涙ながらに引っ張りだされ、処分されることになる。それに故人が生前に定期購読していた雑誌も、財務関係の報告書も、歯科医から届く次回の検診通知もすべて、ちゃんとした〝書類〟から〝がらくた郵便物〟へ姿を変えることになる。そして、故人がかつて暮らしていた家のある場所も。

とにかく、すべてが停止する。それ以前と同じものは何ひとつなくなるのだ。

そもそも、知り合いの誰かの訃報を聞くと、人はとかくその故人の膨大な人生を、ほんの一瞬で把握しようとする。はたと立ち止まり、亡くなった人の人生の歩みの中から、自分の心と体にぴんと来る部分だけを抜きだそうとする。しかも、人間とはそもそもいやな生き物なので、故人の人生を振り返る場合も真っ先に否定から入ってしまう。〝いや、そんなこと、ありえない〟という具合に。

とはいえ、誰の人生にも巻き戻しボタンはない。人は生きているとき、外野からのくだらない批判になど関心を持たないものだ。

カーテンが引かれ、濃い色の髪と瞳を持つずんぐりした男が姿を現した。「ヴィン・ディピエトロ？」

ヴィンは弾かれたように男を見つめた。「ああ……そうだ」

男は中へ入ってくると、警察バッジを取りだした。「殺人課のデ・ラ・クルスです。

具合はどうですか？」

「ここ十分間はもどしてないな」

「そいつはよかった」刑事はグレッチェンに向かってうなずき、小さく一礼した。「こんなに早くもう一度お会いすることになるなんて残念です……しかも、こんな状況で。いったい何が起きたのか、手短に説明してもらえますか？ ふたりとも逮捕されるわけではないが……もし弁護士同席のうえで話したいというなら、そうします」

ミック・ローズはまだ呼んでいない。ミックなら、自分がいない場所で刑事と話すなと忠告するに違いない。だが今はあまりにくたびれきっていて、そんなことを気にする余裕もなかった。それにどのみち、ここで警察に協力してもこちらが傷つくことはないはずだ。法の範囲内で行動をしているのだから。

枕の上で首を振りながら答えた。「いや、大丈夫だ、刑事さん。あそこで何が起きたのか話す。ぼくたちは二階の寝室にいたんだ……」これといった理由はないが、〝エディのことは話さないほうがいい〟という直感の声に従った。その声が強力だったため抗えなかった。「ジムも一緒だった」

刑事はメモ帳とペンを取りだした。昔懐かしい刑事コロンボスタイルだ。「あの家で、あなたたちは何をしていたんですか？ 近隣の人たちによると、普段あの家には人けがないということでしたが」

「あの家をずっと所有していたが、とうとう売却しようと決めたところだったんだ。ぼくは不動産開発業者で、ジムはぼくの会社で……働いていた。ぼくたちはあそこで転売について話しあっていた。いろいろな部屋を見て回りながらね……きっと、ぼくは正面玄関を開けっぱなしにしてしまったんだろう。そのまま二階にあがっていたときに、すべてが起きたんだ」刑事はうなずくと、メモを取った。彼がすべて書きとめるのを確認してから、ふたたび口を開いた。「ぼくたちは寝室で話をしていた。次の瞬間、銃声が聞こえたんだ。本当にあっという間だった……ジムが彼女の前に飛びだし、銃弾を浴びた……ぼくはドアに背を向けていて、ドレッサーのそばにいたんだが、とっさに自分の銃を手に取った。ちなみに、ちゃんと登録している銃だし、携帯許可証も持っている。発砲してきた男をその銃で撃ったら、やつが倒れたんだ」

刑事はさらにメモ帳に何かを書きこんだ。「あなたは彼に向かって何度か発砲しましたね」

「ああ、そうだ。やつにはもう一発も撃てないようにね」

刑事はメモ帳を見返し、真っ黒に書きつけたページを音をたててめくった。ふたたび顔をあげ、短く笑いながら言う。「オーケー、なるほど……ではもう一度、今度は本当の話をしてもらえませんか？　なぜあなたたちはあの家にいたんです？」

「今、話したとおり――」

「現場はあちこちに塩がまかれ、香の匂いがぷんぷんと漂い、二階にある寝室の窓が壊されていました。二階の洗面台のシンクは摩訶不思議《まかふしぎ》な溶液でいっぱいだったし、あたりにはオキシドールの空き瓶が転がり、あなたたちがいた寝室の中央の床にはきれいな円形が描かれていたんです。しかも……あなたは救急隊員が駆けつけたとき、シャツも靴も脱いでいました。もし仕事の話をしていたとすれば、実に奇妙な格好に思えます。いやね……あなたが発砲した瞬間についての話は信じようと思っています。なぜなら、わたしは徹底的に弾道を確認しましたから。ただし、それ以外のあなたの話はほらばかりで信じられません」

　そのとおりだ。室内に沈黙が落ちた。

「ねえ、ハニー、刑事さんには本当のことを話すべきだと思うわ」グレッチェンが言った。

　ヴィンは彼女のほうを見あげ、いぶかしく思った。これが本当の話だろう、ディア？

「ぜひお願いします」刑事が言った。「今までわかったことをお伝えしたら、話してくれる気になるかもしれませんね。あなたが発砲したあの男の名前はユージン・ロック、別名ソール・ウィーヴァーといいます。有罪判決を受けた殺人犯で、半年前に仮出所したばかりでした。彼はあの家の隣にある賃貸住宅に住み、妄想を募らせていました――」刑事はグレッチェンのほうを見た。「あなたにです」

「そこがどうしてもわからないの。どうして――」グレッチェンはふいに口をつぐんだ。「ちょっと待って。どうしてそれがわかったの？　彼の自宅で何か見つかったの？」

刑事はメモ帳から目をあげ、しばし虚空を見つめた。「あの男はあなたの写真を持っていました」

「どんな写真？」彼女が淡々とした口調で尋ねる。

ヴィンがグレッチェンの手をさする中、刑事は彼女と目を合わせた。「望遠レンズや広角レンズで撮影した写真です」

「何枚くらい？」

「たくさん」

グレッチェンがてのひらをぎゅっと縮めたのが伝わってきた。「ほかに見つけたものは？」

「二階に彫像がありました。聖パトリック大聖堂から盗難届が出されていたもので――」

「まあ、あのマグダラのマリア像ね」グレッチェンが言う。「教会から突然なくなって寂しかったの」

「ええ、その像です。マグダラのマリア像。気づいているかどうかわかりませんが、あの像はあなたにそっくりです」

ヴィンは激しい衝動を覚えた。あの男をもう一度この手で殺してやりたい。「そのユージン……ソール……名前はなんでもいいが、あの路地で起きた殺人事件と殴打事件もその男がやったのか？」

刑事はメモ帳をめくった。「もはや死亡している以上、ロックの評判を落とす心配をする必要もないでしょうね。だからお話しします。わたしは、ロックがあのふたつの事件にも関与していると考えています。昨夜、頭部に傷を負わされた男性はまだ持ちこたえています。もしどうにか回復したら、きっと彼は攻撃してきた犯人の特徴を濃い色の髪だと証言するに違いありません。ロックの自宅を家宅捜査したところ、男ものの焦げ茶色のウィッグが見つかり、そのウィッグに血しぶきがついていたんです。すでに科学捜査班《CSI》が調べているところで、きっと、その血しぶきから採取されたDN

Aが被害男性のものと一致するはずです。また一件目の事件の現場に残された靴跡も、ロックが今夜履いていた靴によく似ています」

「つまり、こういった事実をすべて考えあわせると……」刑事はさらにメモ帳をめくってから、グレッチェンを一瞥した。「ロックはあのクラブであなたがダンスを踊ったり、一緒にいたりした男性たちを狙った、というのがわたしの考えです。そう考えると、一連の襲撃事件にも説明がつきます。それに思いがけず運がよかったのは――というか、運が悪かったと言うべきかもしれませんが――ロックが偶然にも、今夜あなたたちがいた家の隣に住んでいたということです。だって、ロックはあの家の所有者があなたとは知らなかったんですから。そうですよね？」

ヴィンは記憶をたどるようにかぶりを振った。「ああ、あの家には先月に一度行ったが、その前は……いつだったか思い出せないくらいだ。それに、彼が不動産の登記情報を調べて、ぼくの名前を知っていたとも思えない。実際、彼は隣の家にどれくらい住んでいたんだ？」

「刑務所から仮釈放されてからずっとです」

「そうか。彼女とぼくは知りあってから……三日しか経ってないんだ」

デ・ラ・クルスはまたしてもメモを取った。「オーケー、わたしはこれまでにわかっている情報を率直に話しました。そのお返しをしてもらえませんかね？　なぜあなたたちがあそこにいたのか、本当の話をする気になりましたか？」

ヴィンが答える前に、グレッチェンが口を開いた。「ねえ、刑事さんは幽霊って信じる？」

デ・ラ・クルスは数回まばたきをした。「いや……よくわかりません」

「ヴィンの両親はあの家で亡くなったの。今、彼は人生をもう一度やり直したいと考えているところなんだけど、問題は……あの家に悪霊が取り憑いていることなの。いいえ、取り憑いていたと言ったほうがいいかもしれない。わたしたち、その悪霊を追い払う儀式をしている最中だったのよ」

思わず両眉をつりあげた。なんという機転のよさだろう。すばらしい説明ではないか。

「本当に？」茶色い目でふたりを交互に見比べながら、刑事は尋ねた。

「本当に」ヴィンとグレッチェンが声を揃えて答えた。

「冗談でなく？」刑事がつぶやく。

「冗談でなく」ヴィンは答えた。「塩は一種のバリアの役割を果たし、香は空気を浄化すると考えられているんだ。とはいえ、ぼくだってそういうすべてを理解しているわけじゃないし、そんなふりをするつもりもない」そう、本当にすべてを理解しているわけではないのだ。「ただ、その儀式がうまくいったことだけはわかるんだ」

なぜなら、自分が前とは違うように感じられるからだ。そう、実際、前とは違う自分になっている。今は本来のヴィンに戻っている。

デ・ラ・クルスはメモ帳の新たなページを開くと、何かを書きつけた。「実は、わたしの亡き祖母は生前、天気をぴたりと予言することができました。屋根裏部屋には祖母が愛用していた揺り椅子があったんですが、ある日ひとりでに動きだし、窓から落っこちてしまったんです。いったい、何があの揺り椅子を動かしたんでしょう？」

「あなたは、その揺り椅子が自分の意思で壊れたと思っているんだね？」ヴィンは尋ねた。

「きっとそうだ」

デ・ラ・クルスはちらりと目をあげた。「さあ、わかりません」

「あなたたちが何をしたにせよ、その儀式の効果はあったんですね？」

「ああ、そうみたいだ」ヴィンは自由なほうの手で目をごしごしとこすった。肩の傷が無視できないほどの悲鳴をあげ始めている。そろそろ終わりにしなければ。「ただし、この状態がずっと続くのを祈るしかない」

しばし口をつぐんでいたが、デ・ラ・クルスはグレッチェンを見た。「よければ、あなたにもう少し質問させてください。あなたは救急隊員にグレッチェン・カプリチオと名乗っていますが、わたしはあなたのことをマリー＝テレーズ・ブードローとして認識していました。このことについて、もう少しわたしにもよくわかるよう説明してくれますか？」

グレッチェンは自分の置かれた状況について、洗いざらい説明した。そのあいだ、ヴィンは彼女の美しい顔をじっと見つめ続けながら考えていた。彼女の過去の痛みも、今感じているストレスもすべて、この手で取り去ってやりたい。グレッチェンの瞳には影が差し、目の下にはくまもできている。だがこちらの期待どおりに、彼女の声は凛《りん》として力強かった。しかも、顎もぐっとあがっている。

おいおい、彼女にべた惚れじゃないか。

グレッチェンが説明を終えるなり、刑事はかぶりを振った。「その話を聞いて、本当に残念に思います。ようやく完全に理解できました。ただできれば、最初からわれわれに対して正直に話してほしかったです」

「とにかくマスコミを恐れていたの。元夫は刑務所にいるけれど、彼のファミリーのつながりはこの国全体に及んでいるし……中には法の執行機関に所属している人たちもいるから。息子を連れ去られたあと、もう誰も信頼しないと心に誓ったわ。たとえ警察バッジをつけている人でも」

「今夜はどうして真実を話す気になったんですか？」

グレッチェンは視線をヴィンに移した。「事態が変わったたし、わたしはもう街を離れるつもりだから。もちろん、今後の居場所は必ずあなたに知らせるようにするつもりよ。ただ……どうしてもコールドウェルから離れる必要があるの」

「こんなことがあったんですから、その気持ちはよくわかります。ただ、今後もいつでもわれわれが連絡できるようにしてください」

「それに、あなたたちが必要なときはいつでもこの街へ戻ってくるようにするわ」

「オーケー。それと、わたしはこの件を巡査部長に報告するつもりです。本来なら、警察に対して身分を偽るのは犯罪ですが、まあ、こういう状況を考えるとね……」刑事はメモ帳をしまいこんだ。「ここのスタッフから聞いたんですが、あなたは自分を彼の妻だと言ったそうですね？」

「ええ、彼とずっと一緒にいたかったから」

デ・ラ・クルスは少し笑みを浮かべた。「わたしも一度やったことがあります。今のかみさんとまだ結婚していなかった頃、彼女が夕食のサラダを作っていたときにナイフで指を切ってしまったんです。彼女を連れてERへ駆けこんだとき、嘘をつきました。自分たちは結婚しているんだとね」

グレッチェンはヴィンの手を唇まで持ちあげ、短くキスをした。「あなたがわかってくれて本当にうれしいわ」

「わたしもです。本当に」刑事はヴィンに向かってうなずいた。「ということは、あなたたちふたりは、つきあい始めたばかりなんですね？」

「ああ」

「あなたの元恋人は、それが気に入らなかったんでしょうね」

「ああ……元恋人は地獄からやってきた女だったから」まさに文字どおりの意味だ。

一瞬、脳裏をよぎったのは、めちゃくちゃに荒らされたままのメゾネットの光景だ。それに、ディヴァイナが警察についた嘘の数々も。「彼女は悪意に満ちていた。刑事さんが想像するよりもはるかに最悪な相手だったんだ。ぼくは彼女に手をあげてなどいない。あの晩も、これまでも、一度も手をあげたことはない。ぼくの母はずっと父から虐待されていた。だから自分では絶対にあんなことはしないと誓っているんだ。もし女性に手をあげるくらいなら、そうする前に自分の所有するものすべてを置き去りにしてでも、その場から歩み去るほうがましだ」

刑事は険しい顔になると、ヴィンにタカのごとき鋭い一瞥をくれたが、すぐにうなずいた。「なるほど、わかりました。担当外の仕事ですから、わたしはそういった案件には関わりませんが……第三者に見つからない限り、そういう輩がさらに暴力をエスカレートさせたとしても驚きはしません。実際これまでも、妻を殴りつけるやつらの顔をいやというほど見てきましたが、あなたはそういう虐待者たちとは明らかに違います」

デ・ラ・クルスはメモ帳とペンをしまうと、腕時計をちらりと見た。「ほら、見てください。三十分近く経ったが、あなたは一度ももどしていない。これはいい兆しですよ。医者も退院を許してくれるかもしれません」

痛むほうの肩が悲鳴をあげたものの、ヴィンはどうにかあいたほうの手を伸ばした。「きみは最高だね、刑事さん。自分でわかってるかい？」

刑事はがっちりしたてのひらを差しだし、握手を交わした。「あなたたちふたりがうまくいくよう祈っています。また連絡しますよ」

刑事が立ち去り、カーテンがもとに戻ると、ヴィンは深く息を吸いこんだ。「退院できるまで、あとどれくらいここにいないといけないと思う？」

「あと三十分様子を見てみましょう。それでも誰もあなたの具合を確認しにやってこなければ、わたしが先生を探しに行くわ」

「オーケー」

問題は、いい子のようにひたすらおとなしく待っている状態に納得できないことだ。五分もすると、ナースコールを押したくてうずうずしてきた。ちょうどそのとき、カーテンがふたたび開かれた。

「まさに完璧なタイミング――」そう言いかけたものの、ヴィンは眉をひそめた。入ってきたのは看護師でもなければ、医師でもなかった。エディだ。親友を失った衝撃で、たった今二階の窓から身を投げたかのような重苦しい表情を浮かべている。

どうしてここへ？

〝ベッドの上に体を起こしたほうがいい〟とっさに直感が働いたものの、うまくいかなかった。肩がオペラ歌手のような悲鳴をあげ、突然吐き気がこみあげてきたのだ。とっさに喉を閉じなければ、自分の体に向かって吐瀉物《としゃぶつ》をぶちまけていただろう。だが少なくとも、それはデメロールのせいではない。

グレッチェンがきれいなおまるをつかみ、エディが両のてのひらを広げて〝うわあああ〟という世界共通語を体現しているあいだに、ようやくヴィンは吐き気がおさまってきた。

やれやれ、ありがたいことに、胃の緊張が緩んできた。

「すまない」かすれた声で言う。「まだ問題ありなんだ」

「問題ない。全然問題ないよ」

ヴィンは鼻から息を吸いこみ、口から吐きだした。「ジムのことは……本当に残念だ」

グレッチェンはエディに近寄ると、彼のがっちりした肩に手をかけ、指先に力をこめた。エディの前に立つと、彼女はひどく小柄に見える。だが同時に、非常に激しい気性の持ち主にも見えた。「ジムはわたしの命を救ってくれたの」

「ぼくたちふたりの命をだ」ヴィンは割って入った。

エディは彼女を短く抱擁し、ヴィンに向かって一度だけうなずいた。感情を制御できるタイプなのは、火を見るよりも明らかだ。ヴィンはそんなエディを心から尊敬した。

「ああ、ありがとう。おれがここに来たのは、これを渡すためなんだ」エディはポケットに手を突っこみ、てのひらを広げた。そこにあったのは、ダイヤモンドの婚約指輪とゴールドのイヤリングだ。「エイドリアンがきっちりやるべきことをやって、このふたつをディヴァイナから奪っていた。きみたちはふたりとも完全に自由だ。このふたつを取り返した以上、彼女はもうきみたちに手出しできない。ディヴァイナが戻ってくるのではないかと心配する必要はもうない。ただし、このふたつを絶対に手放さないよう気をつけるんだ。いいね？」

グレッチェンはふたつの品々を受け取ると、ふたたびエディを抱擁した。その姿を見つめながらヴィンは思った。自分の感謝の念をすべて、彼女の抱擁で伝えきることができたらいいのだが。だが、それだけではおさまらないようだ。その証拠に、少し息苦しくなっている。またしても吐き気に襲われて、胃がひっくり返りそうになっているせいではない。感謝の念がこみあげるせいで、吐き気と同じような効果がもたらされる場合もあるのだ。重要なのは、どういうきっかけでジムやエディたちが、自分やグレッチェンを助けるためにやってきたのか、さっぱりわからないことだ。今やジムは命を落とし、エディは意気消沈している。エイドリアンがディヴァイナとどうなったのかは知るよしもない。

「ふたりとも、体には気をつけてくれ」エディはつぶやくと、体の向きを変えて立ち去ろうとした。「もうそろそろ行かないと」

ヴィンは唾をのみこんで喉をうるおした。「ジムのことなんだが……きみたちが彼の遺体をどうするつもりなのかわからないが、できたらぼくは正式に葬ってやりたいと考えている。それも最高の葬式を出してやりたい。本当に立派なやつを」

エディは肩越しに振り返った。奇妙な色合いの赤茶色の瞳は真剣そのものだ。「そりゃあいいな——あいつのことはすべて任せるよ。あいつも心から感謝するに違いない」

その言葉を聞いて、ヴィンは一度だけうなずいた。これで話はまとまった。「葬式の場所や時間を知りたいだろう？　きみの携帯電話の番号を教えてくれるか？」

エディがそらで番号を暗唱すると、グレッチェンが紙に書きとめた。

「詳しいことがわかったらメールで知らせてくれ」エディは言った。「これからどこへ行くのか、まだ自分でもよくわかっていないから。とりあえず、どこかへは行くつもりだ」

「医者に診てもらわなくていいのか？」

「ああ、必要ない。おれはぴんぴんしてる」

「そうか……よかった。元気で。本当にありがとう……」とりあえず思いついたことをそのまま口にした。本当の胸の内を、言葉でどう言い表せばいいのかよくわからなかったのだ。

エディは達観したような笑みを浮かべると、片手をあげた。「もう何も言わなくていい。あんたの気持ちはちゃんと感じ取ってるから」

そう言い残し、エディは姿を消した。

ヴィンが見送っていると、閉じられたカーテンの裾からエディの脚が見えた。右を向いて、一歩踏みだしたとたん……どこへともなく消えてしまった。最初から、エディの脚などそこに存在していなかったかのように。

右のてのひらを顔に当てて、両目を強くこすった。「なんだか幻覚を見たような気がする」

「先生を呼んだほうがいい？」グレッチェンがいかにも心配そうな顔で近づいてきた。

「ナースコールを押して——」

「いや、いいんだ……すまない。本当に疲れているみたいだ」おそらく、エディはただ左に方向転換しただけなのだろう。今頃は大股でERから夜空が広がる外へ出ているはずだ。

グレッチェンの手を引っ張り、隣に座らせた。「ぼくは今、ようやくすべてが終わったように感じている。このすべてがね」

ただひとつ例外があるとすれば、いまだに不可思議なヴィジョンが見えたことだろう——少なくともエディに関しては。だが、それは悪いことではないのかもしれない。

どうにかしてヴィジョンとうまく交信する方法を見つけだせるかもしれない。あるいは、そういったヴィジョンを有効活用するための方法を。

眉をひそめながら、ふと気づいた。今の自分には、新たな目的がある。そう、自分自身のためではなく、他人のために生きるという、唯一無二の目的が。

グレッチェンの開いたてのひらの上で、宝石類がまたたいている。特にダイヤモンドの指輪はまばゆいばかりの輝きだ。「でも、もしあなたさえよければ、このふたつは貸し金庫に預けておこうと思うの」

グレッチェンが指輪とイヤリングを自分のジーンズのポケットの奥深くへしまいこむのを見つめながら、ヴィンはうなずいた。「ああ、そのふたつを二度となくさないようにしよう、いいね？」

「ええ。絶対になくさないわ」

42

タクシーがグレッチェンの家の前で停まったとき、コールドウェルの空はすでに明け始め、美しいピンク色と黄金色に染まっていた。救急車で聖フランシス病院に運ばれるまでの地獄のような旅路に比べると、病院からここまでの道のりが天国のように思えた。とはいえ、ヴィンの体調は万全とはほど遠い。こうして見ているだけで、それがよくわかる。真っ青な顔色で厳しい表情を浮かべ、激痛に耐えているのは明らかだ。片腕をつるされたままなので、これからも動くたびに苦労することになるだろう。しかも、病院から与えられただらりとしたシャツを着ているせいで、ホームレスの男性みたいだ。大きく開いた襟元から、首元から片側の胸にかけてぐるぐる巻きにされた純白の包帯が見えている。

「次は〈コモドール〉に行くんですよね？」タクシーの運転手が肩越しに尋ねた。

「ああ」ヴィンはくたびれきったような声で答えた。

グレッチェンはタクシーの窓から、自分のちっぽけな自宅を見つめた。正面にベビーシッターの車が停められ、キッチンには明かりがついている。二階もだ。ロビーの寝室に明かりはついていない。

ヴィンに、ひとりであのメゾネットへ戻ってほしくない。

でもヴィンを紹介したら、ロビーがどんな反応を示すかわからない。

ヴィンとロビーのあいだで、身動きが取れなくなっているような気分だった。

ヴィンのほうへ振り向き、いつもながらハンサムな顔立ちを探るような目で見つめる。彼が話しかけようとしている……こちらの手を軽く叩きながら……きっとこう言うつもりなのだろう。〝しっかり睡眠を取って、ゆっくり体を休めるといい。起きたらぼくに電話をかけてくれ……〟

「中へ入って」気づくとそう口走っていた。「一緒にいましょう。あなたは撃たれたばかりよ。面倒を見てくれる人が必要だわ」

ヴィンは開きかけた口をつぐみ、まじまじとこちらを見つめた。タクシーの運転手も同じように、バックミラー越しにこちらをまじまじと見つめている。ヴィンには家に招かれたことが、運転手には銃で撃たれたという話が、同じような衝撃をもたらしたに違いない。

「ロビーはどうするんだ?」ヴィンが尋ねた。

グレッチェンが顔をあげたとたん、ミラー越しに運転手と目が合った。どうにかして運転席と後部座席を仕切れたらいいのに。運転手にこの会話を聞かれたくない。

「あなたをあの子に紹介して、あの子をあなたに紹介するわ。もうこの話はこれでおしまいよ」

ヴィンが唇を引き結んだのを見て、思わず身構える。彼はノーと言うつもりなのだろう。

「ありがとう……きみの息子さんに会いたかったんだ」

「よかったわ」とりあえずささやいたが、安堵と恐れがないまぜになった心地だ。

「だったら行きましょう」

支払いをすませ、先にタクシーからおりて、ヴィンに手を貸そうとした。でも彼は首を振り、タクシーの車体をつかみながら自力でおりた。結局、それはいいことだったのだろう。ヴィンの前腕の筋肉がうねるのを見たとたん、彼をまっすぐに立たせるどころか、どれだけ体重差があろうと、押し倒したくなってしまったのだ。

ヴィンがひとたびまっすぐ立つと、グレッチェンは負傷していないほうの腕の下に体を滑りこませ、タクシーのドアを閉めてから、彼を手助けしながら自宅の前まで歩いた。

鍵束を探さずに、静かにドアをノックすると、クイネーシャがすぐに開けてくれた。

「まあ、ふたりともひどい顔だわ」

ベビーシッターがあとずさると、グレッチェンはヴィンを助けつつソファの前まで進んだ。すると彼は座るというよりも、クッションに向かって倒れこんだ。膝が両方とも悲鳴をあげているのは明らかだ。

しばらくのあいだ、グレッチェンはクイネーシャとともに息を凝らして、ヴィンがバスルームに駆けこむ必要がないかどうか見守った。

彼がどうにか持ちこたえたのがわかっても、クイネーシャは多くを尋ねようとはしなかった。ただ短く、力強くグレッチェンを抱きしめたあと、自分に何かできることはないかと尋ねただけだ。〝本当にありがとう、でももう大丈夫〟心の底から感謝しながらそう答え、家から出ていくクイネーシャを見送った。

ドアに鍵をかけ、テレビ脇にあるみすぼらしい袖椅子にバッグをおろした。ヴィンは頭をのけぞらせ、まぶたをきつく閉じている。どうにか回復するべく、口以外は微動だにしないまま、彼が長い深呼吸を何度か繰り返す姿を見ても、特に驚かなかった。

「バスルームを使いたい？」そう尋ねながらも、祈るような気持ちでいた。ヴィンがまた嘔吐に苦しめられる羽目になりませんように。

ヴィンが首を横に振ったのを見て、グレッチェンはキッチンへ行き、食器棚からグラスを取りだし、氷をたくさん入れた。息子のために、ジンジャエールと塩味のクラッカーを常備するようにしている。母の強い味方となる万能薬として有名な二品だ。ロビーはホームスクーリングをしているが、それでも同世代の友だちと遊んだりもする。それにどんなベビーシッターも例外なく、インフルエンザや風邪、食あたりになった子どもたちの面倒を見ているものなのだ。

いつなんどきこの魔法の二品が必要になるか、誰にもわからない。

カナダ・ドライの缶のプルタブを開けて氷で満たしたグラスに注ぎ、泡が音をたてながら縁までせりあがってくる様子を見つめた。泡が落ち着くのを待ちながら、クラッカーの包みを破り、折りたたんだペーパータオルの上にクラッカーを五センチほど積み重ねた。

ふたたびグラスにジンジャエールを注ぎ足していると、リビングルームからヴィンのしゃがれた声が聞こえてきた。「やあ」

とっさにグレッチェンは、リビングルームへ駆けつけてロビーを安心させてやらなければと思った。でも、問題があるかのように振る舞えば、事態が必要以上に芝居がかったものになるとわかっている。そうでなくても、もうすでに充分ドラマティックな状況なのだ。だからヴィンのために用意した万能薬を持って、できるだけ冷静な足取りでリビングルームへ向かった。

ロビーの後頭部の髪がはねている。寝起きはいつもこうなのだ。実際よりも体が小さく見えるのは、わざと二サイズ上のスパイダーマンのパジャマを着せているせいだ。

息子はリビングルームで突っ立ったまま、客をじっと見つめていた。用心深い目つきではあるが、興味を引かれている様子だ。

ああ、どうしよう……心臓が早鐘のようだし、ひどく息苦しい。ジンジャエールを入れたグラスの中で氷がかたかたと音をたてている。手が小刻みに震えているのだ。

「こちらはわたしのお友だちのヴィンよ」静かな口調で息子に言った。

ロビーは母親を一瞥して、ソファに視線を戻した。「すごく大きなばんそうこうだね。けがしたの？」

ヴィンはゆっくりとうなずいた。「ああ」

「どうして？」

グレッチェンは息子に説明しようと口を開きかけたが、ヴィンが先に答えた。「転んで怪我をしたんだ」

「うでをつってるのもそのせい？」

「ああ」

「ぜっこうちょうには見えないね」

「ああ、絶好調って気分じゃないな」

長い沈黙のあと、ロビーが一歩前に進みでた。「そのばんそうこう、見てもいい？」

「ああ、もちろんだ」明らかに激痛に耐えながらも、ヴィンは肩からスリングの紐を外し、ゆっくりと借り物のシャツのボタンを外した。シャツをめくり、患部を覆っている絆創膏とガーゼとテープを露わにする。

「うわあ」ロビーはヴィンのそばへ行き、手を伸ばした。

「触っちゃだめよ」グレッチェンはすかさず息子に注意した。「彼は怪我をしているんだから」

ロビーは手を引っこめた。「ごめんなさい。あのね……ぼくのママ、ぼくのきずをなおすのがじょうずなんだ」

「そうなのかい？」ヴィンがかすれ声で言う。

「うん」ロビーは肩越しにちらりとこちらを見た。「ね、ママはもうジンジャエールをもってきてるでしょう？」声を落としながら続ける。「ママはぼくにいつだってジンジャエールとしおあじのクラッカーをくれるんだよ。ほんとうはぼく、どっちもあんまりすきじゃないけど、たべるといつもきぶんがよくなるんだ」

グレッチェンはソファの前へ行き、ヴィンの隣にあるテーブルの上にクラッカーを置いた。「さあ、どうぞ、これで胃のむかつきがおさまるはずよ」

ヴィンがグラスを手に取り、ロビーを見た。「もうしばらく、きみのソファに腰かけててもいいかな？　実を言うと、とってもくたびれていて休む場所が必要なんだ」

「うん。ぐあいがよくなるまでここにいていいよ」ロビーは片手を差しだし、自己紹介をした。「ぼくはロビー」

ヴィンは怪我をしていないほうの腕を伸ばした。「会えてうれしいよ、ロビー」

握手を交わしたあと、ロビーは笑みを浮かべた。「うん、ぼくも」

リビングルームから出ていこうとした息子に声をかける。「パジャマを着替えられる、ロビー？」

「うん、ママ」

できれば、脇を通り過ぎるロビーの体をつかみ、思いきり抱擁してあげたい。そうしないためにはありったけの自制心をかき集める必要があった。この家の主人として、息子はなんと立派に振る舞っただろう。七歳の子どもにしては本当によくやった。誇りを持っていい。

「あんな感じでよかったと思うかい？」ヴィンが静かな声で尋ねてきた。

「ええ、そう思うわ」すばやくまばたきをして涙を振り払い、彼の隣に腰をおろした。

「さあ、飲んでみて」

ヴィンは彼女の手をすばやく握りしめると、ひと口すすった。「塩味のクラッカーが食べられるとは思えないが」

「だったら、あとで食べればいいわ」

「ありがとう……彼に会わせてくれて」

「あの子によくしてくれてありがとう」

「このままソファに座っていていいかな？」

「もちろんよ。わたしたちはキッチンで勉強するわね。ロビーはホームスクーリングで、わたしが先生なの。今日は月曜日だから」

「愛してる」ヴィンは頭の向きを変え、グレッチェンとまっすぐに向きあった。「本当に愛しているよ。愛しすぎて痛いくらいに」

グレッチェンは笑みを浮かべ、体をかがめてヴィンにそっとキスをした。「まるで、あなたの怪我をしたほうの肩に言われているみたい」

「いや、もっと胸の中心に近い部分が言ってるんだ。これはきっと……いわゆる心臓《ハート》って部分かな？　よくわからないな。前にこんな気持ちになったことが一度もないからね」

「ええ、それはハートだと思うわ」

しばし沈黙が落ちた。「きみはまだ、ぼくが所有しているファームハウスに引っ越すつもりなのか？」

「ええ、もしあなたの気が変わっていなければ」

「きみたちがそこに滞在しているあいだ、客間にもうひとり泊めてもらってもかまわないかな？　共同の間借り人がいてもいいか？　あそこはとにかくだだっ広いんだ。きみとロビーは二階を全部使っていい。キッチンの上にちょうどメイド用の小部屋があるから、その間借り人はそこを使うことができる。その男のことなら、このぼくが保証する。きれい好きだし、物静かだし、礼儀もわきまえている。彼のことはずっと前から知っているが、これからもう一度自分の人生を取り戻そうとしていて、そのための滞在先を必要としてるんだ」

ヴィンの顔を撫でながら、グレッチェンはしみじみ考えていた。時間を計算するとすれば、ふたりが知りあってからほんのわずかしか経っていない。でも一緒に体験したことを思えば、一緒に過ごした時間を七倍の速さで計るべきかもしれない。いいえ、七倍以上かも。

「ええ、すばらしいと思うわ」

ふたたびすばやくキスをすると、ヴィンは言った。「もし共同生活がうまくいかなかったら、ぼくはすぐに立ち去るつもりだ」

「どういうわけか、うまくいきそうな予感がするの」

ヴィンは笑みを浮かべ、ジンジャエールを少しだけすすった。「ジンジャエールなんて、もう何年も飲んだことがなかったな」

「胃の調子はどう――？」

ロビーが階上から戻ってきた、まだパジャマ姿のままだ。「ほら。これがおすすめだよ！」

息子が差しだしたのは、お気に入りのスパイダーマンの漫画本だった。グレッチェンがすかさずグラスを代わりに持ったため、ヴィンはその贈り物を受け取ることができた。

「すごくおもしろそうだね」ヴィンは膝の上に漫画本を置くと、最初のページを開いた。

「それをよんでると、いやなことをわすれられるんだ」ロビーは何十年もの経験を語るかのようにうなずいた。「けがしたときにはディスクラクションがひつようだからね」

ディストラクション――気晴らし――と言いたかったのだろう。

「さあ、べんきょうしないと。きみはここでゆっくり、ジンジャエールをのんでて。ママとぼくで、きみのようすをかくにんしてあげるから」

ロビーはすべてを自分が取り仕切っているかのように、大股で部屋から出ていった。ただそれだけなのに、ヴィンは気分がよくなっていた。

43

目覚めると、ジムはまたしても芝生の上にいた。

だが少なくとも、今回は自分がどこにいるかわかっている。

目を開くと、輝かんばかりの緑色をしたふわふわの若草がすぐそばに見えた。顔を横に向け、思いきり深く息を吸いこんでみる。体全体がひりひりと痛かった。だが痛いのは銃弾を受けた箇所だけではない。痛みが少しおさまるのを待ってから、体をもう少し大胆に動かそうとしてみた。といっても、頭を持ちあげるとか、その程度の動きだが。

今、自分はうつ伏せで寝転がっている。ということは、本当に死んだということなのだろうか――。

そのとき視界の隅に、完璧に磨きあげられたホワイトバックスが見えた。垢抜《あか》けたその靴の上に見えるのは麻のズボンだ。ズボンの中央には、ちょうど足首まで、ナイフの切っ先のごとき完璧な折り目がついている。

ズボンの裾の折り返しが急に持ちあがったのが見えたとたん、ナイジェルがかたわらに尻を落としてしゃがみこんだ。「やあ、また会えてうれしいよ。それに、違うんだ、きみはまた下の世界に戻ることになる。果たしてもらわなければならないミッションがあるからね」

ジムは低くうめいた。「なあ、ここへ戻ってくる前に、おれは毎回死ななきゃいけないのか？　気を悪くしないでほしいんだが、頼むから、あんたにおれの呼びだし用の携帯電話をプレゼントさせてくれ」

「きみは実によくやってくれた」ナイジェルが言った。彼は……というか天使は……いや、なんでもいいが……片方の手を差しだしてきた。「本当に上出来だ」

ジムは弾力性のある地面に体を押しつけ、はずみを利用して仰向けになった。差しだされたナイジェルの手を握りながら、青空のまぶしさにすばやくまばたきをする。すぐに握手の手を離して、両目をこすった。

やれやれ……なんという旅路だっただろう。だが、少なくともふたりの人間を救うことができたのだ。

「あんたたちはひとつ、重要な情報を隠していたんだな」ナイジェルに話しかける。

「分かれ道にいたのは、おれだった。そうだろう？　あの銃弾が飛んできた瞬間、どんな選択をするかはすべておれの一存にかかっていた。ヴィンじゃない」

「ああ、そのとおりだ。きみが自分の命を犠牲にして彼女を救う道を選んだあのときこそが、重大な転換点だったんだ」

ジムは体の両脇に腕をだらりと垂らした。「あれが試験だったんだな」

「ちなみに、きみはその試験に合格した」

「そりゃどうも」

コリンとほかのふたりの洒落者《しゃれもの》たちが近づいてきた。三人とも、ナイジェルと同じような装いだ。きっちりとプレスされた白いズボンに、それぞれがピンク色、黄色、薄青色をしたカシミアのセーターを合わせている。ちなみに、ナイジェルのセーターはサンゴ色だ。

「あんたたちでも迷彩色を着ることはあるのか？」ジムは不満げにそう言うと、地面にてのひらをつき、上体を起こした。「それとも、ああいう柄はあんたたちの繊細な感受性には合わないのかな？」

コリンがひざまずく。文字どおり、芝生に両膝をついている――つまり、この天国の洗濯室にも漂白剤《クロロックス》があるということだ。「わたしはきみのことが誇らしい、友よ」

「われわれ全員が同じ思いだ」、バーティがウルフハウンドの頭を撫でながら言う。

「きみは驚くべき成功をおさめてくれた」

「本当に驚くべきものだった」バイロンはうなずくと、ローズカラーの丸眼鏡越しにウィンクしてみせた。「だが最初から、きみなら賢明な選択をするだろうとわかっていた。だから、ずっと成功すると思っていたんだ」

ジムはコリンを見つめた。「ほかにあんたたちはおれに何を隠しているんだ？」

「悪いが、何事も必要に応じてしか教えられない」

ジムは頭をのけぞらせ、ミルキーブルーの空を見あげた。かつてはあんなに遠くにしか見えなかったのに、今では手を伸ばせば届きそうなほど近い。「あんたたち、もしかしてメサイアスって名前の野郎を知らないか？」

さわやかな風が吹き渡り、草の葉を揺らす中、沈黙が続いた。誰も質問には答えようとしない。ジムがどうにか立ちあがろうとすると、バーティとバイロンがかがみこんで助けようとしてくれた。だが、ジムは彼らを制した。たとえ、消しゴムに刺さったままの鉛筆のように、自分の尻が地面から離れたがっていなかったとしても。

次は何が来るかわかっている。またしても任務だ。この手で、魂を救済する必要がある人間が七人いる。そして今回、そのうちのひとりを救ったのだ……いや、ふたり救ったことになるのか？

「おれが気にかけなきゃいけないのは、あと何人だ？」

コリンは腕をさっと左側へひと振りした。「自分の目で確かめるといい」

ジムは眉をひそめ、城のほうを見た。そびえ立つ城壁のてっぺんに、勝利を意味する巨大で真っ赤な三角形の旗が掲げられ、微風を受けてそよいでいた。草地の緑色を背景にすると、赤い旗が信じられないほどくっきりと浮きでて見える。風にはためく旗を見たとたん、目が釘付けになった。

「だから、われわれはパステル色を着ているんだ」ナイジェルが言った。「きみの初めての名誉をたたえる旗は、大地の草色以外、何物にも邪魔されるべきではないからね」

「あれはヴィンを救った印なのか？」

「ああ」

「ヴィンたちはこれからどうなるんだ？」

バイロンが答えた。「彼らは愛情に満ちた日々を送ることになるだろう。やがてここへやってきたあとも、永遠に一緒に楽しく暮らすことになる」

「ただし、それはきみがほかの六人の救出に失敗しなかった場合の話だ」コリンは口を挟むと、立ちあがりながらつけ足した。「それか、途中でやめなかったら」

ジムは銃のようにコリンに指を一本突きつけて言った。「やめたりなんかしない」

「まあ、先のことはわからない……様子を見るとしよう」

「あんたはまじでいやなやつだな」

ナイジェルが大きくうなずいた。「ああ、そのとおり」

「それは、わたしが論理的だからだ。そうだろう?」コリンはいやなやつ呼ばわりされてもいっこうに《アット・オール》気にしていない様子だ──いや、コリンならイギリス英語で〝アトール〟と発音することだろう。「問題は、誰かを救出するたびに毎回ここと下の世界をうんざりするほど行ったり来たりしなければいけない点だ。われわれは全員ここにいる。だから、きみにその役目を託した。それだけにわれわれは祈るような気持ちなんだ。仮に、きみが燃え尽きるようなことが──」

「ばか言え、途中で投げだすつもりはない。おれのことは心配するな」

ナイジェルは胸の前で腕を組み、じっとジムを見つめた。「今や、ディヴァイナはきみのことを知っている。しかも今回、きみは彼女から大切なものを奪った。今後、彼女はきみを標的にし始めるだろうし、きみの弱さにつけこもうとするはずだ。今回よりもはるかに難しく、しかもずっと個人的な任務になるに違いない」

「くそ女め、いつでもかかってくればいい！　どうだ、これがおれの意気込みだ」

コリンはにやりとした。「いささかショックだよ。われわれふたりがなかなか仲よくできないことがね」

バイロンは咳払いをした。「われわれはジムをけしかけるよりもむしろ、応援するべきだと思うんだ。彼は本当に勇敢だし、すばらしいことをやってのけた。わたしはそのことを心から誇りに思う」

バーティが同意するようにうなずき、タークィンも尻尾を振る中、ジムは両方のてのひらを差しだした。「ありがと……おい、ハグはやめてくれ――よせ――」

だが、ときすでに遅し。気づいたときにはバイロンに驚くほど力強い腕を巻きつけられ、抱きしめられていた。続いてバーティも。タークィンまでやってきて、ジムの両肩に前脚をのせるほどの念の入れようだ。天使たちはとてもいい匂いがした。あえて言うならば――エディがふかしていた葉巻から立ちのぼる煙のような匂いだ。

しかしありがたいことに、ナイジェルとコリンは、相手を抱擁して応援せずにはいられないタイプではなかった。

ときには、そんな運に恵まれることもある。

とはいえ、おかしなものだ。彼らに抱擁されて少しばかり感動している。自分では絶対に認めたくないが。しかも突然、次の戦いへ戻る心の準備も整った。どういうわけか、城に掲げられた勝利の象徴であるあの旗によって意欲をかきたてられている。きっとそれは、前世での自分の仕事の終わりを象徴するのが、墓石だったせいだろう。墓石をどれだけ多く建てられたかで評価されていたのに比べたら、勝利の旗が掲げられる今回の仕事はずっと魅力的だし、高揚感をかきたてられる。

「オーケー、よく聞いてくれ」四人の天使たちに話しかけた。「次の任務に取りかかる前に、どうしても知りたいことがある。間違った理由で殺される前に、ある男を探しださなければならない。おれの前世に関係がある人物で、どうしても放っておけないんだ」

ナイジェルは笑みを浮かべると、奇妙なほど美しい瞳を合わせてきた。まるですべてお見通しだとでも言いたげに。「もちろんんだ、きみの好きなようにやったらいい」

「だったら、おれは自分がやりたいことをやったあとにここへ戻るんだな。それとも……？」

ナイジェルはさらに訳知り顔の笑みを浮かべた。「きみは自分の仕事を気にかけていればいい」

「あんたたちとどうやって連絡を取ったらいいんだ？」

「われわれを呼びだすことはない。必要があれば、われわれがきみを呼びだす」ジムは低い声で悪態をつき、もう一度尋ねた。「本当に、あんたたちはメサイアスを知らないのか？」

コリンが口を開き、大きな声で言った。「きみももう気づいているだろうが、ディヴァイナはいつでも姿を現せるし、誰にでも姿を変えられる。男でも、女でも、子どもでも、ある種の動物にも、とにかく実に多くのものに自在に姿を変えられる」

「肝に銘じておく」

「誰も信用するな」

天使に向かってジムはうなずいた。「問題ない。これまでの経験で、その点に関してはいやというほど思い知らされてる。だがひとつだけ……あんたたちはテレビを通じて、おれと連絡を取ってるのか？　それともただ、おれの頭がどうにかなってるだけか？」

「幸運《ゴッド》を祈《スピ》っている《ード》、ジム・ヘロン」ナイジェルは片方のてのひらを掲げた。「きみは今回、われわれの敵と充分に戦える存在価値があることを身をもって証明した。次回もぜひ証明するんだ、頼んだぞ、タフガイ」

ジムは最後にもう一度城壁を見つめ、あの壁の内側で母が安全で幸せに暮らしている姿を心の中で思い描いた。ナイジェルの手から爆発的なエネルギーが発せられ、全身の分子レベルにまで伝わるのを感じた瞬間、ふわりと舞いあがっていた。


硬い。そして、ひんやりしている。

くそっ。

それがもう一度目覚めたとき、ジムの頭に最初に浮かんだ感想だった。目を開けてみると、どこからともなく乳白色の明かりが差していた。もしかすると、ナイジェルは失敗したのだろうか？　てのひらから派手にパワーを送っていたけれど、もといたあの場所にまた着地したのかもしれない。

ただし、あたりの空気が新鮮ではない。しかも柔らかな草地ではなく、舗装道路に横たわっているような感じだ。

そのとき、顔にかけられていた布がいきなり取り払われ、ジムは飛びあがりそうなほど驚いた。

「やあ」エディだ。「そろそろ出かけられるか？」

「なんだよ！」ジムは思わずエディの胸ぐらをつかんだ。「おれを死ぬほど怖がらせようって魂胆か？」

「いや、ひと足遅かったな」

ジムはあたりを見回してみた。部屋の床にも壁にも天井にも薄緑色のタイルが貼られており、肉の貯蔵庫みたいな取っ手がついた、百センチ×六十センチ程度のステンレススチール製のドアがずらりと並んでいる。がらんとしたステンレススチール製のテーブルにはどれもつりさげ式のはかりが置かれていて、何台かのローリングテーブルが整然と並び、部屋の反対側にはバスタブほどの大きさのシンクがあった。

「もしかして、おれは遺体安置所にいるのか？」

「ああ、そうだ」エディは〝当たり前だろう〟と言いたげな口調だ。

「なんてこった……」

ジムは起きあがった。たしかに、ふたつ先にあるテーブルには中身が入っていると思われる遺体袋がのっている。隣のドアからは、シートがかぶせられた遺体の両脚がシートの端から突きでているのが見えた。「へえ、遺体安置所で働くやつらは本当に遺体の爪先にタグをつけるんだな」

エディは肩をすくめた。「彼らだって、遺体に自分の名前をつけられるわけじゃない。勝手は許されないんだ」

ジムは低い声で罵りの言葉をつぶやきながら、両脚を振りあげ、のせられていたテーブルからおりた。エイドリアンがいたのに気づいたのはそのときだ。両開きのドアの内側のすぐそばに立ち、いつになく押し黙ったままだった。普段はだらしない姿勢なのに、胸の前でしっかりと腕を組み、両足を揃えて立っている。肌はティッシュみたいに白い。眉をひそめ、青白い頬に長いまつげの影を落としながら、タイル張りの床をじっと見つめていた。

エイドリアンは傷ついているのだ。徹底的に。

「おまえのために着るものを持ってきた」エディが言う。「それに、ああ、そうだ。おれはおまえの家へ戻って、ドッグを連れてきたぞ。ドッグは今、おれたちのトラックにいる。すこぶる幸せそうだ」

「ってことは、おれは死んだのか？」

「ああ、完全に死んでいる。それが現実だ」

「だがドッグとは一緒にいられるんだな。たとえおれが……」しかばねとでも言えばいいのだろうか？

やれやれ、こういう場合、差別的でも偏見的でもなく死者を表現する正しい言葉とはなんなのだろう？　あるいは、死んだというのがまぎれもない事実なら、そんなことを心配する必要はないのだろうか？

「ああ、ドッグはおまえのものだ。おまえがどこへ行こうと、ずっとおまえのものだよ」

どういうわけか、そう聞いてほっとした。

「っていうことは、おまえもドッグとのつながりを求めていたんだな？」

ジムはエディの両腕をじっと見つめたあと、自分自身の体を見おろした。どこもかしこも同じように見える。体の大きさも、筋肉のつき方も、がっちりとした体つきもだ。目も鼻も耳も、どれも正常に機能しているように思える。

どうしてこんなことが起きるんだ？

「それについては、説明するのにふさわしい別のときに、別の場所で説明する」エディは着替えを差しだした。

「ああ、そう言うだろうと思ったよ」ジムはジーンズをはき、AC／DCのロゴが入ったTシャツを身につけると、レザージャケットを羽織った。靴はシットキッカーズ・ブーツで、靴下は白くて薄かった。すべてが体にぴったり合っている。

服を身につけながらも、ときおりエイドリアンにちらちらと視線を向けた。

「やつは大丈夫なのか？」小声でエディに尋ねる。

「立ち直るのに、あと数日はかかるだろう」

「おれに何かできることはあるか？」

「そうだな。彼にそのことについて尋ねないでやってくれ」

「了解」ジムはブーツの紐を締め終わると、両肩にジャケットを引っかけた。「なあ、おれが生き返ったことをどうやって説明するつもりだ？　つまり、ここからおれの遺体が一体なくなるわけで――」

「いや、それはない」エディは、ジムがのせられていたテーブルを指さした。つられて見たら……なんてことだ。自分の体がまだそこにあった。牛の塊肉みたいにテーブルの上で横たわり、肌は灰色で、胸の中心に銃弾の丸い穴が開いたままだ。

「おまえの試用期間は終了した」エディは遺体の顔までシートを引っ張りあげながら言った。「もはや、この体に戻ることはない」

白い布がかけられた自分の体の凹凸をしみじみと見つめ、心を決めた。これを喜ばしいことと考えよう。母はすでにこの世にいない。だから、息子の死を〝悼む〟こともないのだ。そう考えたほうがはるかにいい。

それに、もうメサイアスに邪魔されることもない。

そう考えて、ジムは小さく笑みを浮かべた。「死んじまったことをうまく利用できる場合もあるもんだな」

「そういう場合もあれば、そうでない場合もある。そういうものだ。さあ、そろそろここから出ていこうか」

ジムは自分の亡骸をまだじっと見おろしながら、ぽつりと答えた。「少しのあいだ、ボストンへ行くつもりなんだ。時間がどれだけかかるかわからない。上にいるお坊ちゃんたちも、そうしてもかまわないと認めてくれた」

「だったら、おれたちもおまえと一緒に行く。チーム一丸ってやつだ」

「おまえたちに関係のない戦いでもか？」

「ああ」

頼れる味方がいるというのは、非常にありがたいものだ。ひとりきりよりも三人のほうが、行動範囲も格段に広くなるに決まっている。メサイアスのターゲットを探しだすまでに、どの程度時間がかかるかは神のみぞ知る、だ。

「オーケー、わかった」

そのとき、白衣姿の男性がふたり、遺体安置所へ入ってきた。どちらもコーヒーの入ったマグカップを手に持って、何かしゃべっている。ジムはとっさに何かの――なんでもいいから――背後に隠れようとした。だが、すぐに気づいた。こちらにはふたり組の姿がちゃんと見えているし、飲んでいるコーヒーの香りも嗅げるし、タイルの床をこする彼らのクロックスの靴音まで聞こえているのに、ふたりはこちらの存在に気づいていない。同じ室内に、ほかに三人の人間がいることにまるで気づいていないのだ。

いや、人間じゃないのかもしれないな。ふとそう考えた。

「あの遺体の事務処理を任せていいか？」右側にいた男が、顎をしゃくってジムの亡骸を示しながら尋ねた。

「ああ。もし彼の引き取り手がいなかった場合の連絡先ならわかってる……ヴィンセント・ディピエトロだ」

「へえ、ぼくの自宅を建てたやつだ」

「本当に？」ふたりはデスクにマグカップを置くと、書類が挟まれたクリップボードを手に取った。

「ああ。妻と一緒に、ハドソン川のそばにある分譲住宅地に住んでいるんだ」男性はジムの遺体の前にやってくると、足元のシートをめくり、彼の大きな足の親指につけられたタグを確認した。

「さぞ立派な家なんだろうな」

「ああ」男性は書類にある四角い空欄をひとつずつ埋め始めた。「でも、ものすごく高かったんだ。八十歳でローンを完済して、この仕事を引退できたら運がいいかもな」

ジムは心の中で、自分自身の体に別れを告げた。ひどく奇妙な気がしたが、同時に安堵も覚えている。思えば、再出発の機会を求めてコールドウェルへやってきた。そして実際にそのチャンスを手に入れたのだ。今は、あの当時とはすべてが異なっている。自分が何者であるかも、どんな仕事をしているかも、誰のために仕事をしているかも。

あたかも生まれ変わったような気分だ。世の中がまるで違うもののように新鮮に見える。

助《すけ》っ人《と》天使ふたりと遺体安置所を出たとき、興味深いことに高揚感を覚えた。しかも、もう一度戦う意欲満々だ。かかってきな、くそ女――これから続く数年間、こういう気持ちを持ち続けるような予感がする。これからの自分のテーマソングにしてもいいかもしれない。

そのとき、ふいに思い出した。

「あの倉庫街に戻らないと」通路に出ると、ふたりに話しかけた。「例の少女の遺体を取り戻したい」

エイドリアンが小さなかすれ声で答えた。「もうない。あそこにあったものはすべてなくなった」

廊下の真ん中で立ち止まったとき、シーツを山ほどのせたカートを押しながらやってきた清掃員が、文字どおり、三人の体を通り抜けていった。だがその瞬間、体の震え以外何も感じなかった。違う状況だったら、今の現象がどういうことなのか、詳しく確認せずにはいられなかっただろう。だが今は、ひとつのことしか気にならないし、それしか考えられない。

「ディヴァイナはあの少女の遺体をどこにやったんだ？」

エイドリアンはただ肩をすくめただけだ。床をじっと見おろしたまま、廊下の蛍光灯の明かりを受けて、いくつものピアスをきらりと光らせている。「彼女の好きなところに連れていったんだろう。目覚めたとき、おれはあの家の床の真ん中に倒れてた。そのときにはもう、部屋はもぬけの殻だったんだ」

「どうやってそんなにすばやく移動できたんだ？　あんなにたくさん、いろいろなものがあったのに」

「手伝わせたんだろう。すぐに呼びだせる助けの手を借りたんだ。おれは鎖につながれていた。そうされなければ――」エイドリアンが突然口をつぐんだ。「運びだすのに二時間くらいかかったはずだ。もしかすると、もう少し長くかかったかもしれない。とにかく、おれはそのとき、すっかり意識を失っていたんだ」

「それで、そいつらはあの少女の遺体をどこかへ持ち去ったのか？」

エイドリアンはうなずいた。「ああ。遺棄するためにに」

「でも、どうやってあの遺体をあそこから持ちだしたんだ？」

エイドリアンはふたたび歩きだした。もうしばらくこの話はしたくないと言いたげに。「死体を捨てようとするやつらがやるのと、まったく同じ方法だ。あいつらは遺体を細かく切り刻んで、埋めるつもりだろう」

ジムはエイドリアンのあとを歩きながら、強い復讐心がこみあげてくるのを感じた。あまりに強烈すぎて体に痛みを感じるほどだ。あの少女に関する情報を探しだす必要があるだろう。彼女の家族について、そして彼女の亡骸がどうなったかについても。遅かれ早かれ、ディヴァイナの口から、あの無実の少女の死にまつわる秘密も吐かせるつもりだ。

たしかに、これから事態はますます個人的なものになりそうだ。上等じゃないか。どんなに生々しく、血塗られた、ごく個人的な任務であっても。おれには、これからやらなければいけない仕事がある。

訳者あとがき

J・R・ウォードのファンのみなさま、お待たせいたしました。いよいよ堕天使ジムを主人公とする新シリーズの開幕です。

本シリーズはパラノーマル・ロマンスではありますが、この第一作目は普通のコンテンポラリー・ロマンスとしてもお楽しみいただけるのではと思います。

元軍人のジム・ヘロンは冷酷無情なかつてのボスの追跡を逃れて、街から街へと転々とする暮らしを送っています。そんな彼が流れ着いたのがニューヨークのコールドウェルという街でした。ここで数カ月だけのつもりで建設作業員をしていたジムは、とある事故に遭って仮死状態となり、目覚めると、そこはどこまでも澄み切った空が広がる美しい草原でした。混乱するジムの前に、なぜかイギリス英語を話す四人の男たちが現れるのですが、どうやら彼らは天使らしく、七つの魂を七つの大罪から救済する役目をジムに託します。もちろん、ジムも最初は冗談だと思って爆笑するものの、彼が断れば天国へ送られた最愛の亡き母の魂が消滅すると聞かされては引き受けないわけにいきません。

という次第で、病院で意識を取り戻したジムは、半信半疑ながらもひとつ目の任務に取りかかります。どうやら最初の救済相手はジムが目下働いている建設現場のボス、やり手の若き建設会社社長、ヴィン・ディピエトロらしく、彼を強欲の罪から真実の愛へ目覚めさせなければならないようです。ヴィンには彼を一途《いちず》に愛している美しい恋人、ディヴァイナがいるのですが、彼女はいつまで経っても仕事ひと筋のヴィンに失望し、行きずりの男に身を委ねてしまっていました。その相手が……よりにもよってジムだったのです。

ジムはただでさえ勝手がわからず、頭をひねりながら天使の指示に従っているのに、自分がなりゆきで手を出してしまった女性と、いまの仕事場のボスが本当の愛で結ばれるよう、キューピッド役を務める羽目に。もっとも、ディヴァイナこそがヴィンの運命の相手だろうというのは、ジムの独断でしかないわけで……。

ざっとあらすじをご紹介すると、「いったいどこがコンテンポラリー・ロマンス？」と疑問に思われてしまいそうですが、実はジム視点のストーリーと同時進行で、マリー＝テレーズという女性の物語が描かれます。彼女は敬虔なカトリック教徒でありながら、まだ幼い息子と暮らしていくために、夜な夜なクラブで体を売る商売に身を落としてしまいました。別れた夫の影に怯え、自分のしていることの罪深さに潰れそうになりながらも、マリー＝テレーズは人には頼らず、自分自身の力で生きていこうともがきます。こんな仕事をしている彼女は、男性から愛されることはもう二度とないとあきらめているのですが、そんな彼女に思わぬ出会いが待っていました。

このマリー＝テレーズ、実は元夫から逃れるために偽名を使っており、本当の名前はグレッチェンというドイツ系の名です。これはドイツ語の発音ではグレートヒェン。そう、ゲーテの『ファウスト』に登場する、罪を犯して死刑になってしまう悲劇のヒロインと同じ名前です。グレートヒェンのように、マリー＝テレーズの罪も最後にはあがなわれるのでしょうか？

さて、本シリーズは、大人気の〈黒き剣兄弟団《ブラック・ダガー・ブラザーフッド》〉シリーズと同じくコールドウェルが舞台となり、クラブ〈ゼロサム〉も名前だけ登場します。マリー＝テレーズが働いているクラブのオーナー、包容力があって魅力的なトレズも、その正体はヴァンパイアの亜種なのですが、そちらの知識はまったくなくても、楽しんでいただけますので、どうかご心配なさらずに。

ところで、天使と悪魔の戦いの中で、人間の代表としてジム・ヘロンに白羽の矢が立ったのは、彼なら善と悪をちょうど半々ずつ持っているという理由です。とはいえ、おなかをすかせた犬に対するジムの態度などを見ていると、善がかなり多めの気がするのですが……みなさまはどう思われたでしょうか？

二〇二一年三月

ザ・ミステリ・コレクション

蠱惑《こわく》の堕天使《だてんし》

2021年 5月 20日　初版発行

著者　J・R・ウォード
訳者　氷川由子《ひかわゆうこ》

発行所　株式会社 二見書房
東京都千代田区神田三崎町2-18-11
電話 03(3515)2311［営業］
03(3515)2313［編集］
振替 00170-4-2639

印刷　株式会社 堀内印刷所
製本　株式会社 村上製本所

落丁・乱丁本はお取り替えいたします。
定価は、カバーに表示してあります。

ISBN978-4-576-21054-4
https://www.futami.co.jp/

完璧すぎる結婚
グリア・ヘンドリックス&サラ・ペッカネン
風早柊佐［訳］

裕福で優しいリチャードとの結婚を前にネリーには悩みがあった。一方、リチャードの前妻ヴァネッサは元夫の婚約を知り…。騙されること請け合いの驚愕サスペンス！

赤と白とロイヤルブルー ＊
ケイシー・マクイストン
林 啓恵［訳］

アメリカ大統領の息子と英国の王子が恋に落ちるLGBTロマンス。誰にも知られてはならない二人の恋は切なく燃え上がるが…。全米ベストセラー！

背信
キャサリン・コールター
守口弥生［訳］
〔FBIシリーズ〕

ハリウッドで若い女優の連続殺人事件が発生、交友関係から大物プロデューサーに行き当たる。一方、ワシントンでは名だたる富豪が毒殺されそうになり…最新作！

そして彼女は消えた
リサ・ジュエル
氷川由子［訳］

15歳の娘エリーが図書館に向ったまま失踪した。10年後、エリーの骨が見つかり…。平凡で幸せな人生の裏でじわじわ起きていた恐怖を描く戦慄のサイコスリラー！

過去からの口づけ ＊
トリシャ・ウルフ
林 亜弥［訳］

殺人未遂事件の被害者で作家のレイキンは、事件前後の記憶も失っていた。しかし新たな事件をFBI捜査官のリースと調べるうち、自分の事件との類似に気づき…

秘めた情事が終わるとき ＊
コリーン・フーヴァー
相山夏奏［訳］

無名作家ローウェンのもとに、ベストセラー作家ヴェリティの共著者として執筆してほしいとの依頼が舞い込むが…。愛と憎しみが交錯するジェットコースター・ロマンス！

世界の終わり、愛のはじまり
コリーン・フーヴァー
相山夏奏［訳］

リリーはセックスから始まる情熱的な恋に落ち結婚するが彼は実は心に闇を抱えていて…。NYタイムズベストラー作家が贈る、ホットでドラマチックな愛と再生の物語

*の作品は電子書籍もあります。

霧の町から来た恋人

ジェイン・アン・クレンツ

久賀美緒［訳］

ともに探偵事務所を経営する友人のオリヴィアが何者かに連れ去られ、カタリーナはちょうどある殺人事件で彼女の力を借りにきたスレーターとともに行方を捜すが…

夢を焦がす炎

ジェイン・アン・クレンツ

中西和美［訳］　［アーケイン・ソサエティシリーズ］

特殊能力を持つゆえ恋人と長期的な関係を築けずにいた私立探偵のクロエ。そんなある日、危険な光を放つ男が訪れ、彼の祖先が遺したランプを捜すことになるが…

霧に包まれた街

ジェイン・アン・クレンツ

中西和美［訳］　［アーケイン・ソサエティシリーズ］

西岸部の田舎町にたどり着いたイザベラは調査会社のアシスタントになる。経営者のファロンとともに調査の仕事を続けるうちに彼に強く惹かれるようになるが…

時のかなたの恋人

ジュード・デヴロー

久賀美緒［訳］

イギリス旅行中、十六世紀から来た騎士ニコラスと恋に落ちたダグラス。時を超えて愛し合う恋人たちを描く、タイムトラベル・ロマンス永遠の名作、待望の新訳!!

夜の向こうで愛して *

キャロリン・クレーン

村岡栞［訳］

元宝石泥棒のエンジェルは、友人の叔母を救うために再び泥棒をするが、用心棒を装ったコールという男に見つかり…。ゴージャスな極上ロマンティック・サスペンス

かつて愛した人 *

ロビン・ペリーニ

水野涼子［訳］

故郷へ戻ったセインの姉が何者かに誘拐された。彼はかつての恋人でFBIのプロファイラー、ライリーに捜査を依頼する。捜査を進めるなか、二人の恋は再燃し……

ミッシング・ガール *

ミーガン・ミランダ

出雲さち［訳］

10年前、親友の失踪をきっかけに故郷を離れたニック。久々に家に戻るとまた失踪事件が起き……。〃時間が巻き戻る〃斬新なミステリー、全米ベストセラー！